Janet Dawson arbeitet in einer Anwaltskanzlei
und lebt in Alameda, Kalifornien

Von Janet Dawson sind außerdem erschienen:

Das Doppelleben der Renee Foster (Band 3273)
Ein Freund der Familie (Band 67057)
Verdeckte Konten (Band 67067)

Deutsche Erstausgabe Mai 1997

Titel der Originalausgabe »Don't Turn Your Back on the Ocean«

Originalverlag Fawcett Columbine, New York
Umschlaggestaltung Agentur Zero, München
Umschlagillustration Cornelia Niere, München
Satz MPM, Wasserburg
Druck und Bindung Elsnerdruck, Berlin
Printed in Germany
ISBN 3-426-67101-8

5 4 3 2 1

JANET DAWSON

Blutige Brandung

Krimi

Aus dem Amerikanischen
von Thomas A. Merk

Knaur

Für Dawn und Alan in Monterey,
für Anne und Chuck in Morro Bay
und für Barbara,
die zu Hause blieb,
damit ich unterwegs sein konnte.

Danksagung

Für *Blutige Brandung* habe ich mich des Wissens vieler Leute bedient. Sollten mir dennoch Fehler unterlaufen sein, so sind sie einzig und allein mir anzulasten.

Vor allem danke ich Bob Leos vom *California Department of Fish and Game* und William H. Munger vom *Monterey County Department of Health.* Sie haben mir sehr geholfen, und ich bin ihnen dafür sehr dankbar. Ebenso dankbar bin ich Lisa A. Hoefler vom Tierschutzverein in Monterey, Kathy Johannes vom *North County Wildlife Rehabilitation and Education Center* in Paso Robles; George Isaac und Deborah Johnston vom Büro des *California Department of Fish and Game* in Monterey, John C. Ramirez vom *Monterey County Department of Health,* Sergeant Terry L. Kaiser vom *Monterey County Sheriff's Department,* Jim Hlavaty von der *United States Coast Guard,* Brooks Bowhay, dem Hafenkapitän von Monterey, Frank Siino, von der Werft *Monterey Bay Boatworks,* Frank Sollecito vom *Monterey Police Department,* Robert M. Jones vom *National Marine Fisheries Service,* Andy Russo und Sal Tringale, die mich auf der *Sea Wave* mit hinaus aufs Meer nahmen, Bob Hurford vom *California Regional Water Quality Board* in San Luis Obispo, sowie Florence Rapp, Mary Swift, Cynthia und Haig Krikorian aus dem *Lalime's* in Berkeley und Philip und Nancy Chu vom *Nan Yang* in Oakland.

1

Der braune Pelikan, der neben der Mole der Küstenwache auf einem Zaun hockte, sah so groß und plump aus wie alle braunen Pelikane: ein Bündel graubrauner Federn, darüber ein riesiger, dunkler Schnabel mit faltigem Kehlhautsack. Der Pelikan betrachtete mich unablässig mit einem seiner runden, aus dem weißen Kopfgefieder hervorstechenden Augen, dann breitete er seine kräftigen Flügel aus und flog davon. Ich bewunderte die unerwartete Eleganz, mit welcher der große Vogel in einer schnurgeraden Linie unter dem klarblauen Septemberhimmel über das türkisgrüne Wasser der Bucht von Monterey segelte.

Auf einmal änderte der Pelikan seinen Kurs und schoß unter die glatte, glasklare Wasseroberfläche. Ich zählte die Sekunden, bis der Vogel mit einem silbrig glänzenden, wild zappelnden Fisch im Schnabel wieder auftauchte. Der Pelikan reckte seinen S-förmig gebogenen Hals und schluckte die Beute hinunter.

»Wir haben es wieder einmal mit einem perversen Irren zu tun«, sagte Donna Doyle und trat zu mir an den Zaun. »Wie neunzehnhundertvierundachtzig und -siebenundachtzig. Der Kerl fängt sich Pelikane und schneidet ihnen die Schnäbel ab oder schlitzt ihnen die Kehlhautsäcke auf. Manchmal macht er auch beides. Dann läßt er die Tiere wieder frei, aber sie sind zum Tode verurteilt, denn ohne Schnäbel können die Vögel keine Fische fangen und müssen verhungern.«

Trotz der warmen Spätseptembersonne fröstelte mich bei dem Gedanken. Ich drehte mich um und sah meine Cousine an. Als Privatdetektivin weiß ich recht gut, wie viele üble Typen frei herumlaufen. Und oft behandeln sie ihre Mitmenschen schlimmer als Tiere.

»Wer ist denn mit den Untersuchungen betraut?« fragte ich.

»Wir natürlich«, antwortete Donna. Das *wir* bedeutete in diesem Fall die Kalifornische Fischerei- und Jagdbehörde. Meine Cousine arbeitet dort als Biologin. Sie betreut Seevögel, darunter auch den braunen Pelikan, eine dreißig Millionen Jahre alte Spezies, die dank DDT und einer großen Anzahl anderer Umweltgifte mittlerweile auf der roten Liste der vom Aussterben bedrohten Arten steht.

Donna griff mit den Fingern in den Maschendrahtzaun, der uns und andere menschliche Beobachter von dem Wellenbrecher am Ende der Mole fernhielt. Auf den Felsen hockten Möwen, Kormorane und Pelikane, und dazwischen rekelten sich Dutzende kalifornischer Seelöwen sorglos in der Sonne des frühen Nachmittags.

»Außerdem mischen noch der Tierschutzverein von Monterey County und die Nationale Fischereibehörde mit. Schließlich stehen Pelikane unter Naturschutz. Trotzdem glaubte ich, daß du uns vielleicht helfen könntest.«

»Ich?« fragte ich und sah meine Cousine erstaunt an. Sie war sechsunddreißig, also drei Jahre älter als ich. Dafür war sie etwa fünf Zentimeter kleiner als ich mit meinen eins zweiundsiebzig. Ihr helles, rundliches Gesicht war voller Sommersprossen, besonders auf ihrer Stupsnase. »Wieso glaubst du, daß ausgerechnet eine Privatdetektivin aus Oakland euch helfen könnte?«

»Weil du die Sache von außen betrachtest«, erwiderte Donna und fuhr sich mit der Hand durch ihre widerspenstigen, blonden Haare, »und dabei vielleicht etwas erkennst, was wir bisher übersehen haben. Diese Vorfälle ähneln zwar denen von vor ein paar Jahren, aber es gibt auch Unterschiede. Überleg es dir. Außerdem brauche ich jemanden, mit dem ich reden kann.«

Den ganzen Vormittag über hatte ich mich gefragt, weshalb mich meine Cousine hier draußen hatte treffen wollen. Jetzt wandte sie sich vom Zaun ab und ging auf die Mole zu, an der die in Monterey stationierten Boote der Küstenwache festgemacht waren. Donna ging durch ein Tor und über eine Gangway an Bord eines schneeweißen Kutters. Ich hockte mich auf die niedrige Betonmauer an der dem Meer zugewandten Seite der Mole. Rechts neben mir saßen zwei ältere Männer, die ihre Angeln im blauen Wasser ausgeworfen hatten.

Aus der Ferne hörte ich die Seelöwen bellen, die sich im Wasser unter der Pier Zwei tummelten, denn dort entluden die Fischerboote gerade ihren Fang. Fisherman's Wharf, eine weitere Pier, war jetzt eine beliebte Touristenattraktion. Sie lag nur ein paar hundert Meter von meinem Platz auf der Mole entfernt. Ich blickte hinüber zu der massiven, mit hölzernen Gebäuden bebauten Anlegestelle, die auf einem ganzen Wald von Stelzen weit hinaus ins Wasser ragte. Zwischen ihr und der Mole lagen einige kleine Boote vor Anker und boten von der Pier aus, auf der es mehrere Lokale mit großen Aussichtsfenstern gab, einen malerischen Anblick.

Ich zog meine in Bluejeans steckenden Knie bis unters Kinn und schaute hinaus auf das herrliche Panorama der Bucht von Monterey. Im Osten sah ich vor dem Küstengebirge den Strand von Del Monte Beach und den Highway One, der hier zwischen buckeligen Sanddünen verlief, vor denen sich schäumend die Wellen brachen. Im Norden konnte ich an diesem klaren Tag hinter der Mündung des Salinas River und Castroville, der selbsternannten Artischockenhauptstadt der Welt, sogar das Elektrizitätswerk der Pacific Gas & Electric bei Moss Landing erkennen. In noch weiterer Ferne, wo der Dunst schon die Sicht erschwerte, verschwammen unklar die Küstenberge, die an Watsonville, Capitola und Santa Cruz vorbei erst nach Norden und dann nach Westen verliefen.

Das blaugrüne Wasser der Bucht funkelte wie ein Edelstein. Hier und da waren weiße Schaumkämme zu sehen, wo Gezeiten und Strömung oder die Heckwellen vorbeifahrender Boote aufeinandertrafen. In der Bucht von Monterey lebten schlanke, schwarze Seeottern, bellende Seelöwen und Seehunde. Dazu kamen Möwen, braune Pelikane und die noch dunkler gefiederten Kormorane. Die ausgedehnten, unter der Wasseroberfläche treibenden Tangfelder boten ein gutes Versteck für Tintenfische, Rochen und Schwärme unzähliger anderer Fische, von den Abertausenden winziger Lebewesen ganz zu schweigen, die ebenfalls Teil eines vielfältig miteinander verwobenen Ökosystems waren.

Den ersten Wal meines Lebens habe ich hier in der Bucht von Monterey gesehen. Ich war fünf Jahre alt und ging an der Hand meines Großvaters auf den Klippen bei Lover's Point spazieren. Auf einmal deutete Opa hinunter aufs Wasser. Meine Blicke folgten seinem ausgestreckten Arm und sahen, wie nahe am Ufer ein Wal an die Oberfläche kam. Der riesige graue Leib des Tieres stieg unglaublich hoch aus den Wellen, majestätisch langsam, fast wie in Zeitlupe. Als der Wal dann mit einem mächtigen Platschen wieder in den Schoß des Ozeans tauchte, stand ich mit offenem Mund oben auf der Klippe und klammerte mich, wie von einem Zauberbann getroffen, fest an die Hand meines Großvaters.

»Vergebene Liebesmüh«, meinte Donna, als sie mir von hinten auf die Schulter tippte und mich wieder in die Gegenwart zurückholte. »Ich dachte, die Jungs von der Küstenwache hätten ein paar Informationen für mich, aber dem ist nicht so. Hast du über meinen Vorschlag nachgedacht?«

»Nein«, gab ich zu. Ich hatte in der Sonne gedöst und dabei Donnas verstümmelte Pelikane ganz vergessen. »Ich habe Urlaub, Donna. Ich bin hier, um auf der Terrasse meiner Mutter mit einer Dose Bier und einem guten Buch in der Hand gehörig Sonne zu tanken. Eine Woche lang möchte ich mal nichts von Körperverletzung hören oder mich durch irgendwelche Steuerakten hindurchbeißen müssen. Sogar eine Privatdetektivin braucht mal einen Urlaub.«

Aber sie kann ihn sich nur selten leisten, fügte ich in Gedanken hinzu. Als Alleininhaberin und einzige Angestellte der Detektei J. Howard wußte ich das nur zu genau. Wenn ich mir einen Tag freinahm, hatte meine Firma keine Einnahmen. In den fünf Jahren, in denen ich als Angestellte in der Detektei von Errol Seville gearbeitet hatte, war das alles ganz anders gewesen. Damals hatte mir die Firma sogar die Krankenkasse bezahlt. Vor eineinhalb Jahren aber hatte sich Errol aus Alters- und Gesundheitsgründen nach Carmel zurückgezogen, und ich hatte mich auf eigene Beine gestellt.

Meine Cousine legte den Kopf schräg und sah mich mit ihren blauen Augen herausfordernd an. »Jetzt gib dir einen Ruck, Jeri, ich weiß doch ganz genau, daß du mysteriösen Vorfällen nicht widerstehen kannst. Komm doch wenigstens heute nachmittag mit zum Tierschutzverein, wo meine Freundin Marsha den Fall untersucht.«

»Okay, du hast mich überredet. Aber können wir jetzt

irgendwo zum Mittagessen hingehen? Ich habe nämlich Hunger.«

»Nun, ich ...« Donna beendete den Satz nicht. Wir gingen die Mole landeinwärts und bogen kurz vor der Cannery Row auf einen gepflasterten Wanderweg ab, der die ganze Länge der Bucht am Ufer entlangläuft, von Del Monte Beach bis zum Point Pinos an der Spitze der Monterey-Halbinsel. Obwohl es ein ganz normaler Wochentag war, wimmelte es auf dem Uferweg von Spaziergängern, Joggern, Rollerskatern, Radfahrern und Touristen in den zweisitzigen Pedalvehikeln, die man sich an der Cannery Row ausleihen kann.

Irgendwie hatte ich das Gefühl, daß Donna noch etwas anderes auf dem Herzen hatte als die jüngsten Pelikanbarbareien. Ich kannte sie seit meiner frühesten Kindheit und spürte, wenn sie etwas bedrückte. Wir waren mehr als nur Verwandte, wir waren Freundinnen, in etwa gleichaltrig und auch in Temperament und Wesen einander ziemlich ähnlich. Ihr Vater und meine Mutter sind Geschwister, sie ist also eine Cousine ersten Grades und gehört damit einem Zweig der Familie an, der am Stammbaum ziemlich nahe bei meinem wächst. Es ist übrigens der Stammbaum einer sehr großen Sippschaft, die seit vielen Generationen auf der Halbinsel von Monterey ansässig ist.

Aber Donna würde schon zu gegebener Zeit mit dem herausrücken, was sie beschäftigte. »Wo gehen wir denn nun zum Essen hin?« fragte ich.

»Laß uns zu Ravella's auf dem Fisherman's Wharf gehen.«

»Du hast heute Lust auf Tintenfisch, stimmt's? Ich gehe gern zu Ravella's, schließlich bin ich erst gestern hier angekommen und habe Nick und Tina noch nicht begrüßt.«

Meine Familie stammt mütterlicherseits aus Irland und Italien. Großvater Dennis Doyle war ein großer, schwarzhaariger Ire mit blauen Augen gewesen, ein fröhlicher Bursche, der aus der heimatlichen Grafschaft Mayo über den großen Teich gekommen und schließlich in Monterey gelandet war, wo er Arbeit in einer der vielen Ölsardinenfabriken gefunden hatte. Dort heiratete er Angelina Ravella, die Tochter eines Sizilianers, der seit der Jahrhundertwende in der Bucht von Monterey als Fischer arbeitete. So kam die Verbindung zwischen den beiden Hauptsträngen meiner Familie zustande.

Die Ravellas waren eine weitverzweigte Sippe. Dominic, der Bruder von Großmutter Doyle, hatte die Fischereitradition fortgeführt, bis er sie an seine Söhne Nick und Sal übergeben hatte. Nun fuhr auch Nick nicht mehr hinaus, sondern half seiner Frau Tina in »Ravella's Fischladen«, in dem man auch vorzügliches Essen bekam. Ravella's war als eines der ältesten Geschäfte auf dem Fisherman's Wharf schon so etwas wie eine Institution.

Ein Mann und eine Frau kamen uns, Schlangenlinien fahrend, in einem Pedalkarren entgegen, und benötigten dabei fast die ganze Breite des Uferwegs. Im Korb vor ihnen saß in der Sonne ein kleiner, lockenköpfiger Junge mit strahlendem Gesicht. Nachdem wir den dreien ausgewichen waren, verließ Donna den Weg und stieg auf eine Klippe, von der aus man einen guten Ausblick auf den geschützten Teil des Hafens zwischen den beiden Piers hatte. Auf der Klippe stand ein Picknicktisch im Schatten einer großen Kiefer. Im Wasser unter uns tat ein Seeotter das, was diese Tiere am besten können: Er schwamm auf dem Rücken langsam durchs Wasser, fraß Muscheln und ließ sich verträumt die Sonne auf den Bauch scheinen. Der Otter befand sich so nahe am Ufer, daß ich das Knacken hören konnte, mit dem er die Muscheln an einem auf seiner Brust liegenden Stein zerbrach.

»Ich muß mit dir reden«, meinte Donna unvermittelt. »Und zwar bevor wir ins Ravella's gehen.«
Ich riß mich vom Anblick des Otters los und sah meine Cousine an. Sie hatte die sandfarbenen Augenbrauen zusammengezogen, ihre Stirn lag in Falten. »Hier geht es doch um mehr als um verstümmelte Pelikane«, sagte ich und runzelte jetzt ebenfalls die Stirn. »Gibt es Probleme in der Familie?«
Donna nickte. »Es geht um unseren Cousin Bobby.«
»Um wen denn sonst! Ist Bobby schon wieder in Schwierigkeiten?«
»Eigentlich hat er sich in letzter Zeit beachtlich gebessert und keinen Ärger mehr gemacht. Bis vor ein paar Tagen.«
Wir standen schweigend nebeneinander und betrachteten den Otter, der sich mittlerweile umgedreht hatte und jetzt unter Wasser in Richtung auf die Pier schwamm. Bobby war der einzige Sohn von Nick und Tina Ravella und darüber hinaus der kleine Bruder von drei älteren Schwestern. Er war neunundzwanzig, genauso alt wie mein Bruder Brian. Als ich die Augen schloß und mir Bobby vorstellte, sah ich einen zähen, drahtigen, von Jahren harter Arbeit auf dem Fischkutter seines Vaters gestählten Körper und ein schmales, gebräuntes Gesicht mit lockigen, schwarzen Haaren. Bobby hatte große, braune Augen mit langen Wimpern und ein unverschämt charmantes Grinsen, mit dem er die Herzen der Frauen im Sturm eroberte.
Doch das war nur die eine Seite seines Charakters. Die andere war, daß er ziemlich viel trank und dadurch einigen Ärger verursachte. Wenn er zuviel intus hatte, suchte er mit allen möglichen Leuten Streit, was nicht selten in einer handfesten Schlägerei endete. Noch schlimmer war, daß Bobby sich im Suff manchmal hinter das Steuer seines

liebevoll restaurierten Thunderbird Baujahr 1957 setzte, der früher einmal Nick gehört hatte. Auf diese Weise hatte er schon ein paarmal den Führerschein verloren und die Aufmerksamkeit sämtlicher Polizisten von Monterey County auf sich gezogen.

»Inwiefern hat Bobby sich denn gebessert?« fragte ich Donna. Sie und Bobby standen sich trotz des Altersunterschieds sehr nahe.

»Er ist Mitglied bei den Anonymen Alkoholikern geworden und geht regelmäßig zu ihren Treffen.« Donna trat von der Kante der Klippe zurück und ging wieder zum Uferweg, wo wir uns erneut unter die Spaziergänger und Rollschuhläufer mischten. »Ariel Logan hat ihn dazu gebracht.«

»Eine Frau also«, sagte ich. Es wäre nicht das erste Mal, daß Menschen sich durch Zuwendung eines anderen besserten. »Das muß aber eine ganz besondere Frau sein.«

»Das ist sie auch. Ich habe die beiden zusammengebracht, und deshalb fühle ich mich irgendwie verantwortlich. Es war im August letzten Jahres. Sie hat bei Ravella's Fisch gekauft, als Bobby und ich dort zum Essen waren. Die beiden sahen sich in die Augen, und schon hatte es gefunkt.«

»Woher kennst du Ariel?«

»Sie kommt aus Carmel und studiert Umwelttechnik am Polytechnikum in San Luis Obispo. Letzten Sommer habe ich sie bei einer Führung durch unser Meerwasserlabor in Granite Canyon kennengelernt. Seit einem Jahr verbringen Ariel und Bobby viel Zeit miteinander. Sie hat mir mehrmals gesagt, daß Bobbys Trinkerei sie stört, und ich glaube, sie hat ihm im Frühjahr eine Art Ultimatum gestellt. Das scheint gefruchtet zu haben, denn auf einmal ging Bobby sein Problem an und veränderte sich sehr zu seinem Vorteil. Mir ist das aufgefallen, und seinen Eltern auch. Sogar seine Exfrau hat es bemerkt.«

»Und was ist jetzt mit ihm los? Du gehst so langsam, daß du es bestimmt noch loswerden willst, bevor wir zu Ravella's kommen.«

Donna blieb stehen und sah mir ins Gesicht. Sie legte die Stirn in noch tiefere Falten und sagte: »Ariel Logan ist verschwunden.«

2

In der Nähe von Fisherman's Wharf steht in einem schattigen Park die Statue der heiligen Rosalia, der Patronin der italienischen Fischer. Die Schutzheilige im langen, wallenden Gewand blickt mit ausgestreckten Händen hinüber zum Hafen. Donna und ich blieben neben der Statue stehen und schauten hinab aufs Meer, dessen Wellen unterhalb des Parks an einen schmalen Sandstrand spülten. Ein junges Paar hatte sich am Strand niedergelassen und aß Sandwiches, wobei sie ständig die Möwen verjagen mußten, die frech ihren Anteil am Mittagessen einforderten.

Unter ein paar Kiefern entdeckte ich eine Bank und setzte mich darauf, streckte die Beine aus und betrachtete die staubigen Spitzen meiner einstmals weißen Joggingschuhe. Dann hob ich den Blick und sah hinaus auf die Mole der Küstenwache, vor der sich ein kleines Boot, in dem ein Mann mit einem großen Hund saß, seinen Weg durch die anderen Wasserfahrzeuge bahnte.

»Alle hier wissen, daß ich Bobbys Cousine bin«, sagte Donna. »Gestern hat mich eine Bekannte angerufen, die im Büro des Sheriffs arbeitet, und mir gesagt, daß der Sheriff Bobby vernehmen will.«

»Weshalb?«

»Bobby und Ariel hatten am Freitag letzter Woche einen schlimmen Streit im ›Rose and Crown‹. Das haben die Barfrau und mehrere Gäste mitbekommen.« Donna drehte sich ihre blonden Locken um die Finger. »Seitdem hat niemand mehr Ariel Logan gesehen – oder zumindest gibt niemand zu, sie gesehen zu haben.«

»Da steckt doch bestimmt mehr dahinter. Hat deine Bekannte dir sonst noch etwas gesagt?«

»Beim Sheriff ist einer von diesen allseits beliebten anonymen Telefonanrufen eingegangen«, sagte Donna. »So etwas in der Art wie: ›Wenn Sie wissen wollen, was mit Ariel Logan geschehen ist, fragen Sie doch mal Bobby Ravella.‹«

»Das war vermutlich irgendein Klugscheißer, der den Streit zwischen den beiden mitbekommen hat und sich einen schlechten Scherz erlaubt.«

»Oder es ist vielleicht doch etwas Ernsteres. Meine Freundin Marsha vom Tierschutzverein hat ebenfalls anonyme Anrufe erhalten, und zwar wegen der Pelikane. Der Inhalt der Anrufe war in etwa der gleiche.«

Ich setzte mich auf. »Meinst du damit, daß jemand Bobby mit den Verstümmelungen der Vögel in Zusammenhang bringen will?« fragte ich. »Das kann ich nicht glauben. Bobby tut so etwas nicht. Er ist Fischer, und er liebt das Meer – und alles, was damit zu tun hat.«

»Du und ich, wir wissen das. Ein Fischer braucht die Seevögel, weil sie ihm zeigen, wo die Fische sind. Als vor Jahren schon einmal Pelikane so zugerichtet wurden, haben sich die Fischer zusammengetan und nach dem Übeltäter gesucht. Sie wollten vermeiden, daß man sie mit diesen Dingen in Verbindung bringt. Leider gibt es immer wieder Leute, die Übergriffe gegen Seevögel sofort den Fischern anhängen.« Donna schüttelte den Kopf. »Ab und zu kommt es schon vor, daß einer von ihnen einen Seelöwen oder Otter erschießt«, fuhr sie fort. »Die Fischer wissen genau, daß die Tiere unter Naturschutz stehen, aber das Gesetz sieht auch Ausnahmen von dieser Regel vor. Wenn ein Seelöwe einem Fischer den Fang abjagen will, darf dieser zu angemessenen Mitteln greifen, um das zu verhindern. Bisher hat aber noch niemand festgelegt, was unter *angemessenen Mitteln* zu verstehen ist.«

»Aber Bobby würde niemals einen Seelöwen abschießen«, protestierte ich. »Ich bin einmal mit ihm hinausgefahren. Er benutzt diese Feuerwerkskörper, mit denen man die Tiere abschrecken kann. Seelöwenbomben heißen sie, glaube ich.«

»Stimmt. Aber er hat auch ein Gewehr an Bord. Für den Fall der Fälle«, sagte Donna und setzte sich neben mich auf die Bank.

Ich starrte hinaus auf das Wasser und dachte über meinen Cousin Bobby nach. Er war bestimmt kein schlechter Mensch. Er konnte zwar manchmal ein echter Rowdy sein, aber er war auch charmant und freundlich und lächelte gerne und viel. Was seine Arbeit betraf, so war er zuverlässig und kompetent. Seine Schwäche war der Alkohol, der bekanntlich auch den besten Menschen in ein Ungeheuer verwandeln kann. Bobbys Alkoholeskapaden schienen sich jedoch auf die Zeit von Freitag bis Sonntag zu beschränken, wenn er nicht draußen auf dem Meer war und sich statt dessen mit seinen Kumpanen einen hinter die Binde goß. War er damit noch ein Bursche, der am Wochenende ein paar Biere zuviel trank, oder schon Alkoholiker? Wann war diese Grenze überschritten? Ich konnte es nur schlecht beurteilen, denn ich hatte meinen Cousin schon eine ganze Weile nicht mehr gesehen.

»Es ist ein Unterschied, ob ein Fischer auf einen Seelöwen schießt, um seinen Fang zu sichern, oder ob jemand auf grausame Weise Pelikane verstümmelt. Um einem Vogel den Schnabel abzuschneiden, muß man ihn erst einmal fangen. So etwas erfordert Vorsatz und eiskalte Planung. Ich kann einfach nicht glauben, daß Bobby dazu fähig sein soll.«

Donna schüttelte den Kopf. »Ich auch nicht. So etwas würde er nie tun, nicht einmal im Vollrausch. Aber diese verdammten anonymen Anrufe beunruhigen mich doch. Erst wegen der Pelikane und jetzt auch noch wegen Ariel. Ich weiß nicht, was ich davon halten soll, Jeri.«

»Mir scheint, jemand will Bobby mit Gewalt etwas anhängen. Wann wurde Ariel denn als vermißt gemeldet? Und von wem?«

»Von ihren Eltern. Sie waren auf einer Europareise und sind erst am Sonntag abend wieder nach Hause gekommen. Der Sheriff hat sofort eine Fahndung nach Ariels Wagen eingeleitet, und gestern wurde er auf dem Parkplatz des Restaurants am Rocky Point gefunden. Das ist in der Nähe des Highway One.«

Das Pärchen unten am Strand warf den Möwen Brotbrocken zu, die sie in der Luft auffingen und sich gegenseitig wieder abzujagen versuchten. »Du hast gesagt, daß Ariel am Polytechnikum studiert«, sagte ich zu Donna. »Jetzt haben wir die letzte Woche im September. Das Herbsttrimester muß doch schon angefangen haben, oder?«

Donna nickte. »Sie hätte am Freitag ein Seminar gehabt, aber laut Ariels Mitbewohnerin ist sie in aller Frühe losgefahren. Als sie am Montag noch immer nicht zurück war, rief die Mitbewohnerin bei den Logans an.«

»Sie hat das Seminar sausen lassen, weil sie nach Monterey gefahren ist«, vermutete ich. »Ich schätze, sie wollte Bobby sehen, vielleicht aber hatte sie auch etwas anderes zu erledigen. Ich frage mich nur, ob sie am Sonntag wieder zurück nach San Luis Obispo gefahren ist, und welche Straße sie wohl genommen hat.«

Es gibt zwei verschiedene Routen, auf denen man von Monterey in das hundertfünfzig Kilometer südlicher gelegene San Luis Obispo kommt. Die Stadt, von ihren Bewohnern kurz »SLO« genannt, ist ein geruhsamer Ort, an dem es sich angenehm leben läßt. Wenn Ariel Logan für die Rückfahrt den schnelleren Weg gewählt hatte, war sie auf der California 68 von Monterey nach Salinas gefahren und hatte dort den U.S. 101 genommen, einen vierspurigen Freeway. Dieser verläuft von Südosten nach Nordwesten fast durch ganz Kalifornien und folgt in etwa der Route des alten, noch von den Spaniern angelegten *Camino Real*. Je nachdem, wie schnell sie gefahren war und wie oft sie auf dem Weg nach Süden Pause gemacht hatte, hätte Ariel Logan diese Strecke in zweieinhalb bis dreieinhalb Stunden bewältigen können.

Landschaftlich schöner wäre allerdings die Fahrt über den Highway One gewesen, der hier auch Coast- oder Cabrillo-Highway genannt wird. Die zweispurige Straße schlängelt sich an felsigen Klippen und Buchten entlang durch eine malerische Landschaft, die zu den schönsten der Welt zählt. Eine Fahrt also, bei der einem das Herz aufgeht und die einer jungen Frau nach einem Streit mit ihrem Freund sicherlich gutgetan hätte. Allerdings kommt man auf dieser Route weitaus langsamer voran. Bis auf die Wintermonate muß man auf der schmalen Straße mit starkem Touristenverkehr rechnen, so daß man sich an manchen Stellen nur im Schneckentempo fortbewegen kann. Doch das ist in Anbetracht der vielen engen Kurven vielleicht gar nicht so schlecht. Auf dieser Route hätte Ariel, abhängig von der Anzahl ihrer Zwischenstopps, etwa fünf bis sechs Stunden nach SLO gebraucht. Aber dort ist sie nie angekommen.

»Was hat Ariel wohl am Rocky-Point-Restaurant gemacht?« fragte ich mich laut. Der Ort, an dem man ihren Wagen gefunden hatte, befand sich sechzehn bis siebzehn Kilometer südlich von Carmel. Das Restaurant lag etwa einen

Dreiviertelkilometer vom Highway entfernt am Rand einer weit ins Meer hinausragenden Landspitze.
»Keine Ahnung«, sagte Donna. »Vielleicht war Ariel ja auch gar nicht auf dem Rückweg nach SLO, Jeri. Sie könnte schließlich aus einem anderen Grund zum Rocky Point gefahren sein, möglicherweise sogar gleich nach dem Streit mit Bobby in der Alvarado Street.«
»Vielleicht wollte sie nur eine Weile aufs Meer hinausschauen und über sich und Bobby nachdenken. Von der Bar des Restaurants aus hat man einen herrlichen Blick aufs Meer, und auf der Landzunge kann man wunderschöne Klippenwanderungen machen.«
»Aber die können an diesem Abschnitt der Küste ziemlich gefährlich sein. Man sagt, daß man dem Ozean dort nie den Rücken zukehren darf. Selbst wenn man sich in völliger Sicherheit glaubt, kann ganz plötzlich eine von diesen Riesenwellen kommen, die einen auf Nimmerwiedersehen ins Meer spülen.«
Ich nickte und erinnerte mich daran, daß in der Nähe des Rocky Point vor ein paar Jahren zwei einheimische Frauen einen Spaziergang mit ihrem Hund gemacht hatten. Eine Welle aus dem Pazifik – der seinem Beinamen »Stiller Ozean« nur selten gerecht wird – muß sie alle drei von den Klippen ins Meer gerissen haben. Lediglich der Hund, besser das, was von ihm noch übrig war, wurde etliche Wochen später an Land gespült. Die Leichen der beiden Frauen hat man meines Wissens bis heute noch nicht gefunden.
Daß der Ozean die Menschen manchmal in trügerischer Sicherheit wiegt, beweist der ganz harmlos aussehende, breite Sandstrand von Monastery Beach südlich von Carmel, der im Volksmund auch »Morturary Beach« heißt – der Leichenhausstrand. Hier, wo der Festlandsockel sehr

viel steiler abfällt als zum Beispiel an der Atlantikküste, gibt es direkt unter der blaugrün schimmernden Wasseroberfläche eine gefährliche Strömung, die am Leichenhausstrand schon viele Menschen hinaus ins Meer gezogen hat.

»Ich wage es ja kaum zu sagen«, meinte Donna mit ruhiger Stimme, »aber ich befürchte, daß Donna ertrunken ist.«

»Aber besteht denn nicht die Möglichkeit, daß sie im Restaurant jemanden getroffen hat und mit ihm weggefahren ist? Vielleicht hat irgend jemand so etwas beobachtet.«

»Ich möchte doch hoffen, daß der Sheriff sich danach erkundigt hat. Aber genau kann ich es dir nicht sagen.«

»Du erzählst mir das alles doch aus einem bestimmten Grund, oder nicht? Willst du denn, daß ich in dieser Hinsicht etwas unternehme?«

Donna sah mich mit ihren blauen Augen lange an. »Ich möchte, daß du mit Bobby sprichst. Nachdem mich gestern meine Freundin aus dem Büro des Sheriffs anrief, war ich bei ihm. Er schien überrascht und beunruhigt zugleich. Er wußte gar nicht, daß Ariel vermißt wird. Als er sie am Wochenende ein paarmal im Haus ihrer Eltern angerufen habe, sei nur der Anrufbeantworter eingeschaltet gewesen, sagt er. Daraus schloß er, daß sie zurück nach SLO gefahren war. Er hat dann noch vergeblich versucht, sie dort in ihrer Wohnung zu erreichen; nicht einmal ihre Mitbewohnerin konnte er an die Strippe bekommen. Bobby sagt, daß er Ariel seit dem Streit am Freitag nicht mehr gesehen habe, den Grund für ihren Streit wollte er mir aber nicht verraten.«

»Du und Bobby, ihr habt doch immer eine sehr enge Beziehung gehabt. Wieso sollte er ausgerechnet mir etwas sagen, was er dir nicht verraten will?«

»Ich dachte mir, daß wir ihn gemeinsam vielleicht doch zum Reden bringen«, erwiderte Donna achselzuckend. »Du weißt ja, wie stur er sein kann. Am Dienstag ging es nur darum, daß Ariel vermißt wird, aber wenn ich an diese anonymen Anrufe denke, bekomme ich ein flaues Gefühl im Magen. Dabei kann der mysteriöse Anrufer irgend jemand sein, der Bobby und Ariel bei ihrem Streit im Rose and Crown beobachtet hat.«

»Einverstanden«, sagte ich und stand auf. »Ich werde mit ihm reden. Kommt er heute mittag vielleicht ins Ravella's?«

»Warum glaubst du wohl, daß wir dorthin zum Essen gehen?« fragte Donna, als wir den Park in Richtung Uferweg verließen.

Ich grinste. »Und ich dachte, dich gelüstet nach Tintenfisch mit Pommes.«

»Nick und Tina wissen nichts von der Sache«, warnte mich Donna, als wir Fisherman's Wharf betraten. »Noch nicht. Aber bald werden sie es wohl wissen, denn die Gerüchteküche läuft auf Hochtouren. In einer Kleinstadt gibt es nun mal keine Geheimnisse, und trotz aller Bevölkerungsstatistiken und Großstadtallüren ist Monterey noch immer eine Kleinstadt.«

3

Früher einmal beherbergten die zu einem silbrigen Grau verwitterten, ein- und zweistöckigen Holzgebäude auf dem Fisherman's Wharf ein buntes Durcheinander von Restaurants, Lagerhäusern, Ausrüstungs- und Fischgeschäften. Die Restaurants und die Fischgeschäfte, in denen man die frischesten Meeresfrüchte weit und breit kaufen kann, gibt es immer noch, aber die Lagerhäuser und Ausrüstungsgeschäfte mußten Souvenirläden voller T-Shirts, Muscheln, Silberlöffeln, Keramikbechern und Filmen weichen. Auch Postkarten kann man hier erwerben – für den Fall, daß die Bilder doch nichts werden. Auf Fisherman's Wharf lebt man heute weniger vom Fisch- als vom Touristenfang.

Am Eingang zur Pier hatte sich ein großer Kreis aus Kindern und Erwachsenen um einen Drehorgelspieler mit Affen gebildet. Rechts von der Pier befanden sich das alte Zollhaus und das neuerbaute Meeresmuseum, der städtische Parkplatz und das zweistöckige Gebäude der Hafenmeisterei. Im Hafen, der sich zwischen Fisherman's Wharf und der Pier Zwei erstreckt, lagen neben Fischkuttern auch viele Freizeitboote. Ich genoß den vertrauten Anblick des Wassers und der Boote und hörte neben mir die Kinder über den Affen des Drehorgelspielers kichern. Je weiter Donna und ich auf die Pier hinausgingen, desto mehr Gerüche aus Lokalen und Imbißbuden mischten sich mit der salzigen Seeluft: fettiger Frittendunst, der verführerische Duft von Popcorn und frischen Brezeln, das süßliche Aroma von gebrannten Mandeln und rosa Zuckerwatte.

Kurz vor dem Ende der Pier, wo zwei kurze Stege nach Osten abzweigen, liegt der Eingang zu Ravella's. Wie gesagt, es ist eigentlich ein Fischgeschäft, in dessen hinterem Teil es einen kleinen Speiseraum mit Blick auf den Hafen gibt.

Ausgebreitet auf der Verkaufstheke lagen Fische und Krabben auf zerstoßenem Eis, und dahinter war ein Gestell voller Räucherlachs. Ein dunkelhaariger Mann in khakifarbenen Hosen, kurzärmeligem Hemd und himmelblauer Schürze, auf der in roter Schrift das Wort RAVELLA'S eingestickt war, wickelte gerade einer Kundin ihren Fisch ein und trat an die Registrierkasse. Die Frau reichte ihm einen Zwanzigdollarschein, und er gab ihr heraus. Erst dann blickte er auf, bemerkte mich und grinste.

»Hey, Jeri, ich habe schon gehört, daß du wieder einmal hier bist.«

»Hi, Nick.«

Die Kundin nahm ihren Fisch und verließ den Laden. Nick Ravella wischte sich die Hände an der Schürze ab und legte die Arme in einer liebevollen, nach Fisch riechenden Umarmung um Donna und mich. In diesem Augenblick kam seine Frau Tina aus dem Speiseraum, wo sie ihren Gästen gerade Sandwiches serviert hatte. Auch sie trug eine himmelblaue Schürze, die allerdings sehr viel sauberer als die von Nick war. Bevor sie ihren Platz hinter der Theke einnahm, schloß auch sie uns in ihre Arme.

Nick und Tina paßten hervorragend zusammen. Beide waren klein und hatten dunkle, inzwischen von einer Menge grauer Strähnen durchzogene Haare. In ihre freundlichen Gesichter hatten sich die Falten eines fast sechzigjährigen Lebens eingegraben, und Nick hinkte ein wenig wegen einer Hüftverletzung, die er sich in seiner Zeit als

Fischer zugezogen hatte. Er ist der Cousin meiner Mutter und etwa so alt wie sie. Hätte man Tinas Herkunft zurückverfolgt, wäre man vermutlich auch bei ihr auf eine entfernte Verwandtschaft mit meiner Familie gestoßen. Schließlich stammten ihre Vorfahren, genau wie die der Ravellas, aus Sizilien. Alle alten sizilianischen Fischerfamilien sind irgendwie miteinander verwandt.

»Habt ihr schon etwas gegessen?« fragte Tina Donna und mich.

»Nein, aber ich habe einen richtigen Heißhunger auf Tintenfisch mit Pommes«, sagte Donna, ohne einen Blick auf die Schiefertafel zu werfen, auf der mit Kreide die Tageskarte angeschrieben war. »Was ist mit dir, Jeri?«

Ich sah hinüber zu dem geräucherten Lachs auf dem Gestell hinter der Fischtheke. »Ich kann dem Räucherlachs nicht widerstehen.«

»Möchtest du vielleicht etwas Sahnekäse dazu?« fragte Tina und griff nach einem Sauerteigbrötchen. Ich nickte. Sie nahm ein Messer mit Wellenschliff und schnitt das Brötchen auseinander, dann drehte sie sich um und hängte die Körbe mit den Tintenfischringen und den Pommes frites ins siedende Öl.

»Die reine Cholesterinbombe«, sagte ich mit einem Blick auf Donna.

»Und was ist damit?« fragte sie mit einem schiefen Grinsen und deutete hinter die Theke, wo Tina gerade das Brötchen dick mit Sahnekäse bestrich.

»Was wollt ihr trinken?« fragte Nick und ging von der Theke zum Kühlschrank.

»Habt ihr Mineralwasser?« Er nickte und gab mir eine kalte Flasche Calistoga. Donna nahm das gleiche. Nick machte für sich selbst eine Dose Ginger-ale ohne Zucker auf und trank ein paar Schluck davon.

»Wie geht es Onkel Dom und Tante Teresa?« fragte ich, während ich den Schraubverschluß meiner Flasche aufdrehte. Nicks Vater war der jüngere Bruder von Großmutter Doyle und mit seinen über achtzig Jahren der Patriarch der Familie Ravella. Wie seine ein paar Jahre jüngere Frau Teresa auch, war er noch immer rüstig und aktiv und genoß in der weitverzweigten italo-amerikanischen Gemeinde von Monterey ein hohes Ansehen.

»Papa geht es prima«, sagte Nick. »Vermutlich ist er jetzt gerade drüben auf dem Platz vor dem alten Zollhaus, spielt mit seinen Freunden Boccia und diskutiert über Gott und die Welt. Mama war wirklich enttäuscht, daß du nicht zu unserem Picknick am Labor Day kommen konntest. Die Ravellas und Doyles und all die anderen Zweige der Familie waren da. Es war wirklich was los.«

Es hatte mir auch leid getan, daß ich zu dem Familientreffen nicht hatte kommen können. Aber zu diesem Zeitpunkt hatte ich bis über beide Ohren im Fall Raynor gesteckt, der als Scheidungsgeschichte begonnen und als Mordfall geendet hatte. Normalerweise befassen sich Privatdetektive nur selten mit Morden, aber ich hatte in letzter Zeit öfter, als mir lieb war, Bekanntschaft mit dem Tod gemacht. Deshalb hatte ich mich ja auch so auf diese Woche in Monterey gefreut, wo es für mich nichts Aufregenderes zu tun gab, als meine Verwandten und Freunde zu besuchen. Ich hatte vorgehabt, lange Spaziergänge auf dem Küstenweg zu machen, hinaus auf den Ozean zu schauen und mich durch den Stapel Taschenbücher zu arbeiten, den ich von zu Hause mitgebracht hatte. Jetzt allerdings, nachdem ich mich von Donna hatte überreden lassen, mit der Frau vom Tierschutzverein zu sprechen, sah es so aus, als ob ich zusätzlich auch noch etwas Detektivarbeit würde leisten müssen.

»Wann bist du denn angekommen?« fragte Tina.

»Gestern.« Gestern, am Mittwoch, war ich schon in aller Frühe aufgestanden und hatte unter den ungnädigen Blikken meiner Katze Abigail die Reisetasche gepackt. Abigail mochte es gar nicht, wenn ich sie allein ließ. Meine Freundin Cassie, der ich einen Schlüssel zu meiner Wohnung gegeben hatte, wollte jeden Tag auf dem Heimweg von der Arbeit dort vorbeischauen, die Katze füttern und meine Post aus dem Briefkasten nehmen. Die Fahrt von Oakland nach Monterey dauerte etwa zwei Stunden. Ich hatte das Ende des vormittäglichen Berufsverkehrs abgewartet, bei dem es in San Jose oft einen Stau gibt. Andrerseits hatte ich, außer um zwei Uhr früh, San Jose eigentlich noch nie ohne Verkehrschaos erlebt. Hier, rings um die Bucht von San Francisco, war in den letzten Jahren so viel gebaut worden, daß ich auf meiner Fahrt erst aus bewohntem Gebiet herausgekommen war, als ich San Jose, Morgan Hill und Gilroy hinter mir gelassen hatte. Auf dem Weg nach Süden hatte ich auf der Suche nach halbwegs erträglicher Musik so gut wie alle Sender im Autoradio durchgeschaltet und überlegt, was wohl ein Außerirdischer, der draußen im All die amerikanischen Radiostationen abhörte, dazu sagen würde, daß auf sämtlichen Wellen ständig Werbespots für Coca-Cola light ausgestrahlt wurden? Ich jedenfalls fand das ziemlich befremdlich.

Tina hatte mein Lachsbrötchen fertig und stellte es vor mich auf die Theke. Dann häufte sie Tintenfisch und Pommes auf Donnas Teller. »Willst du vielleicht auch ein paar Fritten, Jeri?« fragte Tina.

»Nein, danke, ich klaue mir welche von Donna.«

»Das wirst du nicht tun«, protestierte Donna und ging mit ihrem Teller und der Ketchupflasche in Richtung Speiseraum, wobei sie mit einem Arm demonstrativ ihr Essen vor mir abschirmte.

»Eure Portionen sind noch immer so groß wie früher«, sagte ich zu Tina und nahm meine Geldbörse aus der Hosentasche. »Was bin ich dir schuldig?«
»Ich nehme doch von Familienmitgliedern kein Geld«, entgegnete Tina und bedeutete mir, den Geldbeutel wieder wegzustecken.
»Halb Monterey besteht aus deinen Familienmitgliedern. Wenn du die alle freihältst, dann seid ihr bald pleite.« Ich las die Preise von der Schiefertafel und legte die entsprechende Anzahl von Dollarnoten auf die Theke. »Und außerdem habe ich Donna versprochen, daß ich sie zum Mittagessen einlade.«
»Na schön«, meinte Tina achselzuckend, nahm meine Scheine und gab mir etwas Kleingeld heraus.
»Danke«, sagte Donna. »Wenn du schon zahlst, werde ich dir vielleicht doch ein paar Pommes überlassen.« Sie ging voran an den ersten Tisch im Speisesaal, der jedoch so nahe an der Theke stand, daß wir uns noch mit Nick und Tina unterhalten konnten. Donna steckte sich eine Papierserviette in den Kragen ihres T-Shirts, gab einen Klecks Ketchup auf ihre Fritten und spießte einen Tintenfischring mit der Gabel auf. Ich biß in mein Sandwich und genoß die Kombination von Lachs und Sahnekäse.
Nick ging an die Theke, um einen Kunden zu bedienen, während Tina uns mit einem Bericht über den Ravellaschen Nachwuchs auf den neuesten Stand brachte. Elena, ihre jüngste Tochter, die mit ihrem Mann in Santa Cruz lebte, war schon wieder schwanger und würde bald ihr drittes Kind und damit Tinas sechsten Enkel zur Welt bringen. Bobby und seine Exfrau Linda hatten einen Sohn mit Namen Nicky, und Sally, die älteste Tochter, hatte zwei Kinder. Sie war in etwa so alt wie Donna und hier in Monterey verheiratet. Dann hatte Tina noch eine weitere

Tochter namens Angie, die dreiunddreißig Jahre alt war und keine Kinder hatte. Sie wohnte in Morro bei San Luis Obispo, arbeitete als Lehrerin und war mit einem Mann verheiratet, der einen Job im Kraftwerk der Pacific Gas & Electric hatte.

»Und wie läuft das Geschäft?« fragte ich, nachdem ich einen Bissen von meinem Sandwich mit einem Schluck Mineralwasser hinuntergespült hatte.

»Ziemlich gut«, antwortete Tina, »besonders in der Touristensaison. Da geht es allen hier auf dem Fisherman's Wharf blendend. Auch wenn wir nicht so vornehm sind wie das Restaurant deiner Mutter, können wir uns über mangelnden Umsatz nicht beklagen.«

Ich stibitzte Donna noch ein paar Pommes und trank etwas Mineralwasser. Seit sechs Jahren betrieb meine Mutter in der Innenstadt von Monterey ein ziemlich anspruchsvolles Speiselokal mit Namen »Café Marie«. Sie hatte es von dem Geld eröffnet, das ihr mein Vater nach der Scheidung gezahlt hatte. Vielleicht war es ein wenig spät im Leben, um eine neue Karriere zu starten, aber andererseits war meine Mutter immer schon eine begnadete Köchin gewesen. Schon früher hatte sie ab und zu Büfetts ausgerichtet, und nach ihrer Scheidung hatte sie einen sechzehnmonatigen, sündhaft teuren Intensivkurs an der Kalifornischen Kochakademie in San Francisco belegt. Nach allem, was man hörte, war Café Marie ein voller Erfolg. In einem Gourmetführer, der Ambiente und Service eines Lokals ebenso kritisch unter die Lupe nahm wie die Qualität seiner Küche, hatte es sogar vier Sterne bekommen. Seitdem konnte sich Mutter vor Tischreservierungen kaum mehr retten, und an den Wochenenden und in der Touristensaison war im Café Marie kaum mehr ein Platz zu bekommen.

»Wie ich höre, hat sie jetzt sogar einen Assistenten eingestellt«, sagte ich und wischte mir den Mund ab. Zuzugeben, daß sie es nicht alleine schaffte, obwohl sie vierundzwanzig Stunden am Tag für ihr Lokal da war, war Mutter bestimmt schwergefallen. Meiner Meinung nach war sie geradezu besessen von ihrem Restaurant. »Ich hätte nie geglaubt, daß sie einen anderen Koch neben sich dulden würde.«

»Ich habe Marie immer wieder gesagt, daß sie sich nicht überarbeiten soll«, meinte Nick, der hinter der Theke hervorgekommen war. »An manchen Tagen war sie achtzehn, zwanzig Stunden in ihrem Restaurant. Sie bekam schon dunkle Ringe unter den Augen. Warum machst du denn alles alleine? habe ich sie gefragt. Stell dir doch jemanden ein, der dir hilft. Schließlich werden wir alle nicht jünger, und Marie ist so alt wie ich. Sie hat sich dann ein paar Leute angesehen und nach langem Hin und Her einen von ihnen eingestellt. Aber sie arbeitet immer noch achtzehn Stunden am Tag, und ich könnte mir vorstellen, daß sie dasselbe auch von ihrem Assistenten verlangt. Sprich doch du mal mit ihr, Jeri.«

»Das werde ich«, sagte ich und warf Donna eine vielsagenden Blick zu. Als ob sich meine Mutter ausgerechnet von mir etwas sagen lassen würde! Reden ließ sie mich vielleicht, aber ob sie mir auch zuhören würde, stand auf einem ganz anderen Blatt.

»Im Sommer haben wir alle viel zu tun«, meinte Tina. »Jetzt ist zwar fast schon Oktober, aber solange das Wetter noch gut ist, haben wir Saison.«

Als wollten sie diese Worte bestätigen, betraten in diesem Augenblick ein Mann und eine Frau den Laden. Sie trugen Baumwollshorts und T-Shirts mit dem Aufdruck MONTEREY BAY AQUARIUM, und der Mann hatte eine Kamera vor der Brust hängen. Sie studierten die Schiefertafel über Tinas Kopf und bestellten sich etwas zu essen. Nach ihnen kam ein weiterer Kunde, der sich offenbar für die Fische auf dem Eis interessierte, und Nick ging hinüber zur Fischtheke.

»Ich hoffe, daß der Assistent meiner Mutter jung, gesund und geduldig ist«, sagte ich und nahm einen tiefen Schluck von meinem Mineralwasser.

Donna lachte und verdrehte die Augen. »Sag bloß, du hast ihn noch nicht gesehen.«

»Nein, habe ich nicht. Ich war noch nicht mal in der Nähe des Restaurants. Schließlich bin ich ja auch erst gestern hier angekommen.« Ich nahm mir ein paar panierte Tintenfischärmchen von Donnas Teller und tauchte sie in einen Klecks Ketchup. Donna rächte sich dafür, indem sie mir ein Stück Räucherlachs von meinem Sandwich stibitzte. »Na los, erzähl schon, was das für ein Typ ist«, forderte ich sie auf. »Du hast schon wieder so ein verschmitztes Funkeln in deinen blauen Babyaugen.«

»Dunkelhaarig, melancholisch und angeblich unwiderstehlich«, schnaubte Donna verächtlich und fuchtelte zur Unterstreichung ihrer Worte mit der Mineralwasserflasche herum. »Ein kleiner Heathcliff, für den Dutzende von Frauen aus Monterey liebend gerne die Cathy spielen würden.«

»Hast du wieder mal zuviel Emily Brontë gelesen? Wie heißt denn dieser Assistent überhaupt? Und ist er wirklich aus den Yorkshire-Mooren geflohen?«

»Er heißt Julian Surtees und ist aus Los Angeles geflohen.«

»Julian Surtees«, wiederholte ich. »Klingt fast so, als hätte er sich den Namen ausgedacht. Wer weiß, vielleicht ist er ja ein arbeitsloser Schauspieler. Aber eines ist klar: Er muß erstklassige Referenzen haben, sonst hätte meine Mutter ihn nie in ihre Küche gelassen. Oder meinst du vielleicht, daß er ihr schöne Augen gemacht hat?«

»Soviel ich weiß, hat Marie schon einen anderen Freund.«
»Wie bitte?« fragte ich und biß von meinem Sandwich ab. Das war mir neu. Gestern abend hatte ich Mutter nur ganz kurz gesehen. Kaum hatte ich meinen Wagen vor ihrem kleinen Haus in der Larkin Street geparkt gehabt, war sie schon herausgekommen und hatte mir einen Hausschlüssel in die Hand gedrückt. Sie hatte mich zur Begrüßung geistesabwesend in die Wange gekniffen und war dann in Richtung Restaurant entschwunden. Ich war ins Haus gegangen und hatte mir aus dem Inhalt ihres Kühlschranks, der genauso spärlich bestückt gewesen war wie mein eigener in Oakland, etwas zum Abendessen gezaubert. Dabei sollte man doch eigentlich annehmen, daß eine Frau, die ein erstklassiges Restaurant führt, immer etwas Eßbares im Haus haben müßte.
Donna wollte sich offenbar nicht weiter über das Privatleben meiner Mutter auslassen und trug statt dessen schweigend den Tintenfischberg auf ihrem Teller ab. Ich verputzte mein Sandwich und betrachtete die beiden neuen Gäste, die mit ihren Getränken in der Hand an uns vorbeigingen. Sie suchten sich einen Tisch vor dem Panoramafenster aus und saßen noch keine halbe Minute da, als die Frau schon auf etwas draußen auf dem Wasser deutete und der Mann seine Kamera ans Auge riß, um es zu fotografieren.
Ich sah hinüber zu Tina, die das Essen für die beiden herrichtete, und zu Nick, der an der Registrierkasse stand. Als sein Kunde gezahlt hatte, kam er wieder an unseren Tisch.
»Hat deine Mom dir erzählt, was in ihrem Restaurant los ist?« fragte er.
Ich schluckte hinunter und trank etwas Mineralwasser. Alle Leute schienen zu glauben, daß ich nach meiner Ankunft in Monterey nichts Eiligeres zu tun gehabt hatte, als ein

ausgiebiges Mutter-Tochter-Gespräch zu führen. So etwas war bei uns aber eher die Ausnahme; meine Mutter und ich verstanden uns nicht allzu gut. Wenn wir uns ausnahmsweise einmal länger miteinander unterhielten, vermieden wir nach Möglichkeit Reizthemen wie meinen Beruf oder die Tatsache, daß sie meinen Vater verlassen hatte. Wurde trotzdem eines dieser Themen angeschnitten, dann endete das Gespräch unweigerlich in einem handfesten Streit.

»Ich hatte gestern abend keine Gelegenheit, mit meiner Mutter zu sprechen, Nick. Als ich ankam, war sie gerade auf dem Weg zur Arbeit, und als sie wieder nach Hause kam, war ich schon im Bett.« Ich nahm meine Mineralwasserflasche und fragte mich, ob meine Mutter, selbst wenn ich sie gesehen hätte, auf ihren neuen Freund oder das zu sprechen gekommen wäre, was Nick gerade angedeutet hatte. Es war typisch, daß ich so etwas von anderen Leuten erfahren mußte. »Was ist denn in ihrem Restaurant los?« fragte ich.

Nick und Donna sahen sich an, dann kam Nick mit einem Achselzucken direkt zur Sache. »Sagen wir mal so: Es passieren dort in letzter Zeit seltsame ›Unfälle‹.«

»Also, ich würde das anders nennen«, bemerkte Donna und spritzte aus der Plastikflasche noch etwas Ketchup über ihre restlichen Pommes frites. »Nur am Anfang sah es nach Unfällen aus, aber was danach kam, das muß jemand mit Absicht gemacht haben.«

Ich wartete auf eine Erklärung, aber dazu kam es nicht mehr. Nick schaute nämlich hoch, und als ich seinem Blick folgte, sah ich, wie ein Mann den Fischladen betrat. Er trug ausgewaschene Jeans, ein fleckiges, ockerfarbenes T-Shirt und Schuhe mit dicken Sohlen. Er sah müde aus, als er langsam an einer Frau in mittleren Jahren vorbeiging, die andächtig einen Fisch auf dem Eis der Theke betrachtete. Der Mann war schlank, drahtig und muskulös. Er hatte schwarze, lockige Haare und eine von Sonne und Salzwasser gegerbte, olivfarbene Haut, die ihn älter aussehen ließ, als er war. Er ließ Kopf und Schultern hängen und kam mir irgendwie ferngesteuert vor. Erst als er kurz vor unserem Tisch war, blickte er auf und erkannte Donna und mich. Das Lächeln, das sich daraufhin auf seinem Gesicht breitmachte, schien mit einem Mal all die dunklen Wolken zu verscheuchen, in denen er eben noch gefangen gewesen war.

»Sieh mal einer an, wer da ist«, sagte Bobby und stemmte die Hände in die Hüften. »Meine hübsche Cousine aus Oakland. Na los, Jeri, gib mir einen Kuß!«

Ich wischte meine Hände an der Serviette ab und stand auf. Bobby war mit seinen eins achtundsiebzig nur ein paar Zentimeter größer als ich. Er kniff mich sanft in die Wange, legte mir seine starken Arme um die Hüften und drückte mich an sich. Er roch nach Fisch, Salz und Schweiß. Donna lehnte sich zurück und sah zu, wie wir uns umarmten. »Und was ist mit mir?« fragte sie in neckischem Ton. »Kriege ich denn keinen Kuß?«

»Dich sehe ich doch ständig«, meinte Bobby. Er ließ mich los, beugte sich über Donna und hauchte ihr einen Kuß auf die Stirn. Dann gab er seinem Vater einen kumpelhaften Klaps auf den Rücken und sagte: »Hallo, Paps. Wie läuft das Geschäft?«

»Recht gut«, antwortete Nick. »Und bei dir? Hattest du einen guten Tag? Wie viele Tonnen hast du gefangen?« Mit einem Schulterzucken nannte Bobby eine Zahl. Nick runzelte die Stirn. »Das ist aber keine volle Ladung.«

Bobby grinste und zuckte noch einmal mit den Schultern. »Die Tintenfische machen offenbar irgendwo Ferien, meine Damen. Vielleicht in der Morro Bay. Morgen müssen wir eben weiter hinausfahren und noch länger draußen bleiben. Übrigens, Paps, die Fischpumpe macht's nicht mehr allzu lange.«

Bobby meinte damit eine Vorrichtung, die die gefangenen Tintenfische aus dem Netz in den Laderaum beförderte. Der Fischkutter meines Cousins hieß nach seinem Sohn *Nicky II* und war der Nachfolger der *Nicky I*, die früher einmal Onkel Dom gehört hatte. Bobby hatte auch schon nach Makrelen, Sardellen und Sardinen gefischt, in letzter Zeit aber hatte er sich auf den Fang von Tintenfischen spezialisiert.

Ich wußte, daß es für Tintenfisch genau reglementierte Fangquoten gab und daß die Fischer von Monterey nur zwischen Mitternacht und zwölf Uhr mittags fischen durften. Das bedeutete, daß die Boote um zehn oder halb elf Uhr nachts auslaufen mußten, damit sie um Mitternacht in den Fanggründen waren. Am folgenden Tag kamen sie dann gegen Mittag wieder zurück und leerten ihre Laderäume. Damit aber war die Arbeit noch lange nicht getan: Im Hafen mußten das Boot gesäubert, zerrissene Netze geflickt, der Schiffsdiesel gewartet und gegebenenfalls repariert werden. Kein Wunder, daß Bobby einen so erschöpften Eindruck machte. Es war schon nach ein Uhr nachmittags, und er mußte gut vierzehn Stunden Arbeit hinter sich haben. Vermutlich sehnte er sich danach, in seine Wohnung zu kommen, zu duschen und sich ein paar Stunden aufs Ohr zu legen, bevor am späten Abend alles wieder von vorne losging.

Bobby ließ Nick stehen und gab Tina, die eben hinter der Theke hervortrat, um den Gästen am Fenster ihre Sandwiches zu bringen, einen raschen Kuß. Dann begab er sich hinter die Theke und öffnete den Kühlschrank. Einen

Augenblick schien Bobbys Hand vor den Bierflaschen zu zögern, aber dann griff sie doch nach einer Flasche Mineralwasser. Bobby trank sie fast in einem Zug leer, stellte sie auf die Theke und wischte sich mit dem Handrücken den Mund ab.
Tina musterte ihn mit einem strengen Blick, als sie ihren Platz hinter der Theke wieder einnahm. »Hast du denn überhaupt schon etwas gegessen?« fragte sie ihren Sohn, und als dieser den Kopf schüttelte, fuhr sie fort: »Dann mache ich dir ein Sandwich. Was für eines hättest du denn gerne?«
»Pastrami«, antwortete Bobby.
»Okay. Und jetzt geh mir bitte aus dem Weg. Warum unterhältst du dich nicht ein wenig mit Jeri und Donna?«
Bobby räumte den Platz an der Theke und stellte sich neben Nick an unseren Tisch. »Sag mal, Jeri«, begann er mit einem verschmitzten Augenzwinkern, »hättest du nicht Lust, mit mir zum Fischen rauszufahren? Mir fehlt zur Zeit ein Mann an Bord.«
»Auf gar keinen Fall«, entgegnete ich und stöhnte. Daß mir auf einem Schiff sofort übel wurde, hatte in unserer Familie schon oft für Heiterkeit gesorgt. Wie konnte bloß jemand, dessen Vorfahren allesamt Fischer waren, unter Seekrankheit leiden? Ich wußte darauf auch keine Antwort, aber trotzdem genoß ich das Meer lieber von der Küste aus. Mir wird jetzt noch schlecht, wenn ich an meine wenigen Abstecher an Bord denke.
»Wieso fehlt dir ein Mann?« wollte ich wissen.
»Im Juni mußte ich Frank entlassen, und der Bursche, den ich für ihn einstellte, hat bald darauf wieder gekündigt. Bis jetzt habe ich keinen Ersatz für ihn finden können. Hier gibt es nicht mehr so viele Fischer wie früher.«
Das erstaunte mich, denn schließlich war der Fischfang in

Monterey nach wie vor eine wichtige Industrie, die insgesamt etwa zweitausend Menschen auf den Schiffen und in den Fischfabriken Arbeit gab.

»Wenn ihr Fischer vom Aussterben bedroht seid«, sagte ich, »wieso geht es dann im Hafen noch immer so geschäftig zu wie eh und je?«

»Glaubt man Großvater Dom, dann sind wir schon so selten wie der Habichtskauz«, meinte Bobby und nahm einen Schluck von seinem Mineralwasser. »Seiner Meinung nach sind unsere Tage gezählt.«

Nick schüttelte den Kopf. »Ich bin da anderer Meinung als mein Vater. Zumindest, was Monterey anbelangt. Es hängt eben alles davon ab, welche Fische man fängt. Tintenfische sind noch immer ein lohnendes Geschäft, auch wenn sie in diesem Jahr wegen der warmen Strömung nicht in die Bucht kommen.«

»Die Lachsfischerei liegt auch darnieder«, bemerkte Donna. »Lachse brauchen Süßwasser, und davon fließt bei der Dürre, die hier seit sieben Jahren herrscht, einfach nicht mehr genügend ins Meer. Dazu kommen die Probleme mit der Umweltverschmutzung, der Landwirtschaft und dem Kahlschlag. Wenn man ganze Wälder abholzt, versanden die kleinen Bäche und transportieren nicht mehr genügend Wasser in die Flüsse. Das wenige, was übrig bleibt, wird dringend zur Bewässerung der Felder und zur Wasserversorgung der Städte gebraucht. Da bleibt nicht mehr viel für die Fische übrig.«

»Stimmt. Ich habe gehört, daß aus diesen Gründen der hiesige Lachs bald auf die Rote Liste gesetzt werden soll.«

»Da solltest du mal hören, was die Lachsfischer davon halten«, sagte Bobby. »Die beschweren sich über die Fangquoten, die ihnen die Regierung auferlegt.«

Donna schüttelte den Kopf und war jetzt ganz die Vertreterin der Fischerei- und Jagdbehörde. »Wenn wir keine Lachsfangquoten eingeführt hätten, dann würden die Fischer so viele fangen, wie sie nur könnten. Und damit hätten sie nicht nur den Lachs überfischt, sondern auch ihre eigene Existenz ruiniert. Weißt du denn nicht mehr, was mit den Sardinen passiert ist?«

Wie hätte ein Mensch in Monterey vergessen können, was mit den Sardinen passiert war? Schließlich hatten die kleinen, silbrig glänzenden Fische fast ein halbes Jahrhundert den hiesigen Fischfabriken Arbeit gegeben. In den frühen fünfziger Jahren waren die Sardinen dann urplötzlich aus der Bucht von Monterey verschwunden gewesen. Niemand hatte gewußt, weshalb, aber bestimmt war die jahrelange Überfischung daran schuld gewesen. Allerdings gibt es auch Fischer und Meeresbiologen, die glauben, daß Fischbestände in viele Jahre dauernden Zyklen zu- und abnehmen. Vermutlich ist an beiden Theorien etwas dran. In den letzten Jahren wurden übrigens wieder Sardinen in der Bucht entdeckt, wenn auch in sehr viel geringerer Anzahl als früher.

»Wie lange wirst du denn bleiben, Jeri?« fragte Bobby.

»Eine Woche. Wir sollten uns mal treffen und uns unterhalten.«

»Machen wir«, sagte er. »Du wirst dich wundern, wie Nicky inzwischen gewachsen ist.«

Tina brachte Bobby einen Teller mit mehreren Pastrami-Sandwiches. Er nahm eines davon und biß so herzhaft hinein, als hätte er eine ganze Woche lang nichts mehr zwischen die Zähne bekommen. Er hatte es gerade halb aufgegessen, als ein Mann ins Lokal kam. Donna betrachtete den Neuankömmling über meine Schulter hinweg mit zusammengekniffenen Augen. Ich drehte mich um.

Ein Polizist, dachte ich sofort, als ich den großen, breit-

schultrigen Mann in seinem etwas zu eng sitzenden grauen Sommeranzug sah. Er war etwa Mitte Vierzig und hatte ein von Falten zerfurchtes Gesicht und ziemlich viele graue Strähnen in seinen sandfarbenen Haaren. Seine kieselgrauen Augen unter den buschigen Augenbrauen erforschten rasch das Lokal, um dann starr auf Bobby zu verweilen.
»Sind Sie Robert Ravella?« fragte der Mann.
Bobby legte sein Sandwich auf den Teller und wischte sich den Senf von den Lippen. »Ja, ich bin Bobby Ravella.«
»Sergeant Mike Magruder vom Büro des Sheriffs von Monterey County«, stellte sich der Mann im grauen Anzug vor und zeigte Bobby seine Dienstmarke. »Ich würde mich gerne mit Ihnen unterhalten, Mr. Ravella.«
»Worüber?« fragte Bobby langsam und sah Magruder beunruhigt an.
»Über eine Freundin von Ihnen, die als vermißt gemeldet wurde. Der Name der Frau ist Ariel Logan.«
»Ich habe sie seit Freitag nicht mehr gesehen«, sagte Bobby und starrte an dem Sergeant vorbei ins Leere.
»Soviel ist mir bekannt«, entgegnete Magruder.
»Gibt es was Neues?« fragte Donna.
Magruder ließ sich Zeit mit seiner Antwort und nahm die Augen nicht von Bobbys Gesicht. Als er schließlich sprach, krampfte sich Bobbys Hand fest um sein Mineralwasser. Er biß die Zähne aufeinander und sah aus, als würde er bei der kleinsten Berührung zerspringen wie Glas.
»Heute früh wurde bei der Brücke am Rocky Creek eine tote Frau angespült«, sagte Magruder mit betont ruhiger Stimme. »Wir nehmen an, daß es sich bei der Leiche um Ariel Logan handelt.«

4

Bis zu dem Moment, als Sergeant Magruder von der Leiche sprach, hatten wohl alle Leute, die Ariel Logan kannten, gehofft, daß sie nur einfach für ein paar Tage irgendwohin verschwunden wäre, um sich von dem Streit mit Bobby zu erholen, und daß sie schon bald wieder auftauchen würde und alles in Ordnung käme.

Ich warf Donna einen raschen Blick zu und bemerkte, daß auch sie insgeheim gehofft hatte, alles möge sich in Wohlgefallen auflösen, obwohl sie vorhin die Befürchtung geäußert hatte, Ariel könnte ertrunken sein. Dann sah ich zu Bobby hinüber, der kreidebleich auf seinem Stuhl zusammengesunken war.

»Wie lange wird es dauern, bis die Leiche eindeutig identifiziert ist?« fragte ich.

»Das hängt davon ab, wie lange sie im Wasser gelegen hat und wie rasch sie geborgen werden kann.« Magruder musterte mich mit ausdruckslosem Gesicht und wußte ganz offensichtlich nicht, wo er mich hintun sollte. »Wir haben die Eltern von Miß Logan für alle Fälle schon einmal um die zahnärztlichen Unterlagen ihrer Tochter gebeten. Wohlgemerkt, ich kann noch nicht sagen, ob es sich bei der Leiche um Miß Logan handelt, aber immerhin wurde ihr Wagen auf dem Parkplatz am Rocky-Point-Restaurant gefunden. Das ist nicht weit vom Rocky Creek entfernt.«

Die Augen im kantigen Gesicht des Sergeants waren hart wie Stein. Nachdem er mich erneut von oben bis unten gemustert hatte, wandte er sich wieder Bobby zu. »Sie

haben gesagt, Sie hätten Miß Logan seit Freitag nicht mehr gesehen.«
»Stimmt«, antwortete Bobby einsilbig. Während der Sergeant ihm weitere Fragen stellte, blickte ich hinüber zu Nick und Tina Ravella. Die beiden schienen wie vor den Kopf geschlagen. Nur langsam dämmerte ihnen, daß der Sergeant ihren Sohn vielleicht deshalb befragte, weil er möglicherweise etwas mit Ariel Logans Tod zu tun haben könnte.
Magruder bekam nicht allzuviel aus Bobby heraus, außer daß er Ariel Logan nicht mehr gesehen habe, seit sie sich am Freitag nachmittag vor dem Rose and Crown getrennt hatten. Wie oft müsse er das eigentlich noch sagen? Der Streit zwischen ihm und Ariel sei eine Privatangelegenheit gewesen, über die er sich nicht weiter auslassen wolle. Schließlich stand Bobby mit abrupten, eckigen Bewegungen auf und verließ das Lokal, ohne den Sergeant noch einmal eines Blickes zu würdigen.
Magruders steinharte Augen folgten meinem Cousin, bis er um eine Ecke bog und unseren Blicken entschwand. Dann verabschiedete er sich und verließ das Restaurant, das mir bis zu seinem Auftauchen so angenehm und gemütlich erschienen war.
Weil Donna wieder zur Arbeit mußte, brachen auch wir auf. Trotz meines unguten Gefühls versuchte ich Nick und Tina zu beruhigen; das käme alles schon wieder in Ordnung. Aber ich glaubte selbst nicht so ganz, was ich sagte. Sergeant Magruders Blick hatte mir deutlich zu verstehen gegeben, daß er meinem Cousin am liebsten Handschellen angelegt hätte.
»Ich werde noch kurz bei Onkel Dom vorbeischauen«, sagte ich zu Donna am Eingang zu Fisherman's Wharf, wo noch immer der Affe des Drehorgelspielers herumtollte.

»Okay. Wir treffen uns dann um vier im Büro des Tierschutzvereins«, meinte Donna und winkte mir zu, während sie sich auf dem Uferweg entfernte.

Ich ging am alten Zollhaus vorbei, das früher einmal den Hafeneingang von Monterey bewacht hatte und jetzt ein Museum für Stadtgeschichte war. In seinen aus Lehmziegeln und Natursteinen erbauten Mauern barg es eine Ausstellung der Güter, die in den dreißiger Jahren des neunzehnten Jahrhunderts um Kap Hoorn herum auf Segelschiffen in die Stadt gebracht wurden. Auf der anderen Seite des sonnigen Platzes waren die beiden mit Beton eingefaßten Bocciabahnen.

Bis heute habe ich die Regeln dieses alten italienischen Spiels, bei dem man mit Kugeln nach anderen Kugeln wirft, noch nicht ganz verstanden. Onkel Dom sagt immer, daß meine Begriffsstutzigkeit nur daher rührte, daß mein italienisches Blut verwässert worden sei. Seiner Meinung nach ist das übrigens auch der Grund für meine Seekrankheit.

Ich entdeckte Onkel Dom am Ende der beiden Bocciabahnen. Sein gedrungener Körper steckte in einer braunen Hose und einem karierten Hemd. Er hatte eine Kugel in der Hand und bereitete sich mit zusammengekniffenen Augen auf seinen Wurf vor. So wird Bobby in fünfzig Jahren aussehen, dachte ich. Sein schwarzes Haar wird weiß sein, sein bräunliches Gesicht voller Falten, seine Muskeln schlaff vom Alter. Onkel Dom schwang den rechten Arm zurück und ließ die Kugel los, die unter beifälligem Gemurmel seiner Mitspieler genau ihr Ziel traf. Man sprach Italienisch miteinander, und die Spieler waren ausschließlich Männer. Einige wenige waren in meinem Alter, die meisten aber schon ziemlich alt. Als sich der nächste Spieler zum Wurf bereitmachte, entdeckte mich mein Großonkel und kam herüber, um mich zu begrüßen. Er breitete beide Arme aus und drückte mich fest an seine Brust.

»Höchste Zeit, daß du uns wieder einmal besuchen kommst«, sagte er strahlend. Obwohl er hier in Monterey auf die Welt gekommen war, sprach er mit dem gleichem sizilianischen Akzent wie seine Eltern. In seiner Jugend wurde zu Hause nur Italienisch gesprochen. »Warum bleibst du nur immer so lange fort?«

Ich erklärte ihm, daß ich sehr viel zu tun gehabt hätte, aber das zog bei ihm überhaupt nicht. Für die italienischen Männer seiner Generation gehörte eine Frau ins Haus und hatte sich um Mann und Kinder zu kümmern. Zwar gab auch er zu, daß sich seit seiner Jugend einiges geändert hatte, aber die Familie hatte nach wie vor einen hohen Stellenwert für ihn. Ich nahm mir vor, in Zukunft häufiger in Monterey vorbeizuschauen.

Wir gingen um die Bocciabahn herum und setzten uns auf eine niedrige Betonmauer. Als Onkel Dom ein Päckchen Zigaretten aus der Brusttasche seines Hemdes zog, warf ich ihm einen mißbilligenden Blick zu. »Du sollst doch nicht rauchen«, meinte ich tadelnd.

»Ich bin jetzt achtzig Jahre alt«, entgegnete er und zündete sich eine Zigarette an. »Bis jetzt hat es mich nicht umgebracht. Warst du schon unten auf der Pier bei Nick und Tina?«

»Donna und ich haben dort zu Mittag gegessen. Bobby war auch da.«

Ich erzählte Onkel Dom, was im Ravella's vorgefallen war. Sein Gesicht verfinsterte sich, und er murmelte etwas auf italienisch, was vermutlich eine wenig schmeichelhafte Bezeichnung für Sergeant Magruders Vorfahren war.

»Warum schnüffelt dieser Cop hinter Bobby her?« fragte er dann. »Der Kerl ist ein Idiot. Bobby würde niemandem etwas zuleide tun, am allerwenigsten seiner Freundin. Er liebt diese Frau, auch wenn er mal einen Streit mit ihr gehabt hat. Wem passiert das nicht? Deine Tante Teresa und ich, wir streiten uns ständig.«

Ich mußte lächeln, denn mit Tante Teresa war bestimmt nicht gut Kirschen essen. »Vielleicht ist die Leiche, die man jetzt gefunden hat, ja gar nicht Ariel.«

»Und wenn sie es ist, dann hat sie bestimmt einen Unfall gehabt. Schließlich kommen im Meer ständig irgendwelche Menschen um. Viele gute Fischer sind zum Beispiel einfach über Bord gespült worden. Der Ozean ist nun mal gefährlich, das weiß ich selbst am besten.« Er rieb sich seinen linken Arm, den er sich vor vielen Jahren böse gebrochen hatte, als er auf seinem Kutter bei Sturm über ein Tau gestolpert war.

Der alte Mann seufzte und zog an seiner Zigarette. »Ich hoffe, daß sie es nicht ist. Ariel ist ein nettes Mädchen, und sie ist gut für Bobby. Der arme Junge hat auch so schon genug Probleme. Seit er Frank gefeuert hat, ist sein Kutter unterbesetzt. Aber es ist trotzdem besser, daß er diesen Tunichtgut losgeworden ist. Der war nicht gut für ihn.«

Dom machte ein böses Gesicht. »Als dieser Frank noch auf einem Lachsboot fuhr, hat er mal absichtlich den Kutter eines anderen Fischers gerammt.«

Das bedeutete eine eklatante Verletzung des Ehrenkodex der Fischer von Monterey, nach dem man nicht mutwillig das Boot eines anderen Mannes beschädigen, ihm nicht drohen oder abfällig über seine Familie sprechen durfte. Damit hätte man übrigens gleichzeitig auch seine eigene Sippschaft herabgesetzt, denn hier waren so gut wie alle entweder direkt oder indirekt miteinander verwandt.

Onkel Dom zwinkerte mir zu. »Wenn ich mich von Teresa abseilen kann, dann fahre ich mal mit Bobby hinaus und zeige ihm, wie man früher gefischt hat, ohne das ganze neumodische Apparatezeugs.«

Sich von Tante Teresa abzuseilen, dürfte ein ziemlich schwieriges Unterfangen sein, dachte ich und mußte lächeln, als ich mir ausmalte, wie die fast Sechzigjährige sich Onkel Dom in den Weg stellte und ihn nicht gehen ließ.

»Ich würde gerne noch einmal rausfahren«, sagte er, »bevor es hier überhaupt keine Fischerboote mehr gibt.«

»Meinst du denn, daß sie alle verschwinden werden?«

»Natürlich. Genau wie die Sardinen. Wenn der kleine Nicky groß ist, wird es hier nicht einen einzigen Fischkutter mehr geben. Nur noch die Segelboote reicher Leute.«

»Und warum?« fragte ich.

»Wer kann das schon so genau sagen? Vielleicht hatte diese Ariel doch recht. Sie hat mir mal von den Wandertauben erzählt. Daß es früher so viele gab und jetzt keine einzige mehr. Sie sagt, daß die Menschen den Ozean zu stark verschmutzen und zu viele Fische fangen. Riesige Fangschiffe mit modernster Ausrüstung drängen die kleinen Fischer aus dem Geschäft. Ich habe sie selbst gesehen, die ausländischen Trawler mit ihren Schleppnetzen, die das Meer auf viele Seemeilen leerfischen.« Der alte Mann seufzte und schüttelte den Kopf. »Ich sage dir, Jeri, manchmal fühle ich mich wie eine von diesen Wandertauben. Nichts ist mehr so wie früher.«

Damit hatte er recht. Aber was bleibt schon so wie früher? Als ich wenig später zurück zu meinem Wagen ging, bekam ich ein augenfälliges Beispiel für Vergänglichkeit menschlichen Tuns zu Gesicht. Ich hatte den Toyota in einer Straße abgestellt, die früher einmal Ocean View Drive hieß, 1953 aber in Cannery Row umbenannt wurde. Der Name war dem acht Jahre zuvor erschienenen Roman »Die Straße der

Ölsardinen« von John Steinbeck entnommen, in dem der Autor die Straße folgendermaßen beschrieben hatte: »Die Straße der Ölsardinen ist mehr als nur eine Straße, es ist die Gegend der Ölsardinen und Konservenbüchsen, ist ein Gestank und ein Gedicht, ein Knirschen und Knarren, ein Leuchten und Tönen, ist eine schlechte Angewohnheit von Jugend auf, mein Traum.«

Von dem Fischgestank, der früher ständig über der Straße lag, hatte meine Mutter mir oft erzählt. Hier wurden Sardinen gesäubert und zugeschnitten, gekocht und schließlich eingedost, hier wurde aus den Abfällen Fischmehl hergestellt.

»Heute weiß niemand mehr, wie es wirklich war«, sagte sie immer zu mir, wenn jemand ihr von der guten alten Zeit in Monterey vorschwärmte. »Es war einfach fürchterlich.«

Ich liebe alte Filme. Einen mit Barbara Stanwick und der noch sehr jungen Marilyn Monroe mag ich ganz besonders. Er stammt aus dem Jahr 1952, heißt »Vor dem neuen Tag« und spielt in der Cannery Row. Marilyn soll in dem Film eine Arbeiterin in einer Sardinenfabrik darstellen, sieht aber immer viel zu gepflegt dafür aus. Als ich mir den Film zusammen mit meiner Mutter ansah, bekam sie einen Lachkrampf nach dem anderen.

»Das war doch ganz anders«, sagte sie. »Da fehlt der Dreck und das Fischöl. Und der Gestank.«

Meine Mutter mußte es wissen, denn ihre Eltern waren kurz nach ihrer Hochzeit in ein Fabrikarbeiterhäuschen an der Foam Street gezogen, wo der Geruch der Fischfabriken Mutter ihre ganze Kindheit hindurch begleitet hatte. Die meisten dieser kleinen Häuser waren inzwischen abgerissen worden und hatten größeren Gebäuden Platz gemacht. Als es Dennis und Angelina Doyle durch Arbeit in der Fischfabrik zu bescheidenem Wohlstand gebracht hatten, zogen sie mit ihren Kindern in ein größeres Haus an der Prescott Avenue oben auf dem New Monterey Hill.

Mein Großvater arbeitete in der Hovden-Fischfabrik, die Ölsardinen der Marke *Portola* herstellte. Auf alten Schwarzweißfotos sieht man, wie dort tonnenweise silbrig glänzende Sardinen angeliefert wurden und wie der Rauch aus den hohen Schornsteinen der großen Fabriken auf beiden Seiten der Cannery Row aufstieg. Die Fabrikgebäude waren untereinander mit hoch über der Straße verlaufenden Laufgängen verbunden. Auch die Menschen, die in diesen Fabriken arbeiteten, sind auf den Fotografien festgehalten: Männer und Frauen in Arbeitskitteln und Schürzen stehen mit Tüchern und Haarnetzen auf den Köpfen vor den Tischen, an denen die Sardinen gesäubert und verpackt werden.

All das kannte ich natürlich nur aus zweiter Hand. Als ich geboren wurde, gab es in der Bucht von Monterey längst keine Sardinen mehr. In den fünfziger und sechziger Jahren mußten die Fischfabriken eine nach der anderen schließen. Viele der aufgelassenen Fabrikgebäude wurden durch Brände zerstört, die entweder von selbst ausbrachen oder – so munkelt man noch heute in Monterey – mit Absicht gelegt wurden. Großvater Doyle ging in Rente und besuchte die Cannery Row nur noch, wenn er einen Spaziergang mit seiner Enkelin machte. Der Name des kleinen Mädchens war Jeri.

So gingen wir hin und wieder die Straße der Ölsardinen entlang, um die »Gespenster« zu besuchen, wie mein Großvater die leeren Gebäude mit ihren in die Bucht ragenden Landungsstegen immer nannte. Er las mir die Namen all der aufgelassenen Fischfabriken vor, die noch immer in verwitterten Buchstaben an den langsam vor sich hinbrök-

kelnden Wänden standen: Del Vista, Edgewater, Aeneas, Enterprise, San Carlos.
Großvater zeigte mir auch, wo Doc Ricketts Labor war und wo sich der Wing-Chong-Markt und die Hovden-Fabrik befanden. Er erzählte mir, wie die Fischkutter an den Landungsstegen festmachten und ihren Fang entluden. Wenn wir das Hopkins-Meereslaboratorium passiert hatten, gingen wir noch an der Küste entlang zum Lovers Point, von dem aus man draußen auf dem Meer die Wale sehen konnte. Großvater nannte mir die Namen der Vögel, erklärte mir, weshalb die Seeotter auf dem Rücken schwammen, und brachte mir bei, daß Seelöwen Ohren haben und Seehunde keine.
Heute würde Großvater die Hovden-Fabrik nicht wiedererkennen, denn auf ihren Grundmauern steht inzwischen das Monterey Bay Aquarium. Alles, was noch an seinen alten Arbeitsplatz erinnert, ist eine Ausstellung mit alten Fischverarbeitungsmaschinen. Der Bau des Aquariums Anfang der achtziger Jahre hat die Cannery Row mindestens ebenso stark verändert wie seinerzeit das Ausbleiben der Sardinenschwärme. Seit seiner Eröffnung im Jahr 1984 kommen Jahr für Jahr mehr Besucher, um sich Fische, Seehunde und Seeotter anzusehen.
Die Stadt Monterey war anfangs für diesen Ansturm nur schlecht gerüstet, aber heute gibt es Parkhäuser und zusätzliche Busse für die Menschen, die mit der Fähre am Fisherman's Wharf ankommen und zur Cannery Row wollen. Fast so eng wie einstmals die Sardinen in ihren Büchsen, drängen sich jetzt Touristen in Fast-food-Restaurants und Souvenirläden. Inzwischen beschweren sich die Einheimischen, daß man am Samstag nicht mehr nach Pacific Grove fahren kann, weil die Touristenautos die Straßen verstopfen. Außerdem bekommt man am Wochenende nur schwer einen Platz in einem guten Speiselokal.

Natürlich beschert dieser Rummel der Stadt neue Arbeitsplätze und steigende Steuereinnahmen, aber dafür hat er auch das Erscheinungsbild von Monterey für immer verändert. Die Stadt mußte lernen – wie so viele andere Städte auch –, daß der Tourismus immer zwei Seiten hat: Er bringt zwar viel Geld, aber er macht auch viel kaputt.

5

Ein in Richtung Salinas fahrender Lieferwagen rauschte auf dem Highway 68 an mir vorbei, als ich bremste und nach rechts auf die schmale Straße abbog, die an einer großen Wiese vorbei zum Tierschutzverein von Monterey führte. Hier hatten die Enten und Gänse Vorfahrt, die beiderseits der Straße durchs Gras watschelten oder in einem nahen Teich herumpaddelten.

Bevor sich die Straße weiter hinauf in die Berge wand, führte sie zu mehreren niedrigen Gebäuden, vor denen sich ein Parkplatz befand. Hinter einem der Häuser sah ich einen Zwinger, in dem herrenlose Hunde und Katzen darauf warteten, daß sie ein neues Zuhause bekamen oder eingeschläfert wurden. Immer wenn ich an so einem Ort war, hätte ich am liebsten alle diese armen Tiere auf der Stelle mitgenommen. Allerdings konnten solche Impulse angesichts meiner kleinen Wohnung zu nichts führen, zumal diese auch noch von einer äußerst reizbaren Katze namens Abigail beherrscht wurde. Abigail war felsenfest davon überzeugt, die einzige Katze im ganzen Universum zu sein.

Auf dem Parkplatz entdeckte ich Donnas Jeep Cherokee und stellte meinen eigenen Wagen daneben. Donna stieg gerade aus. »Marsha ist oben in der Wildtierstation«, sagte sie und warf die Tür zu. »Laß uns zu Fuß gehen, es ist nicht weit.«

Wir folgten der Straße an den Gebäuden vorbei und winkten einer jungen Frau zu, die auf einem Lastwagen stand und etwas ablud. Als sich die Straße gabelte, nahmen wir die rechte Abzweigung, die auf einen mit Eichen und Kiefern bestandenen Hügel führte. Die Wildtierstation befand sich auf einer Lichtung, wo dichtes Unterholz sie vor den Blikken neugieriger Menschen verbarg.

Als wir uns dem ebenerdigen Holzgebäude näherten, sah ich links am Hang merkwürdige Betongebilde. Donna erklärte mir, daß es sich dabei um Schwimmbecken für Seehunde und Seelöwen handelte. Es gehörte zu den Aufgaben der Wildtierstation, kranke und verletzte Tiere zu heilen und wieder in der freien Natur auszusetzen. Damit die Tiere dabei so wenige Menschen wie möglich zu Gesicht bekamen, hatte man die Station hier im Wald versteckt.

Wir betraten das hölzerne Gebäude, in dem sich gleich rechts neben dem Eingang ein großer Käfig befand. Er war ebenso leer wie das kleine Büro links gegenüber. Direkt vor uns führte eine Glastür in einen L-förmigen Raum voller Maschendrahtkäfige in verschiedenen Größen. Viele davon waren mit Tüchern verhängt, was, wie Donna mir erklärte, die Tiere darin vor dem Anblick von Menschen schützen oder es ihnen, falls sie Nachttiere waren, ermöglichen sollte, am Tag zu schlafen. Ich sah durch die Glasscheibe der Tür und entdeckte in einem der Käfige ein Kaninchen, das mich mit wilden Augen und zuckender Schnauze anstarrte.

»Marsha!« rief Donna und wartete auf eine Antwort. In einem Gang links von uns hörte ich das Plätschern von laufendem Wasser. Wir gingen auf das Geräusch zu und kamen in einen großen Raum mit Betonboden. Ein Teil des Raumes war durch einen vom Boden zur Decke reichenden Maschendrahtschirm abgetrennt, und in der Mitte befand sich ein mit Wasser gefülltes Becken, an dessen Rand meh-

rere Möwen, ein schlanker, schwarzer Kormoran und zwei Lummen mit schwarzem Kopf und weißer Brust standen.
Außerdem entdeckte ich noch zwei braune Pelikane, die mindestens ebenso groß waren wie der, den ich heute vormittag an der Mole der Küstenwache gesehen hatte. Im Vergleich mit ihnen kamen mir die anderen Wasservögel wie Zwerge vor. An ihrem graubraunen Gefieder, den weißen Köpfen und den langen, schwarzen Schnäbeln konnte man sehen, daß es sich bei ihnen um ausgewachsene Tiere handelte. Sie hatten ihre mächtigen Schwingen zusammengefaltet und schienen mir auf den ersten Blick weder krank noch verstümmelt zu sein. Dennoch mußte es einen Grund geben, warum sie hier auf der Wildtierstation waren. Die Pelikane starrten mich mit ihren schwarzen Knopfaugen mißtrauisch an und flüchteten auf die andere Seite des Beckens.
»Bist du das, Donna?« rief eine Stimme.
Sie kam durch eine Fliegengittertür, die an der Wand gegenüber nach draußen führte. Die Tür ging auf, und zwei Frauen kamen herein. Die erste war schon etwas älter, mit lockigem, grauem Haar und Brille, die andere mochte wohl so um die Dreißig sein. Ihr braunes Haar trug sie kurzgeschnitten und aus dem Gesicht gekämmt, und an den Ohren hatte sie zwei kleine, goldene Ohrringe. Unter ihren schmutzigen Arbeitskitteln trugen die beiden bequeme Hosen, T-Shirts und Schuhe mit dicken Gummisohlen. Am Kittel der jüngeren Frau klebte eine kleine, graubraune Feder neben einem rötlichen Fleck, der aussah wie Blut.
Donna stellte uns einander vor. Die jüngere Frau war, wie ich bereits vermutet hatte, Donnas Freundin Marsha Landers. Helena, die ältere der beiden, war eine von mehreren ehrenamtlichen Helferinnen auf der Wildtierstation. Sie

entschuldigte sich und ging an uns vorbei durch dieselbe Tür, die auch wir benutzt hatten, zurück ins Gebäude.

»Was fehlt denn den beiden hier?« fragte Donna und zeigte auf die beiden Pelikane.

»Das Weibchen hat sich in einem Netz verfangen, und das Männchen hatte einen verletzten Flügel. In ein paar Tagen sind sie so weit, daß sie wieder freigelassen werden können.« Donna nickte, und ich betrachtete die beiden Seevögel, wobei ich mich fragte, woran man wohl das Geschlecht eines Pelikans erkannte.

»Ich habe im Radio gehört, daß man am Rocky Creek eine Leiche gefunden hat«, sagte Marsha, während sie uns die Tür hinaus auf den Gang aufhielt. »Glaubst du, daß es Ariel Logan ist?«

»Ich hoffe nicht«, entgegnete Donna. Wir folgten Marsha hinaus auf den Korridor.

»Woher kennen Sie Ariel?« fragte ich sie.

»Sie kam Mitte August hierher und wollte mit mir sprechen, weil sie am Point Pinos ein paar Seelöwen entdeckt hatte, die sich merkwürdig verhielten. Das genaue Datum müßte ich in meinem Terminkalender nachsehen.«

»Was fehlte den Tieren denn?«

»Das weiß ich nicht. Ariel war alleine auf dem Uferweg unterwegs, und bis sie ein Telefon gefunden und uns angerufen hatte, waren die Tiere wieder verschwunden. Aus ihrer Beschreibung schloß ich, daß die Seelöwen Krämpfe hatten, die epileptischen Anfällen ähnelten. Dafür kommen mehrere Ursachen in Frage. Vielleicht haben die Tiere etwas Vergiftetes gefressen, vielleicht sind sie durch verseuchtes Wasser geschwommen. Oder sie hatten eine ansteckende Krankheit. Ohne eine Untersuchung der Tiere kann das niemand so genau sagen.«

Marsha runzelte die Stirn. »Da ich seither keine weiteren

Meldungen dieser Art erhalten habe, hoffe ich, daß es sich bei den Seelöwen um einen einmaligen Vorfall gehandelt hat. Schließlich haben wir mit diesen Attacken auf Pelikane schon genug zu tun. Übrigens wurde genau an dem Tag, an dem Ariel den Vorfall mit den Seelöwen gemeldet hat, einer mit aufgeschlitztem Kehlhautsack gefunden.«

Marsha sah von mir hinüber zu Donna. »Und heute morgen hat uns der Kapitän der *Mary Esther* schon wieder einen gebracht.«

»Wo ist er?« fragte Donna.

»Er hat es nicht überlebt«, antwortete Marsha mit bitterer Miene. »Jemand hat ihm brutal den Schnabel abgehackt. Das ist nun schon der achte.«

Donna fluchte leise vor sich hin. Als wir wieder im Eingangsbereich waren, warf ich einen Blick durch die Glastür in den L-förmigen Raum und sah, wie Helena die Käfige säuberte. Marsha öffnete die Tür zum Büro. Drinnen befanden sich ein unaufgeräumter Schreibtisch, ein paar Aktenschränke und zwei Stühle. Der Raum war so klein, daß wir zu dritt nur mit Mühe hineinpaßten. Marsha setzte sich auf den Stuhl hinter dem Schreibtisch und bot mir den zweiten an, während Donna sich an den Türrahmen lehnte.

»Donna hat gesagt, daß Sie uns möglicherweise helfen könnten«, begann Marsha.

»Ich weiß nicht, ob ich das wirklich kann«, sagte ich offen. »Donna hat mir erzählt, daß sowohl der Tierschutzverein als auch die Fischerei- und Jagdbehörde in dem Fall ermitteln. Und viele Köche verderben nun mal den Brei.«

Marsha nickte. »Das ist richtig. Aber ich dachte, daß jemand von außen vielleicht etwas herausfinden könnte, was uns allen bisher entgangen ist. Diese Geschichte frustriert mich, Jeri. Sie macht mich wütend, und ich möchte den dafür Verantwortlichen aus dem Verkehr ziehen.«

Als ich ihr nicht sofort antwortete, griff sie in eine Aktentasche, die auf dem Schreibtisch lag, und holte einen dreizehn mal achtzehn Zentimeter großen Umschlag heraus. Den Umschlag gab sie mir.

»Das hier sind Bilder von den Pelikanverstümmelungen, die vor ein paar Jahren passiert sind«, sagte sie. »Wenn Sie die gesehen haben, werden Sie verstehen, warum ich so wütend bin, daß das alles jetzt wieder von vorne anfängt.«

Ich öffnete den Umschlag und zog die Fotos heraus. Obwohl Donna mir schon von dieser Barbarei erzählt hatte, war ich in keiner Weise auf das vorbereitet, was ich jetzt auf diesen Farbabzügen sah.

Der erste zeigte einen Pelikan auf dem Untersuchungstisch. Die Federn des Vogels waren vom Blut verklebt, das aus seinem Schnabel geflossen war – oder besser aus dem Stumpf seines Schnabels; den Rest hatte ihm jemand abgehackt oder abgesägt. Obwohl das Tier ohnehin keine Nahrung mehr hätte aufnehmen können, hatte ihm der Täter auch noch den dunkelbraunen Kehlhautsack, in dem der Pelikan Wasser und kleinere Fische transportieren kann, mit einem scharfen Instrument zerfetzt.

Vom Anblick der Fotos wurde mir übel. Ein Vogel nach dem anderen war da auf dem Untersuchungstisch zu sehen, und ein jeder von ihnen wies ähnliche Verstümmelungen auf wie der auf dem ersten Bild. Manche der Tiere waren ganz offensichtlich tot, und ich fragte mich, wie viele von denen, die auf den Fotos noch lebten, diese grausame Behandlung letzten Endes wirklich überstanden hatten. Ich hatte schon viele Grausamkeiten gesehen, die Menschen anderen Menschen antaten, aber das hier war irgendwie noch schlimmer. Die Pelikane hatten nicht die geringste Chance gehabt, sich gegen die perversen Gemeinheiten dieser menschlichen Bestie zu wehren.

»Wie viele Vögel wurden bisher auf diese Weise attackiert?« fragte ich Marsha, während ich die grausigen Fotos wieder in den Umschlag steckte und ihr diesen zurückgab.

»Im Jahr neunzehnhundertvierundachtzig waren es einhundertfünfundzwanzig«, antwortete Marsha, »und neunzehnhundertsiebenundachtzig waren es dreiundsechzig. Aber das sind natürlich nur die Fälle, die uns bekannt sind, also Vögel, die man uns gemeldet oder eingefangen und zu uns gebracht hat. Die meisten von ihnen haben nicht überlebt. Zwar können Pelikane mit derartigen Verstümmelungen noch fliegen, aber ohne Schnabel und Kehlhautsack können sie keine Fische mehr fangen und müssen elend verhungern. Die meisten waren schon sehr geschwächt, als man sie uns brachte. Außerdem kann man ihnen ja keine Schnabelprothese verpassen. Mit den Schnäbeln verhält es sich wie mit menschlichen Fingernägeln: Wenn erst mal einer abgebrochen ist, kann man ihn kaum reparieren. Wenigstens konnten wir einigen die Kehlhautsäcke wieder zusammennähen. Aber auch das funktioniert nur, wenn die Wunden sich noch nicht infiziert haben.«

Ich blickte von ihr zu Donna. »Sind Pelikane eigentlich leicht zu fangen?« Ich hatte bisher noch nie das Bedürfnis verspürt, mich einem Pelikan, wenn er auf dem Geländer der Pier saß, zu nähern und ihn zu berühren. Ich hatte immer gehörigen Respekt vor den langen Schnäbeln dieser beeindruckenden Vögel gehabt.

»Leider ja«, antwortete Donna und verlagerte ihr Gewicht von einem Fuß auf den anderen. »Sie sind ziemlich vertrauensselig und leicht zu zähmen. Außerdem denken sie, wenn sie Menschen sehen, sofort ans Fressen, weil sie so oft gefüttert werden. Wenn Wildtiere ihre natürliche Scheu vor dem Menschen verlieren, bringt sie das oft in Gefahr.«

Marsha nickte zustimmend. »Deshalb hatten wir ja auch die

Probleme mit den Pelikanen und den Seelöwen am Fisherman's Wharf.«

»Vor ein paar Jahren konnten die Leute dort noch Fischabfälle kaufen und an die Tiere verfüttern«, erklärte Donna. »Der Erfolg war, daß sich eine Unmenge Seelöwen im Hafen versammelten und sogar auf die dort festgemachten Boote kletterten. Drei oder vier von ihnen wiegen gut und gerne eine Tonne, und so viel zusätzliches Gewicht halten nicht alle Boote aus. Bei ein paar kleineren krachte das Deck durch, und einige sind sogar gesunken. Die Pelikane wiederum watschelten einfach in die Geschäfte und Restaurants und bettelten dort die Gäste an. Erst als am Fisherman's Wharf keine Fischabfälle mehr verkauft werden durften, zogen sich die Seelöwen und die Pelikane wieder an die Mole der Küstenwache zurück.«

»Wenn ich also einen Pelikan fangen wollte, müßte ich ihn nur mit einem Fisch anlocken.«

Donna nickte. »Und wenn er danach schnappt, wirfst du ihm einfach ein Tuch über den Kopf. Dann verliert er die Orientierung, und schon hast du ihn.«

Ich wandte mich an Marsha. »Donna hat mir heute vormittag erzählt, daß sich die jüngsten Verstümmelungen von denen früherer Jahre unterscheiden. Was ist denn jetzt anders?«

»Zunächst einmal die Anzahl«, antwortete Marsha und legte den Kopf schief. »In den achtziger Jahren waren es enorm viele Verstümmelungen. Diesmal aber wurden uns seit Juni erst acht Tiere gebracht – das heute verstorbene mit eingerechnet. Und noch einen Unterschied gibt es: Bei den letzten beiden Fällen schlugen die Täter im Spätherbst zu, diesmal taten sie es schon im Frühsommer.«

»Die meisten braunen Pelikane kommen Mitte September aus der Baja California und dem Süden des Landes hierher nach Monterey«, erklärte Donna. »Aber es besteht auch eine kleine Kolonie von Pelikanen, die das ganze Jahr über hier bleiben. Sie halten sich meistens dort auf, wo es viele Fische gibt.«

»Donna hat mir erzählt«, sagte ich zu Marsha, »daß sich das letzte Mal die Fischer zusammengetan haben, weil sie nicht in Verdacht geraten wollten. Wer wurde denn damals verdächtigt? Oder gab es überhaupt keine Anhaltspunkte?«

»Wir wissen nur, daß es mehrere Täter gewesen sein müssen«, sagte Marsha. »Wir hatten zwar eine Menge Spuren, aber keine von ihnen hat uns weitergeführt. Ich persönlich hatte die Berufsfischer nie in Verdacht. Schließlich verdienen sie auf dem Meer ihren Lebensunterhalt und wissen genau, daß der braune Pelikan geschützt ist. Wenn überhaupt, dann haben sie eher Probleme mit den Seelöwen als mit den Vögeln. Bei Sportanglern ist das allerdings etwas anderes. Ich hatte damals ein paar Männer von den Charterbooten in Verdacht, mit denen die Touristen zum Fischen hinausfahren. Außerdem bekamen wir etliche Hinweise auf verschiedene Jugendliche, aber in keinem der Fälle konnte der Verdacht erhärtet werden.«

»Ich wüßte nicht, was ich noch tun könnte«, sagte ich, »das Sie nicht schon längst getan haben. Ich könnte mich höchstens ein bißchen umhören und zusehen, ob ich aus Zufall auf eine heiße Spur stoße. Interessant finde ich die Unterschiede in der Jahreszeit und der Anzahl der verstümmelten Vögel. Hätten Sie vielleicht eine Liste mit den Tagen, an denen die Pelikane gefunden wurden? Und wenn Sie schon dabei sind, wäre ich Ihnen auch für eine Kopie der Meldung dankbar, die Ariel Logan bezüglich der Seelöwen gemacht hat.« Während Marsha die gewünschten Informationen heraussuchte, wandte ich mich an Donna. »Vielleicht gehen die Verstümmelungen von vor ein paar Jahren und die von heute ja gar nicht auf das Konto derselben Täter.«

»Meinst du, jemand ahmt die Verbrechen von damals nach?« fragte Donna. »Aber weshalb?«

»Um von etwas anderem abzulenken. Die Angriffe auf die Pelikane hatten damals ein ziemlich starkes Echo in der Presse. Selbst in San Francisco waren die Zeitungen voll davon. Daher weiß möglicherweise auch der jetzige Täter, wie die Pelikane zugerichtet wurden, und konnte den Tieren ähnliche Verletzungen zufügen.« Ich schüttelte den Kopf. »Auf den ersten Blick sieht es wie die Tat eines sadistischen Irren aus, aber vielleicht hatte der Täter ein völlig anderes Motiv.«

»Bei den Vorfällen vor ein paar Jahren«, sagte Marsha, »sind wir an die Öffentlichkeit gegangen, weil wir uns Hinweise aus der Bevölkerung versprachen, die wir dann auch recht zahlreich bekamen. Diesmal haben wir die Presse noch nicht informiert, aber wenn sich die Fälle häufen, wird über kurz oder lang etwas durchsickern. Es hat mich übrigens erstaunt, daß es damals einen solchen Rummel in den Medien gab. Schließlich gehen Pelikane den Leuten lange nicht so sehr ans Herz wie andere Tiere.«

Ich nickte. »Ein Otter ist nun mal hübscher als ein Pelikan.«

»Genau«, sagte Donna. »Je süßer und putziger ein Tier ist, dem etwas angetan wird, desto empörter sind die Leute. Otter stehen auf der Beliebtheitsskala ganz oben, noch vor den Seelöwen und Seehunden. Säugetiere rangieren generell höher als Vögel, und die wiederum haben einen besseren Stand als Fische. Als wirbelloser Meeresbewohner hingegen kann man gleich einpacken.«

»Sind diese Leute von den Charterbooten eigentlich noch immer in Monterey? Ich würde mich gerne mit ihnen unterhalten.«

»Ich glaube schon. Soweit ich weiß, waren es zwei Einheimische.« Marsha sah in einem der Aktendeckel nach. »Stimmt. Hier habe ich ihre Namen. Derry McCall und Frank Alviso.«

Donna runzelte die Stirn. »Der Name McCall sagt mir nichts, Alviso dafür um so mehr. Erinnerst du dich daran, was Bobby vorhin im Ravella's gesagt hat, Jeri? Daß er einen Burschen namens Frank gefeuert hat? Ich glaube, das war dieser Frank.«

6

Das nächtliche Ritual meiner Mutter ist jeden Tag das gleiche. Wenn sie spätabends von ihrem Restaurant nach Hause kommt, zieht sie sich aus, läßt sich ein Schaumbad ein und bleibt im heißen Wasser liegen, bis es kalt wird. Dann zieht sie ein bequemes Baumwollnachthemd und einen Bademantel an, schlurft in Pantoffeln in die Küche und setzt Wasser auf. Wenn der Wasserkessel pfeift, brüht sie sich eine Tasse Pfefferminztee auf und setzt sich an den Küchentisch. Dort schlürft sie das wohlriechende Getränk und starrt so lange ins Leere, bis sie genügend Abstand zu ihrem langen Arbeitstag hat, um ins Bett gehen zu können.

Ich hingegen kann tagsüber am besten arbeiten. Außer wenn ich für einen Fall länger aufbleiben muß, gehe ich regelmäßig vor elf Uhr ins Bett. Oft schlafe ich schon vorher beim Fernsehen oder mit einem Buch auf dem Sofa ein. Die letzte Nacht – es war meine erste in Monterey – war da keine Ausnahme. Nach einem einsamen Abendessen und ein paar Anrufen bei Leuten, die ich während meines Aufenthalts gerne treffen wollte, war ich früh ins Bett gegangen. Meine Mutter kannte meine Gewohnheiten und war deshalb auch ziemlich erstaunt, als sie am zweiten Abend meines Besuchs bei ihr aus der Wanne kam und mich in der Küche sitzen sah. Ich hatte bereits den Wasserkessel auf die Gasflamme gestellt, wo das Wasser kurz vor dem Kochen leise pfeifende Geräusche von sich gab.

»Du bist heute aber lange auf«, bemerkte sie, nachdem sie

auf die Digitaluhr über der Mikrowelle geblickt hatte. Ihr schwarzes, von grauen Strähnen durchzogenes Haar war noch feucht vom Bad und lockte sich um ihr längliches Gesicht und auf dem Kragen ihres rosafarbenen Frotteebademantels. Ich saß barfuß auf dem Küchenstuhl und trug ein weites T-Shirt und einen gestreiften Morgenmantel aus Leinen. Ich war schon im Bett gewesen und hatte lesend auf Mutter gewartet.

»Ich dachte, wir könnten zusammen einen Tee trinken und uns ein wenig unterhalten.«

»Warum nicht?« sagte meine Mutter mit dem Anflug eines Stirnrunzelns. Normalerweise sprachen wir nicht viel miteinander. Sie ging zu einem der Küchenschränke, stellte zwei grellrosa Teebecher auf die Arbeitsfläche und hängte je einen Teebeutel in die Becher. Dann zog sie sich einen Stuhl heran und setzte sich mir gegenüber an den runden Holztisch. Mutter stellte einen Ellbogen auf die Tischplatte und legte ihr Kinn in die Hand.

Ich betrachtete sie mit den Augen der unbeteiligten Detektivin. Die Frau, die mir gegenüber saß, sah erschöpft aus. Die dunklen Ringe unter ihren Augen und die verdrießlich nach unten gezogenen Mundwinkel ließen darauf schließen, daß sie eine Menge um die Ohren hatte. Ich wunderte mich, daß mir das gestern noch nicht aufgefallen war. Vielleicht hatte ich nicht genau genug hingesehen.

»Was hast du denn heute gemacht?« frage Mutter.

»Ich habe mich mit Donna getroffen. Wir waren im Ravella's beim Mittagessen.«

»Ich habe mir schon gedacht, daß ihr beide euch so bald wie möglich treffen werdet.« Ein kurzes Lächeln huschte über ihr Gesicht, das aber gleich darauf wieder seinen ernüchterten Ausdruck annahm.

»Donna ist gerüchteweise zu Ohren gekommen, daß die

Polizei Bobby vernehmen wollte, weil er sich am Freitag kurz vor Ariel Logans Verschwinden mit ihr gestritten hat. Als wir bei Nick und Tina waren, kam ein Sergeant vom Büro des Sheriffs herein und sagte Bobby, daß man an der Rocky Creek Bridge eine Leiche gefunden habe. Die Polizei glaubt, daß es Ariel ist.«

Meine Mutter strich sich eine grauschwarze Haarsträhne aus der Stirn hinters Ohr. »Ich weiß. So was spricht sich schnell herum. Heute abend haben die Gäste im Restaurant darüber geredet. Aber ich glaube nicht, daß es Ariel ist. Bestimmt ist das eine grauenvolle Verwechslung.«

Der Teekessel begann zu pfeifen. Ich stand auf, drehte das Gas ab und goß das kochende Wasser in die Becher. »Weißt du, worüber sich Bobby und Ariel gestritten haben?«

»Wenn die Polizei alle Leute verhaften wollte, die einen Streit miteinander gehabt haben«, erklärte meine Mutter, »dann würden wir wohl alle miteinander im Gefängnis sitzen.«

»Bobby ist nicht verhaftet worden. Noch nicht.« Ich stellte die Becher auf den Tisch. »Der Sergeant wollte nur mit ihm reden.«

Irgendwie hatte ich das Gefühl gehabt, daß der Sergeant ihn sehr wohl am liebsten verhaftet hätte. Schließlich hatte Bobby sich ja auch nicht allzu kooperativ gezeigt. Ich hoffte bloß, daß die tote Frau am Ende doch nicht Ariel Logan war, was aber wiederum bedeuteten würde, daß Ariel immer noch vermißt würde.

»Kanntest du Ariel?« fragte ich. Aus meinem Becher stiegen mir stark nach Pfefferminze riechende Dämpfe in die Nase. Der Tee war noch viel zu heiß, um ihn zu trinken, und wie man das so macht, blies ich auf seine Oberfläche.

»Bobby war einmal mit ihr beim Abendessen in meinem Restaurant. Zuerst war ich ziemlich erstaunt, daß sich die beiden gefunden hatten. Schließlich ist Bobby ein einfacher Fischer und sie –« Meine Mutter hielt mitten im Satz inne.

»Und sie ist die Tochter reicher Eltern aus Carmel«, ergänzte ich.

Mutter nickte und spielte mit dem Faden ihres Teebeutels. »Man sagt, ihre Eltern seien vor dem Trubel in Hollywood hierher geflohen. Als sie nach Carmel zogen, war Ariel noch ein Baby. Ihre Mutter ist Schauspielerin, oder, besser: Sie war Schauspielerin, und ihr Vater ist Schriftsteller. Nick und Tina haben mir erzählt, daß Ariels Eltern nicht allzu begeistert über ihre Verbindung mit Bobby waren. Aber Ariel ließ sich nicht dreinreden, sie hat ihren eigenen Kopf.«

Die Ariel Logan, die Donna und Mutter mir beschrieben hatten, kam mir so ganz anders vor als die jungen Frauen, mit denen Bobby in den vergangenen paar Jahren zusammengewesen war. Seine Exfrau Linda, eine sympathische Frau, die mit beiden Beinen im Leben steht, war schon auf der High-School seine Freundin gewesen. Dennoch war die Ehe kurz nach der Geburt von Bobbys und Lindas Sohn Nikky in die Brüche gegangen. Seit der Scheidung vor einigen Jahren war Bobby mit einer Reihe von aufgetakelten Häschen mit hochtoupierten Haaren und dick aufgetragenem Make-up herumgezogen, die sich eher durch ihre wohlgeformten, meist in knallengen Kleidern steckenden Körper als durch geistige Höhenflüge ausgezeichnet hatten. Offenbar hatte Bobby rasche, vom Alkohol umnebelte Bettgeschichten gesucht, die keine Probleme nach sich zogen. Ariel mußte eine ganz besondere Frau sein, wenn sie Bobby dazu gebracht hatte, das Trinken aufzugeben und sogar an Heirat zu denken. Eine Frau, die ich gern kennengelernt hätte. Ich hoffte inständig, daß sich mir die Gelegenheit dafür bieten würde. Trotz Ariels Verschwinden und der Tatsache, daß ihr verlassener Wagen am Rocky Point gefunden worden war, wollte ich einfach glauben, daß sie bald wieder auftauchen und sich das Mißverständnis klären würde. Und dennoch hatte ich, ebenso wie meine Cousine Donna, ein ungutes Gefühl in der Magengegend, und dieses hatte sich seit der Nachricht, daß am Rocky Creek eine Leiche angespült worden war, noch erheblich verstärkt.

Auf einmal wollte ich nicht mehr an Ariel oder daran denken, daß Bobby vom Sheriff ins Visier genommen wurde, und wechselte das Thema.

»Wann bekomme ich eigentlich mal deinen neuen Freund zu sehen, Mutter?« fragte ich. »Donna hat mir von ihm erzählt.«

Zwei rosarote Flecken erschienen auf den Wangen meiner Mutter. Sie paßten gut zur Farbe ihres Bademantels. Um ihren Mund spielte ein Lächeln, das sie um Jahre jünger erscheinen ließ. Schon lange hatte ich diesen Ausdruck nicht mehr auf ihrem Gesicht gesehen. Aber irgend etwas daran ging mir gegen den Strich.

»Wie ich sehe, bist du in puncto Familienklatsch auf dem laufenden. Na schön, ich bin ein paarmal mit einem alten Freund von mir ausgegangen. Sein Name ist Karl Beckman, und er ist der Besitzer der Beckman-Bootswerft an der Cannery Row. Wenn du morgen ins Restaurant kommst, werde ich ihn dir vorstellen. Wir haben mittags ein Festessen, zu dem auch Karl kommen wird.«

Ich nickte unverbindlich. Zögerte ich wegen diesem Karl? Ich wußte es nicht. Ich trank einen Schluck Tee und stellte meinen Becher auf den Tisch.

»Apropos Familienklatsch, hast du eigentlich vor, mir etwas über die Vorfälle in deinem Restaurant zu erzählen?«

»Das wollte ich mir eigentlich noch überlegen. Was hat Donna dir denn erzählt?« Sie runzelte die Stirn, und ihr Gesicht nahm wieder den mitgenommenen, erschöpften Ausdruck von vorhin an.
Ich verkniff mir die Bemerkung, daß sie vor mir doch keine Geheimnisse haben müßte. »Sie sagte, daß es zunächst nach harmlosen Unfällen ausgesehen habe, jetzt aber einiges auf mutwillige Sabotage schließen lasse. Was ist denn passiert? Und wann fing es an?«
Mutter ließ sich Zeit mit einer Antwort. Sie versteckte sich hinter ihrem Teebecher, den sie lange vor Mund und Kinn hielt. Seufzend meinte sie schließlich: »Es begann im Juni, und zwar damit, daß jemand Salz in die Zuckerdosen getan hat. Unglücklicherweise war das an einem Samstagabend, an dem das Lokal immer sehr gut besucht ist. Ich tat es zunächst als Versehen ab, Zucker und Salz sind leicht zu verwechseln. Aber dann passierte zwei Wochen später schon wieder etwas.«
Meine Mutter hielt inne, und wir tranken von unserem Tee. »Jemand hat den Kanister mit dem Olivenöl nicht richtig zugemacht. Als ihn ein Koch aus dem Regal nahm, gab es eine Riesensauerei. Der ganze Küchenboden war voller Öl, und eine meiner Spülerinnen ist ausgerutscht und hat sich am Rücken weh getan. Außerdem kam Öl in die Töpfe auf dem Herd und hat mehrere Essen verdorben. Und das schon wieder an einem Samstagabend, an dem das Restaurant voll besetzt war. Sicher, auch das hätte eine Nachlässigkeit gewesen sein können.«
»Aber du glaubst nicht daran.«
Meine Mutter schüttelte den Kopf. »Und zwar deshalb nicht, weil es danach erst richtig losging. Im Juli rief jemand bei der Einwanderungsbehörde an und behauptete, ich würde Leute ohne Arbeitserlaubnis beschäftigen.«

»Ein anonymer Hinweis?« So etwas schien hier in letzter Zeit schwer in Mode zu sein.
»Offenbar. Jedenfalls hat die Einwanderungsbehörde im Café Marie eine Razzia veranstaltet. Am späten Nachmittag, als wir mitten in den Vorbereitungen fürs Abendessen waren, und noch dazu an einem Freitag, an dem jeder Tisch im Lokal reserviert war. Die Sache warf unseren ganzen Zeitplan durcheinander, und außerdem war sie furchtbar peinlich. Natürlich haben die Beamten nicht einen einzigen Beschäftigten ohne gültige Papiere gefunden. Schließlich passe ich genau auf, wen ich einstelle. Alle meine Angestellten sind schon eine halbe Ewigkeit bei mir.«
»Bis auf Julian, deinen neuen Assistenten.«
Meine Mutter wischte den Einwand mit einer Handbewegung beiseite. »Julian ist kein illegaler Einwanderer. Er kommt aus Los Angeles.«
Und damit war er hier in Nordkalifornien für einige Leute praktisch ein Ausländer, dachte ich und nahm meinen Becher in die Hand.
»Und dann war da die Geschichte mit dem Messer«, fuhr Mutter fort. »Natürlich hätte auch das ein Zufall sein können, aber inzwischen fragte ich mich allen Ernstes, ob nicht doch jemand systematisch Sabotage betrieb.«
»Was war denn mit dem Messer?«
Meine Mutter hielt mir ihre rechte Hand mit der Handfläche nach oben hin. Die Schwielen, Risse und kleinen Brandwunden waren bei jemandem, der täglich in der Küche arbeitet, nichts Ungewöhnliches, die quer über die Handfläche laufende, etwa acht Zentimeter lange Narbe hingegen schon.
»Wie ist denn das passiert?« frage ich und runzelte die Stirn. »Du bist doch immer so vorsichtig im Umgang mit Messern.«

»Stimmt. Bin ich. Ich passe nicht nur beim Schneiden auf, sondern auch beim Saubermachen und Wegräumen. Und ich lasse sie nie herumliegen, wenn ich sie nicht brauche.« Meine Mutter starrte einen Weile die Narbe an, dann sah sie auf und mir in die Augen. »Das Messer war in der falschen Schublade, und zwar mit der Schneide nach oben. Ich habe mich geschnitten, als ich einen Kochlöffel herausholen wollte. Im Nu war alles voller Blut, und ich mußte meine Hand in der Nothilfe des Krankenhauses nähen lassen.«

»Und wann war das?«

»Mitte August. Und danach wurde es erst richtig schlimm.« Sie schloß die Finger um den Griff des Bechers und hob ihn an den Mund. Nach einem tiefen Schluck Pfefferminztee fuhr sie fort: »Am Samstag drauf waren wir wieder einmal völlig ausgebucht mit Vorbestellungen. Aber nicht einmal die Hälfte der Leute erschienen tatsächlich im Lokal. Das war bisher noch nie passiert. Gott sei Dank war es ein Wochenende mitten in der Sommersaison, und so hatten wir jede Menge Laufkundschaft. Aber normalerweise ist Freitag, Samstag und Sonntag im Café Marie kein Tisch mehr zu bekommen.«

Da mußte jemand angerufen und unter falschen Namen mehrere Tische bestellt haben, dachte ich. Wenn dann diese vermeintlich angesagten Gäste nicht kommen, ist das Ergebnis ein halb leeres Lokal. Eine unangenehme und blöde Situation für den Besitzer. Offenbar hatte sich da jemand mit der Absicht ans Telefon gehängt, meiner Mutter zu schaden.

»Und dann wurde es auch noch Karl in meinem Restaurant furchtbar schlecht«, fuhr Mutter mit bitterer Miene fort. »Meines Wissens ist noch nie jemandem von meinem Essen schlecht geworden. Karl kam mit seiner Schwägerin Lacy zum Abendessen, und noch während des Nachtischs bekam er fürchterliche Magenkrämpfe und Schweißausbrüche und wurde ganz blaß im Gesicht. Ich dachte zuerst an eine Darmgrippe, aber Karls Arzt meinte später, es sei eher eine Lebensmittelvergiftung gewesen. Kannst du dir das vorstellen? Eine Lebensmittelvergiftung in meinem Lokal!«

Meine Mutter setzte ihren Becher mit solcher Vehemenz ab, daß etwas Tee auf die Tischplatte spritzte. Ihr Gesicht war besorgt und indigniert zugleich. »Ein paar Tage später bekam ich überraschend Besuch vom Gesundheitsamt. Der Inspektor sagte, er habe einen anonymen Anruf erhalten, in dem von unsachgemäßer Lebensmittellagerung die Rede gewesen sei. Das war natürlich völliger Schwachsinn; meine Leute nehmen es mit der Lagerung und der Zubereitung der Speisen äußerst genau. Darauf habe ich immer größten Wert gelegt.«

»Und hat der Inspektor etwas gefunden?« fragte ich und holte einen Lappen, um den verschütteten Tee aufzuwischen. Dann nahm ich den Wasserkessel und goß unsere Becher noch einmal voll. Ich wußte zwar nicht allzuviel über Lebensmittelvergiftungen, aber ich hatte gelesen, daß es nicht ganz einfach ist, herauszufinden, wo der Patient das verdorbene Essen zu sich genommen hat. Die Zeit zwischen der Aufnahme der Speisen und dem Auftreten der Symptome kann ziemlich variieren. Dennoch legten Karls unerklärliche Erkrankung und die Stichprobe des Gesundheitsamts durchaus die Vermutung nahe, daß im Café Marie etwas nicht in Ordnung war.

»Ja«, antwortete meine Mutter mit einem niedergeschlagenen Ausdruck im Gesicht. »Der Inspektor fand heraus, daß der Temperaturregler an einem der Kühlschränke viel zu hoch eingestellt war. Gekühlte Lebensmittel müssen immer bei einer Temperatur von sieben Grad Celsius oder darunter gelagert werden. Natürlich habe ich die Sachen aus diesem Kühlschrank sofort weggeworfen. Ich weiß bis heute nicht, wie das passieren konnte. Ich überprüfe die Temperaturen der Kühlschränke mehrmals am Tag, und Julian tut das ebenfalls.«

»War sonst noch etwas?« fragte ich, nachdem ich mich wieder hingesetzt hatte.

»Ja. Ich glaube, daß jemand beim *Herald* angerufen hat. Jedenfalls bekam ich kurz vor dem verlängerten Wochenende am Labor Day eine vernichtende Kritik, in der stand, daß das Restaurant längst nicht mehr so gut sei wie früher. In dem Artikel wurde auch auf die Geschichte mit dem Gesundheitsamt angespielt. Natürlich nicht direkt, aber wer zwischen den Zeilen lesen kann, wußte Bescheid. Immerhin stand da, daß die Qualität der Lebensmittel nicht mehr dem von Marie gewohnten, hohen Standard entspräche. Das hat sich in der Stadt herumgesprochen, und seitdem ist das Geschäft merklich zurückgegangen. Das kann nicht allein daran liegen, daß die Hauptsaison vorbei ist.«

Meine Mutter nahm den Teebecher in beide Hände. »Das ist eine verdammt ernste Sache, Jeri. Ein Restaurant steht und fällt mit seinem guten Ruf. Und den will mir offenbar jemand zerstören.«

Verstümmelte Pelikane, eine angeschwemmte Leiche und jetzt auch das noch, dachte ich. Soviel zum Thema ruhiger, erholsamer Urlaub.

»Soll ich mich mal um die Geschichte kümmern?«

7

Als meine Mutter einmal über einen ganz bestimmten Ziegenkäse ins Schwärmen geriet, sagte ich ihr, daß es sich dabei doch um ein Stück gegorene Milch handelte und um sonst nichts. Mutter starrte mich damals fassungslos an. Auch ich schätze gutes Essen, aber für Marie Doyle Howard ist es fast schon eine Religion. Ihr ganzes Leben scheint sich um das Einkaufen, Zubereiten und stilvolle Genießen von Nahrungsmitteln zu drehen.

Allerdings gilt das nur in ihrem Lokal. Bei ihr zu Hause ist das ganz anders. Am Freitag morgen hatte ich große Mühe, in der Küche der Restaurantbesitzerin etwas Eßbares zum Frühstück zu finden. Tags zuvor hatte ich schon den Rest eines Rosinenbrotes gegessen, jetzt fand ich lediglich ein Päckchen Reiskeks, nach denen mich nicht sonderlich gelüstete. Die zwei Bananen in der Fruchtschale hatten längst einen Reifegrad erreicht, der sie bloß noch als Brotaufstrich geeignet erscheinen ließ.

Mir blieb also gar nichts anderes übrig, als mir in der Bäckerei an der Lighthouse Avenue ein paar frische Hörnchen zu kaufen. Nachdem ich mich dort mit einem dick mit Walnuß-Oliven-Käse bestrichenen Zwiebelhörnchen und einer Tasse Kaffee gestärkt hatte, nahm ich mir noch ein Dutzend verschiedener Gebäckstücke und sieben verschiedene Streichkäsezubereitungen mit. Damit hatte ich mir das Frühstück für den Rest meines Aufenthalts in Monterey gekauft.

Das Haus meiner Mutter in der Larkin Street ist ziemlich

klein. Es ist ein blau gestrichenes Holzhaus mit grauen Fensterläden und hat nur zwei Schlafzimmer. Möbliert hat Mutter es mit schwerem Eichenholzmobiliar, von dem sie einiges schon in die Ehe mit meinem Vater eingebracht hatte. Andere Stücke hatte sie später, nach dem Tod meiner Großeltern mütterlicherseits, geerbt. Nach der Trennung meiner Eltern wanderten die Möbel aus dem geräumigen Haus in Alameda, in dem ich meine Jugend verbracht habe, wieder zurück nach Monterey in dieses kleine Haus, das sich nicht weit entfernt vom Elternhaus meiner Mutter befindet.

Weil es am Hang liegt, hat man von der Veranda aus einen Blick auf die Pier und das blauschattierte Wasser der Bucht. Aber Mutter hatte sich das Haus nicht wegen der schönen Aussicht gekauft, sondern wegen seiner Nähe zur Innenstadt. Von hier aus benötigte sie mit dem Auto nur ein paar Minuten zum Café Marie, und das war wichtig, denn in diesem Restaurant verbrachte sie einen Großteil ihres Tages.

Als ich von der Bäckerei wieder zurückkam, war meine Mutter zwar schon aufgestanden, aber immer noch in Nachthemd und Bademantel. Sie stand in der Küche und starrte aus dem Fenster über der Spüle, während sie darauf wartete, daß ihr Teewasser kochte. Vielleicht beobachtete sie ja die Kolibris, die durch ihren verwilderten, steil abfallenden Garten huschten, aber das bezweifelte ich. Ihr Gesicht, noch ein wenig verquollen vom Schlaf, hatte einen besorgten und geistesabwesenden Ausdruck.

»Möchtest du ein Hörnchen?« fragte ich und schwenkte meine Papiertüten. Das Zwiebelgebäck verströmte einen so intensiven Duft, daß ich es mir in eine Extratüte hatte packen lassen. Alle anderen Hörnchen mußten sich die größere Tüte teilen.

»Gerne.« Sie begutachtete meine Einkäufe und entschied sich für ein Zimthörnchen mit Rosinen. Mit einem Brotmesser, das sie aus einem Messerblock neben dem Herd nahm, schnitt sie das Gebäck gekonnt auf. Während ich ihr zusah, dachte ich an die Narbe und daran, wie sie zustande gekommen war. Mutter nahm einen Teller aus dem Küchenschrank, legte die eine Hälfte darauf und bestrich sie dick mit Käse.

»Danke fürs Frühstückholen«, sagte sie, während der Wasserkessel zu pfeifen begann.

»Deine Vorratshaltung läßt ein wenig zu wünschen übrig«, meinte ich.

»Ich wollte noch einkaufen, aber dann ist mir die Zeit davongelaufen.« Mutter goß heißes Wasser über ihren Teebeutel und trug Becher und Teller zum Küchentisch. »Das tut sie leider in zunehmendem Maß.«

»Ich kann ja heute ein paar Sachen besorgen.«

Mutter schaute auf die Digitaluhr über der Mikrowelle. »Ich hätte nicht so lange schlafen dürfen«, sagte sie. »Ich müßte schon längst im Restaurant sein.«

»Wofür hast du denn deinen neuen Assistenten? Nimmt er dir denn gar keine Arbeit ab?«

»Doch, das tut er schon. Aber wir haben heute doch dieses Festessen mittags. Ich weiß, daß du eine Menge Leute besuchen willst, aber vielleicht könntest du ja trotzdem vorbeischauen. Ich würde dir nämlich gerne Karl vorstellen.«

»Ich hatte sowieso vor zu kommen, denn ich möchte deinen Leuten ein paar Fragen stellen.«

Mutter antwortete nicht gleich. Sie nahm ihr Hörnchen und biß ein Stück davon ab. »So, meine Leute willst du befragen«, sagte sie schließlich und griff nach der Teetasse. »Ich habe da so meine Bedenken.«

Ich seufzte. »Ich dachte, ich soll mich um die Vorfälle in deinem Restaurant kümmern. Wenn du nichts dagegen tust, werden sie nie aufhören. Vielleicht werden sie sogar schlimmer. Möglicherweise genügt es ja schon, wenn ich ein paar Fragen stelle, um dem Spuk ein Ende zu bereiten.«
»Es ist nur, weil –« Mutter hielt inne, um einen Schluck Tee zu trinken. »Ich kann einfach nicht glauben, daß jemand von meinen Leuten so etwas tun könnte. Bis auf Julian arbeiten sie alle schon seit mehreren Jahren für mich, einige von ihnen sogar seit Eröffnung des Lokals. Ich bin mit meinen Angestellten ziemlich wählerisch, ganz gleich, ob sie in der Küche arbeiten oder die Gäste bedienen. Ich hole mir nicht einfach irgendwen von der Straße. Ich vertraue meinen Leuten. Wenn ich sie von dir ausfragen lasse, sieht es so aus, als hätte ich kein Vertrauen zu ihnen.«
»Das kann ich verstehen. Aber es ist nun mal logisch, bei der Befragung mit deinen Angestellten anzufangen. Ein Außenstehender wäre gar nicht in der Lage, all diese Vorfälle zu inszenieren. Wenn zum Beispiel ein Gast in die Küche käme und sich an den Messern zu schaffen machte, dann würdest du das doch garantiert bemerken.«
»Du hast ja recht«, gab meine Mutter kopfnickend zu. »Aber ich hoffe, du gehst so vorsichtig und diplomatisch vor wie nur irgend möglich.«
»Ich verstehe mein Handwerk«, sagte ich.
Mutter lächelte. »Das weiß ich.«
Als sie fertig gefrühstückt hatte, ging sie ins Schlafzimmer, um sich herzurichten, wie sie es nannte. Als sie wieder in die Küche kam, hatte sie sich in eine gänzlich andere Person verwandelt. Sie hatte sich ihr grau gesträhntes Haar zu einer hübschen, aber schlichten Frisur nach hinten gekämmt und trug ein zartrosa Seidenkleid mit Schalkragen. Um den Hals lag eine zu ihren Perlenohrringen passende Perlenket-

te, und ihre Schuhe hatten hohe, aber nicht zu hohe Absätze. Bei dem Mittagessen würde sie die Gastgeberin spielen und sich am Nachmittag, wenn im Lokal nichts mehr los war, wieder in die Köchin des Café Marie verwandeln. Ihre Kochklamotten, wie sie sie nannte, hatte sie in einem schwarzen Kleidersack dabei.

Als Mutter zur Tür ging, kniff sie mich liebevoll in die Wange und rief mir zu, während sie den Kleidersack über die Schulter warf: »Bis nachher, Jeri.« Ich sah, wie sie in ihrem kleinen Honda rückwärts aus der Zufahrt in die Larkin Street fuhr und in Richtung Innenstadt verschwand. Dann nahm ich mir Kühl- und Küchenschrank vor, machte mir eine Einkaufsliste und fuhr zum nächsten Lebensmittelgeschäft. Als ich wieder zurück und gerade beim Verstauen meiner Einkäufe war, klingelte das Telefon. Es war Donna.

»Ich habe gerade mit meiner Bekannten im Büro des Sheriffs gesprochen«, sagte sie und hörte sich ziemlich niedergeschlagen an.

»Gibt es was Neues?« wollte ich wissen. Ich hatte das schnurlose Telefon unter mein Kinn geklemmt und stellte gerade einen Zweiliterkarton Milch in den Kühlschrank.

»Die Taucher des Sheriffs haben gestern am späten Nachmittag die Leiche geborgen. Heute vormittag ist sie eindeutig identifiziert worden. Es ist Ariel Logan.«

Sogar durch das Telefon spürte ich, wie sehr Donna diese Tatsache betrübte. Selbst mich, die ich Ariel Logan gar nicht gekannt hatte, überfiel bei der Nachricht von ihrem Tod ein Gefühl der Trauer.

»Das tut mir leid«, erwiderte ich langsam. »Wie ist sie ums Leben gekommen? Und weiß Bobby schon etwas davon?«

»Momentan kann noch niemand sagen, ob es ein Unfall oder etwas anderes war. Die Autopsie ist noch nicht abgeschlossen. Sobald ich etwas weiß, melde ich mich wieder bei dir. Bobby ist noch draußen auf See und hat es vermutlich noch gar nicht erfahren. Jetzt ist es kurz nach zwölf, also werde ich mal zur Pier fahren und nachsehen, ob die *Nicky II* schon eingelaufen ist.«

Das Café Marie liegt in der Nähe eines Hauses, in dem Robert Louis Stevenson 1879 eine kurze Zeit lang gewohnt hat. In den Fremdenverkehrsprospekten wird dieser Teil der Stadt »Historische Altstadt« genannt. Als die Küste noch Alta California hieß und erst zu Spanien und dann zu Mexiko gehörte, war Alt-Monterey ein wichtiger Seehafen. Ursprünglich war das Gebäude, in dem sich heute Mutters Lokal befindet, einmal ein Wohnhaus gewesen, das später in einen Laden umgebaut worden war. Als Mutter es kaufte, stand es leer. Bevor sie ihr Restaurant eröffnen konnte, mußte sie es für viel Geld umbauen lassen.

Zuerst hatte Mutter das Haus innen vollständig ausweiden und alles herausreißen lassen, was an seine Vergangenheit als Laden erinnerte. Beim Neueinrichten sparte sie an nichts, weder an der modernst ausgestatteten Küche noch an der mit Intarsien verzierten Bar. Die Fußböden aus edlem Hartholz waren immer glänzend poliert, und für die Tischdecken und Servietten hatte sie weißes beziehungsweise türkisgrünes Leinen gewählt. Der Farbton erinnerte mich ein wenig an das Wasser der Bucht. Monatelang war Mutter auf der Suche nach dem richtigen Geschirr, Besteck und den passenden Gläsern herumgelaufen. Die Tische und Stühle hatte sie in Antiquitätengeschäften und Trödlerläden gefunden und aufwendig restaurieren lassen. Daß nur wenige von ihnen wirklich zueinanderpaßten, verstärkte nur die angenehme Atmosphäre des Restaurants.

An den weißgestrichenen Wänden hingen Bilder von einheimischen Malern, die alle den Ozean zum Thema hatten. Auf manchen, wie beispielsweise einem Aquarell mit friedlich ankernden Fischerbooten, war er glatt und ruhig dargestellt, auf anderen, wie dem großen Ölgemälde über der Bar, wild und aufgewühlt, mit riesigen Wellen, die sich an einer felsigen Küste brachen.

Vor der Eröffnung ihres Lokals mußte Mutter nicht nur Geschirr und Tischwäsche aussuchen, sondern sich auch mit Bauunternehmern, Handwerkern und Aufsichtsbeamten herumschlagen. Außerdem mußte sie sich bei der Staatsregierung, der Stadt Monterey und dem Gesundheitsamt Lizenzen zum Betrieb eines Speiselokals und zum Ausschank von alkoholischen Getränken besorgen.

Durch all diese großen und kleinen Schwierigkeiten, Laufereien und Irrwege, mit denen die Eröffnung eines eigenen Lokals nun einmal verbunden ist, verging fast ein Jahr vom Kauf des Hauses bis zur feierlichen Eröffnung des Café Marie.

Bei all der Zeit und dem vielen Geld, die sie in das Unternehmen gesteckt hatte, war es nur gut, daß ihr Unternehmen von Anfang an ein Erfolg war. Mein Bruder Brian hat mir einmal erzählt, daß Mutter über eine halbe Million Dollar an Startkapital benötigt habe. Jetzt mußte sie noch jahrelang hart arbeiten, bis sie die Kredite zurückgezahlt hatte. Sie konnte es sich einfach nicht leisten, daß ihr jemand absichtlich das Geschäft vermasselte.

An der Vorderfront des Lokals hatte Mutter die Tür und das große Schaufenster des ehemaligen Ladengeschäfts entfernen und an ihrer Stelle mehrere kleine Fenster mit türkisen Jalousien einsetzen lassen. Unter diesen Fenstern hingen Blumenkästen mit farbenprächtigen Zinnien. Den Eingang bildete jetzt eine neue Doppeltür auf der rechten Seite des Gebäudes. Daneben war ein schmaler Garten, dessen Blumen und Gewürze im Restaurant gute Verwendung fanden. Wenn man das Lokal betrat, kam man zuerst in einen kleinen Vorraum, wo die Gäste, die auf einen Tisch warteten, auf einer Reihe von Stühlen und einer langen geschnitzten Holzbank Platz nehmen konnten. Auf einem brusthohen Stehpult befanden sich ein Telefon und der Kalender für die Tischreservierungen.

Dahinter gelangte man linker Hand in den Speiseraum, der sich über zwei Ebenen erstreckte. Ein paar Tische standen auf ebener Erde neben der Bar, aber die meisten waren etwas erhöht in einem quadratischen Raum, der bis an die Vorderfront des Hauses reichte. Ich blickte mich um und sah eine Menge weiß gedeckter Tische, auf denen sorgsam gefaltete Servietten aus langstieligen Gläsern ragten.

Einige der für das Festmenü geladenen Gäste standen mit Drinks in der Hand zwischen den Tischen herum, aber die meisten von ihnen drängten sich an der L-förmigen Bar direkt vor mir. Im hinteren Teil der Bar befand sich ein kleines Fenster, durch das man in die Küche blicken konnte. Dort standen vor einer Reihe von Herden mehrere Angestellte, die gerade etwas grillten, was wie Lachs aussah.

An einem gutgekleideten Pärchen vorbei betrat ich einen Gang zum hinteren Teil des Restaurants. Die erste Tür rechts führte in eine kleine Garderobe, die zweite in das Büro meiner Mutter. Die nächsten beiden Türen waren die Damen- und die Herrentoilette, und dahinter bog der Gang nach links ab und führte auf die Durchreiche zu, in der die Köche den Bedienungen die fertigen Speisen auf ein Brett stellten. Durch die Tür neben der Durchreiche kam man in die Küche, wo links die Herde und Grills standen und rechts die Lebensmittel gelagert wurden. Am anderen Ende der Küche befanden sich eine Speisekammer, ein großer Kühlschrank und eine Tiefkühltruhe.

Ich blieb in der Mitte des Ganges stehen und schaute durch die offene Tür in Mutters Büro. Sie saß vor ihrem Computer und hatte ein schnurloses Telefon zwischen Ohr und Schulter geklemmt. Im Restaurant lief alles über den Computer, von der Tischreservierung über die Vorratshaltung bis hin zur Buchhaltung und den Arbeitszeitkonten der Beschäftigten. Ich staunte immer wieder, was alles an so einem Restaurant dranhing. Dabei war Café Marie mit seinen sechzig Sitzplätzen noch relativ klein. Weil es aber fast jeden Abend ausgebucht war und Mutter sich persönlich um jede Kleinigkeit kümmerte, hatte sie ständig beide Hände voll zu tun.
»Es ist genauso, als würde ich die Leute zu mir nach Hause einladen«, hatte sie mir einmal erklärt.
Jetzt winkte sie mir zu, und nachdem ich zurückgewinkt hatte, begab ich mich an die Bar, wo ihre Gäste den Barkeeper auf Trab hielten. Sie waren alle mittleren Alters und machten, zumindest ihrer Kleidung nach, einen gepflegten und wohlhabenden Eindruck. Ich setzte mich auf einen gerade frei gewordenen Hocker und sah dem Barkeeper zu. Er hieß Evan und war seit der Eröffnung des Lokals bei meiner Mutter angestellt. Als er mich sah, lächelte er mich an und stellte mir ungefragt eine kalte Flasche Calistoga-Mineralwasser hin.
Zwar ist es nicht die feine Art, den Gesprächen anderer Leute zuzuhören, aber manchmal ist es ziemlich aufschlußreich. Während ich an meinem Mineralwasser nippte, fuhr ich meine Antennen aus und lauschte dem, was rings um mich gesprochen wurde. Mutter hatte mir nicht gesagt, wer das festliche Mittagessen veranstaltete, aber fast allen Gesprächen an der Bar war ein Thema gemeinsam: Segelboote. Man unterhielt sich darüber, wie eng und teuer die Liegeplätze in Yachthäfen seien und freute sich auf eine Regatta, die man offenbar gemeinsam veranstalten wollte.

Mit der Mineralwasserflasche in der Hand verließ ich die Bar und wanderte langsam zwischen den Gästen umher, wobei ich abwechselnd in die verschiedensten Gespräche hineinhörte wie jemand, der die Sender auf der Skala eines Radios weiterdreht. Eine Frau erzählte ihrem Begleiter von einem Jazz-Festival, das am Wochenende auf dem Volksfestplatz stattgefunden hatte. Der Mann links von mir schwärmte von der zehn Meter langen Pearson, die er sich gerade zugelegt hatte und bei der es sich offenbar um eine Yacht handelte, und die Frau neben ihm regte sich über die Touristen auf.
»Am Wochenende kommt man ja kaum mehr nach Carmel hinein«, hörte ich sie sagen, »so schlimm ist der Verkehr. Und daß man einen Parkplatz findet, kann man sich sowieso abschminken.«
Ihre Freundin nickte. »In Pacific Grove ist es genau das gleiche. Am liebsten würde ich das verfluchte Aquarium eigenhändig in die Luft sprengen.«
Ich ging ein paar Schritt weiter und bekam eine Unterhaltung über Politik mit. »Es ist ganz einfach«, verkündete ein Mann in Anzug und Weste. »Man muß nur wissen, welche Leute man schmieren muß.«
Links von mir sah ich meine Mutter aus ihrem Büro in die Küche gehen, wo sie offenbar nachsah, wie weit ihr Personal mit den Vorbereitungen fürs Essen war. Wann würde wohl dieser vielgerühmte Karl in Erscheinung treten? Den wollte ich mir genau ansehen.
Ich wollte Mutter gerade hinterhergehen, als ich etwas hörte, das mich stehenbleiben ließ. »Ich hoffe, das Essen ist in Ordnung«, sagte ein Mann mit Halbglatze, der einen grauen Nadelstreifenanzug trug, zu einer Frau in einem grünen Kleid. »Ich habe neulich im *Herald* gelesen, daß das Lokal nicht mehr so gut sein soll, wie es schon einmal war.«

»Was kann man bei gegrilltem Lachs und Salat schon groß falsch machen?« fragte die Frau.
»Eine ganze Menge«, entgegnete der Mann. »Haben Sie denn nicht gehört, daß Karl Beckman sich hier eine Lebensmittelvergiftung zugezogen hat?«
»Wirklich?« Die Frau im grünen Kleid runzelte die Stirn und schaute in Richtung Küche.
Mutter hatte recht, dachte ich. Die Gerüchteküche brodelte bereits munter vor sich hin. Um so wichtiger war es, daß ich rasch dahinterkam, wer für den ganzen Schlamassel verantwortlich war.
In diesem Augenblick betrat eine Frau das Restaurant und blieb vor dem Stehpult mit dem Reservierungsbuch stehen. Während sie ihre Sonnenbrille in ein ledernes Etui steckte, entdeckte sie zwei andere Frauen an der Bar und ging zu ihnen, um sie zu begrüßen. »Ich dachte schon, du wolltest dich vor dem Essen drücken«, sagte eine ihrer Freundinnen. »Wo warst du denn?«
»Ich habe Sylvie und Peter Logan besucht. Es war fürchterlich. Die beiden sind vollkommen am Boden zerstört. Ariel war ihr einziges Kind.«
Ich sah mir die Frau genauer an. Sie war Ende Vierzig, trug ein purpurrotes Seidenkleid und jede Menge protzigen Goldschmuck und roch aufdringlich nach teurem Parfüm. Ihr helmförmig geschnittenes, silbrigblondes Haar strotzte derart von Haarspray, daß die Frisur auch einem leibhaftigen Hurrikan standgehalten hätte. Sie bestellte sich bei Evan einen Gin Tonic. »Sylvie und Peter waren gerade in Frankreich«, fuhr sie nach einem kräftigen Schluck aus ihrem Glas fort. »Sylvies Mutter liegt im Sterben. Krebs. Und jetzt auch das noch.«
Ihre Freundinnen beugten sich zu ihr und gluckten mitfühlend. Die eine war eine ältere Frau mit weißen Haaren,

die schwach und zerbrechlich wirkte und ein einfaches, graues Kostüm trug. Die andere hatte rote Haare und ähnelte in ihrem knallgelben Kleid einem großen Kanarienvogel.

»Wie konnte das nur passieren?« fragte die ältere Frau.

»Wenn du mich fragst, dann war es ihr Freund«, antwortete die Blonde in dem purpurfarbenen Kleid, ohne dabei die Stimme zu senken. »Wer denn sonst? Schließlich haben sich die beiden kurz vor Ariels Tod gestritten. Peter ist davon überzeugt, daß er sie getötet hat.«

»Wer ist denn dieser Freund?« Die gelbgekleidete Frau spielte mit den Knöpfen ihres Kleides.

»Na, so ein Fischer eben.« Die Blonde ließ ein höhnisches Lachen hören. »Ein richtiger Prolet.«

Ich konnte mich kaum beherrschen angesichts so viel offen zur Schau gestelltem Snobismus und fragte mich, ob die Dame sich schon einmal überlegt hatte, wo eigentlich der Lachs herkam, den sie gleich zum Mittagessen verzehren würde.

»Wie konnte Ariel bloß etwas mit einem Fischer anfangen?« stimmte die graue Frau mit ein. »Ich dachte immer, sie sei mit diesem netten jungen Rechtsanwalt zusammen, diesem Ryan Sowieso.«

»Anscheinend war sie das nicht mehr. Ariel und dieser Fischer gingen schon etliche Monate miteinander. Sylvie und Peter war das natürlich gar nicht recht.« Die Blonde nahm noch einen Schluck von ihrem Gin und rümpfte die Nase. »Vielleicht haben sie Ariel ja schließlich doch zur Vernunft gebracht. Vielleicht hat dieser Bursche aus der Arbeiterschicht sie angeödet, und sie wollte Schluß mit ihm machen. Ich möchte wetten, daß sie sich deshalb gestritten haben. Und ich wette auch, daß sie mit ihm Schluß machen wollte, er aber nicht mit ihr.«

Die beiden Frauen neben ihr segneten mit einem Nicken die Theorie ihrer Freundin ab. Ich fragte mich, ob Ariel Logan wirklich ihre Beziehung mit Bobby hatte beenden wollen. Donna hatte erzählt, daß die beiden sogar an Heirat gedacht hätten. Aber was war mit diesem Rechtsanwalt? Ich schüttelte den Kopf. Wenn sich aus diesem Gespräch die derzeit vorherrschende Meinung in Monterey ableiten ließ, dann machten viele Leute hier Bobby für Ariels Tod verantwortlich. Ariels Vater zumindest hatte sich sein Urteil bereits gebildet.

Auf einmal bewegten sich die Leute um mich herum wie auf ein unsichtbares Signal hin von der Bar in den Speiseraum und setzten sich an die Tische. Auch die Blonde und ihre beiden Freundinnen nahmen unweit der Bar Platz. »Da kommt Karl Beckman«, sagte die Frau im gelben Kleid. »Aber Lacy ist nicht bei ihm. Ich habe übrigens gehört, daß seine Werft kurz vor dem Bankrott stehen soll.«

»Tatsächlich?« Die Weißhaarige schien überrascht. »Aber die Beckman-Werft ist doch ein alteingesessenes Unternehmen. Was machen denn dann die ganzen Bootsbesitzer, die ...«

Den Rest des Satzes konnte ich nicht mehr hören, denn ich hatte mich zu weit von ihrem Tisch entfernt. Mutter kam aus der Küche und ging zur Eingangstür, wo gerade ein Mann eintrat. Als sie den Neuankömmling sah, huschte ein zauberhaftes Lächeln über ihr Gesicht. Mit den Händen strich sie ihr Seidenkleid glatt.

Der Mann im Eingang war groß, fast so groß wie mein Vater. Sein breiter, muskulöser Körper war in dunkelblaue Hosen, ein hellblaues Hemd und ein dezent kariertes Sportsakko gekleidet. Sein Gesicht wirkte lebendig, energisch und freundlich. Der Mann trat auf meine Mutter zu, ergriff ihren Arm und flüsterte ihr etwas ins Ohr, wobei seine blonden Haare ganz nahe an die dunklen meiner Mutter kamen. Sie warf den Kopf zurück und lachte. Als auch der Mann lachte, sah ich, daß er eine Menge Lachfalten in seinem breiten, fast groben Gesicht hatte. Seine Augen waren hellbraun. Ich schätzte ihn auf Mitte Vierzig, also war er etwa zehn Jahre jünger als Mutter. Vielleicht sogar mehr. Das war also Karl Beckman. Während ich ihn betrachtete, wunderte ich mich selber über das feindselige Gefühl, das ich ihm vom ersten Augenblick an entgegenbrachte.

8

Meine Antipathie gegen Karl Beckman war geradezu harmlos im Vergleich zu dem, was ich Julian Surtees gegenüber empfand. Mutters neuer Assistent mußte ein wahres Genie in der Küche sein, dachte ich, wie sonst hätte sie seine arrogante Art ertragen können?

Donna hatte mir Surtees als dunkelhaarig und geheimnisvoll beschrieben, als einen Mann, dessen gutes Aussehen unter der weiblichen Bevölkerung Montereys für einigen Wirbel gesorgt hatte. Und bei einem gewissen Teil der männlichen Bevölkerung wohl auch, dachte ich, als ich in das hübsche Gesicht blickte, das ich in Mutters engem Büro mir gegenüber hatte.

Surtees war schlank und durchtrainiert und trug schwarze Jeans und ein weißes T-Shirt. Er war Mitte Dreißig und hatte schon leicht ergraute Schläfen. Die Haare trug er nach hinten gebürstet, über den Ohren wellten sie sich sanft, und an seinem linken Ohrläppchen glänzte ein winziger, goldener Ohrring. Die dunkelbraunen Augen in dem olivfarbenen Gesicht starrten mich an, und seine dicken, sinnlichen Lippen verzogen sich zu einem geschmerzten Ausdruck.

Das Festessen im Speiseraum war vorbei, die Gäste waren gegangen, und die Bedienungen richteten die Tische wieder her, damit das Lokal wie jeden Tag um halb sechs Uhr geöffnet werden konnte. Während die Leute vom Yachtklub ihren gegrillten Lachs verspeist und ihre Regatta geplant hatten, hatte ich mir in Mutters Büro die Unterlagen angesehen.

Café Marie hatte fünfunddreißig Angestellte, viele von ihnen Teilzeitkräfte. Sie alle arbeiteten in wechselnden Schichten. Viele dieser Leute waren in der Küche beschäftigt, darunter auch ein Bäcker und ein Konditor, die Brot und Kuchen für das Restaurant buken. Andere bedienten im Restaurant, und Evan kümmerte sich zusammen mit einer Frau namens Lori um die Bar. Die übrigen spülten Geschirr oder räumten die Tische ab.
Ich hatte mir die Arbeitspläne für die vergangenen Monate angesehen und versucht, hinter das Schema zu kommen, nach dem die Küchenkräfte und Bedienungen eingesetzt wurden. In der Küche fing der Bäcker um sieben Uhr früh als erster an, dann kamen um zehn Uhr die Spüler. Julian als Küchenchef erschien um ein Uhr mittags, die restlichen Köche eine Stunde später. Der Barkeeper mußte um vier Uhr da sein, ebenso wie die Bedienungen und die Tischabräumer. Nur Mutter, so schien es, war achtzehn Stunden täglich im Restaurant. Sie kochte nicht nur, sondern sie kümmerte sich auch um die Vorratshaltung und die Buchführung. Am Abend waren immer an die fünfzehn Leute im Lokal beschäftigt. Sieben davon arbeiteten in der Küche – der Küchenchef, drei Köche, die brieten, grillten und Salate machten, der Konditor und zwei Geschirrspüler. Im Speiseraum taten der Barkeeper, vier Bedienungen, zwei Geschirrabräumer und Rachel Donahoe Dienst, die schon seit langen Jahren Mutters Geschäftsführerin war und auch für die Tischreservierungen zuständig war.
Als nächstes hatte ich mir angesehen, wer wann wo gearbeitet hatte, und schließlich hatte ich mit der Befragung der Angestellten begonnen. Das war keine einfache Aufgabe gewesen, weil nach dem Mittagessen alle damit beschäftigt waren, Küche und Speiseraum aufzuräumen und für den Abend herzurichten. Jetzt, nach ein paar Stunden Arbeit,

war ich bei Julian Surtees angelangt, der nicht gerade begeistert über unser Gespräch war.
»Das ist doch reine Zeitverschwendung«, sagte er und zog die Oberlippe hoch. »Ich habe noch eine Menge zu tun.«
»Ich habe Ihnen doch gesagt, weshalb ich das mache. Ich möchte herausfinden, was hinter den Vorfällen steckt, die sich in letzter Zeit hier im Lokal ereignet haben.«
Surtees fuhrwerkte mir mit seinen langen Fingern vor dem Gesicht herum. »Marie übertreibt mal wieder. Solche Dinge passieren nun mal in einem Restaurant. Als ich in L.A. gearbeitet habe, da –«
Das war jetzt schon das dritte Mal in unserem Gespräch, daß Surtees Los Angeles erwähnte. Offenbar hielt er Monterey für ausgesprochen provinziell und nicht zu vergleichen mit einer Großstadt. Aber wenn in L.A. alles so toll war, weshalb war er dann von dort weggegangen?
Seine penetrante Überheblichkeit machte mich neugierig, ein wenig hinter die Fassade dieses Julian Surtees zu blicken. Meine Mutter hatte mir ja schon am Abend zuvor erklärt, daß die meisten ihrer Angestellten bereits seit Jahren für das Café Marie tätig waren. Außer Surtees hatte sie in letzter Zeit nur einen jungen Mann spanischer Abstammung eingestellt, der das Geschirr abräumte und eine Kellnerlehre machte. Er war seit Thanksgiving des vergangenen Jahres im Lokal; Surtees dagegen hatte erst im Mai angefangen, also einen Monat bevor die seltsamen Vorfälle begannen.
Als ich den Mund öffnete, um ihm eine weitere Frage zu stellen, klingelte das Telefon neben mir. Ich sah eines der drei Lämpchen an dem Apparat aufleuchten. Offenbar hatte jemand in einem anderen Raum abgehoben. Dann blinkte ein zweites Lämpchen, und einen Augenblick später schaute Rachel Donahoe herein und sagte über Surtees Schulter hinweg: »Da ist ein Gespräch für Sie, Jeri.«

»Wir reden nachher weiter«, sagte ich zu Surtees, der nicht gerade begeistert darüber schien. Er warf mir unter seinen schweren Lidern einen matten Blick zu, schob seinen Stuhl zurück und entfernte sich geschmeidig wie ein Kater aus dem Büro.

Während ich ihm nachsah, überlegte ich, ob nicht vielleicht ein früherer Angestellter sich durch Sabotageakte am Café Marie rächen wollte, aber dann fiel mir ein, daß Mutter in letzter Zeit niemanden entlassen hatte. Lediglich vor zwei Jahren hatte sie einem Kellner nahegelegt zu gehen, weil sie mit seiner Arbeit nicht zufrieden gewesen war. Dieser Mann hatte, soweit sie und ihre Angestellten wußten, die Gegend von Monterey verlassen. Dennoch nahm ich mir vor, das zu überprüfen. Allerdings fragte ich mich, wie jemand, der nicht mehr in dem Restaurant arbeitete, Zugang zur Küche haben und dort ein Messer in eine falsche Schublade praktizieren konnte.

Julian hielt ich da für ein wesentlich vielversprechenderen Kandidaten. Er schien mir ein ausgesprochener Egoist zu sein, der sich darüber hinaus für einen begnadeten Küchenchef hielt und der Meinung war, alles besser zu können als Mutter. Außerdem ließ er keinen Zweifel daran, daß es weit unter seinem Niveau war, für Touristen und das Bildungsbürgertum von Monterey zu kochen. Aus seinen Worten sprach eine gewisse Herablassung meiner Mutter gegenüber, die erst spät im Leben ins Gastronomiegeschäft eingestiegen war. Aber warum hatte er L.A. den Rücken gekehrt und arbeitete für sie? Hatte er damit seiner Vergangenheit entkommen wollen, einer Geliebten, einer Ehefrau oder einem Kredithai? Hatte er möglicherweise vor, das Restaurant zu übernehmen, nachdem er meine Mutter ruiniert hatte? Irgend etwas stimmte nicht mit diesem Julian, und ich wollte herausfinden, was es war.

Ich nahm den Hörer von dem immer noch blinkenden Telefon. »Hier Jeri Howard«, sagte ich.

»Hi. Ich bin's, Donna.« Meine Cousine hatte eine ungewöhnlich gedämpfte Stimme.

»Was gibt's, Donna?«

»Ich habe gerade einen Anruf von meiner Freundin im Büro des Sheriffs bekommen«, sagte Donna, wobei ihr die Worte offenbar nur mühsam über die Lippen kamen. »Der Leichenbeschauer hat die Autopsie von Ariel Logans Leiche abgeschlossen. Sie ist nicht ertrunken. Es war kein Salzwasser in ihren Lungen. Jemand hat ihr den Schädel eingeschlagen.«

Ich stellte seufzend die Ellbogen auf den Tisch und starrte, ohne richtig hinzusehen, auf einen Katalog für Restaurant-Ausstattung.

»Wenn sie von den Klippen gestürzt ist, kann sie sich ihren Kopf an einem Felsen aufgeschlagen haben«, entgegnete ich. Irgendwie wollte ich unbedingt, daß Ariel Logans Tod ein Unfall war, aber noch während ich die Worte aussprach, war mir klar, daß man sie ermordet hatte.

»Die ganze rechte Seite ihres Kopfes war zertrümmert«, sagte Donna matt. »Paß auf, Jeri, ich habe hier eine wichtige Sitzung und kann jetzt nicht weg. Ich möchte, daß du Bobby suchst und es ihm sagst, bevor jemand anderer es tut. Ich habe ihn bisher noch nicht erreichen können.«

Ich verließ die Innenstadt von Monterey und fuhr an einem U-förmigen See namens El Estero und dem St.-Johns-Friedhof vorbei, auf dem meine Großeltern mütterlicherseits und mehrere Generationen von Ravellas begraben lagen. Bobby bewohnte in der Nähe der Pier Zwei und des Del-Monte-Strandes eine Zweizimmerwohnung im ersten Stock eines viktorianischen Holzhauses.

Ich parkte meinen Wagen auf der Straße und ging die zweispurige Zufahrt entlang, an der Bobbys Thunderbird abgestellt war. Der blaue Lack des Wagens war wie immer auf Hochglanz poliert. Ich stieg die Treppe am hinteren Ende des Hauses hinauf. Auf der kleinen Veranda im ersten Stock lag ein mit Schnur zusammengebundenes Bündel alter Zeitungen, daneben standen ein Mop in einem Plastikeimer und ein Paar schmutzige, nach Fisch stinkende Stiefel.

Ich klopfte an die Tür, und als ich drinnen nichts hörte, klopfte ich noch einmal und rief Bobbys Namen. Nach einiger Zeit wurde die Tür geöffnet, und vor mir stand mein Cousin, der nichts am Leib trug außer einem Paar blaugestreifter Boxershorts.

»Ich war im Bett«, murmelte er und blinzelte mich verschlafen an, während er sich mit der Hand durch seine schwarzen Locken strich. »Was is'n los, Jeri?«

»Ich muß mit dir reden.«

»Du meine Güte, Jeri, es ist –«, Bobby blickte über seine linke Schulter auf eine Wanduhr im Wohnzimmer. »Es ist erst vier Uhr, verdammt noch mal. Ich war die ganze Nacht auf den Beinen, und dann hat es bis zwei Uhr gedauert, bis das Boot ausgeladen und gesäubert war. Ich bin völlig erledigt. Kannst du nicht später wiederkommen?«

»Nein, das kann ich nicht«, sagte ich ruhig und betrachtete die Falten in seinem erschöpften Gesicht und die dunklen Schatten unter seine Augen.

Bobby ließ die Tür los und rieb sich über sein stoppeliges Kinn. »Mach's dir bequem«, sagte er und machte ein paar Schritte zurück in die Wohnung.

Ich folgte ihm durch eine kleine Küche mit einem gelbgetüpfelten Linoleumboden und weißgestrichenen Schränken ins Wohnzimmer. Links führte eine Tür ins Badezim-

mer, und direkt vor mir konnte ich ins Schlafzimmer sehen, in dem ein zerwühltes Doppelbett stand. Die Fenster des Wohnzimmers gingen hinaus auf die Zufahrt.
Die Wohnung hatte Holzböden, nur im Wohnzimmer lag ein großer, braungoldener Teppich. Das dunkelbraune Sofa an der Trennwand zwischen Wohn- und Schlafzimmer hatte ich früher schon bei Bobbys Eltern gesehen. Seine Mutter hatte auch die Decke gehäkelt, die über einem ausgeblichenen blauen Lehnsessel vor dem Fenster hing. An der Wand gegenüber war ein Regal mit Fernseher, Videorecorder und CD-Spieler. Außer einem Stapel CDs konnte ich noch ein paar Bücher entdecken. Neben dem Regal stand ein runder Tisch mit vier Stühlen, auf dem ein Stapel ungeöffneter Post lag. Vor dem Sofa befand sich ein niedriger Couchtisch mit Telefon, Anrufbeantworter und einem dreizehn mal achtzehn Zentimeter großen Bilderrahmen, den Bobby mit dem Gesicht nach unten auf die Tischplatte gelegt hatte.
Mein Cousin setzte sich auf das Sofa, beugte sich vor und stützte den Kopf in die Hände. »Worüber möchtest du denn mit mir reden, Jeri?«
»Über Ariel.« Bobby sagte nichts, aber sein Blick wanderte zu dem umgedrehten Bilderrahmen. Ich nahm ihn hoch und betrachtete das Foto. Es zeigte eine schöne Frau mit langen, blonden Haaren und intelligenten, braunen Augen. Ihr humorvolles Gesicht lächelte strahlend in die Kamera. Ich stellte das Bild wieder auf den Couchtisch und sah meinem Cousin in die Augen.
»Sie ist tot, nicht wahr?« fragte Bobby mit einer Stimme, die ebenfalls tot klang.
»Man hat die Leiche heute früh identifiziert. Es sieht so aus, als wäre Ariel ermordet worden, Bobby.«
Bobby gab keine Antwort. Er hob lediglich den Kopf. Seine

braunen Augen blinzelten, während er sich bemühte, die Tränen zurückzuhalten, die ihm jetzt über die Wangen liefen.

»Nein!« sagte er schließlich. Seine Stimme war eine Mischung aus Flüstern und Schluchzen. Er vergrub sein Gesicht in den Händen und weinte. Ich setzte mich neben ihn und nahm ihn in die Arme. Bobby lehnte sich an meine Schulter und schluchzte hemmungslos.

Als das Telefon zu klingeln begann, war das wie eine aufdringliche Belästigung. Nach dem dritten Klingeln sprang der Anrufbeantworter an. Es war Nick, der seinen Sohn mit knappen Worten um einen Rückruf bat. Kaum hatte er aufgelegt, klingelte der Apparat schon wieder. Diesmal hinterließ der Anrufer keine Nachricht. Bobby griff an mir vorbei und riß den Telefonstecker aus der Buchse.

»Ich habe sie geliebt«, schluchzte er, zusammengesunken auf dem Sofa kauernd. Er zitterte am ganzen Körper, als würde er frieren. »Wir wollten heiraten. Das heißt, ich habe sie gefragt, ob sie mich heiraten will. Sie sagte ja, aber sie wollte zuerst ihr Studium abschließen. Nächstes Jahr wäre sie fertig geworden. Wir haben oft darüber geredet, wo wir wohnen würden, daß wir Kinder wollten und –« Seine Stimme brach und begann zu flattern. »Entschuldige, Jeri, ich kann jetzt nicht mehr reden.«

»Aber wir müssen unbedingt etwas besprechen«, entgegnete ich und bemühte mich, meine Stimme möglichst sanft klingen zu lassen. Bobby würde nicht viel Zeit haben, um Ariel zu trauern. »Wir müssen Ariels Mörder finden. Dir ist doch klar, daß man dich verdächtigen wird, oder? Das wußtest du schon, bevor Sergeant Magruder gestern ins Lokal kam. Jetzt, wo das Autopsieergebnis auf Mord hindeutet, wird er ganz bestimmt wieder auf dich zukommen.

Schließlich hattest du in aller Öffentlichkeit einen Streit mit Ariel. Viele Leute halten dich jetzt schon für ihren Mörder, das habe ich eben in Mutters Restaurant mitbekommen. Worüber habt ihr gestritten?«

Bobby biß die Zähne aufeinander. »Das kann ich dir nicht sagen.«

»Hast du Ariel umgebracht?«

Bobby sprang auf, die Hände zu Fäusten geballt. Seine braunen Augen blitzten auf einmal voller Wut. »Natürlich habe ich sie nicht umgebracht. Bist du denn komplett verrückt geworden?«

»Dann sag mir, worüber ihr gestritten habt.«

Bobby boxte mit der Faust in die Handfläche der anderen Hand. »Das kann ich nicht, Jeri. Ich habe es versprochen. Versteh das doch.«

»Und dieses Versprechen gilt auch jetzt noch, wo Ariel tot ist?« fragte ich. Bobby nickte. »Dann hast du es also nicht ihr, sondern jemand anderem gegeben.«

»Ich bin jemandem etwas schuldig. Es ist sehr kompliziert. Bitte akzeptier das.«

»Kannst du mir vielleicht später einmal erzählen, worum es geht?«

»Ja. Aber zuerst muß ich noch etwas klären.«

»Du weißt doch, daß ich Privatdetektivin bin. Ich könnte dir dabei helfen, was immer es auch sein mag.«

»Nein, das muß ich selber erledigen«, antwortete er und schüttelte mit einem sturen Gesichtsausdruck den Kopf.

»Wie du meinst«, sagte ich langsam. Ich war nach wie vor nicht überzeugt, daß er das Richtige tat.

9

Im freitagnachmittäglichen Stop-and-go-Verkehr auf der Del Monte Avenue kam ich nur langsam voran. Auf der vierspurigen Straße mischten sich die Autos der Einheimischen mit denen der Wochenendtouristen. Als ich endlich den Parkplatz zwischen der Pier Zwei und Fisherman's Wharf erreicht hatte, stellte ich den Wagen vor dem Gebäude der Hafenmeisterei ab und ging auf dem Bürgersteig um den Hafen herum, in dem Segelyachten und Fischkutter auf dem mäßig bewegten Wasser schaukelten.

Am Eingang zu Fisherman's Wharf packte der Drehorgelspieler mit dem Affen gerade seine sieben Sachen zusammen. Jetzt, um halb sechs Uhr abends, waren nicht mehr viele Schaulustige hier. Nur noch die Leute, die in einem der Restaurants zu Abend essen wollten, waren geblieben. Auf dem Weg zu Ravella's kam ich lediglich an zwei Touristenpärchen vorbei, die von einer ausgehängten Speisekarte zur nächsten schlenderten.

Das Lokal von Nick und Tina schloß um sechs Uhr. Da ich Nicks Anruf bei Bobby mitbekommen hatte, wollte ich ihm rasch sagen, daß es seinem Sohn soweit gut ging, auch wenn das nicht ganz der Wahrheit entsprach. Als ich den Fischladen mit Lokal betrat, sah ich Nick an der Verkaufstheke das Eis wegräumen. Tina stand hinter dem Tresen des Lokals und verstaute Lebensmittel in den Schränken. Beide sprachen dabei mit einem großen Mann, der vor der Verkaufstheke stand. Als ich näher kam, blickte der Mann auf, und

ich erkannte ihn an seinen blonden Haaren und seinem breitflächigen Gesicht. Es war Karl Beckman.
»Hallo, Jeri«, sagte er und streckte mir freundlich lächelnd seine Hand entgegen. »Wir hatten bei dem Mittagessen nicht viel Gelegenheit, uns zu unterhalten. Aber trotzdem habe ich das Gefühl, als würde ich Sie schon eine Ewigkeit kennen. Ihre Mutter hat mir so viel über Sie erzählt.«
»So, hat sie das?«
Ich schüttelte ihm die Hand und fragte mich, was genau meine Mutter ihm wohl erzählt haben mochte. Karl Beckman machte ganz den Eindruck eines freundlichen, liebenswürdigen Mannes, außerdem sah er gut aus – kein Wunder, daß Mutter sich zu ihm hingezogen fühlte. Es gab keinen vernünftigen Grund, ihn nicht zu mögen. Und trotzdem mochte ich ihn nicht.
Meine Ablehnung beruhte natürlich nur darauf, daß er mit meiner Mutter befreundet war. Zusätzlich gefiel mir die Tatsache nicht, daß er sehr viel jünger war als sie. Aber warum hatte ich damit ein solches Problem? Ich hatte doch schließlich auch schon mal was mit jüngeren Männern gehabt. Aber zwischen ihnen und mir waren nur ein paar Jahre Altersunterschied gewesen, nicht zehn. Karl Beckman mochte vielleicht Ende Vierzig, höchstens fünfzig Jahre alt sein. Mutter aber wurde nächstes Jahr sechzig.
Oder lag es vielleicht daran, daß ich immer schon eine engere Beziehung zu meinem Vater als zu meiner Mutter gehabt hatte? Selbst als die beiden noch zusammen waren, hatte meine Mutter meinen Vater nie so angestrahlt wie diesen Karl Beckman, und in den letzten Jahren ihrer Ehe schon gar nicht.
Was auch immer der Grund für meine Abneigung dem Freund meiner Mutter gegenüber sein mochte, so durfte ich sie mir nicht anmerken lassen. Ich wußte, daß Mutter

während meiner Woche hier in Monterey noch öfter über ihn sprechen würde, und ich wollte einen Streit über dieses Thema nach Möglichkeit vermeiden.

»Ich war bei Bobby, als du ihn angerufen hast«, wandte ich mich an Nick. »Er möchte im Augenblick mit niemandem sprechen.«

»Nicht einmal mit seinem Vater?« Nick hörte auf, das Eis von der Theke zu schaufeln, und schüttelte seufzend den Kopf, während er sich die Hände an einem Lappen abtrocknete. Tinas Gesicht wirkte ebenso besorgt wie das ihres Gatten.

»Bobbys Boot ist heute ziemlich spät hereingekommen«, sagte sie. »Nachdem sie ausgeladen und saubergemacht hatten, hat Bobby nicht einmal mehr bei uns vorbeigeschaut. Diese Geschichte mit Ariel macht ihm fürchterlich zu schaffen.«

Ich nickte. Es würde nicht lange dauern, bis es sich in der Stadt herumgesprochen hatte, daß Ariels Tod die Folge eines Verbrechens und nicht eines Unglücksfalls war, und dann würde sich das, was ich bei dem Essen heute mittag gehört hatte, geradezu harmlos ausmachen gegen den Klatsch, der daraufhin die Runde machen würde. Man würde mit dem Finger auf meinen Cousin zeigen. Warum nur gab sich Bobby so verdammt zugeknöpft, was den Grund für seinen Streit mit Ariel betraf?

»Was für eine schreckliche Tragödie«, sagte Karl Beckman mit angenehm tiefer Stimme und schüttelte den Kopf. »Ariel war eine wunderbare junge Frau. Sie war nur ein paar Jahre älter als meine eigene Tochter.«

Ich nahm mir vor, mich bei Gelegenheit nach dieser Tochter zu erkundigen, vorerst stellte ich ihm die Frage, die mich augenblicklich sehr viel mehr interessierte: »Sie kannten also Ariel Logan?«

»Aber ja«, antwortete Beckman mit einem Lächeln, das die

kleinen Lachfalten um seine haselnußbraunen Augen hervortreten ließ. »Bobby war mit ihr im August auf meiner Werft und hat sie mir vorgestellt. Sie war ein lebendiges, aufgewecktes Mädchen. Sie stellte mir eine Unmenge Fragen über meinen Betrieb und wollte alles ganz genau wissen, vom Transport der Boote bis hin zum Recycling der leeren Lackdosen.« Er hielt inne und machte ein nachdenkliches Gesicht. »Verdammt schade um sie. Sie hat Bobby wirklich gutgetan, und er hat sie sehr geliebt.«

»Kennen Sie meinen Cousin denn so gut?« fragte ich.

Beckmans Gesicht legte sich abermals in Lachfalten. »Sicher doch. Bobby und ich sind gute Freunde. Ich kannte ihn schon als kleinen Jungen, der mit Nick hinaus zum Fischen fuhr. Die Bootswerft Beckman repariert schon seit zwei Generationen die Fischkutter der Familie Ravella.«

»Wie lange ist Ihre Familie denn schon in Monterey?« Es klang fast so, als nähme ich ihn ins Kreuzverhör, aber es schien ihm nicht viel auszumachen.

»Seit den dreißiger Jahren«, antwortete Beckman. »Zwar nicht so lange wie die Doyles und Ravellas, aber auch nicht seit vorgestern. Meine Eltern sind gleich nach der Machtergreifung der Nazis aus Deutschland emigriert. Mein Vater hat zwar nicht viel darüber gesprochen, aber ich glaube, er hat geahnt, was kommen würde, und sich rechtzeitig abgesetzt. So wie ich den alten Querkopf kannte, wäre er ziemlich bald in einem Konzentrationslager gelandet.«

»Hans war schon eine Marke für sich«, pflichtete Nick ihm bei. »Ein echtes Original.«

»Mein Vater war ein zäher alter Bursche«, fuhr Beckman fort. »Er stammte aus Hamburg und verstand eine Menge vom Schiffsbau. Deshalb eröffnete er auch kurz nachdem er und Mutter nach Monterey gekommen waren, die Werft unten an der Cannery Row. Damals liefen die Fischfabriken noch auf vollen Touren, und meine Mutter hatte eine Bäckerei gleich da drüben, am Ende der Alvarado Street.« Beckman deutete mit dem Daumen in Richtung auf die Altstadt von Monterey. In der Gegend rund um das alte San Carlos Hotel hatten die Leihhäuser, Cafés und kleinen Geschäfte inzwischen längst einem Kongreßzentrum und mehreren Kettenhotels weichen müssen.

»Meine Mom war berühmt für ihren Apfelstrudel«, sagte Beckman und schüttelte den Kopf. »Seit ihrem Tod habe ich keinen solchen Apfelstrudel mehr gegessen.«

»Daran erinnere ich mich noch«, stimmte Tina ihm zu. »Niemand konnte so guten Strudel backen wie Ella Beckman. Meine Mutter wollte immer das Rezept von ihr haben, aber sie hat es nicht herausgerückt. Sie meinte, daß nur Deutsche einen ordentlichen Apfelstrudel backen könnten.«

Beckman grinste. »Das erinnert mich daran, wie Nicks Vater meinem Papa einmal das Bocciaspielen beibringen wollte. Am Schluß verdrehte Dominic nur noch die Augen und gab auf. Er sagte, man müsse wohl Italiener sein, um dieses Spiel zu verstehen.«

Während die drei herzlich über ihre gemeinsamen Erinnerungen lachten, betrachtete ich Karl Beckman genauer und wünschte, ich wüßte etwas mehr über ihn. Er hatte zwar eine Tochter, aber ich glaubte nicht, daß meine Mutter sich mit einem verheirateten Mann einlassen würde. Zumindest hoffte ich das. Also mußte Beckman entweder geschieden oder verwitwet sein.

»Wohnt Ihre Tochter denn hier in Monterey?« fragte ich ihn.

»Kristen? Aber nein. Sie hat gerade mit ihrem Studium an der Stanford University angefangen.«

Stanford war eine ziemlich teure Uni, dachte ich und

erinnerte mich an das, was sich die Frauen beim Mittagessen über die finanziellen Schwierigkeiten der Beckman-Werft erzählt hatten. Außerdem hatten sie eine gewisse Lacy erwähnt, die nach Auskunft meiner Mutter Beckmans Schwägerin sein mußte. Sie war mit ihm vor ein paar Wochen beim Essen gewesen, als ihm im Café Marie schlecht geworden war.
»Soviel ich gehört habe, ist Ihre Schwägerin geschäftlich an der Werft beteiligt«, sagte ich. Ein seltsamer Ausdruck huschte über Beckmans Gesicht und stachelte meine Neugier an.
»Lacy kümmert sich um den Bürokram und organisiert den Transportservice für Boote«, entgegnete Beckman mit einem Seitenblick hinüber zu Nick. »Den bieten wir seit diesem Sommer an, um etwas mehr Geld in die Kasse zu bekommen. Er läßt sich übrigens recht gut an.« Offenbar hatte Beckman wenig Lust, über seine Schwägerin zu sprechen. Er sah auf die Uhr und blickte mich dann mit seinen freundlichen Augen an. Hatte ich mir das Funkeln nur eingebildet, das ich bei der Erwähnung von Lacy darin zu sehen geglaubt hatte?
»Ich habe noch ein paar Dinge auf der Werft zu erledigen, Jeri«, sagte er. »War nett, mit Ihnen zu plaudern. Wir sehen uns ja sicher noch, solange Sie hier sind.«
Jetzt war es an mir, ein freundliches Gesicht aufzusetzen. Ich schüttelte Beckman die Hand und sah zu, wie er sich von Nick und Tina verabschiedete. Als er gegangen war, fuhr Nick mit dem Eisschaufeln fort. »Karl ist so ein netter Mensch«, meinte Tina, als ob sie erraten hätte, was mir gerade durch den Kopf ging.
»Wie lange kennen er und meine Mutter sich denn schon?«
»Ach, seit vielen Jahren«, antwortete Tina und wischte mit einem Schwamm über die Theke.

»So meine ich das nicht. Wie lange schon haben die beiden etwas miteinander?« Irgendwie konnte ich mir kaum vorstellen, daß meine Mutter bei ihrem übervollen Arbeitstag noch Zeit für so etwas wie ein Privatleben fand.
»Seit Neujahr, glaube ich. Sie haben sich auf einer Silvesterparty getroffen. Es tut Marie gut, daß sie ab und zu mal rauskommt. Sie verbringt viel zuviel Zeit in ihrem Restaurant. Karl ist ein netter Mann. Marie ist gern mit ihm zusammen.«
Tina hörte sich an, als wolle sie nicht, daß ich gegen die Beziehung zwischen den beiden war. Irgendwie hatte sie recht damit, und ich nahm mir vor, mich zurückzuhalten. Schließlich mußte ich ja nur eine Woche in Monterey bleiben. Aber das hieß nicht, daß ich nichts über den Mann erfahren wollte, mit dem meine Mutter ein Verhältnis hatte. Das war schließlich mein gutes Recht. Und außerdem hatte sie sich früher mindestens ebensosehr für meine Freunde interessiert.
»Erzähl mir doch ein bißchen mehr von Karl«, bat ich Tina und lehnte mich an die Theke. »Ist er geschieden?«
»Nein, seine Frau ist tot. Sie hieß Janine Harper und kam aus King City. Vielleicht hast du von ihrer Familie schon einmal etwas gehört, ihr Bruder Charlie ist dort der County Commissioner.«
Ich schüttelte den Kopf. Dazu kannte ich mich in der Gegend zu wenig aus. King City war eine mittelgroße Stadt am Highway 101 etwa achtzig Kilometer südlich von Salinas. Sie lag inmitten von Farm- und Weideland im Salinas Valley, zwischen einer Hügelkette im Osten und dem Santa-Lucia-Gebirge im Westen.
»Janine starb bei einem Verkehrsunfall«, sagte Tina, während sie den Schwamm im Spülbecken auswusch. »Karls Bruder Gunter saß am Steuer des Wagens; auch er überlebte nicht.«

Das erklärte, weshalb Karls Schwägerin einen Anteil an der Werft besaß, aber es erklärte noch lange nicht das Funkeln in seinen braunen Augen, das ich bei der Nennung ihres Namens bemerkt hatte.

»Was ist bei diesem Unfall denn genau passiert?«

»Das weiß niemand so recht«, antwortete Tina mit einem Kopfschütteln. »Es war eine regnerische Nacht im Februar vor eineinhalb Jahren. Der Wagen ist am Hurricane Point von der Straße abgekommen und ins Meer gestürzt.«

Schon wieder der Ozean. *Man darf dem Ozean nie den Rücken kehren,* hatte Donna erst kürzlich gesagt. Auch Ariel Logans Leiche war im Ozean gefunden worden.

Aber der Ozean war nicht schuld an ihrem Tod. Ariel mußte jemand anderem den Rücken gekehrt haben.

10

Pacific Grove, oder PG, wie die Einheimischen es nennen, liegt an der Spitze der Halbinsel von Monterey. Die Ansiedlung, die aus einer Ferienkolonie von Methodisten entstand, gilt auch heute noch als besonders ruhig und friedlich. PG ist berühmt für seine gepflegten alten Häuser, seine schattigen Straßen und vor allem natürlich für seine Schmetterlinge. Jeden September kommen unzählige Crysippus-Falter auf ihrer Wanderschaft nach Pacific Grove und lassen sich auf dem Spanischen Moos und den Ästen der Kiefern am nordwestlichen Ende der Lighthouse Avenue nieder, von wo es nicht mehr weit bis zum Point Pinos ist.

Donna und ihre Lebensgefährtin Kay bewohnen gemeinsam ein Haus an der Thirteenth Street, einer Querstraße zum Ocean View Boulevard. Es ist ein ebenerdiger, gegenüber einem kleinen Park gelegener Altbau. Ich parkte meinen Wagen ein Stück weiter unten an der Central Avenue und ging zu Fuß zu dem Holzhaus zurück. Es war mit seinen zwei Schlafzimmern relativ klein und hatte einen weißen Anstrich mit blauen Verzierungen und blauen Fensterläden. Ich hörte, wie unten am Strand die Wellen an die Felsen klatschten, und spürte die Feuchtigkeit in der Luft. Pacific Grove, das an drei Seiten vom Ozean umgeben ist und an seiner Landseite durch fichtenbestandene Berge abgeschlossen wird, hüllt sich oft in eine dichte, graue Nebeldecke. Auch jetzt konnte ich durch die Bäume hindurch den Nebel erkennen, der langsam aus dem Wasser stieg und an Land wallte.

Kay öffnete die Tür, als ich gerade die Veranda betrat. Sie war Anfang Vierzig, eine kleine, schlanke Frau, die vielleicht gerade einen Meter fünfzig groß war und ihre langen, schwarzen Haare nach hinten zu einem Knoten zusammengebunden hatte. Heute abend trug sie eine weite, fuchsienrote Hose und eine kurzärmelige Bluse in derselben Farbe, die durch eine jadegrüne Schärpe voneinander getrennt waren. Sie hielt ein Weinglas in der Hand und bat mich ins Wohnzimmer. Die Einrichtung der beiden war ebenso außergewöhnlich wie bunt zusammengewürfelt und bestand unter anderem aus einem hübsch geschnitzten Tisch, einer runden Plüschottomane, die aussah, als käme sie direkt vom Flohmarkt, und einem hochlehnigen, mit Chintz bezogenen Sofa. Auf dem Sofa lagen Samt- und Seidenkissen in vielen verschiedenen Farben, und daneben stand ein mit knallgrünem Stoff bezogener Sessel aus den fünfziger Jahren.

»Donna zieht sich gerade um«, sagte Kay, während sie mich flüchtig umarmte. »Wie geht es dir, Jeri? Du siehst toll aus. Du warst ja seit einer halben Ewigkeit nicht mehr hier. Möchtest du ein Glas Wein?«

»Mir geht es gut, vielen Dank. Und ja, ich hätte gerne ein Glas Wein«, beantwortete ich ihre beiden Fragen.

Ich folgte Kay durch das Eßzimmer, in dem ein runder Eichentisch stand, der mit zart geblümtem Porzellan und glänzendem Silberbesteck für drei Personen gedeckt war. Teller und Besteck waren alles Einzelstücke, die die beiden im Lauf der Jahre in den verschiedensten Trödlerläden zusammengekauft hatten. Hinter den Glastüren eines kleinen Schränkchens an der einen Wand des Zimmers konnte ich noch weitere Schmuckstücke aus ihrer Sammlung entdecken. In der engen Küche nahm Kay eine Flasche Chardonnay aus dem Kühlschrank und goß mir ein Glas davon ein.

Auf dem Rückweg ins Wohnzimmer fielen mir Kays Ohrringe auf, die im Licht der Deckenlampe glitzerten. Sie bestanden aus dünnen Goldstreifen und Feueropalen. Ohne Zweifel hatte Kay sie in ihrem Schmuckatelier an der Rückseite des Hauses selbst gefertigt.

»Na, wie läuft das Geschäft?« fragte ich, während ich ein paar Kissen beiseite schob und mich auf ein Ende des Sofas setzte. Auf dem anderen Ende lag auf einem blauen Kissen eine schwarzweiß gefleckte Katze, die ihre Nase unter den Pfoten vergraben hatte. Die Katze öffnete ein Auge, betrachtete mich eine Weile und schlief dann wieder ein.

»Super«, antwortete Kay, setzte sich in den grünen Sessel und stellte ihr Weinglas auf den Couchtisch. »Ich habe meine Sachen in Galerien von Santa Cruz bis Big Sur untergebracht. Was mich betrifft, so läuft es hier bei weitem besser als in Eureka.«

Donnas vorherige Dienststelle für die Jagd- und Fischereibehörde war in Eureka gewesen, einer Stadt im Humboldt County in Nordkalifornien, die noch abgelegener gewesen war als die Halbinsel von Monterey. In den sieben Jahren, die sie und Kay nun zusammen waren, war Kay überall dorthin gezogen, wo Donna hatte arbeiten müssen. Manchmal hatte das Kays Karriere als Goldschmiedin eher geschadet, aber das war wohl ein Problem, das die beiden mit vielen anderen Paaren gemeinsam hatten. Als Donna vor zwei Jahren wieder zurück nach Monterey versetzt worden war, hatten sie dieses Haus gekauft.

Als Donna aus dem Schlafzimmer kam, trug sie einen bequemen, blauen Jogginganzug. »Hallo, Jeri«, sagte sie und winkte mir zu. Sie ging in die Küche und kam gleich darauf mit einem Weinglas und einer Flasche Chardonnay zurück. »Wem von euch soll ich nachschenken?« fragte sie. Kay hielt ihr ihr Glas hin.

»Und wie geht es dem Doyle-Zweig der Familie?« fragte ich meine Cousine.
Donna stellte die Weinflasche auf den Couchtisch und setzte sich auf die zerschlissene Ottomane. »Meinen Eltern geht es gut. Sie sind nach Hawaii geflogen und kommen vor nächster Woche nicht zurück. Meine Schwester Judy wohnt immer noch in Boston. Sie fühlt sich dort ziemlich wohl.«
»Und was macht dein Bruder George?«
Donna schüttelte den Kopf. »George ist ein Blödmann. Das war er schon als Kind.«
George war Donnas älterer Bruder. Als sie sich vor nunmehr fast fünfzehn Jahren zu ihrer Veranlagung bekannte, hatte George das überhaupt nicht gefallen. Sogar jetzt hatte er noch immer Probleme damit, daß seine Schwester lesbisch war.
»Er und Marilyn, besser bekannt als die Höllenfrau, haben sich gerade eine protzige Wohnung in den Fisherman Flats gekauft«, erzählte Donna. »Mich haben sie bisher noch nicht eingeladen, den Palast zu besichtigen. George hat vermutlich Angst, ich würde die heiligen Hallen entweihen.« Donna und Kay lachten ein wenig gequält. »Wir sehen George lediglich auf Familientreffen wie Tante Teresas großem Fest am Labor Day. Bei solchen Gelegenheiten ist er höflich, aber kühl.«
Damit tut er sich keinen Gefallen, dachte ich. »Baut denn George immer noch ein Hotel nach dem anderen?« Donnas älterer Bruder war Bauunternehmer, und in der Familie erzählte man sich, daß er seine Finger überall mit drin hatte, auch bei mehreren der Touristenhotels, die auf der Halbinsel von Monterey wie Unkraut aus dem Boden schossen. Ich persönlich war bei George nicht allzu gut angeschrieben, seit ich ihn einmal gefragt hatte, ob er und

die anderen Baulöwen vielleicht etwas mit einer Brandstiftung auf einem Grundstück an der Cannery Row zu tun gehabt hätten, das später der Bauplatz eines ihrer Hotels geworden war. Ich hatte zwar bloß Spaß gemacht, aber George hat nun mal keinen Sinn für Humor.

»Er ist ganz wild auf das Gelände von Fort Ord«, sagte Donna und trank einen Schluck Wein. »Seit die Armee den Truppenübungsplatz aufgegeben hat, würde er ihn am liebsten mit Luxushäusern zukleistern.«

»Die Schließung des Armeestandorts wird sich auf die hiesige Wirtschaft bestimmt negativ auswirken«, meinte ich. Die beiden nickten. Es fielen nicht nur die dort stationierten Soldaten als Konsumenten weg, sondern auch die Jobs, die viele Einheimische bei der Militärverwaltung gehabt hatten. Die Schließung des Stützpunktes würde die ohnehin schon hohe Arbeitslosenquote noch einmal kräftig nach oben treiben.

»Monterey hat sich seit meiner Jugend sehr verändert«, fuhr Donna fort und goß sich noch etwas Chardonnay in ihr Glas. »Zu Zeiten der Fischfabriken, die ich selbst nicht mehr miterlebt habe, war es einmal eine richtige Arbeiter- und Fischerstadt. Jetzt gibt es hier mehr Angestellte als Arbeiter und mehr Dienstleistungsgewerbe als Industrie.«

»Du darfst den Tourismus nicht vergessen«, ergänzte Kay. »Und die Leute, die die T-Shirts für die Souvenirläden an der Cannery Row bedrucken.«

Wir lachten alle drei. »Mit dem Bild eines auf dem Rücken schwimmenden Otters drauf«, ergänzte ich kichernd.

»Aber die Otter sind wirklich süße kleine Burschen«, sagte Donna mit einem Kopfschütteln, und ich mußte an unser Gespräch gestern im Tierschutzverein denken, bei dem Donna und Marsha Landers über die Beliebtheitsskala der Tiere gesprochen hatten. »Kein Wunder, daß die Touristen sie lieben. Die Otterfütterung ist die größte Attraktion im Aquarium.«

»Ich kann mich an die Fischfabriken nicht mehr erinnern«, sagte ich. »Aber an die Zeit, als die Cannery Row völlig verlassen und menschenleer war.«

»Das war vor dem Aquarium«, bemerkte Donna. »Seitdem haben wir doch eine ganz neue Zeitrechnung.«

»Und jeder hat seine ganz bestimmte Meinung zu dem Aquarium«, meinte ich und trank einen Schluck Wein. »Manche halten es für einen Segen, andere für einen Fluch. Meine Mutter zum Beispiel beklagt ständig, daß die Touristen die Cannery Row kaputtmachen, dabei sind es gerade diese Touristen, die dann am Abend in ihrem Lokal zum Essen gehen.«

»Früher kamen die Leute zur Cannery Row, weil sie *Die Straße der Ölsardinen* und *Tortilla Flat* gelesen hatten und Orte wie Doc Ricketts' Labor mit eigenen Augen sehen wollten«, sagte Donna. »Jetzt gehe ich jede Wette ein, daß die meisten Touristen nicht einmal den Namen John Steinbeck kennen, ganz zu schweigen davon, daß sie seine Bücher gelesen haben. Sie kommen zur Cannery Row, weil sie das Aquarium besuchen wollen.«

»Und hoffentlich wegen der Galerien und Läden, in denen mein Schmuck verkauft wird«, meinte Kay und griff nach der Weinflasche. »Schließlich will man als selbständige Kunsthandwerkerin auch etwas verdienen.«

»Ich möchte hier nicht den Eindruck erwecken, als würde ich das Aquarium in Grund und Boden verdammen«, fügte Donna an. »Schließlich dient es dazu, das Meeresleben in der Bucht von Monterey zu zeigen und hat damit vielleicht dazu beigetragen, daß dieses einmalige Ökosystem jetzt unter Naturschutz steht. Im Aquarium werden die Besucher über so wichtige Dinge wie das vielfältige Leben in den

Gezeitentümpeln informiert. Und damit erkennen sie auch, daß es im Meer noch andere Lebewesen als Fischotter gibt.«

»Damit wären wir wieder bei der Beliebtheitsskala«, meinte ich. »Als ich das letzte Mal im Aquarium war, hörte ich, wie eine Frau über die Otter sprach. Sei seien so lieb und so süß, ganz im Gegensatz zu den Fischen, mit denen ohnehin niemand etwas anfangen könne.«

»Aber wenn die Leute die Vielfalt des Lebens im Meer kennenlernen«, argumentierte Donna, »dann überlegen sie es sich vielleicht zweimal, bevor sie Lackverdünner ins Abwasser gießen oder beim Segeln ihren Müll über Bord werfen.«

»Oder bevor sie einen Pelikan halb abschlachten.«

Bei meinen Worten runzelte Donna die Stirn. »Wenn ich den Burschen zwischen die Finger bekomme, der das getan hat ...«

Sie sprach den Satz nicht zu Ende. Wir alle schwiegen eine Weile. Dann erhob sich Kay aus dem grünen Sessel. »Riecht ganz so, als wäre die Lasagne fertig. Wir können essen.«

Wir folgten Kay durch das Eßzimmer in die Küche. »Kann ich dir etwas helfen?« fragte Donna.

»Du kannst den Salat auf den Tisch stellen«, sagte Kay und hielt ihr eine große Holzschüssel voll grünem Salat hin. Dann zog sie Topfhandschuhe an und öffnete das Bratrohr. Zuerst nahm sie ein in Alufolie gewickeltes Päckchen heraus, das aussah, als wäre Knoblauchbrot darin. »Den Brotkorb bitte«, sagte sie zu mir. Ich sah mich um und entdeckte den Korb neben der Spüle. Kay legte das Päckchen auf einen Teller, und ich öffnete es mit spitzen Fingern. Als nächstes nahm sie eine große Glasform mit der Spinatlasagne aus dem Ofen und stellte sie auf einen Untersetzer.

»Ich glaube, ich tue sie besser hier in der Küche auf die Teller.«
Während Donna die Teller aus dem Eßzimmer holte, arrangierte ich das Knoblauchbrot in dem mit Papierservietten ausgelegten Körbchen. Donna öffnete noch eine Flasche Wein, und wir nahmen am Eßtisch Platz.
»Mutter hat mir von den Vorfällen in ihrem Restaurant erzählt«, sagte ich, während ich mir von dem Salat nahm. »Sie hat zwar gesagt, ich solle mich darum kümmern, aber gerne hat sie das nicht getan. Sie will nicht, daß ich ihre Angestellten gegen mich aufbringe. Bei Julian Surtees ist mir das aber schon gelungen.«
»Dann hast du Julian also kennengelernt?« fragte Donna grinsend. »Und was hältst du von ihm?«
»Er ist ein arroganter Snob, ein eingebildeter Bastard und selbstverliebt bis zum Gehtnichtmehr. Habe ich etwas ausgelassen?«
Donna und Kay lachten herzlich. »Aber er sieht doch gut aus«, meinte Kay und legte den Kopf schief, so daß ihre goldenen Opalohrringe aufblitzten. »Daß ich persönlich Frauen bevorzuge, heißt noch lange nicht, daß ich einen attraktiven Mann nicht zu schätzen wüßte. Der Junge ist nicht schlecht gebaut.«
»Aber das weiß er auch«, ergänzte ich. »Hat er eigentlich nur weibliche oder auch männliche Verehrer?«
»Julian ist hundertprozentig heterosexuell«, erwiderte Kay. »Sehr zum Ärger eines gewissen Galeriebesitzers in Carmel. Ich habe Julian schon mit vielen Frauen herumflirten sehen. Da gab es zum Beispiel eine Rothaarige, an deren Namen ich mich jetzt nicht mehr erinnere. Du weißt, welche ich meine, Donna. So eine Reitertussi aus dem Carmel Valley. In letzter Zeit hat er übrigens was mit Lacy Beckman laufen.«
Beckman. Ständig und überall hörte ich diesen Namen.

»Karl Beckmans Schwägerin? Ich kenne sie zwar nicht, aber es wird wohl nicht mehr lange dauern, bis sie mir über den Weg läuft. Trotzdem, irgendwie kann ich mir gar nicht vorstellen, daß Julian Surtees einen anderen Menschen außer sich selbst attraktiv finden könnte.«

Kay lachte, aber ihre nächsten Worte weckten meine Neugier. »Ich dachte immer, Lacy sei mehr an ihrem Schwager interessiert. Aber seit Karl Beckman mit Marie befreundet ist, habe ich Lacy schon ein paarmal zusammen mit Julian Surtees gesehen.«

Donna zuckte mit den Schultern. »Ich kenne Lacy nicht besonders gut, aber mir kommt sie ziemlich unterkühlt vor. Vielleicht wärmt Julian sie ja ein wenig auf.«

»Da wäre ich mir nicht so sicher«, meinte Kay. »Julian ist wie Jeris Mutter: Er ist mit seinem Job verheiratet.«

»Ich hatte den Eindruck, als würde er das Café Marie lieber heute als morgen übernehmen«, sagte ich.

»Glaubst du etwa, daß er hinter den Vorfällen im Lokal steckt?« fragte Donna stirnrunzelnd. »Warum sollte er so was tun?«

»Keine Ahnung. Aber die Vorfälle, von denen Mutter und du mir erzählt habt, kann nur jemand arrangiert haben, der sich hinter den Kulissen auskennt und sich im Lokal frei bewegen kann. Das Personal hätte es doch sicher bemerkt, wenn sich ein Gast in der Küche zu schaffen gemacht hätte. Deshalb vermute ich, daß der Saboteur unter den Angestellten zu finden ist. Julian Surtees ist derjenige, der zuletzt zu der Truppe gestoßen ist. Und er hat jede Gelegenheit für solche Aktionen. Jetzt muß ich nur noch herausfinden, ob er auch ein Motiv hat.«

»Und ich würde gerne herausfinden, ob du noch etwas Lasagne willst«, sagte Kay. Ich nickte und gab ihr meinen Teller. »Und was ist mit dir, Donna?«

Donna schüttelte den Kopf.
»Aber bitte nur eine kleine Portion, Kay«, bat ich. »Eigentlich sollte ich ja nicht, aber es schmeckt so gut. Und außerdem habe ich heute nichts zu Mittag gegessen.«
»Hast du eigentlich schon mit Bobby gesprochen?« fragte mich Donna, als Kay mit meinem Teller in die Küche ging. »Wie hat er auf das Ergebnis der Autopsie reagiert?«
»Mit tiefer Trauer. Ich weiß nicht, ob ihm überhaupt schon klar ist, daß Ariel ermordet wurde. Aber wenn es ihm klar wird, dann ...«
Donna seufzte. »Etwas an der Geschichte macht mich stutzig«, sagte sie. »Ich muß es zwar noch einmal genau nachprüfen, aber wenn ihre Leiche wirklich am Rocky Point, wo auch ihr Wagen stand, ins Wasser geworfen wurde, hätte die Strömung sie eigentlich nach Norden hinauf zum Point Lobos treiben müssen. Gefunden aber wurde sie unterhalb der Rocky-Creek-Brücke. Die liegt immerhin eine Meile südlich vom Rocky Point, und dazwischen gibt es eine Menge von kleinen Buchten mit Strömungen, die sie eigentlich viel früher an Land hätten tragen müssen. Natürlich kann ich mich auch irren. Immerhin sucht man eine Leiche stets eine halbe Meile beiderseits von dem Punkt, an dem sie vermutlich ins Wasser gelangt ist.«
»Aber diesen Punkt kennen wir nicht«, wandte ich ein. »Vielleicht hat Ariel jemanden in dem Restaurant am Rocky Point getroffen. Vielleicht ist sie auch auf den Klippen spazierengegangen. Oder vielleicht hat jemand ihre Leiche von der Rocky-Creek-Brücke hinuntergeworfen.« Ich spielte mit meiner Gabel. »Ich habe zufällig die Unterhaltung zweier Frauen im Café Marie mit angehört. Mutter hat ein Mittagessen für irgendeinen Yachtklub ausgerichtet, und eine der Frauen kannte offenbar Ariels Eltern. Sie war

davon überzeugt, daß Bobby für Ariels Tod verantwortlich ist. Anscheinend glauben die Logans das auch.«
Kay kam aus der Küche zurück und stellte den Teller vor mich auf den Tisch.
»Dieser Unfug wird in der ganzen Stadt herumerzählt«, sagte sie. »Und in den Nachbarorten auch. Ich habe das gleiche heute nachmittag gehört, als ich eine Kundin in Carmel besuchte.«
Donna trank ihr Glas aus. »Die Leute reden, seit Ariel vermißt wird. Das liegt an dem Streit, den Bobby und Ariel letzte Woche hatten. Sie hätten sich wirklich einen weniger öffentlichen Ort für ihre Meinungsverschiedenheit aussuchen können.«
»Ich habe Bobby übrigens nach dem Grund für den Streit gefragt«, erzählte ich und führte die Gabel mit einem Stück Lasagne an den Mund. »Aber er wollte es mir nicht sagen. Er meinte bloß, daß es kompliziert sei und daß er jemandem einen Gefallen schulde. Diese Geschichte schien sehr wichtig für ihn zu sein, fast genauso wichtig wie Ariel. Könnt ihr euch vielleicht vorstellen, was er damit gemeint haben könnte? Wer steht ihm denn sonst noch so nahe?«
Donna dachte einen Augenblick lang nach, während sie mit einem Stück Knoblauchbrot die restliche Tomatensauce aus ihrem Teller tunkte. »Karl Beckman. Bobby und Karl scheinen gute Freunde zu sein.«
»Trotz des Altersunterschieds?« Ich fand das ziemlich erstaunlich. Bobby war neunundzwanzig und damit gut und gerne zwanzig Jahre jünger als Beckman. Aber eigentlich konnte ich es mir schon vorstellen, daß er mit einem wesentlich älteren Mann befreundet war. Schließlich arbeitete er auf dem Kutter mit Männern aller Altersgruppen zusammen. Aber was brachte Beckman eine solche

Freundschaft? »Wie eng sind die beiden denn befreundet?«
»Vielleicht haben sie sich über ihre Berufe kennengelernt«, meinte Kay. »Bobby ist Fischer, und Karl repariert Boote. Es wäre nicht die erste Geschäftsbeziehung, aus der sich eine Freundschaft entwickelt hat.«
»Ich glaube, daß mehr dahintersteckt«, sagte Donna und spielte mit ihrer Serviette. »Ich habe die beiden schon des öfteren in ernsthafte Gespräche versunken gesehen. So redet man nicht, wenn es nur um einen neu zu lackierenden Bootsrumpf geht. Es könnte doch sein, daß Karl in Bobby den Sohn sieht, den er nie hatte. Mit seiner Frau hatte er nur ein Kind, und zwar eine Tochter.«
»Stimmt, die hat er erwähnt. Bevor ich zu euch kam, war ich auf Fisherman's Wharf bei Nick und Tina. Karl Beckman war auch dort und hat mit ihnen gesprochen. Tina erzählte mir, daß seine Frau vor eineinhalb Jahren bei einem Autounfall zusammen mit seinem Bruder ums Leben gekommen ist. Was hat es denn damit auf sich?«
»Das weiß niemand so genau«, antwortete Donna. »Gunter und Janine fuhren auf dem Highway One nach Süden. Es regnete stark, und der Wagen muß wohl nahe am Hurricane Point von der glatten Straße abgekommen sein. Ich vermute, daß Lacy Gunters Anteile an der Werft geerbt hat. Sie ist jetzt Leiterin des Werftbüros.«
»Ich habe im Restaurant auch noch etwas anderes gehört«, sagte ich. »Angeblich soll die Beckman-Werft in finanziellen Schwierigkeiten stecken.«
»Das ist mir neu«, meinte Donna und lehnte sich zurück. »Aber erstaunen würde es mich nicht. Viele Unternehmen in Monterey haben unter der Rezession zu leiden. Das einzige, was hier noch floriert, ist die Tourismusindustrie.«

»Solange die Touristen meinen Schmuck kaufen, habe ich nichts dagegen«, sagte Kay. »Mir ist alles recht, wenn ich nur am Wochenende nicht nach Carmel fahren muß.«
»Wer will schon am Wochenende nach Carmel?« fragte ich lachend, aber dann hielt ich inne und schüttelte den Kopf. »Da fällt mir ein, daß ich selber nach Carmel fahren muß. Und zwar morgen. Ich möchte die Sevilles besuchen.«

11

Ich hätte besser nicht lachen sollen. Eine Fahrt am Wochenende nach Carmel ist nämlich alles andere als heiter, besonders in der Fremdenverkehrssaison, die auf der Halbinsel von Monterey mittlerweile fast das ganze Jahr über herrscht. Carmel, das mit vollem Namen »Carmel-by-the-Sea« heißt, hatte es mir noch nie sonderlich angetan. Aber ich gebe gerne zu, daß die landschaftliche Lage des Ortes grandios ist, und auch der unglaublich feine, weiße Sandstrand, der am Ende der Ocean Avenue vor dem blaugrünen Wasser der Bucht liegt, ist nicht ganz ohne. Im Norden schließen sich die felsige Küste und die makellos gepflegten Rasenflächen von Pebble Beach an, und im Süden erstreckt sich die malerisch zerklüftete Klippenlandschaft von Point Lobos.

Der ältere Teil von Carmel liegt im Schatten hoher Kiefern, und die Häuser sehen aus, als stammten sie aus einem Märchen der Gebrüder Grimm. Zwischen den unvermeidlichen Souvenirläden finden sich Restaurants, Bekleidungsgeschäfte und Kunstgalerien, die für meinen Geldbeutel aber alle viel zu teuer sind. In Carmel gibt es keine Hausnummern. Die Bewohner bekommen ihre Post auf dem Postamt, und Geschäfte geben in Anzeigen diskret ihren Standort als – sagen wir mal – Ecke Verde und Seventh Street an. Besucht man jemanden in Carmel, kann man sich auf eine gute Stunde Parkplatzsuche gefaßt machen. Anschließend sucht man dann noch das betreffende Haus, das sich zumeist hinter einem dichten Blätterwald versteckt und sich kaum von den Häusern daneben unterscheidet.

Für meinen Geschmack ist Carmel ein bißchen zu skurril und gewollt verschroben. Außerdem leben hier fast nur Reiche, was meine in der Arbeiterklasse verwurzelte Seele regelmäßig in Wallung bringt.

Errol und Minna hingegen mögen Carmel. Errol Seville ist mein Mentor, der mich vor vielen Jahren von meiner Stelle als Anwaltsgehilfin in einer Kanzlei weggeholt und mich zur Privatdetektivin ausgebildet hat. Fünf Jahre lang arbeitete ich danach für die Detektei Seville, bis Errol sich nach einem Herzinfarkt zur Ruhe setzen mußte. Von da an stand ich beruflich auf eigenen Beinen.

Am Samstag morgen fuhr ich in meinem Toyota auf dem Highway One in südlicher Richtung den Berg mit Namen Carmel Hill hinauf. Es war noch früh am Tag, und die Ocean Avenue, die Hauptstraße Carmels, war noch relativ frei. Ein paar Stunden später würde man auf der Straße mehr im Stau stehen als fahren.

Das Ehepaar Seville wohnt in der San Antonio Avenue auf einem sonnigen Grundstück mitten in einem Kiefernhain. Die beiden besitzen das ebenerdige Haus schon seit vielen Jahren. Als Errol noch berufstätig war, kamen sie nur am Wochenende hierher, seit seiner Pensionierung aber leben sie ständig in Carmel. Ihr Haus hat weißgetünchte Steinmauern und dunkelgrüne Fensterläden, die gut zu dem Blätter- und Blütenmeer im Garten passen. Minna zieht hier Blumen, während Errol Gemüse anbaut. Ich ging durch das hölzerne Gartentor und einen von Herbstlilien gesäumten, mit Kopfsteinen gepflasterten Weg entlang.

In meinen Augen sah Errol immer wie Sam Spade aus. Nicht wie Humphrey Bogart in der Verfilmung von »Der

Malteser Falke«, sondern so, wie Dashiell Hammett Sam Spade auf den ersten Seiten seines berühmten Kriminalromans beschreibt.

»Samuel Spades Unterkiefer war lang und knochig«, schreibt Hammett, »sein Kinn ein scharf vorspringendes V unter dem eindrucksvolleren V seines Mundes. Die rückwärts geschwungene Linie seiner Nasenflügel bildete ein weiteres, kleineres V. Seine gelbgrauen Augen lagen waagerecht. Das V-Motiv wurde erneut von den Augenbrauen aufgegriffen, die von der Doppelfalte über seiner Hakennase nach außen hin anstiegen, während sein blaßbraunes Haar von hohen, flachen Schläfen zu einer Spitze in der Stirnmitte auslief. Er sah aus wie ein eigentlich ganz umgänglicher, blonder Satan.«

Errols Haar, das früher einmal kastanienbraun wie das meine war, ist jetzt silbergrau und weist über seinem länglichen, intelligenten Gesicht starke Geheimratsecken auf. Die von Hammett beschriebenen Vs lassen sich noch immer recht gut an seinen scharf gebogenen Augenbrauen und an der Form seines Mundes erkennen. Heute sah er eher wie ein gedankenverlorener Teufel aus, als er mich mit einem großen, blauen Keramikbecher voll schwarzem Kaffee in der Hand begrüßte und mich dabei verschmitzt anlächelte. Wie schon so oft dachte ich, daß Errol Seville eine sehr viel erotischere Ausstrahlung hatte als so mancher andere Mann, der nur halb so alt war wie er.

An diesem Morgen trug Errol eine weite, khakifarbene Hose und ein blaues Arbeitshemd, aber als ich sein Wohnzimmer betrat, sah es nicht sehr nach Arbeit aus. Vor dem Kamin standen rechts und links von einem niedrigen Tisch zwei genau gleiche, mit gemustertem Stoff bezogene Ohrenbackensessel. Auf dem Tisch stapelten sich Kriminalromane. Errol liest sie für sein Leben gern und verwendet all seinen detektivischen Spürsinn darauf, den Autoren logische Fehler nachzuweisen.

»Möchtest du eine Tasse Kaffee?« fragte er und wartete meine Antwort gar nicht erst ab, sondern winkte mich durch das Wohnzimmer in die Küche, wo auf der Arbeitsfläche eine Kaffeemaschine stand. Daneben war ein Backblech voller Kuchen, der mit Walnüssen und Zimt bestreut war. »Wie wär's mit einem Stück Kuchen? Minna hat ihn heute morgen frisch gebacken.«

»Sieht köstlich aus«, meinte ich und ließ mich von dem warmen, würzigen Duft verführen.

»Dann schneide dir nur ein großes Stück ab«, sagte Errol und gab mir einen Teller. Dann zog er eine Schublade auf und holte Messer und Gabel heraus. Während ich mir ein Stück Kuchen abschnitt, goß Errol mir einen Becher Kaffee ein.

»Wo ist denn Minna?« fragte ich und spähte durch die Glastür hinaus auf die Terrasse und den dahinter liegenden Garten.

»Beim Einkaufen. Minna erledigt solche Sachen gerne in aller Frühe.« Errol ging zurück ins Wohnzimmer, und ich folgte ihm mit meinem Teller und meinem Becher Kaffee. Errol ließ sich in einem der Sessel nieder und deutete auf den anderen. »Nimm doch Platz. Stinkpot kannst du einfach hinunterschieben.«

Stinkpot sah mich böse an, als hätte er jedes Wort verstanden und wollte sagen: »Das wagst du nicht.« Der große, kastrierte Kater mochte jetzt fünfzehn oder sechzehn Jahre alt sein und hatte die Ausmaße eines Beagles und das Temperament eines schlechtgelaunten Pitbull-Terriers. Das lange, schwarzweiße Fell und das flache Gesicht des Katers ließen darauf schließen, daß sich in seiner gemischten Ahnenreihe auch ein paar Perserkatzen befunden haben mußten. Er lag lang ausgestreckt in dem zweiten Ohrenbackensessel. Die zwei Kissen darauf waren früher einmal blau gewesen, aber jetzt sahen sie von den vielen Katzenhaaren ganz grau aus. Stinkpots gelbe Augen funkelten böse, während er ein tiefes, grummelndes Knurren hören ließ. Er streckte die Vorderpfoten und zeigte mir seine langen, gefährlich aussehenden Krallen. Er war bereit, mir sofort die Hände zu zerkratzen, sollte ich so dumm sein und ihn tatsächlich aus seinem Sessel vertreiben wollen.

Ich ging an dem Kater vorbei zum Sofa und stellte Teller und Becher auf den Couchtisch. Ich hatte keine Lust, mich mit Stinkpot anzulegen. Er hatte den übellaunigsten Charakter, den ich je bei einer Katze erlebt hatte. Vielleicht mußte man ja so werden, wenn man sein Leben lang Stinkpot gerufen wurde. Nachdem er mir gezeigt hatte, wer hier der Stärkere war, erhob sich der große Kater majestätisch auf seine vier Pfoten, streckte sich ausgiebig und drehte Errol und mir das Hinterteil zu, bevor er sich wieder mitten auf dem Sessel niederließ und seinen langen Schwanz wie eine Fahne des Triumphs hindrapierte.

»Und jetzt erzähl mir mal, weshalb sich dein Cousin Bobby Ravella am vergangenen Freitagnachmittag mit Ariel Logan im Rose and Crown gestritten hat«, sagte Errol und trank einen Schluck Kaffee.

Ich kaute erst einmal an meinem Kuchen, der genauso gut schmeckte, wie er aussah. »Das wollte er mir nicht verraten. Weißt du denn etwas?«

Es hätte mich nicht im geringsten gewundert, wenn er etwas darüber gewußt hätte. Errol ist ein verdammt guter Privatdetektiv, einer der besten in ganz Kalifornien. Ich schätze mich glücklich, mein Handwerk bei ihm gelernt zu haben und ihn und Minna zu meinen Freunden zählen zu dürfen.

Wann immer ich seine Hilfe oder auch nur seinen fachmännischen Kommentar zu meinen Ideen und Theorien brauche, kann ich Errol anrufen. Auch wenn er schon lange in Pension ist, funktionieren sein Verstand und sein Instinkt noch immer so gut wie eh und je. Außerdem verfügt er über beeindruckende Beziehungen, die ich auch schon öfter in Anspruch genommen habe. Manchmal habe ich den Eindruck, als würde er jeden Polizisten in ganz Kalifornien kennen, ob nun von der Stadt-, der Staats- oder sogar der Bundespolizei.
»Nur ganz wenig«, antwortete er mir. »In Carmel wird viel getratscht. Ariels Verschwinden war die ganze Woche das Gesprächsthema Nummer eins. Es fing an, als die Logans von ihrer Europareise zurückkamen und ihre Tochter als vermißt meldeten. Minna und ich kennen Ariels Eltern, wenn auch nicht allzu gut. Aber sie wohnen hier ganz in der Nähe. Ich kann mich allerdings nicht erinnern, jemals ihre Tochter kennengelernt zu haben.«
»Was hast du denn nun gehört?«
»Die meisten Leute meinen, daß Ariel der Beziehung zu deinem Cousin überdrüssig gewesen sei, er sich aber nicht von ihr habe trennen wollen. Deshalb soll es zu dem Streit zwischen den beiden gekommen sein. Als dann Ariels Wagen am Rocky Point gefunden wurde, kamen die ersten Gerüchte auf, daß Bobby sie ermordet habe. Gestern erfuhr man dann aus den Fernsehnachrichten, daß die Todesursache ein Schlag auf den Kopf gewesen ist. Das hat natürlich diesen Spekulationen neue Nahrung gegeben.«
»Bobby könnte niemanden umbringen, schon gar nicht Ariel. Er hat sie geliebt.«
Errol legte den Kopf ein wenig auf die Seite und war so diplomatisch, mich nicht daran zu erinnern, daß die Leute sehr häufig gerade den Menschen umbringen, den sie am

meisten lieben. »Dann solltest du schleunigst jemanden suchen, der ebenfalls ein Motiv hat. Peter Logan hat schon beim Sheriff angefragt, weshalb man Bobby noch nicht für den Mord an Ariel verhaftet hat. Sergeant Magruder soll ein gewissenhafter und methodisch vorgehender Beamter sein, aber auch ein verdammt hartnäckiger. Deshalb ist er auch Chef der Mordkommission.«

»Ich muß noch mehr Einzelheiten über den Mord wissen, Errol. Wann, zum Beispiel, ist Ariel gestorben? Angeblich hat niemand sie nach dem Streit am Freitag nachmittag mehr gesehen. Ihr Wagen ist erst am nächsten Mittwoch gefunden worden. Also wurde sie vermutlich irgendwann zwischen Freitag abend und Mittwoch vormittag getötet, aber der Gerichtsmediziner hat den Zeitpunkt bestimmt sehr viel enger eingegrenzt. Meinst du, du könntest mir eine Kopie des Autopsieberichts beschaffen?«

»Das müßte sich machen lassen. Der Polizeichef von Carmel ist ein Freund von mir.«

»Wenn ich den Fall lösen will, muß ich genau das tun, was Magruder auch tut. Ich muß die letzten Tage in Ariels Leben rekonstruieren.«

»Aber sieh zu, daß du dabei Magruder nicht in die Quere kommst«, riet mir Errol. »Soviel ich gehört habe, soll er nicht gerade ein Freund von Privatdetektiven sein, schon gar nicht, wenn sie ein persönliches Interesse an der Aufklärung eines Falles haben. Das trifft bei dir ja wohl zu, Jeri. Bist du sicher, daß dein Cousin nichts mit dem Mord an Ariel Logan zu tun hat?«

»Du hast mir doch beigebracht, daß ich mich auf meinen Instinkt verlassen soll«, antwortete ich und sah Errol über den Rand des Kaffeebechers in die Augen. »Und mein Instinkt sagt mir, daß Bobby unschuldig ist. Sollte das nicht der Fall sein, werde ich die nötigen Schritte einleiten.«

Errol nickte langsam. »Was genau hat Bobby dir erzählt?«
Ich nahm einen Schluck Kaffee, bevor ich die Frage beantwortete. »Er sagt, daß er jemandem einen Gefallen schulde. Wem, das will er mir erst sagen, wenn er etwas geklärt hat. Ich vermute, daß dieser Gefallen der Grund für den Streit zwischen ihm und Ariel war. Demnächst werde ich mich mal im Rose and Crown umhören, vielleicht hat ja eine Bedienung etwas von der Auseinandersetzung mitbekommen. Außerdem muß doch irgend jemand Ariel nach dem Streit gesehen haben, selbst wenn sie kurz darauf getötet wurde. Sie hat am Freitag ihre Vorlesungen an der Universität ausfallen lassen, was bedeutet, daß sie einen triftigen Grund gehabt haben muß, um nach Monterey zu fahren. Wann ist sie dort angekommen? Und hat irgend jemand sie gesehen, bevor sie Bobby im Rose and Crown getroffen hat?«
»Diese Frage kann ich beantworten«, sagte eine Stimme hinter uns.
Errol und ich drehten uns um. Errol lächelte und sagte: »Hallo, Liebes.«
Minna Seville kam aus der Küche ins Wohnzimmer. Sie war eine schlanke Frau Ende Sechzig, mit kurzgeschnittenem, grauem Haar, das sie sich auf burschikose Art hinter die Ohren gekämmt hatte. Sie trug eine blaue Leinenhose, eine weiße Bluse und Schuhe aus blauem Segeltuch.
»Hallo, Jeri. Schön, daß du dich mal wieder bei uns sehen läßt.« Minna beugte sich über Errol und gab ihm einen Kuß auf die Stirn. »Die Lebensmittel, Errol. Ich kaufe sie ein, und du trägst sie ins Haus.«
»Ich helfe dir«, erbot ich mich, als Errol aufstand. Wir verließen die Küche durch eine Seitentür, die hinaus zur Zufahrt führte, und holten mehrere Leinensäcke mit Lebensmitteln aus dem Auto. Während Errol und Minna sie in den Küchenschränken verstauten, goß ich mir und Minna

je einen Becher Kaffee ein. »Du hast gesagt, daß du meine Frage von vorhin beantworten könntest.«
»Die Logans haben eine Hausangestellte namens Mrs. Costello, die für sie kocht und saubermacht«, erwiderte Minna. Sie nahm den Kaffee und packte ein paar Konservendosen aus einer der Tüten. »Während Peter und Sylvie in Frankreich waren, hat sie nur ab und zu nach dem rechten gesehen und die Blumen gegossen, aber weil sie wußte, daß die Logans bald zurückkehren würden, hat sie am Freitag letzter Woche das Haus geputzt und den Kühlschrank frisch aufgefüllt. Als sie gegen zwei Uhr zum Supermarkt fuhr, kam ihr Ariel in ihrem Auto entgegen. Später kam sie mit den Lebensmitteln zurück, aber Ariel war schon wieder fort. Ihre Tasche stand in ihrem Zimmer, und dort haben Peter und Sylvie sie am Sonntag abend gefunden. Es sieht so aus, als hätte Ariel vorgehabt, in ihrem Zimmer zu übernachten, aber sie ist nie mehr ins Haus der Logans zurückgekommen.«
Während Minnas Erzählung fragte ich mich zum wiederholten Mal, welche Route Ariel für ihre Fahrt von San Luis Obispo nach Norden gewählt haben mochte. Nach Aussage ihrer Mitbewohnerin war sie recht früh losgefahren. Hatte sie die Küstenstraße genommen, wäre ihre Ankunft um zwei Uhr nachmittags in Carmel ganz normal gewesen. Wenn sie sich aber für den Highway 101 durchs Inland entschieden hätte, hätte die Fahrt höchstens drei Stunden gedauert. In diesem Fall erhob sich die Frage, was sie in der restlichen Zeit bis zu ihrer Ankunft im Haus ihrer Eltern gemacht hatte.
»Woher weißt du denn das alles, Liebling?« fragte Errol und lächelte seine Frau verführerisch an, was diese dadurch beantwortete, daß sie ihm eine Packung Weizenschrot in die Hand drückte.

»Von Glennis Braemer, Peters Schwester. Sie ist aus Pasadena hierhergekommen, um den Logans zur Hand zu gehen. Ich habe sie gerade im Supermarkt getroffen und ihr mein Beileid ausgesprochen, und so sind wir ins Gespräch gekommen.«

»Hat sie dir gesagt, wann Ariel beerdigt wird?« fragte ich und blickte von dem Leinensack auf, den ich gerade auspackte.

»Am Montag vormittag um elf auf dem Carmel-Mission-Friedhof. Glennis sagt, daß seit dem Fund der Leiche ständig Leute zu den Logans kämen, um zu kondolieren.«

»Wo wohnen die Logans denn?« wollte ich wissen.

»In der Scenic Road, gleich hinter der Santa Lucia Street. Es ist ein graues Haus mit Stuckverzierungen und roten Bougainvilleen im Garten.«

»Da hat man bestimmt einen traumhaften Blick über die Bucht von Carmel«, bemerkte ich. »Hat sicher ein Vermögen gekostet, das Haus.«

»Und ob«, mischte Errol sich ein, während er Dosen mit Katzenfutter in ein Regal unter der Spüle räumte. »Die Logans leiden nicht gerade unter Geldmangel.«

»Meine Mutter meinte, sie seien aus Hollywood geflohen. Die Mutter soll Schauspielerin und der Vater Drehbuchautor gewesen sein.«

»Hast du schon mal was von Sylvie Romillard gehört?« fragte Minna. Ich schüttelte den Kopf. »Na ja, war wohl vor deiner Zeit. Sylvie dürfte etwa so alt wie deine Mutter sein, vielleicht auch ein wenig jünger. Peter ist älter, vielleicht so alt wie ich. Sylvie hat in ein paar von diesen französischen Nouvelle-vague-Filmen mitgespielt. In Hollywood hat sie nie so richtig Fuß fassen können. In den späten sechziger Jahren heiratete sie Peter, der vorher schon verheiratet gewesen war. Ariel wurde in Los Angeles geboren, aber kurz darauf zog die Familie nach Carmel. Peter schreibt zwar immer noch, aber ich glaube, daß er sein Geld mit Immobilien macht. Ich weiß, daß die beiden ein paar Mietwohnungen besitzen, und vermute, daß Peter auch an diversen Hotelprojekten beteiligt ist.«

»Wie gut kennst du die beiden denn?« fragte ich.

»Wir sind befreundet, aber nicht eng. Ich kannte sie schon, als wir noch nicht ständig hier wohnten.« Jetzt waren alle Leinensäcke leer. Minna legte sie sorgfältig aufeinander und rollte sie zu einem ordentlichen Bündel zusammen, das sie in einer Schublade verstaute. »Ich habe auch Ariel gekannt. Sie schien mir ein freundliches, intelligentes Mädchen zu sein. Eine, die eine große Zukunft vor sich hatte.« Minnas Lächeln war traurig.

»Bobby hat mir gesagt, daß die beiden heiraten wollten.«

»Wenn dem so war, dann hat Ariel es ihren Eltern nicht erzählt«, meinte Minna. »Vermutlich dachten sie, dein Cousin wäre nur eine vorübergehende Phase im Leben ihrer Tochter.«

Ich nickte. »Ein Fischer war ihnen für Ariel wohl nicht gut genug.«

»Natürlich nicht«, sagte Errol. »Hier in Carmel gibt es eine strenge soziale Hackordnung. Und in der standen Ariel und Bobby auf zwei vollkommen verschiedenen gesellschaftlichen Stufen.«

»Bevor Ariel mit Bobby zusammen war, hatte sie doch einen anderen Freund. Einen Rechtsanwalt.«

»Ryan Trent«, sagte Minna. »Er hat eine Kanzlei in der Innenstadt. Er ist ein draufgängerischer junger Mann. Ich habe gehört, daß er ziemlich sauer gewesen sein soll, als Ariel ihn verließ.«

Ich ließ mir das eben Gehörte durch den Kopf gehen und überlegte, ob es vielleicht lohnend wäre, mit diesem Trent zu sprechen. Er wäre nicht der erste Liebhaber, der es nicht verwinden konnte, von der Geliebten den Laufpaß bekommen zu haben. Ironischerweise war es genau das, was die Gerüchte von Bobby behaupteten.

»Hat Glennis dir erzählt, wie ihr Bruder und seine Frau mit dem Tod ihrer Tochter zurechtkommen?«

»Das war nicht nötig. Für Peter und Sylvie Logan war Ariel ihr ein und alles. Jetzt, wo sie tot ist, sind sie am Boden zerstört.« Minnas Worte erinnerten mich an das, was ich tags zuvor im Café Marie gehört hatte. »Sie müssen einfach jemanden für ihren Tod verantwortlich machen, und dein Cousin scheint der richtige Kandidat dafür zu sein.«

Ich erzählte Errol und Minna von den Vorfällen im Restaurant meiner Mutter, die mir immer weniger wie Zufälle vorkamen. Während ich Errol die Einzelheiten schilderte, begannen seine grauen Augen zu funkeln. Er freute sich sichtlich, statt der Gedankenspiele seiner Kriminalromane zur Abwechslung mal wieder ein reales Problem vor sich zu haben. Mein Mentor langweilte sich im Ruhestand, und es reizte ihn sichtlich, mir mit Rat und Tat zur Seite zu stehen. Für Minna war das in Ordnung, solange Errol sich dabei nicht übernahm.

Errol stimmte mit mir darin überein, daß für die Sabotageakte am ehesten ein Mitarbeiter in Frage kam. Wer sonst hätte sich in der Küche des Restaurants frei bewegen können? Wer sonst wußte so viel über die Arbeitsabläufe, um das Messer in der Schublade zu plazieren?

»Ich habe diese unselige Kritik im *Herald* auch gelesen«, sagte Minna, »aber ich habe ihr keine weitere Bedeutung beigemessen. Jedes Restaurant kann mal einen schlechten Tag haben. Vielleicht wäre es aber etwas anderes, wenn ich selbst schon mal üble Erfahrungen gemacht hätte. Ich kann verstehen, daß deine Mutter sich Sorgen macht. Klatsch kann sehr geschäftsschädigend sein. Soweit ich weiß, war das Café Marie immer ein ausgezeichnetes Lokal. Zufälligerweise wollen wir heute abend dort essen. Um sieben. Warum kommst du nicht auch und leistest uns Gesellschaft?«

»Eine gute Idee.« Errols Mund verzog sich zu einem verschwörerischen Lächeln. »Dann können wir den Laden gemeinsam unter die Lupe nehmen.«

12

New Monterey trägt seinen Namen deshalb, weil es neuer als die Altstadt unten am Wasser ist. Diese wurde noch von den Spaniern und Mexikanern gegründet, die sich erst später *Californios* nannten. Die Einwohner von New Monterey waren früher hauptsächlich Fischer und Arbeiter in den Fischfabriken, wie die Doyles und Ravellas. Die Straßen führen oberhalb der Lighthouse Avenue einen steilen Hang hinauf, von dem aus man einen Blick auf die Cannery Row und die Bucht hat. Die alten, stuckverzierten Holzhäuser sind größer, als sie von der Straße her aussehen. Jetzt müssen sie sich ihren Platz mit neu erbauten Mietshäusern teilen.

Linda Camacho Ravella stammte ebenfalls aus einer Fischerfamilie. So blieb es nicht aus, daß sie und mein Cousin Bobby sich kennenlernten. Bereits ihre Väter und Großväter hatten einander gekannt und mit ihren Booten zusammen in den reichen Fischgründen der Bucht von Monterey gefischt. Ihre Mütter und Großmütter hatten in derselben katholischen Kirche gebetet und denselben Frauenzirkeln angehört. Zeitweise hatten Ravellas sogar direkt neben den Camachos gewohnt.

Linda und Bobby waren zusammen aufgewachsen, hatten dieselben Schulen besucht und auch gemeinsam ihren Abschluß an der Monterey High-School gemacht. Sie waren schon im letzten Schuljahr miteinander gegangen, und so war es nur natürlich gewesen, daß sie nach der Schule geheiratet hatten. Drei Jahre später wurde Nicky geboren, aber kurz danach ging die Ehe in die Brüche. Linda suchte sich in der Innenstadt einen Bürojob und kaufte sich ein Haus in der Belden Street in New Monterey, das nur einen Block von der Bay-View-Grundschule entfernt lag, in der Nicky zur Zeit die dritte Klasse besuchte.

Ich war erstaunt, als ich jetzt vor Lindas ziemlich kleinem Holzhaus mit zwei Schlafzimmern ein Zu-verkaufen-Schild entdeckte. Das Haus stand an der Hangseite der Straße, und von ihrem Wohnzimmer aus konnte Linda zwischen den beiden Gebäuden gegenüber ein Stück der Bucht sehen. Auf der Veranda standen eine mit dicken Kissen gepolsterte hölzerne Hollywoodschaukel, ein niedriger Rattantisch und ein Topf mit einem großen Dickblattgewächs. Auf dem Geländer der Veranda waren noch mehr Töpfe mit einer ganzen Reihe von kleineren Pflanzen zu sehen. Während ich die Stufen zur Vordertür hinaufstieg, sah ich eine rote Plastikkiste voller Kunststoffspielzeug und mehrere Bälle. Offenbar war der achtjährige Nicky Ravella gerade nicht zu Hause, denn auf mein Klingeln hin blieb es im Haus ungewohnt ruhig.

Dafür war seine Mutter da. Es war kurz nach zwölf Uhr mittags, und Linda machte sich in der Küche gerade einen Salat. Sie lud mich dazu ein, schnitt noch ein paar Karotten und ein weiteres Stück Gurke klein und holte aus dem Küchenschrank ein zweites Weinglas. Nach dem Essen machten wir es uns in der Hollywoodschaukel auf der Veranda bequem und leerten gemeinsam die Flasche Wein.

Linda hatte sich ihre braunen, lockigen Haare mit einem roten Band zurückgebunden. Ihre Augen waren groß und braun, mit langen Wimpern. Sie trug Bluejeans und ein rosafarbenes T-Shirt, wirkte sehr durchtrainiert und hatte an ihrer linken Hand einen mit einem Diamanten besetzten Verlobungsring. Als ich den entdeckte, war mir klar, weshalb ihr Haus zum Verkauf stand.

»Deine Eltern werden es bestimmt nicht gern sehen, wenn du von hier wegziehst«, bemerkte ich und blickte auf das gerahmte Foto, das auf dem Rattantisch stand. Ihr Verlobter war ein großer, blonder Mann mit kurzgeschnittenem Haar und blauen Augen. Breite Schultern spannten das grüne Tuch seiner Uniform. Er hieß Warren Everett und war als Master Sergeant der Armee in der Fremdsprachenakademie der Garnison von Monterey stationiert. Lange würde er dort allerdings nicht mehr bleiben; denn der Standort sollte demnächst aufgelöst werden. Warren hatte seine Versetzung nach Washington schon in der Tasche.

»Ich weiß«, sagte Linda und spielte mit ihrem Verlobungsring. »Ich bin ja selbst hin- und hergerissen. Ich habe noch nie woanders als in Monterey gewohnt und bin nie viel verreist. Ein Besuch in San Francisco war für mich schon eine große Sache. Jetzt ziehe ich ans andere Ende der Vereinigten Staaten. Es wird merkwürdig sein, Mom und Dad nicht zwei-, dreimal in der Woche sehen zu können. Aber ich freue mich auch darauf, mal die Ostküste kennenzulernen. Und Warren –« Linda lächelte breit und glücklich. »Er hat eine Tochter aus seiner ersten Ehe, also bekomme ich doch noch das Mädchen, das ich immer haben wollte. Sie ist zehn Jahre alt und ziemlich lebhaft. Ich glaube, daß sie und Nicky gut miteinander auskommen werden. Warren ist wirklich nett, Jeri. Ich kann es kaum erwarten, bis du ihn kennenlernst. Wir essen heute abend im Restaurant deiner Mutter, weil Nicky das Wochenende über bei Bobby ist.«

»Ich werde mit ein paar Freunden ebenfalls dort sein. Wenn du uns siehst, komm doch mit Warren an unseren Tisch. Ich würde ihn gerne kennenlernen.«

Ich trank meinen Wein und brachte das Gespräch auf ein Thema, das mich beschäftigte, seit Linda mir von ihrer bevorstehenden Heirat und ihrem Umzug nach Washington erzählt hatte. Die Hochzeit sollte im Oktober stattfinden, der Umzug Ende November. Bobby hatte immer eine aktive Rolle in Nickys Leben gespielt und jedes zweite Wochenende mit dem Jungen verbracht. Wenn Linda von Monterey fortzog, würde Bobby seinen Sohn nicht mehr so häufig wie bisher zu sehen bekommen. Ich wußte, daß ihm das nicht recht sein würde.

»Wie hat Bobby denn die Neuigkeiten aufgenommen?« fragte ich.

»Dazu hat er sich noch nicht geäußert.« Lindas Lächeln verschwand. »Er hat momentan einfach zu viel am Hals.«

»Ich weiß. Wußtest du eigentlich, daß er und Ariel heiraten wollten?«

Linda nickte. »Das hat er mir gesagt, gleich nachdem er sie gefragt hatte. Als er Nicky einmal abholte, war sie dabei. Bobby hat sie mir vorgestellt. Sie kam mir wie ein wirklich nettes Mädchen vor, und sie hatte so einen guten Einfluß auf Bobby. Er hat sich ganz entschieden zu seinem Vorteil verändert. Nach unserer Scheidung hat er ein ziemlich wildes Leben geführt, zuviel getrunken und sich mit den falschen Leuten herumgetrieben. Es ist schrecklich, daß Ariel tot ist. Als Bobby heute früh Nicky abgeholt hat, sah er aus, als hätte ihm jemand einen Schlag in den Magen verpaßt.«

Normalerweise holte Bobby seinen Sohn am Freitagabend ab und brachte ihn am Sonntagabend wieder zu seiner Mutter zurück. Gestern aber war Bobby nicht in der Lage gewesen, Nicky zu sehen.

»In der Stadt wird ziemlich viel über Bobby und Ariel geredet«, sagte ich.

»Die Leute machen Bobby für Ariels Tod verantwortlich. Ich weiß das von meinen Eltern. Das ist wirklich unerhört, Jeri. Du hättest die beiden zusammen sehen müssen. Er liebte sie genausosehr, wie ich Warren liebe.«

»Du und Bobby, ihr habt doch trotz eurer Scheidung noch immer ein freundschaftliches Verhältnis miteinander. Hat er dir vielleicht erzählt, weshalb er sich mit Ariel letzte Woche gestritten hat?«

»Nein, das hat er nicht.« Linda hielt inne und trank von ihrem Wein. Dann stellte sie ihr Glas neben das Foto auf den Rattantisch. »Weißt du, Bobby sollte Nicky eigentlich schon letztes Wochenende holen, von Freitag bis Sonntag abend. Aber dann kam er am Freitag nachmittag gegen vier Uhr zu mir ins Büro und bat mich, ob er Nicky nicht erst am Samstag vormittag holen könne. Mir war das nicht gerade recht, denn Warren und ich hatten schon Pläne für den Abend, und Warren muß sich wegen seiner Tochter mit seiner Frau abstimmen, was die Sache zusätzlich kompliziert macht. Aber Bobby sagte, daß es dringend sei. Er wirkte aufgebracht und sauer und war geladen wie eine Gewitterwolke. Er muß direkt vom Rose and Crown gekommen sein, wo er diesen Streit mit Ariel hatte.«

»Was war denn so wichtig, daß er eure Pläne in letzter Minute über den Haufen geworfen hat?«

»Zuerst wollte er es mir nicht sagen, aber ich bestand darauf, daß er mir wenigstens den Grund dafür nannte, wenn er mir schon den Abend verdarb.« Linda trank einen Schluck Wein. »Schließlich meinte er, daß er unbedingt Karl Beckman finden müsse. Als er bei mir vorbeikam, war er eigentlich auf dem Weg zur Beckman-Werft.« Linda deutete mit dem Kinn in Richtung Bucht, wo hinter einer Reihe von Gebäuden die Cannery Row verborgen lag.

Wieso hatte Bobby so dringend Karl Beckman sehen wollen? Schuldete er etwa ihm den Gefallen, der ihm so schwer auf der Seele lag?

»Und hat er ihn dort gefunden?«

»Keine Ahnung«, sagte Linda achselzuckend. »Als ich ihn das nächste Mal sah, hat er es nicht erwähnt.«

Ich fragte Linda nach Bobbys Verhältnis zu Karl Beckman. Sie vermutete, wie Donna auch, daß darin eine starke Vater-Sohn-Komponente enthalten war. Auf der anderen Seite hatte Bobby ein so gutes Verhältnis zu seinem eigenen Vater, daß Beckman keine erkennbare Lücke füllen mußte. Aber vielleicht tat er das auf irgendeine Weise doch. Laut Linda hatte die Freundschaft zwischen dem älteren Werftbesitzer und dem jungen Fischer bereits in Bobbys wilder Zeit bestanden, lange bevor er Ariel kennengelernt hatte. Ich wußte, daß Nick und Tina sich damals Sorgen wegen Bobbys Alkoholkonsum und seinem schlechten Umgang gemacht hatten. Vielleicht hatte Bobby sich von einem Außenstehenden wie Beckman Dinge sagen lassen, die er von seinen Eltern nie angenommen hätte.

Warum also kam mir Karl Beckman trotzdem verdächtig vor? Ich versuchte mir einzureden, daß ich nach den Gesetzen der Logik jeden überprüfen mußte, der im Zusammenhang mit dem Streit zwischen Bobby und Ariel eine Rolle spielte. Aber das war nur die halbe Wahrheit. Ich wußte genau, weshalb ich Beckman auf dem Kieker hatte: Es lag daran, daß er der Freund meiner Mutter war.

Nachdem ich Lindas Haus verlassen hatte, tat ich das, was ihrer Vermutung nach auch Bobby getan hatte, und fuhr den New Monterey Hill hinunter zur Cannery Row, wo in der Nähe des Aquariums ein riesiger Baukran in den Himmel ragte. Ich fand einen Parkplatz in der Foam Street und fütterte die Parkuhr mit Münzen. Auf dem Weg zur Beck-

man-Werft sah ich noch einen zweiten Kran und eine Bautafel, die die Entstehung eines weiteren Hotels ankündigte.
Ich fragte mich, wie lange die Werft sich wohl noch gegen diesen Druck würde wehren können. Vor vielen Jahren, als auf beiden Seiten der Straße noch die Fischfabriken arbeiteten, war der Standort an der Cannery Row für eine Werft geradezu ideal gewesen. Jetzt wuchsen direkt neben dem Werftgelände die Hotels in den Himmel. Es gab eines auf der gegenüberliegenden Straßenseite und eines direkt nebenan in der Nähe eines Strandes, der bei Hobbytauchern sehr beliebt war. Der Werksverkehr war bereits ein Problem, und es war klar, daß die Hotelgäste von den Balkonen ihrer Zimmer eigentlich einen Blick auf die Bucht und die Felsenküste erwarteten und ein durch einen hohen Zaun abgegrenztes Areal voller Boote in den verschiedensten Stadien der Reparatur nicht besonders malerisch fanden. Ebenso durfte bezweifelt werden, daß sie das Schlagen der Hämmer, das Kreischen der Schleifscheiben und das Knistern der Schweißbrenner als eine urlaubsgemäße Geräuschkulisse empfanden.
Als weiterer Nachteil für die Beckman-Werft kam hinzu, daß sie kleiner als die Monterey-Werft am Ende der Küstenwacht-Mole war. Es war sehr fraglich, ob in der momentanen wirtschaftlichen Situation auf der Halbinsel von Monterey zwei Werften überleben konnten. Ich dachte an die Segler, die ich gestern beim Mittagessen gesehen hatte, und zuckte die Achseln. Solange es noch Menschen gab, die sich Yachten leisten konnten, mußten diese auch repariert und gewartet werden.
Ich wußte nicht, ob auf der Werft auch am Samstagnachmittag gearbeitet wurde, aber als ich hinkam, stand das Werkstor weit offen, und drinnen hoben ein paar Arbeiter mit

einem Schiffshebekran, dessen Stützen im Wasser standen, einen Kabinenkreuzer aus dem Wasser.
Rechts davon standen auf Holzblöcken oder Gestellen sieben Boote. Das erste davon war eine Barke mit Metallrumpf, an der ein Arbeiter gerade eine Schweißnaht reparierte. Die anderen Boote waren aus Holz oder Fiberglas und wurden ebenfalls ausgebessert oder lackiert. Früher hatte die Werft wohl hauptsächlich Fischkutter repariert, jetzt aber waren es mehr Freizeitboote.
Links von mir sah ich ein einstöckiges Gebäude mit mehreren Türen. Neben der ersten standen ein Cola-Automat und ein Münzfernsprecher. Ich öffnete die Tür und stellte fest, daß sich dahinter ein Laden für Schiffszubehör verbarg. Die großen Türen daneben führten in die Motoren- und in die Schreinerwerkstatt. Irgendwo im Hintergrund kreischte eine Säge.
Über einer vierten Tür hing ein hölzernes Schild mit der Aufschrift BÜRO. Als ich darauf zuging, bemerkte ich davor einen weißen Pickup-Truck mit einem blauen Firmenemblem auf der Fahrertür. Es stellte ein stilisiertes Segelboot dar, unter dem im Halbkreis BECKMAN BOOTSWERFT stand.
Ich trat durch die Tür und ging eine Treppe hinauf in den ersten Stock. Hier befand sich ein kleines Büro, von dem aus man das Werftgelände überblicken konnte. Niemand war zu sehen. Auf einem schlichten Metallschreibtisch lagen neben einem Telefon ein Notizblock und ein paar Angebote für eine Ausschreibung zur Reparatur von Behördenbooten. Hinter dem Tisch stand eine Reihe von Aktenschränken mit je vier Schubladen, und an der Wand links von mir sah ich einen Fotokopierer, ein Faxgerät und ein paar Regale mit Büromaterialien.
Türen zu beiden Seiten der Aktenschränke führten in

weitere Büroräume. Eine davon war geschlossen, die andere stand offen. Ich drückte die Klinke der geschlossenen Tür herunter und stellte fest, daß abgeschlossen war. Ich ging hinüber zu der anderen Tür und warf einen Blick in den Raum, den ich auf den ersten Blick als Karl Beckmans Büro identifizierte. Der hölzerne Schreibtisch und der mit Leder gepolsterte Stuhl dahinter verströmten die Atmosphäre eines gediegenen Herrenklubs, und an der Wand hingen mehrere gerahmte Fotografien, die den großen, blonden Werftbesitzer mit einer Reihe von unterschiedlichen Menschen zeigten. Auf dem Schreibtisch stand ein weiteres Bild, auf dem ich stirnrunzelnd meine Mutter erkannte.

Ich hörte Schritte auf der Treppe und konnte gerade noch das Büro verlassen, bevor eine Frau den äußeren Raum betrat. Sie war groß und sportlich und trug eine olivgrüne Hose und eine gestärkte, weiße Bluse. Ihre geraden, schulterlangen Haare hatten die goldene Farbe von reifem Weizen, und ihre Augen waren gelblichbraun wie die eines Tigers. Sie war ein paar Zentimeter größer und mehrere Jahre älter als ich. Anhand der Falten um ihre Augen, die nicht wie Lachfalten aussahen, schätzte ich sie auf Ende Dreißig.

Die Frau war offenbar überrascht, mich hier zu sehen. Als sie stehenblieb, sah ich, daß sie in einer Hand eine Papiertüte trug, und über ihrer Schulter hing eine schlanke, braune Ledertasche. Sie musterte mich mißtrauisch mit ihren merkwürdig gefärbten Augen, aber ihre Stimme klang höflich, als sie mich fragte: »Kann ich Ihnen irgendwie behilflich sein?«

»Ja. Ich suche Lacy Beckman.«

»Die steht vor Ihnen. Was kann ich für Sie tun?«

»Mein Name ist Jeri Howard.«

»Aha.« Lacy Beckman holte aus ihrer Ledertasche ein Schlüs-

selbund und sperrte die verschlossene Tür auf. »Sie sind Maries Tochter, die Privatdetektivin.«
»Woher kennen Sie meinen Beruf?« fragte ich.
»Ach, Marie hat uns alles darüber erzählt.«
Ich folgte ihr in ihr Büro, das sich grundlegend von dem ihres Bruders unterschied. Hier war alles High-Tech und modern, angefangen bei dem weißen Schreibtisch bis hin zu den Regalen und Schränken dahinter. Ein Computer mit Drucker ließ sich auf einem Rolltisch jederzeit in Arbeitsposition bringen.
Lacy nahm auf ihrem grauen Schreibtischstuhl Platz und holte aus der Papiertüte einen Plastikbecher mit Deckel und ein knusprig aussehendes Stangenweißbrot. Als sie den Becher öffnete, füllte sich das Büro mit dem Duft von frischem Kaffee. Die einzige freie Sitzgelegenheit in dem Raum war ein ziemlich unbequem aussehender Regiestuhl aus rotem Stoff. Ich zog ihn heran und setzte mich.
»Was kann ich für Sie tun, Jeri?« fragte Lacy Beckman und hob den Kaffeebecher an ihre Lippen.
»Ich würde Ihnen gerne ein paar Fragen stellen. Es geht um Bobby Ravella.«
Sie nahm einen Schluck und brach ein Stück von ihrem Brot ab. »So, so, Bobby Ravella. Er ist ihr Cousin, nicht wahr? Schlimme Sache, das mit seiner Freundin Ariel. Eine echte Tragödie.« Ihre Worte klangen ziemlich gefühllos, als wiederhole sie nur das, was alle Leute sagten. »Sie glauben doch nicht, daß Bobby etwas damit zu tun hat, oder?«
»Nein, Sie etwa?«
»Natürlich nicht«, versicherte sie mir und brach ein weiteres Stück Weißbrot ab. »Aber es wird viel geredet. Besonders über den Streit der beiden im Rose and Crown.«
»Es wäre möglich, daß Bobby danach hierhergekommen ist, um mit Karl zu reden. Waren Sie an dem Tag im Büro?«

»An diesem Freitagnachmittag?« Das Telefon klingelte. Lacy hob ab und meldete sich mit »Beckman Werft«. Dann hörte sie zu und fischte sich einen Stift aus dem grauen Plastikbehälter neben dem Telefon. Während des Gesprächs machte sie sich auf einem Block Notizen.

»Eine Dreizehn-Meter-Yacht von Bodega Bay nach Monterey? Kein Problem. Wir können sie auf dem Wasser- oder auf dem Landweg transportieren, ganz wie Sie wollen. Lassen Sie mich nur kurz im Kalender nachsehen.« Nachdem Lacy sich mit dem Anrufer auf ein Datum geeinigt hatte, legte sie auf und griff lächelnd nach ihrem Kaffee.

»Was wollten Sie gleich noch einmal wissen? Ach ja, ob ich am Freitag vor einer Woche hier war. Ja, ich war hier, in diesem Büro, und habe ein paar aufgeschobene Büroarbeiten erledigt. Ich mache hier unter anderem die Buchhaltung.«

»Und Sie transportieren Boote«, ergänzte ich mit einem Blick auf das Telefon.

»Auch das. Ich segle für mein Leben gerne, und diese Bootsüberführungen geben mir Gelegenheit dazu. Außerdem lerne ich dadurch alle möglichen Boote kennen und brauche mir kein eigenes zu kaufen.«

Wenn sie sprach, legte Lacy Beckman häufig den Kopf schief und blickte mich über ihre gerade, aristokratisch geschnittene Nase hinweg an. Ihr Ton war zwar nicht direkt unfreundlich, aber wirklich warm würden diese Frau und ich bestimmt nie miteinander werden. Sie hörte sich an, als hätte sie eine Weile an der Ostküste gelebt oder eine der dortigen Eliteuniversitäten besucht. Ich fragte mich, weshalb sie hier in Monterey als Buchhalterin arbeitete und Segelboote von Hafen zu Hafen überführte. Für mich sah sie so aus, als gehörte sie eher mit einem Cocktail in der Hand auf das Deck einer Luxusyacht und nicht hinter den

Schreibtisch eines Werftbüros. Auch die Tatsache, daß sie ihren Anteil an dem Unternehmen von ihrem verstorbenen Mann geerbt hatte, änderte nichts an der Tatsache, daß sie und ihr Schwager als Geschäftsinhaber ein ungleiches Paar abgaben. Ich erinnerte mich an den merkwürdigen Ausdruck, der bei der Erwähnung von Lacy über Karl Beckmans Gesicht gehuscht war.

»Wenn Bobby hier war«, sagte ich langsam, »dann müßte das so gegen halb fünf, fünf gewesen sein. Haben Sie ihn um diese Zeit vielleicht gesehen?«

Lacy schüttelte den Kopf. »Nein, das habe ich nicht. Um diese Zeit hören wir normalerweise langsam zu arbeiten auf, aber an diesem Freitag mußte noch ein wichtiger Auftrag abgeschlossen werden. Vielleicht sollten Sie die Arbeiter fragen, ob sie Bobby gesehen haben.«

»War Karl auch hier?« fragte ich und rutschte auf dem unbequemen Stuhl hin und her.

»Ich weiß nicht, wo Karl war«, antwortete Lacy Beckman. Sie schob sich ein weiteres Stück Brot in den Mund, kaute und trank einen Schluck Kaffee. »Am Vormittag war er noch da, dann ist er aber gegangen, und ich habe ihn erst am Montag wiedergesehen. Vielleicht war er das Wochenende über bei Marie.«

Lacys Gesicht verzog sich zu einem unverschämten Lächeln. Ich sah sie scharf an und fragte mich, ob ihr wohl bewußt war, daß ich nicht allzu gerne von Karls Verhältnis zu meiner Mutter hörte. »Aber warum fragen Sie ihn das nicht selbst?«

Genau das hatte ich vor. »Welche Ihrer Angestellten haben denn an dem Freitag länger gearbeitet?«

»Wollen Sie mit ihnen reden? Meinen Sie, daß einer von ihnen Bobby gesehen hat? Einen Moment, ich sehe einmal in meinen Unterlagen nach.«

Sie stand auf und ging mit dem Schlüsselbund in der Hand hinaus in das äußere Büro. Ich konnte hören, wie sie einen der Aktenschränke aufschloß. Einen Augenblick später war sie mit einem Aktenordner in der Hand wieder da. Lacy öffnete den Ordner und schrieb sich die Namen der Angestellten heraus, die am Freitag letzter Woche länger gearbeitet hatten. Ich hatte eigentlich gehofft, daß sie mich die Arbeiter auf eigene Faust befragen lassen würde, aber sie wollte unbedingt dabeisein. Also ließ sie den Ordner auf ihrem Schreibtisch liegen und schloß die Bürotür ab, bevor sie mit mir nach unten ging.

Draußen standen zwei Arbeiter in Overalls vor dem Cola-Automaten neben der Tür zum Lagerraum. Als sie Lacy sahen, tranken sie ihre Flaschen aus, warfen ihre Zigaretten weg und nahmen ihre Arbeit an dem Segelboot in der Mitte des Werfthofs wieder auf. Wir sprachen zuerst mit dem Lagerverwalter, der sich nicht erinnern konnte, Bobby am Freitag vergangener Woche gesehen zu haben. Danach gingen wir zu dem Bootskran, der inzwischen den Kabinenkreuzer auf dicken Holzklötzen abgestellt hatte. Auch die Arbeiter dort hatten Bobby nicht gesehen.

Zum Schluß gingen wir zu den Werkstätten, in denen Schiffsmotoren repariert und Holzarbeiten gemacht wurden. Das Geräusch der Säge von vorhin hatte aufgehört, und der Arbeiter, der daran hantiert hatte, war nirgends zu sehen. Dann ging am entgegengesetzten Ende der Werkstatt eine Tür auf, und ein Mann in einer dunkelblauen Hose und einem vor Schmutz starrenden T-Shirt kam herein. Die Tür mußte zur Toilette führen, denn der Mann zog im Gehen den Reißverschluß an seinem Hosenschlitz hoch. Als er uns sah, hielt er inne und gab mir die Gelegenheit, ihn genauer zu betrachten. Er war mittelgroß und schlank und hatte muskulöse Oberarme. Er hatte einen dünnen

Schnurrbart und langes, dunkles Haar, das aussah, als müsse es dringend mal wieder gewaschen werden. Als der Mann Lacy Beckman und mich erblickte, preßte er die Lippen aufeinander, und seine schlammbraunen Augen verengten sich zu schmalen Schlitzen. Ich hatte das Gefühl, als ob der Mann seine Chefin, die hier inmitten von Schmutz und Staub merkwürdig deplaziert wirkte, nicht gerade besonders schätzte.

»Frank, das ist Jeri Howard«, sagte sie und lächelte ihn wie zur Beruhigung an. »Sie ist Bobby Ravellas Cousine und würde Sie gerne etwas über den Freitag letzter Woche fragen.«

»Den Freitag?« wiederholte Frank und runzelte die Stirn, so daß sich eine Falte zwischen seinen Augenbrauen bildete, die so dünn wie sein Schnurrbart war. Seine Augen blickten rasch nach rechts, wo sich eine geschlossene Tür befand, und kehrten ebenso rasch wieder zu Lacy zurück.

»Ja, gestern vor einer Woche.« Ich wünschte, Lacy Beckman hätte mich nicht als Bobbys Cousine vorgestellt.

»Der Tag, an dem Sie das Boot der Gradys fertig gemacht haben«, half Lacy dem Arbeiter auf die Sprünge.

»Stimmt, das war am Freitag.« Frank nickte, fuhr sich mit der Hand über sein Kinn und wischte sie an seinem schmutzigen T-Shirt ab. Dann sah er mich an. »Was soll an dem Freitag gewesen sein?«

»Bobby Ravella hat gesagt, daß er hierher gekommen sei und Karl gesucht habe.« Es wäre mir sehr viel lieber gewesen, wenn ich mit dem Mann ohne Lacy als Aufpasserin hätte reden können. »Kennen Sie Bobby Ravella?«

Frank kniff die Augen zusammen. »Ja, den kenne ich.«

Die ständig durch den Raum wandernden Blicke des Mannes machten mich mißtrauisch. Warum bloß schaute er ständig hinüber zu der Tür, als fürchtete er, daß jeden

Augenblick jemand von dort hereinschießen und auf ihn losgehen könnte? Ich hätte zu gerne nachgesehen, was sich hinter dieser Tür verbarg. Auf einmal erriet ich, wer der Mann war. Lacy hatte mir zwar nicht den Nachnamen des Arbeiters genannt, aber irgend etwas sagte mir, daß ich jenem Frank Alviso gegenüberstand, den Bobby im Sommer letzten Jahres entlassen hatte. Und der, wie Marsha Landers vom Tierschutzverein mir erzählt hatte, möglicherweise an den Pelikanverstümmelungen vor mehreren Jahren beteiligt gewesen war.

Frank schüttelte den Kopf. »Nein, Bobby war an dem Freitag nicht hier. Ich habe ihn jedenfalls nicht gesehen. Aber Sie können ja die anderen Leute hier fragen.«

Das hatte ich bereits und die gleiche Antwort erhalten wie von ihm.

»Als die Gradys ihr Boot abgeholt hatten, sind wir alle heimgegangen«, sagte Frank mit einem Achselzucken. »Wenn Bobby hier war, muß es danach gewesen sein.« Er warf mir einen Blick zu, der mich noch mißtrauischer machte, als ich es ohnehin schon war, und ging nach hinten zur Säge, die kurz darauf die Werkstatt erneut mit ihrem Kreischen erfüllte.

»Tut mir leid, daß wir Ihnen nicht helfen können«, sagte Lacy bestimmt. Es klang, als wollte sie zu ihrem Kaffee zurückkehren, bevor dieser gänzlich kalt wurde. Ihr Mund lächelte, aber ihre Tigeraugen blieben kalt. »Ich werde Karl sagen, daß Sie hier waren. Aber bei der vielen Zeit, die er mit Marie verbringt, werden Sie ihn vermutlich eher zu Gesicht bekommen als ich.«

13

Das Rose and Crown liegt an der Alvarado Street in der Innenstadt von Monterey und ist ein langgestrecktes, enges und düsteres Lokal. Links von der Eingangstür befinden sich Sitznischen mit Tischen, von denen einige auf einer Art Podest stehen, rechts davon ist die Bar. Weiter hinten im Raum, wo ein Gang zu den Toiletten und zum Hinterausgang des Lokals führt, stehen zwei große, runde Tische.

Obwohl es kurz vor drei Uhr an einem warmen, sonnigen Nachmittag war, war das Rose and Crown gut besucht. Die meisten Gäste waren etwa Mitte Zwanzig und damit jünger als ich. Drei junge Männer in Jeans und T-Shirts spielten im hinteren Teil des Raumes Pfeilwerfen neben einem Fernseher, auf dem gerade die Ziehung der Lottozahlen übertragen wurde. Die laute Rockmusik aus den Lautsprechern bildete einen seltsamen Kontrast zu der englischen Pub-Atmosphäre.

Ich setzte mich auf einen Hocker an der Bar und warf einen Blick auf die Liste der angebotenen Biere. Die meisten waren englische Ales, und auch der Akzent der jungen Barfrau klang so, als stamme sie aus den Industriegebieten im Norden Englands. Als ich sie darauf ansprach, erzählte sie mir, daß sie aus Leeds käme.

»Wie lange sind Sie denn schon in Monterey?« fragte ich und bestellte ein Samuel Smith's Pale Ale.

»Seit zwei Jahren. Das müssen Sie sich mal vorstellen: Da komme ich den ganzen weiten Weg von England her und ende als Barfrau in einem englischen Pub.« Sie war Mitte zwanzig, schlank und trug ein blendend weißes T-Shirt mit dem Emblem des Rose and Crown auf der Brust. Ihre streichholzkurzen, widerspenstig abstehenden blonden Haare waren an den Spitzen rot gefärbt, und an ihren Ohren glänzten mehrere Ohrringe.

Ich legte ein paar Geldscheine auf die Bar und fragte die Barfrau, ob sie auch am Freitag vor einer Woche gearbeitet habe. Sie straffte ihre Schultern, verengte ihre scharfen, blauen Augen und fragte mit einer Stimme, die etwas weniger freundlich klang als vorhin: »Wer will das wissen?«

»Ich. Mein Name ist Jeri Howard, und ich bin Bobby Ravellas Cousine. Er war an besagtem Nachmittag mit einer Freundin namens Ariel Logan hier.«

Während sie noch überlegte, kam einer der Wurfpfeilspieler an die Theke und rief: »Hey, Stella, bring mir doch noch ein Guinness.« Stella brachte ihm das Gewünschte, kam wieder zurück und stützte sich mit beiden Ellbogen auf der Theke ab.

»Ja, ich war hier. Aber die Polizei hat mir schon jede Menge Fragen gestellt.«

»Was haben Sie denen erzählt?« fragte ich, goß etwas Ale aus der Flasche in mein Glas und sah zu, wie der Schaum nach oben stieg.

»Nicht viel«, antwortete Stella mit einem schiefen Lächeln. »Bobby und Ariel waren hier und haben miteinander geredet. Dann gingen sie nach draußen. Ich bekam zwar mit, daß die beiden sich stritten, aber ich habe nicht verstanden, worum es dabei ging. Das war's, was ich der Polizei erzählt habe.«

Sie mußte doch noch mehr gehört haben, dachte ich mir. Zumindest hoffte ich das. »Und was werden Sie mir erzählen?«

»Sind Sie wirklich Bobbys Cousine? Bobby hat eine Menge Verwandte. Wo kommen Sie her?«
»Aus Oakland. Meine Mutter ist Marie Howard. Sie ist die Besitzerin des Café Marie.«
Stella nickte anerkennend. »Vornehmer Schuppen. Ich habe im Café Marie mal was getrunken, aber ein Essen kann ich mir dort nicht leisten. Nicht bei diesen Preisen. Ja, Bobby war früher oft hier, aber in letzter Zeit kommt er nur noch ganz selten. Soviel ich weiß, trinkt er keinen Alkohol mehr.«
»Kannten Sie Ariel Logan?« fragte ich und nahm einen Schluck von meinem Bier.
»Nur flüchtig. Sie kam ein paarmal hierher, als sie noch mit diesem Rechtsanwalt befreundet war. Der Bursche war ein echtes Arschloch, das kann ich Ihnen sagen. Mit Bobby war Ariel bedeutend besser dran. Ich glaube nicht, daß er ihr etwas angetan hat, ganz gleich, was sich die Leute erzählen.«
Stella deutete über meine Schulter auf einen Tisch ziemlich nahe am Eingang im erhöhten Teil des Lokals. »Bobby und Ariel kamen gegen drei und saßen dort drüben. Sie tranken beide Mineralwasser, Bobby scheint also wirklich trocken zu sein. Er hatte sich außerdem ein Sandwich bestellt.« Stella rümpfte die Nase. »Er stank nach Fisch. Erst nach der Bestellung ging er aufs Klo und wusch sich die Hände.«
Um drei Uhr nachmittags war Bobby wahrscheinlich gerade mit seiner Arbeit fertig gewesen. Wenn er sich vorher nicht zu Hause gewaschen hatte, war er bestimmt schmutzig und hungrig gewesen. »Haben Sie etwas von der Unterhaltung der beiden hören können?«
»Sie haben ziemlich leise gesprochen, so, als wollten sie nicht, daß man ihnen zuhört. Aber ein paar Sachen habe ich trotz-

dem verstanden, leider nur einzelne Wörter, mehr nicht. Ich konnte sie auch in keinen Zusammenhang bringen.«

Ich hob mein Glas an die Lippen. »Und was für Worte haben Sie gehört?«

Stella legte die Stirn in Falten und dachte angestrengt nach. »*Lösung* war eines davon«, sagte sie schließlich. »Vielleicht ging es ihnen darum, daß es keine Lösung für ihre Probleme gab. Und Ariel sagte noch, daß man etwas melden müsse.«

Jetzt war es an mir, die Stirn zu runzeln. »Und was?«

»Ein Boot. Irgendein Boot, das Ariel gesehen hat.« Stella schüttelte den Kopf. »Tut mir leid. Das ergibt wenig Sinn, ich weiß. Aber ich konnte nur dann etwas hören, wenn ich an ihrem oder an den Nebentischen bediente.«

»Wie sahen sie aus? Wie war ihre Körpersprache?«

»Bobby wirkte sehr zugeknöpft. Ariel war die, die am meisten redete«, sagte Stella und fingerte an einem ihrer vielen Ohrringe herum. »Dann stand sie auf einmal auf und verließ das Lokal. Das habe ich mitbekommen, weil ich gerade Bobbys Sandwich brachte. Er warf einen Zwanziger auf den Tisch und folgte ihr, ohne auch nur einen Bissen gegessen zu haben. Und draußen ging es dann erst richtig zur Sache.«

»Woher wissen Sie das, wenn die beiden nicht im Lokal waren? Stand diese Tür vielleicht offen?« fragte ich und warf einen Blick auf den Eingang rechts von mir.

»Normalerweise ist das so, wenn das Wetter schön ist. Könnte sein, daß ich sie deswegen gehört habe.« Stella schüttelte den Kopf. »Nein, so war das nicht. Jetzt fällt es mir wieder ein: Kurz nachdem die beiden gegangen waren, kam ein Gast herein. Der hat es mir erzählt.«

»Mit diesem Gast würde ich mich gerne unterhalten«, sagte ich. »Wissen Sie, wie er heißt?«

»Leider nicht«, sagte Stella, als müsse sie sich dafür entschuldigen. »Er kommt ab und zu mal vorbei. Wenn ich ihn sehe, erkenne ich ihn sofort.«
Ich gab ihr eine meiner Visitenkarten und schrieb Mutters Telefonnummer auf die Rückseite. »Rufen Sie mich an, wenn er wieder kommt oder wenn Ihnen sonst noch etwas einfällt.«
Stella nickte und nahm die Bestellungen von ein paar Leuten entgegen, die an die Bar gekommen waren. Ich trank mein Bier aus, ließ ein großzügiges Trinkgeld liegen und trat aus dem Rose and Crown hinaus auf den Gehsteig, wo Bobby und Ariel am Freitag vor einer Woche ihren Streit fortgeführt hatten. Worüber sie sich wohl in die Haare geraten waren? Sicherlich über etwas Ernstes, etwas Wichtiges. Über etwas, das Ariel gesehen hatte und das sie melden wollte. Ging es um die Seelöwen? Aber die hatte sie ja bereits dem Tierschutzverein gemeldet. Es mußte sich also um etwas anderes gehandelt haben. Und warum hatte Bobby nicht gewollt, daß sie darüber sprach?
Auf der Suche nach jemandem, der den Streit zwischen Ariel und Bobby mitbekommen haben könnte, arbeitete ich mich die Alvarado Street entlang. Die Auseinandersetzung hatte an einem Freitag stattgefunden, am Ende der Arbeitswoche. Ich war mir sicher, daß da eine Menge Leute auf der Straße gewesen sein mußten, die auf dem Weg nach Hause rasch noch etwas erledigt oder auf einen Drink in einer Bar vorbeigeschaut hatten. Irgend jemand mußte die beiden doch gesehen haben. Aber ich fand niemanden. Wenigstens erfuhr ich, daß Sergeant Magruder vor mir dasselbe getan und offenbar ebensowenig Erfolg gehabt hatte wie ich.

Obwohl ich erst um sieben mit Errol und Minna Seville zum Essen verabredet war, begab ich mich schon früher ins Café

Marie. Ich trug eine schwarze Hose und eine kurzärmelige Bluse in hellem Türkis, das hervorragend zum Meeresdekor des Restaurants paßte. Obwohl ich ihm tags zuvor wahre Löcher über die Vorfälle im Restaurant in den Bauch gefragt hatte, begrüßte mich Evans, der Barkeeper, recht freundlich, als ich auf einem Hocker vor ihm Platz nahm.

»Ein Calistoga?« fragte er.

»Nein, einen Sherry, bitte.«

Ich warf einen Blick in Richtung Küche, wo Mutter und Julian mitten in der Arbeit waren. Rings um sie waren mehrere Köchinnen mit Grillen und Braten beschäftigt, und andere richteten das fertige Essen auf Tellern an und stellten sie für die Bedienungen zum Abholen bereit. Ich drehte mich wieder in Richtung Speiseraum und sah, wie Rachel Donahoe im ebenerdigen Teil des Lokals Karl und Lacy Beckman zu einem Tisch am Fenster führte. Wenn ich nicht gewußt hätte, daß sie Schwägerin und Schwager waren, hätte ich sie glatt für ein Ehepaar gehalten, wenn auch für ein merkwürdiges. Interessiert sah ich zu, wie sie die Leute an ihrem Tisch begrüßten, ein älteres Paar, das bereits dort gesessen hatte, als ich ins Lokal gekommen war. Der Mann war fast kahl, mit einem weißen Haarkranz hinter den Ohren. Er stand auf, um die Beckmans zu begrüßen, wobei er Karl auf die Schulter klopfte und Lacy die Hand gab.

Einen Augenblick später kamen Errol und Minna. Rachel, an der Errols Charme offenbar nicht spurlos vorüberging, schenkte ihnen ein strahlendes Lächeln. Unser Tisch befand sich in der Mitte des unteren Speiseraums. Die Sevilles nahmen mir gegenüber Platz. Rechts von mir sah ich die beiden flachen Stufen, die hinauf zur Bar und zur Küche führten.

Als ich an einem kleinen Tisch in der Ecke Linda Ravella

und ihren Verlobten entdeckte, entschuldigte ich mich bei den Sevilles und ging hinüber. Linda und Warren hielten Händchen und hatten die Köpfe zusammengesteckt. Zweifelsohne sprachen sie über ihre Hochzeit und ihre gemeinsame Zukunft. Linda sah mich kommen und stellte mir Warren vor, der sofort aufsprang und mir kräftig die Hand schüttelte. Er kam mir vor wie ein großer, freundlicher Bär, dem man seine Verehrung für Linda am Gesicht ablesen konnte.

»Wer war denn das?« fragte Errol, als ich wieder an unseren Tisch zurückkam.

»Bobbys Exfrau und ihr neuer Ehemann in spe. Er ist Master Sergeant bei der Army.« Ich setzte mich wieder, klappte die Speisekarte auf und neigte meinen Kopf nach links, zum Fenstertisch der Beckmans. »Kennt ihr die Leute, die bei Karl und Lacy Beckman sitzen?« Im gedämpften Licht des Lokals konnte ich die vier nur undeutlich sehen.

Minna Seville schielte vorsichtig nach rechts. »Das sind die Gradys. Mr. Grady ist vor kurzem in Pension gegangen und mit seiner Frau von San Mateo hierhergezogen. Die beiden haben ein Segelboot, das unten im Yachthafen liegt.«

Grady. Den Namen hatte ich doch heute nachmittag in der Beckman-Werft gehört. Unser Kellner trat an den Tisch, brachte einen Korb mit frischem, noch warmem Brot und fragte, was wir zu trinken bestellen wollten. Errol ließ seine Blicke über die Weinkarte gleiten und bestellte eine Flasche Chardonnay.

Als der Kellner fort war, sah mich Errol über den Rand seiner Speisekarte hinweg prüfend an. »Warum bist du auf einmal so sehr an den Beckmans interessiert?«

Ich zuckte die Achseln. »Karl scheint ein guter Freund von Bobby zu sein. Außerdem hat ihn Bobbys Exfrau heute nachmittag erwähnt.« Ich erzählte Errol und Minna von meiner Unterhaltung mit Linda und stellte auch ihnen die Frage, warum es wohl für Bobby nach seinem Streit mit Ariel so wichtig gewesen war, mit Karl Beckman zu sprechen. Linda zufolge war es dazu nicht gekommen. Aber wo war Karl gewesen?

»Vielleicht hat dein Interesse an Karl Beckman ja etwas damit zu tun, daß er der Freund deiner Mutter ist.«

Ich sah Errol groß an und war wieder einmal verblüfft über seine Fähigkeit, den Nagel auf den Kopf zu treffen. »Gibt es denn irgend etwas in Monterey County, das du nicht weißt?«

»Bestimmt«, antwortete Errol bescheiden. »Aber diese Information ist mir irgendwie zugeflogen. Ich habe das Gefühl, daß du nicht gerade begeistert darüber bist, daß deine Mutter so etwas wie ein Liebesleben hat.« Ich verzog peinlich berührt das Gesicht und drückte mich um eine Antwort herum. »Aber paß auf, daß du dir dadurch nicht dein Urteilsvermögen trüben läßt.«

»Bestimmt nicht.« Ich flüchtete mich ins Studium der Speisekarte und versuchte mich für eine der vielen verlockenden Vorspeisen zu entscheiden. Einmal habe ich in einem Gespräch mit meiner Mutter das Essen im Café Marie als »kalifornische Küche« bezeichnet, aber Mutter hatte den vielstrapazierten Begriff nicht gelten lassen wollen.

»Ich koche gutes Essen, das ist alles«, hatte sie entgegnet. »Und das heißt, daß ich frische, der Saison angepaßte Produkte auf innovative Art und Weise zubereite.«

Bei einem Blick auf die Tageskarte mußte ich zugeben, daß einige der Gerichte, die Mutter und ihre Angestellten kreierten, tatsächlich innovativ waren. Manchmal war ein Hauch französischer Küche dabei, manchmal fanden sich auch Anklänge an die südamerikanische oder asiatische

Kochkunst. Alles auf der Speisekarte aber war aus den besten und frischesten Zutaten hergestellt, die man im Monterey County finden kann. Calamari und Seezungen wurden jeden Morgen in der Bucht gefangen, das Gemüse kam täglich frisch von Farmen in der Nähe von Salinas, die Artischocken aus Castroville und die Erdbeeren aus Watsonville. Auch der Wein im Restaurant stammte von kalifornischen Weinbergen.

Als ich meine Wahl auf drei Gerichte eingeengt hatte, kam der Kellner, goß etwas Chardonnay in Errols Glas und wartete darauf, daß dieser den Wein kostete. Errol nahm einen Schluck, prüfte ihn und nickte, woraufhin der Kellner uns allen einschenkte.

»Haben Sie schon gewählt?« fragte der Kellner.

»Ich nehme den gegrillten Schwertfisch«, meinte Minna und gab dem Ober ihre Speisekarte. »Und vorher einen Ruccolasalat.«

»Du bist die Beständigkeit in Person, Minna«, sagte Errol und warf seiner Frau einen liebevollen Blick zu. »Ich weiß gar nicht, weshalb du überhaupt noch in die Speisekarte schaust. Du nimmst doch ohnehin immer den Schwertfisch, sofern es ihn gibt.«

»Ich weiß eben, was ich mag«, entgegnete Minna.

Errol klappte mit einem leisen Schnauben die Speisekarte zu. »Ich nehme als Vorspeise ebenfalls einen Ruccolasalat und danach den Lammrücken.« Minna versuchte, sich zum Cholesteringehalt von Lammfleisch zu äußern, aber Errol brachte sie mit einer Handbewegung zum Schweigen. »Zu Hause bekomme ich nur Fisch und Geflügel, aber das Leben ist nun einmal zu kurz, um sich nicht wenigstens ab und zu etwas Gutes zu gönnen.«

Ich grinste die beiden an. Auch wenn Errol aussah wie Dashiell Hammets Sam Spade, erinnerten er und Minna mich manchmal mehr an Nick und Nora Charles aus den Dünner-Mann-Filmen. Jetzt war die Reihe an mir, und ich bestellte Polenta mit Pilzen als Vorspeise und danach gebratenen Tintenfisch mit Frühlingszwiebeln und Ingwer. Dann nahm ich mir ein Stück Brot und knüpfte an unsere Unterhaltung von vorhin an.

»Karl ist es ja hier im Restaurant schlecht geworden, als er mit Lacy eines Abends zum Essen da war. Und meine Cousine Donna hat mir erzählt, daß Lacy mit Julian Surtees befreundet ist, Mutters neuem Assistenten.« Ich blickte auf und schaute nach rechts in den Gang, der zur Küche führte. »Ich war übrigens heute nachmittag in der Werft und habe mit Lacy gesprochen«, sagte ich dann und erzählte den beiden von meinem Besuch. »Auf mich wirkt sie ziemlich unterkühlt. Kennt ihr sie näher?«

Errol verwies mich an Minna, die sich unter den Bewohnern der Halbinsel von Monterey mindestens ebensogut auszukennen schien wie er. Aber nicht einmal Minna konnte mit einem kompletten Dossier über Lacy Beckman aufwarten. »Sie kommt aus San Francisco und benimmt sich wie jemand aus Pacific Heights. Daraus schließe ich, daß sie aus einer wohlhabenden Familie stammt. Ich nehme an, daß sie früher schon einmal verheiratet war, aber Lacy erzählt nie etwas aus ihrer Vergangenheit. Als sie vor vier Jahren auf einmal an der Seite von Gunter Beckman auftauchte, waren die Leute hier ziemlich erstaunt. Ich weiß nicht, wie sich die beiden kennengelernt haben, aber ich weiß, daß Gunter alles andere als ein guter Ehemann war. Ich möchte sogar bezweifeln, daß die beiden heute noch verheiratet wären, wenn er nicht bei diesem Autounfall ums Leben gekommen wäre.«

»War Gunter der jüngere der beiden Brüder?«

»Nein, der ältere. Er war so etwas wie das schwarze Schaf der

Familie Beckman. Er trank gern und war ein Weiberheld, und mit der Leitung der Werft hatte er nicht viel am Hut.«

»Er hatte deshalb einen bösen Streit mit dem alten Hans Beckman«, ergänzte Errol. »Danach ging er nach Los Angeles und nahm eine Stelle in der Luft- und Raumfahrtindustrie an, aber als vor fünf Jahren der Verteidigungshaushalt zusammengestrichen wurde, verlor er seinen Job und zog wieder zurück nach Monterey. Offenbar gehörte ihm immer noch die Hälfte der Werft, und deshalb ließ Karl ihn wohl auch wieder mitarbeiten.«

»Wie sind die beiden Brüder denn miteinander ausgekommen?«

Errol dachte einen Augenblick über die Frage nach, während der Kellner unsere Vorspeisen brachte. »Karl ist ein Arbeitstier, und er war auch derjenige, der die Werft nach dem Tod des alten Beckman am Laufen gehalten hat. Er sorgte dafür, daß die Boote termingerecht repariert und ausgeliefert wurden, während Gunter versuchte, neue Aufträge an Land zu ziehen. Wenn ich an Gunter denke, dann sehe ich ihn immer auf einer großen Party, wo er ein Glas in der Hand hat und sich angeregt mit den Leuten unterhält.«

»Mit anderen Worten«, sagte ich, »Karl machte die Drecksarbeit, während Gunter die angenehmen Seiten des Berufes genoß.«

Errol nickte. »Aber so eine Werft braucht wirklich jemanden, der die Kontakte mit Yachtklubs wie dem in Pebble Beach pflegt. Schließlich gibt es in Monterey zwei Schiffsreparaturbetriebe, die miteinander in erbitterter Konkurrenz stehen. Ich weiß zum Beispiel, daß sie sich bei den Aufträgen für die Reparatur der Küstenwachtfahrzeuge ständig gegenseitig unterbieten. Früher einmal waren die Fischer mit ihren Kuttern die Hauptkunden der Werften, aber jetzt machen die Hälfte des Geschäfts die Segelboote und Kabinenkreuzer der Leute aus, die in Pebble Beach oder Spanish Bay Golf spielen.«

»Leute wie die Gradys«, fügte Minna ein.

Ich kaute an diesen Informationen zusammen mit meiner Polenta und spülte mit etwas Wein nach. »Wie ist das eigentlich, seit Gunter tot ist? Kümmert sich jetzt Lacy um den Kontakt mit den Yachtklubs?«

»Ich denke schon«, sagte Minna. Sie legte ihre Gabel beiseite und griff nach dem Brotkorb. »Sie kann mit Leuten fast ebensogut umgehen wie ihr verstorbener Mann. Darüber hinaus hat sie auch noch das Büro der Werft unter sich.«

»Und sie überführt Boote von einem Hafen in den anderen. Wißt ihr, wie es wirtschaftlich um die Beckman-Werft bestellt ist? Ich habe gehört, daß die Geschäfte ziemlich schlecht gehen sollen.«

Ich blickte nach links, wo ein Ober eben die Bestellungen der Beckmans und der Gradys aufnahm. Als er sich von ihrem Tisch entfernt hatte, stand Lacy Beckman auf und ging durchs Lokal. Bevor sie hinauf in den erhöhten Teil trat, sah sie kurz zu mir herüber. Ich blickte ihr nach, wie sie den Gang entlangging, der die Bar von der Garderobe und dem Büro trennte, und in der Damentoilette verschwand.

»Das kann ich nicht beurteilen«, entgegnete Errol. »Aber die Rezession ist auch hier auf der Halbinsel zu spüren. Viele kleinere Firmen haben Probleme oder mußten bereits schließen. Daß jetzt auch noch die Army aus Fort Ord abzieht, wird bestimmt weitere wirtschaftliche Auswirkungen haben. Ich werde mich mal umhören, und wenn ich etwas über die Beckman-Werft in Erfahrung bringen kann, werde ich es dich wissen lassen.«

Der Kellner kam mit dem nächsten Gang. Alles sah unglaublich appetitlich aus, und ich fragte mich, ob wohl

meine Mutter oder der eingebildete Julian diese Köstlichkeiten zubereitet hatte.
Als ich nach meiner Gabel griff, hörte ich lautes Lachen und sah mich um, wer sich da so amüsierte. Das Lachen kam von einem Tisch im erhöhten Teil des Speiseraums, an dem mehrere Leute saßen. Dann sah ich Lacy Beckman an der Bar stehen. Sie schaute durch das Fenster in die Küche und beobachtete Julian Surtees bei der Arbeit, wobei sie eine Hand lässig in die Tasche ihrer grünen Hose gesteckt hatte. Anschließend ging sie wieder an mir vorbei, zurück zu ihrem Tisch.
Während des Essens berichtete ich Errol und Minna von meinem Besuch im Rose and Crown und dem Gespräch, das ich dort mit der Barfrau geführt hatte. »Sie sagte, daß Bobby nach Fisch gerochen habe, als sei er eben von seinem Kutter gekommen. Was immer es auch war, über das Ariel mit ihm reden wollte, es muß so wichtig gewesen sein, daß sie ihn an der Pier abgeholt hat. Dort ist sie also hingefahren, nachdem sie ihre Tasche ins Haus ihrer Eltern gebracht hatte.«
Errol spießte ein Stück Lamm auf und gestikulierte mit der Gabel. »Vielleicht ging das, was sie melden wollte, auch Bobby etwas an. Möglicherweise ging es um Fisch.«
»Nein, um Seelöwen«, korrigierte ich. Errol und Minna sahen mich erwartungsvoll an. »Mitte August hat Ariel sich beim Tierschutzverein gemeldet. Sie hatte vor Point Pinos Seelöwen mit Krämpfen beobachtet.« Ich erzählte den beiden von meinem Besuch bei Marsha Landers im Wildtierzentrum. »Ihr habt doch sicher schon von den verstümmelten Pelikanen gehört.«
Minna nickte. »Das muß vor sechs, sieben Jahren gewesen sein. Willst du etwa sagen, daß das jetzt schon wieder losgeht?«

»Ich fürchte schon. Donna und Marsha Landers haben mich gebeten, die Sache zu untersuchen, obwohl ich eigentlich nicht so recht weiß, wie ich das anfangen soll.«

»Es gibt wirklich kranke Typen auf dieser Welt, aber das wissen Leute wie du und Errol ja viel besser als ich«, meinte Minna und schenkte uns beiden Wein nach; für ihr eigenes Glas blieben ihr dabei nur noch ein paar Tropfen übrig. »Die Flasche hätten wir geschafft.«

Als wir mit dem Hauptgang fertig waren, räumte der Kellner den Tisch ab und brachte uns zusammen mit dem Kaffee noch einmal die Karte, um uns zu einem Nachtisch zu verführen. Errol und Minna diskutierten noch, ob nun ein Erdbeer-Rhabarber-Eis oder Creme Caramel besser sei, aber ich hatte mich bereits für etwas anderes entschieden. Gerade als ich meine Zitronen-Schokoladentorte bestellte, fing Mrs. Grady an zu schreien.

Ich drehte mich um und sah, wie die grauhaarige Dame aufsprang und eine Serviette an ihren Mund preßte. Mr. Grady und Karl Beckman starrten sie entgeistert an und standen ebenfalls auf. Lacy packte Mrs. Grady am Arm, die es so eilig hatte, von dem Tisch wegzukommen, daß sie ihren Stuhl heftig gegen einen der Stühle des Nebentisches stieß.

Evan, der Barkeeper, und Rachel eilten herbei. Hinter ihnen konnte ich Mutter mit fliegendem weißen Kochkittel aus der Küche rennen sehen. Auch zwei Kellner und ein Geschirrabräumer näherten sich gerade dem Tisch, als Mrs. Grady ein zweites Mal schrie.

Auch ich war aufgestanden. Zuerst hatte ich gedacht, daß die ältere Frau an etwas zu ersticken drohte, aber man kann nur schwer gleichzeitig ersticken und schreien. Während ihr Mann beruhigend seine Arme um sie legte, wiederholte sie ständig ein einziges Wort.

»Widerlich! Widerlich!« schrie Mrs. Grady, während Lacy Beckman und Mr. Grady sie durch das vollbesetzte Lokal nach draußen führten. Ein paar Sekunden lang saßen die Gäste stumm und schockiert da, dann begann jemand am Nebentisch der Gradys etwas zu murmeln, und langsam verbreitete sich das Gemurmel durch das ganze Lokal. Karl Beckman, meine Mutter und ich blickten gleichzeitig auf Mrs. Gradys Teller.

Ich konnte zwar nicht mehr erkennen, welches der köstlich zubereiteten Gerichte aus der Küche des Café Marie sie bestellt hatte, aber eines war klar: Eine tote Maus gehörte bestimmt nicht hinein.

14

Aus meiner Küche kam die Maus nicht«, sagte Mutter später an diesem Abend.
Sie saß mit einem Becher Pfefferminztee in der Hand an einem kleinen Tisch in der Bar des Café Marie und sah aus, als könnte sie durchaus etwas Stärkeres vertragen. Julian Surtees kauerte wie erschlagen auf einem Barhocker, die Ellbogen auf der Theke abgestützt. Er hatte sich einen Scotch ohne Eis bestellt und trank ihn mit mürrischer Zielstrebigkeit.
Mutter blickte von mir, die ich ebenfalls an der Theke saß, zu Errol und Minna, die ihren Tisch mit ihr teilten. Evan räumte die Bar auf und versuchte, dabei so leise wie möglich zu sein. Aus der Küche, wo die Geschirrspüler ihre tägliche Arbeit beendeten, konnte ich das Klappern von Töpfen und Pfannen hören.
»Du meine Güte, erst neulich war doch das Gesundheitsamt hier«, jammerte meine Mutter und nahm einen Schluck Tee. »Der Inspektor konnte keinerlei Hinweise auf Mäuse oder Ratten in meinem Restaurant finden.«
»Jemand muß die Maus ins Essen getan haben«, sagte ich. »Es fragt sich nur, wer.«
Ich blickte hinüber zu Julian Surtees, der fasziniert auf die bernsteinfarbene Flüssigkeit in seinem Glas starrte. Dabei hatte ich noch zwei andere Fragen auf Lager: Wann war die Maus ins Essen gelegt worden und warum?
»Ihr werdet sehen, im Handumdrehen habe ich wieder das Gesundheitsamt auf dem Hals«, meinte Mutter mit Sorgen-

falten in ihrem müden Gesicht. »Die Gradys werden den Vorfall gleich am Montag melden, und dann rücken mir die Inspektoren wieder auf den Pelz.«

Ich dachte an den Tumult, der nach der Entdeckung der Maus im Restaurant ausgebrochen war. Mutter hatte rasch reagiert und alles in ihrer Macht Stehende getan, um den Schaden so gering wie möglich zu halten. Sie hatte sofort eine der türkisen Servietten über den Teller mit der Maus geworfen und einen Kellner angewiesen, den Tisch abzuräumen. Karl Beckman hatte mittlerweile die Gradys und seine Schwägerin hinauf an die Bar geführt, wo Lacy Beckman Mrs. Grady einen Arm um die Schulter gelegt und sie zur Toilette geleitet hatte, dicht gefolgt von Minna Seville. Ich hatte mich nach Errol umgesehen und ihn direkt neben mir entdeckt.

»Stell die Maus sicher«, sagte Errol nur.

Ich nahm den Teller, bevor der Kellner ihn abräumen konnte, und trug ihn zurück in die Küche.

»Was ist denn da draußen los?« knurrte Julian. Er war in der Küche geblieben, wo er mir mit einer Pfanne in der einen und einer großen Gabel in der anderen Hand gegenübertrat. Sein Kopf unter der großen Kochmütze war so verschwitzt, daß ihm die lockigen, dunklen Haare am Schädel klebten.

»Eine Maus.«

Julian runzelte die Stirn. »Rennt sie durch den Speiseraum?«

»Nein, sie liegt mitten in einem Ihrer Gerichte«, sagte ich und deutete auf den mit der Serviette abgedeckten Teller in meiner Hand.

»Das ist unmöglich«, brauste Julian auf. Klappernd stellte er die Kochutensilien ab und kam auf mich zu. Als er die Serviette anhob und sich den Teller ansah, wiederholte er noch einmal: »Vollkommen unmöglich.«

»Bewahren Sie den Teller auf«, sagte ich zu ihm. »Und zwar genau so, wie er jetzt ist.«
Julian sah mich an, als wäre ich verrückt geworden, und ging an mir vorbei zur Speisekammer, wo er eine große Plastiktüte holte. Gemeinsam schoben wir den Teller, komplett mit Essen und toter Maus, in die Tüte, die ich anschließend zuklebte und mit einem Kugelschreiber, der an einer Schnur neben dem Telefon hing, beschriftete. Währenddessen machte Julian im Kühlschrank Platz für mein Beweisstück.
»Aber decken Sie es mit einer Serviette zu«, sagte er barsch, »damit wir das verdammte Ding nicht ständig anschauen müssen.« Einer der Kellner reichte mir eine frische, türkise Serviette.
Als ich wieder zurück ins Lokal kam, war der Tisch der Beckmans und Gradys vollständig abgeräumt, und Mutter stand mit Mr. Grady und Karl Beckman im Eingangsbereich des Lokals. Wohl weil ihr nichts Besseres einfiel, sagte sie, daß sie selbstverständlich nichts für das Essen bezahlen müßten. Karl legte meiner Mutter beruhigend die Hand auf den Arm und flüsterte ihr etwas ins Ohr.
Schließlich kam die immer noch sichtlich mitgenommene Mrs. Grady wieder von der Toilette zurück. Lacy Beckman und Minna Seville geleiteten sie den Gang entlang. Als die Gradys und Beckmans gegangen waren, kehrten Minna und ich an unseren Tisch zurück. Kaum hatten wir wieder Platz genommen, kam auch schon der Ober mit den Nachspeisen, die wir vor Beginn des Dramas bestellt hatten.
»Noch etwas Kaffee?« fragte er mit gedämpfter Stimme.
»Aber gerne«, erwiderte Minna Seville fröhlich, als wäre nichts passiert.
Es war nicht gut, daß Mrs. Grady durch ihr Geschrei das ganze Lokal auf den Vorfall aufmerksam gemacht hatte,

aber irgendwie konnte man es ihr auch nicht verübeln. Nach der Stille des ersten Schocks verbreitete sich die Neuigkeit wie ein Lauffeuer unter den Gästen. Eine große Anzahl von ihnen verlangten augenblicklich die Rechnung, und ich sah, wie an den Nebentischen mehrere Teller halbvoll abserviert wurden. Während Errol, Minna und ich unsere Nachspeisen aßen, hatten wir den Eindruck, als würde sich das Café Marie sehr viel rascher leeren, als es an einem Samstagabend üblich war.

Obwohl Minna Lacy und Mrs. Grady sofort auf die Damentoilette gefolgt war, hatte sie dort lediglich erfahren, daß die ältere Dame von ihrem Essen so angewidert gewesen war, daß sie geschworen hatte, nie wieder einen Fuß über die Schwelle des Café Marie zu setzen.

»Sie sagte, daß sie auf ihren Teller geblickt und die Maus gesehen hätte«, erzählte Minna. »Aber wenn sie wirklich wie eine Beilage zwischen den anderen Zutaten gelegen hätte, hätten es doch die Köche oder einer der Kellner bemerken müssen.«

»Vielleicht lag sie unter etwas anderem versteckt«, meinte Errol, der mit seinem Erdbeer-Rhabarber-Eis fertig war und sich eine Gabel von meinem Kuchen stibitzte. »Wir sollten die Angestellten befragen. Außerdem möchte ich mir die Maus einmal genauer ansehen.«

»Ich verzichte auf die Autopsie«, sagte Minna. »Wenn du mir deine Brieftasche gibst, werde ich unterdessen unser Essen bezahlen. Ich warte dann an der Bar auf euch.«

Errol und ich gingen in die Küche, um den Teller zu untersuchen. Mrs. Grady hatte sich gegrillte marinierte Hühnerbrust bestellt, die auf einem Bett aus Fettucine mit Pilzen lag. Drumherum waren im Kreis verschiedene Gemüse arrangiert. Die Maus konnte also nicht einfach von einem Regal in einen der Töpfe gefallen sein. Wie Errol schon vermutet hatte, war das kleine Nagetier erst nach dem Anrichten der Speisen auf dem Teller plaziert worden. Aber war es Zufall oder Absicht, daß gerade Mrs. Grady die Maus bekommen hatte?

Wenn ersteres zutraf, dann hatte irgendwer in der Küche das tote Tier auf den nächstbesten Teller getan und sich nicht darum geschert, welchen der Gäste die überraschende Entdeckung traf. Damit käme praktisch jeder in Frage, der an diesem Abend etwas in der Küche zu tun gehabt hatte, von Julian angefangen bis hinunter zu den Geschirrabräumern. Sollte aber Mrs. Grady bewußt die Zielscheibe des Anschlags gewesen sein, dann würde der Verdacht eher auf die Leute fallen, die mit ihr am Tisch saßen.

Nachdem uns der Kellner den Hauptgang serviert hatte, waren Errol, Minna und ich auf unser Essen und unsere Unterhaltung konzentriert gewesen. Deshalb hatte ich auch nicht auf die Aktivitäten am Tisch der Beckmans und Gradys geachtet. Ich wußte nur noch, wie sie plaziert waren. Die Gradys hatten sich am Fenster gegenüber gesessen, während die Beckmans die Plätze neben ihnen eingenommen hatten. Mr. Grady hätte schon über eine außerordentliche Kaltschnäuzigkeit verfügen müssen, um während des Essens über den Tisch zu langen und seiner Frau eine tote Maus auf den Teller zu legen.

Karl Beckman hatte direkt neben Mrs. Grady gesessen und damit die beste Gelegenheit gehabt, unbemerkt etwas auf ihren Teller zu schmuggeln. Lacy Beckman hingegen hätte sich dazu schon quer über den ganzen Tisch beugen müssen, was den anderen bestimmt aufgefallen wäre. Dafür war Lacy aber aufgestanden und hatte für ein paar Minuten den Tisch verlassen. Ich hatte gesehen, wie sie an der Bar stehengeblieben war und einen Blick in die Küche zu Julian geworfen hatte – oder hatte ich mir diesen Blick nur eingebildet?

Die Frage lautete also, wie irgendwer an Mrs. Gradys Tisch ihr eine Maus auf den Teller hätte legen können, ohne daß die anderen etwas davon mitbekamen. Und warum hätte jemand so etwas tun sollen? Irgendwie wollte mir nicht einleuchten, daß Karl oder Lacy Beckman sich einen üblen Scherz auf Kosten guter Kunden wie der Gradys erlauben sollten. Also blieb in meinen Augen nur ein Motiv: Jemand versuchte ein weiteres Mal, den guten Ruf des Café Marie zu ruinieren. Aber auch dafür mußte es einen Grund geben.

Den Rest des Abends über hatten Errol und ich alle Angestellten des Lokals befragt, aber keiner der fünfzehn Leute hatte sich erklären können, wie die Maus zwischen die Nudeln geraten sein könnte. Schließlich waren wir an der Bar zusammengekommen, wo wir jetzt noch saßen und nicht gerade in bester Stimmung waren.

Julian stellte sein Glas ab und ließ sich von seinem Barhocker gleiten. »Du kannst ruhig nach Hause gehen, Marie«, sagte er. »Ich werde heute abschließen.«

»Ja, gehen wir«, sagte ich. »Jetzt können wir ohnehin nichts mehr tun, Mutter. Laß uns morgen weitermachen.«

»Die ältere Frau ist einmal aufgestanden und hinausgegangen«, erzählte mir Linda Ravella am Sonntag.

Es war kurz nach Mittag, und Linda, Warren und ich tranken auf Lindas Veranda Kaffee. Unter uns glitzerte die Sonne auf den blauen Wassern der Bucht von Monterey, auf denen hier und da ein weißes Segel zu sehen war.

Ich hatte Linda und ihren Verlobten gefragt, ob sie am Abend zuvor im Café Marie irgend etwas von dem Vorfall am Tisch von Mrs. Grady mitbekommen hatten. Zwischen dem Ecktisch der beiden und dem der Gradys und Beckmans hatten drei bis vier andere Tische gestanden. Warren hatte mit dem Rücken zum Speiseraum gesessen, aber

Linda hatte ihn voll überblicken können. Sie erinnerte sich an zwei Dinge, die mir entgangen waren und die mir bei der Rekonstruktion des Geschehens sehr hilfreich waren.
»Ich weiß nicht, warum ich gerade in diesem Moment aufblickte«, erzählte Linda, »aber ich sah, wie die ältere Frau sich von ihrem Tisch entfernte. Dabei tupfte sie mit der Serviette auf ihrem Kleid herum, als wäre etwas darauf verschüttet worden.«
Ich dachte einen Augenblick über das Gehörte nach. »Wie lange hat es danach gedauert, bis Mrs. Grady zu schreien anfing?«
Linda schüttelte nachdenklich den Kopf. »Ich bin mir nicht sicher. Fünf bis zehn Minuten würde ich mal sagen.« Sie sah zu Warren und lächelte ihn an. Er saß neben ihr auf der Hollywoodschaukel und hatte einen Arm um sie gelegt und ihre Hand in die seine genommen.
»Was war mit den anderen Leuten am Tisch der Beckmans?«
»Ich habe gesehen, wie Karl sich zu Lacy gebeugt hat, als wolle er ihr etwas ins Ohr flüstern. Als er das tat, war der ältere Mann – Mr. Grady – gerade nicht da.«
»Was heißt, er war nicht da? Wann hat er den Tisch verlassen?«
Linda runzelte die Stirn und sah aus, als ließe sie die Szene vor ihrem geistigen Auge noch einmal in Zeitlupe vorbeiziehen. »Er ist zusammen mit seiner Frau aufgestanden«, sagte sie. »Aber hat er sich danach wieder hingesetzt? Nein, er hat sich umgedreht und mit jemandem am Nebentisch gesprochen.«
Das ist das Problem bei allen Augenzeugen. Wenn fünf verschiedene Leute dieselbe Szene sehen, erleben sie sie auf fünf verschiedene Weisen. Und sie erinnern sich daran nur bruchstückhaft. Als Privatdetektivin war es häufig mei-

ne Aufgabe, mir aus solchen voneinander abweichenden Erinnerungen die Rekonstruktion eines Ereignisses zusammenzubasteln. Aber wie genau waren solche Rekonstruktionen? Das war schwer zu sagen. Obwohl ich selbst tags zuvor in dem Restaurant gewesen war, hatte ich zum Beispiel nicht bemerkt, daß Mrs. Grady ihren Tisch verlassen hatte. Linda war der Meinung, Mrs. Grady sei aufgestanden, bevor sie und Warren ihr Essen bekommen hatten, war sich dessen aber nicht hundertprozentig sicher. Samstag abend war im Café Marie viel los gewesen. Der Speiseraum war voll besetzt gewesen, und ständig waren Kellner zwischen den Tischen und der Küche hin- und hergelaufen.

Gene, der Kellner, der für den Tisch der Gradys verantwortlich gewesen war, hatte Errol und mir gestern abend erzählt, daß sowohl Mr. als auch Mrs. Grady aufgestanden seien, um mit Leuten an einem anderen Tisch zu sprechen, aber das sei noch vor dem Eintreffen der Beckmans gewesen. Der Kellner hatte nichts davon gesagt, daß sich Mrs. Grady etwas über ihr Kleid gegossen hatte. Wenn ich nachher zum Café Marie ging, um die Befragungen der vergangenen Nacht fortzusetzen, würde ich bei Gene noch einmal nachhaken.

Ich hörte eine Wagentür schlagen und gleich darauf Stimmen, eine tiefe und eine höhere. Linda ließ Warrens Hand los und stand auf. Auf dem Gehsteig näherten sich Bobby und ihr Sohn.

Nicky schien seit dem letzten Mal, als ich ihn gesehen hatte, gute zehn Zentimeter gewachsen zu sein. Der drahtige kleine Junge, der Bobbys lockiges Haar und seine lebendigen braunen Augen geerbt hatte, war in diesem Sommer acht Jahre alt geworden. Ich nahm nicht an, daß er sich daran erinnern würde, wer ich war, aber er erkannte in mir gleich Jeri, die Tochter von Tante Marie. Nicky grinste mich an und erzählte Linda aufgeregt, was er am Samstag abend gemacht hatte.

»Ich war mit Dad bei Gianni Pizza essen. Und heute morgen waren wir zum Frühstück bei Oma und Opa und sind mit ihnen in die Kirche gegangen.« Nickys fröhliches Geplapper lockerte ein wenig die betretene Stimmung, die sich bei Bobbys Eintreffen breitgemacht hatte. Bobby hatte Lindas Verlobten mit einem höflichen Kopfnicken gegrüßt, aber bisher noch kein Wort gesagt.

Bobby sah um keinen Deut besser aus als am Freitag nachmittag in seiner Wohnung. Die helle Nachmittagssonne brachte die dunklen Ringe unter seinen Augen gnadenlos zum Vorschein, und um seinen zusammengepreßten Mund lag ein gequälter Zug.

Bobby beugte sich zu Nicky hinunter und umarmte ihn. »Paß auf dich auf, alter Junge. Wir sehen uns am nächsten Wochenende.«

»Ich begleite dich zu deinem Wagen«, sagte ich.

Nebeneinander stiegen wir die Stufen der Veranda hinunter. Als wir bei seinem Thunderbird angelangt waren, der hinter meinem Toyota am Randstein stand, rieb sich Bobby seufzend die Augen. Es mußte schwierig für ihn gewesen sein, seine Gefühle vor Nicky zu verbergen. Ich wußte, daß er gerne mehr Zeit mit seinem Sohn oder seinen Eltern verbracht hätte. Mein Cousin wollte nicht allein sein.

»Du siehst erschöpft aus«, bemerkte ich. »Bevor du heute nacht mit dem Boot rausfährst, solltest du ein paar Stunden schlafen.«

»Ich fahre heute nacht nicht hinaus«, antwortete Bobby und öffnete die Fahrertür des Thunderbird. »Morgen früh wird Ariel beerdigt.«

»Du gehst doch nicht etwa hin?« Ich stellte die Frage, obwohl ich die Antwort bereits wußte.

»Natürlich gehe ich hin«, sagte Bobby ruhig.
»Bobby, du weißt doch, daß die Leute dich des Mordes an Ariel verdächtigen.« Bei meinen Worten zuckte Bobby zusammen. »Glaubst du wirklich, daß es klug wäre, bei der Trauerfeier zu erscheinen?«
»Jeri, ich habe Ariel geliebt. Es ist mir egal, was die Leute denken. Ich habe sie nicht getötet. Ich muß von ihr Abschied nehmen.« Bobbys Lächeln war eine matte Imitation seines üblichen Strahlens. »Mach dir keine Sorgen um mich, Jeri. Donna kommt mit und wird mich beschützen.«
»Dann gehe ich eben auch mit«, meinte ich seufzend.

15

Heute haben schon vier Leute abgesagt.« Mutter war in ihrem Büro, als ich am Nachmittag ins Café Marie kam. Sie trug ein weites, melonenfarbenes Kleid und hatte ein müdes Gesicht. Ihre Müdigkeit erstaunte mich nicht, denn wir hatten beide in der vergangenen Nacht viel zu wenig geschlafen. »Drei Tischbestellungen und ein Essen für mehrere Personen. Und ich bin mir sicher, daß das nur der Anfang ist. Ich habe dir gestern ja gesagt, daß sich so was schnell herumspricht.«

Als das Telefon klingelte, griff sie nach dem Hörer und meinte: »Hoffentlich ist das nicht schon wieder eine Absage.«

Ich ging zurück zum Eingang des Restaurants, wo Rachel Donahoe mit einem schnurlosen Telefon über dem Reservierungskalender saß und ein Mineralwasser trank. »Hat Marie Ihnen schon von den Absagen erzählt?« fragte sie, und ich nickte. »So etwas ist sehr schlecht für ein Restaurant, Jeri.«

»Ich weiß. Wir haben zwar gestern schon miteinander gesprochen, aber ich hätte trotzdem gerne noch einmal gehört, was Sie gestern abend gesehen haben.«

»Der Tisch war für sieben Uhr reserviert«, sagte Rachel und schob den Kalender zur Seite. »Die Gradys kamen früher, und weil ihr Tisch noch nicht ganz fertig war, nahmen sie erst einmal hier draußen Platz und ließen sich Drinks von der Bar kommen. Als der Tisch abgeräumt und neu gedeckt war, brachte ich sie hin.«

»Haben Sie im Lauf des Abends bemerkt, daß jemand von dem Tisch aufgestanden ist, und wenn ja, wann?«

»Das kann ich nicht genau sagen«, erwiderte Rachel stirnrunzelnd. »Ich mußte zwar immer mal wieder in die Küche, oder ich habe neue Gäste an ihre Tische gebracht, aber die meiste Zeit war ich hier draußen. Ich weiß nur, daß Mrs. Beckman aufgestanden und auf die Toilette gegangen ist. Und Mr. und Mrs. Grady haben mit Leuten an einem anderen Tisch gesprochen.« Rachel hatte nicht mitbekommen, daß am Tisch der Beckmans etwas verschüttet worden oder daß Mrs. Grady zur Toilette gegangen wäre. Der Kellner, der die Gradys und Beckmans bedient hatte, hatte mir gestern abend in etwa das gleiche gesagt.

Als Rachels Telefon klingelte, ging ich hinein in den Speiseraum. Jetzt, wo er leer war, sahen die weißgedeckten Tische mit den Weingläsern und den gefalteten Servietten fast gespenstisch aus. Ich ging zu dem Tisch, an dem die Gradys und Beckmans gesessen hatten, und rekonstruierte anhand der jetzt leeren Stühle, wer gestern wo gesessen hatte. Dann vollzog ich vor meinem geistigen Auge alles nach, was ich von den verschiedenen Zeugen erfahren hatte.

Lacy Beckman und Mrs. Grady waren zu verschiedenen Zeiten auf die Damentoilette gegangen, und Mr. Grady hatte sich entweder vom Tisch weggedreht oder war ein paar Schritte weggegangen, um mit jemandem an einem Nebentisch zu sprechen. Aber was war mit Karl Beckman? War auch er aufgestanden?

Ich ging an der Bar vorbei den Gang entlang und besah mir die Lage der Toilettentüren. Sie lagen nur ein paar Schritte entfernt vom Kücheneingang und der Durchreiche für die fertigen Speisen. Das bedeutete, daß jemand, der auf die Toilette ging, unweigerlich auch in die Nähe der Küche und der abholbereiten Teller kam.

Ich hatte immer gedacht, daß die Köche es bemerken müßten, wenn ein Fremder in die Küche kam, daß jemand, der keinen weißen Kittel trug, dort sofort auffallen würde. Aber würde er das wirklich? Schließlich trugen weder die Bedienungen noch der Barkeeper weiße Kittel.
Weiter hatte ich angenommen, daß der Saboteur unter den Angestellten zu finden sein müßte, denn das wäre nur logisch gewesen. Seit gestern abend jedoch war ich mir dessen nicht mehr so sicher. Es gab drei Möglichkeiten, wie die Maus auf Mrs. Gradys Teller gekommen sein konnte: Erstens hätte es in der Küche geschehen können, zweitens während der Teller in der Durchreiche stand, um vom Kellner abgeholt zu werden, und drittens direkt am Tisch. Letzteres würde allerdings bedeuten, daß jemand an Mrs. Gradys Tisch ihr das tote Tier ins Essen praktiziert haben mußte. Ich schüttelte langsam den Kopf und stellte mir alle drei Theorien bildlich vor. Keine davon war vollkommen zufriedenstellend, und alle drei hatten ihre Schwachstellen.
Ich hörte das Klack-klack-klack eines Messers auf dem Schneidebrett und ging in die Küche. Eine der Köchinnen schnitt Gemüse. Sie hatte den Kopf gesenkt und die Augen auf die Messerklinge geheftet, die sich rasend schnell durch die dunkelviolette Haut einer Aubergine arbeitete. Links von dem Schneidebrett lag ein Haufen hellorangefarbener Karotten, und dahinter sah ich ein Sieb mit roten Zwiebeln. Die Köchin blickte auf, erkannte mich und lächelte mich kurz an, bevor sie sich wieder ihrer Arbeit widmete.
Noch während ich in der Tür stand, sah ich, wie Julian von der Speisekammer kommend die Küche betrat. Er trug, wie bei unserem ersten Zusammentreffen, schwarze Jeans und ein weißes T-Shirt und schien nicht besonders glücklich darüber, mich zu sehen. Meine Gegenwart bedeutete, daß

er wieder Fragen beantworten mußte, und das mochte Julian überhaupt nicht.
»Könnte ich vielleicht eine Tasse Kaffee haben?« fragte ich ihn.
»In der Bar ist eine Kanne«, sagte er so kurzangebunden, daß es schon fast unhöflich war. »Bedienen Sie sich selbst.«
Ich nickte und ging denselben Weg zurück, den ich gekommen war. Im Reich des Barkeepers goß ich mir eine Tasse von dem schwarzen Gebräu ein, das in einer Kanne hinter dem Tresen warm gehalten wurde. Dann besah ich mir das Gebäck, das der Konditor als Nachspeisen für heute abend kreiert hatte, und schließlich ging ich zurück in Mutters Büro, wo sie mir von weiteren Absagen berichtete.
»Ich brauchte noch einmal die Unterlagen über deine Angestellten«, sagte ich. »Ich habe sie mir zwar am Freitag schon einmal angesehen, aber jetzt würde ich sie gerne etwas genauer durchgehen.«
»Glaubst du immer noch, daß es jemand von meinen Leuten ist?«
»Im Augenblick kann ich noch keine Möglichkeit ausschließen.«
In meinem Beruf muß ich häufiger den persönlichen Hintergrund von Personen abklopfen. Es war gar nicht so ungewöhnlich, daß jemand bei einer Bewerbung seine Qualifikationen besser darstellte, als sie in Wirklichkeit waren, oder die Gründe schönte, weshalb er eine frühere Stelle hatte aufgeben müssen. Ich schätze, es ist ganz normal, daß man sich für einen neuen Job im besten Licht darstellen will. Außerdem sehen Arbeitgeber und Angestellte eine Kündigung oft unter sehr verschiedenen Aspekten. Aber wenn eine Firma die falsche Person einstellt, kann sie ganz schönen Ärger bekommen. Das mußte ich vor ein paar Jahren feststellen, als mich eine Firma in Oakland bei

einem Fall von Unterschlagung um Hilfe bat. Hätte man bereits bei der Bewerbung eines der Angestellten hinter die Kulissen einer scheinbar makellosen Bewerbung geblickt, wäre das ans Tageslicht gekommen, was ich erst später herausfand, nämlich, daß der Mann bereits wegen schweren Diebstahls vorbestraft gewesen war.
In einer Zeit, in der viele Leute wegen jeder Lappalie zum Anwalt rennen, ist es nicht ganz einfach, aus Arbeitgebern mehr über ihre früheren Angestellten herauszubekommen als das Datum der Einstellung und die Dauer der Beschäftigung. Will man die Wahrheit herausfinden, muß man ebenso hartnäckig wie diplomatisch sein. Hat man schließlich Erfolg, dann entpuppt sich so manche Kündigung aus freien Stücken auf einmal als das letzte Mittel, um einem kapitalen Hinauswurf zuvorzukommen.
Meine Mutter zog sich ihren weißen Kittel an, der an einem Haken hinter der Tür hing, und ging in die Küche. Ich blieb im Büro und öffnete die Hängeregistratur mit den Daten ihrer Angestellten. Eine nach der anderen ging ich die Mappen durch und unterbrach meine Arbeit nur ab und zu, um mir eine frische Tasse Kaffee zu holen.
Wenn man Referenzen von Arbeitnehmern überprüft, sieht man sich in der Regel an, was sie die letzten drei Jahre vor dem Einstellungstermin getan haben. Bei den meisten ihrer Angestellten hatte Mutter das getan, und so zeigten mir handschriftliche Notizen in vielen Akten, daß sie sich mit deren früheren Arbeitgebern in Verbindung gesetzt hatte. Nur einer ihrer Küchenhelfer wies größere Lücken in seiner Biographie auf, und eine Kellnerin, die Mutter letztes Jahr eingestellt hatte, hatte überdurchschnittlich oft den Arbeitsplatz gewechselt.
Schließlich war ich wieder bei Julian Surtees angelangt. Er war nicht nur derjenige, der am kürzesten im Café Marie

beschäftigt war, sondern war als Mutters Assistent und Stellvertreter auch mit besonderen Befugnissen ausgestattet. Darüber hinaus benahm er sich von allen Angestellten am merkwürdigsten, und allein deshalb machte ich mich mit besonderem Eifer an die Überprüfung seiner Referenzen. Mutter hatte ihn Mitte Mai nach zwei Vorstellungsgesprächen eingestellt. Ihren Unterlagen zufolge hatte er in New York eine Kochschule absolviert und sich in Frankreich weitergebildet, bevor er in New York und Los Angeles als Koch gearbeitet hatte. In seiner Akte fand ich zwei Empfehlungsschreiben und Notizen, die sich Mutter bei Telefongesprächen mit seinen früheren Arbeitgebern gemacht hatte. Außerdem stellte ich fest, daß zwischen der Beendigung seiner letzten Anstellung und seinem ersten Arbeitstag im Café Marie drei Monate lagen. Möglicherweise hatte er sich einen längeren Urlaub gegönnt, vielleicht gab es aber auch einen anderen Grund dafür.

Ich griff zum Telefon neben mir und holte mir durch Drücken eines Knopfes eine Amtsleitung. In vielen Branchen hätte ich an einem Sonntag mit meinen Recherchen nicht viel Glück gehabt, aber in der Gastronomie war am Sonntag geöffnet und dafür an einem anderen Tag der Woche Ruhetag. Als erstes rief ich bei dem Restaurant an, in dem Julian zuletzt gearbeitet hatte. Als dort besetzt war, probierte ich es bei der vorherigen Arbeitsstelle, aber eine Stimme vom Band sagte mir, daß es keinen Anschluß mehr unter dieser Nummer gebe.

Ich holte mir noch einen Kaffee und stellte dabei fest, daß irgendein netter Mensch eine frische Kanne aufgebrüht hatte. Als ich wieder in Mutters Büro war, rief ich noch einmal das Lokal in Los Angeles an, und diesmal hob jemand ab. Ich verlangte den Geschäftsführer und mußte eine Weile warten, bis sich eine sehr eilig und beschäftigt klingende Stimme als Mr. Chase vorstellte. Ich erklärte Mr. Chase den Grund meines Anrufs.

»Jetzt paßt es mir aber gar nicht«, sagte er, »wir haben gerade einen Sonntagsbrunch und alle Hände voll zu tun.«

»Das kann ich mir vorstellen, aber es ist sehr wichtig. Weshalb hat Julian Surtees den Job bei Ihnen aufgegeben?«

Als Mr. Chase nicht gleich antwortete, dachte ich eigentlich, er würde mir gleich erklären, daß er solche Informationen nicht herausgeben dürfe.

»Wir hatten eine Meinungsverschiedenheit«, sagte er schließlich.

»Das ist ein sehr dehnbarer Begriff, Mr. Chase. Worin unterschieden sich denn Ihre Meinungen?«

Wieder Schweigen in der Leitung. Schließlich sagte Chase: »Na ja, Julian war mit praktisch jedem in der Küche unterschiedlicher Meinung. Kennen Sie den Mann persönlich?«

Nachdem ich das bejaht hatte, fuhr Chase fort: »Julian hat den Charakter einer Klapperschlange. Mit anderen Worten, er geht einem furchtbar auf die Nerven. Er ist zwar gut, aber so gut auch wieder nicht. Darüber hinaus ist er der Meinung, nur er sei ein begnadeter Koch und alle anderen seien Dilettanten. Als er hier bei uns war, hat er es sich mit allen Leuten in der Küche verdorben, und dann ist er auch noch dem Besitzer des Lokals blöd gekommen. Mir blieb gar nichts anderes übrig, als Julian rauszuwerfen. In der Zwischenzeit habe ich erfahren, daß er schon mehrere Jobs aus genau demselben Grund verloren hat, aber das bleibt unter uns, okay? Es ist wirklich schwer, mit ihm auszukommen.«

Das erstaunte mich nicht im geringsten. »Ist eigentlich in der Zeit, als Julian bei Ihnen war, in Ihrem Restaurant etwas schiefgelaufen? Sind vielleicht merkwürdige Unfälle passiert?«

Chase lachte ins Telefon. »In einem Lokal läuft ständig etwas schief. Auch wir hatten unsere Katastrophen.«
»Aber solche Katastrophen sind meistens Mißgeschicke. Ich aber spreche von Vorfällen, die einer Art Muster folgen und eher wie böse Absicht aussehen.«
»Tjaaa ...«, sagte Chase gedehnt. »Da gab es im Herbst letzten Jahres tatsächlich ein paar Sachen, die über einen Zeitraum von sechs bis acht Wochen passierten. Salz in den Zuckerstreuern, zum Beispiel. Und einmal hat jemand einen Ölkanister nicht richtig zugeschraubt, der dann auf den Boden fiel und eine fürchterliche Schweinerei verursachte. Schließlich wurde auch noch Geschirrspülmittel in der Suppe entdeckt. Natürlich kann es sich bei diesen Vorkommnissen auch um bloße Unfälle gehandelt haben, aber vielleicht waren sie mehr als das. Auffällig war, daß sie sich über einen relativ kurzen Zeitraum ereigneten.«
Ich dankte Chase und legte auf. Mindestens zwei der eben von ihm geschilderten Vorfälle hatten sich auch im Café Marie zugetragen. Erst war Salz in den Zuckerstreuern gewesen, und dann war das mit dem Ölkanister passiert.
Ich stand auf, streckte mich und machte mich auf die Suche nach Julian Surtees. Ich fand ihn in der Küche, wo drei Köchinnen an den Herden standen und bereits mit Vorbereitungen für das Abendessen beschäftigt waren. Julian, der jetzt eine Kochjacke über seinem T-Shirt trug, kommandierte sie herum.
»Ich muß mit Ihnen reden«, sagte ich.
»Hat das nicht Zeit bis nachher? Sie sehen doch, daß ich zu tun habe.«
»Nein, das hat es nicht. Kommen Sie bitte mit ins Büro.« Ich sah ihm in seine dunklen Augen, konnte darin aber keine Regung erkennen.
Julian runzelte die Stirn und schob sich mit einem aufge-

brachten Seufzer an mir vorbei aus der Küche. Er sagte kein Wort, bevor wir in Mutters engem Büro waren und ich die Tür geschlossen und mich an den Schreibtisch gelehnt hatte.

»Ich habe nicht die leiseste Ahnung, wie diese beschissene Maus auf den verdammten Teller gekommen ist«, fauchte er. »Unsere Küche ist sauber. Dahinter ist Marie ebenso her wie ich.«

Ich erinnerte mich an Julians Reaktion am vergangenen Abend, als ich ihm die Maus auf dem Teller gezeigt hatte. Seine Empörung hatte ziemlich echt gewirkt. Aber vielleicht war er auch nur ein begabter Schauspieler.

»Warum haben Sie ihren letzten Job verloren?« fragte ich.

»Was geht das Sie an?« Julian stand, die Hände in die Seiten gestemmt, vor mir und strahlte gereizte Energie aus. Sein Mund verzog sich zu einem überheblichen Grinsen, wie ich es schon oft bei ihm gesehen hatte.

Ich beugte mich vor und sagte in schärferem Ton: »Es geht mich sehr wohl etwas an, wenn Sie versuchen, meiner Mutter das Geschäft zu ruinieren.«

»Warum, zum Teufel, sollte ich das tun? Damit würde ich mich doch selbst arbeitslos machen.«

»Ich weiß nicht, weshalb Sie das tun, Julian. Das will ich ja gerade von Ihnen wissen. Mr. Chase hat mir erzählt, daß Sie an Ihrer letzten Arbeitsstelle mit Ihren Kollegen nicht gut ausgekommen seien.«

»Wieso fragen Sie mich überhaupt etwas, wenn Sie die Antwort sowieso schon wissen?« fragte er und biß die Zähne aufeinander.

»Auf viele Fragen weiß ich die Antwort eben nicht, Julian. Aber vielleicht können Sie mir da weiterhelfen.«

Surtees' schmale Lippen verzogen sich zu einem matten Lächeln. »Haben Sie sich schon mal gefragt, ob Chase möglicherweise übertreibt?«

»Das möchte ich bezweifeln. Sie verärgern doch auch hier jeden Menschen, mit dem Sie es zu tun haben, Julian. Sie sind so arrogant und unfreundlich, daß es Sie eigentlich nicht erstaunen dürfte, wenn die Leute nichts Gutes über Sie zu sagen haben.«

»Jede Medaille hat ihre Kehrseite«, sagte Julian. Er stemmte die Hände wieder in die Hüften und starrte mir direkt in die Augen. »Es könnte ja sein, daß meine Kollegen nicht mit mir auskommen konnten.« Ich mußte zugeben, daß an dem, was er sagte, etwas dran war. Es kam häufig vor, daß sich ein und dieselbe Sache zwei Leuten grundverschieden darstellte. Subjektiv hielten beide ihre Version für die Wahrheit. »Ich bin ein guter Küchenchef, nur darauf kommt es an. Deshalb hat Marie mich auch eingestellt.«

Ich starrte ihn ebenfalls an und zog die Daumenschrauben ein wenig fester. »Chase hat mir erzählt, daß es im vergangenen Herbst auch in seinem Restaurant merkwürdige Zwischenfälle gab. Jemand hat Salz in die Zuckerstreuer gefüllt, ein Ölkanister war nicht richtig zugeschraubt, in der Suppe war Spülmittel. Kommt Ihnen das irgendwie bekannt vor?«

Julian runzelte die Stirn. »Im vergangenen Herbst? Jetzt hören Sie mal, solche Mißgeschicke passieren doch ständig in diesem Geschäft. Ich weiß zwar nichts von der Salz-Zukker-Sache oder dem Öl, aber ich erinnere mich an das Spülmittel in der Suppe. Eine Kellnerin hat einen Geschirrspüler am Suppentopf beobachtet, und der Chefkoch dachte, daß er es gewesen sei, und warf ihn auf der Stelle raus. Die Suppe haben wir weggeschüttet, bevor jemand etwas davon gegessen hatte.«

»Und was ist mit den Vorfällen hier, im Café Marie? Hier sind zwei ganz ähnliche Dinge passiert. Auch hier war Salz in den Zuckerstreuern, und der Ölkanister war auch nicht richtig zugeschraubt. Außerdem ist es Karl Beckman beim Essen schlecht geworden. Sehen Sie denn da gar keinen Zusammenhang mit den Geschichten in Los Angeles?«

»Nein, den sehe ich nicht«, antwortete Julian. Er legte den Kopf schief und strich sich seine schwarzen Haare glatt. »Wenn Sie glauben, daß ich etwas damit zu tun haben könnte, dann irren Sie sich.«

»Haben Sie irgend jemandem von den Geschehnissen in diesem anderen Restaurant erzählt?«

»Kann schon sein«, meinte er mit einem Achselzucken. »Solche Dinge passieren überall. Wie schnell gelangt Salz in die Zuckerstreuer!«

»Aber das mit dem nicht zugeschraubten Ölkanister erfordert schon etwas mehr Raffinesse. Genauso wie das Herumpfuschen am Essen.« Julian gab mir keine Antwort, sondern starrte mich weiterhin böse an. »Wie lange kennen Sie Lacy Beckman schon?«

Jetzt beugte Julian sich vor, und seine schwarzen Augen verengten sich zu schmalen Schlitzen. »Mein Privatleben geht Sie überhaupt nichts an«, zischte er und riß die Tür auf. »Wenn Sie mit Ihrem Verhör jetzt fertig sind, würde ich gerne wieder an meine Arbeit gehen.«

16

Ich machte mich auf die Suche nach meiner Mutter und fand sie an einem Tisch zwischen der Bar und der kleinen Brüstung, die den oberen vom unteren Speiseraum trennte. Sie war nicht allein. Ihr gegenüber saß Karl Beckman, der in seinem blauen Arbeitshemd besonders breitschultrig wirkte. Die beiden hatten die Köpfe zusammengesteckt und hielten sich an den Händen. Ich konnte Karls Gesicht nicht sehen, dafür aber das meiner Mutter, in dem zwei widerstreitende Empfindungen miteinander kämpften. Die Sorge um den jüngsten Vorfall im Restaurant drückte sich in Falten um Mund und Augen aus, aber in ihren Augen leuchtete die Freude darüber, Karl Beckman zu sehen. Ihr Blick war voll von jener entspannten Intimität, wie man sie nur unter guten Freunden findet – und unter Liebenden.

Als ich auf die beiden zuging, spürte ich, wie ich automatisch die Lippen aufeinanderpreßte. Ich sagte mir, daß dieses Verhalten weder logisch noch rational war, aber es half nichts. Meine Eltern waren geschieden, und bereits vor ihrer offiziellen Scheidung waren sie jahrelang getrennte Wege gegangen. Es war offensichtlich, daß Mutter starke Gefühle für Karl Beckman hegte und daß er diese Gefühle erwiderte. Wenn meine Mutter ein Verhältnis mit diesem Mann haben wollte, dann war das ihre Sache. Vielleicht schrillten bei mir die Alarmglocken bloß, weil mir die Geschichte viel zu nahe ging.

Gut, Karl Beckman war zehn Jahre jünger als meine Mutter.

Aber was ging das mich an? War das wirklich so wichtig? Doch da war noch etwas anderes an dem Mann, das mich beunruhigte, nur konnte ich nicht genau sagen, was es war. Irgendwie mußte mein Gesicht meine Gedanken verraten haben, denn als ich an den Tisch trat und meine Mutter mich ansah, kam es mir so vor, als ginge ein Vorhang vor ihrem Gesicht herunter. Sie ließ Karls Hand los und setzte sich gerade hin.

»Hallo, Jeri«, begrüßte mich Karl mit einem Lächeln und drehte sich zu mir um. Er trug Bluejeans, besagtes blaues Hemd und Segeltuchschuhe. »Marie hat mir gerade erzählt, daß Sie die Angestellten wegen des Vorfalls von gestern abend befragen. Ich bin überzeugt, daß es ein bedauerliches Mißgeschick war. Lacy und ich haben versucht, die Gradys zu beruhigen, aber Mrs. Grady war völlig aus dem Häuschen.«

»Das kann ich ihr nicht verdenken«, bemerkte ich. Aus den Augenwinkeln nahm ich eine Bewegung wahr. Es war Lori, die zweite Barfrau, die zu ihrem Dienst erschien. Sie nickte uns zu und schaltete das Radio an der Bar ein. Bei gedämpfter Lautstärke suchte sie einen Sender, und schließlich mischte sich Ella Fitzgeralds »This Can't Be Love« mit dem metallischen Klappern der Pfannen aus der Küche. Der Geruch von Knoblauch und Zwiebeln wehte in den Speiseraum und zeigte an, daß mit dem Kochen begonnen worden war.

»Hast du Julian verärgert?« fragte Mutter. Offenbar hatte sie gesehen, wie ihr Assistent erbost aus dem Büro gestürzt war.

»Er wird es überleben«, erwiderte ich und setzte mich auf einen Barhocker. Lori hörte mit dem Herrichten der Bar auf und fragte mich, ob ich etwas zu trinken wolle.

»Gern«, sagte ich. »Ein Anchor Steam bitte. Und zwar ohne

Glas.« Als sie mir die Flasche Bier hingestellt hatte, nahm ich einen tiefen Schluck und sah Karl Beckman an. »Ich war gestern in der Werft bei Lacy.«
Wieder bemerkte ich den seltsamen Ausdruck, der bereits am Freitag bei Ravella's über sein Gesicht gehuscht war. Als ob hinter seinen braunen Augen Jalousien heruntergegangen wären. Seine Reaktion machte mich neugierig.
»Tatsächlich?« sagte er. »Sie hat mir gar nicht erzählt, daß Sie vorbeigekommen sind. Warum waren Sie denn dort?«
Ich beschloß, ihm den Grund noch nicht zu verraten. Im Radio hinter uns begann jetzt Mel Torme zu singen, untermalt von einem Wortwechsel aus der Küche und dem Brutzeln von bratendem Fleisch.
Ich wandte mich an meine Mutter. »Wie genau hast du eigentlich Julian Surtees Referenzen überprüft, als du ihn eingestellt hast? Hast du dich nicht gefragt, warum er seinen Job in Los Angeles aufgegeben hat und hierher in die Provinz nach Monterey gegangen ist?«
»Sie glauben doch nicht etwa, daß Julian etwas mit der Geschichte von gestern abend zu tun hat, oder?« fragte Karl. »Mir ist er bisher immer wie ein korrekter Mensch vorgekommen.«
Ich ignorierte Karls Bemerkung und wartete darauf, daß meine Mutter mir eine Antwort gab. Sie runzelte die Stirn.
»Julian wurde mir von jemandem aus Los Angeles als kreativ und innovativ empfohlen. Das ist genau das, was ich brauche. Dieser Freund wußte zufällig, daß Julian sich verändern wollte. Ich rief aber trotzdem drei der Restaurants an, in denen er zuvor gearbeitet hatte. Eines hatte inzwischen zugemacht, aber die anderen beiden haben ihn mir wärmstens empfohlen.«
Ich trank einen Schluck von meinem Bier. »Der Geschäftsführer von Julians letztem Lokal hat mir aber eben erzählt,

daß er ihn rausschmeißen mußte, weil sich Julian mit den anderen Angestellten nicht vertragen hat. Vielleicht waren die Leute, die ihn dir empfohlen haben, bloß froh, daß sie ihn damit endgültig loswurden. Das Paradebeispiel für einen sympathischen Menschen ist er ja wohl nicht gerade.«

»Man könnte sagen, daß ihm gewisse soziale Fähigkeiten abgehen«, meinte Mutter gedehnt.

»*Gewisse* soziale Fähigkeiten? Er hat überhaupt keine!«

»Aber er ist ein guter Koch«, konterte Mutter in scharfem Ton. »Und genau das habe ich gebraucht. Außerdem komme ich persönlich gut aus mit ihm.«

»Der Geschäftsführer hat mir aber noch mehr erzählt«, entgegnete ich und schilderte Mutter und Karl die Vorfälle, die sich im vergangenen Herbst in seinem Lokal zugetragen hatten und fatal an die jetzige Serie von Pannen im Café Marie erinnerten.

»Das muß ein dummer Zufall sein«, erwiderte Mutter trotzig, machte dabei aber kein allzu überzeugtes Gesicht. »So etwas kann in jedem Restaurant vorkommen.«

»Aber wenn es sich dabei um dein eigenes Restaurant handelt, ist es etwas anderes«, gab ich zu bedenken. »Ich glaube, ich muß noch ein wenig mehr in Julians Vergangenheit herumbohren. Fest steht, daß er über das Wissen und die Gelegenheit verfügt, hier wirkungsvoll zu sabotieren.«

Mutter schien es überhaupt nicht zu gefallen, daß Julian ganz oben auf der Liste meiner Verdächtigen stand. Die Vorstellung, von jemandem hintergangen zu werden, dem man vertraut, hat immer etwas zutiefst Beunruhigendes.

»Willst du nun herausfinden, wer für das alles verantwortlich ist, oder nicht?« fragte ich sie.

»Natürlich will ich das«, antwortete sie langsam. »Aber warum sollte ausgerechnet Julian so etwas tun?«

»Das weiß ich auch nicht. Vielleicht folgt er einem ausgeklügelten Plan. Einem, der nur für ihn logisch ist.« Jetzt wandte ich mich an Karl Beckman, wobei ich ihm fest in seine haselnußbraunen Augen blickte. »Ich habe gehört, daß Julian eine Affäre mit Ihrer Schwägerin haben soll. Können Sie mir mehr darüber erzählen?«

Der Werftbesitzer schien von meiner Direktheit im ersten Augenblick überrascht zu sein. »Davon weiß ich nichts, außer, daß die beiden ein paarmal miteinander ausgegangen sind. Aber selbst das dürfte bei Julians vieler Arbeit nicht leicht gewesen sein. Ich weiß ja, wie schwer es ist, sich mit Marie zu treffen«, sagte er mit einem Seitenblick auf meine Mutter. »Außerdem geht mich Lacys Privatleben nichts an. Wenn Sie etwas darüber wissen wollen, müssen Sie sie schon selber fragen.«

»Das werde ich tun«, sagte ich und stieg von meinem Barhocker. »Aber da wäre noch etwas, Mr. Beckman. Nachdem mein Cousin Bobby sich am vergangenen Freitag mit Ariel Logan gestritten hatte, sagte er, daß er unbedingt mit Ihnen sprechen müsse. Hat er Sie denn gefunden?«

Karl Beckman sah aus, als würde ihn diese Information völlig überraschen. »Nein, hat er nicht. Ich habe Bobby erst in der Woche darauf gesehen, als Ariel schon vermißt wurde. Wenn er an dem Freitag in die Werft gekommen wäre, hätte er bestimmt mit Lacy gesprochen, aber die hat mir gegenüber nichts dergleichen erwähnt.«

»Ich nehme an, daß er mit Ihnen dringend über etwas Wichtiges sprechen wollte. Haben Sie eine Ahnung, um was es sich gehandelt haben könnte?« Als der große, blonde Mann langsam den Kopf schüttelte, schob ich sofort eine weitere Frage nach: »Wo waren Sie eigentlich am vergangenen Wochenende, Mr. Beckman?«

Inzwischen war Karl Beckman bewußt geworden, daß ich ihn in die Mangel nahm. Das gefiel ihm überhaupt nicht

und Mutter noch weniger. Ich sah, wie sie erbost die Augenbrauen hob.
»Ich war verreist«, antwortete Beckman schließlich. »Geschäftlich.« Bevor ich ihm eine weitere Frage stellen konnte, hob er seine große Hand, als wolle er mir zuvorkommen. »Um was für Geschäfte es sich dabei handelt, geht Sie nun wirklich nichts an.«
Falls es mit dem Mord an Ariel Logan zu tun hat, dann geht es mich sehr wohl etwas an, dachte ich, sagte es aber nicht. Die Zeit war noch nicht reif für solche Bemerkungen.
Im Radio wurde ein neues Stück gespielt. Diesmal war es Nat King Coles samtiges »Sweet Lorraine«, das die unangenehme Stille zwischen Mutter, Karl Beckman und mir füllte. Auf einmal rümpfte ich die Nase. Aus der Küche drang ein unangenehmer Geruch, der nichts mehr mit den Düften kalifornischer Haute Cuisine zu tun hatte.
»Was, zum Teufel, ist denn das?« rief ich. Von dem Geruch brannten mir die Augen.
Mutter und Karl schoben ihre Stühle zurück und standen auf. Der Geruch wurde immer stärker. Er war jetzt nicht mehr nur unangenehm, sondern richtiggehend widerlich. So widerlich, daß er Brechreiz bei mir auslöste.
War das verfaultes Fleisch? Oder verdorbener Fisch? Nein, dazu war der Geruch nicht süßlich genug. Aber es roch auch nicht so, als wäre eines der Klos verstopft oder als hätte sich ein Skunk in die Stadt verirrt und sein Geruchssekret in der Küche verspritzt. Das war etwas Chemisches, dachte ich. Irgendein Stoff, der Brechreiz und Brennen in Mund und Nase auslöste.
»Raus!« rief ich Mutter hustend zu. Meine Augen tränten mittlerweile stark. Ich zog mein T-Shirt hoch über Mund und Nase und schob meine Mutter hinüber zu Karl, der sie am Arm packte und zum Eingang des Lokals zog. Lori

stürzte hinter der Bar hervor und folgte ihnen. Hinter ihr rannte Rachel mit dem Reservierungskalender und dem schnurlosen Telefon in der Hand nach draußen, gefolgt von zwei Kellnern, die im Speiseraum gewesen waren. Aus der Küche hörte ich eine Stimme, die alle anderen hinausschickte. Ich rannte den Gang entlang und sah Julian, der sich ein Geschirrtuch vor den Mund gebunden hatte, an der offenen Hintertür. Mit einer Hand schob er gerade eine der Köchinnen ins Freie.

Einer der Geschirrspüler war neben dem Spülbecken zusammengebrochen. Ich kniete mich neben ihm nieder und versuchte, ihn am Arm hochzuziehen und auf die Füße zu bringen. Dann kam Julian und nahm den anderen Arm des Mannes. Gemeinsam schleppten wir ihn durch die Hintertür hinaus in den kleinen Garten.

Die frische Luft war mir nie angenehmer erschienen.

Rachel mußte mit ihrem Telefon bereits die Feuerwehr verständigt haben, denn in einiger Entfernung konnte ich Sirenen hören. Julian riß sich das Geschirrtuch vom Gesicht und wandte sich dem immer noch benommenen Spüler zu.

»Es geht Ihnen doch gut, oder?« herrschte er den Mann an.

Der nickte und sog in tiefen Zügen die reine Luft ein.

Zuerst kam die Feuerwehr und kurz darauf die Polizei. Rasch brachte man uns aus dem Garten hinaus in die kleine Gasse hinter dem Lokal. Von dort aus beobachteten wir das Chaos aus blinkendem Rotlicht, Einsatzfahrzeugen und durcheinanderrufenden Stimmen. Feuerwehrleute, die in ihren Schutzanzügen aussahen wie Wesen von einem anderen Stern, sperrten die Gegend um das Café Marie mit gelbem Plastikband ab, als wäre sie radioaktiv verseucht.

Inzwischen hatten die blinkenden Lichter und Sirenen bereits eine Traube von Schaulustigen angezogen. Ich hielt nach Mutter Ausschau und erkannte sie an ihrer melonenfarbenen Bluse. Sie stand nicht weit von mir in der Gasse und fuhr sich mit der Hand durch die Haare, während sie mit einem Polizisten und einem rundgesichtigen Mann in Zivil sprach. Hinter ihr stand Karl Beckman, der die Hände in die Seiten gestemmt hatte und die breite Stirn runzelte. Ich ging hinüber zu den beiden. Mutter stellte mich dem Einsatzleiter und Eric Lopez von der Umweltschutzbehörde vor.

»Ist dieser Aufwand denn normal?« fragte ich und wies mit einer Handbewegung auf die Fahrzeuge und Einsatzkräfte. »Löschzüge, Schutzanzüge, Absperrungen? Ist das nicht ein bißchen viel für einen ätzenden Gestank aus der Küche?«

»Wir wissen schließlich nicht, womit wir es hier zu tun haben«, antwortete Lopez. »Die Gegend wird deshalb abgesperrt, weil es sich ja um eine giftige Chemikalie handeln könnte. Und jetzt muß ich Ihnen ein paar Fragen stellen –«

Da er sich zuerst an meine Mutter wandte, trat ich einen Schritt zurück und wartete, bis ich an die Reihe kam.

Julian Surtees stand neben uns und hatte das Gespräch mit angehört. Das weiße Geschirrtuch hing immer noch um seinen Hals und gab ihm das Aussehen eines verzweifelten Banditen.

»Vermutlich denken Sie jetzt, daß ich auch dafür verantwortlich bin«, sagte er zu mir.

»Wenn Sie es waren, dann wüßte ich zu gerne, wie Sie es gemacht haben. Der Gestank kam aus der Küche. Können Sie sich vorstellen, woher?«

»Möglicherweise aus dem Dunstabzug über den Herden, der die heißen Kochdünste aus der Küche absaugen soll. Vielleicht hat jemand die Ventilatoren so umgestellt, so daß sie Luft in die Küche geblasen haben anstatt sie abzusaugen. Der Gestank kam urplötzlich und verbreitete sich in Windeseile.«

Einer der Marsmenschen kam aus dem Hintereingang des Restaurants und ging zu Sergeant Smith. Ich sah, wie der Mann im Schutzanzug auf das Dach des Restaurants deutete, und folgte mit meinen Blicken seiner ausgestreckten Hand.

»Was ist in dem Metallkasten dort oben?« fragte ich Julian.

»Die Ventilatoren für das Entlüftungssystem.« Er starrte hinauf, als könne er dort die Lösung des Rätsels finden.

Der Metallkasten befand sich am Rand des Daches. Wenn die Ventilatoren, wie Julian gesagt hatte, umgepolt worden wären, hätte man leicht ein Gas in die Küche und in die Speiseräume blasen können. Ich kannte mich zwar mit Elektromotoren nicht aus, aber ich wäre jede Wette eingegangen, daß jemand hinauf auf das Dach von Café Marie geklettert war und dort an ein paar elektrischen Drähten herummanipuliert hatte.

Hinauf kam man ziemlich leicht, denn neben dem Hintereingang zum Lokal stand ein großer Müllcontainer. Der Deckel, der sich etwa in Brusthöhe befand, war geschlossen. Wären da nicht das gelbe Absperrband und die Feuerwehrmänner in ihren Schutzanzügen gewesen, so hätte ich sofort auf diesen Müllcontainer und von dort auf das Dach des Gebäudes klettern können, um das Metallgehäuse des Lüftungssystems auf frisch gelöste Schrauben oder verdächtige Kratzer zu untersuchen.

Bliebe nur zu erklären, weshalb nicht schon früher etwas passiert war, wo doch die Entlüftung seit dem frühen Morgen lief. Aber am Vormittag, als nur der Bäcker an der Arbeit war, hätte dieser neue Anschlag bei weitem nicht so viel Schaden angerichtet wie jetzt, da die Vorbereitungen fürs Abendessen auf vollen Touren liefen. Ich fragte mich, ob die Stinkbombe vielleicht mit einer Art Zeitzünder versehen war.

Ich betrachtete noch eine Weile nachdenklich den Metallkasten und den Müllcontainer, dann drehte ich mich nach rechts, wo meine Mutter ungeduldig vor dem Absperrband auf und ab lief. Schließlich blieb sie vor Karl Beckman stehen, der sie an sich zog und fest in seine Arme schloß.
Ich versuchte, ihn freundlich anzuschauen, aber so ganz gelang mir das nicht. Als Julian, der immer noch neben mir stand, das bemerkte, grinste er mich boshaft an. Seinem Gesicht war anzusehen, daß er genau wußte, was ich von dem Werftbesitzer hielt.
Dabei ging es nicht allein um Beckmans Verhältnis zu meiner Mutter, redete ich mir ein. Der Mann war merkwürdigerweise auch immer dann zur Stelle, wenn im Café Marie etwas schiefging. Samstag abend war er in der Nähe gewesen, als Mrs. Grady die Maus auf ihrem Teller entdeckt hatte, und jetzt, bei dieser neuesten Katastrophe, war er auch wieder mitten im Geschehen.
Als Mutter mich auf sich zukommen sah, löste sie sich aus Karl Beckmans Umarmung. Kaum war ich bei ihr, kam auch schon Sergeant Smith herbei. »Es sieht so aus, als wäre etwas im Entlüftungssystem«, berichtete er. »Der pH-Test zeigt, daß es sich um eine Art Säure handelt. Um genau festzustellen, was es ist, müssen Sie es untersuchen lassen.«
Smith erklärte Mutter, daß es jetzt, wo der Entgiftungstrupp der Feuerwehr eine Probe des Stoffes sichergestellt hatte, die Pflicht der Restaurantbesitzerin war, es in einem Labor untersuchen zu lassen. Mr. Lopez von der Umweltschutzbehörde wartete mit einer weiteren schlechten Nachricht auf: Das Café Marie, so sagte er, müsse so lange geschlossen bleiben, bis der Ursprung des Geruchs zweifelsfrei ermittelt sei.
»Wie lange wird das dauern?« fragte meine Mutter und fuhr sich erneut mit der Hand durch ihre ohnehin schon zerzau-

sten Haare. Der Ausdruck ihrer Augen verriet mir, daß sie im Geiste schon den Verlust berechnete, der ihr durch die verdorbenen Lebensmittel und die entgangenen Einnahmen entstehen würde. Er würde sie ziemlich hart treffen, soviel war klar.

»Normalerweise dauert so etwas zwei Wochen«, sagte Lopez, »aber es gibt ein Labor in Seaside, das die Untersuchung in vierundzwanzig Stunden macht. Allerdings müßten Sie dafür einen deutlich höheren Preis bezahlen.«

»Das muß ich dann wohl«, meinte Mutter grimmig. »Ich kann es mir nicht leisten, das Lokal zwei Wochen lang zuzusperren. Ich muß so schnell wie möglich wieder aufmachen – falls nach dieser Geschichte überhaupt noch jemand bei mir essen will.«

17

Die Mission in Carmel wurde im Jahr 1770 als die zweite von einundzwanzig Missionsstationen im damaligen »Alta California« gegründet. Zunächst war sie in Monterey beheimatet gewesen, aber Pater Junípero Serra hatte sich unter den vielen Soldaten der Garnisonsstadt nicht sonderlich wohl gefühlt und die Mission deshalb schon ein Jahr später an die Mündung des Carmel Rivers verlegt. Hier war er den Indianern, die er missionieren wollte, näher gewesen als in der Stadt.
Nicht daß die kalifornische Urbevölkerung ein gesteigertes Interesse an ihrer Christianisierung gezeigt hätte. Schließlich hatte ihre Bekehrung, die die Spanier nicht selten mit Feuer und Schwert durchgeführt hatten, viele von ihnen das Leben gekostet. An diesen Aspekt der Geschichte, der in den Wandgemälden von den Mönchen und ihren kleinen, rothäutigen Schäflein nie auftaucht, mußte ich immer denken, wenn ich eine dieser Missionsstationen sah.
Auch dieser warme, sonnige Montagmorgen Anfang Oktober bildete da keine Ausnahme. Der Parkplatz vor der alten Kirche war überfüllt, so daß die Autos noch bis in die Rio Road und den Lausen Drive standen. Ich parkte meinen Toyota einen Block weit entfernt in der Rio Road und ging in dem blauen Kleid und den Stöckelschuhen, die ich mir aus Mutters Kleiderschrank geborgt hatte, zu Fuß zur Kirche. Erst entdeckte ich Bobbys Thunderbird, dann sah ich ihn selbst, wie er allein vor dem Tor zum dicht mit Bäumen bestandenen Innenhof der Missionsstation stand. Er trug

einen dunkelblauen Anzug, und ich konnte mich nicht erinnern, ihn jemals so feierlich gekleidet gesehen zu haben.

»Wo ist Donna?« fragte ich, während ich mich bei ihm unterhakte.

»Sie konnte nicht kommen«, antwortete Bobby. »Hat sich nicht freinehmen können. Ich fürchte, du wirst allein meine Beschützerin spielen müssen.«

Wir gingen durch den Torbogen in den kleinen, länglichen Hof, der mit Kieselsteinen gepflastert war. Links von uns war ein aus Lehmziegeln errichtetes Gebäude mit rotem Ziegeldach, in dem jetzt ein Museum untergebracht war, und rechts von uns befand sich ein blühender Garten voller Herbstblumen. Ein Kolibri schwirrte von Blüte zu Blüte und saugte den langsameren Bienen den Honig weg. Im Garten und dem Innenhof standen überall Menschen in Trauerkleidung. Ihre gedämpften Stimmen übertönten fast das Plätschern des Brunnens in der Gartenmitte.

Während wir langsam auf die aus Sandstein erbaute Kirche zugingen, sah ich, wie sich viele Köpfe in Bobbys Richtung drehten. Ein- oder zweimal hörte ich, wie jemand seinen Namen sagte. Ich zog Bobbys Arm fester an mich und ging weiter auf die massive Holztür der Basilika zu. Direkt über der Tür befand sich ein großes Rosettenfenster, und links davon ragte der Kirchturm mit seinen vier Glocken in den Himmel. Wir traten ins Kirchenschiff, das sich gerade mit Menschen füllte, und nahmen in einer Bank auf halber Höhe zwischen Eingang und Altar Platz.

Die weißgetünchten Wände der Kirche liefen nach oben in einem halbrunden Gewölbe aus. Vor einer niedrigen Balustrade am Hauptaltar befand sich unter dem Steinfußboden das Grab von Pater Serra, dem Gründer der Mission, auf dem jetzt der Sarg von Ariel Logan stand. Ein Bukett aus rosa, gelben und aprikosenfarbenen Rosen zierte seinen geschlossenen Deckel. Der Duft der Blumen mischte sich mit dem Geruch der brennenden Kerzen zu beiden Seiten des Altars, wo auch die übrigen Kränze und Blumengebinde standen. Von irgendwoher drang Orgelmusik an meine Ohren.

Das hier war meine zweite Beerdigung innerhalb von zwei Monaten, und beide Male waren die Verstorbenen einem Mord zum Opfer gefallen. Bei dem Trauergottesdienst vor einem Monat war ich mehr Beobachterin als Trauergast gewesen. Sah man einmal von der Tatsache ab, daß ich Bobby meine bescheidene Unterstützung angeboten hatte, war das allerdings auch hier der Fall.

Als ich mich nach bekannten Gesichtern umsah, entdeckte ich Errol und Minna Seville in einer Bank auf der anderen Seite des Ganges. Beinahe glaubte ich, die Antennen sehen zu können, die Errol ausgefahren hatte, während er die Blicke über die Trauergemeinde schweifen ließ. Als sie mich erfaßten, hob Errol seine grauen Augenbrauen und verzog den Mund zu seinem mir wohlbekannten, verschmitzten Lächeln. Minna Seville hatte sich umgedreht und unterhielt sich leise mit zwei Personen in der Bank hinter der ihren. Es waren Karl und Lacy Beckman, die wieder einmal wie ein Ehepaar aussahen.

Auch meine Antennen waren weit ausgefahren. Ich spürte, wie die Leute Bobby anstarrten, der rechts von mir saß und mit gesenktem Kopf zu Boden blickte. Ich schaute hinüber zu einem Paar auf der anderen Seite des Mittelganges, das daraufhin rasch in eine andere Richtung blickte. Aber ich spürte genau, daß noch jemand anderer uns anstarrte. Ich drehte mich um und entdeckte Sergeant Mike Magruder am Kircheneingang. Er hatte Bobby fest im Visier. Als er merkte, daß ich ihn ansah, wandte er sich mit ausdruckslosem Gesicht ab. Irgendwie hatte ich das Gefühl, daß ich mich später mit dem Sergeant würde unterhalten müssen.

Die Menschen, die gekommen waren, um von Ariel Logan Abschied zu nehmen, bildeten einen repräsentativen Querschnitt durch die Bevölkerung der Halbinsel von Monterey. Neben älteren Leuten aus der Generation von Ariels Eltern waren auch einige Kinder, Teenager und junge Leute Anfang Zwanzig da, die Ariel in ihrer Schulzeit hier in Carmel gekannt hatten. Wahrscheinlich waren auch ein paar ihrer Kommilitonen aus San Luis Obispo heraufgekommen. Ich hoffte, daß unter den jungen Frauen auch Ariels Mitbewohnerin war, die die Logans auf das Verschwinden ihrer Tochter aufmerksam gemacht hatte.

Ich sah, wie zwei Frauen und ein Mann durch den Seiteneingang in die Kirche kamen. Eine der Frauen war mittelgroß und trug ein schwarzes Kleid und einen Hut mit schwarzem Schleier, hinter dem ihr Gesicht nur undeutlich zu erkennen war. Die andere Frau hatte silbrigblondes Haar, das ihr bis auf den Kragen ihres schwarzen Kostüms fiel. Sie und der große Mann rechts von ihr sahen aus, als wären sie Geschwister. Der Mann hatte die gleichen scharfgeschnittenen Gesichtszüge und die gleiche aristokratische Nase wie die Frau und trug sein ebenfalls silbrig schimmerndes Haar an den Schläfen nach hinten gebürstet. Das mußte Peter Logan sein, Ariels Vater, und bei der Frau, die ihm so ähnlich sah, handelte es sich bestimmt um seine Schwester Glennis Braemer. Folglich war die verschleierte Frau Sylvie Romillard Logan, Ariels Mutter.

Die Frau, die ich soeben als Glennis Braemer identifiziert hatte, drehte den Kopf und ließ ihre Blicke über die Trauergemeinde schweifen. Als ihre Augen einen Augenblick auf Bobby verweilten, fragte ich mich, ob sie wohl wußte, wer er war.

Kurz darauf betrat der Priester in seinem Meßgewand die Kirche und trat vor den rotbemalten, goldverzierten Altar. Im Licht der Kerzen schimmerten die vergoldeten Heiligenfiguren auf beiden Seiten des großen Kruzifixes hinter dem Altar. Der Duft von Weihrauch stieg mir in die Nase, und der Trauergottesdienst begann.

Ich bin weder katholisch noch sonderlich religiös. Ich war nur wegen Bobby hier, der mit gedämpfter Stimme die vorgeschriebenen Antworten mitmurmelte. Ich spürte, wie sehr ihn Ariels Tod schmerzte und durcheinanderbrachte, und mein Instinkt, auf den ich mich normalerweise verlassen konnte, sagte mir, daß er nichts mit dem Mord an ihr zu tun haben konnte. Dennoch hielt er etwas vor mir verborgen. Aber warum nur? Ich hob die Augen und sah hinüber zu Karl Beckman. Der Mann war der Schlüssel zur Beantwortung dieser Frage, wenn ich auch nicht wußte weshalb.

Als die Messe vorbei war, schickten sich die Trauergäste an, die Kirche zu verlassen. Der Priester geleitete die Logans zum Seiteneingang. Ariels Mutter ging langsam und gesenkten Hauptes, als würde der schwarze Schleier ihren Kopf nach unten ziehen. In einer ihrer schwarz behandschuhten Hände hatte sie ein weißes Taschentuch zusammengeknüllt, mit der anderen hielt sie sich am Arm ihres Mannes fest. Peter Logans Schwester ging hinter den beiden. Kurz bevor sie aus der Kirche traten, blieb sie stehen und gab einem schwarzgekleideten Mann ein paar mit Gesten unterstrichene Instruktionen.

Die Trauergäste traten nun aus den Kirchenbänken und begaben sich auf dem Mittelgang nach draußen, wobei sie gedämpft miteinander sprachen. Die Mittagssonne kam mir im Vergleich zum dämmrigen Inneren der Kirche unglaublich hell vor.

»Möchtest du mit auf den Friedhof gehen oder mit Ariels

Familie sprechen?« fragte ich Bobby und hoffte, daß er nein sagen würde. Ich konnte immer noch die Feindseligkeit spüren, die ihm von einigen Mitgliedern der Trauergemeinde entgegenschlug.
Bobby schüttelte den Kopf und lächelte, aber es war ein trauriges Lächeln. »Ich kann ihr Grab später besuchen, wenn niemand mehr da ist. Ariels Eltern mögen mich nicht. Es hat keinen Sinn, wenn ich etwas zu ihnen sage.«
Wir gingen durch den Hof der Missionsstation zu dem Ausgang, der hinaus auf den Parkplatz führte. Am Brunnen trafen wir Errol und Minna Seville, die Bobby mit Handschlag begrüßten. Errol beugte sich zu mir herunter und flüsterte mir ins Ohr: »Komm nachher auf einen Sprung bei uns vorbei. Ich habe den Autopsiebericht und noch ein paar andere Informationen für dich.«
Ich nickte und fragte: »Weißt du zufällig, ob Ariels Mitbewohnerin hier ist? Ich würde mich gerne mit ihr unterhalten.«
»Die junge Frau dort drüben in dem grauen Kleid mit den weißen Ärmelaufschlägen. Ihr Name ist Maggie Lim.«
Ich blickte in die Richtung, in die Errol gedeutet hatte. Dort stand in einer Gruppe von Trauergästen direkt neben der Kirchentür eine junge asiatische Frau mit schulterlangem Haar. Ich ging sofort auf sie zu. Vielleicht konnte ich noch mit ihr reden, bevor sie wieder nach San Luis Obispo fuhr.
Auf einmal kam aus dem Garten links von uns ein Mann, der sich an Errol vorbeidrängte und Bobby am Arm packte. Er riß ihn herum und schrie ihn mit wütendem Gesicht und geifernder Stimme an.
»Sie dreckiger Mörder! Wie können Sie es wagen, hierher zu kommen?«
Mit einem Schlag verstummten alle Gespräche im Hof, und die Leute ringsum drehten die Köpfe in unsere Richtung.

In Bobbys braunen Augen brodelte eine Wut, die der des anderen Mannes in nichts nachstand. Dann riß er sich zusammen und schüttelte die Hand des Mannes ab, ehe er sich zum Gehen wandte, aber der Mann kam hinter ihm her und streckte wieder die Hand nach ihm aus.
»Was wollen Sie?« fragte ich mit beherrschter Stimme und trat zwischen die beiden.
Der Mann, dem ich unverwandt in seine grauen Augen blickte, war wohl etwas über einen Meter achtzig groß und sah in seinem grauen Nadelstreifenanzug ziemlich durchtrainiert aus. Seine dunkelblonden Haare trug er kurzgeschnitten und vorne aus der Stirn gekämmt. Er hatte dünne Lippen, und sein linker Mundwinkel zuckte nervös. Er starrte mich an, als käme ich von einem anderen Stern. Hinter ihm zischte eine rothaarige Frau in einem dunkelgrünen Kleid: »Ryan!«
Er war also Ryan Trent, der Rechtsanwalt, der mit Ariel Logan befreundet gewesen war. Minna Seville hatte ihn mir als ungestüm beschrieben, und das war er zweifellos, dachte ich, während ich ihm immer noch unverwandt in die Augen sah. Vielleicht schüchterte ich ihn damit ein, vielleicht war er aber auch nur zu dem Entschluß gelangt, daß Ariels Beerdigung möglicherweise doch nicht der richtige Zeitpunkt war, um eine offene Rechnung mit Bobby zu begleichen. Jedenfalls ließ er die Hand sinken. Minna hakte sich bei Bobby unter und ging in Richtung Parkplatz. Errol folgte ihr in ein paar Schritten Abstand. Die rothaarige Frau zog ihn sichtlich beunruhigt am Ärmel.
»Die Sache ist noch nicht vorbei«, fauchte Trent mich in Ermangelung eines anderen Adressaten an.
»Allerdings nicht«, erwiderte ich und bedachte ihn mit meiner Version von Errols unverschämtem Grinsen. Während der Anwalt und seine Begleiterin sich quer durch den

Innenhof entfernten, sah ich, daß Errol und Minna Bobby in der Zwischenzeit hinaus auf den Parkplatz gebracht hatten. Ich wußte, daß sie ihn auch noch zu seinem Thunderbird begleiten würden, und blickte mich nach Maggie Lim um, die ich aber nirgends mehr entdecken konnte. Dafür hatte sich Sergeant Magruder in seinem dunklen Anzug direkt vor mir aufgebaut und sah mich mit seinen kalten, blauen Augen an.

»Hallo, Sergeant«, sagte ich freundlich.

»Sie sind Jeri Howard«, bemerkte er, »Bobby Ravellas Cousine und Privatdetektivin aus Oakland. Sie haben früher mal bei Errol Seville gearbeitet.« Der Sergeant hatte sich offenbar über mich kundig gemacht. »Was tun Sie hier in Monterey?«

»Ich besuche meine Familie. Haben Sie etwas dagegen?«

»Nicht im geringsten«, entgegnete Magruder und kniff seine kalten Augen zusammen. »Solange es bei einem Familienbesuch bleibt. Aber kommen Sie mir bloß nicht bei meinen Untersuchungen in die Quere.«

»Wieso glauben Sie, daß ich Ihnen in die Quere kommen könnte?«

Der Sergeant rümpfte die Nase. »Ich weiß, daß Sie sich in der Alvarado Street umgehört und die Bardame vom Rose and Crown ausgefragt haben. Unterlassen Sie das gefälligst.«

Ich dachte über seine Worte nach und überlegte mir meine Antwort genau. »Ich bin Privatdetektivin, das ist mein Beruf, Sergeant«, sagte ich schließlich, »und als solche lege ich Wert auf eine möglichst gute Zusammenarbeit mit der Polizei. Manchmal helfe ich ihr sogar.«

»Auch dann, wenn es um ihren Cousin geht?« Sein Ton ließ klar erkennen, daß er glaubte, ich würde vor lauter Familiensinn meine Objektivität verlieren.

»Selbst dann. Ich bin daran interessiert, die Wahrheit herauszufinden, Sergeant.«
»Genauso wie ich. Und dazu brauche ich keine Hilfe von Ihnen.«
»Das werde ich mir merken«, meinte ich und machte mich auf den Weg in Richtung Ausgang. In der Kirche hatte ich mitbekommen, daß die Logans einige Trauergäste nach der Beerdigung in ihr Haus eingeladen hatten, damit ihnen Ariels Freunde ihr Beileid aussprechen konnten. Also fuhr ich die Santa Lucia Avenue hinunter, stellte meinen Wagen in der Nähe von Errols Haus ab und ging zu Fuß einen Block weiter zur Scenic Road. Sie war eine Durchgangsstraße, die am breiten Sandstrand und dem türkisgrünen Wasser der Bucht von Carmel entlang führte.
Ich erkannte das Haus der Logans sofort am Trauerkranz an der Tür und betrachtete es einen Augenblick lang vom Gehsteig aus. Ebenso wie die Häuser daneben kam es mir etwas zu groß und protzig für das relativ kleine Grundstück vor, auf dem es stand. Es war ein einstöckiger, grauer Neubau, dessen Balkon im ersten Stock bestimmt einen herrlichen Blick über die Bucht bot.
In der Zufahrt standen vor einer geschlossenen, in das Haus einbezogenen Garage zwei große, glänzende Wagen, ein Mercedes und ein BMW. Rechts von der Zufahrt führten kurvenförmig angelegte Steinstufen hinauf in einen am Hang gelegenen Garten mit Veranda, die von zwei großen Topfpflanzen flankiert wurde. Die zweiflügelige Haustür der Logans war mit kunstvollen Holzschnitzereien und zwei Türklopfern aus Messing versehen.
Der Kranz, der an einem der Flügel hing, war ein riesiges, von einem schwarzen Band umschlungenes Gebilde aus weißen Blumen. Seine Farblosigkeit stand in starkem Kontrast zu den blutroten Bougainvillea-Ranken, die die halbe

Vorderseite des grauen, mit Stuck verzierten Hauses und das Balkongitter überwuchert hatten. Gerade als ich hinaufsah, öffnete sich die Balkontür, und eine Frau in Schwarz trat heraus, die ich sofort als Ariels Mutter erkannte. Langsam trat sie ans Geländer und starrte hinaus aufs Meer. Ich beobachtete sie einige Augenblicke lang und lauschte dem gleichmäßigen Murmeln des Ozeans, der am Ende des Sandstrandes auf ein Stück Felsenküste traf.

Nach einer Weile gesellte sich Glennis Braemer zu Mrs. Logan. Sie legte ihrer Schwägerin den Arm um die Schulter und führte sie wieder ins Haus. Bevor sie die Tür schloß, sah die große Frau herunter zu mir, die ich immer noch auf dem Gehsteig stand und das Haus betrachtete. Unsere Blicke trafen sich.

Inzwischen stiegen bereits die ersten Gäste die Stufen zum Haus der Logans hinauf. Ich wartete noch eine Viertelstunde, dann ging ich hinter zwei gutgekleideten Damen mittleren Alters ebenfalls hinauf zur Eingangstür. Eine rundliche, grauhaarige Frau, die aussah, als wäre sie die Haushälterin, machte uns auf.

»Ist Maggie Lim hier?« fragte ich sie, nachdem die beiden Damen im Haus verschwunden waren. »Das Mädchen, mit dem Ariel in San Luis Obispo eine Wohnung geteilt hat?«

Die Haushälterin blieb auf der Türschwelle stehen und schaute verwirrt drein. Jemand trat von hinten auf sie zu und legte eine Hand auf die Türklinke. Es war Glennis Braemer mit einem Gesicht, das ebenso streng aussah wie ihr schwarzes Kostüm. Ihre graublonden Haare schimmerten mit ihrem Goldschmuck um die Wette.

»Ich kümmere mich darum, Mrs. Costello«, sagte sie. Die Haushälterin nickte und verschwand. Mrs. Braemer stellte sich wie ein Wachhund in die Tür. »Was haben Sie hier zu suchen?«

»Ich würde gerne mit Maggie Lim sprechen.«

Mrs. Braemer musterte mich mit ihren smaragdgrünen Augen so mißtrauisch, als hätte ich irgendwo eine Waffe versteckt. Dann sagte sie mit eiskalter Stimme: »Maggie ist schon wieder auf dem Weg nach San Luis Obispo. Sie ist gleich nach der Beerdigung gefahren.«

Während ich das Gehörte verdaute, fügte sie wütend hinzu: »Ich habe Sie mit ihm in der Kirche gesehen. Ich weiß, wer Sie sind und warum Sie die Leute ausfragen. Aber es wird Ihnen nichts nützen. Ihr Cousin wird für den Mord an meiner Nichte bezahlen, verlassen Sie sich drauf.«

»Bitte, richten Sie den Logans mein Beileid aus«, sagte ich noch, ehe sie mir die Tür vor der Nase zuschlug.

18

Danke, daß ihr Bobby vorhin weggebracht habt«, sagte ich zu Errol, als er mir die Haustür aufmachte.

Ich war nach meiner Begegnung mit Glennis Braemer direkt zu Errol und Minna gefahren. Errol hatte sich in der Zwischenzeit umgezogen und trug jetzt statt des dunklen Anzugs eine khakifarbene Hose und ein kariertes Hemd.

»Ich hatte schon so etwas in der Art befürchtet«, meinte Errol. »Minna und ich haben auf der Beerdigung einige unschöne Bemerkungen über Bobby mitbekommen. Die Leute sind felsenfest davon überzeugt, daß er Ariel umgebracht hat, und empfinden es als den Gipfel der Frechheit, daß er sich auch noch auf ihrem Begräbnis hat blicken lassen. Für viele von ihnen gehört er schon längst hinter Gitter.«

Mrs. Braemer konnte man getrost zu diesen Leuten zählen, dachte ich und rief mir das unversöhnliche Gesicht der Frau an der Haustür der Logans ins Gedächtnis. Sie hatte ausgesehen, als wollte sie Bobby am liebsten eigenhändig verhaften.

»Bobby wollte unbedingt zu der Beerdigung«, erklärte ich Errol.

»Jetzt komm erst mal herein. Du siehst so aus, als könntest du ein Glas Wein vertragen.« Errol ging voraus in die Küche. Minna, die sich ebenfalls umgezogen hatte, stand an der Arbeitsfläche und strich Mayonnaise und Senf auf ein paar Scheiben Sauerteigbrot.

»Möchtest du ein Truthahnsandwich?« fragte sie mich, während Errol ein Weinglas aus dem Halter unter einem der Küchenschränke nahm und aus einer offenen Flasche Riesling einschenkte. Ohne meine Antwort abzuwarten schnitt Minna zwei weitere Scheiben von dem Laib Brot. Stinkpot strich ihr dabei um die Beine, wohl in der Hoffnung, ein Stück von der in Scheiben geschnittenen Truthahnbrust abzubekommen, die in Einwickelpapier vor Minna lag.

»Mr. Trent hat vorhin eine lausige Menschenkenntnis bewiesen«, sagte Minna. »Ganz zu schweigen davon, daß es weiß Gott nicht der richtige Zeitpunkt für seinen Auftritt war. Ich hoffe für ihn, daß er im Gerichtssaal nicht auch so impulsiv ist.«

Errol, der neben ihr stand, trank einen Schluck Wein und fing an, sich sein Sandwich dick mit Truthahnbrust zu belegen. Dabei riß er mehrmals Stücke von den Scheiben ab und reichte sie Stinkpot hinunter, der sie in Null Komma nichts hinunterschlang und laut miauend nach mehr verlangte, während er sich gleichzeitig die Barthaare leckte.

»Errol, hör auf, den Kater zu füttern. Stinkpot ist sowieso schon fürchterlich verzogen, da mußt du ihm nicht auch noch den sündteuren geräucherten Truthahn geben.« Minna legte das Messer beiseite und schraubte die Mayonnaise- und Senfgläser wieder zu.

»Wer verzieht denn das Tier? Du oder ich? Wer kauft ihm denn ständig dieses Designer-Katzenfutter aus der Katzenboutique?« Stinkpot, dem längst klar geworden war, daß er von Errol nichts mehr zu erwarten hatte, ging wieder zurück zu Minna und preßte seinen Kopf an ihre Waden.

Wir stellten die Teller mit den fertig belegten Truthahnsandwiches und unsere Weingläser auf den Küchentisch und setzten uns. Errol nahm von einem Papierstapel einen großen Umschlag und reichte ihn mir. »Möchtest du einen Blick auf Ariels Autopsiebericht werfen?«

»Doch nicht beim Essen, Errol«, protestierte Minna. »Kann ja sein, daß es dir und Jeri nichts ausmacht, aber ich möchte es nicht.«

Ich eigentlich auch nicht, dachte ich, während ich von meinem Wein trank und mir vergegenwärtigte, daß Ariels Leiche mehrere Tage im Wasser gelegen hatte.

»Ich frage mich, ob Ryan Trent auch sonst so aufbrausend ist wie heute nach dem Gottesdienst«, sagte ich, nachdem ich ein paar Bissen von meinem Sandwich genommen hatte.

»Meinst du damit, daß er eventuell als Ariels Mörder in Frage käme?« fragte Errol und legte den Kopf schief. »Immerhin eine Möglichkeit, die man abklären sollte.«

»Trent kommt mir vor wie ein Mann, der unbedingt seinen Kopf durchsetzen will. Wenn sein Verhalten in der Missionsstation typisch für ihn war, dann hat er außerdem Schwierigkeiten, sich zu beherrschen. Vielleicht aber hat er uns die Szene auch nur vorgespielt, um den Verdacht von sich auf Bobby zu lenken. Minna, du hast mir doch am Samstag erzählt, wie sauer er auf Ariel Logan war, als sie ihm den Laufpaß gegeben hat.«

Minna nickte. »Das erzählten sich zumindest die Leute hier.«

»Meinst du, er könnte ihr etwas angetan haben?«

»Trent brennt zwar rasch die Sicherung durch, aber wenn er sich wirklich an Ariel hätte rächen wollen, dann hätte er es doch bestimmt ziemlich bald nach ihrer Trennung getan und nicht erst nach so langer Zeit.«

Ich nickte. Donna hatte mir erzählt, daß sie Bobby und Ariel im vergangenen August miteinander bekannt gemacht habe. Also war es bereits über ein Jahr her, daß Ariel

sich von dem Rechtsanwalt getrennt hatte. Allerdings gibt es Menschen, bei denen sich der Haß erst mit der Zeit steigert.
»Ich weiß nicht, wie lange Ariel mit Trent gegangen ist«, fuhr Minna fort, »aber ich vermute mehrere Monate. Dabei muß man allerdings bedenken, daß sie ja in San Luis Obispo studiert hat und sich die beiden deshalb nur an den Wochenenden gesehen haben dürften.«
Errol warf mir einen Blick zu, den ich als Warnung interpretierte. Er meinte damit wohl, daß ich in meinem Bestreben, Bobby vom Vorwurf des Mordes reinzuwaschen, nicht so weit gehen durfte, Ryan Trent auf Biegen und Brechen zu verdächtigen. Aber als ehemaliger Liebhaber hatte Trent nun einmal ein Mordmotiv, das niemand so leicht wegdiskutieren konnte. Ich würde mit ihm sprechen müssen, soviel war klar.
»Ich hatte leider keine Gelegenheit, mich mit Maggie Lim zu unterhalten«, sagte ich. »Sergeant Magruder hat mich aufgehalten. Er weiß, daß Bobby mein Cousin ist, daß ich Privatdetektivin bin und daß ich einmal für dich gearbeitet habe. Außerdem hat er erfahren, daß ich Nachforschungen angestellt habe, und hat mir die übliche Warnung zukommen lassen. Ich soll seine Untersuchung nicht behindern und so weiter.«
»Möglicherweise hat er auch herausgefunden, daß ich mir vom Polizeichef von Carmel eine Kopie des Autopsieberichts habe geben lassen.« Errol deutete auf den Umschlag. »Die Leute hier im Ort wissen, daß ich Privatdetektiv bin.«
»Privatdetektiv im Ruhestand«, verbesserte ihn Minna.
»Stimmt, meine Liebe. Aber trotzdem hat mich Peter Logan gestern abend angerufen.«
»Was wollte er denn?« fragte ich, nachdem ich den letzten

Bissen meines Sandwichs gegessen und mir mit einer Serviette den Senf von den Fingern gewischt hatte.

»Er wollte, daß ich Bobby hinter Gitter bringe. Wenn es nach ihm geht, soll dein Cousin möglichst bald festgenommen und angeklagt werden. Logan ist der Meinung, daß Sergeant Magruder die Sache viel zu langsam angeht, obwohl die Lösung seiner Meinung nach doch ganz klar auf der Hand liegt.«

Logans Reaktion erstaunte mich nicht. Wenn meine Tochter umgebracht worden wäre, würde ich vermutlich ebenso versuchen, jeden auch nur entfernt in Frage kommenden Verdächtigen dingfest zu machen.

»Logan hat mich gefragt, ob ich den Fall für ihn übernehmen wolle«, fuhr Errol fort, »aber ich habe ihm gesagt, daß ich mich zur Ruhe gesetzt habe. Außerdem bin ich von Bobbys Schuld nicht so überzeugt wie er. Nach dem Vorfall heute nach der Beerdigung werden mich die Leute hier natürlich mit zum feindlichen Lager zählen. Es ist übrigens gut möglich, daß die Logans bereits wissen, daß Bobbys Cousine Privatdetektivin ist.«

»Stimmt, das wissen sie. Als ich vorhin bei ihrem Haus nach Maggie Lim fragte, ließ Mrs. Braemer keinen Zweifel daran, daß sie wußte, wer ich war.«

»Vielleicht ist das auch der Grund dafür, daß die Logans nachziehen und ebenfalls einen Privatdetektiv anheuern wollen«, meinte Errol. »Als ich ihm gestern abend eine Absage erteilte, fragte Logan mich, ob ich ihm jemanden empfehlen könne. Ich nannte ihm ein paar Namen, und wenn er sich an die hält, bekommst du vielleicht bald zusätzlich zu Sergeant Magruder einen weiteren Gegenspieler.«

Ich schüttelte den Kopf. »Warum hat Magruder Bobby eigentlich nicht schon längst verhaftet? Für mich bedeutet das, daß er nicht genügend Beweise gegen Bobby in der Hand hat. Es gibt nur ein einziges Verdachtsmoment gegen ihn: diesen Streit, den er mit Ariel vor ihrem Verschwinden hatte. Bobby will mir übrigens immer noch nicht den Grund dafür sagen.«

»Wenn du Bobby nicht zum Sprechen bringen kannst, dann mußt du die Geschichte von einer anderen Seite her angehen.« Errol stand auf und stellte die Teller in die Spülmaschine. »Damit meine ich Ariels Zimmergenossin.«

»Dazu muß ich nach San Luis Obispo fahren. Laut Glennis Braemer ist Maggie Lim wieder an ihre Universität zurückgekehrt. Ich weiß nicht, ob das stimmt; sie ließ mich jedenfalls nicht ins Haus. Diese Mrs. Braemer erscheint mir eine außergewöhnlich entschlossene Frau zu sein. Könnt ihr mir vielleicht mehr über sie erzählen?«

»Glennis ist Witwe und wohnt in Pasadena«, erzählte Minna, während sie nach der Weinflasche griff und ihr Glas nachfüllte. Sie hielt mir die Flasche hin, aber ich schüttelte den Kopf. »Ihr Mann hatte angeblich ziemlich viel Geld, aber womit er es gemacht hat, weiß ich nicht. Glennis kommt mehrmals im Jahr hierher, um Sylvie und Peter zu besuchen. Ich vermute, daß sie diesmal ziemlich lange bleiben wird. Soviel ich gehört habe, kommt Sylvie nicht mehr allein zurecht, was ja kein Wunder ist, schließlich hat sie gerade ihre einzige Tochter verloren, die eben mal zwanzig Jahre alt war. Es ist wirklich eine Tragödie. Ich glaube nicht, daß Bobby der Mörder ist, Jeri, aber ich hoffe wirklich, daß du bald herausfindest, wer Ariel getötet hat.«

Errol trocknete sich die Hände an einem Geschirrtuch ab. »Und deshalb sehen wir uns jetzt den Autopsiebericht an.«

»Dann müßt ihr mich entschuldigen«, sagte Minna und stand mit dem Weinglas in der Hand auf. »Komm, Stinkpot, wir gehen Unkraut jäten.« Der Kater glaubte wohl, er würde

von Minna etwas zu fressen bekommen, denn er erhob sich von dem Flickenteppich neben dem Herd und folgte ihr mit hoch erhobenem Schwanz.
Als die beiden fort waren, setzte Errol sich wieder und öffnete den Umschlag. Er entnahm ihm mehrere gut lesbare Fotokopien und gab sie mir. Nachdem ich sie kurz durchgeblättert hatte, fing ich an zu lesen und versuchte, mir anhand der Worte des Autopsieberichts vorzustellen, wie Ariel Logan ums Leben gekommen war.
Eine Autopsie ist nichts für zartbesaitete Gemüter. Ich weiß das, denn ich habe einmal eine miterlebt. Schon beim bloßen Lesen des Berichts stieg in mir sofort wieder all das hoch, was ich damals gesehen und gerochen hatte. Ich drängte die Erinnerung zurück und konzentrierte mich statt dessen auf die Fakten des Berichts. Er beschrieb streng wissenschaftlich und ohne jegliches Gefühl, was nach dem Tod von einem einmal so lebendigen Menschen wie Ariel Logan übriggeblieben war. Außerdem enthielt er die Schlüsse, zu denen der Gerichtsmediziner hinsichtlich der Todesursache gekommen war. Ich versuchte, die Autopsie mit den Augen des Wissenschaftlers zu sehen, der sich mit einem Rätsel konfrontiert sah, dessen Lösung in Gewebe und Körperflüssigkeiten, in Mageninhalt und Knochen verborgen lag.
Der Gerichtsmediziner schätzte, daß Ariels Leiche fünf oder sechs Tage im Wasser gelegen hatte, bevor sie an der zerklüfteten Küste unterhalb der Rocky-Creek-Brücke entdeckt und aus dem Wasser gezogen worden war. In ihrer Lunge hatte er nur wenig Wasser gefunden, ein Hinweis darauf, daß Ariel nicht ertrunken war. Sie mußte also schon tot gewesen sein, als man sie ins Meer geworfen hatte, wenn auch nicht lange, denn sonst hätte man im toten Gewebe Insekten oder Maden finden müssen.
Das kalte Wasser des Ozeans hatte den Verwesungsprozeß

zwar etwas verlangsamt, aber dafür gab es im Meer andere Faktoren, die einem toten Körper zusetzen: der Sand, die Felsen und natürlich die Krabben. Sie und andere Wassertiere hatten an der Leiche, die die Taucher Donnerstag aus dem Wasser gezogen hatten, bereits so viel Haut und Muskeln weggefressen, daß man sie gerade noch als die einer Frau identifizieren konnte. Ob es sich um Ariel handelte oder nicht, hatte man erst anhand des Zahnbildes feststellen können.

Die Knochen, die noch gut erhalten waren, lieferten bei der Autopsie die meisten Hinweise. In Ariels zerschmettertem Schädel fanden sich Spuren von geronnenem Blut, was bedeutete, daß ihr die Verletzungen vor ihrem Tod zugefügt worden waren und nicht daher rührten, daß ihr Körper auf den Felsen aufgeschlagen war. Jemand, vermutlich ein Rechtshänder, hatte mehrmals auf die rechte Seite von Ariels Hinterkopf eingeschlagen. Und zwar mit einem Gegenstand, der einen Metallsplitter in ihrem Schädel zurückgelassen hatte. Der Mörder mußte sehr kräftig zugeschlagen haben, das bewiesen ein subdurales Hämatom und ein zerschmetterter Schläfenknochen an der rechten Seite ihres Schädels.

Der Schlag mußte Ariel auf der Stelle getötet haben; das war wenigstens ein schwacher Trost angesichts der Tatsache, daß der Mörder sie wie ein Stück Abfall über die Klippen ins Meer geworfen hatte. Vermutlich hatte er sich auf demselben Weg auch der Mordwaffe entledigt, möglicherweise aber an einer anderen Stelle, damit sie nicht in der Nähe des Opfers gefunden wurde.

»Magruder hat den Metallsplitter zur Untersuchung ins Polizeilabor nach San Francisco geschickt«, sagte Errol, als ich ihn stirnrunzelnd ansah. »Vielleicht finden sie dort ja heraus, woher er stammt.«

»Von einem Reifenmontiereisen«, spekulierte ich. »Von einem Wagenheber oder einem anderen Werkzeug. Da kommt so gut wie alles in Frage. Und du kannst jede Summe darauf wetten, daß die Tatwaffe jetzt im Wasser liegt und daß die Polizei sie niemals finden wird.«

»Aber wenn wir wüßten, was für ein Werkzeug es ist, hätten wir möglicherweise einen Hinweis auf den Täter.«

»Du meinst damit wohl ein Werkzeug, wie es auf einem Fischkutter üblich ist.« Das wäre allerdings ein Hinweis auf Bobby. Diese Aussicht fand ich alles andere als erfreulich. Ich griff nach der Flasche und schenkte mir den restlichen Wein in mein Glas, aber selbst der Riesling konnte den Geschmack nach Verwesung und Formaldehyd nicht wegspülen, den ich glaubte im Mund zu haben.

»Ich kann aus dem Bericht nichts entnehmen, was auf einen Tatort hinweist«, bemerkte ich. »Sollen wir annehmen, daß sie in der Nähe ihres Wagens am Rocky Point umgebracht wurde oder eher am Fundort ihrer Leiche an der Rocky-Creek-Brücke?«

»Das muß nicht sein«, meinte Errol. »Leichen werden von der Strömung oft sehr weit abgetrieben. Allerdings hat es in der vergangenen Woche keinen Sturm gegeben, so daß man wohl die Faustregel anwenden kann, nach welcher eine Leiche bis zu einem Dreiviertelkilometer beiderseits der Stelle treibt, an der sie ins Meer geworfen wird.«

»Genau das hat Donna auch gesagt. Ihrer Meinung nach hätte die Leiche allerdings vom Rocky Point aus nach Norden in Richtung auf Point Lobos treiben müssen. In Wirklichkeit aber wurde sie eineinhalb Kilometer südlich, an der Mündung des Rocky Creek, gefunden. Es ist natürlich möglich, daß Ariels Körper sich zwischen zwei Felsen oder im Seetang verfangen hat und erst nach einiger Zeit von den Wellen daraus befreit wurde.«

»Vielleicht sollten wir uns bei der Küstenwache über die Strömungen und Gezeiten in dieser Gegend informieren«, sagte Errol. »Möglicherweise wurde Ariel ja auch auf einem Boot getötet und über Bord geworfen.«
Ich schüttelte den Kopf. »Wenn ich jemanden auf einem Boot umbringen würde, dann würde ich die Leiche ganz weit draußen ins Meer werfen, wo sie nie gefunden wird. Außerdem würde ich sie mit irgend etwas beschweren, so daß die Verwesungsgase sie nicht wieder an die Wasseroberfläche steigen lassen. Aus dem Autopsiebericht geht aber nicht hervor, daß an der Leiche irgend etwas festgebunden worden war.«
»Es wäre immerhin denkbar, daß der Mörder es sehr eilig hatte und ihm keine Zeit blieb, weit hinaus aufs Meer zu fahren. Oder vielleicht hatte er auch kein hochseetaugliches Boot, oder er wollte die Leiche so schnell wie möglich loswerden.« Errol bewegte sich unruhig auf seinem Stuhl. »Schade, daß wir nicht wissen, wo Ariel getötet wurde. Wüßten wir es, könnten wir den Tatort nach Spuren absuchen, aber so bleibt uns nur, die Zeit vor ihrer Ermordung möglichst genau zu rekonstruieren.«
Ich nickte. »Ich bin davon überzeugt, daß irgend jemand Ariel nach dem Streit mit Bobby im Rose and Crown gesehen hat.«
Errol legte den Kopf schief. »Hast du dich in der Alvarado Street umgehört?«
»Natürlich. Gleich nach meinem Gespräch mit der Barfrau. Aber ich konnte niemanden ausfindig machen, der Ariel oder Bobby gesehen hat. Bei den Besitzern der Läden in der Umgebung habe ich nur herausgefunden, daß Magruder sie schon vor Tagen befragt hat. Ich habe auch Kunden im Buchladen, Gäste im Straßencafé gegenüber vom Rose and Crown und sogar Passanten auf dem Gehsteig ange-

sprochen. Die Barfrau hat mir erzählt, daß Bobby und Ariel mitten im Streit das Lokal verlassen und draußen auf der Straße weitergestritten hätten. Irgend jemand muß das doch mitbekommen haben, selbst wenn die Leute absichtlich weggeschaut haben, weil ihnen die Szene peinlich war.«

»Du solltest dir die Alvarado Street noch einmal vornehmen«, riet Errol. »Vielleicht kannst du ja doch noch etwas in Erfahrung bringen.«

Ich steckte den Autopsiebericht wieder in den Umschlag. »Wo mag Ariel nach dem Streit hingegangen sein? Zurück zum Haus ihrer Eltern? Oder war sie mit jemandem zum Abendessen verabredet? Ist das vielleicht der Grund, weshalb sie hinaus zum Rocky Point fuhr? Ich jedenfalls würde nicht den weiten Weg bis zu diesem Restaurant fahren, bloß um rasch einen Bissen zu essen. Es ist eher der Ort für ein romantisches Essen zu zweit, bei dem man den Sonnenuntergang über dem Meer beobachten kann.«

»Ariel war kurz vor dem Treffen mit Bobby im Haus ihrer Eltern, aber die waren verreist«, sinnierte Errol, während er sich in seinem Stuhl zurücklehnte und nachdenklich die Hände faltete. »Außer der Haushälterin hat niemand etwas von ihrer Anwesenheit mitbekommen. Die Polizei in Carmel hat alle Nachbarn befragt, und keiner von ihnen hat sie gesehen. Sie hat auch niemanden von ihrer Ankunft in Kenntnis gesetzt, hat keine Freunde angerufen oder besucht. Bis auf Bobby natürlich. Was hat er eigentlich nach dem Streit mit Ariel gemacht?«

»Er hat Karl Beckman gesucht, aber zuerst ist er zu seiner Exfrau gegangen. Er sollte nämlich seinen Sohn übers Wochenende betreuen, aber er fragte Linda, ob er Nicky nicht Samstag vormittag abholen könne statt Freitag abend. Linda meint, er sei nach dem Gespräch zur Beckman-Werft gegangen, aber Karl Beckman sagt, er habe Bobby erst Anfang der nächsten Woche getroffen, nachdem Ariel schon als vermißt gemeldet worden war. Bobby will mir nicht sagen, wo er wirklich gewesen ist.«

»Hat vielleicht jemand auf der Werft Bobby gesehen?« fragte Errol.

Ich schüttelte den Kopf. »Ich habe am Samstag mit Lacy Beckman und ein paar Arbeitern dort gesprochen. Niemand kann sich daran erinnern, ihn gesehen zu haben. Vielleicht ist Bobby, als er Karl nicht finden konnte, nach Hause gegangen und hat sich hingelegt. Schließlich hatte er achtzehn Stunden nicht geschlafen gehabt, als er sich mit Ariel im Rose and Crown traf. Normalerweise wäre er direkt vom Hafen nach Hause gegangen und hätte sich aufs Ohr gelegt.«

»Aber das ging nicht, weil Ariel extra ihre Vorlesungen sausengelassen hatte und nach Monterey gefahren war, um ihn zu sehen«, sagte Errol und drehte sein Weinglas in der Hand. »Und dafür muß sie einen wichtigen Grund gehabt haben. Wie wir es drehen und wenden, Jeri, Bobby ist und bleibt der Schlüssel zu der ganzen Geschichte. Du mußt ihn zum Sprechen bringen.«

»Bobby kann verdammt stur sein, Errol. Selbst dann, wenn es ihn in einem Mordfall noch verdächtiger macht.«

19

Auf der Rückfahrt nach Monterey sehnte ich mich danach, endlich das Kleid und die hochhackigen Schuhe ausziehen zu können, die ich mir für die Beerdigung ausgeliehen hatte. Am Nachmittag sollte ich zu Mutter ins Café Marie kommen, um zusammen mit ihr und einem Mann vom Lebensmittellabor in Seaside die Ergebnisse seiner Untersuchung durchzugehen. Es hatte Mutter eine Stange Geld gekostet, die Chemikalie, die im Lüftungssystem des Restaurants gefunden worden war, innerhalb von vierundzwanzig Stunden untersuchen zu lassen. Aber dieses Geld war gar nichts im Vergleich zu dem finanziellen Schaden, der Mutter dadurch entstehen würde, daß der Unfall vom Sonntagnachmittag der Aufmacher in der Montagsausgabe des *Herald* war.

Sobald ich in meinem Zimmer war, kickte ich mit einem Seufzer der Erleichterung die Schuhe von den Füßen und schälte mich aus dem Kleid. Dann zog ich mir eine alte Jeans und ein weißes T-Shirt an und ging mit meiner Handtasche in die Küche. Dort nahm ich mein Adreßbuch heraus und wählte über meine Telefon-Kreditkarte die Nummer eines Fernanschlusses in Oakland.

Glücklicherweise war meine Freundin Cassie Taylor in ihrem Büro. Cassie und ich kannten uns schon seit vielen Jahren, als wir beide noch Anwaltssekretärinnen in einer Kanzlei in Oakland gewesen waren. Während ich Detektivin bei Errol Seville geworden war, hatte Cassie sich fürs Jurastudium entschieden. Jetzt war sie Anwältin in der Kanzlei

Alwin, Taylor und Chao, die sich im dritten Stock eines Geschäftshauses an der Franklin Street befindet, in dem auch ich mein Büro habe.

»Deinen Pflanzen geht es gut«, sagte Cassie, »aber Abigail läßt dir ausrichten, daß du schleunigst nach Hause kommen sollst.«

Ich seufzte tief. Abigail, meine dicke, bräunliche Tigerkatze, war zehn Jahre alt und herrschsüchtig. Es verstimmt sie bereits, wenn ich mich abends mal um eine Stunde verspäte, und komme ich, wie jetzt, gar einige Tage lang überhaupt nicht nach Hause, macht sie aus ihrer Verärgerung kein Hehl. Meine Funktion in ihrem Katzenleben ist die, ihr zur rechten Zeit Futter und einen Schoß zum Kuscheln zur Verfügung zu stellen. Wenn ich verreist bin, übernimmt Cassie, die einen Schlüssel für meine Wohnung hat, die Versorgung der Katze, aber für Abigail ist das nicht dasselbe, als wenn ich es täte.

»Abigail wird sich noch ein wenig gedulden müssen«, sagte ich. »Ich war noch keine vierundzwanzig Stunden hier in Monterey, da hat mich schon meine Cousine Donna gebeten, ihr bei der Aufklärung von tätlichen Angriffen auf Pelikane zu helfen. Aber ich kann mich nicht einmal darum kümmern, inzwischen gibt es noch wichtigere Probleme, die ich aufklären muß.«

»Großer Gott«, meinte Cassie, nachdem ich ihr von dem Mord an Ariel und den Ereignissen in Mutters Lokal erzählt hatte. »Du brauchst nur einmal nach Monterey zu fahren, und schon ist dort die Hölle los.«

»So kann man es natürlich auch sehen«, seufzte ich. »Aber diese Vorfälle im Restaurant haben begonnen, bevor ich hierherkam, ebenso wie die Pelikan-Verstümmelungen. Wenn ich den Saboteur nicht bald erwische, geht das Lokal meiner Mutter vor die Hunde, und wenn ich den Mord an

Ariel Logan nicht aufkläre, dann schiebt ein Sergeant aus dem Büro des Sheriffs ihn womöglich meinem Cousin Bobby in die Schuhe.«

»Aber vergiß nicht, deinen eigenen Anrufbeantworter abzuhören«, riet Cassie, »sonst geht auch dein Geschäft noch vor die Hunde. Bill Stanley und ein anderer Anwalt, für den du schon mal gearbeitet hast, haben bei mir angerufen und mich gefragt, wo du denn steckst. Wegen Abigail brauchst du dir keine grauen Haare wachsen lassen, die versorge ich schon.«

»Danke, Cassie. Eine Bitte noch, bevor du auflegst: Könntest du für mich in deinem Anwaltsverzeichnis einen Rechtsanwalt namens Ryan Trent heraussuchen? Er muß seine Kanzlei in Carmel haben.«

Cassie legte den Hörer neben das Telefon und machte sich auf die Suche nach dem »Martindale-Hubbell«, einem dikken Nachschlagewerk, in dem alle Rechtsanwälte in den Vereinigten Staaten aufgeführt sind. »Trent, Trent, hier habe ich ihn«, sagte sie, als sie mit dem Wälzer wieder am Telefon war. »Er hat an der University of Southern California in Los Angeles studiert. Er hat sich auf Handels-, Firmen- und Vertragsrecht spezialisiert, übernimmt aber auch Fälle, die mit der Unterhaltungsbranche zu tun haben. Bevor er nach Carmel ging, hat er in Los Angeles bei einer der großen Kanzleien in der Innenstadt gearbeitet.«

Noch so ein Flüchtling aus dem südlichen Kalifornien, dachte ich.

»Stimmt, er hat eine Kanzlei in Carmel an der Kreuzung Fifth und Lincoln Street. Warum gibt es in Carmel bloß keine Hausnummern? Dort jemanden ausfindig zu machen, artet ja fast in eine Art Schatzsuche aus. Warum ist dieser Mr. Trent denn so wichtig für dich?«

»Weil dieser Mr. Trent Ariels früherer Liebhaber ist. Und

weil ich ihn heute vormittag bei ihrer Beerdigung davon abhalten mußte, auf Bobby loszugehen.«

»Klingt so, als hättest du wirklich beide Hände voll zu tun. Halt mich auf dem laufenden und sag mir, wann du wieder nach Oakland kommst. Dir ist schon klar, daß ich in ein paar Wochen mit Eric verreisen werde, oder?«

Das bedeutete, daß Cassie sich nicht mehr um meine verwöhnte Katze würde kümmern können. Ich hoffte inständig, daß ich bis zu ihrer Abreise mit den Problemen hier in Monterey fertig war. Nach dem Gespräch mit Cassie hörte ich sofort per Fernabfrage meinen Anrufbeantworter ab. Ich machte mir Notizen zu den aufgelaufenen Nachrichten und beeilte mich, einige Leute zurückzurufen. Cassie hatte recht, dachte ich, als ich einem Anwalt absagen muße. Je länger ich hier in Monterey blieb, desto mehr Jobs gingen mir in Oakland durch die Lappen. Dabei war das nicht einmal als Urlaub anzusehen; ich tat genau das gleiche wie sonst auch – nur diesmal ohne Bezahlung.

Als die Rückrufe erledigt waren, rief ich eine Nummer in Morro Bay an. Nach mehrfachem Klingeln hob meine Cousine Angie ab und sagte so gehetzt »Hallo«, als wäre sie eben an den Apparat gerannt.

»Du bist es, Jeri! Ich bin gerade zur Tür hereingekommen«, erklärte sie, nachdem ich sie begrüßt hatte. »Laß mich nur kurz durchschnaufen und mich hinsetzen. Schön, daß du dich mal wieder meldest. Was gibt es denn?«

»Ich würde gerne bei dir übernachten, Angie.« Ich hatte vor, am nächsten Tag in aller Frühe nach San Luis Obispo zu fahren, und erzählte Angie, was der Grund dafür war.

»Ein Mord? O mein Gott!« Angies Stimme klang jetzt nicht mehr fröhlich, sondern besorgt. »Ich habe am Wochenende mit Mom und Dad gesprochen, aber die haben mir nur erzählt, daß Bobbys Freundin tot ist. Ich dachte, sie wäre über die Klippen gestürzt und ertrunken.«

»Das stimmt nicht. Jemand hat ihr den Schädel eingeschlagen und ihre Leiche ins Meer geworfen.« Das waren harte Worte, die schlimme Bilder heraufbeschworen, aber ich wußte nicht, wie ich es weniger drastisch hätte formulieren sollen.

»Und die Polizei glaubt jetzt, daß Bobby etwas mit ihrem Tod zu tun haben könnte? Das ist doch völlig ausgeschlossen«, erklärte Angie. »So etwas könnte mein kleiner Bruder niemals tun, nicht einmal, wenn er wirklich schlimm drauf ist.«

»Ich muß jemand anderen finden, der ein Interesse an Ariels Tod haben könnte. Auf ihrer Beerdigung wollte ich eigentlich mit ihrer Mitbewohnerin sprechen, aber ich habe sie nicht erwischt, und deshalb muß ich sie jetzt in San Luis Obispo aufsuchen. Sie heißt Maggie Lim und studiert auch am Polytechnikum. Ich vermute, die beiden hatten zusammen eine Wohnung irgendwo in der Stadt. Hoffentlich kann sie mir etwas sagen, was mich weiterbringt.«

»Ich sehe mal rasch im Telefonbuch nach«, meinte Angie. »Es liegt direkt neben mir. Schauen wir doch mal, ob es dort einen Eintrag für Logan oder Lim gibt.« Angie war einen Augenblick still, und ich hörte das Rascheln von umgeblätterten Seiten. »Also, Logans gibt es einige hier, allerdings keine Ariel. Eine oder einen A. Logan hätte ich zu bieten, aber ohne Adresse. Und M. Lim, ebenfalls ohne Adresse, aber mit derselben Telefonnummer wie A. Logan. Das dürfte die Lim sein, die du suchst.«

»Sicher ist sie das. Gib mir doch bitte die Nummer.« Ich notierte sie mir rasch. »Maggie Lim ist nach der Beerdigung aus Carmel abgefahren, also wird sie wohl erst spät am

Nachmittag in San Luis Obispo ankommen. Jetzt brauche ich eigentlich nur noch ihre Adresse.«
»Die kann ich dir besorgen. Die Verwaltung von unserem College hat ständig Kontakt mit der Verwaltung der Hochschule.« Angie war Lehrerin am Cuesta College zwischen Morro Bay und San Luis Obispo. »Ich werde mal meine Verbindungen spielen lassen. Weißt du schon, wann du morgen kommst? Ich habe zwar am Vormittag Unterricht, aber zum Mittagessen bin ich wieder zu Hause.«
»Kommt drauf an, wann ich hier loskomme, aber ich schätze, daß ich so gegen Mittag bei dir sein werde.«
Ich blickte auf die Digitaluhr über der Mikrowelle, nahm meinen Schlüssel und wollte gerade gehen, als das Telefon klingelte. Ich hob ab und hörte die britisch gefärbte Stimme von Stella, der Barfrau aus dem Rose and Crown.
»Erinnern Sie sich noch an den Kerl, von dem ich Ihnen erzählt habe?« sagte sie ziemlich laut, um den im Hintergrund dröhnenden Rock 'n' Roll der fünfziger Jahre zu übertönen. »Der ins Pub kam, kurz nachdem Bobby und Ariel hinausgegangen waren, und mir erzählt hat, daß die beiden auf dem Gehsteig aufeinander losgingen?«
»Ist er jetzt bei Ihnen im Lokal?«
»Nein, er ist nicht hier«, sagte Stella. »Aber ich glaube, ich erinnere mich wieder an seinen Namen. Jedenfalls an seinen Nachnamen. Er heißt Porter. Es fiel mir wieder ein, weil er immer ›Taddy Porter‹ trinkt. Ich habe zwar ein schlechtes Namensgedächtnis, aber dafür kann ich mich um so besser an das erinnern, was die Leute bei mir trinken.«
»Und dieser Mr. Porter ist seit dem Streit zwischen Ariel und Bobby nicht wieder im Rose and Crown gewesen?« fragte ich.
»Nein. Aber trotzdem ist er eine Art Stammgast. Manchmal kommt er an ein paar Abenden hintereinander her, dann

wieder eine ganze Weile gar nicht. Ich schätze, daß er beruflich viel unterwegs und nicht immer in der Stadt ist. Porter hat mir nämlich mal erzählt, daß er Lastwagenfahrer ist, das fiel mir heute früh plötzlich wieder ein, als ein Lastwagen neue Porter-Fässer anlieferte.«

Mr. Porters Beruf war eine gute Erklärung dafür, weshalb er sich in der vergangenen Woche nicht im Rose and Crown hatte blicken lassen. Vermutlich war er auf einer längeren Tour unterwegs. Ich hoffte, daß der Mann ein Gewohnheitstier war und früher oder später wieder im Rose and Crown ein Glas seines bevorzugten Bieres trinken würde. Und in Bobbys Interesse hoffte ich, daß es eher früher als später der Fall sein würde.

»Würden Sie mich bitte anrufen, wenn er wieder bei Ihnen auftaucht?« bat ich Stella. »Ich muß dringend mit ihm reden.«

»Ranzige Butter?«

Mutter und ich starrten den dunkelhaarigen Mann ungläubig an. Er hieß Leo Cumberly und kam von dem Lebensmittellabor aus Seaside. Er hatte lebhafte blaue Augen und die fröhliche Ausstrahlung eines Menschen, dem seine Arbeit uneingeschränkt Spaß macht. Cumberly hatte fast den ganzen Vormittag mit der Untersuchung der Heizungs-, Klima- und Belüftungsanlage des Café Marie zugebracht. Jetzt holte er sich einen Stuhl heran, zog seine fleckige und verknitterte Hose ein wenig hoch und setzte sich. Auf den Tisch hatte er eine offene Aktentasche gelegt, die mehrere Aktenordner und ein Mobiltelefon enthielt.

»Dieser schreckliche Geruch soll von ranziger Butter stammen?« wiederholte Mutter. Sie schüttelte langsam den Kopf und fuhr sich mit der Hand durch ihre graugesträhnten Haare.

Das klang fast wie ein Witz. Der widerwärtige Gestank, der am Sonntag nachmittag zur Schließung des Restaurants geführt hatte, sollte tatsächlich von einem Stück viel zu alter Butter hergerührt haben? Wo hätte diese Butter denn um Himmels willen sein sollen? In der Küche hatte sie jedenfalls nicht gestanden.
»Sie haben mich mißverstanden«, sagte Cumberly. »Ich habe von Buttersäure gesprochen, die man aus ranziger Butter herstellen kann.«
Als ich vor einer Viertelstunde ins Café Marie gekommen war, hatten Mutter und Cumberly an der Bar gesessen. Der Chemiker hatte sich gerade über sein Handy die Ergebnisse der Untersuchung durchgeben lassen, und Mutter hatte ihn dabei mit müdem Gesicht beobachtet. Während Cumberly mit seinem Labor in Seaside die Einzelheiten durchgegangen war, hatte ich in die Küche geschaut und dort Julian Surtees und einen Mann mit rundlichem Gesicht erblickt, den ich erst nach einer Weile als Eric Lopez, den Mann von der Umweltschutzbehörde, wiedererkannt hatte. Jetzt blickte Cumberly von seinen Notizen auf, die er sich während des Gesprächs gemacht hatte, und verabreichte uns eine kurze Lehrstunde in Chemie.
»Buttersäure riecht wie ranzige Butter, aber viel intensiver. Sie ist eine farblose, in Wasser lösliche Flüssigkeit mit einem Flammpunkt von zweiundsiebzig Grad Celsius. Buttersäure greift Metall und Gewebe an, und wenn sie länger in ihrer Belüftungsanlage geblieben wäre, hätte sie am Ende die Luftrohre zerfressen. Buttersäure zählt zu den umweltgefährdenden Chemikalien.«
»Und wie beschafft man sich Buttersäure?« fragte ich.
»Ganz einfach: Sie nehmen ein Pfund Butter und lassen es zwei Wochen in der Sonne stehen. Schon haben Sie Buttersäure.« Cumberly zuckte die Achseln und breitete seine

Arme aus. »Sie würden sich wundern, wie viele giftige und gefährliche Substanzen Sie aus Zutaten herstellen können, die man in jeder Küche und jedem Garten findet.«

Aber man braucht zumindest Grundkenntnisse in Chemie, dachte ich. Oder ein Buch, in dem man so etwas nachlesen kann. »Ich könnte also ohne Probleme in meinen eigenen vier Wänden ein Fläschchen Buttersäure erzeugen?« fragte ich.

Cumberly kicherte. »Also, ich würde Ihnen davon abraten. Buttersäure stinkt wirklich bestialisch, wie Sie und ihre Mutter gestern ja unschwer feststellen konnten. Es dauert eine ganze Weile, bis dieser Gestank wieder verfliegt.«

Er hatte recht. Selbst jetzt konnte ich noch einen zwar schwächeren, aber immer noch ziemlich deutlichen Geruch wahrnehmen. Ich hatte ihn sofort beim Betreten des Restaurants bemerkt.

»Und ob«, stimmte meine Mutter Cumberly zu. »Als meine Angestellten und ich heute vormittag hier saubermachen wollten, war der Gestank noch fast genauso schlimm wie gestern. Wir mußten den ganzen Tag die Türen und Fenster offen halten.«

»Dabei haben Sie noch Glück gehabt, daß die Buttersäure nur an einer Stelle in Ihr Entlüftungssystem gelangt ist und die Feuerwehr sie gestern vollständig entfernen konnte«, sagte Cumberly. »In ein paar Stunden dürfte der Geruch vollständig verflogen sein, dann können Sie Ihr Restaurant wieder öffnen.«

»Sie haben gesagt, daß Buttersäure nicht nur stinkt, sondern auch bestimmte Materialien angreift. Also muß sie sich in einem säurefesten Gefäß befunden haben. Wie ist sie denn von dort ins Entlüftungssystem gelangt?« fragte ich.

»Zunächst war sie in einem Glasfläschchen«, erwiderte

Cumberly, »dessen Scherben die Feuerwehr im Ventilatorkasten auf dem Dach gefunden hat. Zerbrochen wurde es durch eine Art Zeitzünder, der nicht ungeschickt konstruiert war.«

Das war der letzte Beweis dafür, daß es sich bei dem Buttersäureanschlag um keinen unglücklichen Zufall gehandelt hatte. Obwohl ich das bereits vermutet hatte, schien mir eine Stinkbombe mit Zeitzünder doch eine ziemlich drastische Steigerung gegenüber einer toten Maus im Essen zu sein.

»Woraus bestand der Zeitzünder?« wollte ich wissen.

Cumberly kritzelte etwas auf sein Blatt Papier. »Das hier ist ein ganz normaler Zeitschalter, wie er beispielsweise zum automatischen Einschalten von Lampen verwendet wird. Man kann ihn in jedem Haushaltswarengeschäft kaufen. In unserem Fall schaltete der Timer allerdings keine Stehlampe ein, sondern änderte die Laufrichtung des Ventilatorgebläses und zündete eine kleine Sprengladung. Ein intelligent durchdachter Mechanismus, aber nicht so kompliziert, daß ich ihn nicht selbst hätte bauen können. Er war übrigens auf acht Uhr abends eingestellt.«

Mutter und ich zuckten fast gleichzeitig zusammen. Der Vorfall von gestern war auch so schon schlimm genug gewesen. Hätte sich der Gestank aber um acht Uhr abends im vollbesetzten Lokal ausgebreitet, wäre es möglicherweise zu einer Katastrophe gekommen.

»Aus irgendeinem Grund ist die Ladung zu früh losgegangen«, fuhr Cumberly fort. »Vielleicht war der Zeitschalter defekt, oder der Sprengstoff hat wegen zu großer Hitze von allein gezündet, die genaue Ursache dürfte wohl kaum mehr zu ermitteln sein. Aber explodiert ist er, und die Folgen sind bekannt.«

»Was für ein Sprengsatz war es genau?« fragte ich.

Cumberly schüttelte nachdenklich den Kopf. »Schwach, aber stark genug, um das Glas zu zerbrechen. Die genaue Zusammensetzung muß ich erst noch analysieren; ich werde Sie auf dem laufenden halten. Ebenso wie die Polizei. Aber eines steht fest: Hier treibt ein ziemlich bösartiger Bursche sein Unwesen.«
»Kannst du mir erklären, weshalb jemand so etwas tut?« fragte Mutter, nachdem Cumberly gegangen war. Sie saß zusammengesunken auf ihrem Stuhl und sah noch erschöpfter aus als vorhin. »Ich kann das einfach nicht begreifen.«
»Ich auch nicht.« War das Café Marie das zufällige Opfer eines Verrückten, der solche Anschläge aus purer Bosheit machte? Menschen, die an so etwas Spaß hatten, gab es genug. Aber bei längerem Nachdenken über diese Möglichkeit schüttelte ich den Kopf.
Nein, hier ging jemand mit der Absicht vor, meine Mutter durch die Schließung des Restaurants in den finanziellen Ruin zu treiben. Jemand, der ihr ganz bewußt schaden wollte. Diese Anschläge galten nicht irgendeinem x-beliebigen Restaurant, sondern eindeutig Marie Doyle Howard. Warum bloß hatte der Unbekannte einen solchen Haß auf sie? Was hatte sie getan, daß er glaubte, sie derart bestrafen zu müssen?
Eigentlich hatte ich mir von der Zusammensetzung der in der Entlüftungsanlage vom Café Marie gefunden Substanz einen Aufschluß über die Person erhofft, die sie dort plaziert hatte. Jetzt schien es aber so, daß praktisch jeder beliebige, wenn er nur genügend Haß auf meine Mutter und ein halbes Pfund Butter hatte, eine solche Stinkladung ohne Probleme hätte herstellen können. Die Konstruktion des Zeitzünders und das Umpolen des Entlüftungsmotors erforderten zwar etwas technisches Geschick; aber nach

einigem Herumprobieren hätte vermutlich sogar ich das geschafft. Den Mechanismus in der Entlüftung anzubringen, war ebenfalls ziemlich einfach, denn dazu hatte der Übeltäter nur über den Müllcontainer auf das Dach des Restaurants klettern müssen. Völlig ungeklärt hingegen war die Frage, wie er sich das bei dem Zeitzünder verwendete explosive Material beschafft hatte.

»Das Zeug muß irgendwann nach acht Uhr am Samstagabend in dem Ventilatorkasten plaziert worden sein«, dachte ich laut nach, »denn man kann den Zeitschalter nur vierundzwanzig Stunden im voraus einstellen. Ich schätze, daß der Täter das in der Nacht oder ganz früh am Sonntagmorgen gemacht hat. Bei Tageslicht wäre jemand, der sich auf dem Dach zu schaffen gemacht hätte, sicherlich bemerkt worden.«

Ich blickte auf und sah, daß Julian Surtees unbemerkt an die Bar gekommen war. Sein Gesicht hatte einen noch schwermütigeren Ausdruck als sonst. Bei seinem Anblick fiel mir auf einmal ein, daß Julian gestern auf der Straße ebenfalls hinüber zu dem Müllcontainer geblickt und offenbar dieselben Überlegungen angestellt hatte wie ich. Wußte er vielleicht mehr, als er sagen wollte?

Er wandte seine dunklen Augen von mir ab und schaute hinüber zu Mutter. »Marie?« fragte er. »Könntest du bitte mal in die Küche kommen?«

Mutter stand auf, und gemeinsam folgten wir Julian in die Küche, wo Eric Lopez gerade Mrs. Gradys Teller untersuchte. Er hatte ihn aus dem Plastiksack geholt, in dem Julian und ich ihn am Samstagabend in den Kühlschrank geschoben hatten, und stocherte mit seinem Bleistift in den von geronnenem Fett verklebten Fettucine herum.

»Mus musculus«, erklärte er mit ungerührter Stimme und deutete auf den kleinen, graubraunen Kadaver zwischen

den Nudeln. »Eine gemeine Hausmaus. Kein allzugroßes Exemplar übrigens.« Er blickte auf. »Danke, Sie können das Zeug jetzt wegwerfen.«
Julian konnte seinen Ekel nicht ganz verbergen, als er den Teller nahm und damit zum Hinterausgang ging, vor dem draußen der Müllcontainer stand.
Lopez wandte sich an meine Mutter. »Das Tier heißt nicht umsonst gemeine Hausmaus«, sagte er. »Man findet es nämlich in vielen Häusern. Hier konnte ich allerdings keinerlei Spuren einer Mäuseplage entdecken – nirgends Spuren von Mäusekot, nichts weist Nagespuren auf, und auch draußen im Garten ist kein Mäusebau. Deshalb nehme ich an, daß jemand das tote Tier mit ins Lokal gebracht und absichtlich auf den Teller gelegt hat.«
»Wann können wir dann das Restaurant wieder öffnen?« wollte Mutter wissen.
»Sobald es ausreichend gelüftet ist«, sagte Lopez. »Morgen, wenn Sie wollen. Soweit es mich betrifft, ist Ihr Lokal gesundheitlich vollkommen unbedenklich.«
Die Frage ist nur, dachte ich im stillen, ob die Gäste des Café Marie auch dieser Meinung sein werden.

20

Am Dienstag vormittag fuhr ich in südlicher Richtung durch das Farmland des breiten Salinas Valley ins San Luis Obispo County. Bei Paso Robles verließ ich den Highway 101 und nahm den Highway 46, der über die Berge nach Westen in Richtung auf den Pazifik und den Küstenhighway führt.

Als ich hinter der Küstenstadt Cayucos um eine Kurve fuhr, sah ich in der Ferne den Morro Rock, einen hohen Felskegel, der die Einfahrt zum Naturhafen von Morro Bay bewacht. Der markante Berg ist der letzte einer Kette von neun erloschenen Vulkanen, die sich von San Luis Obispo bis zum Meer ziehen, und verleiht seinen Namen nicht nur der Stadt Morro Bay, sondern auch dem Strand, der sich von dort bis nach Cayucos erstreckt. Angesichts des gewaltigen Berges wirken die drei Schornsteine des Kraftwerks der Pacific Gas & Electric, in dem Angies Ehemann Stan arbeitet, so winzig wie Kinderspielzeug.

Draußen auf dem Meer dümpelte ein großer Öltanker in den Wellen; ein Anblick, der weiter nördlich an der Küste, wo es bisher noch keine Ölindustrie gab, Seltenheitswert hatte. Aber wie lange noch? Wenigstens die Bucht von Monterey war jetzt, wo man die Küste von San Francisco bis San Simeon zum Naturschutzgebiet erklärt hatte, vor dem Zugriff der Konzerne sicher. Dort würde es jedenfalls keine Bohrinseln geben.

Als ich Morro Bay erreichte, war es kurz vor zwölf Uhr mittags. Meine Cousine wohnte zwischen Highway und

Küste in der Pacific Street, ziemlich nahe am Geschäftsviertel der Innenstadt. Angies Haus war ein ebenerdiger, weiß gestrichener Holzbau mit dunkelgrünen Fensterläden. In einer Ecke des kleinen Grundstücks stand eine hohe Kiefer, deren Zapfen hinunter auf den Rasen gefallen waren. In den Blumenbeeten vor dem Haus blühten leuchtend gelbe und rote Ringelblumen, deren Farben so warm waren wie die Strahlen der Mittagssonne, die soeben den morgendlichen Küstennebel aufgelöst hatte.

Ich parkte den Toyota am Randstein und betrat mit meiner Reisetasche in der Hand den Garten. Ohne daß ich erst klingeln mußte, öffnete mir Angie Ravella Sellers die Haustür. Ich hatte sie einige Jahre lang nicht gesehen, aber sie sah aus wie immer. Angie, die ein geblümtes, kurzärmeliges Kleid trug, war mit ihren dreiunddreißig Jahren genauso alt wie ich und ähnelte mit ihrem kurzgeschnittenen, dunkelbraunen Haar und ihren großen, braunen Augen sehr ihrem jüngeren Bruder Bobby.

»Du kommst genau richtig«, sagte sie, während sie mir die Tür aufhielt und mich ins Wohnzimmer treten ließ. »Ich bin vor einer Viertelstunde nach Hause gekommen und mache gerade das Mittagessen. Laß uns nur rasch deine Tasche ins Gästezimmer bringen.« Ich folgte Angie einen kurzen Gang entlang in ein kleines Zimmer, in dem ein mit Papieren übersäter Schreibtisch, ein paar Bücherregale und ein Schlafsofa standen.

Ich packte meine Tasche aus und begab mich nach einem kurzen Abstecher ins Bad zu Angie in die Küche. Dort hatte sie auf dem großen, runden Eßtisch aus Eichenholz bereits für uns beide gedeckt und machte gerade einen Salat aus frisch geschnittenen Gemüsen zurecht, die vor ihr neben einem großen Schneidebrett lagen. Durch die rückwärtigen Fenster des Raumes schien die Sonne auf Clyde, einen schon etwas älteren Beagle, der sich auf einem Flickenteppich zusammengerollt hatte und genüßlich vor sich hindöste. Angies Mann Stan hatte Clyde bei ihrer Hochzeit vor vier Jahren mit in die Ehe gebracht. Ich kniete mich neben den alten Hund, kraulte ihn ein wenig und stellte fest, wie weiß er um die Schnauze und an den Ohren geworden war.

»Aber es geht ihm noch gut, oder?« fragte ich, während ich aufstand und aus dem Fenster in den kleinen Kräuter- und Gemüsegarten blickte.

»Er ist gerade vierzehn geworden«, antwortete Angie, die eben ein paar Pilze in Scheiben schnitt. »Er hat Arthritis und sieht nicht mehr besonders gut. Wenn Clyde mal nicht mehr ist, wird das für Stan ein schwerer Schlag sein. Aber du hältst schon noch ein Weilchen durch, was, alter Junge?«

Als Clyde merkte, daß er gemeint war, wedelte er mit dem Schwanz, der dabei auf das Linoleum neben seinem Teppich schlug. Angie warf die geschnittenen Pilze in die Salatschüssel und machte sich über eine Paprikaschote her.

»Wie läuft's denn mit deinem Job am College?« wollte ich wissen, während sie das Innere der Schote herausschnitt.

»Gut. Ich habe in diesem Trimester drei Klassen zu unterrichten. Heute nachmittag habe ich übrigens noch eine Stunde, deshalb gebe ich dir einen Hausschlüssel und lasse dich deine eigenen Wege gehen.« Angie nahm das Salatbesteck und mischte die Zutaten gründlich durch. Dann stellte sie die Schüssel zusammen mit einer Flasche Salatdressing und ein paar kleinen Weizenbrötchen auf den Tisch. Während sie den Kühlschrank öffnete, fragte sie: »Was willst du trinken? Ich habe Wein, Bier oder Mineralwasser.«

»Mineralwasser bitte.«

Beim Mittagessen erzählte ich Angie von den immer bedrohlicher gewordenen Vorfällen im Café Marie.

»Hast du denn gar keine Idee, wer dahinterstecken könnte?« fragte sie, während sie aufstand und die leere Salatschüssel in die Spüle stellte.
»Nein. Ich habe zwar ein paar Theorien, aber bisher noch nichts Konkretes. Mutter fängt langsam an durchzudrehen. Das Restaurant ist ihr ein und alles.«
»Meine Mutter hat mir bei unseren letzten Telefongesprächen nichts von alledem erzählt«, sagte Angie, deren Gesicht nun einen düsteren Ausdruck angenommen hatte. »Bestimmt macht sie sich große Sorgen wegen Bobby. Sie hat sicher Angst, daß der Sheriff ihn wegen Mordes verhaftet.«
Ich brach das letzte Brötchen in zwei Hälften. »Ich weiß nicht so recht, ob das der Fall sein wird«, sagte ich. »Wenn der Sergeant, der die Untersuchung leitet, genügend Beweise hätte, hätte er Bobby schon längst festgenommen. Daß dein Bruder immer noch ein freier Mann ist, bedeutet, daß er keine Beweise gegen ihn in der Hand hat. Kanntest du eigentlich Ariel?«
Angie nickte und ließ heißes Wasser ins Spülbecken laufen. »Bobby hat sie ein paarmal in San Luis Obispo besucht. Einmal haben die beiden bei uns zu Abend gegessen. Ariel hat ihm gutgetan. Die beiden paßten irgendwie zueinander.«
»Donna hat mir erzählt, daß Ariel sich Sorgen wegen Bobbys Alkoholkonsum gemacht hat.«
»Das haben wir alle«, erwiderte Angie und wusch eine Weile schweigend das Geschirr ab. »Aber er hat die Trinkerei offenbar unter Kontrolle gebracht. Das war bestimmt Ariels Einfluß. Ich hoffe bloß, daß er jetzt nicht wieder damit anfängt.«
»Kannst du dich noch daran erinnern, wann genau er mit dem Trinken aufgehört hat? Donna meinte, es wäre irgendwann im Frühjahr gewesen.«

Angie schüttelte den Kopf. Sie spülte die Teller noch einmal unter klarem Wasser nach und stellte sie dann auf ein Trockengestell neben dem Spülbecken. »Das mit dem Frühjahr könnte stimmen, aber genau kann ich es dir nicht sagen. Im Frühling geht bei uns das Schuljahr zu Ende, und da stecke ich immer bis über beide Ohren in Arbeit.«

»Vielleicht weiß ja Ariels Mitbewohnerin Genaueres. Hast du eigentlich ihre Adresse herausbekommen?«

Meine Cousine zwinkerte mir zu, trocknete sich die Hände an einem Geschirrtuch ab und holte aus ihrer Handtasche, die sie über die Lehne eines der Küchenstühle gehängt hatte, ein Stück Papier. »Und ob ich das habe. Maggie Lim wohnt am Foothill Boulevard, ganz in der Nähe der Universität. Ich kenne zwar nicht ihren Stundenplan, aber ich bin mir ziemlich sicher, daß du nicht allzu lange warten mußt, bis sie in ihrer Wohnung auftaucht.«

»Gute Arbeit«, lobte ich sie. »Wie wär's mit einem Job in meiner Detektei?«

»Verdiene ich da mehr als am Cuesta College?«

Als ich den Kopf schüttelte, fing Angie an zu lachen. »Dann muß ich dein Angebot leider ablehnen«, meinte sie. Schließlich wurde sie wieder ernst und sagte: »Ich hoffe nur, daß du etwas herausfindest, was Bobbys Unschuld beweist.«

Von Morro Bay nach San Luis Obispo führt der Highway One fünfundzwanzig Kilometer durch hügeliges Land. Das Polytechnikum, an dem Maggie Lim studierte, heißt mit vollem Namen California Polytechnic State University und liegt im Nordwesten der Stadt. Am Stadtrand geht der Highway in die Santa Rosa Street über, von der ziemlich bald der Foothill Boulevard abbiegt. Diesen fuhr ich langsam entlang, bis ich die Hausnummer gefunden hatte, die

auf Angies Zettel stand. Sie gehörte zu einem einstöckigen, braunen Holzgebäude mit acht Wohnungen, die alle über einen schmalen Innenhof zu erreichen waren. An dem Briefkasten der Wohnung Nummer vier klebte ein Plastikstreifen, auf dem der Name »LIM« eingeprägt war. Darunter konnte ich an Klebstoffresten erkennen, daß erst kürzlich ein zweiter Plastikstreifen entfernt worden war.
Die Wohnung Nummer vier war die letzte Wohneinheit rechts im oberen Stock des Gebäudes. Auf mein Klopfen machte niemand auf, woraufhin ich mein Glück an der Tür daneben versuchte. Nach einer Weile öffnete ein junger Mann.
»Hallo«, sagte ich mit einem gewinnenden Lächeln. »Ich suche Maggie Lim.« Weil San Luis Obispo eine gemütliche Stadt mit einer entspannten Atmosphäre war, zählte ich auf die Freundlichkeit ihrer Bewohner. »Wissen Sie vielleicht, wo ich sie finden kann?«
Der junge Mann kratzte sich seinen zerstrubbelten Lockenkopf. »Kommst du wegen der Anzeige, die Maggie aufgegeben hat? Willst du bei ihr einziehen?« Ich lächelte ihn noch gewinnender an, blieb ihm aber die Antwort auf seine Frage schuldig. »Ich schätze, sie dürfte in der Vorlesung oder in der Bibliothek sein. Du könntest ihr ja eine Nachricht hinterlassen. Oder halt, warte mal, heute ist doch Dienstag, nicht wahr?« Als ich nickte, blickte er auf seine Uhr. »Am Dienstag und Donnerstag arbeitet sie nachmittags im Buchladen. Da müßtest du sie eigentlich treffen.«
»Und welcher Buchladen ist das?«
»Earthling heißt er. In der Higuera Street.«
Ich bedankte mich bei ihm und ging zurück zu meinem Wagen. Ich war heilfroh über die Information, denn ich hasse es, stundenlang auf irgendwelche Leute zu warten. Ich fuhr in die Innenstadt und stellte den Toyota auf einem

städtischen Parkplatz in der Higuera Street, der Hauptgeschäftsstraße von San Luis Obispo, ab.
Im ein paar Blocks entfernten Earthling-Buchladen war nicht allzu viel los. Nur ein paar Kunden standen vor den Regalen oder saßen vor dem Kamin im ersten Stock und lasen Bücher oder die neueste Ausgabe des *Coast Weekly*. Hinter der Ladentheke sah ich einen Verkäufer und eine Verkäuferin, bei denen ein Kunde gerade ein paar Krimis bezahlte. Als der Kunde gegangen war, trat ich an die Theke und fragte den Verkäufer, ob Maggie Lim zu sprechen sei.
»Die fängt erst um drei zu arbeiten an«, entgegnete der junge Mann mit einem Blick auf seine Armbanduhr. »Jetzt ist es kurz nach zwei.«
»Aber heute ist sie früher dran«, mischte sich seine Kollegin ein. »Ich habe sie vorhin hinten im Lager gesehen.«
Ich bedankte mich und ging in den hinteren Teil des Ladens, wo ich Maggie an der Tür des Lagerraums stehen sah. Sie wandte mir ihr Profil zu und sprach mit jemandem, den ich nicht sehen konnte. Bei der Beerdigung am Montag nachmittag hatte ich sie nur ganz kurz gesehen, und da hatte sie in ihrem schwarzen Kleid einen ziemlich bedrückten Eindruck auf mich gemacht. Jetzt betrachtete ich sie etwas genauer. Sie war Anfang Zwanzig, vielleicht einen Meter fünfundfünfzig groß und hatte lange, schwarze Haare, die ihr seidig und glatt auf den Rücken fielen. Heute trug sie eine graue Hose und eine weiße Bluse. Eine große Baumwolltasche hing ihr über der Schulter. Maggie Lims Familie lebte wohl schon seit ein paar Generationen in den Staaten, denn sie sprach vollkommen akzentfreies Amerikanisch, wenn man von einer leichten Dialektfärbung einmal absah, die verriet, daß sie im San-Fernando-Tal aufgewachsen war.

»Okay«, sagte sie zu ihrem unsichtbaren Gesprächspartner, »ich gehe jetzt zum Essen und komme dann wieder hierher.« Als sie sich umdrehte, sah sie mich zwischen zwei Regalen voller Bücher stehen.

»Kann ich Ihnen behilflich sein?« fragte sie mit einem freundlichen Lächeln. Dann betrachtete sie mich genauer und schien sich zu fragen, ob sie mich schon einmal irgendwo gesehen hatte.

»Sie kenne ich doch«, meinte sie stirnrunzelnd. »Sie waren auf Ariels Beerdigung. Und zwar zusammen mit Bobby.«

21

Ich gab Maggie Lim eine meiner Visitenkarten. »Mein Name ist Jeri Howard. Ich bin Bobbys Cousine.«

Maggie Lim nahm die Visitenkarte und starrte eine Weile darauf. Dann sah sie mich mit ihren braunen Augen skeptisch an. »Mr. und Mrs. Logan glauben, daß Bobby Ariel getötet hat.«

Sie sprach so leise, daß ich mich etwas vorbeugen mußte, um sie zu verstehen.

»Und was glauben Sie?«

Maggie überlegte sich ihre Antwort einen Augenblick. Dann schüttelte sie den Kopf so heftig, daß ihre geraden, schwarzen Haare vor dem Kragen ihrer weißen Bluse hin und her flogen. »Nein. Das kann ich mir nicht vorstellen. Die beiden liebten sich. Sie wollten heiraten.«

»Aber manchmal wird aus Liebe Haß«, sagte ich und spielte den Advocatus Diaboli.

Maggie schüttelte wieder den Kopf. »Aber bei Ariel und Bobby war das nicht so.«

»Ich würde mich gerne mit Ihnen unterhalten, Maggie.«

»Ich wollte gerade zum Essen gehen. Wenn Sie wollen, können Sie mich begleiten.«

Wir verließen die Buchhandlung durch den Haupteingang und gingen die Higuera Street entlang zu einem Feinkostgeschäft, wo Maggie sich ein Sandwich mit Hühnersalat und ein Cola light kaufte. Ich ließ mir eine Flasche Mineralwasser geben und bezahlte für uns beide.

»Danke schön«, sagte Maggie. »Gehen wir doch hinauf zur Missionskirche.«

Wir bogen um eine Ecke und gingen die Chorro Street hinauf zur alten Missionsstation San Luis Obispo de Tolosa, die mitten in der Stadt auf einem Grundstück mit vielen Bäumen stand. Hinter den Läden, Galerien und Restaurants, die den kleinen Park zur Higuera Street hin begrenzten, rauschte ein kleiner Bach, an dessen Ufern Kinder auf den Steinen im Wasser herumhüpften. Maggie und ich gingen den Bach entlang und genossen sein wohltuendes Plätschern. Als wir eine leere Parkbank fanden, setzten wir uns. Maggie breitete eine Papierserviette auf ihrem Schoß aus und nahm ihr Essen aus der Tüte. Nachdem sie die Cola-Dose geöffnet hatte, starrte sie auf das Sandwich, als ob sie sich nicht mehr daran erinnern könnte, daß sie es gekauft hatte.

Ich wartete, bis sie ein paar Bissen gegessen hatte, dann fragte ich: »Wie lange kannten Sie Ariel eigentlich?«

»Wir haben zwei Jahre lang zusammen gewohnt«, sagte Maggie und blickte mich von der Seite an. »Wir haben uns kennengelernt, als ich in meinem Junior- und sie in ihrem Seniorjahr war. Wir waren gute Freundinnen.«

Das hatte ich gehofft. »Erzählen Sie mir doch bitte ein wenig von Ariel.«

»Sie war einfach ein netter Mensch«, erwiderte Maggie schlicht. »Ich werde sie sehr vermissen.«

Tränen stiegen ihr in die großen, braunen Augen, und sie wischte sie mit ihrer Serviette weg. »Ich kann es immer noch nicht fassen, daß sie tot ist, daß jemand sie umgebracht haben soll. Ariel hatte keine Feinde. Wie konnte so etwas Schreckliches überhaupt passieren?«

Ich konnte ihr diese Frage auch nicht beantworten. Maggie atmete tief durch, bevor sie wieder in ihr Sandwich biß. Ich ließ sie eine Weile schweigend essen. Dann fuhr sie fort, mir ihre Freundin Ariel aus ihrer Sicht zu schildern. Sie zeichnete das Bild einer ganz normalen jungen Frau mit Träumen, Zielen und Hoffnungen, wie sie sie ihrer Freundin am Abend in der gemeinsamen Studentenwohnung anvertraut haben mochte. Ariel hatte als Werkstudentin beim Wasserwirtschaftsamt gearbeitet, war Mitglied verschiedener Umweltschutzorganisationen gewesen und hatte gerne lange Wanderungen in den Klippen des nahegelegenen Montaña-des-Oro-Nationalparks gemacht.

»Wissen Sie, wann Ariel Bobby kennengelernt hat?«

»Natürlich weiß ich das. Es war im August letzten Jahres«, sagte Maggie und biß von ihrem Sandwich ab. »Als sie zu Trimesterbeginn wieder an die Uni kam, schwärmte sie mir in höchsten Tönen von einem Fischer aus Monterey vor, der so süß, aber auch ein bißchen wild war.«

Das klang ganz nach meinem Cousin Bobby. »Gab es denn Probleme zwischen den beiden?«

»Ariel war der Meinung, er würde zu viel trinken«, sagte Maggie und saugte am Strohhalm ihrer Cola light. »Im Herbst haben sie sich öfter getroffen, wenn sie zu Hause bei ihren Eltern war. Manchmal ist Bobby auch hierhergekommen. In den Weihnachtsferien hat sie ihn dann ihrer Familie vorgestellt. Soviel ich weiß, war das eine echte Katastrophe.«

»Warum? Was ist passiert?«

»Das weiß ich nicht genau«, erwiderte Maggie und legte den Kopf schief. »Aber ich vermute, daß Bobby nervös war und deshalb zu viel Wein getrunken hat. Vielleicht hat er etwas umgestoßen oder etwas verschüttet, auf jeden Fall ist bei dem Essen irgend etwas schiefgelaufen. Ariel hat mir nur erzählt, daß die Logans ihn für ungehobelt und nicht fein genug für ihre Tochter hielten. Ein paar Tage später, auf einer Silvesterparty, hat Bobby sich dann fürchterlich betrunken. Ariel war stinksauer auf ihn und ist schließlich ohne ihn heimgegangen.«

Ich schüttelte den Kopf, als ich mir die Dinge, die Maggie erzählte, bildlich vorstellte. Bobbys Trinkerei mußte wirklich schlimm gewesen sein. »Ich frage mich, weshalb die beiden sich nicht getrennt haben.«

»Ariel war furchtbar wütend auf ihn und hat sich ein paar Monate lang nicht mehr mit ihm getroffen«, erzählte Maggie, während sie sich den letzten Bissen ihres Sandwichs in den Mund schob. »Wenn er bei uns anrief, mußte ich sie vor ihm verleugnen. Ich haßte das. Dann ist Ariel an einem verlängerten Wochenende im Februar zu ihren Eltern gefahren. Bei der Gelegenheit hat sie auch Bobby gesehen und sich mit ihm ausgesprochen. Danach sind die beiden wieder miteinander gegangen.«

»Und dann muß im Frühjahr etwas geschehen sein«, sagte ich. »Irgend etwas, das Bobby dazu veranlaßt hat, keinen Alkohol mehr zu trinken.«

»Ariel hat ihm ein Ultimatum gestellt«, sagte Maggie, knüllte die Serviette zusammen und stopfte sie in die Papiertüte, in der zuvor das Sandwich gewesen war. »Am dritten Wochenende im April ist Bobby hierhergekommen, um sich mit Ariel zu treffen. Am Samstag abend sind wir zu viert ausgegangen – ich hatte damals einen Jungen namens Ted dabei. Wir gingen in einen Nachtklub, in dem Bobby sich so betrank, daß Ted ihn in seinem Thunderbird zu unserer Wohnung fahren mußte. Ariel und ich fuhren in Teds Wagen hinterher. Auf der Heimfahrt war Ariel so sauer wie noch nie, und als Bobby sich am Sonntagmorgen aus dem Bett quälte, sagte sie ihm, daß sie ihn nie wieder sehen wolle, wenn er nicht sofort mit dem Trinken aufhörte.«

»Was hat er darauf geantwortet?«

»Er ist gegangen«, entgegnete Maggie mit einem Schulterzucken. »Er war vollkommen geknickt. Ich hatte damals den Eindruck, daß wir ihn nie wieder sehen würden, aber er hat wirklich mit dem Trinken aufgehört. In den Trimesterferien hat Ariel mich dann nach Carmel eingeladen. Zwischen ihr und Bobby war wieder alles in Ordnung, und wir haben zu dritt einiges unternommen. Bobby war wie ausgewechselt, das fiel sogar mir auf. Wenn wir zusammen zum Abendessen gingen, trank er keinen Tropfen Alkohol. Nach vierzehn Tagen bin ich wieder hierher zurückgefahren, wegen eines Praktikums, aber Ariel und ich haben oft miteinander telefoniert. Ein paarmal noch habe ich sie in diesem Sommer in Carmel besucht, und Ariel kam manchmal herunter nach SLO. Die Beziehung zu Bobby schien gut zu funktionieren. Er hatte seine alten Gewohnheiten offenbar vollständig abgelegt.«

Aber was wäre gewesen, wenn er das nicht getan hätte? Dieser Gedanke schoß mir durch den Kopf, als ich mir einen trinkenden Bobby vorstellte, der ständig Krach mit Ariel hatte. Vielleicht war es ja bei dem Streit im Rose and Crown um einen Rückfall in Bobbys alte Gewohnheiten gegangen. Andererseits hatte Stella mir erzählt, daß Bobby nur Mineralwasser zu seinem Essen getrunken hatte. Ich schüttelte den Kopf. Es gab noch so viele Dinge, die ich Maggie Lim fragen mußte, und die Zeit wurde langsam knapp. Ich sah im selben Augenblick auf meine Uhr wie Maggie auf die ihre.

»Ich weiß, wieviel Ariel an Bobby und am Funktionieren ihrer Beziehung lag.« Maggie stand auf und warf die Papiertüte und die leere Cola-Dose in einen Abfallbehälter neben der Bank. »Bobby war es schließlich, der im Sommer von Heirat gesprochen hat. Ariel hat nicht direkt ja gesagt, ihr war das noch zu früh. Eigentlich hatte sie vor, erst ihr Studium zu beenden, bevor sie weitergehende Pläne machte.« Sie seufzte. »Bevor ich zurück in den Buchladen muß, würde ich mir gerne noch ein Eis kaufen.«

Maggie ging mit mir durch den Park zu einer Brücke über den Bach. »Hat Ariel eigentlich ihren Eltern von all diesen Dingen erzählt?« fragte ich, während wir sie überquerten.
»Das weiß ich nicht«, antwortete Maggie achselzuckend. Wir waren an einer kleinen Einkaufspassage angelangt, die zurück auf die Higuera Street führte. »Mr. und Mrs. Logan mochten Bobby nicht, daran haben sie nie einen Zweifel gelassen. Ich glaube, daß sie Ariels Beziehung für eine vorübergehende Geschmacksverirrung hielten. Sie sind – nun, sagen wir mal, sie sind ziemlich versnobt. Und sie legen schrecklich viel Wert auf Formen – ganz im Gegensatz zu meinen Eltern. Ich glaube, die Logans mochten Ariels früheren Freund nur deshalb so gerne, weil er Rechtsanwalt war.«
»Was halten Sie denn von Ryan Trent?«
Aus der Art und Weise, wie Maggie ihr Gesicht verzog, schloß ich, daß sie in bezug auf Trent in etwa die gleiche Meinung hatte wie ich. Sie hielt mir die Tür zu einer Eisdiele auf, die »SLO Maid« hieß. Nachdem ich die verlockende Eiskarte studiert hatte, entschied ich mich wieder einmal für eine Variation meiner geliebten Schokolade. Diesmal war es ein Schokoladeneis mit Erdnußbutterflocken. Maggie hingegen nahm ihre Kalorien offenbar lieber mit Fruchtgeschmack zu sich und ließ sich eine Kugel Pfirsicheis geben. Mit den Waffeln in der Hand verließen wir die Eisdiele und gingen langsam in Richtung Buchhandlung.
»Ryan Trent ist ein Kotzbrocken«, sagte Maggie, während sie einen goldfarbenen Tropfen Eis aufleckte, der an der Seite ihrer Waffel hinunterlief.
»Sie mochten ihn wohl nicht besonders.«
»Nein, und Ariel hatte ihn auch ziemlich schnell durchschaut. Sie besaß eine recht gute Menschenkenntnis. Deshalb sah sie auch Bobbys gute Seiten, obwohl ihre Eltern ihr

ständig vorhielten, daß er nur ein Fischer sei, der viel zuviel trinken würde. Was Ryan betraf, so ließ sie sich von seinem Geld, seinen Maßanzügen und seinen teuren Autos nicht beeindrucken. Ryan Trent ist blasiert und besitzergreifend und hält sich in puncto Frauen für unwiderstehlich. Sie kennen diesen Typ Mann bestimmt.«

»Und ob. Und ich weiß auch, daß dieser Typ furchtbar gekränkt reagieren kann, wenn eine Frau ihm den Laufpaß gibt.« Wir hatten bereits den halben Weg zu Maggies Buchhandlung zurückgelegt. Ich brach ein Stück von meiner Waffel ab und steckte es in den Mund.

»Sie haben recht. Trent hat Ariel noch ziemlich lange angerufen, als sie schon längst mit Bobby befreundet war. Ryan kannte Ariels Eltern, und er weiß, wie man sich bei jemandem einschmeichelt.« Maggie schwieg einen Augenblick und leckte an ihrem Pfirsicheis. »Ariel war wirklich schön. Die Männer liefen ihr scharenweise hinterher. Als ich im Juni bei ihr in Carmel war, rief Ryan immer wieder an, obwohl sie ihm jedesmal eine höfliche, aber bestimmte Abfuhr erteilte. Um so merkwürdiger fand ich es, daß sie mir im August erzählte, sie wolle Ryan in seinem Büro aufsuchen.«

Auch ich fand das merkwürdig. Als ich Maggie nach dem Grund für diesen Besuch fragte, schüttelte sie nur den Kopf. Vor der Buchhandlung angelangt, aßen wir im Stehen unser Eis zu Ende. Es war kurz vor drei, und in ein paar Minuten mußte Maggie zu arbeiten anfangen. Dabei hatte ich noch so viele Fragen, die ich ihr stellen wollte.

»Was können Sie mir von Ariels Eltern erzählen?«

»Wie schon gesagt, auf mich machten sie einen distanzierten und sehr förmlichen Eindruck. Ariel war ihr einziges Kind, und als sie geboren wurde, waren die beiden schon ziemlich alt. Ich glaube, sie hatten große Hoffnungen in

Ariel gesetzt. Und sie haben sie wirklich geliebt.« Maggies Augen wurden abermals feucht. Offenbar dachte sie an das Begräbnis gestern in der Missionsstation von Carmel.
»Die arme Mrs. Logan ist vor lauter Trauer am Boden zerstört«, sagte sie. »Zuerst glaubte ich nicht, daß sie die Beerdigung durchstehen würde. Auch Mr. Logan nimmt das alles fürchterlich mit. Nur gut, daß Mrs. Braemer bei ihnen ist und sich um alles kümmert.« Maggie blickte durch das Schaufenster in die Buchhandlung. »Jetzt ist es drei Uhr. Ich muß an meine Arbeit.«
Ich legte ihr meine Hand auf den Arm. »Maggie, es gibt noch so viel, was ich über Ariel erfahren möchte. Können wir noch einmal miteinander sprechen?«
»Weshalb? Wie sollte das Bobby nützen?«
»Ich versuche herauszufinden, was Ariel kurz vor ihrem Tod gemacht hat. Warum ist sie an jenem Freitag nach Carmel gefahren, obwohl sie dadurch eine Vorlesung versäumte? Hat sie Ihnen das gesagt?«
Maggie schüttelte den Kopf. »Nein, das hat sie nicht, aber ich habe sie auch nicht danach gefragt. Ich dachte, es hätte etwas mit Bobby und ihrer Beziehung zu ihm zu tun. Da wollte ich nicht aufdringlich sein.«
»Vielleicht ging es aber auch um etwas anderes. Um etwas, das für Ariel sehr wichtig war und zu ihrem Streit mit Bobby geführt hat. Ich würde gerne einen Blick in Ariels Terminkalender werfen oder in ihr Tagebuch, falls sie eines geführt hat. Irgend etwas muß sich doch finden lassen, woraus hervorgeht, wo sie in der letzten Woche ihres Lebens war und mit wem sie sich getroffen hat.«
Maggie seufzte und trat einen Schritt auf den Eingang der Buchhandlung zu. »Sie können mich ja heute abend nach der Arbeit in meiner Wohnung besuchen«, schlug sie vor. »Ich werde ab halb zehn Uhr dort sein.« Als sie mir ihre

Adresse nannte, sagte ich ihr nicht, daß ich auf der Suche nach ihr bereits bei ihrer Wohnung gewesen war.
»Aber ich weiß nicht, ob ich Ihnen helfen kann. Ariels Tante war am Freitag da und hat Ariels Sachen mit nach Carmel genommen. Ich glaube nicht, daß wir etwas übersehen haben.«

22

Als ich zurück nach Morro Bay kam, war Angie schon wieder zu Hause. Gemeinsam fuhren wir zum Nationalpark Montaña de Oro, einer von Menschen unberührten Hochfläche über dem Ozean, der dort an eine zerklüftete Felsenküste brandet. Aber ganz so unberührt war sie dann doch wieder nicht. Auf dem Rückweg zum Auto fanden wir unter den Bäumen am Weg einigen Abfall, den wir mitnahmen, um ihn zu Hause wegzuwerfen. Eine größere Umweltsünde als ein paar weggeworfene Blechdosen befand sich hinter der Bergkette im Osten, wo das Kernkraftwerk Diablo Canyon mitten in einem erdbebengefährdeten Gebiet stand. Von der Straße aus konnten wir die lange, sandige Landzunge sehen, die nach Norden zum Morro Rock und den Kühltürmen des Kraftwerks führte.

Als wir zurück in Morro Bay waren, kauften wir auf einem Markt am städtischen Pier frischen Fisch, den Stan zu Hause im Garten grillte.

Gegen halb zehn Uhr riß ich mich schweren Herzens von dem guten Abendessen los und fuhr nach San Luis Obispo zu Maggie Lim.

Das erste, was mir in der Wohnung auffiel, die die junge Frau zusammen mit Ariel bewohnt hatte, war ein großes, gerahmtes Poster von van Goghs Maulbeerbaum, dessen Original im Norton-Simon-Museum in Pasadena hing. Obwohl die Farben des Posters nicht so kräftig waren wie die des Bildes, gaben seine von einer Stehlampe angestrahlten

Blau-, Rot- und Gelbtöne der Wohnung genau den Farbtupfer, den sie mit ihren beige gestrichenen Wänden und ihrem hellbraunen Teppichboden dringend benötigte.

»Einige Möbelstücke gehören – gehörten Ariel«, verbesserte sich Maggie, während sie eine Lampe neben dem braunen Sofa im Wohnzimmer anknipste. Sie ging zum Fenster, das hinaus auf den Hof führte, und schloß die halb offenen Jalousien. Dann drehte sie sich um und strich mit der Hand über einen hölzernen Schaukelstuhl, auf dem ein geblümtes Kissen lag.

»Dieser Schaukelstuhl gehörte ihr, ebenso wie das Regal da in der Ecke und die gesamte Einrichtung in ihrem Schlafzimmer.«

Ich nickte, ging langsam im Zimmer umher und sah mich um. Das Sofa, das aussah, als käme es vom Sperrmüll, wurde von zwei wackelig wirkenden, nicht zueinander passenden Couchtischen flankiert. Der Schaukelstuhl und das Regal, die Maggie mir eben gezeigt hatte, machten zusammen mit einem kleinen Fernseher und einem Videorecorder auf einem fahrbaren Tischchen die Einrichtung des Wohnzimmers komplett. Auf dem Bücherregal sah ich einen tragbaren CD-Spieler und mehrere CDs.

»Kommt Ariels Familie ihre Sachen holen?« fragte ich.

»Ich weiß nicht so recht. Mrs. Braemer, Ariels Tante, meinte ja, aber nach der Beerdigung sagte Mr. Logan, ich solle sie behalten. Dabei weiß ich gar nicht, ob ich das kann. Die Dinge erinnern mich viel zu sehr an Ariel. Das einzige, was ich wirklich haben will, ist das Poster.« Maggie hob die Hand und deutete auf die Reproduktion des van-Gogh-Gemäldes. »Ariel hat es sehr geliebt. Ich fragte Mrs. Braemer, ob ich es behalten könne, und sie sagte ja.«

»Als Sie mir heute nachmittag erzählten, sie hätten zusammen mit Mrs. Braemer Ariels Sachen eingepackt, da meinten Sie offenbar persönlich Dinge, die sie in ihrem Wagen mitnehmen konnte.«

Maggie nickte. »Kleidung, Schmuck, Fotos und ihren Computer. Und dann noch ein paar Aktenboxen aus Plastik, in denen Ariel ihre Unterlagen für die Universität und ihre persönlichen Papiere aufbewahrte. Sollte ich sonst noch etwas finden, dann soll ich es den Logans schicken.«

Maggie führte mich durch eine Art Eßzimmer mit einem runden Cafétisch und vier Stühlen zu einer Küche, die vom Wohnbereich durch eine Theke getrennt war. »Manches von dem Geschirr hier gehörte Ariel«, sagte Maggie ein wenig zerstreut. »Und der Mixer ebenfalls. Immer wieder entdecke ich Sachen von ihr. Diesen Kekstopf zum Beispiel.«

Sie deutete auf einen Keramiktopf, der aussah wie ein dicker, roter Apfel. Auf der Theke lag ein Telefonbuch, auf dem das Telefon stand, neben einem Anrufbeantworter, dessen rotes Licht blinkte. In einem großen, viereckigen Korb mit einer Unterteilung in der Mitte lagen Briefe und andere Postsachen.

Ich warf einen Blick auf den Inhalt des Korbes. Die Umschläge auf der linken Seite waren geöffnet. Ich sah Rechnungen, ein Magazin und mehrere an Maggie adressierte Briefe. Der Stapel rechts war höher und enthielt Post für Ariel. Ich hob die Umschläge mit einem Finger an und besah mir die Absender. Dabei fielen mir ein paar Briefe von verschiedenen Umweltschutzorganisationen auf, die wohl Bitten um Spenden enthielten. Der Rest bestand aus Rechnungen und zwei Briefen, deren Absender Frauen aus Boston und San Diego waren. Ganz unten auf Ariels Seite des Korbes lag das Mitgliedermagazin eines großen Umweltverbands.

»Ich bekomme immer noch Post für sie«, sagte Maggie mit

einem Blick auf den Korb. Dann starrte sie auf das rote Licht des Anrufbeantworters. »Und Anrufe ebenso. Die sind noch viel schlimmer, denn ich muß den Leuten sagen, daß Ariel tot ist.« Maggie seufzte und sah mir in die Augen. »Wollen Sie eine Tasse Kaffee?«

»Gerne. Haben Sie etwas dagegen, wenn ich mich ein wenig umsehe?«

»Machen Sie nur.« Maggie setzte Wasser auf und holte Kaffee und Filter aus dem Schrank. Ich fing an, die Wohnung zu erkunden. Ein Gang führte vom Wohnzimmer zum Bad und einer Art begehbarem Schrank. Auf beiden Seiten des Ganges waren die Schlafzimmer. Im vorderen schlief offenbar Maggie, denn eine grüne Tagesdecke war unordentlich über das Doppelbett gezogen, verschiedene Schmuckstücke lagen auf der Kommode, und der Kleiderschrank stand offen. Am anderen Ende des Zimmers sah ich einen weißlackierten Schreibtisch mit dazu passendem Regal, das von oben bis unten mit Büchern vollgestopft war. Auf dem Schreibtisch standen ein Laptop-Computer und ein billiger Drucker.

Ariels Zimmer auf der anderen Seite der Wohnung sah aus, als hätte man sämtliche persönlichen Spuren seiner einstigen Bewohnerin sorgfältig beseitigt. Trotzdem sah ich mich dort besonders genau um; vielleicht war ja etwas vergessen worden. Die Platte des Schreibtischs aus Kiefernholz war leer, und in seinen Schubladen fand ich nur Büroklammern, Kugelschreiber und Bleistifte. Kommode und Schrank waren leer, auf dem Eisenbett mit Doppelmatratze lag ein blau geblümtes Leintuch, und auf dem Nachttisch konnte ich außer Staub und einem Telefonapparat nichts entdecken.

Als ich zurück ins Wohnzimmer kam, hörte Maggie gerade den Anrufbeantworter ab. Ich bekam mit, wie eine Frauenstimme sich nach dem angebotenen Zimmer erkundigte.

»Ich habe eine Anzeige in die Zeitung gesetzt, um eine Mitbewohnerin zu finden«, erklärte Maggie und notierte sich Namen und Telefonnummer der Anruferin. Sie hatte inzwischen den Kaffee aufgegossen, der jetzt aus dem Filter in die Kanne tropfte. »Allein kann ich mir die Wohnung finanziell nicht leisten. Es haben schon mehrere Leute angerufen, und eine Interessentin will morgen nachmittag vorbeikommen und sich die Wohnung ansehen. Aber es wird bestimmt nicht dasselbe sein wie mit Ariel. Mein Gott, sie wird mir sehr fehlen.«

»Wann ist Ihnen eigentlich der Gedanke gekommen, sie als vermißt zu melden?«

Maggie goß Kaffee in zwei große Tassen und fragte mich, ob ich Milch oder Zucker wolle. Als ich den Kopf schüttelte, reichte sie mir eine der Tassen und goß sich etwas Milch in die andere. Erst als wir uns aufs Sofa gesetzt hatten, beantwortete sie meine Frage.

»Als Ariel Freitag vor einer Woche losfuhr, hatte ich es ziemlich eilig, weil ich um acht Uhr früh eine Vorlesung hatte und spät dran war. Trotzdem bemerkte ich ihre Reisetasche neben der Wohnungstür. Als ich sie darauf ansprach, sagte sie, daß sie nach Monterey fahren und am frühen Sonntag nachmittag wieder zurück sein wollte.«

»Aber sie hat Ihnen keinen Grund für die Fahrt angegeben, oder? Was hat sie für einen Eindruck auf Sie gemacht? Hat sie sich irgendwie anders benommen als sonst?«

Maggie schüttelte den Kopf. »Ich nahm an, daß sie zu Bobby wollte. Aber sie machte ein besorgtes Gesicht, als ob irgend etwas sie bekümmerte. Ich fragte mich, ob sie und Bobby vielleicht wieder irgendwelche Probleme hätten. Dabei hatte es den Sommer über so gut geklappt mit den beiden. Erstaunt hat es mich allerdings doch, daß sie schon am Freitag wegfuhr, nicht nur wegen der Vorlesung, sondern weil es auch der Tag war, an dem sie ihren Job beim Wasserwirtschaftsamt hatte. Sonst hat Ariel eigentlich selten Vorlesungen geschwänzt, deshalb glaube ich, daß sie einen wichtigen Grund dafür gehabt haben muß. Aber das wurde mir erst am Sonntag so richtig bewußt, als Ariel nicht am frühen Nachmittag zurückkam, wie sie es eigentlich vorgehabt hatte. Zuerst dachte ich, sie wäre aufgehalten worden, aber als es immer später wurde, rief ich im Haus ihrer Eltern in Carmel an. Statt Ariel war Mr. Logan am Apparat, der mit seiner Frau gerade aus Frankreich zurückgekommen war.«

»Was hat Mr. Logan gesagt, als Sie ihn nach Ariel fragten?«

»Er schien erstaunt, daß Ariel übers Wochenende in Carmel gewesen war, aber besorgt hörte er sich nicht an. Warum sollte er auch? Niemand konnte ahnen, daß etwas nicht in Ordnung war. Ariel hatte einen Schlüssel für das Haus und kam oft dorthin, auch wenn ihre Eltern nicht da waren.«

»Hat Mr. Logan gesagt, daß er Ariel gesehen hat?«

»Nein. Sonst hätte er sich kaum so überrascht angehört. Er meinte dann aber, ich solle mir keine Sorgen machen, wahrscheinlich sei Ariel bereits auf dem Rückweg nach SLO und würde noch irgendwo Rast machen und einen Kaffee trinken. Aber auch Stunden später war Ariel noch immer nicht da ...«

Maggie verstummte und trank von ihrem Kaffee. Dann sprach sie weiter.

»Ich ging dann ins Bett, und als ich am Montag morgen aufwachte, ging ich sofort in Ariels Zimmer und sah nach, ob sie vielleicht in der Nacht zurückgekommen war. Aber sie war nicht da. Deshalb rief ich die Logans an und später sogar Bobby, denn ich dachte, daß Ariel möglicherweise bei ihm übernachtet hatte. Aber es ging niemand ran, vermutlich war er draußen beim Fischen. Ich hinterließ ihm eine

Nachricht auf dem Anrufbeantworter.« Maggie nagte an ihrer Unterlippe und sah aus, als könnte sie jeden Augenblick zu weinen anfangen. »Ariel war vermutlich schon tot, als wir überhaupt anfingen, uns ihretwegen Gedanken zu machen.«

Der Anruf bei den Logans am Montag vormittag war es, der die Behördenmaschinerie in Bewegung setzte. Gleich darauf meldeten Ariels Eltern ihre Tochter als vermißt. Am Nachmittag ging die Fahndung nach ihrem Wagen heraus, der dann am Mittwoch vor dem Restaurant am Rocky Point gefunden wurde. Einen Tag später entdeckte man Ariels Leiche an der zerklüfteten Küste unterhalb der Brücke über den Rocky Creek. Wie war sie von dem einen Ort zum anderen gekommen?

»Hat Ariel jemals einen Freund von Bobby namens Karl Beckman erwähnt?« fragte ich.

»O ja«, erwiderte Maggie und strich sich eine Strähne ihres schwarzen Haares aus dem Gesicht. »Ich habe ihn sogar im Sommer getroffen, als ich in Carmel war. Wir waren bei ihm zu Hause zum Essen eingeladen. Dort lernten wir seine Schwägerin und auch seine Tochter kennen, die in Stanford studiert.«

Schon wieder diese Lacy, die überall ganz unauffällig im Hintergrund auftauchte. Aber ganz so unauffällig war sie nun auch wieder nicht.

»Mr. Beckman hat uns auch seine Werft gezeigt. Ich fand sie zwar nicht allzu interessant, nichts als Boote, deren Rümpfe abgeschliffen und neu lackiert wurden, aber Ariel war begeistert. Ich glaube sogar, daß sie es war, die Beckman um eine Führung durch die Werft gebeten hat.«

»Und warum?«

Maggie dachte einen Augenblick nach, wobei sie von ihrem Kaffee trank und die Stirn in Falten legte. »Ich bin mir nicht sicher, aber an dem Abend, an dem wir bei den Beckmans zum Essen waren, hat sie Mr. Beckman viele Fragen über die Werft gestellt und ihm gesagt, wie gerne sie sie einmal sehen würde. Als er uns am nächsten Tag alles zeigte, war sie ganz fasziniert und stellte Beckman eine Menge Fragen.«

»Wann fand denn diese Führung statt?« fragte ich und lehnte mich zurück an ein Sofakissen. »Und gab es etwas, das sie besonders interessierte?«

»Im August, glaube ich«, antwortete Maggie. »Ariel hat sich eigentlich für alles interessiert, was mit Umweltschutz zu tun hatte. Auf der Werft wollte sie wissen, ob dort das Altöl und die leeren Lackdosen ordnungsgemäß entsorgt wurden und welche Chemikalien in den Lacken und Klebstoffen waren. Sie fragte Mr. Beckman ganz direkt, wo er seinen Sondermüll hinbringt. Sie wissen ja, daß die Werft direkt an der Cannery Row liegt und die Bucht jetzt ein Naturschutzgebiet ist.«

»Sondermüll«, wiederholte ich und fragte mich, wann im August diese Werftführung wohl stattgefunden hatte. »Ich höre überall, wie sehr Ariel das Meer geliebt hat.«

»Kein Wunder, schließlich ist sie ja in einem Haus direkt an der Bucht von Carmel aufgewachsen«, sagte Maggie. »Für Ariel war alles, was mit dem Meer zu tun hat, schön und faszinierend.«

Und gefährlich, dachte ich.

»Ariel war gerne mit ihrem Skizzenblock am Meer und hat ständig Muscheln oder Steine mitgebracht«, fuhr Maggie fort. »Sie hatte einen großen Korb davon in ihrem Zimmer. Ich hätte mir wenigstens eine Muschel als Erinnerung an sie aufheben sollen.«

Ich dachte an die Seelöwen, die Ariel vor Point Pinos gesehen und dem Tierschutzverein von Monterey gemeldet hatte. Das war Mitte August gewesen. Ich fragte Maggie danach, mußte aber feststellen, daß Ariel ihrer Mitbewohnerin nichts von den Seelöwen erzählt hatte.

»Ariel hat sich also große Sorgen um Dinge wie umweltschädliche Substanzen auf Werften gemacht«, sagte ich.

Maggie nickte zustimmend. »Aber noch schlimmer war für sie eine Ölpest. Als das Unglück mit der Exxon Valdez in Alaska passierte, hat sie sich alle Fernsehberichte über ölverschmierte Seevögel und Otter angeschaut. Sie wurde furchtbar wütend und hat sogar vor dem Fernseher geweint. Bloß weil ein Mensch eine Dummheit begeht, ist die Natur auf Jahre hinaus ruiniert, hat sie immer gesagt. Sie war auch strikt gegen Bohrinseln. Deshalb hat sie auch gegen die Raffinerie unten im Süden gekämpft. Dort und bei den Demonstrationen gegen Diablo Canyon ist sie mehrmals von der Polizei festgesetzt worden.«

»Maggie, Sie haben mir doch heute nachmittag erzählt, daß Ariel in diesem Sommer Ryan Trent besucht hat. War das auch im August? Vor oder nach der Führung durch die Beckman-Werft?«

»Ja, es war im August«, bestätigte Maggie. »Und ich glaube, es war nach dem Werftbesuch. Kurz vor dem Labor-Day-Wochenende.«

Während ich über das Gehörte nachdachte, stellte ich meine Kaffeetasse auf den Couchtisch rechts von mir und deutete auf den Postkorb auf der Theke, die die Küche vom Eßzimmer trennte. »Ariel hat ziemlich viele Briefe von Umweltschutzorganisationen bekommen. Wissen Sie, ob sie Mitglied bei diesen Organisationen war? Hat sie bei welchen aktiv mitgewirkt?«

»*Save Our Shores, Greenpeace* und den *Sierra Club* unterstützte sie mit Spenden«, zählte Maggie auf, »außerdem bei *Friends of the Earth* und *Friends of the Sea Otter*. Aktiv war sie aber nur bei einer lokalen Organisation hier in San Luis Obispo mit Namen *Central Coastwatch.* Das Büro ist in der Chorro Street.«

»Hat Ariel eigentlich Aufzeichnungen über wichtige Dinge gemacht?«

»Ja. Ich habe Ihnen zwar bisher noch nichts davon erzählt, aber jetzt fällt es mir ein. Sie hat sich alle Flugblätter von den unterschiedlichsten Umweltgruppen aufgehoben und darüber hinaus noch Artikel aus der Zeitung ausgeschnitten.«

»Wahrscheinlich zu Themen wie Chemikalien, die auf Werften verwendet werden«, vermutete ich. Und alle diese Ausschnitte waren jetzt unter Ariels persönlichen Dingen, die ihre Tante in ihrem Auto mit nach Carmel genommen hatte. Ob ich wohl die Familie Logan überreden konnte, mich einen Blick darauf werfen zu lassen?

Trotz des vielen Kaffees mußte Maggie gähnen, und ich sah auf die Uhr. Es war fast halb elf. »Nur eines noch«, sagte ich. »Haben Sie vielleicht ein Foto von Ariel für mich? Ich schicke es ihnen sofort zurück, wenn ich es nicht mehr benötige.«

Maggie nickte und ging in ihr Zimmer. Kurz darauf kam sie mit einem Schnappschuß zurück, der Ariel Logan mit ihren Eltern zeigte. Sie sah darauf so lebendig und frisch aus mit ihren vom Wind verblasenen blonden Haaren und hatte ihre Arme um ihre Eltern gelegt. Ich mußte wieder an Ariels Streit mit Bobby denken, der wohl auch darum gegangen was, daß sie glaubte etwas melden zu müssen.

Was hast du entdeckt? fragte ich stumm das Foto von Ariel. Was war so wichtig, daß du deshalb sterben mußtest?

23

Ich muß unbedingt einen Blick auf Ariels Sachen werfen«, erklärte ich Errol Mittwoch vormittag am Telefon, als Angie und Stan arbeiten gegangen waren. »Glennis Braemer hat auf dem Weg zur Beerdigung in San Luis Obispo Station gemacht und bei Maggie Lim Ariels persönliche Dinge eingepackt und mit nach Carmel genommen.«

»Du willst also, daß ich Peter und Sylvie Logan frage, ob sie Bobby Ravellas Cousine in den privaten Sachen ihrer Tochter herumstöbern lassen«, sagte Errol und lachte trocken. »Ich kann dir jetzt schon verraten, was sie mir darauf antworten werden.«

»Da hast du vermutlich recht. Aber versuch es bitte trotzdem.«

»Wann kommst du zurück?«

»Morgen. Es gibt hier noch ein paar Leute, denen ich Fragen stellen muß. Ist bei euch etwas Besonderes los?«

»Nichts, was mit Bobby zu tun hätte. Das Café Marie hat gestern abend wieder aufgemacht. Minna und ich waren zum Essen dort. Das Lokal war halb leer.«

Weil Parkplätze auf dem Gelände des Polytechnikums Mangelware waren, stellte ich meinen Wagen in einer nahen Seitenstraße ab und ging zu Fuß. Der Campus wimmelte von Professoren und Studenten, die mit Büchern oder Sporttaschen auf dem Weg zu Vorlesungen, Bibliotheken und Turnhallen waren. Fast alle machten jetzt, wo das Herbsttrimester erst drei Wochen alt war, einen guterholten, energiegeladenen Eindruck. Ich ging auf eine Gruppe von Studenten zu und erkundigte mich nach dem Weg zum Institut für Umwelttechnik. Dort sprach ich zuerst mit dem Inhaber des Lehrstuhls und dann mit mehreren von Ariels Professoren.

Sie erzählten mir im Grunde genommen alle das gleiche, nämlich wie entsetzt sie über den Mord an einer ihrer Studentinnen wären. Was sei das bloß für eine Welt, fragten sie, in der einer hochbegabten jungen Frau wie Ariel Logan mit einem stumpfen Gegenstand der Schädel eingeschlagen und ihre Leiche wie ein Stück Abfall ins Meer geworfen wird?

Trotzdem würde es wohl nicht lange dauern, bis sie Ariel vergessen hatten. Bei keinem von ihnen hatte ich den Eindruck, als wäre Ariel mehr als nur eines von vielen Gesichtern in Vorlesungen und Seminaren gewesen. Außer unverbindlichen Phrasen wie »hochbegabte junge Frau« und »vielversprechende Studentin« wußten sie nicht viel über sie zu sagen.

Der Professor für Abwasserkunde war gleichzeitig Ariels Tutor gewesen. Er bestätigte mir das, was ich bereits am vergangenen Abend von Maggie erfahren hatte: Ariel hatte tatsächlich über mehrere Trimester als Praktikantin beim Wasserwirtschaftsamt in San Luis Obispo gearbeitet. Solche Praktika seien üblich, sagte er, denn nur durch sie könnten die Studentinnen und Studenten schon während des Studiums Erfahrungen in ihrem späteren Beruf sammeln.

Das Wasserwirtschaftsamt befand sich in der South Higuera Street. Als ich kurz nach Mittag dort eintraf, schickte mich die Frau am Empfang zu dem Ingenieur, bei dem Ariel gearbeitet hatte. Er hieß Belknap und war ein stämmiger, rundlicher Mann in weiter grauer Hose und blauem Hemd. Als er mir eine Tasse Kaffee anbot, sagte ich nicht nein.

»Als Ariel am Freitag letzter Woche nicht hier auftauchte, rief ich in der Universität an und fragte, was mit ihr los war«, sagte Belknap, nachdem wir in seinem kleinen Büro im ersten Stock Platz genommen hatten.

»Und was hat man Ihnen dort gesagt?«

»Nicht viel. Aber in der Woche darauf rief einer ihrer Professoren hier an und erzählte mir, daß Ariel vermißt werde. Wiederum ein paar Tage später erzählte einer der anderen Praktikanten, daß man ihre Leiche gefunden habe. Es ist kaum zu fassen. Sie war eine so gute Studentin, wirklich intelligent. Ich habe ihr nach ihrem Abschluß sogar einen Job bei unserer Behörde in Aussicht gestellt.«

»Was machen Sie hier eigentlich genau?«

»Hauptsächlich erteilen wir Genehmigungen zur Einleitung von Abwasser ins Meer«, erwiderte Belknap kurz und bündig. »Kalifornien teilt sich in dieser Hinsicht in neun Regionen. Wir sind Region drei, Zentralküste.«

»Und damit auch zuständig für die Bucht von Monterey«, vermutete ich.

Belknap nickte und zog ein paar Broschüren aus dem Regal neben seinem Schreibtisch. Er schlug eine davon auf und zeigte mir eine Landkarte des Gebiets, das seiner Behörde unterstellt war. Menschen, die in ihrer Arbeit aufgehen, reden auch gerne darüber. Belknap bildete da keine Ausnahme. Ich versuchte, seinen Ausführungen über die unterschiedlichen Abwassergenehmigungen zu folgen, die er mit Fachausdrücken wie dreistufige Wasseraufbereitung und suspendierte Schwebstoffe und Hinweisen auf besondere Problemkreise wie den Umgang mit pathogenen Organismen und Viren spickte.

Eine der Publikationen, die Belknap aus dem Regal geholt hatte, hieß »Meeresplan für Kalifornien«. Darin war detailliert aufgeführt, was in den Ozean eingeleitet werden durfte

und was nicht. Beim Durchblättern fielen mir eine Tabelle mit Grenzwerten für Giftstoffe und eine Aufstellung von Verhaltensmaßregeln für die Erhaltung der Meeresfauna und der menschlichen Gesundheit auf. Mit dem Finger fuhr ich die Liste der toxischen Stoffe entlang. Arsen, Blei, Zyanid, Benzol, Kohlenstofftetrachlorid und polychlorierte Biphenyle, kurz PCB.
»Das alles darf man ins Meer schütten?« fragte ich stirnrunzelnd und dachte an die an die Küste brandenden Wellen, die Angie und ich bei unserem Spaziergang gestern nachmittag im Nationalpark Montaña de Oro gesehen hatten.
»Natürlich nur unter strengster Kontrolle«, meinte Belknap und begann lang und breit über Einleitungsbeschränkungen und Grenzwerte zu referieren. Das meiste davon verstand ich nicht, und ich war mir nicht sicher, ob ich es überhaupt verstehen wollte. Ariel hätte es bestimmt etwas gesagt, denn schließlich hatte sie ja Umwelttechnik studiert. Ihr wäre das alles klargewesen.
»Wie ist das eigentlich in Monterey?« fragte ich. »Jetzt, wo die Bucht zum Naturschutzgebiet erklärt wurde, dürfen dort doch bestimmt keinerlei Schadstoffe mehr eingeleitet werden.«
Belknap belehrte mich diesbezüglich eines Besseren. »Es gibt eine Verbotszone, die sich von der Mündung des Salinas River bis Point Pinos an der Spitze der Halbinsel erstreckt. Die Abwässer von Monterey werden außerhalb dieser Zone ins Meer geleitet.« Offenbar war mir meine Verwunderung am Gesicht abzulesen, denn Belknap erklärte unaufgefordert, daß die Kläranlage von Monterey zwölf Millionen Liter Abwasser am Tag zu reinigen habe. Ich konnte mich nur über meine eigene Naivität wundern. Schließlich lebten in der Gegend von Monterey eine gute Viertelmillion Menschen. Hatte ich vielleicht geglaubt, daß

das Wasser, das diese in Toiletten und Ausgüsse spülten, wie von Geisterhand irgendwohin verschwand?

»Im Moment gilt unsere größte Sorge Schwermetallen wie Blei«, sagte Belknap. »Der Hafen von Monterey ist zum Beispiel stark damit belastet.«

»Wie kommt das Blei denn in den Hafen?«

»Durch Schlacken. Beim Bau der Eisenbahnnebenstrecke zur Cannery Row vor vielen Jahren hat man die Schlacke einfach in der Nähe der Mole ins Wasser geworfen.«

Ich stellte mir die kleine Bucht zwischen der Mole und Fisherman's Wharf vor, wo der Yachthafen lag und die Seeotter zur Freude der Touristen auf dem Rücken herumschwammen. Ich hatte nicht gewußt, daß es Blei in diesem klaren, blauen Wasser gab. Die Bucht, die ich für so jungfräulich gehalten hatte, war offenbar stärker belastet, als ich mir je vorgestellt hatte.

»Schwermetalle sind eine schlimme Sache«, erklärte Belknap. »Sie reichern sich im Organismus an, weil sie vom Körper nicht ausgeschieden werden können. Deshalb haben wir auch ein staatliches Programm zur Überwachung von Muscheln ins Leben gerufen. Wir vom Wasserwirtschaftsamt stellen die finanziellen Mittel dafür bereit, und die Leute von der Fischerei- und Jagdbehörde oben in Moss Landing führen die Untersuchungen durch. Sie setzen Muscheln aus, lassen sie drei Monate lang im Wasser und untersuchen anschließend deren Gewebe auf Giftstoffe.«

»Und was für Giftstoffe findet man in der Bucht von Monterey?« fragte ich, in zunehmendem Maße beunruhigt.

»Genau dieselbe Frage hat Ariel mir auch gestellt. Ich fand das damals ziemlich merkwürdig.«

Das machte mich neugierig. »Wann war das? Und warum fanden Sie Ariels Frage merkwürdig?«

»Es war bei Trimesterbeginn vor drei Wochen, als Ariel

nach den Ferien zum ersten Mal wieder hier arbeitete. Und merkwürdig fand ich ihre Frage deshalb, weil sie eigentlich hätte wissen müssen, was in der Bucht von Monterey los ist. Schließlich war sie ja schon über ein Jahr hier. Bei der vielen Landwirtschaft rings um Monterey tragen die Flüsse eigentlich ständig Pestizide in die Bucht, außerdem passiert es immer mal wieder, daß ein Boot Kraftstoff oder Öl verliert. Und wenn es stark regnet, wird aus den Überlaufkanälen eine Menge Unrat aus der Stadt in die Bucht gespült. Und dann gibt es natürlich auch noch die unverbesserlichen Umweltschweine, die Dinge wie alte Batterien irgendwann mitten in der Nacht auf Nimmerwiedersehen im Meer versenken. Solchen Dummköpfen ist es egal, daß das Giftzeug aus den Batterien irgendwann einmal wieder in der Nahrungskette auftaucht.«

Gab es überhaupt irgendwelche menschlichen Aktivitäten, die die Umwelt nicht belasteten? Wie Schnecken hinterließen wir überall, wo wir hingingen, eine Schleimspur, ob es nun der Abfall im Nationalpark oder ein Ölfilm auf der Oberfläche des Ozeans war.

Warum wohl hatte Ariel diese Fragen gestellt? Belknap konnte mir auch keine Antwort geben. Wenn sie wegen eines bestimmten Schadstoffs oder Vorfalls besorgt gewesen war, dann hatte sie diese Information jedenfalls für sich behalten.

Ich verließ das Wasserwirtschaftsamt und kaufte mir in einem nahegelegenen Imbiß ein Sandwich. Dann begab ich mich in die Innenstadt zur Chorro Street, wo ich das Büro der Central Coastwatch suchte, einer der Umweltschutzorganisationen, von denen Ariel Post bekommen hatte.

Das Büro befand sich ein paar Häuser neben der alten Missionsstation in einem kleinen Laden, dessen Schaufenster voller Plakate und Flugblätter hing. Hauptsächlich ging es dabei um Öl – um Bohrinseln vor der Küste, leckgeschlagene Tanker und die Notwendigkeit, die Küste vor einer Ölpest zu schützen. Auf einem der Plakate war ein mit einem schwarzen Ölfilm verklebter Seevogel abgebildet. Als ich das Büro betrat, sah ich, daß es durch eine Trennwand in zwei Hälften geteilt war. Direkt neben der Tür standen mehrere Stühle und ein Sofa. Weiter hinten entdeckte ich einen Schreibtisch mit einem Telefon und einer Rolodex-Adressenkartei, aber kein Mensch war irgendwo zu sehen.

»Hallo?« rief ich.

»Einen Moment«, ließ sich eine weibliche Stimme hinter der Trennwand vernehmen. Dann klingelte das Telefon. Eine große Frau kam hinter der Wand hervorgeeilt, sagte etwas gereizt »Bin ja schon da« und hob den Hörer ab. »Central Coastwatch.«

Während die Frau ihr Gespräch führte, das sie offenbar ebenso zu amüsieren schien wie die Person am anderen Ende der Leitung, betrachtete ich sie, wie sie da an der Kante des Schreibtischs lehnte. Sie mochte etwa Mitte Vierzig sein und hatte schon ein paar graue Strähnen in ihrem braunen Haar, das bis auf ihr weißes T-Shirt fiel. Ansonsten trug sie Sandalen und eine weite, blaue Latzhose und an den Ohren lange Gehänge mit Glasperlen, die bei jeder ihrer Bewegungen hin und her schwangen.

Als die Frau schließlich den Hörer auflegte, lächelte sie mich an. Sie hatte Lachfalten in den Augenwinkeln. »Hallo. Was kann ich für Sie tun?«

»Mein Name ist Jeri Howard. Ich komme aus Oakland und bin Privatdetektivin.« Während sie noch telefonierte, hatte ich eine meiner Visitenkarten aus der Handtasche genommen, die ich ihr jetzt überreichte. Die Frau hielt sie mit spitzen Fingern, als wäre die Karte mit irgendeiner giftigen

Chemikalie getränkt. Ich sah jetzt einen mißtrauischen Ausdruck in ihren Augen.

»Ich würde gerne mit Ihnen über eine ihrer freiwilligen Helferinnen reden. Über Ariel Logan.«

Das Mißtrauen in ihrem Blick verwandelte sich in offene Feindseligkeit. »Ich habe Ihnen nichts zu sagen. Bitte, verlassen Sie dieses Büro.«

Ich hatte wohl den falschen Einstieg gewählt. Aber warum war sie so abweisend? Hatte vielleicht irgendwann einmal jemand der Organisation einen Detektiv auf den Hals gehetzt?

»Ariel Logan ist tot«, sagte ich. »Sie wurde vor über einer Woche in der Nähe von Carmel ermordet. Ich möchte herausfinden, weshalb sie hat sterben müssen.«

Jetzt starrte sie mich vollkommen konsterniert an. »Ist das Ihr Ernst?«

»Leider ja. Wenn Sie mir nicht glauben, dann rufen Sie Ariels Mitbewohnerin Maggie Lim an. Sie war am Montag auf der Beerdigung.«

Die Frau ging an mir vorbei zu dem Couchtisch und suchte in einem Stapel alter Ausgaben der *San Luis Obispo Telegram-Tribune* herum. »Ich habe doch vor ein paar Tagen eine Schlagzeile gelesen, daß eine Studentin vom Polytechnikum ermordet worden ist. Aber bei der ganzen Aufregung bin ich nicht dazugekommen, die Geschichte zu lesen.«

Sie fand die Zeitung, die sie gesucht hatte, und setzte sich damit aufs Sofa. Während sie den Artikel las, schüttelte sie ungläubig den Kopf. Dann gab sie mir das Blatt. Es war die Sonntagsausgabe, in der eine mittelfette Schlagzeile in der unteren Hälfte den Mord meldete und ein knapp gehaltener Artikel dem Leser gerade die allernötigsten Fakten mitteilte.

»Ich habe mich schon gefragt, weshalb Ariel in letzter Zeit gar nicht mehr kam«, sagte die Frau. »Besonders jetzt, wo das mit der Ölfirma herausgekommen ist.«
Ich setzte mich neben sie aufs Sofa. »Was ist denn herausgekommen?«
Die Frau reichte mir die Zeitung, die sie immer noch in der Hand hielt, und deutete auf die Aufmacher-Schlagzeile auf der ersten Seite. STAATSANWALT ERWÄGT ANKLAGEERHEBUNG stand da in großen Lettern. Ich überflog rasch den dazugehörigen Artikel. Gegen die Ölfirma, deren Tanker ich gestern zwischen Cayucos und Morro Bay gesehen hatte, wurde seit längerer Zeit von der Staatsanwaltschaft von San Luis Obispo, der Jagd- und Fischereibehörde und dem Wasserwirtschaftsamt ermittelt. Außerdem interessierten sich die Umweltschutzbeauftragten der Vereinigten Staaten, des Staates Kalifornien und mehrerer Gemeinden für die Firma. Die Ergebnisse der Untersuchungen hörten sich ziemlich beunruhigend an.
Aus den Lagertanks der Firma südlich von San Luis Obispo waren große Mengen Öl ins Grundwasser und den Ozean gelangt. Das Leck hatte offenbar schon mehrere Jahre lang bestanden, ohne daß irgend jemand etwas dagegen unternommen hätte. Jetzt wurden die Firma und etliche ihrer Angestellten verdächtigt, von dem Leck gewußt und seine Existenz bewußt vor den Behörden verheimlicht zu haben. Die Staatsanwaltschaft ermittelte bereits wegen einer Ordnungswidrigkeit gegen die Firma, jetzt drohten ihr offenbar auch strafrechtliche Konsequenzen.
»Natürlich streiten die alles ab«, erklärte die Frau und meinte damit die Ölfirma. Während sie sprach, sprühten ihre Augen nur so vor gerechtem Zorn, wie es Menschen eigen ist, die von ihrer Sache vollkommen überzeugt sind. »Die streiten doch immer alles ab. Oder verweisen auf eine

Genehmigung vom Wasserwirtschaftsamt und verseuchen das Meer weiter mit ihrem Dreck. Arsen, Zyanid, Quecksilber, Blei, Toxaphene und PCBs, all das wird noch immer in den Ozean gekippt. Und zwar vollkommen legal, wohlgemerkt. Wenn die Leute wüßten, was vor diesen malerischen Küsten hier alles ins Wasser gelangt, würden sie nicht einmal mehr ihren großen Zeh hineinstecken.«

Vielleicht hatte sie recht, aber im Grunde genommen bezweifelte ich es. Wir Menschen verfügen über die erstaunliche Fähigkeit, Dinge, die wir nicht sehen oder hören wollen, einfach zu ignorieren. Ich persönlich bin in dieser Hinsicht auch nicht viel besser als alle anderen.

Die Frau schimpfte weiter auf die Ölfirma: »Und wenn sie keine Genehmigung haben, leiten sie das Zeug trotzdem ins Meer. Warum auch nicht? Sollten sie wider Erwarten einmal dabei erwischt werden, erhalten sie eine Geldstrafe, mehr nicht.« Sie lachte höhnisch auf. »Geldstrafen sind doch nur ein Klacks für Konzerne dieser Größenordnung. Hoffentlich werden diesmal ein paar mittlere Manager ins Gefängnis geworfen, und das wird ihnen vielleicht eine Lehre sein.« Sie hielt inne und schüttelte frustriert den Kopf. »Tut mir leid, aber ich werde immer so wütend. Seit Jahren kämpfe ich jetzt schon gegen diese Umweltverschmutzer, aber immer wenn ich an die Seehunde denke, werde ich wieder fuchsteufelswild.«

»Was ist mit den Seehunden, Mrs. –?« fragte ich und legte die Zeitung zu den anderen auf den Stapel.

»Nennen Sie mich Maya. Über die Seehunde sprechen Sie besser mit einer Freundin von mir, oben in Paso Robles.« Sie lehnte sich an das Rückenpolster des Sofas und deutete mir damit an, daß sie keine weiteren Fragen über Meeressäugetiere mehr hören wollte. »Aber erzählen Sie mir doch bitte von Ariel. Was ist mit ihr passiert? Und was haben Sie mit der ganzen Geschichte zu tun? Hat Ariels Familie Sie engagiert?«

Ich schüttelte den Kopf. »Ihre Eltern sind der Meinung, daß mein Cousin etwas mit Ariels Tod zu tun hat.«

»Sie war mit einem Fischer zusammen, einem Burschen namens Bobby. Ist das Ihr Cousin? Warum soll er sie getötet haben?«

»Die beiden hatten am Tag vor ihrem Tod einen großen Krach. Bobby will mir aber nicht sagen, worum es bei diesem Streit gegangen ist. Ariels Eltern glauben nun, daß ihre Tochter mit Bobby Schluß machen wollte und er sie deshalb ermordet hat. Aber das paßt überhaupt nicht zu Bobby.«

Maya schlug die Beine übereinander und faltete die Hände über ihrem Knie. »Ariel hatte ihre Zweifel an der Beziehung zu ihrem Freund. Sie stritten sich ziemlich oft.«

»Woher wissen Sie das?«

Sie zuckte mit den Achseln. »Ich will jetzt nicht behaupten, daß Ariel und ich die besten Freundinnen und Vertrauten gewesen seien. Aber manchmal, wenn sie hierherkam, sah sie so niedergeschlagen aus, daß ich sie darauf ansprach, und sie erzählte mir, was sie bedrückte. Im Frühling dieses Jahres sagte sie, es sei aus mit Bobby, wegen seiner Trinkerei. Dann war sie im Sommer aber doch wieder mit ihm zusammen. Sie sagte, er ginge jetzt regelmäßig zu den Anonymen Alkoholikern.«

»Das weiß ich. Aber worüber haben sie sonst noch gestritten?«

»Sie hatte ihre Zweifel an seinem Beruf. Aber andererseits hatte sie auch Zweifel an dem, was sie beruflich anstrebte.«

»Was hatte sie dagegen, daß Bobby Fischer war?«

»Es war nicht der Klassenunterschied zwischen den beiden«, erwiderte Maya. »So war Ariel nicht. Aber sie meinte, daß es diesen Beruf nicht mehr lange geben würde und er sich lieber etwas anderes suchen sollte. Viele von uns Umweltschützern sind nämlich der Ansicht, daß die Fischer alles Leben aus dem Meer fischen. So wie ein Kahlschlag, dem der ganze Wald zum Opfer fällt.«

»Manche Leute halten das bestimmt für eine ziemlich extreme Ansicht«, sagte ich und mußte an die Ravellas denken, die seit drei Generationen als Fischer arbeiteten. Ich wußte genau, was sie dazu sagen würden. Andererseits waren in den fünfziger Jahren tatsächlich sämtliche Sardinen aus der Bucht von Monterey verschwunden, so daß in der Folge die Fischfabriken in der Cannery Row zumachen mußten.

»Wirklich? Die gegenwärtige Dürreperiode hat bereits die meisten Lachsfischer ihre Existenz gekostet. Lachse brauchen Frischwasser, und das ist knapp, da es von der Landwirtschaft und den Städten aufgebraucht wird. Da bleibt für die Fische nicht viel übrig.« Maya schüttelte den Kopf. »Sie sollten sich einmal ansehen, was so ein Treibnetz für einen Schaden anrichten kann. Die meisten sind mehrere Meilen lang und ziehen alles aus dem Wasser, was zwischen ihre Maschen gerät. Vor einiger Zeit kam eine japanische Fangflotte nach Morro Bay und fischte große Mengen Abalonen. Und jetzt beschweren sich die hiesigen Abalonen-Fischer darüber, daß sie nichts mehr fangen, und machen die Otter dafür verantwortlich. Was für ein Unsinn! Otter fressen nie mehr, als sie selbst zum Leben brauchen. Das kann man von uns Menschen nun wahrlich nicht behaupten.«

Überzeugte Umweltschützer hören sich oft so an, als würden sie predigen. Aber eigentlich hatten sie auch allen Grund dazu, die Plakate im Fenster und die Schlagzeile in der Zeitung vor mir waren der beste Beweis dafür.

Behutsam brachte ich das Gespräch wieder auf ein Thema,

das Maya vorhin bereits angesprochen hatte. »Sie haben gesagt, Ariel sei sich wegen ihrer eigenen Karriere nicht sicher gewesen. Aber offensichtlich war doch die Umwelttechnik für sie genau das Richtige.«

»Haben Sie schon einmal den sogenannten Meeresplan für Kalifornien gesehen?« fragte Maya und grinste sarkastisch, als sie die Broschüre erwähnte, die Belknap mir gezeigt hatte. »Haben Sie gesehen, was man danach alles ins Meer leiten darf? Schwermetalle, krebserregende Stoffe, Toxine aller Art. Alles vollkommen legal und natürlich unter strenger Kontrolle der Leute, die diese Abwässer produzieren.« Anklagend deutete sie mit dem Finger auf die Schlagzeile der Zeitung und zog dabei ein verächtliches Gesicht. »Das ist doch wohl dasselbe, als würde man einen Fuchs auf den Hühnerstall aufpassen lassen, wenn Sie mich fragen. Aber genau das ist es, was diese Umweltschutzingenieure tun: Sie mildern die Umweltverschmutzung ein wenig, begrenzen den Schaden. Und das nicht einmal besonders effektiv, zumindest meiner Meinung nach. Seit Ariel das Praktikum beim Wasserwirtschaftsamt absolvierte, hatte sie starke Zweifel, ob sie so etwas später auch beruflich machen wollte.«

»Aber irgend jemand muß sich doch darum kümmern«, argumentierte ich. »Die Menschen, die Abwässer produzieren, werden nicht von heute auf morgen aus Kalifornien verschwinden.«

Maya schüttelte den Kopf. »Das werden sie bestimmt nicht. Eher stirbt da schon alles Leben im Meer ab. Und dann wird es für Ihren Cousin Bobby auch keine Fische mehr zum Fangen geben.«

Ich erinnerte mich an etwas, das Bobby mir letzte Woche erzählt hatte, als Ariels Leiche noch nicht gefunden worden war. Wenn er überhaupt noch etwas fangen wolle, müsse er mit der *Nicky II* immer weiter hinaus aufs Meer fahren. Würden nach den Sardinen jetzt auch noch die Tintenfische ausbleiben?

»Wann haben Sie Ariel zum letzten Mal gesehen?« fragte ich Maya.

Sie überlegte einen Augenblick und sagte dann: »Am Mittwoch vor drei Wochen, kurz bevor das Trimester wieder anging. Wir hatten eine Gruppensitzung hier, und danach sind wir beide noch ins Café um die Ecke gegangen.«

»Am Freitag vor einer Woche hat Ariel ihre Vorlesung sausen lassen und ist, wie mir ihre Mitbewohnerin sagte, um acht Uhr früh nach Carmel gefahren. Wenn sie den Highway 101 genommen hat, müßte die Fahrt etwa drei Stunden gedauert haben. Aber Ariel kam erst am Nachmittag im Haus ihrer Eltern in Carmel an. Sie muß also vorher noch irgendwo anders gewesen sein. Ich weiß nicht, was sie in der Zeit gemacht hat, aber irgendwie habe ich das Gefühl, daß es etwas mit dem zu tun gehabt haben könnte, womit sie sich den Sommer über beschäftigt hat. Haben Sie eine Ahnung, was das gewesen sein könnte?«

»Na ja, Ariel hat mir erzählt, daß ihre Beziehung zu Bobby soweit wieder in Ordnung sei, weil er mit dem Trinken aufgehört habe«, erwiderte Maya. »Sie waren mittlerweile verlobt, wollten mit der Hochzeit aber noch warten, bis Ariel mit dem Studium fertig war. Ihren Eltern hatten sie es noch nicht gesagt, und sie waren sich auch unschlüssig, wann sie es ihnen beibringen sollten.« Maya war einen Augenblick still. »Ariel machte sich auch Sorgen wegen ihrer Großmutter. Sie hat Krebs. In der Zeit zwischen High-School und College hat Ariel ein Jahr in Frankreich gelebt und bei ihr gewohnt. Ich glaube, daß sie und die alte Dame sich sehr gemocht haben. Als Ariels Eltern jetzt nach Paris flogen, wäre sie am liebsten mitgekommen, aber sie mußte zum Beginn des Trimesters wieder an der Universität sein.«

»Hat Ariel vielleicht sonst noch etwas beschäftigt, außer Bobby und ihrer Großmutter?«

»Wir haben viel über die Ermittlungen gegen diese Ölgesellschaft gesprochen. Sie laufen zwar schon seit mehreren Jahren, aber erst in der letzten Zeit sah es so aus, als würde der Staatsanwalt endlich Anklage erheben. Ariel hätte sich sicher gefreut, wenn sie es noch erfahren hätte. Vor allem, daß die Firma jetzt auch noch strafrechtlich belangt werden soll.« Maya seufzte, aber dann fiel ihr noch etwas ein, und ihre Miene hellte sich wieder etwas auf. »Sie hat mich des öfteren etwas über Seehunde gefragt. Ich habe sie deswegen an meine Freundin in Paso Robles verwiesen.«

»Und was war mit den Seehunden?« wollte ich wissen. Es war jetzt schon das zweite Mal, daß Maya sie erwähnte. Könnte ein Zusammenhang mit der Meldung bestehen, die Ariel beim Tierschutzverein von Monterey erstattet hatte?

»Es war schlimm, aber fragen Sie das lieber Susan. Sie weiß darüber viel besser Bescheid als ich.« Maya sprang auf und ging zu ihrem Schreibtisch, wo sie in der Adreßkartei herumblätterte. Dann schrieb sie rasch einen Namen und eine Adresse auf einen Notizzettel und gab ihn mir. »Ich rufe Susan an und sage ihr, daß Sie kommen.«

24

Von den Einheimischen wird Paso Robles kurz Paso genannt. Der volle Name bedeutet auf Spanisch »Paß der Eichen«, und wirklich gab es auf den sanften Hügeln rings um den Ort überdurchschnittlich viele Eichen, deren dunkelgrünes Laub einen starken Kontrast zum braunen Gras und der noch immer ziemlich kräftigen Oktobersonne bildete und die Gehsteige der Wohnviertel in angenehmen Schatten tauchte.
In der Sonne war es brennend heiß, aber zum Glück lag ein Teil des Parkplatzes vor der Veterinärklinik im Schatten eines großen Baumes. Nachdem ich meinen Wagen dort abgestellt hatte, betrat ich den mit Linoleum ausgelegten Empfangsbereich, in dem entlang der Wände eine Reihe Stühle standen. Es roch nach feuchtem Hundefell und Desinfektionsmittel. Auf einem der Stühle saß eine ältere Dame mit einem ebenfalls schon recht betagten Spitz auf dem Schoß. Ihr gegenüber sah ich eine Frau in meinem Alter mit ihrer etwa vierjährigen Tochter, die unruhig auf ihrem Stuhl herumrutschte. Vor den beiden auf dem Boden stand ein hölzerner Transportbehälter mit Griff, in dem eine gefleckte Katze durch lautes Miauen unmißverständlich kundtat, wie ungern sie hier war.
Ich nannte der Frau am Empfang meinen Namen und fragte nach Susan Dailey. »Maya hat Sie schon angekündigt«, sagte die Frau mit einem abwesenden Lächeln und griff nach dem Telefon, das eben zu klingeln anfing. »Susan erwartet Sie.«

Die Frau widmete sich nun ganz dem Telefon und vereinbarte mit der Person am anderen Ende der Leitung einen Termin für Yazoo, wobei aus ihren Worten nicht hervorging, ob es sich bei besagtem Yazoo um einen Hund, eine Katze oder irgendein anderes Tier handelte. Während sie sprach, betrachtete ich eine der Broschüren der Klinik, die auf der Theke lagen. Auf ihr fand sich auch die Telefonnummer einer Einrichtung, die »Daileys Pflegestation für Wildtiere« hieß. Aufgrund der Fotos, die hinter der Theke an der Wand hingen, nahm ich an, daß es sich dabei um ein anderes Gebäude handeln mußte als das, in dem ich mich gerade befand. Sie zeigten ein Haus im Wald und eine ganze Reihe von wilden Tieren, darunter einen Waschbären, einen Dachs und einen jungen Bären mit schwarzem Fell.

Ich hörte irgendwo in der Klinik einen Hund bellen. Dann wurde in einem Gang am anderen Ende des Empfangsbereichs die Tür eines Behandlungszimmers geöffnet, und ein Mann trat heraus, eine Leine in der Hand. Am Ende dieser Leine hing ein lohfarbener Neufundländerwelpe mit riesigen Pfoten. Der kleine Kerl würde sich einmal zu einem enorm großen Tier auswachsen. Zielstrebig lief er auf den Katzenkäfig zu, dessen Insassin heftig fauchend protestierte. Der Mann zog den Hund zur Theke, wo er die Brieftasche zückte und bezahlte, während der Welpe interessiert meine Knie beschnüffelte.

»Sie können jetzt zu Susan«, sagte die Frau am Empfang zu mir und deutete in Richtung des Ganges. Die Türen der Behandlungszimmer waren alle geschlossen, aber eine offenstehende Tür in der Reihe führte in ein Büro, in dem ein Schreibtisch mit einem Computer und viele Bücherregale standen. Eine ebenfalls offene Tür an der Rückwand des Büros führte offenbar hinaus in einen Hundezwinger,

denn hier war der Geruch nach nassem Hundefell noch stärker als im Wartezimmer. Außerdem drang von draußen Gebell herein.
Susan Dailey war eine kleine Frau Ende Vierzig, deren kurzgeschnittenes Haar bereits völlig ergraut war. Sie trug Gesundheitsschuhe, eine khakifarbene Hose und einen weißen Laborkittel über einem karierten Hemd. Die Augen in ihrem scharf geschnittenen Gesicht waren ebenso hellgrau wie ihre Haare und blickten mich ziemlich skeptisch an.
»Ich rede nur deshalb mit Ihnen, weil Maya mich darum gebeten hat«, stellte Susan Dailey von vornherein klar, nachdem sie einen Blick auf meine Visitenkarte geworfen hatte. Ich war ihr anscheinend genauso suspekt, wie ich anfangs ihrer Freundin Maya gewesen war. »Und ich sage Ihnen gleich, daß ich diese Ariel Logan nicht weiter gekannt habe.«
»Aber Sie haben mit ihr gesprochen, und zwar vor drei Wochen, kurz bevor am Polytechnikum das Trimester begann.«
Sie nickte und bot mir einen Stuhl an, während sie hinter ihrem Schreibtisch Platz nahm.
»Ja, Mitte September. Sie hatte ein paar Fragen bezüglich der Seehunde in Avila.«
»Was war mit diesen Seehunden? Maya hat mir nichts darüber erzählen können.«
»Sie sind Opfer dieser Ölgesellschaft geworden«, antwortete Susan Dailey. Mit einem Schulterzucken fuhr sie fort: »Aber natürlich kann ich das nicht beweisen, und ich wurde auch ausdrücklich davor gewarnt, unbewiesene Verdächtigungen auszusprechen. Aber ich sage, was ich will.«
Sie ging nicht weiter darauf ein, wer sie gewarnt hatte, aber an ihren fanatisch funkelnden grauen Augen konnte ich

erkennen, wie sehr ihr die Seehunde am Herzen lagen. Ich fragte mich, weshalb sie gar so wütend war.

»Es geschah vor etwa sechs Jahren, unten bei Avila und Pismo«, sagte sie. Das waren zwei Küstenorte im Süden des County. »Allerdings wurden ähnliche Beobachtungen auch etwas weiter nördlich, in Morro Bay, gemacht. Wir – ich meine damit die Wildtierstation – bekamen immer wieder Meldungen über kranke Seehunde. Ich war damals für die Rettung von Säugetieren zuständig, und so rückte ich nach jeder dieser Meldungen ganz allein mit meinem Fahrzeug aus. In drei Monaten barg ich über hundert Seehunde, lauter erwachsene Weibchen, die unter epileptischen Anfällen litten. Die Tiere befanden sich entweder an Land oder im seichten Wasser direkt am Strand.«

Ich versuchte mir vorzustellen, wie die zierliche Frau ganz allein einen Seehund aus dem Wasser an Land und auf die Ladefläche eines Kleinlasters hievte. Susan Dailey seufzte und fuhr sich mit der Hand durch die Haare.

»Die Seehunde hatten nur dann eine Überlebenschance, wenn ich sie schnell genug hierherbrachte. Wir senkten ihre Körpertemperatur, gaben ihnen Medikamente gegen die Anfälle und durchspülten ihre Körper mit Flüssigkeit. Viele von ihnen starben aber noch auf dem Truck, bevor ich sie zur Behandlung bringen konnte.«

»Was hat denn die Anfälle ausgelöst?«

»Genau kann ich das nicht sagen und schon gar nicht beweisen«, erwiderte sie. »Aber ich vermute, daß es sich um ein Raffinerieprodukt aus Erdöl gehandelt haben muß, das die Tiere mit dem Wasser aufnahmen. Damals haben wir Surfer und Fischer befragt, und einige von ihnen haben auf dem Meer an manchen Tagen einen Geruch nach Öl oder Chemikalien wahrgenommen. An solchen Tagen gingen die Surfer nicht ins Wasser, und die Fischer erzählten mir, daß die Fische nicht an den üblichen Stellen anzutreffen waren.«

»Wie lange ging das denn so?«

»In größeren Abständen etwa vier Jahre lang. Die Fälle tauchten über diese ganzen Jahre verteilt immer wieder mal sporadisch auf. Mal hatten wir viele kranke Seehunde, dann wieder keine, dann wieder ein paar. Die ersten zwei Jahre waren am schlimmsten.«

»Wurde denn von offizieller Seite je etwas dagegen unternommen?« fragte ich, obwohl ich die Antwort schon kannte. Schließlich hatte sie ja bereits gesagt, daß sie nichts beweisen könne. Ihre nächsten Worte bestätigten dann auch meine Vermutung.

»Nicht das geringste. Einer der staatlichen Umweltschützer riet mir sogar, ich solle doch auf eigene Kosten das Wasser nach dem Auslöser dieser Anfälle untersuchen lassen. Aber so etwas kostet viel Geld, unter tausend Dollar ist da nichts zu machen. Derselbe Typ meinte noch, ich müsse darüber hinaus beweisen, daß das Zeug wirklich aus der Raffinerie und nicht von irgendwelchen vorüberfahrenden Schiffen stamme.« Sie lachte kurz und bitter. »Als ob so etwas möglich wäre!«

»Kommen solche Fälle auch heute noch vor?«

»Seit der Ölpest vor zwei Jahren ist mir nichts mehr gemeldet worden. Aber ich rette jetzt auch keine Tiere mehr.«

»Und warum nicht?« fragte ich, obwohl ich die Antwort längst wußte. Das Feuer in Susans grauen Augen war mit einem Mal erloschen.

»Weil ich den Anblick toter Seehunde nicht mehr ertragen konnte«, antwortete sie emotionslos. »Als ich diese Entscheidung traf, hatte ich die Vorstellung, daß vielleicht dann endlich jemand wütend genug werden und irgend etwas dagegen unternehmen würde, wenn keiner mehr die verendeten Tiere holte, die dann einfach an der Küste liegen bleiben würden.« Susan schüttelte den Kopf. »Aber das hat auch nicht funktioniert. Jetzt machen eben andere Leute das, wozu ich nicht mehr in der Lage bin. Sie begreifen nicht, daß es genauso ist, als ob man hinter einem Säufer alles saubermachen würde. Damit erlaubt man ihm nur, den Konsequenzen für sein Tun aus dem Weg zu gehen. Die Ölgesellschaften sind wie Alkoholiker, Miss Howard. Sie wollen einfach nicht die Verantwortung für den Dreck übernehmen, den sie ins Wasser schütten, geschweige denn dafür, daß Lebewesen daran zugrunde gehen. Und die braven Bürger des County haben Angst, daß Meldungen von verseuchtem Meerwasser die Touristen abschrecken könnten.«

Nach allem, was ich von Maya und Susan Dailey gehört hatte, hätte ich am liebsten spontan vor den Werkstoren der Raffinerie demonstriert oder zumindest den Organisationen Geld gespendet, bei denen Ariel Mitglied gewesen war. Aber deswegen war ich nicht hier, sondern wegen des Mordes an Ariel.

»Warum ist Ariel mit ihren Fragen eigentlich zu Ihnen gekommen, wenn Sie doch gar keine Rettungsarbeit mehr leisten?«

Susan Dailey öffnete eine Schreibtischschublade und holte ein Blatt Papier daraus hervor. »Ich habe mir bei dem Gespräch mit ihr ein paar Notizen gemacht. Vorhin habe ich sie noch einmal durchgelesen, um mein Gedächtnis aufzufrischen. Im August hat Ariel im Meer vor Point Pinos zwei Seelöwen entdeckt, die sich in Krämpfen wanden. Sie wollte sofort Hilfe holen, aber bis sie ein Telefon gefunden und wieder an die Stelle zurückgekehrt war, waren die Seelöwen verschwunden.«

Ich nickte. »Das ist mir bekannt. Sie hat es dem Tierschutzverein in Monterey gemeldet.«

»Marsha Landers ist eine Freundin von mir«, sagte Susan Dailey. »Ich habe sie nach meinem Gespräch mit Ariel sofort angerufen. Marsha meinte, daß es sich um einen Einzelfall gehandelt habe. Aber Marsha war damals vollauf mit den Barbareien an den Pelikanen beschäftigt, die etwa um dieselbe Zeit anfingen.«

Stirnrunzelnd dachte ich an die schrecklichen Bilder, die Marsha mir auf der Wildtierstation in Monterey gezeigt hatte. War es möglich, daß die Pelikane und die Seehunde etwas miteinander zu tun hatten?

»Meine Freundin Maya hatte Ariel von den Seehunden und meiner Rolle bei ihrer Rettung erzählt«, fuhr Susan Dailey fort. »Deshalb kam sie zu mir und fragte mich, ob ich mir einen Grund für deren merkwürdiges Verhalten vorstellen könne. Aber allein nach Ariels Beschreibung konnte ich nichts Endgültiges dazu sagen. Dazu hätte ich die Seelöwen schon selber sehen müssen.«

»Hatte Ariel denn irgendwelche Theorien?«

»Sie fragte sich, ob vielleicht Lacke oder andere Chemikalien für die Krämpfe der Seelöwen verantwortlich waren. Ich sagte ihr, daß die Tiere vermutlich mit etwas Giftigem in Berührung gekommen waren, aber das hatte sie sich selbst schon zusammengereimt. Wenn sie darüber hinaus noch andere Theorien gehabt haben sollte, hat sie sie mir nicht mitgeteilt.« Susan Dailey seufzte. »Ich habe ihr gesagt, daß es praktisch unmöglich ist, herauszufinden, welche Substanz dafür verantwortlich war und wo sie herkam. Damals, als so viele Seehunde umgekommen waren, hatte ich es auch nicht beweisen können.«

Susan Dailey ließ sich noch weiter über das Problem mit den fehlenden Beweisen aus. Sie hatte den Eindruck, als würde sie noch immer darunter leiden, daß sie die Ölgesellschaft nicht für die toten und erkrankten Seehunde hatte verantwortlich machen können. Was aber wäre, wenn Ariel eine Spur gefunden hätte? Wenn sie Beweise für diese Spur gesucht hätte?

»Die Bucht steht doch jetzt unter Naturschutz«, dachte ich laut. »Bedeutet das denn nicht, daß sie damit vor Umweltverschmutzung eigentlich sicher sein müßte?«

»Meiner Meinung nach nicht. Die Bucht von Monterey ist ein einzigartiges und sehr fragiles Biotop. Dieses empfindliche Gleichgewicht ist leicht zerstört. Ein kleines menschliches Versagen kann hier unübersehbare Konsequenzen haben. Denken Sie nur daran, was in Dunsmuir passiert ist«, sagte sie und spielte damit auf einen Vorfall an, der sich vor einigen Jahren in Nordkalifornien ereignet hatte. Aus einem defekten Eisenbahnwaggon war damals ein hochgiftiges Herbizid in den Sacramento-Fluß gelaufen und hatte auf siebzig Kilometer alles Leben im Wasser ausgelöscht.

»Laut Wasserwirtschaftsamt gibt es eine Sperrzone, die vom Salinas River bis nach Point Pinos reicht«, sagte ich. »Angeblich darf in dieser Zone überhaupt nichts in die Bucht eingeleitet werden.«

Susan Dailey schüttelte den Kopf. »Das ist richtig, aber die Zone müßte auf die ganze Bucht ausgedehnt werden, um wirklich effektiv zu sein. Schließlich ist das Naturschutzgebiet ja auch größer. Außerdem kann niemand wissen, was aus vorüberfahrenden Schiffen ins Meer geschüttet und dann in die Bucht getrieben wird. Ich weiß nur eines: Der Ozean ist kein Abwasserkanal. Dazu haben erst wir Menschen ihn gemacht. Und langsam ist dieser Kanal randvoll.«

25

Am Donnerstag fuhr ich nach dem Frühstück auf dem Küsten-Highway nach Norden. Erst passierte ich Cambria, das auf bewaldeten Hügeln hoch über dem Meer lag, und dann San Simeon, eine kleine Küstenstadt an der gleichnamigen Bucht. Seine Entstehung verdankt San Simeon übrigens der Großzügigkeit eines reichen Mannes.

Im neunzehnten Jahrhundert hatte George Hearst hier mehrere Parzellen des ehemals der Mission gehörenden Landes erworben. Er und sein Sohn, der Zeitungsmogul William Randolph Hearst, kauften schließlich immer mehr Land dazu, bis gut achtzig Kilometer Küste zu ihrer Ranch gehörten. William Randolph Hearst ließ sich in den Hügeln oberhalb von San Simeon die Casa Encantada errichten, das »verzauberte Haus«. Es wurde ein bizarrer Palast, in dem Hearsts umfangreiche Kunst- und Antiquitätensammlung Platz fand. Nach dem Tod des Patriarchen schenkte dessen Familie die Casa Encantada dem Staat Kalifornien. Heute ist das riesige Gebäude ein Museum, in dem die Besucher Wandteppiche und wertvolle Möbel bestaunen können. Wie beliebt dieses Ausflugsziel bei den Touristen ist, kann man an den vielen Motels ablesen, die man vom Highway aus direkt an der Ausfahrt San Simeon sieht.

Als ich daran vorbeifuhr, sah ich rechts die von der Vormittagssonne beschienene Casa Encantada, aber ich konnte sie nicht lange betrachten, denn hier im Norden des San Luis

Obispo County ist es nicht ungefährlich, die Augen von der Straße zu nehmen.

Zunächst verläuft der Highway zwar ziemlich gerade und fast auf Meereshöhe an der Küste entlang, aber bald beginnt er, die Berge hochzusteigen. Kurz hinter der Grenze zum Monterey County befindet sich die dramatische Haarnadelkurve am Salmon Creek, die hinein in die Gegend von Big Sur führt. Hier wird aus dem vierspurigen Highway eine zweispurige Bergstraße, die sich mit vielen Haarnadelkurven und atemberaubenden Ausblicken fast hundertsechzig Kilometer an der Flanke der Santa-Lucia-Berge entlangwindet. Das Land fällt steil in den Pazifik ab. Dem Fahrer, der beim Blick nach Westen nicht einmal eine Leitplanke erblickt, wird rasch klar, daß er sich hier am Rand eines Kontinents befindet: Wo die Straße aufhört, sind nur noch Luft, schroff abfallende Felsen und tief unten der Ozean.

Entlang der Klippen von Big Sur ist der Stille Ozean alles andere als still. Hier gibt es Ripptiden und gefährliche Strömungen, die man an den weißen Schaumkronen auf dem blauen Wasser erkennen kann. An der Küste brandet der Ozean unablässig gegen das felsige Land, das er im Laufe von Jahrmillionen zu schroffen Klippen, isolierten Felstürmen draußen im Wasser und unzugänglichen, kleinen Sandstränden geformt hat. Im Osten erheben sich die steilen Santa-Lucia-Berge, in denen es berittene Forstbeamte und wagemutige Wanderer gibt, die sich auf die einsamen Pfade der Ventana Wilderness und des Los Padres National Forest wagen, in denen es noch Pumas und Wildschweine gibt.

Ich hatte es nicht eilig. Auf dieser Straße wäre das auch nicht ratsam gewesen. Ich rollte langsam, aber gleichmäßig dahin und fuhr ab und zu rechts ran, um irgendeinen hirnlosen Raser vorbeizulassen. Manchmal hing ich selbst

hinter einem Wohnmobil, das noch langsamer war als ich. Mehrmals an diesem Vormittag hielt ich an, betrachtete das atemberaubend schöne Panorama und war froh, daß diese einmalige Landschaft zum Naturschutzgebiet erklärt worden war. Später dann führte die Straße, vorbei an Nepenthe und Ventana, ins Landesinnere zu der ein paar Kilometer von der Küste entfernten kleinen Stadt Big Sur. Hier aß ich zu Mittag und fuhr dann über den Leuchtturm von Point Sur die steile Bergstraße zum Hurricane Point hinauf.
Hier waren vor achtzehn Monaten Gunter und Janine Beckman ums Leben gekommen, als Gunters Wagen von der Straße abgekommen und die Klippen links von mir hinuntergestürzt war. Vom Hurricane Point aus konnte ich die gewagt geschwungene Bixby-Brücke sehen, die sich über einen tief eingeschnittenen Canyon spannte. Wie jedesmal, wenn ich darüberfuhr, bewunderte ich nicht nur die phantastische Aussicht, sondern auch die Leistung der Ingenieure, die diese Brücke erbaut hatten.
Hinter der nächsten Kurve wartete ein relativ gerades Stück Straße auf mich, dann kam eine weitere Brücke, die aber bei weitem nicht so hoch und so lang war wie die, über die ich eben gefahren war. Es war die Brücke über den Rocky Creek. Ich fuhr nicht darüber, sondern hielt auf dem sandigen Standstreifen neben der Straße an. Ich stellte den Motor ab und blieb einen Augenblick sitzen, um ein paar Autos an mir vorbeifahren zu lassen. Dann stieg ich aus und überquerte die Straße.
Die Rocky-Creek-Brücke hat auf beiden Seiten hüfthohe Steinmauern, an denen schmale Gehsteige entlanglaufen. Kurz vor und hinter der Brücke gehen diese Mauern in ein Metallgeländer über. Ich ging etwa drei Meter weit auf die Brücke und blickte über die Mauer. Fast senkrecht ging es fünfzig Meter tief nach unten, wo sich am Fuß einer steilen

Klippe neben einem kleinen Sandstrand die Mündung des Rocky Creek befand, die jetzt, bei Ebbe, sehr gut zu sehen war. Unten auf den Felsen entdeckte ich das verknautschte Hinterteil eines blauen Kombi, dessen Blech Sand und Salzwasser stark angegriffen hatten. Dieses offenbar nicht mehr zu bergende Wrack erinnerte mich daran, daß man sich hier auf der Küstenstraße beim Autofahren besser nicht ablenken lassen sollte.

War Ariel Logan vielleicht von etwas abgelenkt gewesen, als ihr Mörder von hinten an sie herangetreten war und ihr mit einem Schraubenschlüssel oder Montiereisen auf den Kopf geschlagen hatte? Ich ging wieder zurück und stellte mich hinter dem Geländer am südlichen Ende der Brücke auf einen kleinen Erdhügel. Neben mir ging es steil nach unten, und nichts war da, das einen Körper, der hier hinunterfiel, aufgehalten hätte. Nur ein paar kärgliche, windgepeitschte Büsche krallten sich an die kahle Felswand.

Irgendwo dort unten war Ariels Leiche angespült worden, nachdem sie mehrere Tage im Wasser gelegen hatte. Vielleicht war sie im Seetang oder zwischen den Granit- und Basaltfelsen hängengeblieben, die vor langer Zeit von den Klippen abgebrochen und ins Meer gestürzt waren. Ich trat ein paar Schritte näher an den Abgrund und blickte hinunter auf die karge, wenig einladende Küste. Die Flut stieg bereits wieder an und leckte an den Felsen und dem zerknautschten Metall des Autowracks, wie unzählige Male zuvor.

Wenn Ariel ihren Wagen am Rocky Point Restaurant geparkt hatte, wie war sie dann hierher zur Brücke gekommen? War ihre Leiche überhaupt hier ins Wasser geworfen worden, oder hatte die Strömung sie angetrieben?

Als ich die Küste betrachtete, entdeckte ich unterhalb eines

Privathauses auf einer kleinen Landzunge, die auf der anderen Seite der Rocky-Creek-Brücke ins Meer ragte, einen kaum als solchen erkennbaren Weg. Mehrere dieser Pfade verbanden die Brücke und das Restaurant am Rocky Point miteinander, aber alle verliefen sie über Privatgrund. Ich glaubte nicht, daß Ariel zu Fuß hierhergegangen war. Viel wahrscheinlicher war, daß sie jemanden am Rocky Point getroffen hatte. Vielleicht hatte dieser Jemand sie dort auch getötet und ihre Leiche irgendwo zwischen dem Kap und der Brücke ins Meer geworfen. Eine ganze Weile starrte ich noch hinunter auf den Ozean und hoffte, daß mich aus den anflutenden Wellen unvermittelt eine Erkenntnis anspringen würde.

Zunächst aber war ich diejenige, die sprang, und zwar zur Seite, als eine laut dröhnende Hupe mich aus meinen Gedanken riß. Kaum einen Meter von mir entfernt raste ein rotes Kabrio auf die Brücke zu. Die Sohlen meiner Turnschuhe fanden keinen Halt auf dem losen Kies. Gerade noch rechtzeitig konnte ich mich an dem Geländer festhalten und mußte mit heftig klopfendem Herzen feststellen, daß nicht viel gefehlt hätte, und ich wäre die Klippe hinuntergestürzt und neben dem alten Autowrack auf den Felsen aufgeschlagen.

Auf dem Schild neben dem schmalen Küstenpfad unterhalb des Rocky Point Restaurants stand folgende Warnung: VORSICHT! GEFÄHRLICHE WELLEN. AUCH ERWACHSENE KÖNNEN VON UNGEWÖHNLICH GROSSEN WELLEN INS MEER GERISSEN WERDEN. BENUTZUNG DIESES WEGES NUR AUF EIGENE GEFAHR.

Man darf dem Ozean nie den Rücken kehren, dachte ich. Auf einmal hörte ich links über mir Stimmen und blickte nach oben. Drei Menschen, die sich von dem Warnschild offenbar nicht hatten abschrecken lassen, kletterten auf einer zerklüfteten Felsnase herum. In einiger Entfernung konnte ich die Brücke über der Mündung des Rocky Creek erkennen, an der ich vorhin gewesen war.

Ich drehte mich um und kehrte zurück zum Restaurant. Es war ein ebenerdiges, graugestrichenes Gebäude, dessen dem Meer zugewandte Seite fast vollständig aus Glas bestand und einen wunderbaren Ausblick bot. An einem Ende des Gebäudes befand sich die Bar, zu der auch eine Terrasse mit bequemen Stühlen gehörte. Das Restaurant hatte zwei Parkplätze. Der größere, auf dem ich meinen Toyota abgestellt hatte, lag etwa einen Meter tiefer als der zweite Parkplatz, der sich direkt neben dem Eingang zum Lokal befand. Die Mittagessenszeit neigte sich ihrem Ende zu, und so war der Speiseraum mit seinen Panoramafenstern halb leer.

»Die Polizei war aber schon hier«, erklärte mir der Geschäftsführer, ein Mann Mitte Vierzig mit groben Gesichtszügen und bereits merklich gelichtetem, dunkelblondem Haar. »Mehrmals sogar. Ich weiß nicht, was ich Ihnen noch erzählen soll.«

Als ich ihn schweigend ansah, fühlte er sich offenbar verpflichtet, etwas zu sagen. »Der Wagen ist mir am Dienstag aufgefallen. Weißer Honda Civic, stand ganz hinten auf dem unteren Parkplatz. Wer weiß, wie lange der schon dort gestanden hat. Als er am Mittwoch immer noch da war, habe ich die Polizei angerufen, damit sie ihn abschleppen ließ. Kurz darauf waren auch schon die Leute des Sheriffs hier. Sagten, der Wagen gehöre einer Frau, die vermißt wird. Am nächsten Tag haben sie dann unten am Rocky Creek ihre Leiche aus dem Wasser gezogen.«

Ich nahm den Schnappschuß, den Maggie Lim mir gegeben hatte, aus meiner Handtasche. Ich reichte das Foto, das eine lächelnde Ariel zwischen ihren Eltern zeigte, dem

Geschäftsführer. »Bitte sehen Sie sich doch mal dieses Bild an und sagen Sie mir, ob Sie die Frau in der Mitte schon einmal gesehen haben. Es wäre möglich, daß sie am Freitag oder Samstag vor einer Woche in Ihrem Lokal war.«
Der Geschäftsführer besah sich den Schnappschuß eine Weile. »Ich weiß, daß das die Tote ist. Die Polizei hat mir nämlich ein Bild von ihr gezeigt. Ich selbst habe sie zwar nicht gesehen, aber Gina meint, daß sie vielleicht am Freitag abend hier war.«
»Kann ich mit Gina sprechen?«
»Natürlich«, erwiderte der Geschäftsführer und warf einen Blick in den Speiseraum. »Sie kassiert gerade an einem Tisch ab. Aber warum setzen Sie sich nicht einstweilen an die Bar? Ich werde Gina zu Ihnen schicken, sobald sie Zeit hat.«
Ich ging durch den Speiseraum und setzte mich auf den ersten freien Barhocker. »Was darf's sein?« fragte der Barkeeper. Ich bestellte ein Club Soda, und ein paar Minuten später kam eine schlanke, dunkelhaarige Frau auf mich zu. »Ich bin Gina. Sie wollten was von mir?«
»Ja, ein paar Informationen.«
Ich legte eine meiner Visitenkarten und das Foto von Ariel und ihren Eltern vor sie auf die Bar. Meine Karte interessierte sie nicht, aber den Schnappschuß nahm sie in die Hand.
»Die schon wieder. Ich habe doch schon zweimal mit dem Sergeant über sie geredet. Erst gestern war er wieder da. Was wollen Sie denn wissen?«
»Ich will herausfinden, was passiert ist.«
»Ich habe diese Frau gesehen«, sagte Gina und legte das Foto wieder auf die Bar. »Wenigstens glaube ich, daß sie es war.«
»Wann?«

Gina strich sich eine Haarsträhne aus dem Gesicht. »Am Freitag abend vor einer Woche. Ich war draußen auf der Terrasse und habe eine geraucht. Da sah ich sie auf der Kühlerhaube eines kleinen weißen Autos auf dem unteren Parkplatz sitzen. Ich dachte zuerst, daß sie den Sonnenuntergang anschauen wollte, aber dann kam ein anderes Auto auf den Parkplatz gefahren, und sie stand auf, als habe sie auf jemanden in dem anderen Wagen gewartet.«

»Können Sie mir diesen Wagen vielleicht beschreiben?«

»Und ob ich das kann«, meinte Gina. »War ja auffällig genug. Ein echter Klassiker. Thunderbird, Baujahr siebenundfünfzig oder achtundfünfzig. Schwarz oder dunkelblau, glaube ich wenigstens.«

Ich starrte sie ungläubig an. War das Bobbys Wagen gewesen? Wie viele solcher Thunderbirds mochte es auf der Halbinsel wohl geben?

»Ist sie denn in diesen anderen Wagen eingestiegen?« fragte ich sie, als ich meine Stimme wiedergefunden hatte.

»Das habe ich nicht gesehen«, antwortete Gina achselzuckend. »Ich habe meine Zigarette fertig geraucht und bin wieder ins Lokal gegangen.«

Der Barkeeper hatte unserem Gespräch interessiert zugehört. Jetzt griff er nach dem Schnappschuß und sah ihn sich an. »Ist das das Mädchen, das getötet wurde? Und wer sind die beiden neben ihr?«

»Das sind ihre Eltern. Haben Sie die junge Frau vielleicht am Freitag abend vor einer Woche hier gesehen?«

Der Barkeeper schüttelte den Kopf. »Nein. Die habe ich noch nie gesehen«, sagte er langsam. »Aber der Mann auf dem Foto war hier. Und zwar an dem Freitag abend.« Er deutete auf Peter Logan.

»Sind Sie sicher?«

»Ganz sicher. Und er war auch ganz bestimmt am Freitag

vor einer Woche hier. An dem Freitag, nach dem alle Leute fragen.« Er tippte mit seinem Zeigefinger auf dem Bild herum. »Er kam bei Sonnenuntergang herein, setzte sich allein an die Bar und trank zwei Scotch.«

»Hat er den Eindruck gemacht, als warte er auf jemanden?«

Der Barkeeper nickte. »Ja. Da drüben auf dem Hocker hat er gesessen.« Er deutete auf den Barhocker, der der Terrassentür am nächsten stand. »Und er hat ständig auf seine Uhr geblickt. Wann er wieder gegangen ist, habe ich nicht mitbekommen.«

Ich stand auf und ging zu dem Barhocker, auf dem Peter Logan gesessen hatte. Ich setzte mich und sah nach draußen. Von hier aus hatte man einen guten Blick auf den unteren Parkplatz. Mir schwirrte der Kopf, als ich an einen Mann und ein Auto dachte, die beide an diesem Freitag nicht hätten hier sein dürfen.

Der Thunderbird hätte vor dem Haus meines Cousins stehen müssen, während sein Besitzer schlief, um später am Abend ausgeruht mit seinem Boot hinausfahren zu können. Auch Peter Logan hätte am Freitag vor einer Woche nicht in diesem Lokal sein dürfen, denn er war ja nach Aussage aller möglichen Leute erst am Sonntag mit seiner Frau aus Paris zurückgekehrt. Zumindest glaubten das die Leute.

Warum also war Peter Logan an dem Freitag, an dem seine Tochter ermordet wurde, an der Bar des Rocky-Point-Restaurants gewesen? Und noch dazu bei Sonnenuntergang, als seine Tochter draußen auf dem Parkplatz zum letzten Mal lebend gesehen worden war.

26

Die restlichen Meilen nach Monterey fuhr ich so schnell, wie ich es auf der gefährlichen Straße wagen konnte. Als ich erst einmal den Flaschenhals von Carmel hinter mir hatte, brauste ich den Carmel Hill hinunter, wobei ich das blaue Wasser der Bucht von Monterey mit ihrer geschwungenen Küstenlinie vor mir liegen sah. In Monterey fuhr ich direkt zum Hafen, stellte meinen Toyota auf einen Parkplatz an der Pier Zwei und warf ein paar Münzen in die Parkuhr.

An der Pier war nicht mehr viel los, nur um das Gebäude der Monterey Fish Company kreisten die Möwen und hofften auf eine Mahlzeit, während die Seelöwen sich aus demselben Grund im Wasser vor der Pier sammelten und heiser bellten. Die Fischerboote, die nach Sardinen und Sardellen gefischt hatten, hatten ihren Fang längst an Land gebracht. Ich hielt einen ziemlich derb aussehenden und stark nach Fisch, Zigaretten und Salzwasser riechenden alten Mann an, der die Pier entlang geschlurft kam. »Wo ist die *Nicky II*?« fragte ich. »Ist die Mannschaft schon nach Hause gegangen?«

Einen Augenblick starrte der alte Mann mich, den weiblichen Eindringling in eine Männerwelt, entgeistert an. Schließlich fand er die Sprache wieder. »Die hat schon ausgeladen und liegt dort drüben auf Reede.« Er deutete in Richtung auf die Küstenwachtmole. »Sehen Sie, da kommen die Jungs.«

Ich sah, wie der blaue Rumpf der *Nicky II* etwa auf halber Strecke zwischen der Pier und der Mole auf den Wellen schaukelte, und beobachtete, wie das Beiboot mit sieben Männern an Bord langsam auf den Bootshafen zusteuerte. Die Mannschaft stieg zuerst an Land, gefolgt von Bobby, der mit seinem gesenkten Kopf und den eingefallenen Schultern einen müden Eindruck machte. Als er aufsah und mich auf der Pier erblickte, verzog er den Mund zu einem matten Grinsen.

»Bist du gekommen, weil du nun doch bei mir anheuern willst, Jeri? Ich habe immer noch einen Mann zuwenig.«

Ich schüttelte lächelnd den Kopf. »Ich habe kein Talent zum Fischer. Allein die Arbeitszeit würde mich fertig machen. Ganz zu schweigen von der Seekrankheit.«

»Meine Mutter hat mir erzählt, daß du in SLO warst«, sagte Bobby und zog das Tor zum Bootshafen zu. »Bist du gerade zurückgekommen?«

Ich packte meinen Cousin am Arm. »Bobby, wo bist du nach dem Streit mit Ariel hingegangen? Ich meine jetzt nicht, daß du nach Karl Beckman gesucht hast. Das weiß ich schon. Linda hat es mir erzählt.«

Er seufzte. »Warum mußt du denn das wissen?«

»Weil eine Bedienung im Rocky-Point-Restaurant sagt, sie habe Ariel am Freitag abend dort auf dem Parkplatz gesehen. Sie hat auch einen Thunderbird hereinfahren sehen, der sehr nach dem deinen aussah und auf den Ariel möglicherweise gewartet hat.«

Bobby blieb stehen und stemmte die Hände in die Seiten. »Nein. Das ist völlig unmöglich.«

»Warum nicht, Bobby? Ich brauche Einzelheiten. Du mußt mir alles sagen.«

»Okay, okay.« Wir gingen nebeneinander die Pier entlang. »Nach dem Streit bin ich zuerst zu Linda ins Büro gefahren und habe ihr gesagt, daß ich Nicky erst am Samstag früh abholen würde. Dann bin ich zur Werft gegangen.«

»Wann war das?« unterbrach ich ihn.
Bobby zuckte mit den Schultern. »Halb fünf, Viertel vor fünf. Als ich Karl auf der Werft nicht finden konnte, ging ich zu seinem Haus. Dort war ich so etwa um halb sechs. Ich wartete eine Weile vor dem Haus auf ihn, aber er kam nicht heim. Ich bin sogar ins Café Marie gefahren, um zu sehen, ob er vielleicht dort war. Das war um sechs. Karl war nicht dort. Um halb sieben aß ich ein Sandwich in der Casa Bodega. Ich war ziemlich frustriert. Deshalb bin ich zu dem Treffen der Anonymen Alkoholiker gegangen, das am Freitag um sieben Uhr beginnt.«
»Damit bist du aus dem Schneider. Sicher wird einer der Teilnehmer...«
Bobby schüttelte den Kopf. »Wir nehmen es dort mit der Anonymität ziemlich genau. Ich möchte niemanden in die Sache mit hineinziehen. Aber ich war gut zwei Stunden dort, und nach dem Treffen bin ich nach Hause und habe mich ins Bett gelegt.«
»Also warst du den ganzen Abend entweder selbst in deinem Wagen, oder er war in der Nähe geparkt.«
»Stimmt. Erst an der Kirche, in der das Treffen stattfand, dann zu Hause in meiner Zufahrt.«
»Hat außer dir sonst noch jemand einen Schlüssel für den Thunderbird?«
Bevor Bobby mir antworten konnte, bemerkten wir einen Mann, der vor uns im Gegenlicht stand. Sergeant Magruders Augen unter den dunklen Brauen blickten so ausdruckslos drein wie vergangene Woche, als er Bobby im Ravella's erzählt hatte, daß Ariels Leiche gefunden worden war.
»Robert Ravella«, sagte der Sergeant mit leiser, emotionsloser Stimme, die so klang wie bei Ariels Begräbnis, als er mir empfohlen hatte, ich solle mich aus seiner Morduntersuchung

suchung heraushalten. Allerdings hörte er sich dieses Mal sehr viel offizieller an. Ich wußte sofort, was das zu bedeuten hatte.

»Robert Ravella«, wiederholte Magruder. »Ich verhafte sie wegen des Mordes an Ariel Logan.«

Nick und Tina Ravella wohnten in einem ebenerdigen Holzhaus in der Roosevelt Street, die sich auf einem mit Kiefern bestandenen Hügel oberhalb der Kasernen von Monterey entlangzog. Durch das Aussichtsfenster im Wohnzimmer konnte man zwischen zwei gegenüberliegenden Häusern ein kleines Stück der Bucht erkennen. Als ich um fünf Uhr nachmittags dorthin zu den Ravellas kam, waren die Zufahrt und der Gehsteig vor dem Haus bereits mit vielen Autos zugeparkt. Als auf mein Klopfen niemand reagierte, öffnete ich die Haustür und stürzte mich ins Gefecht.

Drinnen war eine Familienversammlung in vollem Gange. Überall im Wohnzimmer saßen oder standen Verwandte, die alle auf einmal zu reden schienen. Tina, die mittendrin auf dem Sofa saß, hatte tiefe Sorgenfalten auf der Stirn. Tante Teresa saß in ihrem schlichten, schwarzen Kleid neben ihr und hatte den Arm um die Schultern ihrer Schwiegertochter gelegt. Auf Tinas anderer Seite saß Sally, ihre älteste Tochter, und in der Küche entdeckte ich deren Schwester Elena, die offenbar extra aus Santa Cruz gekommen war. Elena machte gerade Kaffee und unterhielt sich dabei mit zwei Frauen, die ich nicht auf Anhieb erkannte. Eine trug ein Kostüm, die andere war in Bluejeans.

Nick Ravella stand in einer Ecke des großen Wohnzimmers. Er hielt sich mit der einen Hand das rechte Ohr zu, während er sich mit der anderen Hand den Hörer des Telefons ans linke preßte. Bei dem Geräuschpegel, der hier herrschte, hatte er bestimmt Schwierigkeiten zu verstehen, was sein Gesprächspartner am anderen Ende der Leitung sagte. Schließlich ging er mit dem Telefon an seiner langen Schnur hinaus in den Gang.

In der Nähe stand Onkel Dominic mit einem verärgerten Ausdruck auf dem wettergegerbten Gesicht und redete heftig gestikulierend und auf italienisch auf Bobbys älteren Bruder Sal ein. Sal hatte einen eigenen Fischkutter, die *Bellissima,* die inzwischen von seinen beiden Söhnen Joe und Leo betrieben wurde. Auch diese beiden standen in der Gruppe und trugen auf englisch mit ein paar eingestreuten italienischen Brocken zum Gespräch bei.

Auch die Doyle-Seite der Familie war bei dem Treffen anwesend. Direkt vor mir stand mein Cousin George, der aufgeblasene Wichtigtuer der Familie. Sein Gesicht war noch röter als sonst, und er machte den Eindruck, als fühle er sich hier überhaupt nicht wohl. Bei einer Versammlung seiner Bauunternehmer-Freunde, auf der es um ein weiteres neues Hotel an der Cannery Row gegangen wäre, hätte er sich bestimmt sehr viel behaglicher gefühlt. Auf Familientreffen wirkte er immer ein wenig deplaziert und machte den Eindruck, als ob er seinen Stammbaum, der seiner Meinung nach viel zu sehr nach Salzwasser und Fischfabriken roch, am liebsten verleugnet hätte.

Als mein Blick nach rechts wanderte, sah ich einen weiteren Grund für Georges offensichtliches Mißbehagen. Dort stand Kay und sah in ihrem fuchsienfarbenen Overall und dem geblümten Seidentuch, das sie sich in ihre schwarzen Locken gebunden hatte, einfach umwerfend aus. George konnte es einfach nicht verwinden, daß Kay und seine Schwester Donna ein Paar waren. Merkwürdig, dachte ich, daß alle anderen in der Familie diese Beziehung akzeptierten, nur er als Donnas Bruder nicht.

Als ich gleich darauf ein weiteres Mitglied der Doyle-Familie erblickte, war es an mir, mich peinlich berührt zu fühlen. Mutter hatte Bobbys Verhaftung offenbar als so wichtig eingestuft, daß sie das Café Marie vorübergehend allein gelassen hatte. Sie hatte Karl Beckman dabei, und ich fand, daß der auf einem Familientreffen wie diesem nun wirklich nichts zu suchen hatte. Außerdem mochte ich die besitzergreifende Art nicht, wie er sich von hinten über den Stuhl meiner Mutter beugte und ihr seine großen Hände auf die müde wirkenden Schultern legte.

Donna stürzte sich auf mich wie einer ihrer Pelikane auf einen Fisch. Sie öffnete den Mund, um zu sprechen, aber es war im Wohnzimmer so laut, daß ich nur den Kopf schüttelte und sie mit in die Küche zog. Ich nickte Elena und den beiden Frauen zu, und mir fiel jetzt wieder ein, daß sie mit Joe und Leo verheiratet waren.

»Was ist denn passiert?« wollte Donna wissen, als wir durch die Hintertür auf die Terrasse gelangt waren.

»Als ich aus San Luis Obispo zurückkam, bin ich sofort zum Hafen gefahren. Ich wollte mit Bobby über etwas reden, was ich herausgefunden hatte. Als wir die Pier entlanggingen, tauchte auf einmal Magruder auf und nahm Bobby fest.«

Ich erzählte Donna, was danach geschehen war. Während ich vergeblich versucht hatte, aus dem Sergeant irgend etwas herauszubekommen, hatte ein Hilfssheriff Bobby in einen wartenden Streifenwagen gebracht. Nachdem Magruder mich erneut davor gewarnt hatte, mich in seine Untersuchung einzumischen, war er in den Wagen gestiegen und davongefahren. Ich war zum Fisherman's Wharf hinübergelaufen und hatte Nick und Tina alarmiert. Magruder und der Hilfssheriff hatten Bobby zur Polizeistation im Gerichtsgebäude an der Aguajito Road gebracht, wo er jetzt auf seinen Transport ins Gefängnis von Salinas wartete.

»Magruder hat eine Zeugin, die zur selben Zeit Bobbys Auto und Ariel auf dem Parkplatz am Rocky-Point-Restaurant gesehen hat. Und zwar an dem Abend, an dem Ariel ermordet wurde. Meiner Meinung nach ist es aber noch gar nicht sicher, daß das Mädchen Ariel und der Wagen der von Bobby war.«

Ich erzählte Donna, daß ich selbst in dem Restaurant gewesen war und mit der Kellnerin gesprochen hatte, die eine junge Frau, die möglicherweise Ariel gewesen war, gesehen hatte, dazu einen Thunderbird, wie auch Bobby einen fuhr. Der Sergeant glaubte nun offenbar, Bobby damit nachweisen zu können, daß er an diesem Abend am Rocky Point gewesen war. Soweit ich es beurteilen konnte, waren die Beweise jedoch nicht zwingend. Es mußte doch mehr siebenundfünfziger Thunderbirds als diesen einen auf der Halbinsel geben, und selbst wenn die Kellnerin wirklich Ariel auf dem Parkplatz gesehen haben sollte, mußte das Auto noch lange nichts mit ihr zu tun gehabt haben. Die Staatsanwaltschaft hatte nun achtundvierzig Stunden, um die Akte zu prüfen. Nach Ablauf dieser Zeitspanne mußte Bobby entweder freigelassen oder angeklagt und eine Kaution für ihn festgesetzt werden.

Als Donna und ich wieder ins Wohnzimmer kamen, war Nick gerade mit Telefonieren fertig. Auf einmal waren alle ringsum leise und wollten hören, was Nick von seinem Gespräch mit einem Strafverteidiger zu berichten hatte. Der Anwalt hatte Nick erklärt, daß der Staatsanwalt gegen Bobby Anklage erheben und eine ziemlich hohe Kaution – vermutlich eine halbe Million Dollar – festsetzen würde.

»Und wie sollen wir, bitte schön, so viel Geld auftreiben?« fragte Tina gequält.

»Wir könnten eine Hypothek auf diesen Schuppen hier aufnehmen«, schlug Nick vor und meinte damit das Haus, für das er und Tina so hart gearbeitet hatten. Es war mehr als bloß ein Dach über dem Kopf, es war die Frucht vieler Jahre harter Arbeit auf dem Kutter oder hinter der Theke ihres Fischgeschäfts. Hier hatten die beiden ihre Kinder großgezogen und auf ihre Enkel aufgepaßt.

»Das halte ich für keine allzu gute Idee«, meinte George und rückte sich die Krawatte zurecht. »Der Immobilienmarkt ist jetzt, wo Fort Ord dichtgemacht wird, völlig zusammengebrochen.«

»Du bist doch der große Finanzexperte«, grollte Donna. »Hast du vielleicht eine bessere Idee?«

»Wir haben doch alle Geld auf der Bank«, mischte Onkel Dom sich mit seiner knorrigen Stimme ein. »Wir müssen eben als Familie zusammenlegen.« Mit diesen Worten griff er nach einem Block und einem Kugelschreiber, die neben dem Telefon lagen. Er schrieb etwas auf den Block und zeigte es Tante Teresa, die mit einem Nicken ihre Zustimmung signalisierte.

Jetzt wollten alle als nächste die Liste haben. Dom gab sie Sal Ravella, der kurz mit seinen Söhnen und deren Frauen konferierte, ehe auch er eine Summe auf den Block schrieb und ihn dann einem meiner Cousins weitergab, dessen Name mir im Moment nicht einfiel.

»Ich werde mit den Burschen unten an der Pier reden«, sagte Leo, »und mit der Gewerkschaft der Fischer. Vielleicht kann man dort eine Art Spendentopf einrichten.«

Während der Block von einem zum anderen weiterwanderte, wurde es im Wohnzimmer wieder lauter. Ich hörte, wie Bobbys Schwestern Sally und Elena sagten, daß sie erst noch mit ihren Männern Rücksprache halten müßten. Kay und Donna trugen sich beide auf der Liste ein. Als die Aufstellung zu meiner Mutter gelangte, meinte sie, daß sie mehrere tausend Dollar zur Verfügung stellen könne.

»Geht das Geschäft denn wieder besser?« fragte ich.
Sie schüttelte den Kopf. »Eigentlich nicht. Die Maus im Essen und der Anschlag vom Sonntag sind immer noch nicht vergessen.«
Also konnte Mutter eigentlich nichts erübrigen. Sie mußte die Gehälter auch dann zahlen, wenn weniger Gäste in ihr Lokal kamen als üblich. An Karl Beckmans Gesicht konnte ich sehen, daß ihm derselbe Gedanke durch den Kopf ging. Der Werftbesitzer nahm Mutter die Liste aus der Hand und schrieb seinen eigenen Beitrag zu Bobbys Kaution darauf. Wieder einmal fragte ich mich, was Beckman mit meinem Cousin, dem Fischer, verband, der so viele Jahre jünger war als er. Und ich fragte mich, was Bobby Beckman wohl für einen Gefallen schuldete, von dem er mir nichts sagen wollte.
Karl gab den Block an Cousin George weiter, der ihn mit spitzen Fingern nahm und so tat, als wäre er radioaktiv verseucht. »Na, für wieviel bist du gut, George?« fragte Kay mit einem frechen Grinsen auf den Lippen.
George warf der Lebensgefährtin seiner Schwester einen bösen Blick zu und redete sich darauf hinaus, daß er sich erst mit seiner Frau absprechen müsse. Sally und Elena hatten das gleiche gesagt, aber bei ihnen wußte ich, daß es stimmte.
»Jetzt mach schon, George«, drängte ihn Donna. »Du hast doch Geld wie Heu. Wenn wir alle ein paar tausend Dollar zusammenkratzen können, dann kannst du mindestens das Dreifache aufbringen. Ich weiß, wieviel du an dem letzten Hotel verdient hast. Marilyn hat damit auf dem Picknick am Labor Day geprahlt.«
Das Gesicht ihres Bruders lief rot an. »Mein Geld ist im Augenblick fest angelegt. Und was ist eigentlich, wenn Bobby nun doch schuldig ist?«

Hätte er plötzlich angefangen, sich nackt auszuziehen, hätte er schwerlich mehr Aufmerksamkeit erwecken können als mit dieser Bemerkung. Schlagartig hörte jedes Gespräch auf, und alle Gesichter im Wohnzimmer blickten George mehr oder weniger konsterniert und feindselig an.
»Bist du denn verrückt geworden?« polterte Nick los. »Mein Sohn hat das Mädchen nicht getötet. Man hat ihn fälschlicherweise verhaftet.«
In der darauf folgenden Stille war vereinzelt zustimmendes Murmeln zu hören. Schließlich schnaubte Onkel Dom verächtlich und sagte etwas auf Italienisch, das einige aus der Ravella-Familie zum Kichern brachte und damit ein wenig die Spannung löste, die sich nach Georges voreilig herausgeplapperter Frage aufgebaut hatte. Vollständig verflogen war sie allerdings noch nicht. Tina starrte George weiterhin böse an, und Nick sah aus, als ob er dem Doyle-Cousin am liebsten eine Tracht Prügel verabreicht hätte.
Kay beugte sich zu George und zupfte an dem Tuch, das sie sich in die Haare gebunden hatte. »Ich schätze, du solltest lieber dein Geld sprechen lassen und weniger deinen Mund, George«, sagte sie. »Sonst bekommst du in deiner Familie echte Schwierigkeiten.«
Die Heiterkeit, die ihre Bemerkung bei einigen auslöste, trug weiter zur Entspannung der Situation bei. Zaghaft setzten die ersten Gespräche wieder ein und nahmen rasch an Intensität und Lautstärke zu. Schließlich dröhnten mir so die Ohren, daß ich es nicht mehr aushielt. Ich nahm die Autoschlüssel aus der Tasche und ging rasch zur Haustür. Vermutlich fiel mein Verschwinden niemandem auf.
Ich mochte meine Verwandtschaft wirklich, resümierte ich, als ich wieder in meinem Toyota saß, aber ich vertrug sie nur in kleinen Dosen. Wenn zu viele von ihnen an einem Ort versammelt waren, überwog der dadurch hervorgerufe-

ne Streß und verscheuchte das warme Gefühl der Geborgenheit am Busen der Familie.

Man kann nicht mit Verwandten leben, dachte ich, aber auch nicht ohne sie. Besonders dann nicht, wenn man im Gefängnis saß und die Verwandtschaft den Hut herumgehen ließ, damit die Kaution zusammenkam.

27

Nach dem Krach im Haus der Ravellas kam mir der Garten der Sevilles wie eine Oase der Ruhe vor. Wir saßen auf der mit Steinen gepflasterten Terrasse, auf der zwei weißgestrichene Gartenstühle und eine Bank neben einer niedrigen Keramikschale standen, in der Astern und Herbstlilien blühten. Wir genossen die letzten Strahlen der auf den Pazifik zu sinkenden Sonne und tranken Sherry, während vom Meer das Geräusch der sich am Strand von Carmel brechenden Wellen heraufdrang.

»Als ich ging«, erzählte ich Errol und Minna, »verkündete Onkel Dom gerade, daß er heute nacht mit der *Nicky II* hinausfahren und Tintenfisch fangen wolle. Für seine achtzig Jahre ist er zwar noch erstaunlich rüstig, aber so fit ist er nun auch wieder nicht. Tante Teresa hat ihn ganz böse angeschaut. Das Problem ist bloß, daß auf Bobbys Boot ohnehin ein Mann zuwenig ist. Im Sommer hat er einen Burschen namens Frank gefeuert. Jetzt, wo Bobby im Gefängnis ist, fehlen der *Nicky II* zwei Mann.«

»Können die denn mit so wenigen Leuten überhaupt noch ausfahren?« fragte Minna. Stinkpot hatte es sich auf ihrem Schoß gemütlich gemacht und ließ seinen langen, flauschigen Schwanz über eines ihrer Beine hängen. Als Minna die große Katze streichelte, streckte sie sich genüßlich und spreizte die Pfoten.

»Sie müssen. Niemand in diesem Geschäft kann es sich leisten, den Fang einer Nacht zu verlieren. Außerdem könnte ja Sal heute mit der *Nicky II* rausfahren, und Joe und

Leo könnten die *Bellissima* übernehmen. Sie meinten sogar, sie könnten ein paar Matrosen zusätzlich auftreiben.«

»Ich finde, daß Magruder voreilig gehandelt hat«, sagte Errol, während er den bernsteinfarbenen Sherry in seinem Glas begutachtete. »Ich kenne zum Beispiel einen Mann in Carmel, der den gleichen Thunderbird wie Bobby hat. Gleiche Farbe, gleiches Baujahr. Etwas anderes wäre es natürlich, wenn Magruder die Nummer des Wagens oder wenigstens einen Teil davon hätte.«

»Ich frage mich, ob Bobbys Verhaftung nicht deswegen erfolgt ist, weil die Logans so viel Druck gemacht haben«, sagte Minna und kraulte die Katze hinter den Ohren. Auf einmal hob Stinkpot den Kopf, als ob er etwas gehört hätte. Kurz darauf sprang er von Minnas Schoß und verschwand im Garten, um Jagd auf irgendeine bedauernswerte Kreatur zu machen.

Errol sah mich im schwächer werdenden Licht fragend an. »Was hast du sonst noch in San Luis Obispo herausgefunden?«

Ich stattete ihm kurz Bericht über meine Gespräche in SLO und Paso Robles ab und dachte laut darüber nach, weshalb sich Ariel Logan wohl so sehr für die Seehunde interessierte, die Susan Dailey in der Nähe der Raffinerie in Avila aus dem Wasser gezogen hatte. Es mußte etwas mit Ariels Meldung über die Seelöwen mit den Krämpfen zu tun haben. Aber was?

»Wenn es im Naturschutzgebiet eine Ölpest gegeben hätte, wäre das längst bekannt und hätte einen Riesenwirbel verursacht«, gab Minna zu bedenken. »Es muß etwas anderes gewesen sein, was die Krämpfe bei den Seelöwen ausgelöst hat.«

»Maggie Lim hat mir erzählt, daß Ariel sehr an den Chemikalien interessiert war, die in der Beckman-Werft in Monterey Verwendung fanden«, sagte ich. »Ich habe vor ein paar Jahren einmal einen Artikel in einer San Franciscoer Zeitung gelesen, daß die Arbeiter einer Werft von den dort verwendeten Lacken und Lösungsmitteln krank geworden waren. Vielleicht hatte Ariel ja herausgefunden, daß etwas ähnliches in Beckmans Werft vor sich ging?«

Errol legte den Kopf schief. »Möchtest du damit andeuten, daß Karl Beckman, ob nun absichtlich oder unbewußt, sich in bezug auf giftige Substanzen nicht an die geltenden Umweltschutzbestimmungen hält?«

»Das weiß ich nicht«, sagte ich achselzuckend. »Ist ein bißchen weit hergeholt. Vielleicht war sie bloß neugierig, was mich übrigens nicht wundern würde. Ariel war eine Umweltschützerin, deren besonderes Interesse nun einmal dem Ozean galt. Außerdem hatte sie diese Seelöwen gesehen. Aber was ist mit dem Streit mit Bobby, Errol? Ariel hat ihm gegenüber geäußert, daß sie etwas gemeldet habe. Dieses *Etwas* war immerhin so wichtig, daß Bobby sich gleich nach dem Streit auf die Suche nach Karl Beckman gemacht hat.«

Minna mischte sich ein. »Meinst du etwa, daß Karl Ariel getötet hat?«

Ich antwortete nicht sofort. Karl Beckman kam mir wie ein angesehener, normaler Geschäftsmann vor, den ich nicht so ohne weiteres des Mordes beschuldigen wollte. Und trotzdem ... »Bobby hat Karl an dem Freitag nicht gefunden«, sagte ich langsam. »Und Karl will mir nicht sagen, wo er war. Er meint, daß mich das nichts angehe.«

»Vielleicht hat er recht«, sagte Minna.

Es folgte eine ungemütliche Stille, in der ich überlegte, ob meine vorschnelle Bereitwilligkeit, Karl Beckman zu verdächtigen, nicht doch etwas mit seiner Beziehung zu meiner Mutter zu tun hatte.

»Und immer wieder kommen wir auf Ariel zurück«, sagte

ich seufzend. »Und zu dem, was sie wußte oder zu wissen glaubte. Ich glaube ja, es hat etwas mit den Seelöwen zu tun, die sie im August gesehen hat. Offenbar wollte sie niemandem etwas davon erzählen, bevor sie mit Bobby gesprochen hatte. Aber vielleicht hat sie sich ja Aufzeichnungen über ihre Beobachtungen gemacht.« Ich sah Errol an. »Hast du die Logans schon gefragt, ob ich einen Blick auf Ariels Sachen von der Universität werfen darf?«

»Ja. Heute vormittag habe ich mit Peter gesprochen. Er hat es kategorisch abgelehnt.«

»Warum sollten sich die Logans auch darauf einlassen?« fragte Minna. »Jetzt, wo ein Verdächtiger im Gefängnis sitzt? Vielleicht überlegen sie es sich ja noch anders, falls der Staatsanwalt Bobby nicht anklagt.«

»Möglicherweise habe ich etwas in der Hand, was Peter Logan doch schon früher dazu bringen könnte«, sagte ich langsam. »Als ich heute im Rocky-Point-Restaurant war, zeigte ich den Angestellten dort ein Foto von Ariel und ihren Eltern, das Maggie mir gegeben hat. Der Barkeeper hat mir gesagt, daß er Peter Logan am Freitag abend bei Sonnenuntergang an der Bar gesehen habe. Er war immerhin lange genug dort, um zwei Whiskys zu trinken.«

»Das ist wirklich seltsam«, meinte Errol. »Warum sollten die Logans allen Leuten sagen, daß sie erst am Sonntag zurückgekommen sind, wenn sie in Wirklichkeit schon früher da waren?«

»Ich bin mir ganz sicher, daß Glennis von Sonntag gesprochen hat«, bemerkte Minna mit einem Stirnrunzeln, das in der Dämmerung kaum mehr zu sehen war. »Wieso sollte sie lügen?«

»Vielleicht ist Sylvie ja wirklich am Sonntag zurückgekommen«, bot ich eine Erklärung an, »Peter aber bereits früher. Wißt ihr, wie die beiden gereist sind?«

»Sylvie ist Französin«, erklärte Minna. »Wenn sie nach Paris fliegt, dann immer vom San Francisco International Airport aus, mit der Air France. Diese Flüge starten einmal am Tag. Entweder fährt man mit dem Wagen zum Flughafen und läßt ihn dort auf dem Parkplatz, oder man nimmt ein Zubringerflugzeug von Monterey aus.« Ein schwarzweißes Fellbündel kam aus dem Garten herangerast und sprang mit einem Satz auf Minnas Schoß. Während sie Stinkpot beruhigend streichelte, sagte sie: »Was Sylvie getan hat, könnte ich herausfinden, Jeri. Sie bucht beim selben Reisebüro wie ich.«

»Und ich werde mich mal am Flughafen von Monterey umhören«, meinte ich. »Vielleicht hat ja irgend jemand gesehen, wie Peter oder Sylvie ankamen. Ist Glennis denn noch bei ihnen?« Minna nickte. »Vielleicht kann ich ja auch mit ihr sprechen. Sie scheint mir der Wachhund der Logans zu sein.«

»Wenn der Sergeant Ariels Sachen hat«, mischte Errol sich ein, »dann kannst du im Augenblick in dieser Richtung nichts weiter unternehmen. Trotzdem glaube ich, daß ich mich mal um etwaige Hintergründe bei Peter Logan kümmern sollte.«

Ich aß mit den Sevilles zu Abend und fuhr dann ins Haus meiner Mutter in der Larkin Street. Ich war müde von der anstrengenden Fahrt. Im Gästezimmer warf ich meine Tasche unausgepackt aufs Bett und ging sofort ins Bad, um mir das Gesicht mit kaltem Wasser zu waschen.

Als ich mich abtrocknete, klingelte das Telefon. Aus dem Hörer drang die unverkennbar britisch gefärbte Stimme von Stella, der Barfrau im Rose and Crown.

»Er ist hier«, sagte sie mit fröhlicher Stimme. Im Hintergrund konnte ich wieder laute Rockmusik hören.

»Wer ist da?« fragte ich leicht irritiert, während ich mir den Hals trockenrieb.

»Na, der Bursche, von dem ich Ihnen erzählt habe. Der auch hier war, als Bobby und seine Freundin sich gestritten haben. Vor fünf Minuten ist er hier hereingeschneit.«
Jetzt war ich wieder voll da. »Ich komme sofort zu Ihnen. Halten Sie ihn auf.«
»Keine Panik, gute Frau. Er hat sich was zu essen bestellt.«
Als ich ins Rose and Crown kam, war dort der Teufel los. Kein Wunder, dachte ich, schließlich war es ja acht Uhr am Donnerstag abend. Als ich an der Bar vor der kleinen Küche vorbeiging, bemerkte ich, daß alle Plätze dort besetzt waren. Weiter hinten in der Kneipe war ein großes Wurfpfeilspiel im Gange. Auch die Tische waren fast alle besetzt. Stella brachte gerade Getränke zu einer fröhlichen Runde an einem großen Tisch. Ich wartete an der Bar, bis sie wiederkam.
»Das ist er«, sagte sie und deutete auf einen Mann in Arbeitskleidung, der allein an einem Tisch saß. Ich dankte ihr und ging hinüber zu dem Mann. Er war breitschultrig und etwa Mitte Dreißig. Sein Gesicht war sonnenverbrannt, und seine kurzgeschnittenen, braunen Haare wiesen bereits größere Geheimratsecken auf. Als ich an seinen Tisch trat, war er voll auf sein Sandwich und die Pommes frites konzentriert. Er blickte auf und sah mich neugierig an.
»Darf ich mich zu Ihnen setzen?« fragte ich.
»Kommt drauf an, was Sie von mir wollen«, erwiderte er mit einem einladenden Lächeln und griff nach der Serviette. Ich sah, daß er einen Ehering an der linken Hand trug.
Ich gab ihm meine Visitenkarte und setzte mich ihm gegenüber an den Tisch. »Sie waren doch auch am Freitag nachmittag vor zwei Wochen hier, stimmt's? Kurz bevor Sie ins Lokal kamen, haben Sie draußen auf dem Gehsteig einen Mann und eine Frau gesehen, die sich laut stritten. Sie haben es der Barfrau erzählt, als Sie hereinkamen.«

»Was ist mit den beiden?« fragte er mit einem Stirnrunzeln und betrachtete kritisch meine Karte.

»Die junge Frau ist ermordet worden. Ich versuche herauszufinden, was sie tat, nachdem sie dieses Lokal hier verlassen hatte.«

»Ermordet? Tatsächlich?« Er griff nach dem Glas mit Porter und nahm einen langen, herzhaften Schluck.

»Wie heißen Sie eigentlich?« fragte ich, um einen besseren Draht zu ihm zu bekommen.

»Don. Don Porter.«

»Können Sie sich noch an die beiden Leute erinnern, Don? Ist Ihnen etwas an ihnen aufgefallen?«

»Sie standen direkt vor dem Lokal auf dem Bürgersteig«, antwortete Porter und stellte das Glas auf den Tisch zurück. Dann deutete er mit dem rechten Daumen über seine Schulter in Richtung auf die Alvarado Street. »Ich hatte meinen Lastwagen drüben in der Pearl Street abgestellt und kam gerade um die Ecke.« Er bewegte den Daumen nach rechts, wo die Querstraße zur Alvarado Street war. »Sie standen genau vor mir. Der Mann – er hatte lockiges, dunkles Haar – drehte mir den Rücken zu. Die Frau war eine sehr gut aussehende Blondine. Ich konnte ihr Gesicht über die Schulter des Mannes hinweg genau sehen.«

»Als Sie ins Rose and Crown kamen, erzählten Sie Stella, daß die beiden ziemlich aufeinander losgegangen seien«, sagte ich. »Woran haben Sie erkannt, daß die beiden sich stritten? Haben Sie vielleicht gehört, was sie gesagt haben?«

»Nein«, erwiderte Porter und packte sein Sandwich mit beiden Händen. »Ich konnte nicht hören, worüber sie sich stritten. Aber ihre Körpersprache war deutlich genug. Er hielt sie am Arm fest, und sie verzog das Gesicht. Außerdem hatte sie die Hände in die Seiten gestemmt und schüttelte den Kopf bei allem, was er sagte.« Porter biß von seinem

Sandwich ab, kaute gründlich und spülte den Bissen mit einem Schluck Bier hinunter.
Ich lehnte mich an die hölzerne Rückwand der Bank. Irgendwie hatte ich mir mehr erhofft. Die dünnen und konstruierten Indizien, die Bobby mit Ariels Tod in Verbindung brachten, beruhten doch zu einem Großteil auf dem Streit vor dem Rose and Crown. Bisher wollte es mir einfach nicht gelingen herauszufinden, was danach geschehen war.
»Sie haben von dem Streit der beiden also gar nichts gehört.«
Porter runzelte die Stirn. »Es war Freitag nachmittag, und der Verkehr war ziemlich dicht. Außerdem stand auch noch die Kneipentür offen, und die Musik dröhnte heraus. Aber warten Sie mal ...« Er hielt inne und zuckte die Achseln. »Also einen Fetzen des Gespräches habe ich doch verstanden und mir gemerkt. Ich weiß aber nicht mehr, von wem er kam.«
»Sagen Sie mir einfach, was Sie gehört haben«, schlug ich vor und stützte meine Ellbogen auf den Tisch.
»Es war so etwas wie ›Gib mir Zeit, gib mir vierundzwanzig Stunden‹.«
Das mußte von Bobby gekommen sein, dachte ich; er hatte Ariel um Zeit gebeten, damit er Rücksprache mit Karl Beckman halten konnte. Und das führte mich wieder zurück zu der Frage, weshalb Bobby so dringend mit Karl reden wollte. Es mußte etwas mit dessen Werft zu tun gehabt haben.
»Waren die beiden denn noch immer draußen auf dem Gehsteig, als Sie das Lokal betraten?« fragte ich Porter.
Der breitschultrige Mann schüttelte den Kopf. »Die Frau ließ den Mann einfach stehen und ging über die Alvarado Street zu dem Buchladen auf der anderen Seite.«
»Vielleicht war ja ihr Auto dort geparkt.«

»Nein, sie ging in den Laden hinein.«

»Woher wissen Sie das? Haben Sie es gesehen?« Ich hatte am Samstag letzter Woche bereits mit dem Verkäufer in der Buchhandlung gesprochen. Er hatte sich nicht daran erinnert, Ariel Logan gesehen zu haben, aber vielleicht hätte ich noch mit einem seiner Kollegen sprechen sollen.

Porter tunkte ein paar Pommes frites in den Ketchupklecks auf seinem Teller und steckte sie in den Mund. Dann sah er mich mit einem fragenden Ausdruck im Gesicht an. »Halt, ich habe mich getäuscht. Ich habe sie nicht hinein-, sondern herausgehen sehen. Da habe ich vorhin wohl etwas durcheinandergebracht.«

»Jetzt bin ich doch einigermaßen verwirrt«, entgegnete ich langsam. »Wollen Sie damit etwa sagen, daß Sie die Frau nach dem Streit noch einmal gesehen haben? Und wann war das genau?«

»Ja, das habe ich.« Porter grinste und griff erneut nach seinem Sandwich. »Wissen Sie, ich war an der Bar, und da kam ein alter Bekannter von mir herein. Wir plauderten miteinander, und als er meinen neuen Laster sehen wollte, nahmen wir unsere Gläser und gingen hinaus. Das muß wohl so dreißig, vierzig Minuten nach dem Streit gewesen sein. Und da habe ich die Frau vor dem Buchladen gesehen. Neben ihr stand ein Pickup-Truck.«

»Können Sie den Pickup beschreiben?«

»Aber sicher. Er war von der Beckman-Werft. Hellblau mit Aufschrift auf beiden Türen. Karl und Lacy fahren solche Kleinlaster.«

»Kennen Sie denn die Beckmans auch?« fragte ich ihn; irgendwie hatte ich plötzlich das Gefühl, im falschen Film gelandet zu sein.

»Na klar. Ich kenne alle Werften in diesem Teil von Kalifornien. Ich transportiere mit meinem Laster nämlich Boote.

Bevor ich an dem Freitag hier ins Rose and Crown kam, hatte ich gerade ein Segelboot bei den Beckmans abgeliefert.«

Porter zog seine Geldbörse aus der Hosentasche und gab mir eine Visitenkarte. »Ich arbeite an der ganzen Küste und transportiere Sport- und Fischerboote. Sagen wir mal, die Beckmans haben ein Boot, das von Monterey nach Half Moon Bay gebracht werden muß. Wenn es klein genug ist, um auf meinen Lastwagen zu passen, ruft Karl mich an, und ich fahre ihm das Boot hinauf. Ist es größer, muß es auf dem Wasser nach Half Moon Bay gelangen. Das übernimmt dann Lacy, die eine gute Seglerin ist. Aber das muß man ja wohl sein, wenn man in diesem Geschäft bestehen will. In letzter Zeit habe ich weniger Bootstransporte als früher von den Beckmans bekommen, weil Lacy auch immer mehr kleine Boote überführt.«

Ich nickte langsam und erinnerte mich an das Telefongespräch, das Lacy in meiner Gegenwart geführt hatte. »Sah es so aus, als würde die blonde Frau mit jemandem in dem Fahrzeug der Beckman-Werft reden?«

»Schon möglich«, erwiderte Porter und biß von seinem Sandwich ab. »Mir ist sie ja auch nur deswegen aufgefallen, weil ich sie zuvor schon mal gesehen hatte. Sie hat sich jedenfalls an das Fenster des Wagens hinuntergebeugt.«

Ich ließ Porter in Ruhe sein Sandwich essen, während ich die Informationen verdaute, die er mir gerade geliefert hatte. Möglicherweise hatte Ariel den Pickup erkannt und sich ans Fenster gebeugt, um zu sehen, wer auf dem Fahrersitz saß. Vielleicht war dieser leer gewesen, vielleicht hatte sie aber auch mit dem Fahrer des Wagens gesprochen.

Ich ließ mir noch einmal meinen Besuch in der Werft durch den Kopf gehen. Lacy hatte mir damals erzählt, daß sie am fraglichen Freitag oben im Büro gewesen sei und Bobby

nicht gesehen habe, falls dieser auf der Suche nach Karl vorbeigekommen sein sollte. Aber Bobby hatte Karl an diesem Wochenende nicht gefunden.
Wenn das stimmte, was Porter mir eben erzählt hatte, dann mußten entweder Karl oder Lacy eine Stunde nach dem Streit zwischen Ariel und Bobby vor dem Rose and Crown in der Alvarado Street gewesen sein.
Jetzt hör aber auf, Jeri, sagte ich zu mir selbst. Es müssen ja nicht zwangsläufig Karl oder Lacy in dem Wagen gewesen sein. Es hätte genausogut einer ihrer Angestellten sein können. Aber wenn Karl, Lacy oder ein anderer von der Werft Ariel Logan am späten Freitagabend gesehen hatte, warum hatte sich der- oder diejenige bisher noch nicht gemeldet?

28

Ryan Trents Anwaltskanzlei lag zwischen zwei Gemäldegalerien in einem einstöckigen, braunen Holzhaus mit Stuckverzierungen, das fast wie eine Missionskirche aussah. Einem Schild, das so klein war, daß ich es fast übersehen hätte, entnahm ich, daß sich im Erdgeschoß des Hauses ein Buchhalter und ein Dekorateur befanden und im ersten Stock die Kanzlei Silverberg und Trent residierte.

Es war halb elf Uhr am Freitag vormittag. Das Empfangszimmer der Kanzlei war dunkel gehalten und strahlte, angefangen von der Wandtäfelung bis hin zum blaugrau gemusterten Perserteppich auf dem Boden, die Atmosphäre eines englischen Klubs aus. Links von mir stand in einem großen, schwarzen Keramiktopf ein riesiger Gummibaum, dessen glänzende, dunkelgrüne Blätter bis kurz unter die Zimmerdecke reichten. Rechter Hand befanden sich zwei Sessel und ein Sofa, deren gedämpftes Grau zum Teppich paßte. Auf dem Sofa saß ein grauhaariger Mann im Geschäftsanzug. Er würdigte mich nur eines flüchtigen Blickes, sah auf die Uhr und vertiefte sich wieder in die Lektüre des *Wall Street Journal.*

Direkt vor mir sah ich einen hölzernen Schreibtisch, auf dem ein Computer stand. Hinter dem Schreibtisch saß eine gepflegte Brünette, deren rotes Seidenkleid den einzigen Farbtupfer in dem graudunklen Raum darstellte. Sie telefonierte gerade. Hinter ihr führte eine Tür in einen Raum voller Aktenschränke, in dem ich außerdem einen Fotokopierer erkennen konnte. Links und rechts neben der Tür befand sich je eine weitere Tür. Beide waren geschlossen.

Nach einer Weile legte die Empfangsdame auf und schenkte mir ein kühles Lächeln. »Kann ich Ihnen behilflich sein?«

»Mein Name ist Jeri Howard. Ich möchte Ryan Trent sprechen.«

»Haben Sie einen Termin?« fragte die Frau und blickte zuerst auf meine Jeans und meine Baumwollbluse, dann in einen ledergebundenen Terminkalender auf dem Schreibtisch.

»Nein, aber ich bin mir sicher, daß er mich empfangen wird.«

Das Lächeln verschwand, und die Augenbrauen der Frau hoben sich. »Mr. Trent hat um elf Uhr ein Gespräch mit einem Mandanten. Danach ist er ebenfalls beschäftigt. Es wäre besser, Sie würden sich von mir einen Termin geben lassen.«

»Sagen Sie ihm bitte, daß ich hier bin«, erwiderte ich mit fester Stimme und baute mich vor dem Schreibtisch auf.

Die Frau warf an mir vorbei einen raschen Blick auf den gutgekleideten Mandanten, der sich immer noch hinter seiner Zeitung verbarg, und kam offenbar zu dem Schluß, daß ich durchaus in der Lage wäre, ihr vor den Augen dieses Herrn eine Szene zu machen. Das war ich auch, falls es die Situation erforderte. »Einen Augenblick bitte«, sagte sie schließlich, schob ihren Stuhl nach hinten, stand auf und ging zur linken der beiden geschlossenen Türen. Sie klopfte leise und trat ein. Einen Moment später kam sie wieder heraus und setzte sich, ohne ein Wort zu sagen, an ihren Schreibtisch.

Kurz darauf öffnete Ryan Trent die Tür seines Büros und starrte mich an, als hätte er mich zwar schon einmal gesehen, wüßte aber nicht, wo er mich hintun sollte. Wie bei der Beerdigung am Montag trug er das dunkelblonde Haar nach hinten gekämmt. Der Mund war in seinem gebräunten Gesicht zu einer dünnen Linie zusammengepreßt, und der Blick aus seinen grauen Augen war kalt. Schließlich fiel ihm wohl wieder ein, wer ich war, und sein Blick verfinsterte sich noch mehr.

»Sie waren doch auf der Beerdigung«, sagte er mit einer Stimme, die ebenso kalt war wie seine Augen. »Und zwar zusammen mit Ravella.«

»Ich bin Privatdetektivin«, entgegnete ich ganz ruhig. »Bobby Ravella ist mein Cousin.«

»Ich habe Ihnen nichts zu sagen«, erwiderte er und wandte sich mit einem verächtlichen Gesichtsausdruck von mir ab. Ich machte einen raschen Schritt auf ihn zu und griff mit der Hand nach der Tür, die er eben hinter sich schließen wollte. Das verblüffte ihn wohl; offenbar war er es gewohnt, daß er bestimmte, wo es langging. Bereits bei der Beerdigung war mir das nervöse Zucken um seinen linken Mundwinkel aufgefallen. Auch jetzt fing es wieder an, während seine Augen mich wütend anfunkelten.

»Verschwinden Sie aus meinem Büro.«

»Das werde ich nicht tun.«

»Sherry, rufen Sie die Polizei«, befahl er. Aus dem Augenwinkel sah ich, wie die Frau am Empfang den Telefonhörer abhob.

Ich lächelte Trent an, und auch das hatte er wohl nicht erwartet. »Aber bitte, Mr. Trent. Am besten lassen Sie gleich Sergeant Magruder kommen, denn schließlich haben Sie für den Mord an Ariel ein mindestens ebenso einleuchtendes Motiv wie Bobby. Ich würde das dem Sergeant mit Freuden mitteilen. Für Sie allerdings wäre es besser, wenn Sie vorher mit mir reden würden.«

Der Mann auf dem Sofa spähte mit nur schlecht bezähmter Neugier über den Rand seines *Wall Street Journal.* In diesem Augenblick ging die Bürotür auf, und seine Augen wanderten von Trent und mir zu einer gutgekleideten älteren Frau, die sich keinen Deut um die offensichtlich gespannte Situation in der Kanzlei kümmerte und sagte: »Tut mir leid, daß ich zu spät komme, aber ich konnte einfach keinen Parkplatz finden.« Der Mann faltete die Zeitung zusammen, legte sie aufs Sofa und stand auf. »Können wir jetzt zu Mr. Silverberg?« fragte er mit einem ganz leichten Anflug von Hast in der Stimme die Empfangsdame. Er war ganz offensichtlich froh, der peinlichen Situation im Vorzimmer entfliehen zu können.
Die Empfangsdame blickte mit dem Telefonhörer in der Hand von dem Mandanten zu Ryan Trent. Der machte eine wegwerfende Handbewegung und sagte: »Lassen Sie nur, Sherry. Und stellen Sie mir keine Gespräche durch.«
Dann riß er die Tür auf und nickte in Richtung auf sein Büro. Ich faßte das als Aufforderung auf und trat ein. Ein Ordnungsfanatiker, dachte ich, als ich sein pedantisch aufgeräumtes Büro mit den Kanzleien verglich, die ich im Laufe meines Berufslebens kennengelernt hatte. Hier hatte alles seinen festen Platz. Sogar die Akten auf dem großen Schreibtisch waren sauber aufeinandergestapelt und, ebenso wie der Laptop-Computer daneben, exakt auf die rechten Winkel der Tischplatte ausgerichtet. Kugelschreiber und Bleistifte lagen in Reih und Glied in einem rechteckigen Behälter auf der Schreibunterlage.
Trent blieb direkt neben der Tür stehen, wohl damit er mich sofort wieder hinausbefördern konnte. Ich setzte mich jedoch auf einen Stuhl. »Machen Sie es sich nicht zu bequem«, fauchte er. »Sie haben genau sechzig Sekunden, mir diesen Unfug mit dem Mordmotiv zu erklären. Und dann verschwinden Sie.«

Ich faltete die Hände, schlug ein Bein übers andere und sagte nichts. Statt dessen blickte ich demonstrativ auf den Sekundenzeiger der Messinguhr über dem Schreibtisch. Als sechzig Sekunden verstrichen waren, sah ich den Rechtsanwalt herausfordernd an.

»Jetzt sagen Sie schon, was Sie wollen«, knurrte er und ging hinter den Schreibtisch. »Ich habe keine Lust zu Ihren Spielchen.«

»Ein Mord ist kein Spielchen. Sie kommen mir auch nicht wie ein Spieler, sondern eher wie ein kleinlicher Leuteschinder vor, Trent. Nach allem, was ich über Ariel weiß, kann ich mir nicht vorstellen, was sie an Ihnen gefunden hat.«

Trent kreuzte die Hände vor der Brust und bedachte mich mit einem freudlosen Lächeln. »Und was hat sie an Ihrem Cousin, dem Alkoholiker, gefunden? Ich habe Erkundigungen über ihn eingezogen. Ich weiß alles über sein Trinken, seine Festnahmen wegen Alkohol am Steuer, seine Raufereien und die Flittchen, die er als Freundinnen hatte.«

»Jetzt hören Sie aber auf, Herr Anwalt. Sie wollen mir doch nicht etwa erzählen, daß Sie nicht auch schon mal etwas mit einer Frau gehabt haben, deren Vorzüge eher körperlicher als geistiger Natur waren.«

»Aber ich bin nie festgenommen worden, weil ich besoffen am Steuer saß.«

»Dann haben Sie also Bobby Ravella attackiert, weil er nicht gut genug für Ariel war.« Ich setzte mich wieder gerade hin und beugte mich über den Schreibtisch. »Wer hat Ihnen das Recht dazu gegeben? Gott etwa? Es war Ariels freier Wille. Sie war zweiundzwanzig Jahre alt und durchaus in der Lage, selbständige Entscheidungen zu treffen. Nein, was Sie wirklich wütend gemacht hat, war die Tatsache, daß sie sich gegen Sie entschieden hat. Damit hat sie Ihre Eitelkeit verletzt.«

Trents dünne Lippen bewegten sich, und das Zucken wurde immer stärker. »Und das soll ein Mordmotiv sein?«
»Warum nicht?« fragte ich achselzuckend. »Zurückweisung ist ein Motiv wie jedes andere auch. Ariel hat Sie zweimal zurückgewiesen. Erst hat sie vor einem Jahr, als sie Bobby kennenlernte, mit Ihnen Schluß gemacht. Das gefiel Ihnen ganz und gar nicht. Und dann haben Sie sie in diesem Sommer mehrmals angerufen, aber sie wollte nicht mit Ihnen ausgehen.« Bei diesen Worten runzelte Trent die Stirn und fragte sich offenbar, woher ich das wußte. »Angeblich soll Bobby Ariel umgebracht haben, weil sie Schluß mit ihm machen wollte. Das glauben zum Beispiel die Logans.«
»Warum nicht?« war nun er an der Reihe zu fragen. »Ihr Cousin hat einen miserablen Ruf. Vielleicht hat auch Ariel mit der Zeit gesehen, was für ein Verlierertyp er war. Die beiden hatten vor dem Rose and Crown einen heftigen Streit, und kurz darauf war Ariel tot. Ermordet. Mit eingeschlagenem Schädel ist sie ins Meer geworfen worden.«
Trent sah mich böse und mit einem Anflug von Schmerz an, der mir sagte, daß er für Ariel offenbar doch mehr empfunden hatte, als es schien. »Mein Gott, das würde ich nicht einmal meinem ärgsten Feind wünschen, ganz zu schweigen einer zweiundzwanzigjährigen Frau, die ich geliebt habe.«
»Glauben Sie wirklich, Bobby wäre dazu in der Lage? Auf gar keinen Fall!« Meine Stimme klang sehr bestimmt, ich glaubte, was ich sagte, und wollte, daß Trent es mir auch glaubte. »Er und Ariel wollten heiraten. Ich habe außerdem so ein Gefühl, daß es bei dem Streit vor dem Rose and Crown um etwas anderes ging als um ihre Beziehung.«
»Und was sollte das sein?« fragte Trent. Jetzt zog er sich auch einen Stuhl heran und setzte sich.

»Lassen Sie doch mal alle ihre Verdächtigungen beiseite, Trent, und sagen Sie mir, weshalb Ariel im August hier bei Ihnen im Büro war.«

Einen Augenblick lang wirkte Trent überrascht, aber er überspielte es rasch. »Wieso glauben Sie, daß sie hier war?«

»Vor ein paar Tagen war ich in SLO. Dort hat mir Maggie Lim erzählt, daß Ariel während des Sommers einige Male in Carmel war. Im August war sie auch bei Ihnen. Maggie wußte nicht weshalb, aber ich glaube es zu wissen. Ariel hat Sie um einen Gefallen gebeten. Um welchen?«

»Das kann ich Ihnen nicht sagen«, antwortete er mit düsterem Blick. Dabei schüttelte er den Kopf und machte eine Handbewegung, als wollte er meine Worte beiseite schieben.

»Ich kenne das Vertrauensverhältnis zwischen Anwalt und Mandant«, sagte ich. »Aber Ariel ist tot. Und sie war sehr besorgt wegen einer bestimmten Sache. Und diese Sache ist möglicherweise schuld an ihrem Tod. Hatte der Gefallen, um den Ariel Sie bat, etwas mit der Beckman-Werft in Monterey zu tun?«

Der Anwalt hob die Augenbrauen. »Woher wissen Sie das?«

»Ich bin Privatdetektivin, haben Sie das schon vergessen? Also, worum ging es? Um Karl Beckmans Finanzen? Nun machen Sie schon, Trent. Sie müssen es mir ja nicht in allen Einzelheiten erzählen, nur meine Annahme bestätigen.«

Er nahm sich einen Kugelschreiber aus dem vor ihm stehenden Behälter und begann damit herumzuspielen. »Sie wollte wissen, ob die Werft in finanziellen Schwierigkeiten steckte«, sagte er schließlich nach einigem Zögern. »Das tut sie. Die Probleme gehen zurück auf einen Kredit, den

Gunter aufgenommen hatte, der Bruder, der zusammen mit Karls Frau bei einem Autounfall ums Leben kam. Es war eine Riesensumme, für die er seinen Anteil an der Werft als Sicherheit einsetzen mußte. Gunter konnte den Kredit nicht zurückzahlen, also mußte Karl wohl oder übel einspringen, wenn er die Firma nicht ruinieren wollte. Das hat Karl sein letztes Geld gekostet.«

»Aber er hat doch bestimmt das Vermögen seiner Frau geerbt«, bemerkte ich. »Erstaunlich, daß er da knapp bei Kasse ist.«

»Das habe ich auch gedacht«, erwiderte Trent. »Aber dann habe ich mir beim Nachlaßgericht Janine Beckmans Testament angesehen. Es wurde nur ein paar Monate vor ihrem Tod abgefaßt. Bis auf ihren Anteil an der Werft hat sie alles ihrer Tochter und ihrem Bruder hinterlassen.«

Das war wirklich interessant. »Und warum hat sie das getan? Und wie war das mit Gunter? Was hat er Lacy hinterlassen, außer seinem Anteil am Geschäft?«

»Nicht viel, schließlich hatte er ja die hohen Schulden. Die beiden hatten ein schönes Haus hier in Carmel, das Lacy nach seinem Tod jedoch verkaufen mußte. Jetzt wohnt sie in einer Wohnung in New Monterey. Ich kann mir vorstellen, daß sie es nicht gewohnt ist, ausschließlich von ihrem Gehalt zu leben.«

Ich fragte Trent nicht, woher er wußte, welchen Lebensstil Lacy Beckman bevorzugte. Ich dachte an Karl Beckmans Tochter Kristen, die in Stanford studierte, was ja bekanntlich nicht gerade eine Billiguniversität war. Das Leben und die Studiengebühren dort mußten eine ziemliche Summe verschlingen, aber dank des Testaments ihrer Mutter hatte Kristen ja Geld genug.

»Wie steht es denn zur Zeit mit Beckmans Finanzen?« fragte ich.

»Immer noch nicht zum besten«, meinte Trent und trommelte mit dem Kugelschreiber auf der Schreibunterlage herum. »Eine Zeitlang war alles in Ordnung, aber dann kam die Rezession, die die meisten hier ziemlich schwer traf. Boote sind nun mal ein teures Hobby. Ich kenne einige Leute, die deshalb in letzter Zeit das ihre aufgegeben haben. Und weniger Boote bedeuten weniger Reparaturaufträge für die Werften. Die Geschäfte gehen schlecht. Wenn Beckman finanziell überleben will, braucht er Kapital.«

Die Frage war nur, wie weit er gehen würde, um sich dieses Kapital zu beschaffen. »Hat Ariel Ihnen gesagt, wozu sie die Informationen benötigte? Sie waren doch bestimmt neugierig.«

»Und ob ich das war.« Trent, der immer noch mit dem Kugelschreiber spielte, verzog das Gesicht und konzentrierte sich jetzt ausschließlich auf die Schreibtischunterlage. »Aber sie wollte es mir nicht sagen. Sie versprach, mir später alles zu erzählen, falls sich ihr Verdacht erhärten sollte. So hat sie das wörtlich gesagt. Aber was für einen Verdacht meinte sie?« Seine Miene verfinsterte sich, als ihm ein Gedanke kam. »Hat Karl Beckman vielleicht etwas Illegales getan?«

»Möglicherweise«, erwiderte ich und blickte ihn über den Schreibtisch hinweg vielsagend an. »Ist denn Beckmans finanzielle Lage so verzweifelt, daß er zu solchen Mitteln greifen müßte?«

»Ich kenne den Mann zwar kaum, aber ich würde seine finanzielle Lage nicht als verzweifelt bezeichnen. Höchstens als ernst.«

Aber die Werft gehörte Beckman nicht allein. Die Hälfte besaß Lacy, die auch die Bücher führte. Sie mußte über die finanzielle Situation der Werft am besten Bescheid wissen. Würde Lacy es wissen, wenn dort etwas Illegales

vorging? Oder ließ Karl Beckman sie darüber im ungewissen?
»Als Sie sich die Finanzen der Werft ansahen«, wollte ich von Trent wissen, »haben Sie da auch etwas über Lacy Beckman herausgefunden?«
Trent schwieg und zögerte. »Sie hat am Anfang des Sommers ein Haus in Santa Cruz gekauft«, sagte er schließlich.
»Und woher hatte sie das Geld?«
Trent zuckte mit den Schultern. »Ich nehme an, daß sie irgendwo etwas auf der Seite hat. Sie ist eine Standish und kommt also aus einer wohlhabenden San Franciscoer Familie. Außerdem hat sie nach Gunters Tod das Haus in Carmel verkauft.«
»Wie gut kennen Sie Lacy?«
»Nicht besonders gut«, sagte er und legte endlich den Kugelschreiber wieder zurück. Dabei starrte er angestrengt das Bücherregal hinter mir an.
Der lügt doch wie gedruckt, dachte ich. Woher hätte er beispielsweise Lacys Mädchennamen wissen sollen? Das Zucken in Trents Gesicht wurde wieder stärker, und ich glaubte zu erkennen, wie er unter all seiner Bräune einen Augenblick lang blaß wurde. Hatte Lacy vielleicht dem Anwalt ihre Gunst geschenkt, bevor sie sich mit Julian Surtees einließ?
Ich hörte ein leises Klopfen an der Tür, die gleich darauf geöffnet wurde. Die Empfangsdame kam herein und teilte Trent mit, daß sein für elf Uhr erwarteter Mandant jetzt eingetroffen sei. »Ich komme gleich«, sagte er barsch. Als sie wieder aus dem Zimmer war, wandte er sich an mich. »Sie müssen jetzt gehen.«
Ich stand auf. Keiner von uns streckte dem anderen die Hand hin. »Wenn Ihnen noch etwas einfallen sollte, das Ariel Ihnen gesagt hat, dann lassen Sie es mich wissen«,

sagte ich und gab ihm eine meiner Karten, auf deren Rückseite ich Mutters Nummer geschrieben hatte. Ich legte die Karte vor Trent auf die Schreibunterlage, aber er machte keine Anstalten, sie an sich zu nehmen.

»Wenn Sie herausfinden, wer sie getötet hat, dann ...« Er beendete den Satz nicht, aber das brauchte er auch nicht.

29

Als ich später selbst auf dem Nachlaßgericht die Testamente überprüfte, fand ich keines von Gunter Beckman, dafür aber das von Janine Harper Beckman. Es war, wie Ryan Trent es mir beschrieben hatte. Karl Beckmans Frau hatte ihrem Mann ihren Anteil an der Werft vermacht, was nicht erstaunlich war, denn schließlich war sie erst durch die Ehe mit Karl in diesen Besitz gelangt. Darüber hinaus hatte Janine ein Drittel der Harper-Ranch im Süden des Monterey County gehört. Dieses Drittel ging nach ihrem Tod an ihren Bruder Charles, während ihre Tochter Kristen den Rest erbte.

So hatte Karl vom Tod seiner Frau also nicht gerade profitiert. Er hatte das bekommen, was ihm ohnehin schon gehört hatte: die Beckman-Werft, die damals bereits in ernsten finanziellen Schwierigkeiten steckte. Janine Beckmans Testament war im Dezember hinterlegt worden, zwei Monate bevor sie zusammen mit ihrem Schwager Gunter bei dem Autounfall ums Leben gekommen war. Mich interessierte nun brennend, wie ihr vorhergehendes Testament gelautet hatte. Hatte Janine einen Grund gehabt, es zu ändern? Und wenn ja, hatte dieser Grund vielleicht etwas mit ihrem Tod zu tun?

Ich ging in die Bibliothek von Monterey und sah mir alte Ausgaben des *Herald* an, bis ich die Berichte von dem Unfall gefunden hatte. Die Lektüre der engbedruckten Zeitungsspalten beantwortete mir weniger Fragen, als sie neue aufwarf.

Der Unfall hatte sich, wie ich ja bereits wußte, an einem regnerischen Februarabend am Hurricane Point ereignet, etwa zwanzig Kilometer nördlich der Ortschaft Big Sur an einer Stelle oberhalb der Mündung des Little-Sur-Flusses. Niemand konnte sagen, wann genau der Wagen in den Abgrund gestürzt war, aber Gunter Beckman hatte für sieben Uhr abends einen Tisch in einem Restaurant in Ventana reserviert, das etwas mehr als drei Kilometer südlich von Big Sur lag. Er und Janine kamen nie dort an. Der Unfall wurde gegen acht Uhr gemeldet, als der Fahrer eines anderen Wagens einen Feuerschein auf einer Felsplatte unterhalb des Highway One bemerkte.

Ich erinnerte mich an meine gestrige Fahrt diese Straße entlang und den böigen Seitenwind, von dem der Hurricane Point seinen Namen hat. Schon bei Tag mußte man dort höllisch aufpassen, in einer regnerischen Nacht war die Gefahr, von der Straße abzukommen, noch viel größer. Nach dem Unfall blieb Gunter Beckmans BMW unten auf den Felsen liegen, wo er langsam von den Wellen zerkleinert wurde. Ein Rettungstrupp der Polizei hatte ganze zwei Tage gebraucht, um die Leichen aus dem Wrack zu bergen. Warum der Wagen von der Straße abkam, wurde nie geklärt. Am Hurricane Point waren im Lauf der Jahre so viele Fahrzeuge in die Tiefe gestürzt, daß man einfach annahm, der Fahrer des BMW sei aus der Kurve getragen worden. Eine Barfrau im Hog's Breath Inn in Carmel sagte aus, daß Gunter Beckman am Nachmittag in ihrem Lokal gewesen sei und einiges getrunken habe. Weil es sein Auto war, nahm man an, daß er gefahren war, und als man die Leichen barg, waren sie so verkohlt, daß man weder feststellen konnte, wer hinter dem Steuer gesessen, noch wieviel Alkohol diese Person getrunken hatte.

Warum waren Gunter und Janine überhaupt zum Essen

nach Ventana gefahren? War es ein harmloses Treffen von Schwager und Schwägerin gewesen? Oder hatte es etwas mit ihren Ehepartnern zu tun gehabt? Ich dachte an Karl Beckmans Reaktion jedesmal, wenn ich Lacy erwähnte. Irgend etwas funkelte dann in seinen Augen. Ich fragte mich, was für ein Verhältnis er zur Frau seines verstorbenen Bruders hatte. War aus Freundschaft irgendwann Liebe geworden?

Ich ging zum Parkplatz der Bibliothek und stieg in meinen Wagen. Dann fuhr ich zum Flughafen von Monterey, wo ich einem Angestellten am Schalter der United Airlines den Schnappschuß von Ariel und ihren Eltern zeigte. Der Mann konnte sich daran erinnern, daß er Sylvie Logan am Sonntag vor einer Woche gesehen hatte. »Es war Sonntag abend«, sagte er. »Sie kam mit dem Flugzeug von San Francisco, aber ich dachte mir, daß sie bestimmt weiter weg gewesen war, denn sie hatte sehr viel Gepäck. Ich hatte sogar meine Zweifel, ob es in ein Taxi passen würde.«

»Aber an den Mann auf dem Foto können Sie sich nicht erinnern, oder?«

Der Angestellte schüttelte den Kopf. »Tut mir leid. Ich glaube, die Frau war allein. Aber Sie können ja den Taxifahrer fragen, der müßte es eigentlich wissen.«

Ich ging hinaus und befragte einige Taxifahrer, die vor dem Flughafen auf Fahrgäste warteten. Der Fahrer, nach dem ich suchte, kam erst nach einer halben Stunde. Er war ein bulliger Mexikaner, der sich, nachdem er seinen Fahrgast hatte aussteigen lassen, an die Kühlerhaube des Taxis lehnte und sich eine Zigarre ansteckte, deren Gestank mich an feuchten Müll erinnerte. Ich zeigte ihm den Schnappschuß mit den Logans, aber erst ein Zwanzigdollarschein half seinem Gedächtnis auf die Sprünge.

»Ja, ich erinnere mich an die Frau. Wollte nach Carmel.« Er

blies mir den Rauch seiner Zigarre ins Gesicht, was mich ein paar Schritte nach rückwärts machen ließ. »War 'ne ältere Dame mit Akzent, aber einem anderen als meiner. Ein Mann war nicht bei ihr, aber dieser Bursche da« – er deutete mit dem brennenden Ende der Zigarre auf Peter Logan – »kam in Carmel aus dem Haus und half mir, das Gepäck reinzutragen.«

Minna Seville war im Vordergarten ihres Hauses in Carmel und grub mit einem kleinen Spaten die Erde rings um ein Beet mit Lilien um. »Die Tür ist offen«, rief sie mir zu. »Und Errol ist hinten auf der Terrasse.« Ich ging durchs Haus und fand Errol auf einem Gartenstuhl sitzend. Er trank Kaffee und las einen Kriminalroman.

Ich nahm auf dem Stuhl daneben Platz. »Gestern abend habe ich mich mit einem Mann unterhalten, der mit seinem Lastwagen Boote von Hafen zu Hafen fährt.«

Errols Augen funkelten, als er das Buch zuklappte und mich erwartungsvoll ansah. »Ich nehme an, daß du einen bestimmten Grund für dieses Gespräch hattest.«

»Natürlich. Der Mann ist der Gast, der ins Rose and Crown kam, kurz nachdem Ariel und Bobby das Lokal verlassen hatten. Er sah Ariel später übrigens noch einmal, und zwar vor einer Buchhandlung auf der anderen Straßenseite. Es kam ihm so vor, als würde sie mit jemandem in einem Pickup der Beckman-Werft sprechen. Aber er konnte nicht sehen, wer auf dem Fahrersitz saß.«

»Das wirft ja ein ganz neues Licht auf den Fall«, meinte Errol. »Die Frage ist jetzt, ob es Karl, Lacy oder einer ihrer Angestellten war.«

»Heute vormittag habe ich Ryan Trent besucht.«

»Das war bestimmt interessant. Was hast du herausgefunden?«

»Ariels Mitbewohnerin Maggie hat mir erzählt, daß Ariel im Sommer bei Trent war, obwohl sie schon vor einem Jahr mit ihm Schluß gemacht hatte. Trent sagte mir nun, Ariel habe ihn gebeten, die finanzielle Situation der Beckman-Werft unter die Lupe zu nehmen.«

Nachdem ich ihm von Trents Ausführungen berichtet hatte, lehnte Errol sich in seinem Stuhl zurück und schloß die Augen. »Interessant, daß Ariel sich so viel Mühe gemacht hat, um Informationen über Karl Beckman zusammenzutragen. Die Werft bedeutet Karl sehr viel, schließlich hat sein Vater sie aufgebaut. Für Gunter hingegen war sie mehr eine Art Melkkuh, die ihm seinen aufwendigen Lebensstil finanzierte. Als Gunter einen Kredit aufnahm und mit der Firma dafür bürgte, übernahm Karl seine Schulden. Bald darauf starben Gunter und Janine. Was haben Karl und Lacy eigentlich von ihnen geerbt?«

Ich erzählte ihm von meinen Nachforschungen auf dem Nachlaßgericht und den alten Zeitungsartikeln über den Unfall. »Ich glaube, ich fahre morgen nach King City und rede mit Janines Bruder Charlie Harper. Gehen eigentlich alle Leute davon aus, daß Gunters und Janines Tod wirklich ein Unfall war?«

»Soviel ich weiß, schon«, antwortete Errol. »Wir waren damals gerade für immer hierhergezogen. Die Leute nahmen an, daß Gunter am Steuer saß, und Gunter trank gerne mal einen über den Durst. Die Zeugin in der Bar hat ja auch ausgesagt, daß er bereits am Nachmittag etwas getrunken hatte. Und wenn Gunter wirklich zuviel intus hatte und auch noch zu schnell fuhr, dann war er der Kurve am Hurricane Point nicht mehr gewachsen.«

»Ich würde mir gerne einmal den Unfallbericht ansehen.«

»Der müßte eigentlich im Büro des Sheriffs noch zu finden sein. Der Hurricane Point liegt in seinem Zuständigkeits-

bereich. Wenn du morgen auf dem Weg nach King City in Salinas halt machst, kannst du ihn dir ja ansehen.«
Minna kam mit einem Korb voller Gartenwerkzeuge auf die Terrasse. Sie stellte den Korb ab und nahm einen Schluck aus Errols Kaffeetasse. »Dein Kaffee ist ja ganz kalt, Liebling. Ich mache dir gleich eine frische Kanne. Worüber unterhaltet ihr euch denn?« fragte sie und setzte sich auf die Bank.
»Über Gunter und Janine Beckman«, antwortete Errol.
»Ach, die.«
Stinkpot kam aus dem Garten, sprang auf Minnas Schoß und rollte sich zu einer schwarzweißen Kugel mit langem, flauschigem Schwanz zusammen, der bis auf die Steine des Terrassenbodens herabhing. Als Minna ihn kraulte, fing er an zu schnurren.
»Ich kam damals einen Monat früher hierher, um das Haus in Schuß zu bringen, während Errol in Oakland noch sein Büro auflöste«, erzählte Minna und kraulte Stinkpot. »Damals haben sich die Leute die Mäuler darüber zerrissen, weshalb Gunter und Janine zum Abendessen nach Ventana fuhren. Das Gerücht, die beiden hätten eine Affäre gehabt, habe ich aber nie geglaubt. Ich hatte die Beckmans schon ein paar Jahre früher kennengelernt, als Errol und ich für ein langes Wochenende hier waren. Janine war nicht der Typ, der fremdgeht, was man von Gunter allerdings nicht behaupten konnte. Er war ganz schön hinter den Frauen her. Der Mann hatte durchaus Charme.« Minna schüttelte den Kopf. »Mir kamen Gunter und Janine nie so vor, als hätten sie etwas miteinander. Entweder konnten sie es verdammt gut verbergen, oder es war nichts dran an den Gerüchten. Bei Karl und Lacy bin ich mir da übrigens nicht so sicher.«
»Ich auch nicht«, meinte ich. »Janine Beckman hat zwei

Monate vor ihrem Tod ihr Testament geändert, also kurz nachdem Karl für Gunters geplatzten Kredit geradegestanden hatte. Nach diesem Testament sollte Karl nicht mehr bekommen, als er bei seiner Eheschließung besessen hatte.«

»Ich habe allerdings keine konkreten Beweise für meine Vermutung im Hinblick auf Karl und Lacy«, gab Minna zu bedenken. »Das meiste ist bloß Klatsch. Die Leute reden nun mal gerne, und wenn man zuhört, bekommt man so einiges mit. Lacy hatte ein schönes Haus hier in Carmel, das sie nach Gunters Tod verkaufte. Deshalb vermute ich, daß sie knapp bei Kasse war.«

»Ryan Trent ist da anderer Meinung. Er glaubt, daß sie Geld von ihrer Familie bekommen hat. Wie war das eigentlich mit Lacy? Wir wissen ja, daß Gunter nichts anbrennen ließ. Und Lacy?«

»Darüber gibt es natürlich auch eine Menge Gerüchte«, sagte Minna. »Als Lacy noch in Carmel wohnte und Gunter noch lebte, soll sie einige der hiesigen Männer in ihrem Bett gehabt haben, ganz gleich, ob sie verheiratet waren oder nicht. Ich glaube, daß dieser Anwalt Trent ebenfalls zu ihren Eroberungen gehörte, bevor er etwas mit Ariel Logan anfing.«

Das hatte ich auch schon vermutet. Ich mußte unbedingt mehr über diese eiskalte Blonde mit den Tigeraugen in Erfahrung bringen. Auch deshalb, weil Julian Surtees ihr jüngstes Opfer zu sein schien. Wenn Lacy und Julian etwas miteinander hatten, dann hatte Lacy vielleicht Zugang zum Restaurant. Nur – warum sollte Lacy das Café Marie um seinen guten Ruf bringen wollen?

»Hast du schon mit deinem Kollegen in Los Angeles gesprochen?« wandte ich mich an Errol.

»Alte Privatdetektive setzen sich niemals zur Ruhe«, antwortete er grinsend. »Sie machen höchstens eine längere Pause. Ja, ich habe mit ihm gesprochen. Er willigte sofort ein, Peter und Sylvie Logan zu überprüfen. Heute abend oder morgen vormittag will er mich anrufen und mir berichten, was er herausgefunden hat.«

»Bevor ich zu euch kam, war ich am Flughafen in Monterey«, erzählte ich. »Der Angestellte am United-Airlines-Schalter und ein Taxifahrer erinnern sich noch gut daran, daß Sylvie Logan allein dort ankam.«

»Und ich habe mit der Frau vom Reisebüro gesprochen«, sagte Minna und streichelte Stinkpot am Rücken. »Sylvie und Peter Logan hatten für Sonntag letzter Woche einen Air-France-Flug vom Flughafen Charles de Gaulle in Paris nach San Francisco gebucht, wo sie um Viertel vor vier am Nachmittag ankommen sollten. Von dort wollten sie mit der United nach Monterey fliegen und um Viertel vor sieben dort landen.«

»Wenn Peter denselben Flug zwei Tage früher genommen hat, dann muß er direkt vom Flughafen zum Restaurant am Rocky Point gefahren sein«, überlegte ich. »Aber wozu? Natürlich kann sich der Barkeeper, der ihn auf dem Schnappschuß erkannt hat, auch irren. Aber das glaube ich eigentlich nicht.«

»Ich habe auch mit Mrs. Costello geredet, der Haushälterin der Logans«, fuhr Minna fort und schüttelte bedauernd den Kopf. »Sie konnte mir allerdings nicht viel helfen, fürchte ich. Sie hat Sylvie und Peter nämlich erst am Montag vormittag gesehen, als sie zur Arbeit kam.«

Das Telefon klingelte, und Errol ging ins Haus. Einen Augenblick später kam er wieder. »Es ist für dich, Jeri. Deine Cousine Donna.«

Ich stand auf, ging ebenfalls hinein und nahm den Hörer, den Errol mir hinhielt.

»Ich habe schon überall hinter dir her telefoniert«, sagte Donna mit vor Aufregung zitternder Stimme. »Bobby ist wieder aus dem Gefängnis entlassen worden. Der Staatsanwalt hat keine Anklage gegen ihn erhoben.«

30

»Wie bist du rausgekommen?«

Bobby und ich gingen den Gehsteig zwischen Fisherman's Wharf und der Pier Zwei entlang. Links von uns schaukelten die Boote im Yachthafen auf den sanften Wellen. Wir hatten gerade Ravella's verlassen, wo es zu einem tränenreichen Wiedersehen zwischen Eltern und Sohn gekommen war. Jetzt wollte Bobby auf der *Nicky II* nach dem Rechten sehen.

»Meine Gruppe bei den Anonymen Alkoholikern«, antwortete Bobby knapp. »Ich dachte immer, daß die Leute dort mich nur beim Vornamen kennen, aber ein paar von ihnen haben sich offenbar beim Staatsanwalt oder beim Sheriff gemeldet und bestätigt, daß ich am Freitag vor zwei Wochen bei dem Treffen gewesen bin. Ich schätze, daß Magruder stocksauer sein dürfte, daß man mich freigelassen hat. Soviel ich weiß, hat die Kellnerin am Rocky-Point-Restaurant ihm einen Teil der Autonummer meines Thunderbird genannt. Aber es kann nicht mein Auto gewesen sein, denn es stand von sieben bis neun auf dem Parkplatz vor der Kirche, in der sich meine AA-Gruppe trifft.«

»Vielleicht hat jemand den Wagen dort entwendet.«

»Aber wie denn?« Bobby schüttelte den Kopf, während wir am Büro des Hafenkapitäns vorbei gingen und die Pier Zwei betraten. »Ich habe ihn abgesperrt, und als ich von dem Treffen kam, stand er noch genau dort, wo ich ihn abgestellt hatte.«

»Bevor Magruder dich gestern verhaftet hat, habe ich dich

doch gefragt, ob jemand außer dir einen Schlüssel zu dem Wagen hat.«

»Nur mein Vater«, antwortete Bobby. Doch dann blieb er unvermittelt stehen und machte ein nachdenkliches Gesicht. »Aber warte mal ... als ich noch trank, habe ich den Wagen öfter mal verliehen.«

Es wäre ein leichtes, mit dem geliehenen Wagen rasch mal zu einem Schlüsseldienst zu fahren und sich einen Autoschlüssel nachmachen zu lassen, dachte ich. »Wem hast du denn den Thunderbird in den letzten zwölf Monaten geliehen?«

»So gut wie allen Leuten aus meiner Mannschaft«, sagte er und deutete hinaus zur *Nicky II*, die zwischen der Pier und der Mole der Küstenwache vor Anker lag.

»Auch Frank Alviso?«

Bobby sah mich besorgt an. »Ja, auch Frank hat sich den Wagen ein paarmal ausgeliehen.«

»Warum hast du Frank eigentlich entlassen?« fragte ich.

»Weil er ein Penner ist«, antwortete Bobby und steckte die Hände in die Taschen seiner Bluejeans. Langsam ging er die Holzplanken der Pier entlang. »Er hat nie volle Arbeit geleistet. Kam fast jeden Tag zu spät aufs Boot und hat so gut wie alles falsch gemacht. Ständig hat er mir irgendwelche lahmen Entschuldigungen aufgetischt, bis ich irgendwann einmal genug hatte. Also habe ich ihn gefeuert.«

»War er ein Freund von dir?«

»Das dachte ich eigentlich«, entgegnete Bobby und starrte hinaus auf die Boote, zwischen denen langsam die Sonne unterging. »Frank und ich waren Saufkumpane, und deshalb sah ich dem Mist, den er baute, lange Zeit tatenlos zu. Dann hörte ich auf zu trinken, und der Nebel lichtete sich. Als ich ihn rausschmiß, meinte Frank, daß ich ein besserer Kumpel gewesen sei, als ich noch gesoffen hatte.« Bobby seufzte. »Mein Berater bei den Anonymen Alkoholikern sagt, daß so etwas häufig vorkommt. Wenn man mit dem Trinken aufhört, verliert man meist diejenigen seiner Freunde, mit denen man vorher nur das Saufen gemeinsam hatte.«

Wir gingen schweigend nebeneinander her, bis wir am Ende der Pier angelangt waren. Dort blieb ich stehen, lehnte mich ans Geländer und sah einem Seelöwen zu, der mit glänzendem Fell zwischen den Pfählen herumschwamm. »Ist Frank ein nachtragender Typ?«

»Ja«, bestätigte Bobby. »Und was für einer. Aber etwas heimzahlen zu wollen ist doch etwas anderes, als jemanden umzubringen. Frank kommt mir nicht wie ein Mörder vor.«

Sicher wäre ich mir da nicht, dachte ich und sah wieder den verschlagen dreinblickenden Mann vor mir, den ich auf der Beckman-Werft kennengelernt hatte. Wenn er wirklich etwas mit den Verstümmelungen der Pelikane vor ein paar Jahren zu tun gehabt hatte, dann war er ein Mörder, und ein ausgesprochen grausamer dazu.

»Als vor ein paar Jahren hier Pelikanen die Schnäbel abgeschnitten wurden, standen Alviso und ein anderer Mann namens McCall auf der Liste der Verdächtigen. Hat Frank jemals etwas gesagt oder getan, das darauf hätte schließen lassen, daß er es wirklich war?«

»Er mag keine Katzen«, erwiderte Bobby. »Hat öfter Witze darüber gemacht, daß er sie absichtlich überfahren würde. Und wenn er ein Tier mißhandelt, kann er auch ein anderes mißhandeln. Aber ich halte ihn eher für einen Impulstäter. Um einem Pelikan den Schnabel abzuschneiden, muß man den Vogel erst einmal fangen, und Frank würde sich nie die Mühe machen. Aber ich weiß auch nicht, Jeri. Vielleicht war er das mit den Pelikanen ja doch. Der Kerl ist

ein übler Bursche. War er immer schon. Ich habe das nur nicht realisiert, solange ich noch getrunken habe.«
»Apropos Trinken«, sagte ich und drehte mich zu ihm um. »Als ich Anfang der Woche in San Luis Obispo war, habe ich mit Ariels Mitbewohnerin Maggie gesprochen. Erzähl mir doch, was im April geschehen ist, nachdem Ariel dir das Ultimatum wegen deiner Trinkerei gestellt hat.«
Bobby sah mich schräg von der Seite an und seufzte. »Ich war ziemlich sauer auf Ariel. Ich hatte doch kein Alkoholproblem, dachte ich damals – ich doch nicht. Ich war bloß jedes Wochenende sternhagelvoll, weiter nichts. Als Ariel mir das Ultimatum stellte, rannte ich aus ihrer Wohnung und raste den Highway 101 hinauf wie ein Irrer.«
Er schüttelte den Kopf und rieb sich müde das Kinn. »In Paso Robles hielt ich an und kaufte mir einen Sechserpack Bier, den ich in King City bereits leer getrunken hatte. Dort geriet ich in eine Verkehrskontrolle. Ich war zwar nicht stinkbesoffen, aber fast, und außerdem lagen die leeren Dosen auf dem Beifahrersitz. Ich mußte einen Alkoholtest machen, und der war positiv. Kurze Zeit später saß ich auch schon im Gefängnis von King City, und weil ich bereits zweimal wegen Trunkenheit am Steuer vorbestraft war, drohte mir eine längere Haftstrafe.«
»Und da hast du Karl Beckman angerufen«, vermutete ich.
Bobby nickte. »Stimmt. Karl hat mich da rausgepaukt, Jeri. Er fuhr nach King City und holte mich aus dem Gefängnis. Ich weiß nicht, wie er das geschafft hat, aber ich kam frei. Die Polizei hat sogar die Anzeige gegen mich unter den Tisch fallen lassen.«
»Dafür also schuldest du ihm einen Gefallen. Daß er dich aus dem Gefängnis herausgeholt hat.«
»Es war mehr als nur das, Jeri. Er hat mir darüber hinaus zur rechten Zeit in den Arsch getreten. Nachdem er mich aus

dem Gefängnis geholt hatte, stellte er mich mit dem Rükken an meinen Thunderbird und sagte: ›Was ich jetzt sage, bleibt unter uns. Das geht niemanden etwas an. Aber es ist das letzte Mal, daß ich dir aus der Patsche helfe. Wenn du das nächste Mal etwas ausfrißt, dann mußt du zusehen, wie du alleine wieder rauskommst!‹«

Bobby blieb stehen und seufzte. »Das war das zweite Mal innerhalb von zwölf Stunden, daß mir jemand sagte, ich solle mich endlich am Riemen reißen. Und diesmal nahm ich es mir zu Herzen.«

»Und so hast du mit dem Trinken aufgehört.«

»Richtig. Am Anfang war das ganz schön hart, aber Gott sei Dank war ich noch nicht so weit, daß ich eine Entziehungskur hätte machen müssen. Trotzdem war es ziemlich brutal. Ohne die Anonymen Alkoholiker hätte ich es nicht geschafft.« Er sah mich von der Seite an, einen schwachen Abklatsch seines frechen Grinsens von früher im Gesicht. »Aber du kennst mich ja, Jeri. Ich habe einen so schlechten Ruf, daß mir niemand etwas Gutes zutraut. Ariels Eltern halten mich immer noch für ihren Mörder, ebenso wie dieser Sergeant, der nie eine Miene verzieht.«

»Karl muß ja ziemlich schwere Geschütze aufgefahren haben, um dich aus dem Gefängnis freizukriegen«, bemerkte ich. »Hat er denn so großen Einfluß in King City?«

»Keine Ahnung«, meinte Bobby achselzuckend. »Er hat es mir nicht gesagt, und ich habe auch nicht weiter nachgefragt.«

»Du warst bloß der Meinung, daß du ihm einen großen Gefallen schuldest.«

»Das tue ich auch.«

»Ich glaube, ich habe erraten, worüber du mit Ariel gestritten hast, Bobby. Irgend etwas in der Beckman-Werft ist nicht in Ordnung.«

Inzwischen war die Sonne ganz untergegangen, und die Straßenlaternen gingen ebenso an wie die Lichter auf dem Fisherman's Wharf. Im Schein der Lampe am Ende der Pier studierte ich Bobbys Gesicht. Er blickte stur hinaus aufs Wasser und machte keine Anstalten, auf die versteckte Frage in meiner Bemerkung zu antworten.

»Ariel liebte das Meer und war aktives Mitglied in einigen Umweltschutzorganisationen. Irgendwann in diesem Sommer kam sie dahinter, daß die Beckman-Werft möglicherweise das Wasser der Bucht verschmutzte. Ariel wollte das sofort melden, aber du wolltest zuerst mit Karl Beckman reden und hast Ariel um vierundzwanzig Stunden Aufschub gebeten.«

Ich hielt inne und sah meinem Cousin in die Augen. »Jetzt sag doch etwas, Bobby. Du mußt mir vertrauen. Wenn du es nicht tust, kann ich dir auch nicht helfen. Leitet Karl Beckman giftige Chemikalien ins Wasser der Bucht?«

»Karl würde so etwas nie tun«, sagte Bobby vehement und schüttelte ebenso heftig den Kopf. »Genausowenig wie ich. Wir leben doch beide vom Meer. Wir sind alle Teil eines großen Ganzen.«

»Aber du weißt es nicht genau, oder?«

»Das wußte Ariel auch nicht.« Bobby ballte eine Hand zur Faust und schlug damit wütend auf das Geländer. »Sie hatte keinerlei Beweise. Verdammt noch mal, aus einer Werft kann immer mal was ins Wasser gelangen. Schließlich liegt sie ja direkt am Wasser. Vielleicht ist einem Arbeiter eine Büchse mit Lösungsmittel umgefallen, und die Wellen haben das Zeug in die Bucht gespült. Das ist doch genauso wie bei mir, wenn aus meinem Boot ab und zu ein wenig Diesel ins Wasser gelangt. Solche Unfälle passieren nun einmal.«

»Aber Ariel hat dabei nicht an kleinere Unfälle gedacht,

oder? Sie befürchtete etwas Größeres, eine mit voller Absicht begangene Umweltverschmutzung.«

»Aber sie hatte keine Beweise dafür«, wiederholte Bobby stur. »Alles, was sie hatte, waren wilde Spekulationen. Ich sagte ihr, daß sie auf einen bloßen Verdacht hin nicht einem Mann das ganze Unternehmen ruinieren dürfe.«

»Und wie kam sie auf den Verdacht?«

»Ich habe sie im August einmal auf dem Kutter mit hinausgenommen«, erzählte Bobby. »Es war in der Nacht, bevor sie die Seelöwen sah. Vor Point Pinos begegneten wir einem Kabinenkreuzer, der *Marvella B.* Ich war gerade im Ruderhaus, aber Ariel sagte mir, sie habe Lacy Beckman an Bord des Kabinenkreuzers gesehen. Ich maß dem keine weitere Bedeutung bei, und ein paar Tage später, als Maggie uns übers Wochenende besuchte, machte Karl für uns eine Führung durch seine Werft. Dort trafen wir auch Lacy, und Ariel sprach sie auf die *Marvella B* an. Lacy sagte, daß sie das Boot, bei dem im Inneren des Rumpfes einige Holzarbeiten vorgenommen worden waren, zurück zu seinem Eigner nach Santa Cruz gebracht habe. Ich dachte mir nichts dabei, aber gleich darauf fing Ariel an, Karl alle möglichen Fragen über Lacke, Lösungsmittel und andere Chemikalien zu stellen.«

»Irgendwie muß sie das Boot mit den Seelöwen in Verbindung gebracht haben«, überlegte ich. »Und weil das Boot auf der Werft gewesen war ...«

»Ich sehe da keinen Zusammenhang«, sagte Bobby.

»Ariel muß stichhaltigere Beweise gehabt haben. Hat sie dir gesagt, welche?«

»Nein, das wollte sie nicht. Anscheinend hat sie mir nicht vertraut und meinte, ich würde es sofort Karl zutragen.«

»Du und Karl, ihr steht euch anscheinend ziemlich nahe, trotz des Altersunterschieds zwischen euch beiden. Du würdest ihm nie etwas Schlechtes zutrauen. Vielleicht wollte Ariel dir deshalb nichts Konkreteres sagen. Aber immerhin hat sie dir erlaubt, ihn mit dem Vorwurf an sich zu konfrontieren.«

Jetzt nickte Bobby. »Ich wollte nichts weiter von ihr als vierundzwanzig Stunden Zeit, um mit Karl darüber zu reden. Danach konnte sie alles melden und ihre Beweise vorlegen, was immer die auch sein mochten. Ich wollte bloß Karl ins Gesicht schauen und mit eigenen Augen sehen, wie er auf die Vorwürfe reagierte. Soviel war ich ihm schuldig.«

»Aber du hast ihn an diesem Wochenende nirgends auftreiben können.« Ich hörte ein Platschen unten im Wasser und sah im Lichtkegel der Lampe, wie ein Seelöwe mich im Vorbeischwimmen ansah. »Hast du eigentlich jemals mit Karl über Ariels Anschuldigungen gesprochen?«

»Ja, am Montag nach dem fraglichen Wochenende. An dem Tag, an dem Ariel als vermißt gemeldet wurde. Karl sagte, daß ihre Vorwürfe verrückter Unfug seien. Ich habe die Angelegenheit dann nicht weiter verfolgt, denn als Ariel vermißt wurde, hatte ich andere Sorgen und konnte an nichts sonst mehr denken.« Bobby beugte sich seufzend über das Geländer und starrte hinunter ins dunkle Wasser.

Ich schwieg und dachte an das Gespräch, das ich am Sonntag nachmittag im Café Marie mit Karl Beckman geführt hatte, kurz bevor die Stinkbombe losgegangen war. Der Werftbesitzer hatte sich damals nicht nur geweigert, mir zu sagen, wo er an jenem Wochenende gewesen war, seit dem Ariel als vermißt galt. Er hatte außerdem behauptete, er wisse nicht, worüber Bobby mit ihm habe reden wollen. Beckman hatte mich also angelogen, und ich wollte wissen, warum.

31

Auf dem Rückweg fuhr ich bei der Beckman-Werft vorbei, die über Nacht geschlossen war. Trotzdem sah ich in einem Büro im ersten Stock ein Licht. Ein kleiner, hell lackierter Pickup-Truck mit einer Aufschrift auf der Fahrertür war vor dem Werfttor abgestellt. Während ich noch hinaufblickte, ging das Licht aus, und einen Augenblick später kam Lacy Beckman aus der Werft, schloß das Tor hinter sich ab und stieg in das Fahrzeug. Hatte sie überfälligen Papierkram erledigt? Das hatte sie, wie sie mir bei unserem Gespräch gesagt hatte, auch an dem Freitagnachmittag getan, als Bobby in der Werft nach Karl gesucht hatte. Damit hatte sie, oberflächlich betrachtet, ein Alibi für die Zeit, in der Ariel mit einem Pickup der Firma Beckman beobachtet worden war. Aber hatte jemand sie in ihrem Büro gesehen?

Ich folgte Lacys Wagen die Foam Street hinunter auf den Parkplatz eines Lebensmittelgeschäfts. Nachdem sie zwanzig Minuten in dem Laden gewesen war, kam sie mit einer braunen Papiertüte wieder zu ihrem Fahrzeug zurück. Sie verstaute die Tüte auf der Ladefläche des Wagens, stieg ein und fuhr wieder los. Ich hielt mich mehrere Wagenlängen hinter ihr, während sie die David Avenue entlang nach New Monterey hinauffuhr und nach links in die Pine Street abbog. Sie parkte den Wagen vor einem unbeleuchteten Haus mit verwildertem Garten. Als ich an ihr vorbeifuhr, saß sie immer noch hinter dem Steuer, und ich konnte nicht erkennen, ob sie bemerkt hatte, daß ihr jemand gefolgt war. Ich fuhr einmal um den Block, und als ich wieder an dem Grundstück vorbeikam, war Lacy nirgendwo zu sehen. Der Pickup stand am Straßenrand, aber das Haus war immer noch dunkel. Dann sah ich, daß im Garten ein kleines Gebäude stand, aus dessen Fenstern ein heller Lichtschein drang.

Ich fuhr wieder in die Innenstadt zurück zum Café Marie, wo ich Mutter von Bobbys Entlassung aus dem Gefängnis erzählen wollte. Es war Freitag abend um halb acht, eine Zeit also, in der das Lokal normalerweise hätte vollbesetzt sein müssen. Statt dessen war das Restaurant halb leer und so still, daß ich fast das Gefühl hatte, eine Kirche zu betreten.

Ich sah, wie Rachel Donahoe zwei Gäste an viel zu vielen leeren Tischen vorbei zu ihren Plätzen in der Nähe des Fensters brachte. Es war derselbe Tisch, an dem am vergangenen Samstag die Beckmans und die Gradys gesessen hatten. Ich ging zur Bar, wo Evan ziemlich trübsinnig und unausgelastet auf Gäste wartete. Als er mich sah, wurde er etwas lebhafter. »Darf ich Ihnen einen Drink machen?«

Ich schüttelte den Kopf und stützte die Ellbogen auf die Bar. »Jetzt noch nicht. Ich suche meine Mutter«, sagte ich und spähte an Evan vorbei in Richtung Küche, wo Julian in weißem Kittel und Kochmütze seine Mitarbeiter herumkommandierte. »Sieht nicht nach allzu viel Geschäft aus heute abend.«

»Es ist schon traurig, nicht wahr?« seufzte Evan und ließ den Blick durch den Speiseraum schweifen. »Am Freitag abend müßten wir rotieren vor lauter Einheimischen und Wochenendtouristen, die alle bei uns essen wollen. Wenn wir nicht bald wieder mehr Gäste bekommen, geraten wir in echte Schwierigkeiten.«

Ich warf einen Blick auf Rachels Reservierungsbuch und

entdeckte jede Menge Lücken. Dann schaute ich kurz ins Büro. Als Mutter auch dort nicht war, ging ich in die Küche. Ich blieb an der Durchreiche stehen und sah Julian bei der Arbeit zu. Er mußte meinen Blick gespürt haben, denn er drehte sich um, sah mich an und verzog das Gesicht.

»Wo ist meine Mutter?« fragte ich ihn.

»Sie hatte starke Kopfschmerzen. Also sagte ich ihr, sei solle heimgehen, eine Tablette nehmen und sich hinlegen. Wir ertrinken heute abend nicht gerade in Arbeit.«

Mutter mußte schon schreckliche Kopfschmerzen haben, wenn sie ihr Restaurant an einem Freitagabend allein ließ. Ich deutete mit dem Kopf in Richtung auf den halbvollen Speiseraum. »War es die ganze Zeit so, seit Sie wieder auf haben?«

Julians Lippen preßten sich zu einem dünnen Strich aufeinander, während er meine Frage mit einem knappen Nicken bejahte. Ich trat einen Schritt zurück und ließ eine Köchin zwei Teller mit Vorspeisen, die kurz darauf ein Kellner abholte, in die Durchreiche stellen.

Der Honda meiner Mutter stand in der Zufahrt zu ihrem Haus. Dahinter war ein kleiner Pickup-Truck. Ich parkte meinen Toyota am Randstein und ging hinüber zu dem Truck. Es war ein hellblau lackierter Chevrolet mit dem mir mittlerweile vertrauten Logo mit dem Segelboot und den dunkelblauen Buchstaben.

Mutter hat sich ja nicht gerade sklavisch an Julians Rat gehalten, dachte ich, während ich die Stufen hinaufstieg und die Tür öffnete. Im Wohnzimmer saßen Mutter und Karl Beckman dicht nebeneinander auf dem Sofa. Beckman hatte ihr den Arm um die Schulter gelegt und drehte eine Haarlocke zwischen seinen Fingern. Mit der anderen Hand hielt er die meiner Mutter. Ich versuchte, ein möglichst neutrales Gesicht zu machen, aber irgendwie konnte ich meine Gefühle offenbar nicht so ganz verbergen, die in mir beim Anblick dieses intimen Beisammenseins hochstiegen. Mutter ließ Karls Hand auch sofort los, und er setzte sich gerade hin, wobei er allerdings nicht den Arm von Mutters Schulter nahm. Statt dessen grinste er mir fröhlich ins Gesicht.

»Bobby ist entlassen worden«, sagte Mutter und griff nach der Tasse mit Pfefferminztee, die vor ihr auf dem Couchtisch stand. »Der Distriktsstaatsanwalt hat keine Anklage gegen ihn erhoben.«

»Ich weiß. Ich war an der Pier und habe mit Bobby gesprochen«, erwiderte ich, während ich ruhelos in dem kleinen Wohnzimmer auf und ab ging. »Danach war ich im Café Marie, wo Julian mir gesagt hat, daß du nach Hause gegangen bist.«

Mutter nickte hinter dem Rand ihrer Tasse. »Ich hatte schreckliche Kopfschmerzen. Aber die sind jetzt besser geworden.« Sie stellte die Tasse wieder auf den Tisch und preßte die Hände an ihre Schläfen. »Ich habe mir solche Sorgen gemacht. Seit dem Vorfall am Sonntag und dem *Herald*-Artikel am Montag geht das Geschäft nur noch schleppend.«

»Mach dir nichts draus, Marie«, meinte Karl aufmunternd und nahm wieder ihre Hand. »Wenn der ganze Rummel erst einmal vorbei ist, wird alles wieder so, wie es einmal war.«

Bisher hatte ich noch kein Wort in Richtung Karl Beckman gesagt, aber das sollte sich gleich ändern. Wenn er schon einmal hier war, wollte ich mir von ihm ein paar Antworten auf die Fragen holen, denen er am Sonntag ausgewichen war. Und auf ein paar neue, die sich inzwischen ergeben hatten.

Ich fixierte ihn entschlossen. »Mr. Beckman, am Sonntag

nachmittag habe ich Sie gefragt, ob Sie wüßten, warum Bobby Sie an dem Wochenende, an dem Ariel Logan ermordet wurde, unbedingt sprechen wollte. Sie sagten, daß Sie keine Ahnung hätten. Dabei wußten Sie es ganz genau. Sie und Bobby haben nämlich am Montag darüber gesprochen, an dem Tag, an dem Ariel Logan als vermißt gemeldet wurde.«

»Was wollen Sie damit sagen?« Karl Beckmans dichte, blonde Augenbrauen senkten sich auf seine haselnußbraunen Augen, als er ärgerlich die Stirn runzelte. Ich bemerkte einen Anflug von Röte auf seinem Gesicht.

»Ich will damit sagen, daß Sie mich angelogen haben. Warum?«

»Jeri!« protestierte Mutter, aber sie konnte die Spannung zwischen mir und Beckman nicht mildern.

»Ich sah keinen Sinn darin, es Ihnen zu sagen.« Beckmans Stimme klang ruhig. »Es war so lächerlich, daß ich ihm nicht viel Beachtung schenkte.«

»Lächerlich«, wiederholte ich. »Meiner Meinung nach waren es eher ernste Anschuldigungen. Bobby hat gesagt, daß Sie sie abgestritten hätten.«

»Was hast du abgestritten?« wollte Mutter wissen, die an die Kante des Sofas rutschte und erst mich, dann Karl Beckman fragend ansah. In ihrem Gesicht kämpften Unbehagen und Besorgnis miteinander.

»Er hat abgestritten, daß aus seiner Werft giftige Chemikalien in die Bucht gelangt sein könnten.«

Beckmans Gesicht wurde noch röter, und seine Kiefermuskeln begannen zu mahlen. Er nahm den Arm von Mutters Schulter und beugte sich vor, um mir direkt ins Gesicht zu starren. »Das ist vollkommen absurd. Es entbehrt jeglicher Grundlage. Meine Firma hält sich strikt an alle Umweltauflagen. Ich habe mich schon sehr gewundert, als Ariel mir so viele Fragen über die Werft stellte. Damals dachte ich aber noch, sie wäre einfach interessiert und neugierig. Als Bobby mir dann erzählte, daß sie angeblich Beweise für eine Umweltverschmutzung in der Hand hätte, war ich wie vor den Kopf geschlagen. Wie, um alles in der Welt, war sie bloß auf so eine Idee gekommen?«

»Haben Sie sie danach gefragt, Mr. Beckman? Und wann haben Sie Ariel eigentlich das letzte Mal gesehen?«

Karls Gesicht war jetzt knallrot, während das meiner Mutter aschfahl wurde. »Was soll diese Frage?« verlangte Karl eine Antwort und stand auf. Auch Mutter erhob sich und legte ihm eine Hand auf den Arm.

»Es ist doch nur eine ganz einfache Frage, weiter nichts. Wann haben Sie Ariel Logan das letzte Mal gesehen?«

»Das ist schon eine Weile her«, entgegnete Beckman gepreßt und kam um den Couchtisch herum auf mich zu. »Seit sie Mitte September wieder an die Universität ging, habe ich sie nicht mehr gesehen. Und ganz bestimmt nicht an dem Wochenende, an dem sie ermordet wurde, falls es das ist, worauf Sie hinauswollen.«

»Sie behaupten, Sie seien an diesem Wochenende auf einer Geschäftsreise gewesen, aber Sie wollen nicht sagen, wo Sie waren.« Ich stemmte die Hände in die Seiten und sah Beckman durchdringend an. »Jemand hat Ariel Logan am Freitag nachmittag nach dem Streit mit Bobby gesehen, wie sie mit jemandem in einem Lieferwagen Ihrer Werft gesprochen hat. Ich kenne bisher nur zwei Menschen, die einen solchen Wagen fahren. Sie sind einer davon.«

Karl starrte mich an, als sei ich komplett verrückt geworden. Dann schüttelte er den Kopf.

»Das ist ja unglaublich. Das ist völlig wahnsinnig. Ich muß mir eine solche Inquisition nicht gefallen lassen.« Er drehte sich um und ging zur Tür, die er wütend aufriß. »Du hattest recht mit dem, was du über sie gesagt hast, Marie.«

Ich ging nicht weiter auf seine seltsamen Abschiedsworte ein. Ich hatte auch keine Zeit dafür, denn kaum war Karl aus der Tür, da ging Mutter auch schon mit finster dreinblickendem Gesicht und wütend funkelnden Augen auf mich los.

»Was, zum Teufel, ist bloß los mit dir?« fauchte sie. »Karl hat nicht das geringste mit dem Mord an Ariel zu tun.«

»Wieso bist du dir da so sicher?« gab ich zurück. »Ich habe allen Grund anzunehmen, daß Ariel ihn illegaler Machenschaften verdächtigte. Damit gehört er, zumindest meiner Meinung nach, zum Kreis der Verdächtigen.«

Mutter schüttelte vehement den Kopf. »Mach dich nicht lächerlich. Karl war ja das ganze Wochenende weg.«

»Woher willst du das denn wissen?«

»Er hat mir erzählt, daß er in King City war.«

»Und das glaubst du ihm?«

»Warum sollte ich nicht?« Mutter hob verärgert die Hände. »Großer Gott, Jeri, du hältst dich wohl immer noch für einen weiblichen Sam Spade. Manchmal treibst du es mit deinem Detektivspielen wirklich zu weit. Ständig verdächtigst du irgendwelche Leute irgendwelcher Verbrechen. Für dich ist so gut wie jeder ein Verdächtiger.«

Ihr verächtlicher Ton tat mir weh, wie immer, wenn sie vom »Detektivspielen« sprach, als wäre mein Beruf nur eine vorübergehende Phase, die ich irgendwann einmal überwunden haben würde. Aber wenn es darum geht, die Sabotageakte in ihrem Restaurant aufzuklären, ist es ihr ganz recht, wenn ihre Tochter Detektivin spielt, dachte ich verärgert.

»Ich verdächtige nur Leute, die sich so benehmen, als

hätten sie etwas zu verbergen«, erwiderte ich und versuchte, meine Stimme so neutral wie möglich klingen zu lassen. »Karl Beckman hat mich am Sonntag in einer sehr wichtigen Frage angelogen. Wieso glaubst du, daß er jetzt die Wahrheit sagt? Du bist immer ziemlich rasch bei der Hand mit seiner Verteidigung, finde ich. Wie gut kennst du ihn eigentlich, mal abgesehen davon, daß du mit ihm seit Silvester befreundet bist?«

»Wir sind zusammen aufgewachsen«, sagte meine Mutter mit einer irritierten Handbewegung. »Ich kenne ihn fast mein ganzes Leben lang.«

»Aber wie gut kennst du ihn wirklich?« Ich schüttelte ungläubig den Kopf und machte ein paar Schritte in Richtung Eßzimmer. War sie denn wirklich so sehr in diesen Mann vernarrt, daß sie den Tatsachen nicht ins Auge blicken konnte?

»Du bist im Alter von achtzehn Jahren aufs College nach Mills gegangen. Da war Karl noch nicht einmal ein Teenager. Der Mann ist schließlich zehn Jahre jünger als du.« Als Mutter die Lippen aufeinanderpreßte, wußte ich, daß ich nicht die erste war, die sie auf den Altersunterschied zwischen ihr und Beckman aufmerksam gemacht hatte. »Wie gut kanntest du ihn damals? Kurz nach deinem Collegeabschluß hast du Dad geheiratet und über dreißig Jahre lang mit ihm in der Gegend von San Francisco gelebt. Dreißig Jahre, in denen du nur ab und zu auf Besuch hierher nach Monterey gekommen bist. Erst nach deiner Scheidung vor sechs Jahren bist du wieder ganz hierhergezogen und hast dein Restaurant eröffnet. Karl Beckman hatte mittlerweile eine Frau und eine Tochter. Sei ehrlich, du weißt nur sehr wenig von ihm.«

Mutter verzog den Mund zu einem bitteren Lächeln. »Es ist die Scheidung, die dir immer noch zu schaffen macht, stimmt's? Du kommst immer wieder auf die Scheidung zurück.«

Jetzt war es an mir, sie böse anzuschauen und einen Gegenangriff zu starten. »Na ja, ich muß zugeben, daß ich ziemlich schockiert war, als du Dad nach über dreißig Ehejahren schnöde verlassen hast.«

»Wieso machst du eigentlich allein mich dafür verantwortlich?« fragte Mutter mit einer Stimme, in der sich Ärger und Resignation mischten. »Aber das hast du ja immer. Dabei bist du selbst geschieden und müßtest eigentlich wissen, daß zu so etwas immer zwei gehören.«

Der Schlag saß. Ich dachte nicht gerade gerne an meine eigene gescheiterte Ehe. Sie hatte nicht allzu lange gehalten, und seither hatte ich immer ein ungutes Gefühl, wenn ich eine Beziehung zu einem Mann begann. Ständig machte ich mir Vorwürfe, daß ich mich damals nicht genügend um die Rettung meiner Ehe bemüht hätte.

»Dein Vater und ich, wir haben uns einfach auseinandergelebt«, fuhr Mutter fort; es klang, als wäre sie der ständigen Erklärungen müde, die ich von ihr verlangte. »Er hat seine Interessen, und ich habe die meinen.«

»Natürlich. Das Restaurant. Dir geht es doch nur um dein blödes Restaurant.«

»Wieso soll mein Restaurant weniger wichtig sein als die historischen Forschungen deines Vaters und seine Sammlung von Indianertöpfereien? Oder dein Verlangen, Detektivin zu spielen? Ich habe eigentlich immer geglaubt, daß du von allen Menschen mich noch am ehesten verstehen und mich auch darin unterstützen würdest, endlich das zu tun, wovon ich mein ganzes Leben lang geträumt habe.«

»Aber hast du es denn wirklich auf Dads Kosten machen müssen? Und damit ebenso auf Brians und meine?«

»Als ich euren Vater verließ, wart ihr beide längst erwachsen. Du hast bei Sid gelebt, und dein Bruder hatte Frau und Kinder. Dein Vater hatte seine liebe Freundin und Kollegin Isabel Kovaleski, mit der ihn von Anfang an mehr verband als das Interesse an der gemeinsamen Arbeit. Sogar als Tim und ich noch verheiratet waren, hatten die beiden schon etwas miteinander, das kannst du mir glauben. Aber das hast du ja geflissentlich übersehen. Seit du hier in Monterey bist, warst du gegenüber Karl abweisend und kühl. Denk bloß nicht, ich wüßte nicht weshalb. Deine doppelte Moral verletzt mich tief, Jeri. Warum darf Tim ein Verhältnis haben und Marie nicht?«
Irgendwie war etwas dran an dem, was sie sagte. Viel sogar. Aber ich konnte ihr die Frage nicht beantworten. Dazu war ich viel zu wütend und voller Groll. Mutter hatte mich verletzt, und jetzt wollte auch ich sie verletzen. Das ging schon seit einigen Jahren so zwischen uns beiden, auch wenn wir uns meistens hinter kühler Höflichkeit versteckten. Obwohl ich hundemüde war, konnte ich nicht damit aufhören.
»Ich dachte immer, du wärst mit deinem Restaurant verheiratet«, fuhr ich mit höhnischem Unterton fort.
Mutter nahm den Ball auf und spielte ihn zurück. »Und du?« fragte sie, und schon waren wir wieder da, wo wir begonnen hatten. »Du kannst doch auch nicht aufhören, die Detektivin zu spielen, keinen Augenblick lang. Für dich sind Menschen keine Menschen, sondern nur Verdächtige. Du kannst nichts anderes tun, als überall herumzustochern und herumzuschnüffeln und den Leuten quasi die Haut abzuziehen.«
»Hast du vergessen, daß Ariel Logan ermordet worden ist?« fragte ich ruhig und wollte ihr damit den Ernst der Lage in Erinnerung rufen. »Das ist doch wohl wichtiger als die verletzten Gefühle deines Freundes. Außerdem sollte es

dich interessieren, inwieweit Karl in diese Sache verwickelt ist.«
»Er ist nicht darein verwickelt«, schrie meine Mutter mich an. »Laß ihn doch endlich in Ruhe!« Sie verstummte, als hätte ihre eigene Lautstärke sie erschreckt. »Ich weiß nicht, wieso ich immer noch mit dir rede. Gott weiß, daß du dir noch nie etwas von mir hast sagen lassen. Wer gibt dir das Recht, mir vorzuschreiben, wie ich mein Leben zu leben habe?«
»Dein Leben betrifft auch andere Menschen.«
»Tut deines das etwa nicht? Als du zusammengeschlagen wurdest, habe ich nächtelang nicht geschlafen.«
»Aber im Krankenhaus hast du mich nicht besucht.«
Bevor ich es ausgesprochen hatte, war mir gar nicht bewußt gewesen, wie sehr ich es meiner Mutter noch nachtrug, daß sie vor ein paar Jahren nicht an mein Krankenbett gekommen war. Damals hatten mich ein paar kriminelle Schläger mit dem Lauf einer Pistole übel zugerichtet. »Dad war da. Jedesmal, wenn ich aufwachte, war er da. Aber du hattest natürlich keine Zeit. Du konntest ja dein über alles geliebtes Restaurant nicht allein lassen.«
Mutter verschränkte die Arme vor der Brust und starrte mich an, als wüßte sie nicht, wer ich war. »Ja, ich liebe mein Restaurant. Es ist mein Kind, das ich geboren habe, ebenso wie dich und Brian. Dieses Restaurant kann ich im Gegensatz zu euch beeinflussen und auf den richtigen Weg bringen. Und es braucht mich. Ihr geht ja längst eure eigenen Wege. Ihr habt mich doch nicht mehr gebraucht, seit ihr mit der Grundschule fertig wart.«
Mit einem Mal hatte keine von uns mehr etwas zu sagen. Nachdem wir uns so viel an den Kopf geworfen hatten, das wir beide nicht zurücknehmen wollten, starrten wir uns stumm und böse an. Ich fühlte mich, was Energie und

Gefühl betraf, vollkommen ausgelaugt. Langsam ging ich an meiner Mutter vorbei in mein Zimmer und stopfte meine Sachen in die Reisetasche. Als ich wieder ins Wohnzimmer kam, hatte Mutter sich nicht von der Stelle bewegt.

Als ich das Haus verließ, knallte ich die Tür hinter mir zu.

32

Als ich die Augen öffnete, brauchte ich eine Weile, bis ich wußte, wo ich war. Ich sah eine Tapete mit blau-gelbem Blumenmuster und stellte fest, daß ich in Seitenlage in einem schmalen Bett lag. Das Zimmer, in dem das Bett stand, war mir unbekannt. Gähnend drehte ich mich auf den Rücken und versuchte, mich zurechtzufinden. Sonnenlicht drang durch die blaßgelben Vorhänge am Fuß des Bettes in den Raum. Ich schaute nach links und sah die Kleider, die ich gestern getragen hatte, über der Lehne eines Stuhls hängen. Auf dem Boden davor standen meine Schuhe und meine Reisetasche.

Jetzt erinnerte ich mich wieder. Ich war im Gästezimmer von Errols Haus in Carmel. Ich streckte die Arme über den Kopf und ließ sie dann auf die hellblaue Tagesdecke fallen, die die untere Hälfte meines Körpers bedeckte. Aus der Küche drang der verlockende Duft von Kaffee ins Zimmer. Wie spät war es? Wo war meine Uhr? Sie lag auf der Sitzfläche des Stuhls, aber mit dem Zifferblatt nach unten. Also gut, dann steh ich eben auf, sagte ich mir, aber als ich versuchte, die Füße aus dem Bett zu bewegen, merkte ich, daß etwas Schweres, Unbewegliches auf ihnen lag. Ich stützte mich auf die Ellbogen und suchte den Grund für diese Behinderung.

Es war Stinkpot, der irgendwann im Lauf der Nacht in mein Bett gesprungen sein mußte. Eigentlich konnte er außer Errol und Minna niemanden wirklich leiden, trotzdem war ich nicht allzu erstaunt, daß er es sich bei mir gemütlich gemacht hatte. Schließlich war es sein Haus, und da schlief er eben, wo immer es ihm gerade paßte. Jetzt hatte er es sich auf meinen Schienbeinen bequem gemacht und benutzte meine Füßc als Kopfkissen. Sein langer, flauschiger Schwanz reichte fast bis zu meiner Hand hoch; er bewegte sich ganz langsam und zeigte damit an, daß Stinkpot wach war. Ich wackelte mit den Zehen und kitzelte gleichzeitig das Ende des Schwanzes, der sofort zurückgezogen wurde und heftig hin und her peitschte. Als ich erneut die Zehen bewegte, packte Stinkpot sie mit seinen Vorderpfoten und schlug seine Krallen durch die Decke in meine Haut.

»Aua! Was soll das, du ungezogener Kater?« Ich setzte mich auf, und Stinkpot tat es mir laut knurrend nach und sah mich aus seinen kampflustigen, gelben Augen an. Dann streckte er sich genüßlich, gähnte mir ins Gesicht und sprang vom Bett. Kurz darauf war er auch schon aus dem Gästezimmer verschwunden.

Ich stand auf und duschte mich in dem Bad gleich nebenan. Als ich angezogen war, ging ich barfuß in die Küche, wo Minna gerade die Spülmaschine ausräumte. Die Glastür, die hinaus auf die von der Morgensonne beschienene Terrasse führte, stand weit offen.

»Guten Morgen«, sagte ich.

»Du siehst aus, als brauchtest du dringend eine Tasse Kaffee«, meinte Minna, nahm eine große, blaue Tasse aus der Spülmaschine und füllte sie randvoll.

»Stimmt«, erwiderte ich. »Vielen Dank.« Nach den ersten paar Schlucken des starken, schwarzen Gebräus spürte ich, wie meine Lebensgeister wieder erwachten. »Wo ist Errol?«

»Er ist zu Katy's zum Frühstücken gegangen.« Katy's war ein Lokal in Carmel, in dem Errol täglich frühstückte und sich alle die Neuigkeiten beschaffte, die niemals im *Monterey Herald* oder im *Carmel Pine Cone* standen. »Hast du Hun-

ger?« fragte Minna. »Ich habe Müsli, oder ich könnte dir ein paar Eier machen.«
Ich sah sie über den Rand meiner Tasse hinweg an. »Ach, Minna, du mußt mich doch nicht bedienen.«
»Du bist nun mal der Gast«, sagte sie bestimmt, räumte die Spülmaschine vollends leer und schloß die Klappe. Stinkpot, der in den Garten hinaus war, um irgendwelche Vögel und Insekten zu terrorisieren, raste über die Terrasse und schoß durch die offene Tür in die Küche, wo er Minna direkt in den Arm sprang. Sie drückte den großen Kater liebevoll an ihre Brust. »Guter Junge«, säuselte sie. »Ist er nicht ein ganz ein Süßer?«
Kommt darauf an, dachte ich. Jedesmal, wenn ich Stinkpot zu nahe kam, knurrte er oder schlug mit einer seiner Pfoten nach mir. Von Minna hingegen ließ er sich wie ein Baby in den Arm nehmen. Sein Kopf lag genüßlich auf ihrer Schulter, die krallenbewehrten Pfoten strichen ihr sanft über den Arm, und der große Kater schnurrte wie eine kleine Maschine.
»Warum nennt ihr ihn eigentlich Stinkpot?« fragte ich, während ich meinen köstlichen Kaffee trank. Bisher hatte ich immer angenommen, daß sich der Name auf den Charakter des Tieres bezog.
»Eigentlich heißt er ja Inkspot – Tintenklecks –, weil er so ein geflecktes Fell hat. Aber irgendwann fing Errol an, ihn Stinkpot zu nennen, und dieser Name ist ihm geblieben«, erklärte Minna lachend und wiegte den schweren Kater in ihren Armen. »Er war damals acht Wochen alt und kaum größer als eine Puderquaste. Gerade mal eine Handvoll. Wie du siehst, sind diese Zeiten längst vorbei.«
Minna ließ den Kater los, der auf den Boden sprang und mit würdevollen Schritten und hoch erhobenem Schwanz hinüber ins Wohnzimmer stolzierte. Dann goß Minna sich

noch etwas Kaffee in ihre Tasse und setzte sich zu mir an den Küchentisch. »Möchtest du vielleicht über das reden, was gestern abend vorgefallen ist?«

Jetzt erst erinnerte ich mich wieder an den Streit mit meiner Mutter. Nachdem ich ihr Haus verlassen hatte, war ich nach Pacific Grove gefahren, aber Donna und Kay waren nicht zu Hause gewesen. Also hatte ich irgendwo allein zu Abend gegessen und mir überlegt, ob ich mich nicht in einem Motel einquartieren sollte, war aber dann doch nach Carmel gefahren und hatte mit meiner Reisetasche in der Hand bei den Sevilles geklingelt. Minna war schon im Bett gewesen, aber Errol hatte mir mit einem Kriminalroman in der Hand aufgemacht. Er hatte mich nicht nach einer Erklärung für meinen nächtlichen Besuch gefragt, sondern mich gleich ins Gästezimmer geführt.

»Ich habe mich mit meiner Mutter gestritten«, sagte ich jetzt zu Minna. »Und zwar ziemlich heftig.«

Als meine Eltern sich hatten scheiden lassen, hatte ich bereits in Errols Detektivbüro gearbeitet, so daß er und Minna ziemlich gut über die Probleme zwischen meiner Mutter und mir Bescheid wußten. Ich erzählte Minna mit knappen Worten, was sich in der vergangenen Nacht ereignet hatte.

Schließlich seufzte ich tief. »Das Ganze steht mir bis hierher, Minna«, klagte ich. »Und außerdem habe ich langsam die Schnauze voll von Monterey und möchte wieder nach Hause, in mein eigenes Bett, zu meiner eigenen Katze. Aber das kann ich erst, wenn ich das, was ich hier angefangen habe, auch zu Ende gebracht habe.«

Minna lächelte mich aufmunternd an. »Erst mal ißt du ein Müsli. Schließlich mußt du bei Kräften bleiben.« Dann wurde ihr von Falten durchzogenes Gesicht wieder ernst, und sie strich sich eine silbergraue Haarsträhne aus der

Stirn. »Was zwischen dir und deiner Mutter vorgefallen ist, geht mich nichts an, Jeri.«
»Irgendwie schon. Schließlich hocke ich jetzt an deinem Küchentisch und habe in deinem Gästezimmer übernachtet.« Ich sah sie müde an und hielt mich an meiner Kaffeetasse fest.
»Trotzdem möchte ich dir sagen, was ich von der ganzen Sache halte«, fuhr Minna fort. »Wenn es dir allerdings zuviel wird, mußt du es sagen. Schon als Kind bist du deinem Vater viel näher gestanden als deiner Mutter, mit der du eigentlich nie richtig warm geworden bist. So etwas gibt es ziemlich häufig zwischen Mutter und Tochter.«
Minna lächelte so merkwürdig, daß ich mich fragte, wie wohl ihr und Errols Verhältnis zu ihren eigenen Kindern war. Die Sevilles hatten einen Sohn und eine Tochter, die beide älter als ich und längst verheiratet waren. Ich hatte die beiden ein paarmal gesehen, als ich in Oakland für Errol gearbeitet hatte, aber im Grunde kannte ich sie und die Enkelkinder nur von den gerahmten Fotos, die Minna und Errol im Wohnzimmer aufgestellt hatten.
»Die Scheidung deiner Eltern hat das alles nur noch verschlimmert«, sagte Minna. »Du lehnst deine Mutter ab wegen der Rolle, die sie dabei gespielt hat. Und jetzt hat sie auch noch etwas mit Karl Beckman angefangen. Ihre Beziehung zu ihm hat vielschichtige Auswirkungen auf dich. Ich verstehe, daß es dich wurmt, wenn er dir nicht sagen will, wo er an dem Wochenende war, an dem Ariel ermordet wurde. Aber was dir wirklich gegen den Strich geht, ist doch die Tatsache, daß er ein Verhältnis mit deiner Mutter hat.«
Sie hatte recht. Ich wußte es ja selbst. Karl Beckman war eigentlich ein netter Kerl. Hätte ich ihn unter anderen Umständen kennengelernt, wäre er mir vermutlich sogar

sympathisch gewesen. Aber ich war von dem Moment an gegen ihn gewesen, als Donna mir erzählt hatte, daß er und meine Mutter miteinander ausgingen. Als ich dann am vergangenen Abend sah, wie er den Arm um meine Mutter legte, wurde mir klar, daß die Beziehung zwischen den beiden mehr war als nur eine lockere Freundschaft. Grollend gestand ich mir selbst ein, wieviel ich dagegen hatte, daß Karl Beckman mit meiner Mutter ins Bett ging.

Ich seufzte in meinen Kaffee. Natürlich war es hirnrissig, den eigenen Eltern kein Sexualleben zuzugestehen und anzunehmen, daß ab einem bestimmten Alter gewisse Gefühle und Bedürfnisse einfach verschwinden würden. Ich wußte genau, daß das Verhältnis meines Vaters zu Dr. Isabel Kovaleski mehr war als reine Freundschaft unter Arbeitskollegen. Warum gestand ich meinem Vater etwas zu, das ich meiner Mutter übelnahm? Mit ihrer letzten Bemerkung gestern nacht hatte Mutter voll ins Schwarze getroffen.

Wie Minna eben. Ich brauchte es ihr gar nicht zu sagen, sie wußte es auch so. In Minnas Gegenwart hatte ich mich immer viel wohler gefühlt als mit meiner Mutter. Selbst als ich noch ein Kind gewesen war und wir in dem alten Haus in Alameda gewohnt hatten, waren Mutter und ich einander fremd gewesen. Dafür hatte ich mich mit meinem Vater und meiner in der Nähe wohnenden Großmutter um so besser verstanden. Gestern abend hatte Mutter gesagt, daß ich sie seit meiner Grundschulzeit nicht mehr gebraucht hätte. Damit hatte sie recht. Ich war meinen Weg gegangen und sie den ihren.

Wir haben eben nichts gemeinsam, sagte ich mir. Aber das stimmte nun auch wieder nicht. Mein Vater hat einmal gemeint, daß Mutter und ich uns *zu* ähnlich seien und daß wir deshalb nicht miteinander auskämen. Wenn wir uns nicht beide Mühe gaben, würden wir wohl nie einen gemeinsamen Nenner finden.

»So, jetzt haben wir genug geredet«, beschloß Minna, als hätte sie meinen inneren Monolog mitgehört. »Du ißt jetzt brav dein Frühstück. Errol wird bald zurück sein, und dann werdet ihr sicher euer weiteres Vorgehen in eurem Fall besprechen wollen.«

»Ich hätte ihn da nicht mit hineinziehen sollen«, meinte ich, als ich wieder an Errols Alter und sein schwaches Herz dachte.

»Du weißt doch genau, daß weder du noch ich ihn davon abhalten können, sich in diesem Fall zu engagieren«, erwiderte Minna. Nach vierzig Ehejahren kannte sie ihren Mann ziemlich genau. »Das Pensionärsdasein ist nicht leicht für Errol. Dafür war er viel zu gerne Privatdetektiv und ein guter obendrein. Er genießt es sehr, wieder einmal mitten in einem Fall zu stehen.«

Ich saß noch immer am Küchentisch und aß mein Müsli, als Errol von seinem Frühstück in der Stadt zurückkam. Er hatte die Morgenausgabe des *Monterey Herald* dabei und sah aus wie eine Katze, die eben den berühmten Kanarienvogel verspeist hat. Er goß sich rasch eine Tasse Kaffee ein und setzte sich zu mir.

»Die Stammgäste bei Katy's haben die unterschiedlichsten Theorien darüber, weshalb der Distriktsstaatsanwalt Bobby nicht wegen Mordes an Ariel Logan angeklagt hat.«

»Was gibt es da lange herumzurätseln? Bobby war es nicht. Und damit basta«, gab ich mit einem Mund voller Müsli zurück.

»Aber dem gesunden Volksempfinden zufolge war er es doch. Du weißt schon, die alte Leier vom verschmähten Liebhaber.«

Ich schüttete noch etwas Müsli auf die Milch in meiner

Schale. »Mehrere Mitglieder von Bobbys Gruppe bei den Anonymen Alkoholikern haben ausgesagt, daß er am fraglichen Abend zwischen sieben und neun Uhr mit ihnen zusammen war.«

Errol nickte. »Das habe ich auch gehört. Aber mein Freund, der Polizeichef von Carmel, hat mir erzählt, daß Sergeant Magruder Bobby deshalb verhaftet hat, weil die Beschreibung des Wagens am Rocky-Point-Restaurant und ein Teil der Autonummer auf Bobbys Thunderbird gepaßt hätten. Das bedeutet entweder, daß Magruders Zeuge sich geirrt hat, oder –«

»Oder daß der Thunderbird tatsächlich auf dem Parkplatz vor dem Lokal war«, beendete ich den Satz. »Ich habe Bobby gestern abend nach dieser Möglichkeit befragt und herausgefunden, daß er früher, als er noch getrunken hat, den Wagen öfter mal verliehen hat. Vielleicht hat sich jemand bei dieser Gelegenheit einen Ersatzschlüssel anfertigen lassen.«

»Genau das habe ich mir auch schon überlegt. Aber wer käme dafür in Frage?«

»Entweder jemand aus Bobbys Mannschaft oder ein Mann namens Frank Alviso, den Bobby vor einiger Zeit gefeuert hat. Der Kerl macht auf mich den Eindruck, als könne er ziemlich nachtragend sein. Alviso arbeitet jetzt übrigens auf der Beckman-Werft, dort habe ich ihn auch getroffen. Er machte einen ziemlich hinterhältigen Eindruck auf mich.«

»Das bedeutet, daß Karl und Lacy Alviso kennen«, stellte Errol fest. Er stand auf, holte die Kaffeekanne und goß unsere Tassen noch einmal voll. »Glaubst du immer noch, daß Karl etwas mit Ariels Tod zu tun hat?«

»Ich weiß nicht mehr, was ich glauben soll.« Ich lehnte mich in meinem Stuhl zurück und trank einen Schluck von dem heißen Kaffee. »Laut Bobby hat Ariel etwas über giftige

Chemikalien im Wasser der Bucht gesagt und angedeutet, daß die Beckman-Werft dafür verantwortlich sein könnte. Darüber haben sie und Bobby im Rose and Crown gesprochen.« Ich erzählte Errol, was Bobby mir gestern auf der Pier mitgeteilt hatte, angefangen bei dem Boot namens *Marvella B* bis hin zur Führung durch die Werft und Ariels bohrenden Fragen über umweltgefährdende Chemikalien.
»Dann hat Bobby also Karl gesucht, um dessen Version der Geschichte zu hören«, schloß Errol.
»Richtig. Ariel hat ihm für das Gespräch mit Karl vierundzwanzig Stunden Zeit gegeben. Aber Bobby konnte Karl bis zum Montag nicht finden. Zuerst hat Karl mir gegenüber behauptet, daß er nicht wisse, worüber Bobby mit ihm habe reden wollen. Aber das war gelogen. Bobby hat es ihm an dem Montag gesagt. Karl hat Ariels Anschuldigungen abgestritten. Zuerst Bobby und dann auch mir gegenüber, als ich ihn gestern abend damit konfrontiert habe.«
»Dann hast du ihn also in die Enge getrieben.«
»Genau. Und er war ziemlich sauer. Nicht nur auf mich, sondern überhaupt, daß jemand ihn der Umweltverschmutzung bezichtigte. Natürlich kann das alles nur Theater gewesen sein, mit der Beckman seine Taten zu verschleiern versucht«, erwiderte ich und schüttelte den Kopf. »Irgend etwas stimmt da nicht. Donna hat mir letzte Woche, als man Ariels Leiche noch nicht gefunden hatte, erzählt, daß anonyme Anrufe bei der Polizei Bobby mit dem Verschwinden seiner Freundin in Verbindung gebracht hätten. Aber warum sollte Karl Bobby so etwas antun?«
Dann erzählte ich Errol noch von Bobbys Festnahme wegen Trunkenheit am Steuer und daß Karl Beckman ihn nicht nur aus dem Gefängnis von King City herausgeholt, sondern ihn danach auch letztlich dazu gebracht hatte, ernsthaft mit dem Trinken aufzuhören.

»Wenn Karl sich so sehr um Bobby sorgt, warum sollte er dann Ariel umbringen und Bobby die Tat in die Schuhe schieben?«

»Warum sollte er nicht?« meinte Errol. »Mord ist nie logisch, ebensowenig wie die Gefühle, die einen Menschen zum Mörder werden lassen. Wenn Karl Ariel wirklich umgebracht hat, geht es ihm vermutlich nur darum, seine eigene Haut zu retten.«

»Trotzdem paßt das alles hinten und vorne nicht zusammen«, sagte ich und stand auf. Ich trug die leere Müslischale zum Spülbecken und wusch sie mit kaltem Wasser aus, bevor ich sie in die Geschirrspülmaschine steckte.

»Dann mußt du eben so lange herumtüfteln, bis es zusammenpaßt. Vielleicht fehlt dir aber auch noch das entscheidende Mosaiksteinchen.« Errol machte eine kurze Pause, bevor er mich fragte: »Gibt es sonst noch etwas, was ich über die vergangene Nacht wissen sollte?«

Seine Höflichkeit entlockte mir ein Lächeln. »Minna wird dir alles erzählen. Hat dein Freund in L.A. eigentlich schon etwas über Peter Logan herausgefunden?«

»Nein, bisher noch nicht. Aber ich rufe ihn heute vormittag wieder an. Und was hast du an diesem herrlichen Oktobersamstag vor? Willst du vielleicht Frank Alviso auf den Zahn fühlen?«

Ich griff nach meiner Kaffeetasse. »Vielleicht später. Zuerst einmal muß ich nach King City fahren.«

33

Ich verließ Carmel kurz nach elf und brauchte eine halbe Stunde, um von der Küste nach Salinas zu gelangen. Am Südrand der Stadt fuhr ich durch ein Industriegebiet mit Lagerhallen für landwirtschaftliche Produkte auf dem Highway 101 zum zweitenmal in dieser Woche in Richtung Süden.

Der Highway führte im breiten Tal des Salinas River an brauner, frisch gepflügter Erde und Feldern in unterschiedlichen Grüntönen vorbei. Erst war der Fluß rechts von mir, dann fuhr ich in Soledad über die Brücke und sah ihn fortan links vom Highway. Auf den braungrauen Hügeln beiderseits der Straße wuchsen dunkelgrüne Bäume.

Eine Stunde später überquerte ich den Fluß erneut und verließ den Highway in Richtung King City. Auf dem Parkplatz vor einem weitläufigen High-School-Gebäude standen eine Reihe von Schulbussen, die am Montag die Schüler und Schülerinnen von den umliegenden Farmen zum Unterricht bringen würden. Jetzt, an diesem sonnigen Oktobersamstag, war in der Stadt ziemlich viel Verkehr.

Ich stellte meinen Wagen vor dem Postamt ab und ging zur nächstgelegenen Telefonzelle. In einem zerfledderten Telefonbuch fand ich einen Charles Harper, allerdings ohne Adresse. Ich warf ein paar Münzen in den Schlitz und wählte die Nummer. Die Frau, mit der ich kurz darauf verbunden war, meldete sich als Mrs. Harper.

»Könnte ich bitte Ihren Mann sprechen?«

Ihre Antwort erinnerte mich daran, daß Harper der Leiter der County-Verwaltung war. »Charlie ist vor einer Stunde in die Stadt gefahren. Er wollte sich im Keefer's zum Mittagessen mit dem Bürgermeister treffen.«
Ich dankte der Frau und fuhr zur Canal Street. Keefer's ist ein Motel mit Tankstelle und Restaurant direkt neben dem Highway, wo Autofahrer zwischendurch rasch einen Happen essen können. Trotzdem ist das Essen dort gut, die Bedienungen sind freundlich, so daß es mich nicht wunderte, daß das Lokal um die Mittagszeit voll besetzt war. Ich bat eine Kellnerin, mir zu zeigen, wer Harper war.
»Da hinten sitzt er, neben dem Bürgermeister. Die beiden wollen gerade gehen.« Einer der Männer, die sie mir gezeigt hatte, war klein und rundgesichtig und trug einen Anzug. Ich nahm an, daß er der Bürgermeister war. Der andere Mann war viel breitschultriger. Sein Gesicht war sonnengebräunt, und sein bereits etwas gelichtetes, sandfarbenes Haar war merklich ergraut. Er trug Stiefel, ausgewaschene Bluejeans und ein blaues Arbeitshemd mit offenem Kragen und sah aus wie ein Rancher, was hier im Salinas Valley mit seinen vielen Viehzüchtern und Gemüsefarmern nichts Ungewöhnliches war.
Harper bezahlte gerade die Rechnung mit ein paar Geldscheinen. Bevor die beiden aufstehen konnten, trat ich an ihren Tisch. »Mr. Harper?« fragte ich. »Könnte ich Sie bitte einen Augenblick lang unter vier Augen sprechen?«
Seine aufmerksamen Augen waren so blau wie der Oktoberhimmel. Er nickte und sagte zu dem anderen Mann: »Ich melde mich dann bei Ihnen, Bill.« Der Bürgermeister stand auf und ging. »Was kann ich für Sie tun, junge Frau?« fragte mich Harper mit einem Lächeln.
Ich gab ihm meine Visitenkarte. »Ich bin Privatdetektivin aus Oakland und arbeite gerade an einem Fall in Monterey.

Ich würde Ihnen gerne ein paar Fragen über Ihren Schwager Karl Beckman stellen.«

Charlie Harpers blaue Augen bekamen einen kalten Glanz, und die unterschiedlichsten Empfindungen huschten so rasch hintereinander über sein Gesicht, daß ich sie nicht deuten konnte. Als er schließlich antwortete, war seine Miene nicht mehr freundlich, sondern hart und abweisend.

»Worum geht es?«

»Es geht um Mord«, erwiderte ich und wartete auf eine Reaktion seinerseits. »Um den Mord an einer jungen Frau namens Ariel Logan.«

Harper antwortete nicht gleich, sondern runzelte die Stirn und zog die Mundwinkel nach unten. »Das war doch die Tote, die man am Rocky Point aus dem Meer gefischt hat. Ich habe darüber in der Zeitung gelesen. Die Leute glauben, daß es ihr Freund war, aber der wurde gestern ja wieder freigelassen. Warum wollen Sie mit mir über Karl reden? Glauben Sie, er hat etwas mit Ariel Logans Tod zu tun?«

»Wie kommen Sie denn darauf?« fragte ich, aber ich glaubte, die Antwort auf diese Frage bereits zu wissen. Es sah ganz so aus, als ob Charles Harper noch eine dicke Rechnung mit seinem Schwager offen hatte.

Als Harper mir keine Antwort gab, wagte ich mich einen Schritt weiter vor. »Ich habe gehört, daß Karl Beckman an dem Wochenende, an dem Ariel Logan ermordet wurde, bei Ihnen zu Besuch war.« Ich wartete auf eine Bestätigung, die mir Harper mit einem knappen, kaum wahrnehmbaren Kopfnicken gab. »Ich wüßte gerne, weshalb er Sie besucht hat, Mr. Harper.«

Er überlegte einen Augenblick und deutete dann auf den Stuhl, von dem der Bürgermeister eben aufgestanden war. Inzwischen hatte die Kellnerin den Tisch abgeräumt und neue Gedecke aufgelegt. Sobald ich mich gesetzt hatte, kam

sie auch schon herbei und brachte uns Mineralwasser und eine Kanne Kaffee.
»Was wollte Karl von Ihnen?« wiederholte ich meine Frage an Harper, während ich einen Schluck von dem starken, schwarzen Kaffee trank.
»Geld«, schnaubte Harper verächtlich. »Dieser verdammte Idiot hat nicht begriffen, daß ich niemals gutes Geld schlechtem hinterherwerfe. Wenn er die Werft nicht mit eigenen Mitteln am Laufen halten kann, dann muß er sie eben pleite gehen lassen. Ich habe ihm schon einmal die Kastanien aus dem Feuer geholt, als sein unsäglicher Bruder noch am Leben war.«
»Sie meinen Gunter Beckman, der sich privat Geld geborgt und die Werft als Sicherheit geboten hat.«
»Sie haben sich offenbar schon umgehört«, meinte Harper und trank von seinem Kaffee. »Weshalb? Hat Sie jemand dafür angeheuert?«
»Ariels Freund, Bobby Ravella, ist mein Cousin. Ich glaube nicht, daß er sie getötet hat, und will deshalb den wahren Mörder finden.«
»Ravella. Das erklärt alles.«
Ich wartete darauf, daß Harper mir erklären würde, was er eben leise vor sich hingemurmelt hatte, aber das hatte er offenbar nicht vor. Mir fiel wieder ein, was Bobby mir über seine Verhaftung in King City im vergangenen April erzählt hatte. Offenbar hatte Karl seinen Schwager mobilisiert, um Bobby aus dem Gefängnis freizubekommen. Und der hatte sich breitschlagen lassen, obwohl er Karl eigentlich nicht leiden konnte.
»Warum haben Sie Karl denn vor zwei Jahren Geld geliehen?« fragte ich.
»Nur wegen Janine. Sie hat mich gebeten, daß ich ihm helfe. Also habe ich es getan.«

Harpers Miene verdüsterte sich. »Damals wußten wir natürlich noch nicht, daß er sie mit seiner Schwägerin betrog.«
Irgendwie hatte ich das schon immer geahnt, denn jedesmal, wenn Lacys Namen fiel, hatte Karl so einen merkwürdigen Blick in den Augen. War das Verhältnis zwischen den beiden inzwischen beendet? Und wußte meine Mutter davon?
»War das der Grund dafür, daß Janine ihr Testament geändert hat?«
»Sie haben sich aber wirklich gründlich umgehört«, meinte Harper anerkennend.
»Wie hat Janine das mit Karl und Lacy denn herausgefunden?«
Harper wurde rot im Gesicht. »Es war wegen einer zufälligen Bemerkung von mir. Ein paar Monate, nachdem ich Karl das Geld geliehen hatte, sah ich Karl und Lacy zusammen in Carmel. Ich dachte mir nichts dabei, aber als ich es Janine gegenüber erwähnte, rastete sie völlig aus. Sie sagte, Karl habe sie angelogen und behauptet, er sei an diesem Tag ganz woanders gewesen. Sie hatte ihn damals schon seit längerem in Verdacht, daß er etwas mit Lacy hätte, die bei ihren Bettgenossen übrigens nicht allzu wählerisch sein soll, wie ich gehört habe. Gunter war es genausowenig.«
Er seufzte und trank einen Schluck Kaffee. »Janine dachte sogar daran, sich von Karl scheiden zu lassen, aber sie war sich nicht sicher, wie Kristen das verkraften würde. Kristen steht ihrem Vater sehr nahe. Also hat Janine statt dessen ihr Testament geändert und Karl darin völlig ausgebootet.«
»Wie hat Karl darauf reagiert?«
»Er war ziemlich verärgert darüber, wenn ich mich richtig erinnere. Aber er hat es erst nach Janines Tod erfahren. Soweit ich es damals beurteilen konnte, machte er sich mehr Sorgen um seine Finanzen als darum, wie seine Frau

ums Leben gekommen war.« Harpers sonnengebräuntes Gesicht wurde noch röter. »Ich kann es zwar nicht beweisen, aber ich bin mir ziemlich sicher, daß Karl Beckman für den Tod meiner Schwester verantwortlich ist.«
Diese Aussage bestätigte sämtliche Vermutungen, die ich über den tödlichen Unfall von Gunter und Janine Beckman angestellt hatte. Und da Beckman der Freund meiner Mutter war, verstärkte sie gleichzeitig mein Gefühl der Beunruhigung gegenüber diesem Mann.
»Warum sollte Karl seine Frau getötet haben?« fragte ich geradeheraus.
»Wegen des Geldes«, antwortete Harper. »Schließlich hätte er ja den größten Teil ihres Besitzes geerbt, wenn sie ihr Testament nicht geändert hätte. Und der war nicht unbeträchtlich. Janine und ich haben von unseren Eltern eine Menge geerbt.«
»Woher wissen Sie, wie Janines ursprüngliches Testament lautete?«
»Ich war in beiden Testamenten als Testamentsvollstrecker eingesetzt«, erklärte Harper. »Ich habe übrigens noch eine Kopie davon bei mir zu Hause. Wenn Sie wollen, können Sie sich diese ja einmal ansehen.«
»Vielen Dank«, sagte ich und nickte. »Und was für ein Motiv hätte Karl gehabt, Gunter umzubringen?«
»Das weiß doch ich nicht. Aber Gunter war nervtötend genug, um in jemandem den Wunsch zu wecken, ihn umzubringen. Ich weiß zum Beispiel, daß Karl fast durchdrehte, als er erfuhr, daß Gunter sich mit der Werft als Sicherheit einen Kredit beschafft hatte. Vielleicht hatte es ja auch damit zu tun, daß Karl mit Lacy ins Bett ging. Vielleicht wollten sie gemeinsam Gunter aus dem Weg räumen. Das kann ich Ihnen wirklich nicht sagen.«
Harper ballte die rechte Hand zur Faust und schlug damit

in die Handfläche seiner linken. Es war eine Geste tiefster Frustration. »Meine Frau sagt, ich sei verrückt, weil ich die Sache immer noch weiterverfolge. Schließlich beruht das alles ja nur auf einem unguten Gefühl. Ich kann nicht das geringste beweisen. Aber etwas am Tod meiner Schwester ist trotzdem merkwürdig: Warum sollten sie und Gunter ausgerechnet nach Ventana zum Abendessen fahren? Doch nur, um über Karl und Lacy zu sprechen. Sie wissen ja vielleicht, daß das Autowrack nie geborgen werden konnte. Ich wette jede Summe, daß jemand an dem Wagen herummanipuliert hat.«

»Weiß Karl denn, daß Sie ihn wegen Janines Tod in Verdacht haben?« fragte ich.

»Ich habe es ihm nie gesagt«, antwortete Harper. »Aber er weiß, daß ich nichts für ihn übrig habe.«

»Warum ist er dann am Samstag vor einer Woche zu Ihnen gekommen und hat Sie um Geld gebeten?«

»Weil er in einer verzweifelten Situation ist. Er war bei mehreren Banken in Monterey und Salinas, und keine wollte ihm Geld geben. Dabei hatte er mir erst im April das letzte geliehene Geld zurückgezahlt. Eigentlich hätte er ja noch ein Jahr Zeit gehabt, um es abzustottern, aber er gab mir die restliche Summe auf einmal, weil er mich um einen Gefallen bitten wollte. Ich weiß nicht, woher er das Geld hatte, aber dieser Gefallen muß ihm verdammt wichtig gewesen sein.«

»Und was war das für ein Gefallen?«

Harper schüttelte den Kopf. »Das darf ich Ihnen nicht sagen. Verschwiegenheit meinerseits war eine von Karls Bedingungen.«

»Sie müssen es mir auch nicht sagen. Bobby hat mir erzählt, daß er im April in King City verhaftet wurde und Karl anrief, der ihn aus dem Gefängnis holte. Sagen Sie mir nur, warum

Sie Karl geholfen haben, obwohl Sie doch so gegen ihn eingestellt sind.«

»Auch Rancher sind manchmal knapp bei Kasse, so wie alle anderen Leute auch«, erwiderte Harper. »Bei mir war das im April der Fall. Karl hatte seinen Kredit bei mir in monatlichen Raten abgezahlt. Als er mich bat, etwas für Bobby zu tun, sagte ich ihm zunächst, daß das nicht in meiner Macht stünde. Aber dann bot Karl mir an, als Gegenleistung die restliche Summe auf einmal zurückzuzahlen, und so willigte ich doch ein.«

»Wieviel Geld war das denn?« fragte ich. Er nannte mir eine Summe, die mir ein erstauntes Pfeifen entlockte. So viel Geld war auf die Schnelle normalerweise nicht leicht aufzutreiben. »Wie kam denn Karl an so viel Geld, wenn doch die Werft in großen finanziellen Schwierigkeiten steckt?«

»Das habe ich ihn nicht gefragt. Ich nahm an, daß er die Werft vielleicht verkauft oder daß er das Geld von jemand anderem bekommen hätte. Aber als er vor einer Woche kam und sich wieder etwas borgen wollte, fiel mir noch etwas anderes ein. Das Geld für Kristens Studium. Karl und Janine hatten eine ziemlich hohe Summe für die Erziehung ihrer Tochter beiseite gelegt, aber dann bekam Kristen dieses Stipendium in Stanford und benötigte das Geld nicht mehr. Also müßte es eigentlich noch irgendwo auf einer Bank liegen und Zinsen bringen, aber ich weiß nicht wo und wie Karl daran gekommen sein könnte. Es wäre bestimmt lohnend, mal in dieser Richtung Nachforschungen anzustellen.«

Der Meinung war ich auch. »Wann genau kam Karl zu Ihnen?«

»Am Samstag mittag«, sagte Harper. »Und wann starb Ariel?«

»Zum letzten Mal lebend gesehen wurde sie am Freitag zwischen halb acht und acht Uhr. Wann sie danach ermordet wurde, weiß niemand.«

»Karl kam kurz vor zwölf Uhr mittags auf die Ranch«, berichtete Harper. »Er hat vorher nicht angerufen, sondern schneite einfach so herein, als meine Frau und ich gerade beim Mittagessen saßen. Meine Frau lud Karl zum Essen ein, und nach der Mahlzeit bat Karl mich um Geld. Da habe ich ihm gesagt, daß ich niemals gutes Geld schlechtem hinterherwerfen würde, ganz gleich, wie tief er sich in den Schlamassel auch hineingeritten habe. Karl ging so gegen halb zwei, Viertel vor zwei. Ich weiß nicht, ob Ihnen das etwas hilft, und ich habe auch keine Ahnung, wo er war, bevor er zu uns kam. Aber warum sollte Karl denn Ariel Logan getötet haben?«

»Möglicherweise verfügte sie über Informationen, die zur Schließung seiner Werft hätten führen können.«

»Nach Karls Beschreibung gingen die Geschäfte so schlecht, daß die Werft auch so kurz vor der Pleite stand. Ich hielt das zwar für eine Übertreibung. Aber was wäre, wenn er wirklich Kristens Geld veruntreut hätte und es nun dringend zurückzahlen müßte?«

Die Kellnerin goß uns Kaffee nach, und ich dachte über die verschiedenen Bilder von Karl Beckman nach, die ich inzwischen gezeichnet bekommen hatte. Als Karl Bobby im Juni aus dem Gefängnis geholt hatte, hatte er Geld gehabt. Woher stammte es, und weshalb brauchte er jetzt wieder welches?

Karl sah in Bobby ganz offenbar den Sohn, den er nie gehabt hatte. Aber wenn Karl wirklich Ariel umgebracht hatte, dann ließ er es jetzt zu, daß Bobby dieses Verbrechens beschuldigt wurde. Errol war ja der Ansicht, daß ein Mörder nur daran interessiert ist, seine eigene Haut zu retten.

Verzweifelt, dachte ich und wiederholte damit das Wort, das Harper zur Beschreibung von Karls finanzieller Situation gebraucht hatte. Verzweiflung konnte einen Menschen zu vielem treiben, unter anderem auch dazu, einen Mord zu begehen.

34

Ich fuhr hinter Harper her zu seiner Ranch im Südosten von King City, wo er aus einem Aktenschrank in seinem Büro das erste Testament seiner Schwester nahm und mir gab. Das vergilbte, über zehn Jahre alte Papier war ein Standarddokument, in dem Janine ihr gesamtes Vermögen bis auf ihre Anteile an der Harper-Ranch ihrem Ehemann vermachte. Wenn Karl vor ihr gestorben wäre, hätte ihre Tochter alles geerbt und Charles Harper wäre Kristens Vormund geworden.

Erst am späten Nachmittag kam ich nach Carmel zurück. Errol hatte mir als Gast des Hauses einen Schlüssel gegeben. Ich sperrte auf und ging hinein. Errol war auf der Terrasse, wie immer mit einem Kriminalroman auf dem Schoß und einem Weinglas auf dem Tisch neben sich. Als ich durch die Glastür trat, blickte er auf und grinste mich listig an. Seine Augen funkelten, wie sie es früher oft getan hatten, als ich noch in seiner Detektei arbeitete.

Einen Augenblick lang schien mir Errol ein Mann mit zwei Gesichtern zu sein. Der Mann, den seine Frau sah und um den sie sich Sorgen machte, hatte graue Haare, Falten und Altersflecken, ein Mann Mitte Siebzig, der zwei Herzinfarkte überlebt und sich auf Anraten seines Arztes aufs Altenteil zurückgezogen hatte. Der andere Mann, an den mich sein wissendes Lächeln jetzt erinnerte, war ein erfahrener und scharfsinniger Detektiv, der mich vor Jahren unter seine Fittiche genommen und mir das Handwerk einer Privatdetektivin beigebracht hatte. Momentan machte er auf mich den Eindruck, als liefe sein innerer Motor auf höheren Touren, als ihm gesundheitlich zuträglich war. Ich wußte genau, was ihn in diesen Zustand versetzt hatte. Informationen. Der alte Spürhund hatte einen heißen Tip bekommen.

»Dein Freund in L.A. hat dich angerufen«, vermutete ich.

»Genau. Und hat mit ein paar interessanten Informationen über Peter Logans letzte Scheidung aufgewartet.«

»Ich dachte, Sylvie wäre erst seine zweite Frau.«

»Sie ist die dritte. Aber seine erste Ehe war so kurz, daß sie kaum zählt.«

»Ich will mich nur rasch frischmachen«, sagte ich. »Dann würde ich gerne alles hören, was du herausgefunden hast.«

»Donna hat für dich angerufen. Du sollst sie zurückrufen.«

Mit einem Umweg übers Badezimmer ging ich ans Telefon und wählte Donnas Nummer in Pacific Grove. »Deine Mutter hat heute früh bei mir angerufen«, erzählte sie. »Sie wollte wissen, wo du bist und ob du bei mir und Kay übernachtet hast. Ich habe mir dann gedacht, daß du bestimmt bei den Sevilles bist. Ist irgendwas passiert?«

»Mutter und ich haben uns mal wieder gegenseitig angeschrien.«

»Und worum ging's diesmal?«

»Um das Übliche. Ich möchte jetzt nicht in die Einzelheiten gehen, Donna, ich werde dir später alles erzählen.« Meine Stimme klang ziemlich resigniert. »Mutter und ich kommen einfach nicht miteinander aus. Das sind wir noch nie. Streitereien sind bei uns vorprogrammiert. Es wundert mich, daß wir es überhaupt eine Woche ohne größere Auseinandersetzung ausgehalten haben. Deshalb komme ich auch so selten nach Monterey. Bei meiner Mutter ist es einfach zu stressig für mich.«

»Aber normalerweise hast du hier auch keinen Mord oder

Sabotageakte aufzuklären«, meinte Donna. »Vielleicht könntet ihr ja, wenn all das vorüber ist ...« Sie brachte den Satz nicht zu Ende, und ich wollte ihr nicht sagen, wie ich darüber dachte. Wenn wirklich herauskam, daß Karl Beckman Ariel ermordet hatte, dann würde das sicherlich nicht zur Entspannung unserer Beziehung beitragen. Sie würde glauben, daß ich ihren Freund nur deshalb überführt hätte, um ihr eins auszuwischen.

Nach dem Telefongespräch holte ich mir in der Küche ein Glas Wein und ging hinaus zu Errol auf die Terrasse. Stinkpot kam gemächlich aus dem Garten, gähnte und legte sich auf die von der Sonne aufgeheizten Steinplatten. Der Nachmittag neigte sich langsam dem Ende zu, und aus der Ferne drangen die anbrandenden Wellen von Carmel Beach an mein Ohr.

»Wo ist Minna?« fragte ich.

»Minna hat es satt, ständig mit einem alten Mann zusammengesperrt zu sein«, sagte Errol grinsend und legte sein Buch auf den Tisch. »Deshalb geht sie ab und zu mit einer Freundin zum Abendessen oder ins Kino. Zu den Geheimnissen einer gut funktionierenden Ehe gehört es, daß beide Partner hin und wieder etwas für sich alleine unternehmen. Ich könnte uns hier etwas zu essen machen, oder wir könnten in die Stadt gehen und uns in einem Lokal unterhalten.«

»Ich finde beides gut«, meinte ich, während ich mich in den anderen Stuhl setzte und einen Schluck von meinem Wein nahm.

»Vielleicht ist es dir ja ein Trost«, sagte Errol, »daß auch Minna mit ihrer Mutter nie richtig gut ausgekommen ist.« Ich blickte Errol über den Rand meines Glases hinweg fragend an. »Minna stammt aus einer reichen und alteingesessenen San Franciscoer Familie mit einem großen Haus in Pacific Heights. Sie ging nur auf die besten Schulen und verbrachte die Sommerferien in einem riesigen Steinkasten, den ihre Familie verniedlichend ein ›Wochenendhaus‹ nannte. Nach der Schule studierte sie in Bryn Mawr englische Literatur. Nicht daß sie vorgehabt hätte, irgend etwas mit ihrem Abschluß anzufangen. Ich glaube, daß ihre Eltern beabsichtigten, sie mit irgendeinem Sproß einer ebenso steinreichen Familie wie der ihrigen zu verheiraten.«

Errol unterstrich seine Worte mit einem unverschämten Grinsen. »Ganz bestimmt war sie für etwas Besseres auserkoren als für die Ehe mit einem verwegenen Privatdetektiv aus Oakland. Ich glaube, das hat sie am meisten gestört. Daß ich aus Oakland bin.«

»Verwegen, so, so«, sagte ich grinsend. »Ich wette, du hast Trenchcoat und Schlapphut getragen und immer eine Flasche Scotch in der Schreibtischschublade gehabt.«

»Ich habe mir immer mehr aus Bourbon gemacht«, entgegnete Errol und grinste ebenfalls. »Aber damals war ich wohl eine Art Frauenheld.«

»Das kann ich mir gut vorstellen«, sagte ich lachend und betrachtete ihn voller Sympathie. Schon öfter hatte ich mir insgeheim gedacht, wenn Errol zwanzig Jahre jünger wäre ... aber das waren müßige Spekulationen gewesen. Außerdem hatte Errol seine Frau immer geliebt.

»Als ich Minna traf«, fuhr er fort, »war es allerdings vorbei damit. Mit der Zeit freundete ich mich sogar mit ihrem Vater an, aber meine Schwiegermutter konnte ich nie für mich gewinnen. Bis zu ihrem Tod hat sie mich so gerade eben toleriert. Aber das Verhältnis zwischen Müttern und Töchtern ist immer etwas gespannt. Unsere eigene Tochter zum Beispiel –« Errol hörte zu reden auf und zwinkerte mir zu. »Aber das willst du jetzt sicher nicht hören. Ich schwätze da munter vor mich hin, und dabei habe ich doch etwas Wichtiges für dich.«

»Erzähl mir, was dein Freund über Peter Logan herausbekommen hat«, bat ich. »Dann erzähle ich dir von meiner Unterhaltung mit Charles Harper.«

Errol nickte. »Logan war in erster Ehe ganz kurz mit einem Starlet verheiratet. Das war in den fünfziger Jahren, als er mit seiner Arbeit in Hollywood anfing. Anfang der sechziger Jahre heiratete er erneut, und zwar eine Kostümbildnerin, die ebenfalls schon eine Ehe hinter sich hatte. Diese Frau hatte bereits eine Tochter aus erster Ehe. Als Peter das Drehbuch für einen Film mit Sylvie Romillard in der Hauptrolle schrieb, war er noch verheiratet. Dann traf er Sylvie eines Tages bei den Dreharbeiten, und die beiden verliebten sich ineinander.«

»Also hatte Logan eine Affäre mit Sylvie, während er noch mit einer anderen Frau verheiratet war«, sagte ich. »Das ist nichts Ungewöhnliches, und in Hollywood schon gar nicht.«

»Die Scheidung war eine ziemlich schmutzige Angelegenheit«, erzählte Errol und nahm einen Schluck von seinem Wein. »Vor Gericht wurden einige unappetitliche Anspielungen über Peters Verhalten seiner minderjährigen Stieftochter gegenüber laut. Seine zweite Frau erzählte dem Richter, daß Peter das Mädchen belästigt habe, was Peter kategorisch abstritt. Die Stieftochter, die damals vierzehn Jahre alt war, sagte zuerst gegen ihn aus, widerrief ihre Aussage dann aber.«

»Also konnten die Vorwürfe nie bewiesen werden. Aber vielleicht war ja etwas dran«, meinte ich kopfschüttelnd und stellte mein Glas auf den Tisch. Auf einmal schmeckte mir der Wein nicht mehr. »Ist Peter Logan nun ein Kinderschänder, dem man nichts nachweisen konnte, oder war das Ganze nur ein Racheakt seiner zweiten Frau?«

»Das weiß niemand, aber mein Freund meint, daß die Meinungen darüber auseinandergehen«, sagte Errol und beugte sich vor. »Die Anschuldigungen schwebten über Peter wie ein Damoklesschwert. Wäre er ein Filmstar gewesen und nicht ein mittelmäßig erfolgreicher Drehbuchautor in mittleren Jahren, dann hätte das alles vermutlich keine Rolle gespielt. Aber so gab es eine ganze Anzahl von Leuten, die nach der Geschichte nichts mehr mit Peter und Sylvie zu tun haben wollten. Mein Freund meint, daß nicht sie Hollywoods überdrüssig wurden, sondern daß vielmehr Hollywood ihrer überdrüssig wurde. Deshalb hat Sylvie auch die Schauspielerei aufgegeben. Schon bevor sie Peter traf, war es mit ihrer Karriere nicht gerade steil bergauf gegangen, danach bekam sie überhaupt keine Rollen mehr. Und auch von Peter ist seit Jahren kein Drehbuch mehr angenommen worden, sagt mein Freund.«
»Wie können sie es sich dann leisten, in einem so teuren Ort wie Carmel zu leben?«
»Sie haben Immobilienbesitz, was sonst?« Errol hob sein Glas und trank auf Carmel und seine überteuerten Grundstückspreise. »Mit Landbesitz kann man hier reich werden, und Peter hat im Lauf der Jahre mehrere Objekte erworben. Er besitzt Miets- und Bürohäuser, und ich glaube sogar, daß er in ein paar von den Hotelprojekten deines Cousins George mit drin steckt. Außerdem hat er eine Serie von Action-Thrillern geschrieben. An Geld fehlt es Peter und Sylvie Logan nicht.«
Ich runzelte die Stirn. Zwar war es nicht uninteressant, daß Peter Logan möglicherweise vor vielen Jahren seine Stieftochter sexuell mißbraucht hatte, aber wie paßte diese Information zu dem jetzigen Mordfall? War sie überhaupt ein Steinchen im Mosaik? Und sollte diese alte Geschichte wirklich wahr sein, was sagte sie dann über den Mann aus,

der auf dem Begräbnis seiner Tochter so gramgebeugt gewesen war? Hatte sich Peter Logan am Ende auch an seiner eigenen Tochter vergangen?
Groteske Gedanken gingen mir durch den Kopf. Ich hatte mir ein Druckmittel gewünscht, um die Logans zwingen zu können, mich einen Blick in Ariels Sachen aus San Luis Obispo werfen zu lassen. Jetzt hatte ich eines, das ich aber nur unter heftigen Gewissensbissen einsetzen konnte. Es war gut, daß Minna nicht da war. Ihr hätte das alles bestimmt nicht gefallen. Erstens hätte sie sich Sorgen gemacht, weil Errol schon wieder mitten in einem seiner Gesundheit nicht sonderlich zuträglichen Fall steckte, und andererseits kannte sie die Logans. Sie hätte bestimmt nicht gerne gehört, welche Leichen Peter Logan im Keller hatte.
»Sicher ist es unangenehm«, sagte Errol, als ob er meine Gedanken erraten hätte. Sein Gesichtsausdruck war so düster wie die Überlegungen, die ich anstellte.
»Ein Privatdetektiv hat ständig mit Schmutz und Korruption zu tun, Jeri. Du wußtest das, als du angefangen hast, für mich zu arbeiten, und du hast in deiner eigenen Tätigkeit bestimmt schon mehr als genug davon zu sehen bekommen. Wer davon lebt, hinter die Fassade zu blicken, der muß auch auf das gefaßt sein, was sich dahinter verbirgt – hast du mir das nicht schon oft genug gesagt?«
Stinkpot stand auf und streckte sich. Irgend etwas im Garten hatte seine Aufmerksamkeit erregt, und jetzt stellte er diesem Etwas mit gesenktem Kopf und schleichenden Bewegungen nach.
»Und dazu stehe ich auch«, erwiderte ich langsam und fragte mich, inwieweit die Korruption, der ich bei meinem Job auf Schritt und Tritt begegnete, auch schon auf mich abgefärbt hatte. »Aber ich finde es auch wichtig, daß Schmutz und Korruption mir nicht gleichgültig werden.

Ich habe schon zu viele Privatdetektive kennengelernt, die sich eine so dicke Haut zugelegt haben, daß nichts – egal, ob gut oder schlecht – sie mehr durchdringen kann.«
»Hoffentlich zählst du mich nicht auch dazu.«
Ich nahm seine Hand, die sich immer noch fest anfühlte, auch wenn ihre Haut faltig und voller Altersflecken war. »Nein, du nicht, Errol. Natürlich nicht.«
Wir saßen schweigend nebeneinander, während Stinkpot sich auf sein Opfer stürzte, was immer es auch sein mochte. Ich hoffte, daß die bedauernswerte Kreatur der großen Katze entwischen würde, und war erleichtert, als ich einen Vogel auffliegen sah.
»Wir haben hier nichts weiter als eine Vermutung«, sagte ich schließlich. »Wir wissen nicht, ob die Gerüchte um Peter Logan der Wahrheit entsprechen, und ich habe nicht vor, ihnen auf den Grund zu gehen. Ich will weiter nichts, als einen Blick auf Ariels Sachen werfen.« Ich seufzte. »Außerdem hat der Mann am Montag seine Tochter beerdigt.«
»Und was wäre, wenn er etwas mit ihrem Tod zu tun hätte?« erinnerte mich Errol. »Immerhin hat man ihn am Rocky-Point-Restaurant gesehen, und außerdem hat er in bezug auf den Zeitpunkt seiner Rückkehr aus Paris gelogen. Er war früher hier als angegeben. Warum?«
Ja, was für eine Erklärung konnte es für Peters verfrühte Rückkehr geben? Ich fing an, mir lauter »Was wäre, wenn«-Fragen zu stellen. Was wäre, wenn es eine Verbindung zwischen Peter Logan und Karl Beckman gäbe? Eine vage Möglichkeit bestand durchaus. Die Beckman-Werft steckte in finanziellen Schwierigkeiten und lag auf einem der gefragtesten Grundstücke in Montereys Cannery Row. Was wäre, wenn Karl Beckman vorhatte, das Gelände einem Bauunternehmer zu verkaufen? Und wenn ich schon dabei

war, mir solche Fragen zu stellen: Was wäre, wenn Peter Logan seine eigene Tochter umgebracht hätte?
Wenn ich mir einen Bauunternehmer vorstellte, hatte ich immer meinen aufgeblasenen Cousin George vor Augen, der bereits mehrere Hotels an der Cannery Row in die Höhe gezogen hatte. Er würde es sicher wissen, wenn in dieser Hinsicht etwas im Busch war. Falls meine Vermutung zutraf, dann steckte er als alter Gierschlund vermutlich selbst mit drin. Und das wiederum bedeutete, daß man ohne Brecheisen keine Informationen aus ihm herausbekommen würde.
»Was hast du eigentlich in King City erfahren?« fragte Errol, der offenbar spürte, daß ich noch etwas Zeit brauchte, um die Informationen über Peter Logan zu verdauen, und deshalb das Thema wechselte. »Wie denkt Charlie Harper über den Tod seiner Schwester?«
»Er glaubt, daß sein Schwager etwas damit zu tun hatte«, antwortete ich und erzählte Errol von meinem Gespräch mit Harper. »Karl hatte eine Affäre mit Lacy, was mich übrigens nicht sehr erstaunt. Jedesmal, wenn ihr Name erwähnt wird, macht Karl ein merkwürdiges Gesicht. Janine hat herausgefunden, was zwischen den beiden war, und hat daraufhin ihr Testament geändert. Bald darauf starben sie und Gunter bei dem Autounfall.«
»Lacy war mir mit ihrer eiskalten Art immer schon suspekt«, meinte Errol. »Seit ihrer Heirat mit Gunter schwirren die unglaublichsten Gerüchte über ihre sexuellen Eskapaden durch die Luft. Und Gunter hat vor und nach der Hochzeit auch nie einen Hehl aus seinen Abenteuern gemacht. Die beiden führten das, was man eine offene Ehe nennt, und zwar so intensiv, daß ich mich manchmal fragte, weshalb sie überhaupt geheiratet hatten. Treue war bei ihnen nie ein Thema. Aber bei Karl und Janine war es eines.«

»Ich finde, es ist an der Zeit, mir Lacy einmal genauer anzusehen«, bemerkte ich und trank meinen Wein aus. »Sie kennt die geschäftliche Situation der Beckman-Werft wie keine zweite. Ryan Trent hat mir erzählt, daß ihr Mädchenname Standish war und daß sie aus San Francisco stammt. Sagt dir das irgend etwas?«

Errol schüttelte den Kopf. »Ich glaube nicht. Aber Minna weiß vielleicht besser Bescheid. Ihre Schwester wohnt immer noch in dem Haus in Pacific Heights. Sag mal, hast du eigentlich keinen Hunger? Ich jedenfalls habe welchen, aber ich habe irgendwie keine Lust zu kochen.«

»Errol, ich mag dich wirklich sehr, aber ich habe deine Kochkünste genossen und finde, daß du das lieber Minna überlassen solltest. Wo wollen wir hingehen?«

Grinsend erhob sich Errol aus seinem Stuhl. »Ich kenne ein nettes, kleines Bistro an der Ecke Fifth und Monte Verde.«

Wir gingen zu Fuß in die Stadt. Das Lokal befand sich in einem abgelegenen Hinterhof. Errol hielt mir die Tür auf, und als wir das Bistro betraten, standen wir auf einmal den Menschen gegenüber, über die wir erst vor einer halben Stunde gesprochen hatten.

Peter und Sylvie Logan saßen eng nebeneinander auf einer Bank direkt gegenüber der Eingangstür und hatten sich an den Händen gefaßt. Glennis Braemer stand rechts neben ihrem Bruder vor einer großen Orchidee. Drei Augenpaare richteten sich auf uns. Sylvies braune Augen waren stark gerötet, und sie sah immer noch so verstört aus wie vor einer Woche auf der Beerdigung. Rasch wandte sie den Blick ab, und ich sah, wie sie Peters Hand fester drückte.

Ihr Mann starrte Errol an wie einen Menschen, der seinen Freund verraten hatte. Aus seiner Sicht traf das sogar zu, obwohl es eher Minna Seville war, die mit den Logans besser bekannt war. Allerdings hatte Peter Errol gebeten, ihm Beweise für Bobbys Schuld am Tod seiner Tochter zu beschaffen, was Errol abgelehnt hatte. Danach hatte Errol sich auch noch während der Beerdigung auf die Seite des Feindes geschlagen und außerdem die Logans gefragt, ob ich einen Blick auf Ariels Sachen werfen dürfe. Die Logans wußten, daß ich Bobbys Cousine war und früher einmal für Errol gearbeitet hatte. Die Blicke, mit denen sie mich nun bedachten, waren voller Feindseligkeit.

Glennis Braemer öffnete den Mund, um etwas zu sagen, überlegte es sich dann aber wieder anders. Statt dessen warf sie Errol und mir einen vernichtenden Blick zu. Dann stand Peter Logan mit wutverzerrtem Gesicht auf, aber sein Zorn richtete sich gegen Errol, nicht gegen mich.

»Ich weiß, was du gemacht hast. Ein Freund aus L.A. hat mich angerufen und mir gesagt, daß ein Privatdetektiv die Leute über mich ausgefragt hat. Das hast du in Auftrag gegeben, nicht wahr? Was hast du in Dingen herumzuschnüffeln, die dich nicht das geringste angehen? Verdammt noch mal, gib es wenigstens zu.«

Errol legte den Kopf schief und sah Logan sanft an. Dann nickte er.

»Großer Gott, Errol«, sagte Peter mit Bitterkeit in der Stimme. »Und ich habe geglaubt, wir wären Freunde. Warum hast du das getan?«

»Ich war über vierzig Jahre lang Privatdetektiv«, sagte Errol und hörte sich nachdenklich an. »Und ich glaube, ich werde es immer bleiben. Ja, Peter, ich habe dich überprüfen lassen. Ich weiß von deiner Scheidung und den Anschuldigungen, die dabei gegen dich erhoben wurden.«

Peter Logan trat einen Schritt zurück, als habe Errol ihm einen Schlag versetzt. Glennis Braemer kniff die Augen zusammen und wollte etwas sagen, aber Sylvie kam ihr zuvor.

»Ich werde nie wieder Vertrauen zu dir oder Minna haben können«, versetzte sie mit leiser und trauriger Stimme. Nach all den Jahren in den Vereinigten Staaten hatte sie noch immer einen leichten französischen Akzent. In ihren Worten schwang so etwas wie Bedauern über den Verlust guter Freunde mit. »Warum hast du das nur getan?«

»Weil ich einen Blick auf Ariels Sachen werfen muß«, sagte ich und trat einen Schritt nach vorn.

»Das kommt überhaupt nicht in Frage«, meinte Glennis Braemer und fertigte mich mit einer herrischen Geste ab.

»Aber in den Schachteln, die Sie aus San Luis Obispo mitgebracht haben, könnte ein Hinweis auf Ariels Mörder sein.«

»Ich werde es nicht zulassen, daß Sie in den Sachen meiner Tochter herumwühlen«, verkündete Peter wütend. »Ihr Cousin hat Ariel umgebracht. Früher oder später wird er dafür bezahlen müssen, auch wenn der Staatsanwalt ihn aus dem Gefängnis entlassen hat.«

»Mag sein«, erwiderte ich, ehe ich meine Trumpfkarte ausspielte. »Aber reden wir doch einmal über Ihre Rückkehr aus Paris, Mr. Logan. Alle Leute glauben, daß Sie und Mrs. Logan gemeinsam am Sonntag hier angekommen sind.«

Peter Logan blieb wie angewurzelt stehen, und ich hatte den Eindruck, daß sein Gesicht eine Spur blasser war als sonst. Natürlich konnte das auch am fahlen Licht der Straßenlaterne liegen, die in den Innenhof des Lokals schien.

»Jemand hat Sie an dem Freitag, an dem Ihre Tochter verschwand, im Rocky-Point-Restaurant gesehen. Man hat Sie auf einem Foto wiedererkannt. Wollen Sie mir nicht etwas darüber erzählen? Oder soll ich diese Information lieber an Sergeant Magruder weitergeben?«

35

Als ich am Sonntag vormittag mit Errol und Minna beim Frühstück saß, rief Glennis Braemer an. Sie war extrem kurz angebunden und bestellte mich um ein Uhr zum Mittagessen ins Tuck Box an der Dolores Street. Kaum hatte ich zugesagt, legte sie ohne einen Abschiedsgruß oder andere Höflichkeitsfloskeln auf. Um ehrlich zu sein, nach der häßlichen Szene vom Abend zuvor hatte ich auch nichts anderes erwartet.

Die Begegnung mit den Logans hatte auch bei Errol einen bitteren Nachgeschmack hinterlassen. Als er spät abends Minna davon erzählt hatte, war er gedämpft und niedergeschlagen gewesen. Minna war über das, was sie zu hören bekam, auch nicht gerade erbaut.

Vielleicht bedeutete ja Mrs. Braemers Anruf, daß meine Worte bei Peter Logan den gewünschten Effekt gezeitigt hatten. Schließlich hatte ich ihn ja bewußt unter Druck gesetzt, denn ich wollte unbedingt Ariels Sachen aus ihrer Wohnung in San Luis Obispo durchsehen. Vielleicht würde ich mein Ziel erreichen, auch wenn ich mir dadurch die Feindschaft der Familie Logan zugezogen hatte.

Aber Bobby war immer noch nicht aus dem Schneider, und er gehörte nun einmal zu meiner Familie. Ich bezweifelte, daß Sergeant Magruder die Ermittlungen gegen ihn eingestellt hatte, nur weil der Staatsanwalt keine Anklage gegen ihn erhoben hatte. Vermutlich hatte Magruder seine Anstrengungen sogar verdoppelt, um meinen Cousin doch noch hinter Gitter zu bringen. Ich dachte an meine Familie, an die lärmende, nervtötende Versammlung von Doyles und Ravellas. Lauter Verwandte, die ich viel zu selten besuchte.

Also lief es auf die berühmten Familienbande hinaus. Auch wenn ich meine Familie nur in begrenzter Menge und Zeit ertrug – bei Donna, Nick, Tina, Onkel Dom und Tante Teresa jedenfalls spürte ich, daß wir irgendwie zusammengehörten, weil dasselbe Blut in unseren Adern floß. Ihnen fühlte ich mich verbunden.

Und wenn es zu einem Streit zwischen meiner und einer anderen Familie kam, wußte ich genau, zu wem ich halten mußte. Außerdem wollte ich Ariels Mörder finden, denn wenn sie weitergelebt hätte, dann wäre auch sie ein Mitglied meiner Familie geworden.

Um halb eins ging ich im Schein der Oktobersonne zu Fuß in die Stadt, wo Lokale, Geschäfte und Galerien die Straßen säumten. Das Tuck Box, das Lokal in dem ich mit Glennis Braemer verabredet war, kam mir ziemlich touristisch vor, obwohl Minna mir erzählt hatte, daß auch die Einheimischen dort gerne Tee tranken. Das künstlich auf alt gemachte Gebäude mit seinem spitzwinkeligen Dach war die Imitation eines reetgedeckten Hauses im Südwesten Englands. Durch die Fenster sah ich Vorhänge mit einem rosaroten Blumenmuster und junge Kellnerinnen, die mit ihren langen, gebräunten Beinen in schwarzen Shorts und ihren knallrosa T-Shirts jedoch ausgesprochen kalifornisch wirkten.

Ich war schon einmal mit Errol und Minna hier gewesen und hatte das Essen als nicht gerade berauschend empfunden, aber das konnte man von der englischen Küche auch nicht erwarten. Ins Tuck Box ging man schließlich nicht wegen des Essens, sondern wegen des Ambientes.

Glennis Braemer wartete bereits neben dem Eingang auf

mich. Sie trug einen Hosenanzug aus grauer Rohseide, dessen einziger farbiger Akzent ein violettes Einstecktuch in der Brusttasche des Jacketts war. Ihre schmalen Lippen waren nur ganz leicht geschminkt, und ihre blauen Augen versteckten sich hinter einer großen Sonnenbrille.

Sie begrüßte mich mit einem knappen Nicken und ging an drei jungen Frauen vorbei, die gerade durch das Fenster ins Lokal blickten. Ich folgte ihr in einen winzigen Vorraum voller Männer in kurzen Hosen, die alle Kameras um den Hals hängen hatten. Während der zwanzig Minuten, die wir auf einen freien Tisch warten mußten, sprach Mrs. Braemer kein einziges Wort. Ich verkürzte mir die Wartezeit damit, die Touristen zu beobachten, an denen in Carmel eigentlich nie Mangel herrscht.

Schließlich bekamen wir einen Tisch in der Nähe des offenen Kamins. Ich schaute auf ein Gemälde mit Blumenstilleben, während Mrs. Braemer von ihrem Platz aus in den kleinen Innenhof des Restaurants blicken konnte. Dort befanden sich mehrere Tische und ein kleiner Laden, in dem es Orangenmarmelade, englische Backmischungen und die unvermeidlichen T-Shirts mit dem Aufdruck des Lokals zu kaufen gab.

Mrs. Braemer zog den Ausblick aus dem Fenster dem Anblick meines Gesichts demonstrativ vor. Doch wenigstens nahm sie jetzt die Sonnenbrille ab und verstaute sie in einem grauen Lederetui. Nachdem sie ein paar Minuten wortlos in den Hof hinausgestarrt hatte, kam eine Kellnerin an unseren Tisch. Ohne einen Blick auf die Speisekarte zu werfen, bestellte sie Tee und Hefekuchen.

»Ich nehme den überbackenen Toast«, sagte ich und gab der jungen Frau die Speisekarte zurück. »Und ein Kännchen English-Breakfast-Tea.« Als die Kellnerin gegangen war, sagte ich zu Mrs. Braemer: »Sie haben mich doch

hergebeten, um mit mir zu reden. Ich finde, es ist an der Zeit, daß Sie den Mund aufbekommen.«
Endlich nahm sie den Blick vom Fenster und fixierte mich mit wütenden blauen Augen. »Warum belästigen Sie meinen Bruder und seine Frau?«
»Ich belästige niemanden.«
Die Kellnerin kam mit unserem Tee, und Glennis Braemer wartete, bis sie wieder gegangen war. Sie goß sich aus ihrem Kännchen eine Tasse Tee ein und trank einen Schluck davon. Dann stellte sie die Tasse mit einem hörbaren Klirren zurück auf die Untertasse.
»Sie sind ein verdammter Aasgeier«, sagte sie mit leiser, aber scharfer Stimme. »Wie können Sie es wagen, meinen Bruder in seinem Schmerz zu bedrängen? Er und seine Frau haben ihr einziges Kind verloren, verdammt noch mal. Und Sie haben nichts Besseres zu tun, als ihre Nase in Dinge zu stecken, die Sie nichts angehen. Zuerst sind Sie nach San Luis Obispo gefahren und haben Maggie ausgehorcht, und dann haben Sie Ryan Trent aufgesucht. Und jetzt besitzt Mr. Seville, Ihr früherer Arbeitgeber, auch noch die Frechheit, einen seiner Kumpane in der Vergangenheit meines Bruders herumwühlen zu lassen. Einen Privatdetektiv.« Sie sagte das Wort in einem höhnischen, abfälligen Ton. »Wie kann man nur so tief sinken wie Sie und Ihre Berufsgenossen? Wie kann man nur ständig in anderer Leute Privatangelegenheiten herumstochern, an Türen lauschen und durch Schlüssellöcher spähen?«
»Sie haben vergessen, daß wir auch noch anderer Leute Mülltonnen durchwühlen«, half ich ihr auf die Sprünge. Ich war lange genug im Geschäft, um all diese Anschuldigungen bestens zu kennen. Auch ich hatte bei meiner Arbeit schon Dinge aufgedeckt, die ich am liebsten nicht

gewußt hätte. »Fast alle Menschen haben etwas zu verbergen. Und oft aus gutem Grund.«

»Gut, Peter hat eine schmutzige Scheidung hinter sich«, erwiderte Glennis Braemer und hielt inne, weil die Kellnerin unser Essen brachte. Als die junge Frau wieder fort war, warf sie einen lustlosen Blick auf ihren Hefekuchen und fuhr fort: »Seine Exfrau hat schreckliche Anschuldigungen gegen ihn vorgebracht. Sie hat sogar jemanden Ihres Schlages auf ihn angesetzt, aber sie konnte ihm nichts beweisen. Wie denn auch, Peter hat nichts dergleichen getan.«

»Anschuldigungen, die sich nicht beweisen lassen«, sagte ich. »Genau dasselbe trifft auf Bobby Ravella zu.«

Glennis Braemer schien die Analogie nicht einzuleuchten, aber vielleicht wollte sie sie auch nicht verstehen. Sie nahm ihr Messer und hielt es in der Hand, als wollte sie damit auf mich einstechen. »Hören Sie sofort mit Ihren Nachstellungen auf, oder ich gehe zur Polizei und zeige Sie an.«

Mit Drohungen hat man bei mir noch nie etwas erreichen können. Im Gegenteil, sie spornen mich sogar noch an. Mit kalten Augen blickte ich Glennis Braemer über der heißen Tasse Tee in meinen Händen an. Dann stellte ich die Tasse ab und beugte mich zu ihr hinüber.

»In Ihren Augen bin ich also ein Aasgeier. Wissen Sie was? Man hat mich schon mit schlimmeren Schimpfnamen tituliert. Sie und Ihre Familie sind so darauf fixiert, jemanden für Ariels Tod verantwortlich zu machen, daß Sie wie mit Scheuklappen nur auf Bobby starren. Sie, Sylvie und Peter mögen ihn nicht, weil er für Ihre Begriffe etwas zu ungehobelt ist. Habe ich recht? Er stammt aus der Arbeiterklasse, hat keine Universitätsbildung und verbringt zwölf bis vierzehn Stunden täglich auf einem Fischkutter. Zudem ist er auch noch geschieden und hatte ein Alkoholproblem.

Menschen wie Sie stempeln solche Zeitgenossen schnell als Mörder ab.«
Glennis Braemer atmete mit einem scharfen Geräusch ein und sah mich mit aufeinandergepreßten Lippen böse an. »Stimmt, er war nichts für Ariel. Sie war etwas Besonderes. Sie können sich gar nicht vorstellen, wie besonders sie war.«
Ich sah, wie Mrs. Braemers Unterlippe bebte, während sie gegen ihre Gefühlswallung ankämpfte. »Sie werfen uns Scheuklappen vor, aber haben Sie nicht selber welche? Schließlich ist Bobby Ravella Ihr Cousin, macht Sie das nicht blind gegenüber der Möglichkeit, daß er ein Mörder sein könnte?«
»Gut, ich gebe zu, daß das im Bereich des Möglichen liegt«, sagte ich und schnitt mir ein Stück von meinem Käsetoast ab. »Ich hege die gleichen Gefühle für meine Familie wie Sie für die Ihre. Aber ich glaube auch an Gerechtigkeit. Wenn ich herausfinden sollte, daß Bobby Ariel getötet hat, dann werde ich die Beweise dafür den Behörden übergeben, ganz gleich, ob ich mit Bobby verwandt bin oder nicht. Ich weiß nicht, ob Sie mir das glauben, aber das ist die Wahrheit.«
Sie antwortete nicht. Statt dessen strich sie etwas Orangenmarmelade auf ein Stück ihres Hefekuchens und führte es zum Mund. »Warum glauben Sie, daß er Ariel nicht umgebracht hat?« fragte sie einen Augenblick später.
»Ich bin nun schon seit einigen Jahren Privatdetektivin, Mrs. Braemer, und zwar keine schlechte, wie ich meine. Dabei entwickelt man Instinkte und eine gewisse Intuition, und ich habe gelernt, darauf zu vertrauen. Auch wenn das vielleicht nicht wissenschaftlich ist.« Ich schenkte mir eine zweite Tasse Tee ein und nahm einen Schluck. »Bobby hat Ariel nicht umgebracht, aber jemand anders gibt sich große Mühe, ihn als Mörder hinzustellen. Und wenn ich so etwas

mitbekomme, werde ich mißtrauisch.« Als Glennis Braemer nichts darauf erwiderte, stellte ich ihr eine Frage: »Warum ist Ihr Bruder früher aus Paris zurückgekommen, als er sagt?«

»Peter hat nichts mit Ariels Tod zu tun«, entgegnete sie mit einer Stimme, die so grimmig klang, wie ihr Gesicht aussah.

»Das habe ich auch nicht behauptet.« Natürlich hatte ich die Möglichkeit erwogen, nachdem ich erfahren hatte, daß Peter Logan vor vielen Jahren seine Stieftochter mißbraucht haben sollte. Aber dasselbe Gefühl in der Magengegend, das mir sagte, daß Bobby kein Mörder war, hatte mich diese Möglichkeit wieder verwerfen lassen. »Aber warum war er dann an dem Abend im Rocky-Point-Restaurant, an dem auch seine Tochter dort war?«

»Er sollte dort jemanden treffen. Aber dieser Jemand kam nicht.«

»Wen wollte er treffen? Und weshalb?«

»Es hat nichts mit Ariel zu tun«, bekräftigte sie abermals. Ich erwiderte nichts, und sie spürte genau, daß ich auf eine Antwort wartete. Schließlich seufzte sie. »Ich werde Ihnen jetzt mal eine kleine Geschichte über Hollywood erzählen. Sie wissen ja, daß Peter als Drehbuchautor gearbeitet hat. Er tut das immer noch, wenn er jemanden dazu bringen kann, ihm ein Drehbuch abzukaufen. Aber Hollywood hat ein verdammt gutes Gedächtnis.«

Sie fuhr sich mit der Hand übers Gesicht und sah auf einmal sehr müde aus.

»Sylvie und Peter sind nicht wegen der schönen Landschaft nach Carmel gezogen. Nachdem man Peter der Unzucht mit seiner Stieftochter verdächtigt hatte, wurde er kein einziges Drehbuch mehr los. Auch Sylvie bekam keine Rollen mehr. Also verließen sie Hollywood. Hätte Sylvie nicht Geld von ihrem Vater geerbt, hätten die beiden sich nicht durchbringen können. Aber dann hatte Peter Glück mit seinen Immobiliengeschäften, und außerdem schreibt er Abenteuerromane.«

»Aber keine Drehbücher mehr?«

»Ab und zu mal eines«, sagte sie und bedeutete der Kellnerin, daß sie noch ein Kännchen Tee haben wollte. »Manchmal arbeitet er auch mit anderen Drehbuchautoren zusammen. Aber jetzt hat er ein ganz anderes Problem. Heutzutage sind alle, die in der Filmindustrie etwas zu sagen haben, noch halbe Kinder, die gerade frisch von der Filmhochschule kommen. Die kaufen keine Drehbücher von älteren Leuten über dreißig. Der Mann, mit dem sich Peter im Rocky-Point-Restaurant treffen wollte, war einer von diesen jungen Hollywoodleuten, mit denen er in letzter Zeit zu tun gehabt hatte.«

Sie lächelte, aber in diesem Lächeln lag keine Spur von Humor.

»Peter hatte eine Abmachung mit diesem Mann, der seinen Namen für eines von Peters Drehbüchern zur Verfügung stellen wollte. Sie hofften, daß das Drehbuch sich dann besser verkaufen ließe. Peter hat so etwas schon früher gemacht, aber er ist nicht stolz darauf. Es ist ihm peinlich, denn wie jeder andere Autor auch möchte er seine Arbeit lieber unter seinem eigenen Namen veröffentlichen. Das ist der Grund, weshalb er dieses abgelegene Restaurant für das Treffen gewählt hat. Mit einem Menschen, der dann nicht kam.«

Glennis Braemer zog eine verknitterte Visitenkarte aus ihrer Handtasche und legte sie zwischen uns auf den Tisch. »Darauf stehen der Name und die Telefonnummer des anderen Drehbuchautors. Vielleicht kann er Ihnen ja wenigstens bestätigen, daß er die Verabredung getroffen hat, wenn er es schon nicht für nötig fand, sie einzuhalten.«

Ich nahm die Karte und bemerkte, daß der Autor im Carmel Valley wohnte. Noch ein Hollywoodflüchtling, dachte ich, und zwar einer, der möglicherweise dabei helfen konnte, Peter Logan aus dem Kreis der Verdächtigen zu streichen. Aber machte das Ariels Vater nicht zu einem Zeugen, der möglicherweise etwas Wichtiges gesehen haben könnte, ohne sich über dessen Bedeutung im klaren zu sein?

»Hat Peter an dem Abend vielleicht seine Tochter oder den Thunderbird gesehen? Oder sonst etwas?«

Mrs. Braemer seufzte tief. »Nein. Mein Bruder macht sich schreckliche Vorwürfe und fragt sich andauernd, ob er das, was mit seiner Tochter geschah, nicht irgendwie hätte verhindern können. Wenn er an dem Abend Ariel oder die Person gesehen hätte, mit der sie sich getroffen hat, dann würden wir jetzt vermutlich nicht hier sitzen.«

Was sie sagte, kam mir ziemlich plausibel vor. Wenn Logan in der Nähe seiner Tochter gewesen war, kurz bevor sie ermordet wurde, und ihm das erst später klargeworden war, könnte das die Vehemenz erklären, mit der er Bobby für das Verbrechen verantwortlich zu machen suchte. Schließlich bot sich Bobby, den Logan ohnehin nicht mochte, geradezu dafür an.

Ich betrachtete die Teeblätter, die am Boden meiner Tasse schwammen, und wünschte, sie könnten mir die Antworten geben, die ich so dringend benötigte. »Ariel ist mir sympathisch«, sagte ich schließlich. »Auch wenn ich sie nicht gekannt habe. Ich wünschte, ich hätte es. Und deshalb will ich ihren Mörder seiner gerechten Strafe zuführen. Aber dazu muß ich wissen, was sie herausgefunden hat.«

»Wieso glauben Sie, daß Ariel irgend etwas herausgefunden hat?« fragte Glennis Braemer mit gerunzelter Stirn.

»Wie Sie ja schon sagten, habe ich mich in San Luis Obispo

umgehört und außer mit Maggie Lim noch mit einer Reihe von anderen Leuten gesprochen. Auch Ryan Trent hat mir weitergeholfen. Wir haben vorhin beide von nicht bewiesenen Anschuldigungen gesprochen. Vielleicht hat ja auch Ariel jemanden beschuldigt und mußte deshalb sterben.«

»Wen soll sie denn beschuldigt haben?«

»Das weiß ich nicht, aber ihre Anschuldigungen hatten höchstwahrscheinlich etwas mit Umweltverschmutzung zu tun.«

»Ariel studierte Umwelttechnik.«

»Und nicht nur das«, entgegnete ich. »Sie war auch eine engagierte Umweltschützerin, die aktiv in einer Gruppe namens Central Coastwatch mitarbeitete. Maggie hat mir erzählt, daß Ariel gegen das Atomkraftwerk im Diablo Canyon und gegen die Ölraffinerie demonstriert hat.«

Glennis Braemer lachte plötzlich. Das Geräusch kam ebenso unerwartet, wie es angenehm war. Ihr Gesicht entspannte sich.

»O ja«, sagte sie. »Tanker, Kräne, Ölpest. Öl. Mit Öl hat auch mein verstorbener Mann sein Vermögen gemacht. Immer wenn Ariel uns besuchte, hatten wir lebhafte Auseinandersetzungen über das Thema. Diese Streitgespräche werden mir richtig fehlen.« Als sie mich aber ansah, waren ihre Augen wieder traurig. »Können Sie denn herausfinden, wer Ariel getötet hat?«

»Ich arbeite daran, seit man ihre Leiche gefunden hat, und ich habe schon eine Menge Mosaiksteinchen zusammengetragen. Nur das Grundmuster, nach dem sie anzuordnen sind, fehlt mir bis jetzt, Mrs. Braemer.«

»Und Sie glauben, daß sich die fehlenden Steinchen in Ariels Leben finden lassen«, meinte sie und bedachte mich mit einem prüfenden Blick, während die Kellnerin die Rechnung brachte und das Geschirr abräumte. »In ihrer

Hinterlassenschaft, in all den Büchern, Papieren und Computerdisketten, die ich von San Luis Obispo mit hierhergebracht habe. Aber die Leute vom Sheriff haben die Sachen bereits durchgesehen und sie uns wieder zurückgegeben. Wieso glauben Sie, daß Sie darin etwas finden werden, was der Polizei entgangen ist?«

»Vielleicht wußten die Leute vom Sheriff nicht, wonach sie suchen sollten. Damit will ich zwar nicht behaupten, daß ich es wüßte, aber ich habe da so eine Ahnung. Der würde ich gerne nachgehen.«

»Ich werde mit meinem Bruder und seiner Frau reden«, erwiderte Glennis Braemer. »Aber versprechen kann ich Ihnen nichts.«

36

Ich fand Frank Alvisos Adresse im Telefonbuch. Er wohnte in einer heruntergekommenen Doppelhaushälfte in der Alcalde Street, einer kurzen Querstraße zur Fremont Street im Norden von Monterey. Am Sonntag nachmittag fuhr ich dreimal zu dem Haus, in dessen Zufahrt ein verbeulter, rostiger Ford stand, aber Alviso war nie da. Jedesmal, wenn ich an die Tür klopfte, wurden seine Nachbarn in der anderen Hälfte des Hauses ein wenig mißtrauischer.

Als Alviso schließlich doch nach Hause kam, stand ich gerade vor seiner Haustür. Ich hörte ihn, bevor ich ihn sah. Er fuhr einen glänzenden, roten Pontiac Grand Am, der aussah, als wäre er vor kurzem vom Fließband gerollt, und hatte die Stereoanlage so laut aufgedreht, daß die wummernde Rapmusik aus den Lautsprechern die halbe Nachbarschaft beschallte. Alviso stellte den Wagen hinter dem alte Ford in die Zufahrt und schaltete den Motor aus. Als er mich vor seinem Haus stehen sah, starrte er mich an, als wisse er nicht, wo er mich hintun sollte. Dann erinnerte er sich und kniff seine schlammbraunen Augen zusammen.

»Was wollen Sie denn hier?«

»Antworten auf ein paar Fragen, Frank.«

»Ich habe Ihnen doch schon gesagt, daß ich Bobby an dem Freitag nicht gesehen hatte«, knurrte er und trat mit dem Hausschlüssel in der Hand an mir vorbei auf die Veranda.

»Tolles Auto haben Sie da, Frank. Sieht ziemlich neu aus. Wie lange haben Sie es denn schon?«

»Ein paar Monate. Was geht das Sie an?«
»Ich dachte, daß Sie vielleicht ein wenig knapp bei Kasse wären, da Bobby Sie doch im Sommer entlassen hat.«
Alviso blickte mich scharf an und dann zur Seite. »Na ja, ich habe ja gleich darauf den Job bei Beckman bekommen. Gute Bezahlung und geregelte Arbeitszeit, da brauche ich Bobby und sein verdammtes Boot nicht mehr. Ohne ihn geht's mir genauso gut.«
»Aber Sie waren doch mal mit ihm befreundet.«
»Das war, bevor er zum Mr. Großkotz wurde und ständig an mir herumkritisierte«, zischte Frank. »Am Schluß konnte ich ihm überhaupt nichts mehr recht machen.«
»Und da wollten Sie sich an ihm rächen, nicht wahr?«
Alvisos Augen funkelten böse, aber er gab mir keine Antwort. Zumindest nicht mit Worten. »Ist Lacy Beckman denn eine angenehmere Arbeitgeberin?«
»Und ob. Sie weiß einen Mann zu schätzen, der seinen Job gut macht. Karl übrigens genauso.« Seine letzten Worte klangen fast wie eine Entschuldigung.
»Sie haben sich doch früher öfter mal Bobbys Thunderbird ausgeliehen.«
Alviso kniff abermals die Augen zusammen. »Na und?«
»Haben Sie ihn sich in letzter Zeit auch mal geborgt?«
»Was soll das? Ich habe mit Bobby seit meinem Rausschmiß nicht mehr geredet.«
»Das habe ich Sie nicht gefragt. Ich will wissen, ob Sie sich den Thunderbird geborgt haben, ohne Bobby vorher um Erlaubnis zu fragen.«
»Keine Ahnung, wovon Sie reden«, raunzte Alviso, ohne mich anzusehen. Dann sperrte er die Haustür auf. »Ich habe von überhaupt nichts eine Ahnung, und deshalb lassen Sie mich jetzt gefälligst in Ruhe.« Er stieß die Tür auf und hatte es eilig, von mir wegzukommen.

»Ich habe gehört, daß Sie und Derry McCall früher mal Pelikane gefangen haben. Tun Sie das jetzt wieder?«
Alviso blieb abrupt stehen, drehte sich um und sah mich entgeistert an. Dann trat er ins Haus und knallte die Tür zu.
Ich ging zurück zu meinem Wagen und sagte mir, daß Alviso einen ziemlich unsteten Blick hatte, der nie längere Zeit auf etwas verweilte. Bobby hatte recht gehabt, sich von diesem Kerl zu trennen. Aber war er ihn auch wirklich los? Frank Alviso hegte offensichtlich immer noch einen Groll gegen Bobby. Da war dieser Haß in seinen Augen, wenn er davon sprach, daß Bobby ihn aus der Mannschaft der *Nicky II* gefeuert hatte. Als wollte er sich an ihm rächen. Vielleicht hatte er das ja auch schon getan.
Ich fuhr zu einer Telefonzelle, rief Minna Seville an und fragte sie, ob ich irgend etwas für sie einkaufen sollte. Sie nannte mir eine Reihe von Artikeln. Als ich später bei ihr und Errol in der Antonio Avenue eintraf, stand sie in der Küche und bereitete das Abendessen vor. Ich stellte meine Einkäufe ab und half ihr beim Tischdecken.
»Ich muß mehr über Lacy Beckman in Erfahrung bringen«, sagte ich zu Minna, während ich in den Schubladen des Küchenschranks nach Servietten suchte. »Sie ist eine geborene Standish aus San Francisco. Du hast mal gesagt, sie würde sich benehmen wie jemand aus Pacific Heights. Errol meinte, daß deine Schwester vielleicht etwas über sie wissen könnte.«
Minna erwiderte nichts, sondern übergoß das Hähnchen, das sie im Ofen hatte. Ich wußte nicht, ob Errol ihr von unserem Gespräch am Samstag nachmittag erzählt hatte, und daß er mir Minnas Familie und deren ablehnende Haltung ihrer Heirat gegenüber geschildert hatte. Minna schloß das Bratrohr, richtete sich auf und hängte die Topfhandschuhe an einen Haken neben dem Herd.

»Ich bin mir nie im klaren, ob San Francisco nun eine Groß- oder doch eher eine Kleinstadt ist. Meine Schwester gehört dort zur ›Alten Garde‹, wie die Leute es nennen. Ihr Freundeskreis ist ziemlich klein, er besteht aus Leuten, die in sündteuren Kleidern und mit jeder Menge Schmuck behängt in Sinfoniekonzerte und Opernpremieren gehen, bei denen sie meistens während des dritten Aktes einschlafen.«
Ich lächelte über diese Beschreibung, und Minna lächelte ebenfalls. »Der Name Standish ist mir allerdings nicht vertraut«, fuhr sie fort, »aber ich lebe auch schon seit langer Zeit nicht mehr in diesen Kreisen. Keine Ahnung, ob Celeste dir weiterhelfen kann, aber anrufen werde ich sie auf alle Fälle.«

Am Montag kam mit der Morgendämmerung dichter Nebel auf und vermittelte mir zum ersten Mal in diesem Jahr einen Vorgeschmack auf den kommenden Winter. Glennis Braemer rief kurz nach acht Uhr an und teilte mir die Entscheidung der Logans mit.
»Peter und Sylvie sind damit einverstanden, daß Sie Ariels Sachen durchsehen, aber Sie wollen nicht mit Ihnen reden.«
Vielleicht mußte ich aber mit ihnen reden, dachte ich, doch das konnte bis später warten. Erst einmal war es wichtig, einen Fuß in die Tür zu bekommen. »Ich komme gleich rüber zu Ihnen.«
Ich lieh mir von Minna einen Pullover und ging das kurze Stück von den Sevilles zum Haus der Logans am Scenic Drive zu Fuß. Die blutroten Bougainvilleen, die an den Außenmauern des Hauses emporrankten, leuchteten mir sogar durch den grauen Nebel entgegen, der die Wipfel der Kiefern verhüllte und die Sicht auf die Bucht von Monterey

unmöglich machte. Rechts von mir hörte ich die Brandung am Strand von Carmel Beach und sah, wie dunkelblaue Wellen aus einer Nebelbank herausrollten und sich weiß schäumend auf dem Sand brachen. Die stark nach Salz riechende Luft war kalt, und ich war froh, mir den Pullover ausgeliehen zu haben, als ich die Stufen zur Eingangstür hinaufstieg und läutete. Der große, schwarzweiße Trauerkranz hing immer noch an einer Hälfte der zweiflügeligen Holztür, auch wenn die weißen Blüten jetzt, eine Woche nach der Beerdigung, längst verwelkt waren.
Mrs. Braemer öffnete mir. In ihrem maulwurfsgrauen Pullover und der dazu passenden Hose sah sie so gut gekleidet aus wie immer. »Ariels Sachen sind in der Garage«, sagte sie und führte mich ein paar mit Teppichfliesen belegte Stufen hinunter in die Doppelgarage.
Die Lampe an der Decke konnte den dunklen, fensterlosen Raum kaum erleuchten. An der hinteren, dem Garagentor gegenüberliegenden Wand sah ich ein vom Boden bis zur Decke reichendes Regal voller Aufbewahrungsbehälter, auf denen weiße Etiketten klebten, deren Aufschriften ich in dem schlechten Licht nicht lesen konnte. Der BMW und der große, kantig wirkende Mercedes, die ich beide schon gesehen hatte, standen nebeneinander in der Garage, aber zwischen den Kühlerhauben und dem Regal war noch etwas Platz auf dem kalten Betonboden. Hier standen die Pappschachteln mit Ariels Unterlagen.
Ich zählte acht Kartons und sechs verschiedenfarbige Aktenboxen aus Plastik, wie man sie in jedem Geschäft für Bürobedarf kaufen kann. Rechts von der Tür, durch die Mrs. Braemer und ich die Garage betreten hatten, sah ich ein Set aus drei dunkelblauen Koffern.
»Da hatten Sie ihren Wagen aber ganz schön voll«, sagte ich und nahm an, daß der Mercedes ihr gehörte.

»Gott sei Dank ist er groß genug«, antwortete sie. »Zuerst dachte ich zwar auch, die Sachen würden nicht hineinpassen, aber dann ging es doch. Sie würden sich wundern, was alles in diesen Kofferraum geht.« Sie seufzte, verschränkte die Arme vor der Brust und starrte auf die Pyramide aus Schachteln.

»Ich bin deshalb in San Luis Obispo vorbeigefahren und habe Ariels Sachen geholt, weil ich Peter und Sylvie diese Anstrengung ersparen wollte. Jetzt, wo das Zeug hier ist, bringt es niemand übers Herz, es sich anzusehen. Ich könnte mir vorstellen, daß manche Leute die Kleider gebrauchen könnten, aber ...« Sie sprach den Satz nicht zu Ende. »Ich habe Ihnen ja bereits gestern erzählt, daß Sergeant Magruders Leute sich alles schon angesehen und nichts von Interesse gefunden haben. Offenbar suchen Sie nach etwas, was ihnen entgangen ist. Haben Sie denn eine Idee, was das sein könnte?«

»Ich glaube schon«, antwortete ich, während ich hinüber zu den Kartons ging. Manche von ihnen waren beschriftet, andere nicht. »Es hat etwas mit Seelöwen zu tun, die seltsame Krämpfe hatten. Ariel hat sie im August vor Point Pinos beobachtet und den Vorfall beim Tierschutzverein von Monterey gemeldet. Vielleicht hat sie irgendwo aufgeschrieben, was sie gesehen hat und warum sie es für wichtig hielt. Vielleicht gibt es ja Briefe, ein Tagebuch oder irgend etwas anderes, was mir darüber Aufschluß geben könnte. Ich glaube, ich fange am besten mit diesen Boxen hier an.«

Während ich mir die erste Box nahm, die selbst in dem schwachen Licht knallrot aussah, fing Mrs. Braemer zu frösteln an und sagte: »Es ist kalt hier drin. Ich werde Ihnen Mrs. Costello mit heißem Kaffee herunterschicken.«

Vor dem Regal entdeckte ich eine kleine Trittleiter und zog sie mir als Stuhlersatz heran, denn ich hatte keine Lust, mich auf den kalten Boden zu setzen. Jetzt konnte ich auch die Beschriftungen der Behälter im Regal lesen, die zum Beispiel CHRISTBAUMSCHMUCK oder CAMPINGSACHEN lauteten und mich daran erinnerten, daß auch die Logans einmal eine intakte Familie gewesen waren, bevor Ariels Tod sie so furchtbar getroffen hatte. Nachdem ich die Trittleiter so nahe wie möglich an die Lampe gerückt hatte, kam die Haushälterin mit einem hölzernen Tablett herein, auf dem eine Thermoskanne und eine große Tasse standen.

»Hätten Sie Milch oder Zucker gewollt?« fragte sie. »Mrs. Braemer konnte es mir nicht sagen.«

»Nein danke, das ist wunderbar so.« Ich goß mir eine Tasse Kaffee ein und wärmte mir die Hände, bevor ich den ersten Schluck von dem heißen, starken Kaffee trank.

Als die Haushälterin wieder gegangen war, öffnete ich die rote Aktenbox. Die braunen Umschläge, die ich darin fand, riefen Assoziationen an einen anderen Fall wach, bei dem ich Anfang dieses Jahres viele Stunden lang die Hinterlassenschaft eines Kollegen meines Vaters, eines Professors von der Cal-State-Universität in Hayward durchgegangen war. Damals hatte ich nicht gewußt, wonach ich suchen sollte, aber jetzt wußte ich es. Oder glaubte zumindest, es zu wissen. Ich folgte dabei einem inneren Gefühl, mehr Bauch als Kopf. Natürlich konnte ich mich auch irren.

Ich war mir sicher, daß Mrs. Braemer und Maggie Lim Ariels Sachen ebenso hastig eingepackt hatten wie die Neffen des Professors den Nachlaß ihres toten Onkels. Darüber hinaus vermutete ich, daß die Leute des Sheriffs den Inhalt der Kisten noch zusätzlich durcheinandergebracht hatten, und war angenehm überrascht, in den Boxen trotzdem so etwas wie eine Ordnung vorzufinden, die möglicherweise noch von Ariel selbst stammte. In der ersten Box waren Kontoauszüge und Rechnungen, die mir zeigten, daß Ariel zumindest bei ihren Finanzen sehr ordentlich gewesen war. Nachdem ich mir ein paar Belege angesehen hatte, schloß ich diese Box und nahm mir die nächste vor. Nach einer Weile hatte ich alle Boxen durchgesehen. In der violetten waren alte Briefe, Geburtstagskarten, Fotos und Negative, die fein säuberlich in ihren sorgfältig beschrifteten Taschen steckten. Ein Tagebuch fand ich nicht darin. In der orangen und in der gelben Box waren Studienunterlagen zu den Fächern Umwelttechnik und Französisch.

Der Inhalt der grünen und der blauen Box zeugte von Ariels Engagement für die Umwelt. In manchen Aktendeckeln steckten Flugblätter und Broschüren, in anderen Ausschnitte aus Zeitungen und Magazinen, die häufig mit handschriftlichen Anmerkungen in blauer Tinte versehen waren. An manche von ihnen hatte sie die Visitenkarten von Firmen und Privatpersonen geklammert, ebenso wie an die Papiere in einem anderen Aktendeckel, den ich in der grünen Box fand. Es waren Kopien von Briefen, die Ariel geschrieben hatte. Immer wieder hatte sie sich mit nachdenklichen Eingaben an Einzelpersonen und Behörden gewandt, um ihre Bedenken hinsichtlich des Kernkraftwerks im Diablo Canyon, der Bohrinseln vor der Küste und anderer Umweltverschmutzung Ausdruck zu verleihen. Die Antworten auf dieses Briefe hatte sie, ebenso wie die Visitenkarten, an die Kopien geheftet.

Es erstaunte mich nicht sonderlich, daß sich nichts von alledem auf die kranken Seehunde von Avila Beach oder die Seelöwen bezog, die Ariel im August dem Tierschutzverein in Monterey gemeldet hatte. Schließlich hatte sie Susan Dailey erst danach über die Seehunde befragt. Die Briefe in der Aktenbox aber, die mehrere Jahre umfaßten,

reichten nur bis zum Ende des vergangenen Trimesters im Mai. Den Sommer hatte Ariel dann hier in Carmel verbracht.
Mittlerweile hatte ich die Kanne mit dem Kaffee geleert und mußte dringend aufs Klo. Ich öffnete also die ins Haus führende Tür und sah mich um. Rechts von mir war die Treppe, auf der Mrs. Braemer und ich heruntergekommen waren, und links führte eine offene Tür in einen großen Raum, der die ganze Rückfront des Hauses einzunehmen schien. Ich sah ein niedriges Sofa und einen Couchtisch. War das eine Art Erholungsraum? Vielleicht fand ich ja hier das, wonach ich suchte.
»Wollen Sie noch etwas Kaffee?« fragte auf einmal eine Stimme über mir. Ich drehte mich um und sah Mrs. Braemer auf der Treppe stehen und mich mit ihren kalten, blauen Augen mustern. Sie mußte wohl gehört haben, wie ich die Tür geöffnet hatte. Ob sie die ganze Zeit über oben an der Treppe gestanden und aus Angst, ich könnte auch noch den Rest des Hauses erforschen, auf mich gewartet hatte?
»Gerne«, erwiderte ich. »Aber erst einmal müßte ich kurz auf die Toilette.«
»Aber natürlich. Gehen Sie einfach durch Peters Büro und dann die erste Tür rechts. Ich fülle inzwischen die Thermoskanne nach.«
Als ich an dem Sofa vorbeikam, das ich vorhin schon gesehen hatte, bemerkte ich in einer Ecke des Raumes einen L-förmigen Tisch, auf dem ein Computer, ein kleiner Kopierer und ein Faxgerät standen. Die Wände waren voller Bücherregale. Die Tür zum Badezimmer befand sich neben einer weiteren Tür, die in ein Schlafzimmer führte. Als ich nach ein paar Minuten wieder in die Garage kam, brachte Mrs. Braemer gerade aus den oberen

Räumen des Hauses die frisch gefüllte Thermoskanne herunter.
»Haben Sie schon etwas gefunden?« fragte sie.
»Nicht in den Aktenboxen. Hatte Ariel eigentlich einen Computer?«
»Ja, ein Notebook.« Mrs. Braemer deutete an mir vorbei auf die Kartons hinter mir. »Ich habe es zusammen mit ihren Disketten in eine dieser Schachteln gepackt.«
»Für den Computer brauchte ich aber eine Steckdose und etwas besseres Licht als das hier«, sagte ich und deutete auf die trübe Funzel an der Garagendecke.
»Okay. Sie können in Peters Büro gehen.«
Mrs. Braemer half mir bei der Suche nach dem Computer und öffnete einen Karton nach dem anderen, bis sie das Notebook samt seiner Nylontasche gefunden hatte. In derselben Schachtel befand sich auch ein kleiner, durchsichtiger Plastikbehälter, dessen Deckel mit einem Stück Tesafilm gesichert war. In dem Behälter waren ein halbes Dutzend 3,5-Zoll-Computerdisketten.
Ich trug den Computer und die Disketten in Peter Logans Arbeitszimmer, wo Mrs. Braemer mir das Deckenlicht anknipste. Ich schaltete noch eine Stehlampe neben dem Sofa an und verfolgte ihr Kabel bis zur Steckdose. Dann legte ich die Nylontasche auf den Couchtisch, nahm das schmale Notebook heraus und steckte das Netzkabel ein. Ich schaltete den Computer an und besah mir das Inhaltsverzeichnis von Ariels Festplatte. Währenddessen ging Mrs. Braemer zurück in die Garage und holte mir meine Tasse und die Thermoskanne.
»Ich gehe dann wieder nach oben«, meinte sie.
Mit einigen der Programme auf Ariels Computer kannte ich mich recht gut aus. Ich rief sie der Reihe nach auf und machte mich mit dem Gerät vertraut. Es war ein ziemlich

neues Modell mit Farbdisplay und schnellem Prozessor. Als ich mich mit dem Computer vertraut gemacht hatte, wandte ich mich den Disketten zu. Auf den Etiketten hatte sich Ariel ihren Inhalt notiert. Die meisten beinhalteten Material für ihre Kurse an der Universität, aber auf einer standen nur die Buchstaben KOR.

Könnte Korrespondenz bedeuten, dachte ich und steckte die Diskette ins Laufwerk des Computers. Ich rief ihr Inhaltsverzeichnis auf und überlegte, nach welchem System Ariel die einzelnen Dateien wohl geordnet hatte. Die Titel der einzelnen Dokumente enthielten Buchstaben, die vielleicht für die Namen der Adressaten standen, und Zahlen, die möglicherweise etwas mit dem Datum des Briefes zu tun hatten. Ich rief die Textverarbeitung auf und ging die Dokumente nacheinander durch.

Es waren tatsächlich Briefe, von denen ich einige bereits unter den Ausdrucken in der grünen Aktenbox gesehen hatte. Dann waren da noch andere, die sie offenbar den Sommer über hier in Carmel geschrieben und von denen sie sich keine Ausdrucke gemacht und in ihren Akten abgelegt hatte. Sie waren nur auf dieser Diskette vorhanden.

Darunter waren auch zwei Briefe vom dreiundzwanzigsten August, die sofort meine Aufmerksamkeit erregten. Der erste war an einen Farbenhersteller in Ohio gerichtet, von dem Ariel die chemische Zusammensetzung eines bestimmten Lackes wissen wollte. Der andere Brief richtete sich an ein Umweltlabor in San Jose. Ariel bat darin um die Analyse beiliegender Proben, für die sie mit einem ebenfalls beiliegenden Scheck im voraus bezahlt hatte. In dem Brief stand zwar nicht, um welche Proben es sich handelte, aber ich war mir ziemlich sicher, daß es Wasser aus dem Meer vor Point Pinos gewesen war.

Ich nahm mich zusammen, um nicht vor Freude laut loszujubeln. Schließlich war das, was ich gefunden hatte, nichts weiter als ein erster heller Schimmer am Horizont. Es würde noch etwas dauern, bis wirklich die Sonne aufging und Licht in die Angelegenheit brachte.

Ich stand auf und ging in die Garage zurück. Dort sah ich noch einmal den Inhalt der grünen und der blauen Aktenbox durch und suchte nach den Visitenkarten, die ich vorhin dort gesehen hatte. Soweit ich mich erinnerte, war der Name des Labors, an das Ariel den zweiten Brief geschrieben hatte, auf einer davon gewesen. Bald hatte ich die Visitenkarte gefunden, die Ariel an das Antwortschreiben des Labors geheftet hatte.

Ich konnte den Blick einfach nicht von der Seite lösen und ging mit gesenktem Blick aus der Tür; fast wäre ich mit Glennis Braemer zusammengestoßen, die mich offenbar gehört hatte und die Treppe heruntergekommen war. Sie runzelte die Stirn, als sie mich sah.

»Sie haben etwas gefunden, stimmt's?« fragte sie.

»Ja. Zwei Briefe, die Ariel zwei Monate vor ihrem Tod geschrieben hat.«

Glennis folgte mir ins Büro ihres Bruders, wo sie sich auf das Sofa setzte und sich auf dem Display des Computers die beiden Briefe ansah. Dann stand sie auf und sah mir über die Schulter, während ich das Schreiben des Labors an Ariel las. Darin wurde der Erhalt von zwei Meerwasserproben bestätigt und darauf hingewiesen, daß das Ergebnis der Untersuchung in ein paar Tagen vorliegen werde. Genau wie meine Mutter hatte auch Ariel ein Labor mit einer bestimmten Untersuchung beauftragt, in ihrem Fall mit der des Wassers, in dem die Seelöwen mit den merkwürdigen Krämpfen herumgeschwommen waren. Aber wo war das Ergebnis dieser Untersuchung?

»Ich muß unbedingt dieses Labor anrufen«, sagte ich zu Mrs. Braemer.
Sie verzog das Gesicht; das galt aber offensichtlich nicht meiner Bitte, sondern dem, was sie auf dem Display des Computers gelesen hatte. »Sie können das Telefon auf Peters Schreibtisch benutzen«, meinte sie.
Ich wählte die Nummer auf der an das Schreiben geklammerten Visitenkarte und fragte mich bis zu einer Frau durch, die mir mitteilte, daß die Untersuchung von Ariels Proben am Mittwoch vor ihrem Tod abgeschlossen worden sei.
»Haben Sie das Ergebnis mit der Post verschickt?« fragte ich. »Oder hat Miss Logan es persönlich abgeholt?«
Die Frau am anderen Ende der Leitung blieb eine Weile stumm, während sie in ihren Unterlagen nachsah. »Hier habe ich es«, sagte sie schließlich. »Miss Logan hat in der Woche zuvor schon mal angerufen, aber da lag das Ergebnis noch nicht vor. Sie bat uns, sie anzurufen, sobald wir mit den Untersuchungen fertig wären, und das haben wir getan. Sie hat das Ergebnis dann am Freitag gegen Mittag persönlich abgeholt.«
Das paßte von der Zeit her. Ariel war noch vor acht Uhr früh in San Luis Obispo aufgebrochen und offenbar direkt nach San Jose gefahren, wozu sie an die vier Stunden gebraucht haben dürfte. Sie hatte den Untersuchungsbericht abgeholt und ihn gelesen. Das, was sie dabei erfahren hatte, hatte sie auf schnellstem Weg nach Monterey getrieben, um mit Bobby zu sprechen. Aber vorher war sie noch hier, im Haus ihrer Eltern, gewesen.
Ich legte den Hörer auf, warf einen Blick auf Peters Kopierer und schaute dann zu Glennis Braemer, die mit mißtrauischem Gesicht auf der Sofakante saß. Ihre fragende Miene sagte mir, daß sie die Bedeutung des Briefes, den sie eben

auf dem Computer gelesen hatte, nicht ganz begriff. Dann aber schien sie seinen Inhalt mit meinem eben geführten Telefongespräch in Verbindung zu bringen und zum selben Ergebnis zu kommen wie ich.

»Ich muß unbedingt diesen Untersuchungsbericht finden«, sagte ich. »Er ist bestimmt irgendwo hier im Haus.«

37

Was macht denn *die* hier oben?« fragte Peter Logan unfreundlich, als ich sein geräumiges Wohnzimmer betrat. Er saß auf einem langen, weißen, aus mehreren Polsterteilen zusammengesetzten Sofa, das direkt vor dem großen Fenster stand. Obwohl die schweren, weißen Vorhänge aufgezogen waren, konnte man durch die von Feuchtigkeit beschlagenen Scheiben nicht viel mehr als die brennenden Scheinwerfer eines draußen auf der Straße vorbeifahrenden Autos oder die Silhouette eines sich langsam durch den Nebel tastenden Fußgängers sehen. Auf dem niedrigen Glastisch vor dem Sofa stand ein ovales Tablett mit zwei Kaffeetassen, neben dem die Morgenausgabe des *Herald* lag. Hinter dem Sofa sah ich einen großzügigen Durchgang, der in ein Eßzimmer mit anschließender Küche führte.

Logan hatte seine Frage zwar an Glennis Braemer gerichtet, die mich hinauf ins Wohnzimmer geführt hatte, aber ich beantwortete sie ihm. »Ich muß in Ariels Zimmer nach etwas suchen.«

Peter Logan stand auf. Seine silbrigblonden Haare waren ungekämmt, sein Gesicht sah eingefallen aus, und seine Kleider schienen ihm um mehrere Nummern zu groß zu sein. Er betrachtete mich feindselig, und sein Mund zuckte unkontrolliert.

»Nein«, sagte er. »Das erlaube ich nicht. Ich will nicht, daß Sie in unserem Haus in den Sachen meiner Tochter wühlen.«

»Peter, bitte«, seufzte Mrs. Braemer und ballte ihre Hände zu Fäusten. »Es ist wirklich sehr wichtig.«
Logan schüttelte vehement den Kopf, während er auf uns zukam. Doch plötzlich blieb er stehen und sah an mir vorbei zur Treppe, die hinauf in den ersten Stock führte. Oben stand Sylvie Logan, die immer noch Schwarz trug, eine Wollhose und einen Pullover. Ihre dunklen Haare fielen ihr auf die Schultern und verliehen ihr ein jugendliches Aussehen, das aber von ihren müden und tieftraurigen Augen Lügen gestraft wurde. Während sie die Treppe hinunterstieg, mußte sie sich am Geländer festhalten.
»Haben Sie etwas gefunden, Miss Howard?« fragte sie mich in ihrem französisch gefärbten Englisch.
»Ja«, erwiderte ich und berichtete den Logans von dem Brief, den Seelöwen und dem Untersuchungsbericht, den Ariel an ihrem Todestag von San Luis Obispo hierher nach Carmel gebracht hatte.
»Aber Ariel hat mir nichts von alledem erzählt«, sagte Sylvie stirnrunzelnd. »Ich kann mich nur noch daran erinnern, daß sie mit diesem Fischkutter hinaus aufs Meer gefahren ist. Am Tag darauf erfuhren wir, daß meine Mutter Krebs hat. Als ich meine Reise nach Paris plante, hoffte ich noch, daß meine Mutter während meines Aufenthalts dort nicht sterben würde. Statt dessen war meine Tochter tot, als ich nach Hause kam.« Sie hielt inne und sah quer durchs Wohnzimmer zu ihrem Mann. »Vielleicht wollte Ariel uns nicht mit ihren Problemen belasten.«
»Möglicherweise«, sagte ich. »Schließlich war alles nur Theorie. Sie hatte nichts Konkretes, bis kurz vor ...«
»Bis kurz vor ihrem Tod«, beendete Sylvie den Satz für mich. »Und Sie glauben jetzt, daß sie wegen dem, was sie wußte, ermordet wurde. Aber was wußte sie?«
»Das kann ich Ihnen erst sagen, wenn ich den Untersu-

chungsbericht des Labors gefunden habe. Und selbst wenn ich ihn finde, muß ich ihn mir vermutlich erst von jemandem erklären lassen. Aber immerhin war der Bericht für Ariel so wichtig, daß sie an dem Freitag ihre Vorlesungen sausen ließ und bis nach San Jose fuhr, um ihn persönlich abzuholen.«

»Dann müssen wir eben diesen Bericht finden«, beschloß Ariels Mutter, und diese Worte waren nicht an mich, sondern an ihren Mann gerichtet. Sie nahm seine Hand in die ihre. »Was meinst du, wo sollen wir danach suchen?«

»In ihrer Reisetasche«, erwiderte Peter mit heiserer Stimme. »Als ich am Freitag abend heimkam, sah ich sie vor Ariels Bett stehen. Ich dachte, sie wäre ausgegangen. Mit ... mit ihm. Aber sie war tot.«

»Die Leute des Sheriffs haben die Reisetasche bereits durchsucht«, bemerkte Glennis Braemer. »Wenn der Bericht darin gewesen wäre, hätten sie ihn bestimmt gefunden.«

»Sehen wir trotzdem noch mal nach«, meinte Sylvie.

Sie ging voran nach oben, in Ariels Zimmer, das aussah, als wartete es noch immer auf die Rückkehr seiner Bewohnerin. Neben einer Kommode und einem Schminktisch mit ovalem Spiegel stand ein Bett aus Eichenholz mit passendem Nachttisch. Auf dem Bett lag eine bunte, aus Flicken zusammengenähte Tagesdecke, und auf den Kissen am Kopfende thronten ein brauner, einäugiger Teddybär und eine dunkelhaarige Puppe mit Porzellangesicht und rosa Rüschenkleid. Ein schmales Regal voller Bücher und Nippes stand neben dem Fenster, das hinaus auf den Ozean blickte.

Niemand sagte etwas, als ich mir das Zimmer ansah. Nach kurzer Suche fand ich die Reisetasche, die farblich zu den blauen Koffern unten in der Garage paßte. Sie stand mit geschlossenem Reißverschluß am Fußende des Bettes. Ich stellte sie auf die Tagesdecke und packte ihren Inhalt aus. Ich fand einen gestreiften Bademantel und ein dazu passendes Nachthemd, Unterwäsche und Socken sowie ein T-Shirt und eine Jeans. Außerdem enthielt die Tasche einen mit Blümchenmuster bedruckten Kulturbeutel, in dem sich Shampoo, Pflegespülung, Cremes, Zahnbürste und -pasta sowie ein Röhrchen mit Vitamintabletten, Make-up und Tampons befanden, und eine kleines Stoffsäckchen mit Ohrringen und einer Goldkette. Ich leerte den Kulturbeutel auf dem Bett aus und suchte vergeblich nach irgendwelchen darin versteckten Papieren.

»Ich muß leider das ganze Zimmer durchsuchen«, erklärte ich den Logans, nachdem ich die Sachen wieder in Ariels Reisetasche geräumt hatte. Sie sagten nichts, sondern sahen mir gebannt zu, als ich die oberste Schublade der Kommode aufzog.

»Ich helfe Ihnen«, erbot sich Mrs. Braemer und schob die Ärmel ihres Kaschmirpullovers hoch. »Sonst dauert das ja eine Ewigkeit.«

Auch so dauerte es mehr als eine Stunde. Ich zog das Bett ab, um nachzusehen, ob Ariel den Bericht vielleicht unter der Matratze versteckt hatte, aber dem war nicht so. Ebensowenig hatte sie ihn in ihren Kleiderschrank, in oder unter eine der Kommodenschubladen oder zwischen die Seiten eines der Bücher im Regal getan.

Schließlich saß ich im Schneidersitz vor dem Regal, das ich mit Glennis Braemers Hilfe sogar zur Seite gekippt hatte, um zu sehen, was darunter war. Als ich das letzte Buch zurückstellte und wieder aufstand, wünschte ich, Ariel hätte den Bericht nicht so geschickt versteckt. Ich hatte keine allzu große Lust, auch noch den Rest des Hauses mit all seinen Ecken und Winkeln zu durchsuchen. Das Unterfan-

gen hätte sicher den Rest des Tages in Anspruch genommen.
Vielleicht täuschte ich mich aber auch, und der Bericht war gar nicht hier im Haus. Vielleicht hatte sie ihn bei sich, als sie getötet wurde, vielleicht befand er sich jetzt in den Händen ihres Mörders.
»Was ist mit Ariels Wagen?« fragte ich. »Hat man dort ihre Handtasche gefunden?«
»Ich glaube nicht«, entgegnete Mrs. Braemer und setzte sich erschöpft aufs Bett. »Und wenn, dann hat man sie uns nicht zurückgegeben. Da müßten Sie schon Sergeant Magruder fragen, aber ich vermute, daß er Ihnen keine Antwort geben wird.«
Peter warf mir böse Blicke zu, als wäre meine vergebliche Suche der Beweis dafür, daß ich tatsächlich nicht wußte, was ich tat. Er half Sylvie, Ariels Sachen wieder in der Kommode zu verstauen. Plötzlich ließ Sylvie unvermittelt eine Hutschachtel fallen, aus der ein Strohhut über den Boden rollte.
»Bien sûr«, sagte sie, *»evidemment ...«*
»Ist Ihnen etwas eingefallen?« fragte ich hoffnungsvoll.
»Ja. Ein Ort, an dem Ariel manchmal Sachen versteckte, als sie noch bei uns lebte.«
Sie wirbelte herum und eilte, dicht gefolgt von uns, hinaus auf den Gang. Dort öffnete sie einen Wandschrank und stopfte die Handtücher aus dem mittleren Regal ihrem Mann in die Arme. Als das Regal leer war, packte sie mich am Arm und deutete in den Schrank.
»Sehen Sie das?« fragte sie. »Ich habe sie eines Tages entdeckt, als ich die Wäsche herausräumte. Als ich sie öffnete, fand ich ein paar Sachen, die Ariel dort versteckt hatte.«
»Ja, sich sehe, was Sie meinen.«
Es war eine Schiebetür, die etwa dreißig mal fünfundvierzig

Zentimeter maß. Ich schob sie an dem kleinen Griff an ihrer linken Seite auf. Dahinter verbarg sich eine zehn Zentimeter tiefe Nische, das ideale Versteck für die Schätze eines jungen Mädchens. Jetzt aber befand sich in der Schatzkammer lediglich ein weißer Briefumschlag.

Als ich ihn öffnete, fand ich darin zwei Blätter und einen kleineren, irgendwo abgerissenen Fetzen Papier. Der Fetzen war offenbar naß gewesen und wieder getrocknet worden, aber die Schrift darauf war noch gut lesbar. Es war das Etikett eines Lacks der Firma, die Ariel im August angeschrieben hatte. Am Rand stand mit schwarzer Tinte »17. 8., *Marvella B*, Santa Cruz, Beckman.«

Die zwei Blätter waren der Bericht des Labors, an das Ariel ihre Proben geschickt hatte. Am oberen Rand war eine Heftklammer entfernt worden, was darauf hindeutete, daß Ariel sich eine Kopie von den Seiten gemacht hatte. Ich las den Bericht zweimal hintereinander. Bei den Proben, auf die Ariel in ihrem Brief vom 23. August Bezug genommen hatte, handelte es sich um Wasser, das sie am 18. August, dem Tag, an dem sie die Seelöwen mit den Krämpfen beobachtet hatte, am Strand von Point Pinos entnommen hatte.

In dem Wasser befanden sich offenbar Stoffe, die entsprechende Symptome bei den Seelöwen hervorgerufen hatten, aber ich verfügte nicht über das nötige Wissen, um sagen zu können, um was genau es sich dabei handelte und wie giftig sie wirklich waren. Trotzdem war ich mir ziemlich sicher, daß die in dem Bericht erwähnten Chemikalien in der Bucht von Monterey nichts zu suchen hatten.

»Ich würde diese Seiten gerne mit nach San Jose nehmen«, sagte ich. »Aber die Originale würde ich Ihnen lieber hierlassen. Sie haben doch einen Kopierer in Ihrem Büro ...«

Peter Logan nahm den Bericht. »Soll ich den kleinen Zettel auch kopieren?« fragte er. Ich nickte. Dann wartete ich mit Sylvie und Glennis Braemer im Wohnzimmer auf seine Rückkehr. Als er wieder da war, nahm ich die Kopien und faltete sie zusammen.

»Legen Sie das Original besser dorthin zurück, wo wir es gefunden haben«, riet ich Peter, ehe ich mich zum Gehen wandte. »Und erzählen Sie niemandem davon, solange ich nicht wieder zurück bin.«

38

Richard Santiago war schlank und hatte ein mageres Gesicht. Er sah jünger aus, als seine grauen Schläfen vermuten ließen. Zuerst wollte er mir überhaupt nichts über das Untersuchungsergebnis von Ariels Wasserproben verraten, aber als ich ihm sagte, daß die junge Frau, die sich vor zehn Tagen den Bericht bei ihm abgeholt hatte, vielleicht wegen der darin enthaltenen Informationen ermordet worden war, änderte er seine Meinung.

Über den Schreibtisch in seinem engen Büro hinweg sah er mich mit braunen Augen an. Die fensterlose Kammer im Laborgebäude war nicht viel größer als Marsha Landers' Raum im Tierschutzverein von Monterey und genauso vollgestellt mit Aktenschränken. Santiago saß auf einem knarzenden Holzstuhl. Er hatte die Unterarme locker auf den Lehnen liegen und die Hände gefaltet. Ich hockte auf einer lehnenlosen Variante des gleichen Möbelstücks neben einem überquellenden Bücherregal.

»Ich habe Rückstände von Lösungsmitteln gefunden, wie man sie bei der Herstellung von Computerchips verwendet.«

Santiago warf einen Blick auf die Fotokopie, die ich mitgebracht hatte. Darunter lag sein eigener Aktendeckel, der die Einzelheiten der Analyse enthielt.

»Diese Mittel sind hoch toxisch. Hier im Silicon Valley bereiten sie uns große Probleme im Grundwasser.«

»Und wie ist das Zeug in die Bucht von Monterey gekommen?«

»Gute Frage. Dieselbe habe ich Miss Logan gestellt, als sie das Untersuchungsergebnis abgeholt hat. Sie hat mir zwar keine direkte Antwort gegeben, aber ich hatte den Eindruck, als habe sie eine Theorie und wolle den Vorfall den zuständigen Behörden melden.«

»Das wollte sie auch. Aber bevor sie es tun konnte, wurde sie ermordet. Können Sie sich vielleicht vorstellen, wie die Lösungsmittel ins Meer gelangt sein können?«

Santiago zuckte die Achseln. »Jemand hat sie vermutlich verbotenerweise ins Wasser geschüttet. Es gibt zwar eine ganze Reihe von Gesetzen dagegen, aber sie werden immer wieder gebrochen. Meist werden solche Umweltfrevel nicht einmal bemerkt.«

»Sagen wir mal, ich hätte ein halbes Dutzend Fässer voll mit Giftstoffen, die ich gerne loswerden würde. Was für Möglichkeiten hätte ich da? Illegale, selbstverständlich.«

Santiago zupfte sich am Ohrläppchen und rutschte auf seinem Stuhl herum. »Wenn Sie das Zeug an Land entsorgen, wird früher oder später bestimmt jemand darauf aufmerksam. Beispielsweise, wenn Sie die Fässer in eine Mülldeponie schmuggeln. Wer garantiert Ihnen, daß nicht irgendwann einmal auf der ehemaligen Deponie ein Bürozentrum gebaut wird, und ein Bulldozer dann auf Ihre Fässer stößt? Da ist es für Sie doch viel bequemer, die Fässer jemandem zu verkaufen und Ihr Gewissen damit beruhigen, daß es sein Problem ist, was er damit anstellt.«

»Und was könnte dieser Jemand mit den Fässern anstellen?«

»Er könnte sie zum Beispiel in den nächsten Gully kippen. Dann würde das Zeug wohl in der Bucht von San Francisco landen. Ich persönlich esse übrigens keinen Fisch mehr, der dort gefangen wird. Andere ›Entsorger‹ fahren die Fässer vielleicht hinaus ins San Joaquin Valley und schütten ihren Inhalt irgendwo zwischen zwei Farmen in einen Straßengraben, von wo aus der Regen den Dreck dann womöglich in die Bewässerungssysteme der Landwirtschaft spült. Manche gießen das Zeug auch.einfach auf die Straße, wo es dann trocknet und vom Wind weiß Gott wohin geblasen wird. Verstehen Sie, was ich damit sagen will?«

»Ja. Das klingt alles ziemlich deprimierend. Und was wäre, wenn ich meine Giftstoffe im Meer loswerden wollte?«

»Das wäre sogar noch einfacher als an Land. Und in manchen Fällen sogar legal. Viele Leute glauben, daß der Ozean eine riesige Kloake ist, in der all unser Dreck auf magische Weise verschwindet. Aber das tut er nicht. Er gelangt vielmehr in die Nahrungskette. Verdammt noch mal, die Regierung selbst hat draußen bei den Faralloninseln jede Menge Fässer mit radioaktivem Abfall im Meer versenkt. Die liegen nun seit vielen Jahren auf dem Meeresboden und werden langsam undicht.«

»Das gleiche könnte ich doch auch mit meinen Giftfässern machen. Ich müßte nur weit genug hinaus aufs Meer fahren und sie dort über Bord werfen.«

»Und niemand würde es jemals bemerken«, fügte Santiago hinzu. »Sicher, eines Tages verrosten auch Ihre Fässer und setzen den Inhalt frei, aber im Wasser werden die Stoffe gut verteilt, und die Strömung trägt sie irgendwohin. Wie kann da noch jemand sagen, wieviel Gift ins Meer gekippt wurde und wo? Leute, die ihren Dreck auf Nimmerwiedersehen im Meer versenken, werden in den seltensten Fällen gefaßt, denn keiner weiß, daß das Zeug überhaupt da ist. Man sieht nur die Auswirkungen, wie an den Seelöwen, die Miss Logan beobachtet hat. Die hatten die Krämpfe vermutlich davon, daß sie mit einem Giftstoff in Kontakt gekommen sind.«

»Aber was ist, wenn jemand mich beobachtet, wie ich den

Mist ins Meer befördere?« Hatte Ariel vielleicht mehr gesehen als die kranken Seelöwen? Etwas, das ihr einen Hinweis auf den Übeltäter gegeben hatte?
Jetzt war mir klar, weshalb sich Ariel so für Karl Beckmans Werft interessiert hatte. Wer giftige Abfälle im Meer versenken wollte, brauchte ein Boot dazu. Und wo konnte man besser an ein Boot kommen als in einer Werft?
Es waren also nicht die zufällig ins Wasser gelangten Lackrückstände, Lösungsmittel oder Ölrückstände, die Ariel in Zusammenhang mit der Werft beunruhigt hatten, sondern die Boote. Und zwar die Boote, zu denen während der Reparaturzeit jeder Angestellte der Werft Zugang hatte. Was wäre, wenn während einer vom Eigentümer genehmigten – oder auch nicht genehmigten – Fahrt jemand mal rasch was über Bord geworfen hätte? Keiner hätte es bemerkt, wie Santiago vorhin so richtig gesagt hatte.
»Die Leute, die diese windigen ›Entsorgungsunternehmen‹ betreiben, machen die eigentlich viel Geld?«
Santiago mußte lachen. »Und ob. Darauf können Sie im wahrsten Sinne des Wortes Gift nehmen.«
»Können Sie sich vorstellen, wer alles auf diese Weise seine Chemikalienbrühe loswerden will?«
»Also, für die großen Firmen wäre das viel zu riskant.«
»Sind Sie sicher? Geld haben die schließlich genug, die zahlen eine Strafe doch aus der Portokasse.«
Die Frage schien ihm unangenehm zu sein. »Da sollten Sie besser die zuständigen Behörden fragen. Die können Ihnen das eher sagen als ich. Alles, was ich weiß, habe ich aus dritter oder vierter Hand.«
»Verstehe. Aber Sie hören doch bestimmt eine Menge Gerüchte, oder?« Ich sah ihm so streng, wie ich nur irgend konnte, in die Augen. »Und selbst wenn die großen Firmen es nicht wagen würden, bei der illegalen Beseitigung von

Problemmüll erwischt zu werden, bleiben immer noch die kleinen. Wie steht es mit denen?«

»Na ja«, gab er zögernd zu. »Es gibt da schon ein paar Firmen, die in den vergangenen Jahren aufgefallen sind, weil sie gegen die Gesundheits- und Abfallgesetze verstoßen haben. Vielleicht sollten Sie sich dort einmal umsehen.«

»Können Sie mir Namen nennen?« Er nannte mir die Namen von vier Firmen, über die er entsprechende Gerüchte gehört hatte.

»Aber es wäre wirklich besser, Sie würden sich damit an den Staatsanwalt wenden«, sagte er abschließend. »In jedem County gibt es eine Stelle, die sich auf die Verfolgung von Umweltverbrechen spezialisiert hat.«

Das mochte wahr sein, aber ich hatte noch nicht genug Material, um damit zum Staatsanwalt zu gehen. Ich hatte eine Menge loser Fäden, die ich erst irgendwie zusammenknoten mußte. Wenn ich keine handfesteren Beweise beibringen konnte, würde Sergeant Magruder mich hochkant aus dem Büro des Sheriffs werfen.

Nach dem zu schließen, was Bobby mir gesagt hatte, hatte Ariel die Beckman-Werft in Verdacht gehabt, giftige Chemikalien im Ozean versenkt zu haben. Aber Bobby hatte auch gesagt, daß ihr die Beweise dafür gefehlt hätten. Als Ariel mit meinem Cousin im Rose and Crown gesprochen hatte, hatte sie den Untersuchungsbericht bereits abgeholt, Bobby aber nichts davon erzählt. Wenn sie wirklich überzeugt gewesen war, daß Beckman etwas mit der Sache zu tun hatte, mußte sie über eine weitere Information verfügt haben, die mir bisher entgangen war.

»Ich brauche deine Hilfe, Norm, und zwar schnell.«

»Was gibt's denn?« fragte Norm mit seiner kratzigen Stimme und goß mir eine Tasse Kaffee ein.

Mein Kollege Norman Gerrity ist ein pensionierter Polizist aus Boston, dem der Ruhestand so sehr auf die Nerven ging, daß er Privatdetektiv wurde. Jetzt betreibt er eine Detektei in San Jose, die nicht weit von dem Umweltlabor entfernt liegt, in dem ich vor einer halben Stunde mit Richard Santiago gesprochen hatte. Ich habe Norm bei einem meiner Fälle kennengelernt und mich mit ihm angefreundet. Ab und zu helfen wir einander aus. Ich nahm einen Schluck von dem starken, schwarzen Gebräu und erzählte Norm, womit ich mich in den vergangenen zwei Wochen beschäftigt hatte.

»Du steckst ja bis über beide Ohren in einem Fall«, sagte Norm. »Und ich dachte, du würdest in Monterey endlich mal ein bißchen ausspannen.«

»Das Leben hat mir leider einen Strich durch die Rechnung gemacht.« Ich seufzte. »Wenn diese Angelegenheit nur schon vorbei und ich wieder in Oakland wäre, dann könnte ich mich endlich etwas ausruhen. Aber irgendwie habe ich das dumpfe Gefühl, daß Sergeant Magruder nur darauf wartet, Bobby wieder ins Gefängnis zu stecken. Ich muß also Beweise für seine Unschuld liefern. Ich halte es übrigens für möglich, daß beide Beckmans in die Sache verwickelt sind. Schließlich steckt ihre Firma in finanziellen Schwierigkeiten. Karl will mir nicht sagen, wo er an dem Freitag war, an dem Ariel ermordet wurde, und Lacy hat zwar ein Alibi, aber das ist ziemlich dünn. Außerdem muß ich mir die Vergangenheit der Dame mal gründlich vornehmen.«

»Du hast also ziemlich viele Einzelinformationen, die du erst noch auf eine Reihe kriegen mußt«, stellte Norm fest.

»Und genau dazu brauche ich deine Hilfe. Santiago, der Mann vom Labor, hat mir eine Reihe von Firmen genannt, die hier im Santa Clara County schon einmal gegen die Umweltschutzbestimmungen verstoßen haben. Möglicherweise lassen sie jetzt ihren Problemmüll in ein anderes County bringen und zahlen jemandem gutes Geld dafür, daß er ihn auf irgendeine Weise los wird.«

»Aber wie willst du an die Firmen rankommen und sie zum Reden bringen?«

»Es kann ja nicht schaden, sich hinters Telefon zu klemmen«, meinte ich und grinste.

Norm Gerrity war ein echter Virtuose am Telefon.

Er verfügte über die seltene Gabe, Menschen auch gegen ihren Willen zum Reden zu bringen. Ich war extra zu ihm gefahren, damit er für mich seinen Informanten im Silicon Valley Informationen über illegale Entsorger aus der Nase zog. Er sollte jetzt bei diesen anrufen und so tun, als wollte er giftige Lösungsmittel loswerden. Ich selbst konnte mich ziemlich gut verstellen, aber Norm verblüffte mich in dieser Hinsicht immer wieder aufs neue.

Während er die Pizza, die ich ihm mitgebracht hatte, genüßlich verspeiste, telefonierte er so lange, bis er einen Mann aus Sunnyvale an der Strippe hatte, der sich so anhörte, als spräche er durch ein Taschentuch. Ich hörte auf Norms zweitem Apparat mit.

Norm solle sich keine Sorgen machen, meinte der Mann. Er würde die Behälter, den Transport und die Entsorgung für seine Problemabfälle organisieren. Allerdings verlangte er dafür eine enorme Summe. Norm tat so, als wollte er nur dann so viel bezahlen, wenn er auch ohne jeden Zweifel sichergehen konnte, daß das Problem nicht irgendwann einmal wieder auf ihn zurückfallen würde.

»Keine Sorge«, sagte der Mann. »Wir versenken das Zeug auf Nimmerwiedersehen im Meer. Da ist es gut aufgehoben.«

Diesen Ausspruch hatte ich doch schon einmal gehört. Belknap vom Wasserwirtschaftsamt in San Luis Obispo hatte sich so geäußert, ebenso wie Santiago vom Labor in San Jose. Und alle Fischer in meiner Familie, von Onkel Dom bis Bobby, wählten die gleichen Worte.

Wenn man etwas im Ozean verschwinden läßt, dann versenkt man es auf Nimmerwiedersehen.

39

Als ich aus Norm Gerritys Büro kam, war es bereits dunkel, und weil es von San Jose nicht mehr weit bis nach Oakland war, beschloß ich, meiner verwaisten Wohnung einen Besuch abzustatten. Als ich die Tür aufsperrte und mich meine Katze Abigail mit lautem, beleidigtem Miauen begrüßte, fragte ich mich, ob der Abstecher nach Monterey wirklich eine so gute Idee gewesen war. Zwar hatte meine Freundin Cassie Abigail jeden Abend mit Fressen und frischem Wasser versorgt und auch das Katzenklo ausgeleert, aber es war eben nicht dasselbe, wie wenn ich das selbst getan hätte. Das jedenfalls glaubte ich Abigails lauten Unmutsäußerungen entnehmen zu können.

»Ich sage es dir ja nur ungern«, meinte ich, nachdem ich ihr den Freßnapf aus einer frisch geöffneten Büchse mit Katzenfutter randvoll gemacht hatte, »aber ich muß morgen wieder zurück. Dann dauert es aber nicht mehr lange, bis ich wieder ganz zu Hause bin.«

Als Abigail sich auf ihr Fressen stürzte, ging ihr verärgertes Miauen in ein gieriges Grunzen über. Ich sah meine Post durch, die Cassie auf den Tisch im Wohnzimmer gelegt hatte, und warf das meiste davon ungelesen in den Papierkorb. Dann hörte ich die Nachrichten auf meinem Anrufbeantworter ab. Alex Tongco, ein Marineoffizier, mit dem ich seit ein paar Monaten ausging, wollte wissen, ob es denn bei unserer Verabredung am kommenden Wochenende bliebe. Ich rief Alex an und erklärte ihm die Situation, in der ich mich befand. Während ich telefonierte, ließ Abigail sich auf meinem Schoß nieder, putzte sich und begann laut zu schnurren.

Als nächstes rief ich Errol in Carmel an. Nachdem ich am späten Vormittag bei den Logans den Bericht gefunden hatte, hatte ich noch rasch bei den Sevilles vorbeigeschaut und sie informiert, bevor ich weiter zu dem Umweltlabor nach San Jose gefahren war.

»Deine Mutter hat bei mir angerufen«, sagte Errol. »Vielleicht solltest du sie mal zurückrufen.«

»Ich werde drüber nachdenken«, erwiderte ich. Den Streit mit meiner Mutter hatte ich einstweilen auf Eis gelegt und mir gesagt, daß es momentan wichtigere Dinge gab, um die ich mich kümmern mußte. In Wirklichkeit drückte ich mich bloß vor einer weiteren Auseinandersetzung mit ihr.

Als ich Abigails Rücken streichelte, schnurrte sie noch lauter. »Ich bin übrigens in meiner Wohnung in Oakland«, sagte ich zu Errol. »Ich werde hier übernachten und morgen früh versuchen, ob ich mit Minnas Schwester in San Francisco sprechen kann. Eigentlich müßte ich am Nachmittag wieder bei euch in Carmel sein.«

»Die Logans haben bereits zweimal hier angerufen und gefragt, was du in San Jose herausgefunden hast. Was soll ich ihnen denn sagen?«

»Sag ihnen, daß die Wasserproben, die Ariel dem Labor geschickt hat, mit Lösungsmitteln verunreinigt waren, wie man sie bei der Produktion von Computerchips verwendet. Jemand hat diese giftigen Substanzen in der Bucht versenkt, und Ariel ist ihm auf die Schliche gekommen.« Dann erzählte ich Errol, was Norm Gerrity und ich am Nachmittag unternommen hatten. »Es wäre möglich, daß der Kerl, mit dem wir gesprochen haben, für die Umweltverschmutzung verantwortlich ist. Vermutlich bringt er das Zeug bei Santa Cruz über die Berge. Wir wissen, daß Ariel jemanden in der Beckman-Werft in Verdacht hatte. Karl, Lacy oder einen ihrer Angestellten. Wenn das wirklich der Fall sein sollte, wie kommt das Lösungsmittel dann von Santa Cruz nach Monterey in die Werft? Norm ist gerade dabei, in Sunnyvale zu recherchieren.«

»Und ich werde das gleiche hier machen«, schlug Errol vor, noch ehe ich ihn darum bitten konnte.

»Aber sei vorsichtig.«

Ich stand auf und trug Abigail ins Schlafzimmer. Kaum lag ich im Bett, ließ sich die Katze auf meinem Bauch nieder. Mir kam es so vor, als wolle sie damit verhindern, daß ich aufstand und sie wieder allein ließ. Ich hatte seit fast zwei Wochen nicht mehr in meinem eigenen Bett geschlafen, und als ich es jetzt tat, war es noch schöner, als ich es mir vorgestellt hatte.

Nachdem ich am Dienstag morgen Kaffee getrunken und eine Schale Corn-flakes gegessen hatte, fuhr ich in mein Büro in der Innenstadt von Oakland und brachte meinen Bürokram auf Vordermann. Rechnungen mußten bezahlt und Anrufer zurückgerufen werden. Manche von ihnen hatten Jobs für mich oder hatten sie zumindest vor einer Woche noch gehabt. Irgendwie fand ich es frustrierend, daß ich hier zahlende Kunden enttäuschen mußte, während ich in Monterey ohne einen Cent Honorar zu bekommen in einer Sache steckte, die ich unbedingt zu Ende bringen mußte.

Als ich Minna Sevilles Schwester anrief, schlug sie vor, daß wir uns zum Tee im Garden Court treffen sollten. Kurz nach eins fuhr ich über die Bay Bridge hinüber nach San Francisco und stellte meinen Toyota in der Parkgarage des Palace Hotels ab. Der Garden Court gleich neben der Lobby des Hotels scheint zu jeder Tageszeit zu glänzen und zu funkeln – entweder vom Sonnenlicht, das durch die Glaskup-

pel an der Decke hereinfällt, oder von den unzähligen Glühbirnen in den vielen Kristalleuchtern. Die Wände des eleganten Speiseraums sind aus rötlich-beigem Marmor, und die Säulen aus demselben Stein haben dunkle Kapitelle mit goldenen Verzierungen. Auf dem blaurot gemusterten Orientteppich am Boden stehen große Pflanzgefäße mit Palmen und Efeu, und die Polsterstühle an den dunkelgrün gedeckten Tischen sind mit gestreiftem Stoff bezogen.
Am Telefon hatte mir Celeste Bainbridge erklärt, daß sie ihrer Schwester sehr ähnlich sähe, aber als ich die schlanke Frau mit perfekt frisiertem, weißem Haar erblickte, kam Minna mir bei weitem bodenständiger und lockerer vor als sie. Minna hatte mir erzählt, daß ihre Schwester zehn Jahre älter sei als sie. Mrs. Bainbridge mußte also achtundsiebzig sein. Sie trug ein modisches, blaues Kostüm mit dazu passendem Hut und Handschuhen. In meiner üblichen Bluse und bequemen Hose kam ich mir viel zu lässig gekleidet vor.
»Minna hat mir erzählt, daß Sie von mir Informationen über unsere ›Alte Garde‹ brauchen«, sagte Mrs. Bainbridge, als wir uns an einen der grünen Tische gesetzt hatten. Sie zog ihre Handschuhe aus und lächelte mich an, wobei sie ihrer jüngeren Schwester tatsächlich sehr ähnlich sah.
»Eigentlich bin ich nur an einer speziellen Person interessiert«, antwortete ich. »Und zwar an Lacy Standish.«
Unter der »Alten Garde«, von der Mrs. Bainbridge sprach, verstand man Leute aus alteingesessenen San Franciscoer Familien, die hier geboren waren und auch einen Großteil ihres Lebens hier verbracht hatten. Wohlgemerkt, nicht innerhalb der eigentlichen Stadtgrenzen, sondern in einem geographisch und sozial eng begrenzten Territorium. Sie lebten nach tradierten, von ihnen allen anerkannten Regeln, wurden in ganz bestimmten Kindergärten, Schulen

und Universitäten erzogen, verbrachten die Ferien am Lake Tahoe und ergriffen schließlich ganz bestimmte Berufe. Sie heirateten nur Partner aus ihrer eigenen sozialen Schicht und brachten Kinder zur Welt, die genauso erzogen wurden wie ihre Eltern. Zugute halten mußte man der Alten Garde, daß sie mit ihren Spenden eine Vielzahl kultureller Institutionen wie das Sinfonieorchester, die Oper und die Museen in San Francisco maßgeblich unterstützten.

»So, so, Lacy Standish«, meinte Mrs. Bainbridge. »Ich werde Sie nicht fragen, warum Sie sich für sie interessieren. Aber ich habe immer schon gesagt, daß es mit dem Mädchen mal ein böses Ende nehmen wird.«

»Wieso?«

»Das liegt in den Genen, ganz gleich, ob es die Leute heutzutage wahrhaben wollen oder nicht.«

Jetzt hatte die elegante Mrs. Bainbridge ein niederträchtiges Funkeln in den Augen, als freute sie sich darauf, endlich einmal wieder nach Herzenslust tratschen zu können. Und ich freute mich darauf, diesen Tratsch zu hören, aber der Kellner war an unseren Tisch getreten. Wir bestellten Tee, Sandwiches und Kuchen. Das Gewünschte wurde rasch gebracht, und ich goß mir eine Tasse Earl Grey ein.

»Lacy Standishs Mutter«, fuhr Mrs. Bainbridge fort, während sie Sahne und Zucker in ihren russischen Karawanentee tat, »war Margaret Victor. Die Victors waren vor vielen Generationen einmal mit den Crockers verwandt, aber das ist schon lange her und zählt nicht mehr. Natürlich gibt es heute keine Victors mehr in San Francisco. Sie haben beim großen Börsenkrach eine Menge Geld verloren und sich nie mehr richtig davon erholt. Lacys Großvater war Manager bei der Crocker Bank, als es noch eine Crocker Bank gab.« Bei der Nennung des bankrott gegangenen Geldinstituts zuckten Mrs. Bainbridges Mundwinkel.

»Lacys Vater war ein Mann namens Lawrence Standish. Er war das, was wir einen Abfindungsempfänger nennen. Wissen Sie, was das ist, Mrs. Howard?«

»Jemand, dem seine Familie Geld gibt, damit er sich von ihr fernhält«, erwiderte ich und nahm mir ein Stück von dem mit Räucherlachs belegten Sandwich.

»Genau«, antwortete Mrs. Bainbridge nickend, während sie einen winzigen Bissen von ihrem Gurkensandwich nahm. »In seinem Fall handelte es sich um eine englische Familie. Lawrence stammte aus Southampton und war nach dem Krieg in die Vereinigten Staaten gekommen. Jahrelang hatte er großen Erfolg mit seinem vornehmen Akzent und den Geschichten über seine Vergangenheit bei der Royal Navy, die er meiner Meinung nach jedoch kräftig geschönt hat. Er liebte das Segeln, das Reiten und war ein begeisterter Schütze. Diese Vorlieben hat er an Lacy weitervererbt. Früher war er im St. Francis Yachtclub so etwas wie eine Institution gewesen, ebenso im Meadow Club oben in Marin. Auf diese Weise konnte er sich auch an Peggy Victor heranmachen, die weiß Gott eine bessere Partie hätte machen können. Peggy sah nicht gerade schlecht aus, und ihre Familie hatte einen gewissen Status, etwas Geld und ein Haus in Pacific Heights.«

»War Lawrence deshalb so an ihr interessiert?« fragte ich.

»Ich denke schon«, meinte Mrs. Bainbridge und nickte erneut. »Peggy war die Alleinerbin des elterlichen Vermögens, seit ihr Bruder auf Guadalcanal gefallen war. Schließlich hat sie Lawrence geheiratet. Es war eine rauschende Hochzeit in der St.-Mary-the-Virgin-Kirche in der Union Street.« Mrs. Bainbridge sah sich in dem vornehmen Speiseraum um und fügte lächelnd hinzu: »Dort habe ich übrigens auch geheiratet. Aber das ist schon lange her.«

»Wo haben Peggy und Lawrence nach der Hochzeit gelebt?« fragte ich und griff nach einem weiteren Sandwich.
»Bei Peggys Vater, im Haus der Victors an der Divisadero Street. Peggys Mutter war während des Krieges gestorben, und so lebte Mr. Victor mit seinen Dienstboten allein in dem großen Haus. Nachdem die Standishs dort eingezogen waren, spielte Peggy die Hausfrau, und Lawrence arbeitete bei seinem Schwiegervater in der Bank. Man hat ihn dort sogar zum stellvertretenden Direktor gemacht. Fünfzehn Jahre ging alles gut, dann kam es zum Skandal.«
»Zu was für einem Skandal?« wollte ich wissen und beugte mich interessiert vor.
Mrs. Bainbridge schenkte sich Tee nach und nahm sich noch ein Sandwich. »Er hat Gelder unterschlagen«, sagte sie dann mit scharfer Stimme. »Und zwar über Jahre hinweg und nicht unerhebliche Summen. Der alte Mr. Victor hat Lawrence zwar nicht angezeigt, ihn aber fristlos entlassen. Er stellte Peggy sogar ein Ultimatum. Wenn sie nicht auf ihr gesamtes Erbe verzichten wollte, mußte sie Lawrence verlassen.« Mrs. Bainbridge seufzte und schüttelte den Kopf.
»Aber Peggy ist natürlich bei ihm geblieben. Sie hat den Mann wirklich geliebt. Lacy war damals wohl zwölf oder dreizehn Jahre alt und furchtbar verzogen. Sie war Vaters Liebling und konnte mit ihrer Mutter nur wenig anfangen.«
Das kam mir doch irgendwie bekannt vor. Warum hatte ich nur so ein schlechtes Gefühl bei diesen Worten? Schließlich war ich doch nicht Lacy Standish.
»Wie ging es dann weiter mit Lawrence und Peggy? Hat Mr. Victor seine Drohung wahrgemacht?«
»Und ob er das hat. Peggy, Lawrence und Lacy zogen aus seinem Haus aus und mieteten sich eine Wohnung in der Nähe der Union Street. Sie blieben also in Pacific Heights.«

»Und Lacy war damals ein Teenager. Das Zerwürfnis ihrer Eltern mit ihrem Großvater dürfte sie ziemlich hart getroffen haben.«

»O ja«, entgegnete Mrs. Bainbridge mit einem wissenden Nicken. »Lacy ging damals auf die Katherine Burke's School, aber dann konnten sich ihre Eltern das Schulgeld nicht mehr leisten. Also wechselte sie über auf die Grant School, die zwar städtisch, aber auch sehr gut ist. Danach, glaube ich, ging sie auf die Lowell High-School, während alle ihre Freundinnen die von Frank Kitchen geleitete private High-School besuchten. Lacy wurde dort nicht aufgenommen, weil Frank bei der Auswahl seiner Schüler sehr strenge Kriterien hat. Ebenfalls schlimm war es für Lacy, daß sie kein eigenes Pferd und auch kein Segelboot mehr hatte und darauf angewiesen war, daß ihre Freundinnen sie zum Reiten oder Segeln einluden.«

»Was haben denn Lacys Eltern nach dem Umzug gemacht?« fragte ich.

»Mr. Victor vermachte den größten Teil seines Vermögens einer Stiftung«, erwiderte Mrs. Bainbridge. »Peggy hatte zwar noch etwas Geld vom Erbe ihrer Großmutter übrig, aber das brachten sie und Lawrence in kürzester Zeit durch. Lawrence soff sich langsam zu Tode, und Peggy schickte Lacy mit dem Rest ihres Geldes auf das Lone Mountain College.«

Ich kannte das College, es war eine katholische Einrichtung in San Francisco.

»Irgend etwas ist während ihres letzten Jahres auf der High-School passiert«, meinte Mrs. Bainbridge dann und fuhr stirnrunzelnd fort: »Aber ich kann mich einfach nicht daran erinnern, was es war. Das muß wohl das Alter sein.« Sie lächelte bedauernd.

»Nun, jedenfalls hat Lacy kurz nach ihrem Abschluß am

Lone Mountain geheiratet, und zwar einen Mann, den sie am Lake Tahoe kennengelernt hatte. Er kam aus Eureka oder aus einem der anderen Orte an der Nordküste. Soviel ich gehört habe, war auch er ein Trinker, genau wie Lacys Vater. Ich glaube, sie waren vier oder fünf Jahre verheiratet, dann ließ Lacy sich scheiden und kehrte zurück nach San Francisco. Etwa um diese Zeit starb auch Peggy, die bei ihren Cousinen in der Jackson Street gelebt hatte und für die sie so etwas wie eine bezahlte Gesellschafterin gewesen war.« Mrs. Bainbridge hielt inne und griff nach ihrer Teetasse. »Klingt alles ein bißchen nach Seifenoper, finden Sie nicht?«

Ich lachte. »Deshalb sind diese Serien ja auch so populär. Sie kommen einem vertraut vor, weil solche Dinge nun einmal passieren. Was hat Lacy denn getan, als sie wieder in San Francisco war?« Wir hatten unsere Sandwiches aufgegessen und gingen nun zum Kuchen über.

»Sie hat in einer Galerie an der Union Street gearbeitet und auch in der Nähe gewohnt. Ich glaube nicht, daß sie dort allzu viel verdient hat. Ihr Mann zahlte ihr etwas Unterhalt, aber Lacy hatte immer schon einen verwöhnten Geschmack, so daß es ihr ziemlich schwerfiel, mit wenig Geld auszukommen. Übrigens hat man damals ziemlich viel über sie geredet. Sie hatte eine Affäre mit einem verheirateten Mann, dessen Frau schließlich recht rigorose Mittel anwenden mußte, um ihn wieder zur Vernunft zu bringen.«

Mrs. Bainbridge hörte zu sprechen auf und strich etwas Zitronenmarmelade auf ein kleines Stück Teekuchen. Dann fuhr sie fort: »Irgendwann habe ich gehört, daß Lacy wieder geheiratet hatte. Diesmal war es ein Mann aus Monterey namens Gunter Beckman. Sie lernte ihn während eines Wochenendbesuchs bei alten Freunden in Pebble kennen. Soviel ich weiß, hatte dieser Beckman etwas mit

Booten zu tun. Ich fragte mich allerdings, ob er auch Geld hatte, denn das war für Lacy immer sehr wichtig. Hatte er Geld?«

»Vermutlich glaubte Lacy, daß er welches hatte«, antwortete ich und schob mir einen kleinen Éclair in den Mund. »Gunter Beckman und sein Bruder Karl besaßen gemeinsam eine Reparaturwerft für Boote. Gunter starb zusammen mit Karls Frau vor einigen Jahren bei einem Verkehrsunfall.«

»Und was hat Lacy geerbt?« fragte Mrs. Bainbridge und hob wißbegierig eine Augenbraue.

»Gunters Anteil am Geschäft, aber offenbar auch eine Menge Schulden. Sie mußte ihr Haus in Carmel verkaufen und arbeitet nun im Büro der Werft. Und sie überführt Boote von Hafen zu Hafen.«

»Du meine Güte, ich kann mir Lacy überhaupt nicht in einem Büro vorstellen. Das mit den Booten klingt schon eher nach ihr. Ich kann mich noch erinnern, wie gut sie bereits als Teenager auf dem Lake Tahoe herumgesegelt ist.«

Ich schenkte mir Tee nach. »Können Sie sich vielleicht jetzt wieder daran erinnern, was in Lacys letztem Jahr auf der High-School passiert ist?«

Mrs. Bainbridge dachte einen Augenblick nach. »Ich glaube, sie wurde wegen irgendeines dummen Streichs von der Schule verwiesen und mußte den Rest des Jahres auf die Wilkins School gehen. Das ist die Schule, auf die alle gehen, die keine andere Schule mehr haben will. Aber ich kann mich beim besten Willen nicht mehr erinnern, was genau der Anlaß dafür war.« Mrs. Bainbridge runzelte die Stirn, dann hellte sich ihr Gesicht mit einem Mal auf. »Aber meine Enkelin müßte das eigentlich wissen. Sie war auch auf der Lowell High-School, zwei Klassen unter Lacy Standish.«

Meine elegante, weißhaarige Tischnachbarin griff nach ihrer Börse und zog zu meinem Erstaunen ein winziges Mobiltelefon heraus. »Das ist ein Weihnachtsgeschenk von einem meiner technikverliebten Enkel«, erklärte sie, während sie in einem ledergebundenen Adreßbüchlein nach der Nummer suchte. »Ab und zu ist es doch zu etwas gut.«

Mrs. Bainbridges Enkelin war Börsenmaklerin, die in einer Firma in San Franciscos Finanzviertel arbeitete. Es dauerte eine Weile, bis ihre Großmutter sie am Apparat hatte, aber dann erzählte sie ihr alles über den Vorfall, der zu Lacy Standishs Rausschmiß geführt hatte. An der Schule hatte die Geschichte danach fast legendären Ruf erlangt.

»Der Direktor hat sie dabei erwischt, wie sie einem anderen Mädchen etwas aus dem Spind stahl, und hat ihr dafür die Demission angedroht«, erzählte Mrs. Bainbridges Enkelin, nachdem ihre Großmutter mir ihr Handy gegeben hatte. »Aber wirklich geflogen ist sie wegen einer ganz anderen Sache, mit der sie sich für die Bestrafung rächen wollte.«

»Das ist ja eine irre Geschichte«, sagte ich, nachdem mir die Enkelin alle Einzelheiten geschildert hatte. »Aber warum hat sie denn einen solchen Aufwand getrieben?«

»Wir haben alle ziemlich früh begriffen, daß man einer Lacy Standish besser nicht in die Quere kommt. Sie hat einem immer alles doppelt und dreifach heimgezahlt.«

Am Nachmittag um halb fünf war ich wieder im Café Marie, in der Küche liefen die Vorbereitungen für das Abendessen auf vollen Touren. Mutter und Julian Surtees steckten die Köpfe zusammen und redeten miteinander inmitten des Geklappers der Kochtöpfe und der Swingmusik, die aus dem Radio an der Bar kam. Als ich mich vor den Herden aufbaute, die Hände in die Seiten gestemmt, blickte Mutter auf. Sie sah mich fragend und freundlich an, aber ich sagte nichts zu ihr, sondern konzentrierte mich auf ihren Assistenten.

»Julian, ich muß mit Ihnen reden.«

Die schwarzen Augenbrauen in seinem schwermütigen Gesicht hoben sich. »Jetzt? Das geht nicht. Ich habe zu tun.«

»Es muß gehen.« Ich deutete auf die Tür. »Im Büro.« Julian zögerte einen Moment, aber auf meinen durchdringenden Blick hin beschloß er offenbar, meiner Aufforderung Folge zu leisten. Er ging an mir vorbei durch die Tür.

Als ich ihm folgen wollte, sagte meine Mutter mit gerunzelter Stirn: »Kannst du mich denn nicht begrüßen?«

»Ich glaube, ich weiß jetzt, wer hinter den Sabotageakten steckt.«

»Was? Wer denn? Doch nicht Julian?«

Gefolgt von Mutter begab ich mich in ihr Büro, wo Julian bereits mit feindseligem Gesicht an der Wand lehnte, die Arme mit geballten Fäusten vor der Brust gekreuzt.

»Ich hoffe, Sie haben einen guten Grund für Ihr Benehmen«, sagte er.

»Ich möchte mich mit Ihnen über Ihre Beziehung zu Lacy Beckman unterhalten, Julian«, erwiderte ich.

Julian starrte mich böse an. »Ich habe Ihnen schon einmal gesagt, daß Sie das einen feuchten Dreck angeht.«

»Lacy ist im Abschlußjahr von der High-School geflogen. Der Direktor hat sie beim Stehlen erwischt, aber das brachte ihr nur die Androhung des Rausschmisses ein. Der Grund dafür, daß sie wirklich flog, war eine Stinkbombe, die sie im Sekretariat der Schule losgehen ließ. Die Feuerwehr mußte das ganze Schulhaus räumen. Kommt Ihnen das irgendwie bekannt vor?«

Ich beobachtete Julians Gesicht genau. Seine dunklen Augen weiteten sich, und die Augenbrauen zogen sich zusam-

men. Mutter schaute ziemlich verblüfft drein und wurde um den Mund herum ganz weiß.
»So gut wie jedes Mal, wenn hier etwas schiefging, war Lacy Beckman im Lokal. Zum Beispiel, als es ihrem Bruder schlecht wurde und als Mrs. Grady die Maus auf ihrem Teller fand. Vermutlich war sie auch da, als das Salz in die Zuckerstreuer kam und die Schweinerei mit dem Öl passierte. Außerdem möchte ich wetten, daß sie auch für die falschen Reservierungen und die anonymen Anrufe beim Gesundheitsamt verantwortlich ist.«
Julian verzog das Gesicht noch mehr und sah jetzt aus wie ein Raubvogel, der sich auf seine Beute stürzt. Mutter schüttelte wie in Zeitlupe den Kopf, als könnte sie damit meine Worte widerlegen.
»Sie muß Karl irgend etwas ins Essen gemischt haben, damit ihm schlecht wurde«, erklärte ich. »Das muß ziemlich einfach gewesen sein, er brauchte nur einmal kurz vom Tisch aufzustehen. Die Wirkung kann man mit diversen Substanzen erzielen, zum Beispiel mit Reinigungsmitteln oder Rhabarberblättern. Ich glaube sogar gesehen zu haben, daß Rhabarber neben dem Gartenhaus wächst, in dem Lacy wohnt. Die Maus auf Mrs. Gradys Teller zu praktizieren, war da schon etwas schwieriger, aber durchaus machbar, denn schließlich ist ständig jemand von ihrem Tisch aufgestanden. Am schwierigsten war es wohl, den Zeitzünder zu konstruieren, durch den die Buttersäure ins Ventilationssystem des Restaurants gelangt ist.«
»Dieses Biest!« fauchte Julian. Ich konnte sehen, wie die Wut in seinen braunen Augen hochkochte. »Sie hat mich benutzt. Und ich habe ihr auch noch gezeigt, wo wir die Messer aufbewahren. Am Tag bevor Marie sich den Schnitt an der Hand zuzog. Ich hätte mich genauso schneiden können.«

Ich nickte. »Ja, sie hat Sie benutzt. Es war ihr egal, wer sich an dem Messer verletzte. Irgendein Gast, der sich am Abend in die Küche schleicht, wäre dem Personal sicherlich aufgefallen. Da Sie aber mit Lacy befreundet sind, war man es gewöhnt, daß sie öfter hier war. Wenn sie mal rasch in die Küche kam, um Ihnen hallo zu sagen, war das durchaus nichts Ungewöhnliches. Oder wenn sie an der Bar wartete, bis Sie mit der Arbeit fertig waren, fiel das auch niemandem mehr auf. Aber wie hat sie die Stinkbombe ins Ventilationssystem gebracht, Julian? Der Zeitzünder bestand aus einem einfachen Vierundzwanzigstunden-Zeitschalter für Elektrogeräte und war auf acht Uhr abends am Sonntag eingestellt. Die Bombe muß also nach acht Uhr am Samstag abend angebracht worden sein. Haben Sie sich in der Nacht von Samstag auf Sonntag mit Lacy getroffen?«

Julian fluchte wie ein Droschkenkutscher. Die Schimpfworte sprudelten nur so zwischen seinen schmalen Lippen hervor, und er schlug mehrmals mit geballter Faust in die Handfläche der anderen Hand.

»Ich war an diesem Samstagabend mit dem Zusperren dran und habe Marie gesagt, sie solle heimgehen. Erinnerst du dich daran, Marie? Nachdem sie mit Karl und den Gradys gegangen war, kam Lacy noch einmal zurück. Wir wollten zusammen ausgehen. Als sie kam, war ich gerade mit dem Saubermachen fertig. Alle anderen, die Bedienungen, die Köche und die Geschirrspüler, waren schon nach Hause gegangen. Lacy kam durch die Hintertür in die Küche. Ihr Wagen parkte hinter dem Haus.«

»Sie ist bestimmt über den Müllcontainer aufs Dach gestiegen«, sagte ich. »Vermutlich hat es nicht einmal lange gedauert, bis sie die Metallabdeckung über den Ventilatoren abgenommen und die Ladung plaziert hatte. Dann stieg sie wieder herunter und kam zu Ihnen in die Küche.«

Jetzt erst fand Mutter ihre Stimme wieder. »Aber warum?« fragte sie. »Warum sollte Lacy mir das antun? Sie war doch immer so freundlich zu mir.«
»Das war sie nur, um ihre wahren Gefühle zu verbergen. Du hast dir Lacys Haß zugezogen, weil du etwas hast, was sie nicht hat. Ein erfolgreiches Geschäft und Karl Beckman.«

40

Am liebsten hätte ich Karl Beckman alleine zur Rede gestellt, aber Mutter bestand darauf, mich zu begleiten. Auf der Fahrt zur Werft war sie nicht sehr gesprächig. Es war kurz nach fünf, als ich meinen Toyota im Werfthof neben einem der Beckmanschen Pickup-Trucks abstellte.

»Ist das Karls oder Lacys Wagen?« fragte ich Mutter und blickte hinüber zu dem Wagen, dessen Fenster auf der Fahrerseite halb heruntergekurbelt war.

»Der gehört Karl«, antwortete Mutter, während sie ausstieg. »Er hat ein lederbezogenes Steuerrad.«

Wo war Lacy? Ich konnte den zweiten Pickup nirgends entdecken, ebensowenig wie Frank Alvisos funkelnagelneuen Grand Am.

Die meisten Angestellten der Werft hatten ihre Arbeit beendet und machten sich auf den Heimweg. Neben dem Bootskran sah ich zwei Männer, und in der Werkstatt räumten ein Mann und eine Frau gerade die Werkzeuge auf. Eine junge Frau in Jeans sperrte die Tür zum Laden für Schiffszubehör ab. Wir gingen nach oben in das Büro, in dem ich mit Lacy gesprochen hatte. Der Schreibtisch im Vorzimmer war verlassen, und die Tür zu Lacys Büro geschlossen. Karl Beckman saß hinter seinem großen, hölzernen Schreibtisch und hatte sich, den Telefonhörer in der Hand, in seinem gepolsterten Lederstuhl zurückgelehnt. Er kicherte gerade vergnügt vor sich hin, als er aufsah und Mutter und mich auf seiner Türschwelle entdeckte.

»Ich ruf dich zurück«, sagte er urplötzlich mit ganz ernster Stimme. Dann legte er auf und stand langsam auf. Seine Augen waren fragend auf Mutters Gesicht gerichtet. »Schön, dich zu sehen, Marie. Ich wollte dich gerade anrufen.« Als er mich ansah, war alle Freundlichkeit aus seinem Blick verschwunden. »Und weshalb sind Sie hier?«

»Du hast uns einiges zu erklären«, sagte Mutter. Das war ziemlich milde ausgedrückt, aber sie hatte es gesagt, bevor ich überhaupt den Mund aufmachen konnte.

Karl sah verwirrt aus. »Und was bitte?«

»Es geht um Lacy«, antwortete Mutter. Sie verschränkte die Arme und reckte entschlossen ihr Kinn Beckman entgegen.

»Was ist mit Lacy?« Karls Augen hatten wieder den merkwürdigen Ausdruck angenommen, der mir schon mehrmals aufgefallen war. Jetzt aber war es an der Zeit, endgültig zu klären, was sich hinter diesem Blick verbarg.

»Lacy ist verantwortlich für die Sabotageakte im Café Marie. Für die Stinkbombe, für die Maus auf Mrs. Gradys Teller und auch dafür, daß Ihnen im August so schlecht wurde.« Ich beobachtete Beckmans Gesicht genau, während der Sinn meiner Worte zu ihm durchdrang.

»Aber warum?« fragte er, genau wie vorhin meine Mutter. Mir fiel auf, daß er meine Beschuldigungen gegenüber seiner Schwägerin nicht postwendend zurückwies.

»Es geht hier um mehr als um reine Bosheit. Lacy ist ein Mensch, der das, was er nicht selbst haben kann, auch anderen nicht gönnt. Lieber zerstört sie es. In ihrem Fall sind Sie das, was sie nicht haben kann, auch wenn sie es beinahe geschafft hätte.« Karl zuckte schmerzlich zusammen, als hätte ich ihm eine Ohrfeige verpaßt. »Ich war am Samstag in King City und habe mit Charlie Harper gesprochen. Er hat mir erzählt, daß Sie vor zwei Jahren eine Affäre mit Ihrer Schwägerin hatten.«

Die Art und Weise, wie meine Mutter tief Luft holte, verriet mir, daß sie nichts in dieser Richtung vermutet hatte. Karl fuhr sich mit einer seiner großen Hände über sein breites Gesicht, als könne er sich damit vor meinen Worten schützen.

»Es war nur etwas Vorübergehendes«, erwiderte er mit rauher, gedämpfter Stimme. »Ein verdammter Fehler obendrein.«

»Und zwar ein viel schlimmerer, als Sie glauben. Ihrem Bruder war das vermutlich egal, aber Ihre Frau hat es herausbekommen. Sie war so erbost, daß sie ihr Testament geändert hat, was Sie aber erst nach ihrem tödlichen Autounfall am Hurricane Point erfahren haben. Charlie Harper ist der Meinung, daß Sie etwas mit dem Tod seiner Schwester zu tun hatten.«

Karl setzte sich auf die Tischkante. »Irgendwie habe ich das geahnt, obwohl er es mir nie direkt ins Gesicht gesagt hat. Es wundert mich nicht, daß er nur das Schlechteste von mir annimmt. Aber er täuscht sich.«

»Wenn Sie schon wußten, wie wenig er Sie mag, weshalb haben Sie ihn dann um Geld gebeten?«

»Hat er Ihnen das etwa auch erzählt?«

Ich machte eine ungeduldige Handbewegung. »Ich weiß, daß Gunter einen Kredit aufgenommen und die Werft als Sicherheit geboten hat. Er konnte den Kredit nicht zurückzahlen, und so mußten Sie sich Geld von Harper leihen, um die Werft zu retten. Ich weiß auch, daß Sie Bobby geholfen haben, als er im April in King City festgenommen wurde, und ich vermute, daß Sie nur deshalb am Freitag vor Ariels Verschwinden für Bobby nicht erreichbar waren, weil Sie von Bank zu Bank liefen, um sich Geld zu beschaffen, vielleicht sogar außerhalb von Monterey. Aber Sie hatten keinen Erfolg. Deshalb sind Sie noch einmal als Bittsteller zu Ihrem Schwager gefahren. Jetzt reden Sie schon, Karl. Ich habe fast alle Informationen zur Lösung des Falles, aber ich brauche noch ein paar Antworten von Ihnen. Warum brauchen Sie so dringend Geld?«

»Weil ich in geschäftlichen Schwierigkeiten stecke«, sagte er schließlich und schüttelte langsam den Kopf. Dann begannen die Worte nur so aus ihm herauszusprudeln. »Die Rezession frißt diese Stadt bei lebendigem Leib. Sogar Leute, die sich noch Boote leisten können, schieben Wartungsarbeiten und Reparaturen auf, und andere verkaufen ihre Boote, weil sie die Liegegebühren in den Häfen nicht mehr zahlen können. Die Fischer reparieren ihre Fahrzeuge inzwischen selber. Zu allem Überfluß steigen auch noch die Materialkosten ständig, obwohl ich sehr viel weniger Geschäfte mache als noch vor zwei, drei Jahren.«

Karl deutete nach draußen ins leere Vorzimmer. »Früher hat hier mal eine Sekretärin gearbeitet, aber jetzt kann ich deren Gehalt nicht mehr bezahlen. Ich mußte auch schon ein paar Arbeiter entlassen. Bald kann ich mit der anderen Werft in der Row nicht mehr konkurrieren, verdammt noch mal. Und dann muß ich an die Baulöwen verkaufen, die mich schon jetzt unter Druck setzen. Seit einem Jahr kämpfe ich praktisch ums Überleben.«

»Ihre Schwierigkeiten sind stadtbekannt«, entgegnete ich. »Und außerdem hat Ariel jemanden beauftragt, sich Ihre finanzielle Situation einmal anzusehen.«

»Großer Gott, wieso das denn?« Beckman war sichtlich überrascht. »Ich kannte das Mädchen doch kaum.«

Ich ließ ihn eine Weile darüber nachdenken, ohne etwas zu sagen, denn ich wollte, daß er weiterredete. Nur so konnte ich mir ein Bild machen, ob er mit Lacy unter einer Decke steckte oder nicht.

»Wie war das eigentlich nach dem Tod Ihrer Frau?« fragte

ich dann. »Hat Lacy wenigstens so etwas wie eine Trauerfrist eingehalten?«

Karl wurde rot im Gesicht und blickte hilfesuchend zu meiner Mutter. Aber sie wollte ihm offensichtlich auch nicht beistehen und setzte sich wortlos auf einen der Stühle vor dem Schreibtisch. Sie faltete die Hände und wartete mit vorgerecktem Kinn auf seine Antwort.

»Janines Tod ist meiner Tochter sehr nahegegangen«, entgegnete Karl. »Kristen wollte sogar die Schule hinschmeißen, aber ich konnte sie dann doch zum Weitermachen überreden.« Er hielt inne und fuhr sich wieder mit der Hand übers Gesicht.

»Ich will Ihrer Frage nicht ausweichen, Jeri. Ich möchte damit nur ausdrücken, daß ich mich nach dem Unfall einzig und allein auf meine Tochter konzentriert habe. Lacy hat mir erst gegen Ende des letzten Jahres Avancen gemacht, die ich übrigens ignoriert habe. An Weihnachten, als Kristen zu Hause war und das Festessen gekocht hat, ist sie dann direkt damit herausgerückt. Lacy meinte, daß Gunter und Janine nun schon fast ein Jahr tot seien, und fragte mich, ob ich nicht mit ihr zusammenleben wolle.«

Die Erinnerung ließ Beckman noch tiefer erröten. »Ich sagte nein. Wir hatten zwar vorher einmal etwas miteinander gehabt, aber das war ein Fehler gewesen. Ich hatte einem Impuls nachgegeben, den ich aber gleich danach wieder bereut hatte. Das war es nicht wert gewesen.«

Ich konnte seine unguten Gefühle verstehen, auch ich hatte schon des öfteren solchen Impulsen nachgegeben und es später wieder bereut. »Und wie hat Lacy darauf reagiert?«

»Das weiß ich nicht«, meinte Karl und schüttelte den Kopf. »Ich habe mich einfach umgedreht und bin aus dem Zimmer gegangen.«

»Sie haben sie einfach stehengelassen«, sagte ich. »Das war ein großer Fehler. Lacy rächt sich für alles, was ihr angetan wird.«

»Aber Lacy war danach ebenso herzlich und kooperativ wie immer«, protestierte Karl. »Ich war, ehrlich gesagt, erleichtert, denn schließlich ist sie meine Geschäftspartnerin, mit der ich auskommen muß.«

»Lacy ist sehr kreativ in der Wahl ihrer Mittel. Außerdem kann sie warten.« Ich blickte nach rechts, wo meine Mutter auf dem Stuhl saß. »Du und Karl, ihr habt euch auf einer Silvesterparty kennengelernt und seid im Januar miteinander ausgegangen. Vermutlich brauchte Lacy eine Weile, bis sie herausfand, was zwischen euch ablief. Dann beschloß sie, sich an dir zu rächen, indem sie dein Restaurant schädigte. Aber sie wartete damit bis zum Sommer, wenn die Touristen hier sind und Café Marie immer voll besetzt ist. Inzwischen hattest du Julian eingestellt, und Lacy schnappte sich ihn, weil sie damit eine Gelegenheit hatte, auch innerhalb des Restaurants Schaden anzurichten.«

Karl schüttelte ungläubig den Kopf. »Sie soll also Marie geschadet haben, um mich zu treffen? Das ist doch ziemlich umständlich. Wenn Lacy mir etwas antun wollte, hätte sie mich doch direkt angreifen können.«

»Was nennen Sie direkt? Wäre ihnen der Ruin Ihrer Werft direkt genug?«

»Aber damit ruiniert sie doch auch gleichzeitig ihr eigenes Einkommen«, gab Karl zu bedenken.

»Ich glaube, sie hat längst eine bessere Einkommensquelle gefunden«, entgegnete ich und holte die Fotokopien aus meiner Handtasche, die ich seit zwei Tagen mit mir herumtrug. Ich gab Karl Beckman eine Seite, auf der das verknitterte Etikett einer Lackdose zu sehen war. »Erkennen Sie das?«

Beckman betrachtete die Fotokopie und sah mich erstaunt an. »Natürlich. Seit Jahren kaufen wir Dosen von diesem Lack in Mengen.«
»Und wo werden sie aufbewahrt?«
»In der Lackkammer neben dem Ausrüstungsladen.«
»Nicht in dem Lagerraum hinter der Motorenwerkstatt?«
»Nein. Dort lagern wir keine Vorräte, und schon gar nichts, was leicht entflammbar wäre. In der Werkstatt wird schließlich geschweißt, da könnte bereits ein einziger Funke Lack oder Lösungsmittel in Brand setzen. Deshalb haben wir ja auch eine eigene Lackkammer.«
»Was machen Sie mit den Lackdosen, wenn sie leer sind?«
»Früher haben wir sie einfach auf den Müll geworfen, aber seit einiger Zeit bringt Lacy sie zu einer Recyclingfirma in Santa Cruz.«
»Lacys Recyclingprogramm wird wohl kaum den Beifall der Umweltschutzbehörden finden«, sagte ich trocken. »Seit wann macht sie eigentlich diese Bootsüberführungen?«
»Seit Juni. Aber was soll das alles? Wo haben Sie dieses Lacketikett her?«
»Ariel Logan hat es gefunden«, erwiderte ich und erzählte ihm, wie ich mir die Geschichte zusammenreimte. »Und zwar am Strand von Point Pinos. Sie hat dort auch Wasserproben genommen und sie in ein Umweltlabor nach San Jose geschickt. Hier ist der Untersuchungsbericht.«
Karl ließ sich von mir die restlichen Fotokopien geben und sah sie sich an. Dann reichte er sie an meine Mutter weiter, die mittlerweile von ihrem Stuhl aufgestanden war.
»Ich habe keine Ahnung, was das für Chemikalien sind«, sagte er langsam. »Aber ich habe das Gefühl, daß sie ziemlich giftig sind.«
»Da haben Sie recht. Es sind Lösungsmittel, wie sie bei der

Herstellung von Computerchips verwendet werden. Extrem giftig und extrem hoch konzentriert, wie mir der Mann erzählt hat, der die Analyse gemacht hat. Viel gefährlicher als die Pestizide, die mit dem Salinas River ins Meer geschwemmt werden oder irgendwelche Chemikalien, die hier in der Werft ins Wasser gelangen könnten.«

»Aber wie ist das Zeug denn ins Wasser gekommen?« fragte Mutter. »Und was bedeutet diese handschriftliche Anmerkung am Rand des ersten Blattes?«

»Dort steht ›17. 8., *Marvella B*, Santa Cruz‹.« Ich nahm die Kopien wieder an mich, faltete sie zusammen und steckte sie in meine Tasche zurück. »Bobby hat in der Nacht vom siebzehnten auf den achtzehnten August Ariel auf der *Nicky II* mit zum Fischen genommen. Vor Point Pinos kamen sie an einem Kabinenkreuzer namens *Marvella B* vorbei. An Bord des Schiffes entdeckte Ariel Lacy und wohl noch etwas anderes, das ihre Neugier weckte. Am nächsten Nachmittag fuhr sie nach Point Pinos und sah dort, wie zwei Seelöwen unter seltsamen Krämpfen litten. Ich vermute, daß sie am Strand auch das Etikett der Lackdose gefunden hat. Am Wochenende drauf zeigten Sie Ariel und ihrer Freundin Maggie Ihre Werft. Ariel stellte dort viele Fragen über Lacke und Chemikalien und ein Boot namens *Marvella B.*«

Karl hob die Augenbrauen. »Stimmt. Das hat sie. An dem Boot haben wir gerade gearbeitet.« Er ging an mir vorbei ins äußere Büro und öffnete einen der Aktenschränke. Dort suchte er nach dem richtigen Ordner und öffnete ihn. »Hier haben wir sie. Die *Marvella B.* Ein fünfzehn Meter langes Chris-Craft. Gehört einem Ehepaar aus Santa Cruz. Wir hatten das Boot in der zweiten Augustwoche hier, um ein paar Reparaturen am Rumpf vorzunehmen.«

»Wann hat es die Werft wieder verlassen?«

»Am siebzehnten August«, antwortete er mit gedämpfter Stimme. »Lacy hat es nach Santa Cruz gefahren.«

»Wenn ich mit einem Boot nach Santa Cruz fahren wollte, würde ich nicht mitten in der Nacht vor Point Pinos herumdümpeln«, meinte ich. »Nimmt Lacy eigentlich immer Frank Alviso bei diesen Überführungen mit?«

»Frank? Das kann schon sein. Ich müßte es aber überprüfen. Warum?«

»Als ich am Samstag vor einer Woche hier war und mit Frank sprach, schaute er immer in Richtung auf den Lagerraum hinter der Motorenwerkstatt, von dem Sie eben meinten, daß dort keine Lacke lagern. Es war ganz offensichtlich, daß Lacy mich nicht mit ihm alleine sprechen lassen wollte. Frank ist Lacys Komplize.«

»Bei was?« fragte Karl stirnrunzelnd. Es gelang ihm offenbar noch immer nicht ganz, eine Verbindung zwischen dem Untersuchungsbericht und der Tatsache herzustellen, daß Lacy die *Marvella B* nach Santa Cruz überführt hatte.

»Beim Einleiten von toxischen Abfällen in die Bucht«, erklärte ich. »Lassen Sie uns doch mal einen Blick in den Lagerraum werfen.«

Karl ging zurück in sein Büro, zog eine Schreibtischschublade auf und holte einen Schlüsselring heraus, den er in seine Hosentasche steckte. Dann ging er vor uns die Treppe hinunter und hinaus in den Hof. Die Arbeiter in der Motorenwerkstatt sahen verblüfft zu, wie er an ihnen vorbeiging und auf die Tür zum Lagerraum deutete.

»Meinen Sie die da?«

»Ja.« Ich blieb vor der Werkbank stehen, an der ich mit Frank Alviso gesprochen hatte. Mutter folgte mir so dicht auf den Fersen, daß sie fast in mich hineingerannt wäre.

»Da drinnen ist nichts außer Ersatzteilen, Werkzeug und –« Beckman hörte mitten im Satz zu sprechen auf, denn der

Schlüssel, den er in der Hand hatte, paßte nicht ins Schloß. Er probierte ihn noch einmal und sah dann verwundert auf den Schlüsselanhänger.

»Wann waren Sie zum letzten Mal in diesem Lagerraum?« fragte ich ihn.

»Vor ein paar Monaten«, antwortete er und kniete sich hin, um das Schloß genauer zu untersuchen. »Verdammt, da hat jemand das Schloß ausgewechselt.« Er stand wieder auf und sah zu den beiden Arbeitern hinüber, die alles voller Neugier mitverfolgt hatten. »Jo, Manuel, kommt doch mal her und helft mir, diese Tür aufzubrechen.«

»Seien Sie vorsichtig«, warnte ich. »Wenn da drinnen das ist, was ich vermute, könnte es gefährlich werden.«

Mutter trat ein paar Schritte zurück, und ich suchte nach etwas, was wir als Brechstange verwenden konnten, aber Karl und die beiden anderen gingen bereits mit einem Werkzeug, das ich noch nie gesehen hatte, auf die Tür los. Nach ein paar Minuten hatten sie sie aus den Angeln gehoben.

Der Lagerraum war leer. Keine Werkzeuge, keine Ersatzteile, keine Dosen oder Behälter. Aber etwas mußte dort bis vor kurzem gelagert worden sein, denn aus dem Raum drang ein seltsamer Geruch.

»Taschenlampe«, sagte ich, und Karl gab mir eine. Ich richtete den Lichtstrahl auf den Betonboden und entdeckte in einer Ecke eine kleine Pfütze, die irgendwie chemisch roch. Mir schien es sich dabei nicht um Lack zu handeln, aber ich kannte mich in diesen Dingen zu wenig aus.

»Wissen Sie, wo Lacy sich momentan aufhält?« fragte ich Karl, als ich aus dem leeren Lagerraum trat.

Er schüttelte den Kopf. »Ich mußte heute nach Moss Landing, um mit einem Kunden zu sprechen, und als ich wiederkam, war sie nicht mehr da.« Er blickte hinüber zu Jo und Manuel. »Habt ihr vielleicht Lacy gesehen?«

»Sie ist mit Frank zusammen weggegangen«, antwortete Jo, der ganz offensichtlich nicht wußte, was das Ganze sollte. »Aber ich kann Ihnen nicht sagen, wann das war. Die beiden wollten heute noch ein Boot nach Half Moon Bay segeln, die Elf-Meter-Targa, die wir gestern fertig gemacht haben. Gestern abend haben sie sie zu Wasser gelassen und irgendwelche Sachen an Bord gebracht. Frank mußte heute noch was am Motor reparieren, und gegen Abend wollten sie lossegeln.«

Natürlich gegen Abend, dachte ich. Schließlich brauchte Lacy den Schutz der Dunkelheit. »Haben Sie gesehen, was die beiden an Bord gebracht haben?« fragte ich die Arbeiter und bemühte mich, meine Stimme dabei nicht allzu besorgt klingen zu lassen.

»Nein«, antwortete Manuel. »Sie haben es am Abend gemacht, als wir alle schon gegangen waren. Ich habe Frank noch meine Hilfe angeboten, aber wenn ich jetzt so drüber nachdenke, dann hatte er es ziemlich eilig, mich loszuwerden. Lacy war oben in ihrem Büro, wie sie das eigentlich immer ist.«

Ich drehte mich abrupt um und ging in Richtung Büro. »Ich muß unbedingt telefonieren«, sagte ich. »Und ich brauche eine genaue Beschreibung des Bootes.«

41

»Du bist verrückt, Jeri, weißt du das?« sagte Bobby. »Wieso glaubst du, wir würden da draußen ein Segelboot entdecken, bevor die Küstenwache es finden kann? Außerdem mögen es die Burschen von der Küstenwache nicht, wenn man ihnen in die Quere kommt.«
Ich kämpfte mit meiner Seekrankheit, die mich bereits in der ersten Minute an Bord der *Nicky II* überfallen hatte. Ich saß auf der Bank im Steuerhaus und klammerte mich mit beiden Händen am Kartentisch fest, während Bobby seinen Kutter hinaus in die Bucht von Monterey steuerte. Mannschaftsmäßig war die Nicky II heute hoffnungslos unterbesetzt, aber wir fuhren ja nicht zum Fischen hinaus. Was wir suchten, war ein Segelboot namens *Windrunner*, auf dem sich Lacy Beckman und Frank Alviso befanden.
Die *Nicky II* stampfte durch die Wellen, und mein Magen hob und senkte sich mit jeder Bewegung des Schiffes. Ich krallte mich fester an den Tisch und starrte auf die Seekarte der Bucht und auf die Linien, die die Wassertiefe in Faden repräsentierten. Hier und da waren kleine Kreise zu sehen, die Bojen, und dreieckige Symbole, die Gefahrenzonen darstellten. Unter der Karte lagen noch weitere Karten, eine für das Meer und die Küste südlich von hier bei Big Sur und andere für die Seegebiete westlich und nördlich der Bucht von Monterey.
»Die Bucht ist ziemlich groß«, bemerkte ich und sog die salzige Luft ein, die durch das offene Luk hereinkam. »Ich schätze, daß die Küstenwache um jede Hilfe bei der Suche

dankbar sein dürfte. Wie lange wird es denn noch hell sein?«

Ich deutete nach draußen, wo die Sonne in den prächtigsten Farben unterging. Der Fischkutter fuhr nach Nordwesten, so daß wir die geschwungene Küstenlinie der Halbinsel an Backbord hatten. Die Fensterscheiben der Gebäude an der Cannery Row und am Ocean View Drive reflektierten die untergehende Sonne und ließen die Häuser wie leuchtende Glaspaläste aussehen.

»Eine Stunde, vielleicht auch ein bißchen länger«, erwiderte Bobby, während die *Nicky II* beständig auf Lover's Point zutuckerte, hinter dem Point Pinos lag.

Auf der Seekarte konnte ich sehen, daß sich vor uns der Monterey Canyon befand, ein über dreitausend Meter tiefer Meeresgraben. Dahinter lag die rauhe See des Pazifischen Ozeans. Die gelb leuchtende Sonne sank am blauen Oktoberhimmel immer tiefer. Sie färbte die Wände rot und orange und zauberte ein goldenes Glitzern auf die Meeresoberfläche.

Abendrot, Schönwetterbot', dachte ich. Aber ich wußte nicht, ob das auch draußen auf dem Meer galt. Weil ich mich wegen meines ständig rebellierenden Magens von Schiffen möglichst fern hielt, fehlte mir die diesbezügliche Erfahrung. Bald würde die Sonne in der Nebelbank verschwinden, die knapp über dem Horizont lag. Wenn erst einmal die Nacht hereinbrach, würde man den Himmel nicht mehr vom Wasser unterscheiden können.

»Lacy und Frank werden ihren Dreck ins Wasser werfen, sobald es dunkel ist«, sagte ich. »Dann werden sie Kurs auf Half Moon Bay nehmen. Selbst wenn die Küstenwache sie erwischt, werden keine Beweise mehr an Bord sein. Außer –«

»Außer was?« fragte Bobby und sah mich von der Seite an.

Ich atmete schwer aus und ein. »Das sage ich dir später.« Bobbys Gesichtsausdruck drücke Gereiztheit und Zweifel zugleich aus. »Wenigstens haben die Jungs im Hafen mitbekommen, wie die *Windrunner* ausgelaufen ist, sonst wüßten wir nicht einmal, wann sie losgesegelt sind. Sie haben mindestens eine Stunde Vorsprung.«
»Das weiß ich. Aber sie sind in einem Segelboot, und dein Kutter ist hoffentlich schneller, oder etwa nicht?« Ich blickte meinen Cousin fragend an.
»Na sicher. Mit leerem Laderaum macht die *Nicky II* acht Knoten bei voller Fahrt«, antwortete Bobby und sah nach vorn zum Bug. »Eine Targa läuft unter idealen Bedingungen zwar auch sieben bis acht Knoten, aber die Bedingungen in der Bucht sind nicht ideal. Sie dürften also an die sechs Knoten machen. Wir haben Glück, daß sie keinen Kabinenkreuzer mit jeder Menge PS haben.«
Reiner Zufall, dachte ich. Lacys Wahl des Bootes hing davon ab, welches Fahrzeug sie gerade überführen mußte. In diesem Fall war es eben ein elf Meter langes Segelboot mit einer Mittelkabine.
»Zunächst müssen wir sie einmal finden«, fuhr Bobby fort. »Unser Sonar reicht nur dreihundert bis vierhundert Meter weit.« Er schüttelte den Kopf und hatte immer noch seine Zweifel. »Lacy ist eine gute Seglerin, Jeri. Genauso wie Frank, wenn er auch noch so ein Widerling ist. Sie werden das Funkgerät eingeschaltet haben und wissen, daß die Küstenwache nach ihnen sucht.«
»Aber sie wissen nicht, daß wir auch hinter ihnen her sind. Jedenfalls nicht, wenn wir das Funkgerät so benutzen, wie wir es besprochen haben.«
Wenn Frank und Lacy wußten, daß die Küstenwache Jagd auf sie machte, würden sie vielleicht eher einen Fehler machen. Vielleicht würden sie sogar versuchen, Reißaus zu

nehmen. Oder sie würden mit dem Küstenwachtkutter Katz und Maus spielen. In beiden Fällen würden sie aber ihre Fracht gleich nach Einbruch der Dunkelheit über Bord werfen und das Wasser mit den Lösungsmitteln verseuchen.
Ich blickte auf das Funkgerät, das bei unserer Suche ein wichtiger Bundesgenosse war. Wir konnten die Funksprüche des Küstenwachtkutters und der anderen Fahrzeuge mithören. Sollte jemand die *Windrunner* entdecken, konnten wir sie womöglich mit der *Nicky II* abfangen.
Außerdem würden wir bald Verstärkung bekommen, denn Sal Ravella und seine Söhne Joe und Leo machten die *Bellissima* seeklar und hatten vor, uns so bald wie möglich hinterherzufahren. Die Ravellas konnten sich auf Italienisch unterhalten, in einer Sprache, von der Bobby wußte, daß Frank Alviso sie nicht verstand. Ich hoffte, daß auch Lacy Beckman des Italienischen nicht mächtig war. Aber für den Fall der Fälle hatten wir vereinbart, in unseren Funksprüchen so zu tun, als sei die *Windrunner* ein großer Schwarm Sardinen.
Tatsächlich war unser Boot sehr viel besser dazu geeignet, einen Fischschwarm zu orten als ein Segelboot. Auf dem Armaturenbrett vor Bobby befanden sich eine Menge technisch hochwertiger Geräte, darunter ein Sonar, mit dem man das Wasser vor dem Bug nach Fischen absuchen konnte, ein Echolot, das uns die Wassertiefe anzeigte, und ein kleiner Videomonitor, der ein Bild vom Maschinenraum unter Deck lieferte.
Aus dem Lautsprecher des Funkgeräts drang ein Wortwechsel zwischen dem Küstenwachtkutter und einem anderen Fahrzeug der Küstenwache. »Was haben die gesagt?« fragte ich Bobby.
»Beide Patrouillenboote der Küstenwache fahren die Bucht ab, während sich der Kutter weiter draußen in der Schiff-

fahrtsstraße aufhält. Er hat gerade Funkverkehr mit einem Containerschiff gehabt. Niemand hat unsere Fische bisher gesehen. Aber der Wind hat aufgefrischt. Könnte sein, daß wir rauhe See bekommen.«

»Toll«, meinte ich grimmig. »Dann wird das Boot noch mehr schaukeln als jetzt schon.«

»Ich habe uns Kaffee gekocht«, sagte Donna, die gerade die Leiter von der unter dem Steuerhaus gelegenen Kombüse heraufstieg. In einer Hand hatte sie eine große Tasse, die sie Bobby gab. »Du meine Güte, Jeri, du solltest mal dein Gesicht sehen. Es ist so grün wie diese Tasse.«

»Danke für die Aufklärung«, erwiderte ich und versuchte, nicht an meine Seekrankheit zu denken und mich statt dessen auf die rasch aufeinanderfolgenden Ereignisse zu konzentrieren, die uns an Bord der *Nicky II* gebracht hatten.

Lacy Beckmans Plan war einfach und ohne Schnörkel, so wie sie es im Sommer bereits mehrere Male durchexerziert hatte. Offiziell würde sie mit der *Windrunner* nach Half Moon Bay segeln und dort ein anderes Boot abholen, das auf der Beckman-Werft repariert werden sollte. Das gleiche hatte sie im August gemacht, als Ariel und Bobby sie an Bord der *Marvella B* gesehen hatten. Auf dem Papier hatte sie das Boot damals lediglich nach Santa Cruz gebracht und war von dort aus mit einem anderen Boot nach Monterey zurückgesegelt.

Aber irgendwo unter Deck war auf der *Marvella B* eine Fracht von in Lackdosen abgefüllten Lösungsmitteln gewesen, die Lacy, sobald es dunkel geworden war, über Bord geworfen hatte. In jener Augustnacht hatte Lacy jedoch den Fehler begangen, ihr Gift zu nahe an der Küste und zu kurz nach der Begegnung mit der *Nicky II* ins Meer zu werfen. Vermutlich hatte Ariel sie dabei beobachtet und war neugierig geworden. Diese Neugier hatten die kranken Seelöwen, die sie am nächsten Tag am Point Pinos entdeckte, nur noch verstärkt. Offenbar war eine der Lackdosen an einem Felsen aufgeschlagen, so daß ihr tödlicher Inhalt freigesetzt worden war und die Seelöwen vergiftet hatte. Ariel hatte daraufhin eins und eins zusammengezählt.

Es war Karl Beckman nicht leicht gefallen, all das zu glauben, als ich es ihm ein paar Stunden zuvor erzählt hatte. Außerdem hatte ich es eilig gehabt mit meinen Erklärungen und zwischendurch immer wieder telefonieren müssen. Schließlich hatte ich Beckman gebeten, mir aus seinen Unterlagen doch die Tage herauszusuchen, an denen Lacy Boote überführt hatte. Auch der diensthabende Offizier der Küstenwache war zunächst skeptisch gewesen, als ich ihm meine Geschichte erzählte, für deren Untermauerung ich nicht allzu viele Beweise hatte. Dennoch war es mir gelungen, ihn dazu zu bringen, den Kutter und die beiden Patrouillenboote in die Bucht zu schicken und nach dem Rechten sehen zu lassen.

Glücklicherweise hatte ich Eric Lopez in seinem Büro erreicht, und der Umweltschutzspezialist war sofort zur Beckman-Werft gekommen und hatte eine Probe von der Flüssigkeit genommen, die wir auf dem Boden des leeren Lagerraums entdeckt hatten.

Ich hatte auch versucht, Sergeant Magruder zu erreichen, aber im Büro des Sheriffs sagte man mir, daß er zu einem Doppelmord bei Chualar gerufen worden sei. Ich hatte ihm daraufhin eine Nachricht hinterlassen und Bobby und Donna angerufen, die beide zu Hause gewesen waren. Danach hatte ich Mutter und Karl Beckman in der Werft zurückgelassen und war zur Pier Zwei gefahren. Inzwischen hatte sich Bobby bei seinen Fischerfreunden umgehört und in Erfahrung gebracht, daß die *Windrunner* eine Stunde zuvor den Hafen mit Motorkraft verlassen hatte.

Normalerweise hatte die *Nicky II* eine achtköpfige Besatzung an Bord, aber an dieser Fahrt war nichts normal. Dies war eine Verfolgungsfahrt, und dafür brauchten wir nur jemanden, der am Ruder stand, und eine zweite Person, die die Leinen loswarf. Bobby hatte ersteres übernommen und Donna letzteres. Meine Aufgabe war es, zu überlegen, was Lacy Beckman wohl als nächstes tun würde, aber momentan war ich vollauf damit beschäftigt, mich nicht übergeben zu müssen.

Aus dem Funkgerät drangen mehrere Stimmen gleichzeitig. Zwei Boote hatten Funkverkehr mit dem Kutter der Küstenwache. Bobby hörte aufmerksam zu und sagte uns dann, daß der erste Funkspruch von einem Lachsfischer aus Moss Landing gekommen sei, der jetzt draußen vor Davenport war. Der zweite stammte von einem Charterboot, dessen Skipper mit ein paar Leuten zum Fischen rausfuhr. Er befand sich zwischen uns und Santa Cruz und hatte möglicherweise die *Windrunner* gesehen.

»Gib mir die Karten«, befahl Bobby.

Donna nahm die Seekarten vom Tisch und breitete sie auf der Konsole vor Bobby aus. Dann meldete sich wieder das Funkgerät, aber diesmal schwappte ein Schwall italienischer Worte aus dem Lautsprecher. Bobby griff nach dem Mikrofon und gab Antwort. Die *Bellissima* sei jetzt auch draußen und helfe bei der Suche, übersetzte er uns danach, ebenso wie die *Giuliana*, ein weiteres Boot aus der Fischereiflotte von Monterey.

»Der Kapitän ist ein Freund von mir, ein *paesan*«, erklärte Bobby.

»Geht ganz schön zu da draußen«, bemerkte ich und blickte auf die farbenprächtigen Wolken am Horizont, unter denen sich das Tageslicht unaufhaltsam ins Meer zurückzog.

»Stimmt. Am Abend gibt es ziemlich viel Verkehr die Küste entlang, und wenn erst einmal die Fischerboote auslaufen, kann es richtig eng werden.«

Bobby drehte am Steuerrad und änderte den Kurs. »Sag mal, Jeri, was tun wir eigentlich, wenn wir die *Windrunner* tatsächlich finden sollten?«

»Das habe ich mir noch nicht überlegt«, mußte ich zugeben.

Die *Nicky II* tauchte in ein Wellental und bockte wie ein Wildpferd beim Rodeo. Ich hielt mich am Kartentisch fest und preßte die Lippen aufeinander.

»Komm mit runter in die Kombüse«, sagte Donna und nahm meinen Arm. »Vielleicht geht es dir dort besser. Auf jeden Fall bist du näher an der Toilette.«

Ich folgte ihr die Leiter hinunter. Die Kombüse war geräumig und bequem und roch ein wenig nach männlicher Unordnung. Am unteren Ende der Leiter, die ich gerade hinuntergeklettert war, befand sich ein Luk mit einer weiteren Leiter, die noch tiefer in den Maschinenraum mit seinen beiden laut dröhnenden Dieselmotoren führte.

Ich ging an diesem Luk vorbei, und hielt mich mit der linken Hand an einem großen, quadratischen Tisch fest. Er hatte eine verkratzte Platte und war an drei Seiten von gepolsterten Bänken umgeben. Über dem Tisch waren in der Vertäfelung ein Fernseher und ein Videorecorder eingelassen, und in einem vertieften Regal daneben sah ich einige Videobänder. Auf dem Tisch lagen Brettspiele, Bücher, Magazine und Spielkarten. All diese Dinge dienten dazu, die Mannschaft auf der oft stundenlangen Anfahrt zu den Fischgründen zu unterhalten.

Hinter der Kombüse und unterhalb des Steuerhauses be-

fanden sich zwei Schlafräume mit je drei Kojen, auf denen Decken und Schlafsäcke lagen. Hinten am Heck, wo eine Tür ins Unterdeck des Bootes führte, befand sich eine kleine Naßzelle mit Toilette und Dusche, in der jetzt aber ein aufgerollter Schlauch lag.
Die Kombüse der *Nicky II* war mit Kühlschrank, vierflammigem Gaskocher, Mikrowelle und Kaffeemaschine ausgestattet. Ein niedriges Geländer um den Herd verhinderte, daß die Töpfe bei rauher See von der Kochstelle rutschten. Der Herd hätte einmal gründlich geputzt werden müssen, und im Spülbecken stapelte sich das schmutzige Geschirr. Im Regal über der Arbeitsfläche standen mehrere Kartons, von denen die meisten Corn-flakes oder Müsli enthielten. In einem aber waren laut Etikett »Seelöwenbomben«, kleine Knallkörper, mit denen man die Tiere von den Netzen des Kutters vertreiben konnte.
Donna goß mir eine Tasse starken, schwarzen Kaffee ein. »Hier. Der wird hoffentlich deinen Magen in Ordnung bringen. Aber vielleicht putzt er ihn auch durch.«
Ich nahm die Tasse, trank einen Schluck und sah Donna mit einem schiefen Lächeln an. »Lassen wir uns überraschen.«
»Du hättest nicht mit rausfahren müssen.«
»Natürlich mußte ich. Ich muß Lacy Beckman unbedingt ein paar Fragen stellen. Wenn die Küstenwache sie vor uns findet, habe ich vielleicht keine Gelegenheit mehr dazu.«
Das Boot rollte seitlich, und ich tastete mich schwankend zu den Bänken rings um den Tisch. Donna, die stabilere Seemannsbeine hatte als ich, blieb stehen und goß sich noch eine Tasse Kaffee ein. Dann sah sie mich mit besorgten blauen Augen an.
»Du bist dir noch nicht so ganz sicher, nicht wahr?«
»Ein paar Informationen fehlen mir noch. Aber ich habe

eine Menge Vermutungen auf Lager.« Ich griff nach meiner Handtasche, die ich schon vorher auf eine der Bänke gelegt hatte, und holte mein Notizbuch heraus. »Lacy Beckman hat nach Aussage ihres Bruders im Juni mit der Überführung von Booten begonnen«, sagte ich, während ich darin herumblätterte. »Karl hielt das für eine gute Idee, um mehr Geld zu verdienen. Aber es sieht so aus, als habe sie auf diesen Fahrten mehr getan, als nur die Boote von einem Hafen in den anderen zu bringen. Wenn sie wirklich die Giftstoffe ins Meer gekippt hat, dann muß sie verdammt viel Geld damit gemacht haben. Und dann ist da noch Frank Alviso. Bobby hat ihn Ende Juni entlassen, daraufhin hat Frank eine Stelle bei den Beckmans angenommen. Frank scheint mir ein verdammt nachtragender Typ zu sein.«

»Warum betonst du immer, daß das alles im Juni stattgefunden hat?«

»Weil es sonst nicht zusammenpaßt«, erwiderte ich und blätterte ein paar Seiten weiter nach vorn. »Die Verstümmelungen an den Pelikanen fingen doch auch im Juni an. Acht Vögel habt ihr bisher gezählt, und Marsha Landers sagte, daß einer davon am achtzehnten August gefunden wurde, an dem Tag also, an dem Ariel die kranken Seelöwen gesehen hat. In der Nacht zuvor hatten Lacy und Frank die *Marvella B* nach Santa Cruz gefahren. Wir wissen, daß Frank schon vor ein paar Jahren einmal in Verdacht geraten war, für die Verstümmelung von Pelikanen verantwortlich zu sein. Und was Lacy betrifft, der Frau würde ich nicht den Rücken zukehren. Was wäre, wenn die beiden sich über die Pelikane hergemacht hätten, um die Aufmerksamkeit der Öffentlichkeit von ihren Umweltschweinereien abzulenken? Marsha hat gesagt, daß sie sich Ariels Bericht von den Seelöwen noch gar nicht richtig angesehen habe, weil sie viel zu sehr mit den verletzten Pelikanen beschäftigt gewesen sei. Erinnerst du dich?«

Donna fluchte leise. »Aber wie sollen wir so etwas bloß beweisen?«

»Indem wir nachsehen, wann die Pelikane gefunden wurden. Dann gehen wir die Unterlagen der Beckman-Werft durch und prüfen, ob Lacy in dieser Zeit Boote überführt hat. Besser wäre es allerdings, wenn wir sie in flagranti erwischen würden. Vielleicht bringen wir ja die *Windrunner* auf, solange sie die Lackdosen noch an Bord hat.«

»Sonst wirst du ihnen auch kaum etwas nachweisen können«, sagte Donna.

Ich nickte ihr über den Rand meiner Kaffeetasse hinweg zu. »Vermutlich hast du recht. Norm Gerrity hat gestern am Telefon so getan, als wolle er ein paar Fässer mit Chemikalien loswerden. Dabei hat er einen Mann in Sunnyvale ausfindig gemacht, der meinte, er könne das Zeug für ihn auf Nimmerwiedersehen beseitigen. Das ist ganz deutlich ein Hinweis, daß er es draußen auf dem Ozean über Bord werfen läßt. Als wir uns über ihn informierten, erfuhren wir, daß er die Chemikalien normalerweise über die Berge nach Santa Cruz fährt und dort nach Bootsbesitzern sucht, die sich ein rasches Zubrot verdienen wollen. Ryan Trent fand bei der Überprüfung von Lacys Finanzen heraus, daß sie kürzlich ein Haus in Santa Cruz gekauft hat. Ich vermute, daß sie dort eine Art Zwischenlager hat. Aber trotzdem wäre es gut, wenn wir sie auf frischer Tat ertappen würden. Das würde die Dinge sehr vereinfachen.«

Donna schwieg eine Weile, dann fragte sie: »Du glaubst also, daß Lacy Ariel getötet hat?«

Bevor ich ihr darauf antworten konnte, rollte das Boot so stark, daß mir die Kaffeetasse aus der Hand fiel. Ehe ich den verschütteten Kaffee aufwischen konnte, mußte ich nach

hinten zur Toilette laufen und mich übergeben. Gleichzeitig schossen mir die Tränen aus den Augen. Mit zitternden Händen betätigte ich die Spülung und rappelte mich wieder hoch. In der Kombüse hatte Donna bereits ein feuchtes Geschirrtuch in der Hand, das ebenso ausgewrungen war, wie ich mich fühlte. Ich nahm es dankbar, wischte mir damit das Gesicht ab und versuchte ein Lächeln.
»Das hätte ich jetzt wenigstens hinter mir.«
Donna lachte. Im selben Augenblick rief Bobby vom Steuerhaus mit aufgeregter Stimme etwas zu uns herunter.
»Jeri, Donna, kommt sofort nach oben!«
Wir eilten zur Leiter.

42

In den fünfzehn oder zwanzig Minuten, die wir unten in der Kombüse verbracht hatten, war die Sonne in die Nebelbank am Horizont eingetaucht, aus der sie jetzt als goldener Halbkreis hervorschaute. Ihr Licht ließ den Himmel gelblich aufleuchten, während das Meer darunter immer dunkler wurde. Ich blickte in die entgegengesetzte Richtung, in der sich die Küste befand, und sah funkelnde Lichter, die viel zu tief waren, als daß sie Sterne hätten sein können. Die Lichter waren unterschiedlich hell und an gewissen Punkten konzentriert. Abgesehen von dieser optischen Verbindung zum Festland sah ich nichts außer Wasser und einem Himmel, der im Osten bereits abendlich dunkel wurde. Ich zitterte. Jetzt, wo die Sonne fast weg war, hatte es sich beträchtlich abgekühlt.

»Hat jemand die *Windrunner* gesehen?« fragte ich Bobby. Das Schwinden des Tageslichts verstärkte meine Nervosität. Uns lief die Zeit davon.

»Möglicherweise«, antwortete er. »Ein Forschungsschiff vor Moss Landing hat gerade die Küstenwache angefunkt. Es hat ein Segelboot gesehen, und zwar nordwestlich von der Stelle, an der das Charterboot es gesichtet hatte. Wir sind näher dran als der Kutter.« Er grinste. »Und wir haben jede Menge Hilfe.«

»Was für Hilfe?« fragte Donna.

»Onkel Dom hat die Trommel gerührt. Sal sagt, daß er ihn nur mit Mühe hat davon abhalten können, mit ihnen in See zu stechen. Dafür hat Onkel Dom zusammen mit einem anderen alten Fischer alle Skipper in Monterey, Moss Landing, Santa Cruz und Half Moon Bay alarmiert.« Bobby schlug begeistert auf das Steuerrad. »Wir haben praktisch die ganze Küste abgeriegelt.«

Als ich mir Onkel Dom vorstellte, wild entschlossen, mit der *Bellissima* hinauszufahren, mußte ich lächeln. »Damit sind unsere Chancen, die *Windrunner* noch vor Einbruch der Nacht einzuholen, schon sehr viel größer. Wie schön, daß alle bereit sind, uns zu helfen.«

»Na hör mal, schließlich sind das unsere Fischgründe«, entgegnete Bobby mit grimmigem Gesicht und spähte hinaus auf die Wogen rings um unser Boot. »Unser Beruf ist auch so schon hart genug, da brauchen wir nicht noch ein paar verdammte Idioten, die uns das Meer vergiften und die Fische töten.«

»Ich hoffe nur, daß die anderen Lacy nicht verscheuchen«, meinte Donna skeptisch, die auf die immer tiefer sinkende Sonne sah. Das Stück der Sonnenscheibe, das aus der Nebelbank herausragte, war schon wieder kleiner geworden. Bald würde sie ganz untergegangen sein.

Bobby deutete mit dem Kopf auf das Funkgerät, aus dem jetzt Worte auf Englisch, Italienisch, Portugiesisch, Spanisch und in Vietnamesisch, der Sprache der neuesten Einwanderergruppe unter den Fischern, zu hören waren. Bobby konnte die einzelnen Boote identifizieren. Sie kamen aus Moss Landing, Santa Cruz, Half Moon Bay. Sogar ein großer Trawler in den Gewässern südlich von Año Nuevo war dabei, und alle ließen sie heute Sardellen, Lachs oder Tintenfisch sausen und jagten statt dessen die *Windrunner.*

»Wir werfen so eine Art Netz aus«, sagte Bobby mit einem Blick über die Schultern auf die echten Netze, die zusammengerollt am Heck der *Nicky II* lagen. »Und wenn wir es

zusammenziehen, dann haben wir unseren Fisch gefangen.«
»Aber dieser Fisch könnte sich, im Gegensatz zu deinen Tintenfischen, wehren«, warnte ich ihn. »Also halte besser dein Gewehr bereit.«
Bobby sah mich kurz an, dann nickte er. »Hier, nimm du mal das Ruder. Du brauchst es nur ruhig zu halten.«
Er hätte mir genauso auftragen können, nackt auf dem Vorderdeck herumzutanzen. Vorsichtig trat ich ans Steuerrad und nahm es fest in beide Hände. Ich dachte an die mächtigen Motoren, die unter meinen Füßen dröhnten. Nicht daß ich Angst gehabt hätte, mit einem anderen Schiff zusammenzustoßen. So weit das Auge reichte, sah ich nichts außer Himmel und Wasser. Vom Tageslicht war jetzt nur noch eine dünne, goldene Linie am westlichen Horizont übriggeblieben. Alles andere war dunkelblaues Wasser, das in hohen Wellen um unser Boot wogte.
Ich packte das Steuerrad noch fester und dachte an die Seemannsgeschichten, die Onkel Dom immer erzählte. Geschichten von gewaltigen Riesenwellen, die mit einem Schlag kleinere Fahrzeuge wie unseren Fischkutter verschlingen konnten. Für alte Seebären wie Onkel Dom und Bobby war das Meer heute bestimmt geradezu ruhig, aber für mich als überzeugte Landratte war schon die schwächste Dünung ein Grund zur Besorgnis.
Ängstlich blickte ich mich nach Bobby um und sah ihn aus der Kapitänskajüte kommen, die eigentlich nichts weiter als ein kleiner Verschlag mit einer Koje drin war. In der rechten Hand hielt er ein Gewehr und in der linken eine Schachtel mit Patronen. Er hockte sich an den Kartentisch und lud die Waffe. Als er fertig war, gab er sie Donna und löste mich zu meiner größten Erleichterung am Ruder ab.
»Siehst du, war doch gar nicht so schlimm«, meinte er und

stieß mir seinen Ellbogen in die Rippen. »Und wie geht's dir jetzt, Jeri? Immer noch seekrank?«
»Nein.« Ich schüttelte den Kopf und war selbst erstaunt. »Jetzt nicht mehr.« Seit mein Magen seinen Inhalt losgeworden war, war auch die Seekrankheit verflogen. »Aber reden wir nicht mehr davon, sonst geht es gleich wieder los.«
»Du hörst dich fast so abergläubisch an wie Onkel Dom.«
Das Funkgerät meldete sich wieder mit einem Schwall italienischer Worte. Aus dem wenigen, das ich verstand, schloß ich, daß es einer der Ravellas an Bord der *Bellissima* war. Bobby hörte zu, nahm das Mikrofon und antwortete ebenfalls auf italienisch, während er nebenbei seine Seekarte konsultierte. Dann sah er stirnrunzelnd auf und suchte mit den Augen das Wasser rings um die *Nicky II* ab. Jetzt kam eine englische Stimme aus dem Lautsprecher des Funkgeräts. Es war der Kapitän des Fischkutters aus Santa Cruz. Er hielt ebenso wie die *Bellissima* auf das Seegebiet zu, in dem das Forschungsschiff das Segelboot gesichtet hatte.
»Wir müßten eigentlich ganz nah dran sein«, sagte Bobby und deutete mit dem Finger auf die Karte. »Genau hier müßten wir sie abfangen.«
»Und wo sind wir jetzt?« fragte ich.
Bobby deutete auf einen anderen Punkt auf der Karte. Wir befanden uns etwa in der Mitte der Bucht von Monterey, ein ganzes Stück nordwestlich von unserem Heimathafen und fast genau westlich von Moss Landing. Obwohl unser Schiff ziemlich stark rollte, war mir zu meinem Erstaunen nicht mehr schlecht.
»Wir sind ziemlich nah an dem Punkt, an dem das Segelboot eigentlich sein müßte«, bemerkte Bobby. »Aber ich sehe nichts auf meinem Sonar.«
»Vielleicht haben die anderen ja nicht das richtige Boot

gesehen«, warf Donna ein und beugte sich über die Karten. »Vermutlich segeln sie ohne Licht.«

Licht, dachte ich. Das einzige Licht, das ich sah, waren unsere eigenen Positionslichter, und das bedeutete, daß das Boot, das wir suchten, uns bereits auf einige Meilen Entfernung sehen konnte. Außerhalb des Steuerhauses war es mittlerweile so dunkel, daß ich nicht mehr unterscheiden konnte, was Meer und was Himmel war. Die Sonne war endgültig untergegangen. Nur weit im Osten, wo die Küste halbmondförmig dalag, konnte ich ein paar schwache Lichtpünktchen erkennen. Auf dem Wasser ringsum sah ich nichts von einem Boot, weder Licht noch Mastspitze. Wie sollte man mitten in der Nacht auf dem Wasser überhaupt etwas erkennen?

Zu spät, dachte ich. Jetzt, wo es dunkel war, konnte Lacy Beckman ihre Fracht ohne Probleme über Bord werfen. Ich schüttelte den Kopf, während ich ins Leere starrte. »Ich sehe nichts.«

»Wird Zeit, daß wir Licht machen«, meinte Bobby.

Er übergab mir erneut das Ruder und wies mich an, einen geraden Kurs zu halten. Donna lehnte das Gewehr in die Ecke neben dem Luk zur Kapitänskajüte. Dann ließen sie und Bobby mich im Steuerhaus allein und gingen an Deck entlang zum Heck. Ich hielt das Steuerrad fest und spürte den Schub der Maschinen unter mir. Dann schlug der Bug in ein Wellental. Meine Nerven kreischten schrill wie eine verstimmte Geige, und meine Gedärme tanzten dazu. Ich hoffte, daß Bobby bald wiederkam. Sehr bald.

Auf einmal war der Ozean rings um mich in ein unnatürlich helles Licht getaucht. Die Halogenscheinwerfer, mit dem die Fischer nachts die Tintenfische anlockten, waren überall an Deck verteilt. Jetzt hatten Bobby und Donna sie hinaus auf die dunklen, hohen Wellen gerichtet. Weit voraus an Backbord sah ich, wie irgend etwas das Licht reflektierte. War das der Rumpf eines Bootes? Der Gegenstand verschwand zwischen den Wellen und tauchte gleich darauf wieder auf.

»Da ist etwas.« Bobby stand plötzlich wieder neben mir. Seine Worte klangen zuversichtlicher, als meine Gedanken es waren. Er blickte hinaus zu dem auf den Wellen tanzenden Etwas und deutete dann auf den Schirm des Sonars. Am Rand tauchte ein leuchtender Punkt auf.

Bobby drehte am Steuerrad, und die *Nicky II* nahm Kurs auf das Objekt, das rasch näher kam. Ich nahm ein Fernglas von der Konsole und stelle mich neben Donna ans Backbordluk. Ich richtete das Glas auf das Objekt und sah, daß es ein Segelboot mit eingeholten Segeln war, das unter Motorkraft direkt Kurs auf uns nahm. Das Boot hatte seine Positionslampen gelöscht, und ich konnte weder einen Namen am Rumpf noch Menschen an Bord erkennen.

Donna nahm mir das Fernglas aus der Hand und besah sich das Segelboot. »Aus diesem Winkel kann ich nicht erkennen, ob es eine Mittelkabine hat«, sagte sie zu Bobby.

»Hast du eine Idee, was wir jetzt tun sollen, Jeri?« fragte Bobby, während das Segelboot immer näher kam. Sein Bug deutete backbord an uns vorbei. »Soll ich es vielleicht rammen?«

»Wir müssen irgendwie an Bord kommen«, meinte ich.

»Sonst noch was?« Bobby schüttelte den Kopf. »Das wird nicht einfach werden.«

»Du schaffst es bestimmt.«

Donna gab mir das Glas zurück, und das Boot kam immer näher. Ich konnte immer noch kein Licht und keine Bewegung auf ihm ausmachen. War es die *Windrunner?* War überhaupt noch jemand an Bord? Auf einmal kam mir ein schrecklicher Gedanke. Hatten Lacy und Frank am Ende

ihre Ladung ins Meer gekippt und waren auf einem anderen Boot davongefahren? Oder hatte ich mich geirrt, und sie hatten von Anfang an ein anderes Boot genommen?
Ich ließ das Fernglas los, das mir schwer um den Hals hing. Es war das falsche Boot. Ich war mir ganz sicher.
Bobby drosselte die Maschinen und manövrierte den Fischkutter langsam an das kleinere Boot heran. Der schlanke, weiße Rumpf glitt in einer Entfernung von zwanzig, dreißig Metern an unserer Backbordseite vorbei. Dabei sah ich, daß das Boot eine Mittelkabine hatte und daß zwei Gestalten geduckt an der Ruderpinne saßen. Auf einmal hörte ich durch das Geräusch der Maschinen der *Nicky II* einen Schuß.
Ich nehme alles zurück, dachte ich, während ich mich zusammen mit Donna ins Steuerhaus zurückzog. Es ist doch das richtige Boot.
»Ruf Verstärkung, verdammt noch mal«, schrie Donna und holte das Gewehr aus der Ecke.
Bobby griff nach dem Mikrofon und funkte zuerst den Küstenwachtkutter an. Danach rief er Sal Ravella auf der *Bellissima.* Das andere Fischerboot befand sich ein paar Meilen östlich von uns, und der Kollege aus Santa Cruz war weiter nördlich hinter der *Windrunner,* wo etwas weiter entfernt auch der Trawler stand. Die Fahrzeuge der Küstenwache näherten sich uns von Süden. Es würde einige Zeit dauern, bis sie bei uns einträfen. Bis dahin mußten wir das Segelboot irgendwie festhalten.
Wieder hörte ich einen Schuß und gleich darauf, wie etwas am Bug und kurz darauf an der Backbordseite der *Nicky II* einschlug. Ich erinnerte mich, daß Mrs. Bainbridge mir erzählt hatte, Lacy habe von ihrem Vater eine Vorliebe fürs Reiten, Segeln und Schießen geerbt. Offenbar hatte sie nicht verlernt, wie man mit einem Gewehr umging.

»Himmel Herrgott«, fluchte Bobby. »Die da drüben haben eine Kanone mit mehr Feuerkraft als meine Winchester hier. Willst du das Boot immer noch entern, Jeri?«
»Ich muß Lacy Beckman in die Finger bekommen«, sagte ich, aber mir war klar, daß im Augenblick die Kluft zwischen Wunsch und Realität noch viel größer war als die Entfernung zwischen den beiden Booten.
Ich sah, wie eine Gestalt aus der Kabine kam und sich rasch ans Heck des Segelbootes bewegte. Dann hastete sie in die Kabine zurück, und auf einmal nahm das Boot Fahrt auf.
»Verdammt«, fluchte Bobby. »Die wollen abhauen.« Er drehte das Steuerrad scharf nach Backbord, und die *Nicky II* begann einen Kreis zu laufen. Aber die *Windrunner* hatte etwas zurückgelassen.
»Sie haben ein Schlauchboot ins Wasser gelassen«, rief ich, während ich das Fernglas scharf stellte. Das orangerote Schlauchboot schaukelte gefährlich auf den Wellen. »Es ist voller Lackdosen. Und voller Wasser. Es sinkt.«
»Donna und ich könnten es mit dem Netz an Bord holen«, schlug Bobby vor und drosselte bereits die Maschinen, während wir uns dem Schlauchboot näherten. »Aber ich kann nicht gleichzeitig das Boot steuern.« Er nahm meine Hände und legte sie aufs Steuerrad. »Halte es genau so, Jeri. Ganz gleich, was passiert.«
»Hol das Ding an Bord. Schnell!«
Bobby und Donna verschwanden durch das Luk und hasteten nach hinten zum Heck. Ich hielt verkrampft das Steuerrad fest, damit die *Nicky II* einen Kreis um das Schlauchboot beschrieb. Ich zählte acht große Lackdosen, die gleichen, wie ich sie auf der Beckman-Werft gesehen hatte. Lacy und Frank mußten die Gummiwülste aufgeschlitzt haben, denn sie lagen ganz schlapp auf dem Wasser. Das Schlauchboot füllte sich rasch mit Wasser. Bald würde das Gewicht der

Lackdosen es nach unten ziehen und mitsamt Lösungsmittel und Gummihaut auf den Meeresboden sinken lassen.
Dann verlor ich das Schlauchboot aus den Augen, weil unser Kutter an ihm vorbeigefahren war. Ich hörte, wie Bobby Donna etwas zurief, aber durch den Wind konnte ich nichts verstehen. Ich packte das Steuerrad noch fester, um nur ja nicht von dem kreisförmigen Kurs abzukommen, den Bobby für mich eingeschlagen hatte. Wenn Bobby und Donna das Schlauchboot nicht beim ersten Versuch erwischten, würde es unweigerlich sinken, und wir würden die *Windrunner* nie mehr einholen.
Auf einmal stieg Bobby hastig die Leiter herauf. Er nahm mir das Steuerrad aus der Hand und legte es hart backbord. »Geh nach unten und hilf Donna!« befahl er mir.
Ich stieg, so schnell ich konnte, die Leiter hinunter aufs Deck, wo Donna stand. Sie und Bobby hatten eines der Netze ins Wasser gelassen, und jetzt manövrierte Bobby den Fischkutter in einem noch engeren Kreis um das sinkende Schlauchboot herum und zog so das Netz zusammen.
Ich sah, wie das Schlauchboot unter Wasser sank. Mit ihm gingen alle meinen Hoffnungen unter, einen Beweis gegen Lacy in die Hand zu bekommen. »Schau nicht so traurig, wir haben es doch schon«, sagte Bobby, der auf einmal überall zugleich war. Er betätigte die Winde, die das Netz aus dem Wasser zog, und half Donna und mir, es vollends an Bord zu hieven. In den Maschen des Netzes steckte das Schlauchboot mitsamt seiner Fracht.
Jetzt hatten wir unsere Beweise, aber es hatte uns viel Zeit gekostet. Die *Windrunner* hatte wieder einen Vorsprung gewonnen.
»Jetzt laßt uns mal sehen, wie schnell der alte Kübel noch läuft«, meinte Bobby, als wir zurück ins Steuerhaus eilten. »Donna, du übernimmst das Funkgerät.«

Die *Nicky II* verließ den Kreis, den sie beschrieben hatte, und schlug erneut einen geraden Kurs ein. Ich spürte, wie unter meinen Füßen die Motoren aufheulten, als der schwere, stählerne Fischkutter die Verfolgung aufnahm. Während Donna mit einem knappen Funkspruch die anderen Boote darüber informierte, was geschehen war, und unsere Koordinaten durchgab, jagten wir mit voller Kraft beider Maschinen hinter der *Windrunner* her.

Ich blickte hinaus aufs schwarze Meer. Wo wollte Lacy hin? Sie konnte so gut wie jeden Kurs einschlagen. Wenn sie ihr Funkgerät eingeschaltet hatte, wußte sie zudem, daß außer der Küstenwache auch noch die gesamte Fischereiflotte von Monterey hinter ihr her war.

Aus dem Lautsprecher war jetzt ein munteres Durcheinander vieler Stimmen zu hören. Die Küstenwache war, wie Bobby richtig vorausgesagt hatte, nicht gerade glücklich darüber, daß wir Jagd auf die *Windrunner* machten. Die anderen Fischer gaben uns laufend ihre Position durch, und es sah so aus, als hätten wir Lacy Beckman eingekreist.

»Lacy hat sich bestimmt eine Art Notfallplan zurechtgelegt«, bemerkte ich. »Sie hat nicht unbegrenzt Treibstoff an Bord.« Ich sah mir die Seekarte an, als könnte sie mir die Zukunft verraten, wenn ich sie nur richtig zu lesen verstünde. »Wahrscheinlich hat sie in irgendeinem Hafen ein Auto stehen für den Fall, daß sie über Land flüchten muß. Vermutlich in Santa Cruz, wo sie ein Haus besitzt. Etwas Besseres fällt mir nicht ein.«

»Ich denke, du hast recht«, erwiderte Bobby. Er tippte mit dem Finger auf die Karte, die den Hafen am Nordrand der Bucht von Monterey zeigte. »Nach Monterey kann sie jedenfalls nicht zurück. Moss Landing ist zu weit östlich und zu nahe an Monterey. Wenn sie nach Süden fährt, läuft sie der Küstenwache in die Arme, Davenport und Half Moon

Bay im Norden sind zu weit entfernt, und im Westen ist nichts als offener Ozean.«

Er brachte die *Nicky II* auf einen anderen Kurs und griff nach dem Mikrofon, um mit knappen Worten auf italienisch die *Bellissima* zu informieren. Wir liefen jetzt volle Fahrt. Ich suchte mit dem Fernglas die Wogen vor unserem Bug ab. Mit jeder Minute, die verging, kamen wir dem Land näher.

Dann tauchte etwas im Licht der Halogenscheinwerfer auf. Ein Boot ohne Positionsleuchten. Ich machte Bobby darauf aufmerksam, und er hielt darauf zu. Die Entfernung zwischen den beiden Booten wurde rasch kleiner. Das Segelboot sah aus wie die *Windrunner*, aber ganz sicher war ich mir nicht. Jedenfalls fuhr es schnell und ohne Licht. Bobby brachte die *Nicky II* noch näher heran. Jetzt konnte ich mit dem Fernglas das Heck und die Steuerbordseite des anderen Bootes gut sehen, aber der Name am Bug versteckte sich noch in den Wellen. Erst als der Rumpf ein wenig aus dem Wasser gehoben wurde, konnte ich ihn lesen.

»Es ist die *Windrunner*«, rief ich.

»Ich könnte sie überholen«, meinte Bobby, »aber sie ist wendiger als wir. Im Hafen hat sie damit einen Vorteil. Wenn wir an ihr vorbeifahren, können sie auch auf uns schießen.«

»Aber wir können auch zurückschießen«, bemerkte Donna mit einem Blick auf die Winchester. »Ich weiß allerdings nicht, wie gut man bei dieser Geschwindigkeit zielen kann. Am besten wäre es, wir würden sie dazu zwingen, langsamer zu fahren.«

»Ich habe eine Idee«, sagte ich.

Ich kletterte hinunter in die Kombüse und holte die Schachtel mit den Seelöwenbomben, die mir vorher im Regal über der Spüle aufgefallen war. *Achtung, explosiv!*

stand darauf. *Nach dem Anzünden nicht in der Hand halten. Sofort wegwerfen.*

»Was willst du denn mit den Seelöwenbomben?« fragte Bobby, nachdem er einen Blick auf die Schachtel geworfen hatte. Dann sah er wieder hinaus zu dem Segelboot und brachte die *Nicky II* noch näher an dessen Heck heran. »Das mit dem ›sofort wegwerfen‹ mußt du übrigens wörtlich nehmen, Jeri. Diese Dinger haben eine verdammt kurze Zündschnur. Wenn du nicht aufpaßt, reißen sie dir die Hand ab.«

»Aber dafür knallen sie schön«, meinte Donna grinsend. »Wenn ein paar davon in der Kabine da drüben losgehen, springen die im Dreieck. Aber wie bekommen wir das Zeug hinüber?«

Ich öffnete die Schachtel und nahm ein paar Seelöwenbomben heraus. Sie sahen wie dicke Kanonenschläge mit sehr kurzen Zündschnüren aus. »Indem wir sie werfen, wie sonst? Hast du ein Feuerzeug?«

»Unten in der Kombüse habe ich eines gesehen.« Donna verschwand kurz und kam gleich darauf mit einem Wegwerffeuerzeug wieder, das wohl jemand aus Bobbys Mannschaft hatte liegen lassen.

»Jesus, Maria und Josef«, stöhnte Bobby und verdrehte die Augen, bevor er sie wieder auf unser Opfer richtete. »Ich werde versuchen, so nahe wie möglich heranzufahren. Aber sprengt mir bloß kein Loch in den Rumpf, sonst müssen wir alle miteinander an Land schwimmen.«

Ich kann nicht mehr ganz bei Sinnen sein, dachte ich, während ich mit Donna zum Bug ging, denn sonst müßte ich jetzt eigentlich Angst haben. Seelöwenbomben auf die *Windrunner* zu werfen, hörte sich zwar einfach an, konnte sich aber als ziemliche Dummheit erweisen. Wer sagte mir denn, daß der Wind die Feuerwerkskörper nicht wieder zurück auf unser Schiff trug? Außerdem hatten die beiden auf dem Segelboot ein Gewehr, und Donna und ich gaben mit unserer Schachtel voller Explosivkörper am Bug der *Nicky II* ein hervorragendes Ziel ab.

»Wie lange dauert es, bis die explodieren?« fragte Donna und nahm einen der Feuerwerkskörper in die Hand.

»Ich schätze, das müssen wir durch Probieren herausfinden.«

Ich sah nach Steuerbord, wo wir jetzt ganz nahe am Heck der *Windrunner* waren. Eine der Gestalten an Bord legte gerade die Ruderpinne zur Seite, um das Boot von uns wegzusteuern, die andere hob das Gewehr.

Der Bug der *Nicky II* schob sich jetzt am Heck des anderen Bootes vorbei, fiel ein wenig zurück und holte wieder auf, wobei er der *Windrunner* immer näher kam. Wie groß war die Entfernung? Sieben Meter? Nahe genug jedenfalls, um erschossen zu werden. Ich drehte den Feuerwerkskörper in meinen Händen. Es war schon ein paar Jahre her, daß ich zum letzten Mal Softball gespielt hatte. Ob ich dieses Ding wohl noch so präzise werfen konnte, daß es ein sich bewegendes Ziel traf?

Bobby verringerte weiter den Abstand zu dem Segelboot. Jetzt oder nie. Ich hielt Donna die Seelöwenbombe hin, und sie zündete die Zündschnur an. Ich holte aus und warf. Die Bombe fiel ins Wasser und verschwand. Die nächste warf ich etwas höher. Sie prallte vom zusammengerollten Großsegel des Bootes ab und explodierte mit einem Lichtblitz und einem lauten Knall in der Luft.

Verdammt noch mal, dachte ich. Diese Dinger haben ganz schön Power.

Ich ließ mir von Donna eine weitere Bombe anzünden und warf sie in Richtung Segelboot, als die Nicky II gerade einen unerwarteten Satz nach vorn machte. Der Feuerwerkskörper fiel auf den Bug der *Windrunner*, wo er kurz darauf explodierte. Die nächste Bombe landete direkt hinter der Kabine, und nachdem sie mit einem ohrenbetäubenden Knall explodiert war, sah ich die beiden Gestalten nach vorne in Richtung Bug hasten. Das Boot verlor gewaltig an Fahrt und dümpelte ziellos vor sich hin.

»Was tun wir jetzt?« fragte Donna.

»Wir gehen wieder ins Steuerhaus. Schließlich haben die immer noch eine Waffe.«

Wir eilten zurück zu Bobby, der die *Nicky II* vor den Bug des manövrierunfähigen Segelbootes brachte. »Die *Bellissima* und der Kutter aus Santa Cruz müßten in zehn Minuten hier sein. Sollen wir auf sie warten?«

Ich blickte hinunter zu dem Segelboot und dachte daran, was Bobby mir über dessen Wendigkeit erzählt hatte. Es hatte sich wieder in Fahrt gesetzt und kam langsam auf uns zu. Was, zum Teufel, hatten sie vor? Ich sah, daß die beiden Gestalten wieder an Deck waren. Aber warum richteten Lacy und Frank den Bug ihres lädierten Bootes direkt auf die Bordwand der *Nicky II?* Was hatten sie davon, wenn sie den sehr viel massiveren Kutter rammten? Außer . . .

»Die wollen uns entern!« schrie ich.

Gleich drauf hörte ich, wie der Bug des Segelbootes auf der Steuerbordseite gegen den Rumpf der *Nicky II* krachte. Bobby fluchte und griff nach seinem Gewehr.

»Donna, ans Funkgerät. Jeri, du gehst durch die Kombüse nach unten.« Er selbst verschwand durch das Backbordluk nach draußen. Ich stieg die Leiter hinunter und ging zu der Tür, die von der Kombüse aufs untere Deck führte.

Als ich durch das Bullauge spähte, sah ich, wie sich neben der Fischpumpe etwas bewegte. Frank Alviso kletterte an Bord des Kutters, zu dessen Mannschaft er früher einmal

gehört hatte. Er kannte sich hier aus. Hinter ihm kam Lacy Beckman mit dem Gewehr.
Ich hörte, wie Bobby aus seiner Winchester einen Schuß auf die beiden abgab. Frank und Lacy duckten sich hinter die Fischpumpe. Diese bot ihnen zwar wenig Deckung, aber Lacy feuerte zurück. Ich öffnete die Tür und schlich mich im Schutz der Netzwinde und des Niedergangs, der hinunter zum Fischtank führte, an Deck. Dabei suchte ich nach etwas, das ich als Waffe benutzen konnte, und fand schließlich die Handkurbel der Winde. Damit konnte man schon ordentlichen Schaden anrichten. Außerdem entdeckte ich noch einen großen Kescher mit langem Stiel, der dazu gebraucht wurde, Fische aus dem Fischtank herauszuholen. Ich steckte die Kurbel in meine hintere Hosentasche und nahm den Kescher, wobei ich den Stiel kurz unterhalb des Rings mit dem Netz anfaßte.
Lacy schoß erneut auf Bobby, dann verließen sie und Frank ihre Deckung und rannten auf verschiedenen Seiten um den Fischtank herum. Ich versteckte mich hinter der Winde, und als Frank Alviso an mir vorbeikam, stülpte ich ihm den Kescher über den Kopf. Frank fiel hin und versuchte, sich aus den Maschen des Netzes zu befreien. Ich nahm die Kurbel und schlug sie ihm über den Kopf; er blieb reglos liegen. Als ich mich wieder aufrichtete, sah ich Lacy Beckman, die vor mir stand und mit dem Gewehr auf mich zielte.
»Geben Sie auf«, sagte ich, und meine Stimme klang dabei tapferer, als ich mich fühlte. Ich hatte keinen Zweifel daran, daß sie abdrücken würde. Schließlich hatte sie ja auch Ariel getötet. Ich bewegte mich nach links und ging an der Steuerbordseite des Schiffs entlang zur Fischpumpe. Lacy folgte mir. »Sie haben keine Chance, selbst wenn Sie das Boot in Ihre Gewalt bekommen. Die Küstenwache muß jede Minute hier sein.«

»Sie halten sich wohl für allwissend«, fauchte Lacy mich an.
»Das nicht. Aber ich weiß, was Sie gemacht haben.« Das war zwar nicht ganz richtig, aber Lacy konnte das nicht wissen. Ich machte einen weiteren Schritt nach links und nickte in Richtung auf den Laderaum der *Nicky II.*
»Wir haben Ihr Schlauchboot aus dem Meer gefischt, zusammen mit den Lackdosen. Wir alle haben gesehen, wie Sie und Frank das Zeug im Meer versenken wollten. Ich weiß, wie Sie an den Giftmüll gekommen sind und daß sie ihn von einem Mann in Sunnyvale haben. Und ich weiß, daß Sie und Frank die Pelikane so barbarisch zugerichtet haben, um die Aufmerksamkeit von ihren sonstigen Schweinereien abzulenken.«
Ich ging auf die andere Seite der Fischpumpe, und Lacy folgte mir. Wenn Bobby immer noch oben neben dem Steuerhaus war, dann mußte er Lacy jetzt voll im Visier haben.
Ich versuchte weiterhin, sie in ein Gespräch zu verwickeln.
»Ich weiß auch, wie Sie Ariel Logan umgebracht haben.«
Bobby mußte meine Worte gehört haben, denn von oben kam plötzlich ein Geräusch. Auch Lacy hatte es gehört und wirbelte herum. Als sie das Gewehr hob, um auf Bobby zu schießen, stürzte ich mich von hinten auf sie und holte sie von den Füßen. Der Schuß ging in die Luft, und Lacy fiel zusammen mit ihrem Gewehr aufs Deck.

43

»Das ist doch nur eine Theorie«, raunzte mich Sergeant Magruder an. Ich hatte jedes Gefühl für Zeit verloren, war hundemüde und hatte den Eindruck, daß mir der Sergeant immer wieder dieselben Fragen stellte. Außerdem war er stinksauer auf mich und die beiden anderen, die an Bord der *Nicky II* gewesen waren. Ich wußte nicht, wer wütender war: er oder die Küstenwache.
Deren Kutter war gleichzeitig mit der *Bellissima* am Ort des Geschehens eingetroffen, und sein Kapitän hatte uns erst einmal alle miteinander festgenommen und gesagt, man würde in Monterey schon herausfinden, wer von uns schuldig war und wer nicht. Alle möglichen Staats- und Bundesbehörden konnten es gar nicht erwarten, uns in die Finger zu kriegen, aber zuerst einmal gehörten wir dem Sheriff von Monterey County. Als die *Nicky II* unter Bewachung des Küstenwachtkutters in den Hafen eingelaufen war, hatte uns Sergeant Magruder in einer mehr als gereizten Stimmung an der Pier erwartet. Die Tatsache, daß ich ihm eine Nachricht hinterlassen hatte, schien den Ermittler der Mordkommission nicht gerade milder gestimmt zu haben.
»Kann sein, daß es nur eine Theorie ist«, entgegnete ich ihm jetzt, »aber ich habe Ihnen ja wohl genügend Fakten an die Hand gegeben, um sie zu untermauern.« Ich nahm noch einen Schluck von dem nur mit Mühe genießbaren Kaffee. Warum trank ich das Zeug bloß? Es hatte ja nicht mal genügend Koffein, um mich vom Gähnen abzuhalten.

Dabei blieb ich schließlich nicht freiwillig auf. Magruder ließ mich einfach nicht in mein Bett.

»Die Papiere, die ich Ihnen gegeben habe, reichen doch allein schon aus«, sagte ich und bemühte mich dabei, mehr Überzeugungskraft als Feindseligkeit in meine Stimme zu legen. »Ariel Logan selbst hat den Anfang dazu gemacht.« Ich deutete auf den mittlerweile ziemlich verknitterten Bericht des Umweltlabors.

»Seit Juni hat Lacy Beckman Boote von einem Hafen zum anderen überführt, und zwar sowohl auf dem Wasser- wie auf dem Landweg. Im Rahmen dieser kleinen Dienstleistung konnte sie unauffällig die leeren Lackdosen aus der Werft zu ihrem Komplizen in Sunnyvale bringen.«

»Meinen Sie damit den Mann, den Sie und der andere Privatdetektiv ausfindig gemacht haben?« unterbrach mich Magruder. »Die Polizei in Sunnyvale hat ihn übrigens geschnappt. Aber natürlich bestreitet er alles.«

»Natürlich tut er das. Aber er hat trotzdem Dreck am Stecken. Wenn Gerrity und ich es ihm nachweisen konnten, dann kann die Polizei in Sunnyvale das auch. Immer, wenn er seine Giftbrühe loswerden wollte, füllte er sie in die Lackdosen und brachte sie zu Lacys Haus in Santa Cruz. Sie nahm sie dann beim nächsten Bootstransport über Land mit und stellte sie in den Lagerraum auf der Werft. Bei der nächsten Überführung eines Schiffs auf dem Wasser nahmen Frank Alviso und sie die Dosen wieder mit und warfen sie draußen auf dem Meer über Bord.«

Magruder sah mich an, als wäre er noch immer nicht überzeugt. »Und womit wollen Sie diese Behauptungen beweisen?«

»Passen Sie auf: Karl Beckman hat mir eine Liste der Tage zusammengestellt, an denen Lacy Boote zu anderen Häfen brachte. Ich bin mir sicher, daß Sie bei einer Überprüfung von Lacys und Frank Alvisos Konten auf ziemlich hohe Einzahlungen stoßen werden, die mit diesen Daten in Verbindung stehen. Außerdem habe ich außer mir selbst noch zwei weitere Zeugen, die gesehen haben, wie Tracy Beckman ein Schlauchboot mit acht Lackdosen ausgesetzt hat. Die Dosen befinden sich immer noch an Bord der *Nicky II.*«

Magruder sah mich aus schmalen Augen an und trommelte mit dem stumpfen Ende seines Bleistifts auf der Tischplatte herum. »Okay, ich kaufe Ihnen die Geschichte von der Umweltverschmutzung ab. Aber wie wollen Sie Lacy Beckman mit dem Mord an Ariel Logan in Verbindung bringen? Niemand hat gesehen, wie sie umgebracht wurde.«

»Hier sind wir wirklich auf Theorien angewiesen«, gab ich zu. »Aber ich habe einen Zeugen, der gesehen hat, wie Ariel mit jemandem in einem Lieferwagen der Beckman-Werft sprach. Ich vermute, daß Lacy in ihrem Wagen auf der Alvarado Street parkte, als Bobby und Ariel aus dem Rose and Crown kamen. Vielleicht hat sie auch etwas von ihrem Streit mitbekommen und erkannt, worum es dabei ging. Offenbar hat sie sich daran erinnert, daß Ariel und Bobby sie im August zusammen mit Frank an Bord der *Marvella B* gesehen haben, und hat sich ausgerechnet, daß Ariel Verdacht gegen sie geschöpft hat. Schließlich hat sie sich bei ihrem Besuch auf der Werft sehr für Lackdosen interessiert. Damals hielt Ariel wohl Karl Beckman für den Umweltsünder.«

Wie übrigens auch ich, wenn ich auch meine persönlichen Gründe dafür gehabt hatte, dem Werftbesitzer jede nur mögliche Schlechtigkeit zuzutrauen. Aber das gehörte zu den Dingen, die ich noch zu klären hatte, bevor ich mich auf den Rückweg nach Oakland machte.

»Sie glauben also, daß Lacy Beckman an diesem Freitag

nachmittag mit Ariel Logan gesprochen hat«, sagte Magruder.

Ich nickte. »Und dabei ist es ihr gelungen, sich mit Ariel noch für den Abend desselben Tages am Rocky Point zu verabreden. Dazu mußte sie wohl ziemliche Überredungskünste aufwenden, zumal Ariel ja überzeugt war, daß die Werft der Beckmans in irgendwelche illegalen Machenschaften verwickelt war. Ich vermute, daß Lacy Ariel damit köderte, daß sie Karl bei ihr anschwärzte. Frank hatte immer noch die Schlüssel zu Bobbys Thunderbird und muß das wohl einmal Lacy gegenüber erwähnt haben. Sie ließ sich von ihm die Schlüssel geben und nahm den Thunderbird, während Bobby bei seinem Treffen der Anonymen Alkoholiker war. Das würde erklären, weshalb der Wagen zu dieser Zeit am Rocky-Point-Restaurant gesehen wurde. Damit war es ziemlich einfach, noch zusätzlichen Verdacht auf Bobby zu lenken. Schließlich hielten ihn auch ohnedies viele Leute bereits für den Täter.« Ich zuckte die Achseln. »Da brauchen Sie wohl keinen allzu großen Druck ausüben, und Frank Alviso singt wie Caruso. Er hat wohl nur wegen des Geldes mitgemacht, vielleicht auch deshalb, weil er sich an Bobby rächen wollte. Sie brauchen ihm nur mit einer Anklage wegen Beihilfe zum Mord zu drohen, und er sagt Ihnen alles, was Sie wissen wollen.«

»Wenn Sie schon dabei sind, meine Arbeit zu machen«, erwiderte Magruder mit einem Anflug von Sarkasmus in der Stimme, »dann sagen Sie mir doch gleich, wie Lacy Ariel umgebracht hat.«

»Da bin ich auf Vermutungen angewiesen«, gab ich zu. »Als Lacy mit Bobbys Thunderbird auf den Parkplatz fuhr, erkannte Ariel den Wagen. Ich weiß nicht, wie Lacy ihr erklärte, daß sie ihn fuhr. Vielleicht hat sie ja angedeutet, daß auch Bobby etwas mit der illegalen Abfallentsorgung zu tun habe. Das hätte Ariel vermutlich unvorsichtig werden lassen.«

Ich griff nach der Kaffeetasse, überlegte es mir dann aber wieder anders.

»Ich glaube, daß sie zusammen auf eine Landzunge gegangen sind, wo man sie vom Restaurant aus nicht mehr sehen konnte. Dort hat Lacy Ariel mit einem Schraubenschlüssel oder einem anderen schweren Gegenstand auf den Kopf geschlagen. Nachdem sie ihre Leiche über die nächste Klippe geworfen hatte, schleuderte sie die Mordwaffe ins Meer und hoffte, daß sie dort ebenso auf Nimmerwiedersehen verschwinden würde wie ihr Giftmüll. Als Ariel dann als vermißt gemeldet wurde, schwärzte Lacy Bobby mit anonymen Anrufen bei der Polizei an.«

»Und das alles nur aus Geldgier«, kommentierte Magruder.

»Lacy haßt es, kein Geld zu haben. Illegale Giftmüllentsorgung ist ein lukratives Geschäft, trotz des damit verbundenen Risikos.«

»Und diese Geschichten mit der Maus auf dem Teller und der Stinkbombe im Entlüftungssystem waren Lacys Rache dafür, daß Karl Beckman ein Verhältnis mit Ihrer Mutter hat?«

Ich nickte. »Auch hier deutet alles auf Lacy hin. Und als Motiv kommt eigentlich nur in Frage, daß Karl sie zurückgewiesen hat. Meine Mutter kam ins Spiel, weil sie etwas mit Karl hatte. Wie ich Ihnen schon gesagt habe, ist Charlie Harper der Meinung, daß bei dem tödlichen Autounfall von Janine und Gunter Beckman nicht alles mit rechten Dingen zugegangen ist. Es würde mich nicht wundern, wenn Lacy Beckman auch damit etwas zu tun gehabt hätte.«

»Aber das werden wir niemals nachweisen können«, sagte Magruder und schüttelte den Kopf. »Das Autowrack liegt zwar immer noch auf den Felsen am Hurricane Point, aber was daran nicht verbrannt ist, haben die Wellen kurz und klein geschlagen. Ich werde mich der Sache annehmen, aber nach so langer Zeit ...«

Er sprach den Satz nicht zu Ende, aber ich wußte, was er dachte, denn ich hatte denselben Gedanken gehabt. Lacy Beckman des Mordes an Janine und Gunter zu überführen, war praktisch unmöglich, außer wenn Lacy einen Fehler machte und sich selbst beschuldigte. Bisher hatte sie sich aber geweigert zu sprechen.

»Gier und Rache«, sagte ich ruhig. »Beide gehören zu den stärksten Motiven, die ich kenne, Sergeant Magruder. In meinen bisherigen Fällen sind sie mir immer wieder untergekommen.«

Magruder sah mich stirnrunzelnd an. »Ich arbeite auch schon lange bei der Mordkommission. Über Motive brauchen Sie mir nichts zu erzählen. Mischen Sie sich in Oakland eigentlich auch immer so vehement in die Belange der Polizei?«

Bei dieser Frage mußte ich an meinen Exmann denken, der in Oakland bei der Mordkommission Dienst tat. Wenn ich mir vorstellte, was er Magruder darauf antworten würde, mußte ich lächeln. »Manchmal. Ihre Kollegen dort freuen sich darüber in etwa so wie Sie.«

»Und wann fahren Sie zurück?«

»Wollen Sie damit sagen, daß Sie mich gehen lassen?«

»Das müssen Sie den Staatsanwalt fragen«, meinte er, »aber ich bin mit Ihnen soweit fertig. Fürs erste zumindest.«

Ich stand auf. »Ich bin schon viel zu lange von zu Hause fort. Das hier sollte eigentlich nur ein einwöchiger Urlaub werden. Ich habe nicht erwartet, daß hier so viel passiert.«

»Aber es ist passiert, und Sie sind mitten hineingesprungen«, bemerkte Magruder. »Wenn Sie das nächste Mal nach Monterey kommen, schicken Sie mir vorher eine Warnung.«

Es war kurz vor Mitternacht. Ich fuhr zurück nach Carmel, scheuchte Stinkpot aus dem Gästebett, schlüpfte aus den Kleidern und legte mich hin. Als ich erwachte, war es halb neun Uhr am Morgen, und ein wunderbarer Kaffeeduft drang in mein Zimmer. Nach einer kurzen Dusche zog ich mir frische Sachen an und ging in die Küche. Durch die Terrassentür sah ich, daß Errol und Minna bei der Gartenarbeit waren. Ich goß mir eine Tasse Kaffee ein und steckte zwei Scheiben Weißbrot in den Toaster.

Es läutete an der Eingangstür. Mit meiner Kaffeetasse in der Hand ging ich durchs Wohnzimmer und öffnete. Draußen standen Sylvie und Peter Logan und hinter ihnen Glennis Braemer. Wir starrten einander einen Augenblick lang an, dann sagte Ariels Mutter mit ihrem weichen, französischen Akzent: »Erzählen Sie es uns. Wir wollen es von Ihnen hören.«

»Okay«, antwortete ich und ließ sie herein. Dann holte ich Errol und Minna, ging in die Küche und bestrich mir meinen Toast mit Butter. Während ich mich an den Küchentisch setzte, bot Errol seinen Gästen Kaffee an. Dann saßen wir gemeinsam da, und ich berichtete den Logans alles, was passiert war, seit ich am Montag ihr Haus verlassen hatte.

Peter konnte bei dieser Erzählung nicht stillsitzen und lief unruhig in der Küche auf und ab, während sich die unterschiedlichsten Emotionen auf seinem abgehärmten Gesicht widerspiegelten. Sylvie blieb die ganze Zeit über völlig ruhig sitzen. Als ich fertig war, blickte sie zuerst auf die Kaffeetasse vor ihr und dann zu mir.

»Danke«, sagte sie schließlich. »Es ist gut, zu wissen, daß die Mörderin unserer Tochter gefaßt worden ist.« Sie stand auf, nahm ihren Mann am Arm und führte ihn zur Haustür. Mrs. Braemer folgte ihnen, blieb aber auf der Türschwelle

stehen und drehte sich mit einem leisen Lächeln auf den Lippen zu mir um.
»Ich muß zugeben, daß ich Ihre Ausdauer allmählich zu bewundern lerne, Miss Howard, wenn auch widerwillig.«
»Manche Leute halten sie für einen meiner eher negativen Charakterzüge. Denen gefällt nicht, was meine Ausdauer zutage fördert.«
»Mag sein. Aber wenigstens zeitigt sie Ergebnisse.«
Als die Logans gegangen waren, hielt ich Tasse und Teller unter den Wasserhahn und stellte sie in die Spülmaschine.
»Gute Arbeit«, sagte Errol anerkennend.
»Aber nur, wenn Lacy wirklich angeklagt wird. Sicher, wegen illegaler Entsorgung von Giftmüll ist sie dran, ebenso wie für eine ganze Latte anderer Vergehen. Aber ich will, daß sie wegen Mordes angeklagt wird. Leider gibt es noch ein paar Löcher in meiner Theorie, wie Sergeant Magruder sie nennt. Sie kann nur aufgrund von Indizienbeweisen angeklagt werden, selbst wenn Frank Alviso gegen sie aussagt.« Ich schüttelte den Kopf. »Lacy Beckman sollte für den Mord an Ariel Logan büßen müssen. Und für die Verzweiflung und den Schmerz, die sie den Logans und Bobby zugefügt hat.«
Errol nickte. Er verstand meine Wut. »Aber trotzdem war es schön, daß du mal wieder hier warst. Fährst du jetzt zurück nach Oakland?«
»Sobald ich mich von allen verabschiedet habe.« Ich ging auf meinen alten Mentor zu und nahm ihn in den Arm. Dann gab ich Minna, die mit Stinkpot auf dem Schoß am Tisch saß, einen Kuß. »Vielen Dank für alles.«
»Ich hoffe, du redest noch mal mit deiner Mutter, bevor du fährst«, sagte Minna.
»Noch bin ich ja nicht fort.«

Ich konnte die Seelöwen hören, noch bevor ich die Pier Zwei erreichte. Ihr anhaltendes Gebell wurde immer lauter, je näher ich dem Hafen kam. Als ich die Pier betrat, war es so laut, daß es jegliche Unterhaltung übertönte. Die großen Tiere hatten sich rings um die Pfähle der Pier versammelt und erwarteten zeternd die sich nähernden Fischkutter, die bald hier anlegen und ihre Tintenfische, Makrelen, Sardellen und Sardinen an Land bringen würden. Auf dem Geländer der Pier saßen mehrere braune Pelikane, die auf ihren Anteil der reichen Ernte warteten, die noch immer aus dem Ozean zu holen war. Ein paar der Vögel hatten sich sogar unter die auf den Planken der Pier stehenden Fischer und Arbeiter der Fischfabrik gemischt. Über ihnen flogen kreischend die Möwen, und unten im Wasser schwammen in einiger Entfernung Otter und Seehunde, die ebenfalls hofften, einen Happen abzubekommen.

Im Licht des klaren Oktobervormittags beobachtete ich, wie ein Kutter neben dem Pumpenhaus festmachte, aus dem ein dicker, an einen riesigen Staubsauger erinnernder Schlauch in seinen Laderaum gelegt wurde. Kurz darauf wurden mehrere Tonnen Fisch aus dem Laderaum des Kutters gepumpt, elektronisch gewogen und dann auf die Lastwagen der Fischfabriken verladen, die auf der anderen Seite des Pumpenhauses warteten.

Jemand klopfte mir auf die Schulter, und ich hörte durch das Gebell der Seehunde Onkel Doms rauhe und melodische Stimme, die etwas auf italienisch sagte. Er stellte mich drei alten Männern vor, die ich bereits zusammen mit ihm beim Bocciaspielen gesehen hatte. Sie waren genauso weißhaarig und wettergegerbt wie mein Großonkel. Onkel Dom hatte seinen Freunden sicherlich von den Ereignissen der vergangenen Nacht erzählt und sie natürlich dramatisch ausgeschmückt.

Der Kutter war mit dem Ausladen fertig, und ich verabschiedete mich von Onkel Dom und seinen Freunden, denn ich hatte Donna zusammen mit ihren Kolleginnen von der Jagd- und Fischereibehörde am Ende der Pier entdeckt. Während sie mit ein paar Fischern sprach, beobachtete meine Cousine einen der braunen Pelikane. Er hockte auf dem Geländer der Pier und war nur daran interessiert, etwas zu fressen zu bekommen. Dabei war er arglos und vertrauensselig und ahnte nicht, was für Gefahren für ihn von den Menschen in seiner Nähe ausgehen konnten.
»Ich hoffe, daß die Brutalitäten gegenüber den Pelikanen jetzt auch wirklich aufhören«, sagte Donna, als ich neben ihr stand. »Jetzt, wo Frank und Lacy im Gefängnis sind. Aber waren sie wirklich dafür verantwortlich? Und wenn sie es waren, wird man es ihnen jemals nachweisen können?«
»Das weiß ich nicht«, erwiderte ich. »Leider ist das wieder nur eine meiner Theorien, aber wenn die Verstümmelungen jetzt aufhören, dann habe ich womöglich recht gehabt.«
»Aber wenn sie nicht aufhören, dann läuft hier immer noch ein Verrückter herum, der hilflose Vögel abschlachtet. Und irgendwann, vielleicht nächstes Jahr, vielleicht erst in einigen Jahren, wird es wieder jemanden geben, der diese Mistkerle nachahmt.« Donna seufzte. »Tut mir leid, das sollte nicht so zynisch klingen.«
Der Pelikan breitete seine großen Flügel aus und erhob sich in die Luft. Er glitt dicht über das Wasser, in dem sich der blaue Himmel spiegelte. Plötzlich tauchte er unter und kam kurze Zeit später mit einem silbrig glänzenden Fisch im Schnabel wieder an die Oberfläche. Er verschlang seine Beute unter lautem Gebell der Seelöwen.
Donna und ich gingen die Pier entlang zurück zum Pum-

penhaus. Dort stand jetzt auch Bobby mit ein paar seiner Kollegen. Als er uns sah, winkte er und kam zu uns herüber. »Ihr beide wart die beste Mannschaft, die ich je gehabt habe«, sagte er grinsend. »Aber das soll nicht heißen, daß ich jetzt jede Nacht auf Verbrecherjagd gehen will. Wann hat die Polizei euch denn laufen lassen?«

»So gegen Mitternacht«, antwortete ich. »Magruder ist mit mir immer wieder die Einzelheiten des Falles durchgegangen. Und wie war das mit dir?«

»Ich war schon um halb zwölf draußen. Aber heute früh hat mich auch noch die Küstenwache ausgefragt. Ich habe euch übrigens bereits gesucht. Der Staatsanwalt will, daß wir um eins in sein Büro kommen.«

»Da wird mein Chef sich aber freuen«, meinte Donna trocken.

Ich sah auf meine Uhr und seufzte. »Verdammt. Ich habe mich schon von Errol und Minna verabschiedet und meine Sachen ins Auto geladen. Magruder meinte, ich könne gehen. Eigentlich wollte ich ja heute noch nach Oakland. Aber wenn das so weitergeht, komme ich niemals von hier weg.«

Bobby schenkte mir ein schiefes Lächeln. »Nochmals vielen Dank dafür, daß du mich da rausgepaukt hast, Jeri. Ich schätze, jetzt ist es endgültig vorbei.«

Ich schüttelte den Kopf. »Du wirst dich wundern, wie langsam die Mühlen des Gesetzes mahlen.« Ich hielt inne. »Ich habe heute früh übrigens mit Ariels Eltern gesprochen.«

Bobbys Lächeln verflog, und seine dunklen Augen nahmen einen niedergeschlagenen Ausdruck an. »Wissen sie jetzt, daß ich ihre Tochter nicht getötet habe? Das ist wichtig für mich, auch wenn sie mich nicht leiden können. Ich will nur, daß sie wissen, wie sehr ich Ariel geliebt habe.«

»Das wissen sie«, beruhigte ich ihn und legte ihm eine Hand auf die Schulter. »Gib ihnen etwas Zeit, vielleicht kannst du dann mit ihnen über Ariel reden. Das hilft euch vielleicht. Die Logans werden noch lange um ihre Tochter trauern.«

»Das werde ich auch«, erwiderte Bobby so leise, daß ich ihn kaum hören konnte. Er steckte die Hände in die Hosentaschen und verließ die Pier.

»Hast du mit deiner Mutter geredet?« fragte Donna, als auch wir uns auf den Weg machten.

Ich gab ihr nicht sofort eine Antwort. »Sie ist auf meiner Liste von Leuten, die ich noch sehen muß«, sagte ich dann. »Bevor ich endgültig abfahre.«

»Laß dir nicht zu lange Zeit damit«, meinte sie. Ich wußte nicht, ob sie nun die Zeit bis zum Gespräch mit meiner Mutter oder die Zeit meinte, bis ich wieder nach Monterey kam.

Als ich das Café Marie betrat, war meine Mutter nirgends zu sehen. Es war Viertel vor zwölf, und Rachel Donahoe saß in Mutters Büro am Telefon. Das Radio an der Bar spielte wie immer Bigbandklänge. Als Rachel aufgelegt hatte, sagte sie mir, daß Mutter gerade bei einem Kunden sei, um ein geplantes Festessen zu besprechen. Sie wollte aber bald wieder zurück sein.

Ich ging den Gang entlang in die Küche, wo der Konditor gerade letzte Hand an einen verführerisch aussehenden Schokoladenkuchen legte. Julian Surtees stand am Hackklotz und schnitt irgendwelches Gemüse klein. Der Duft nach köstlichem Essen ließ mir das Wasser im Mund zusammenlaufen.

»Haben Sie vielleicht etwas zu essen für mich?« fragte ich.

Julian hielt mit dem Schneiden inne und sah mich finster

an. »Sehe ich vielleicht aus wie der Koch einer Imbißbude?«
Ich mußte lachen. »Julian, Sie werden mich bestimmt vermissen, wenn ich wieder in Oakland bin. Ohne mich ist Monterey doch stinklangweilig, oder etwa nicht?«
Julian verdrehte seine stechenden, braunen Augen zur Decke und brummte: »Ich kann es kaum erwarten, daß Sie wieder fahren.« Dann legte er das Messer beiseite, ging quer durch die Küche zu dem großen Kühlschrank und öffnete ihn. »Ich hätte ein paar Ravioli mit geräuchertem Hühnerfleisch und Steinpilzen. Zur Abwechslung mal ohne tote Maus.«
»Das klingt hervorragend.«
Julian trug den Behälter mit den Ravioli zum nächsten Herd, leerte ihn in einen Topf und zündete das Gas an. Dann ging er hinaus an die Bar, holte eine Flasche und goß zwei Gläser mit einer braunen Flüssigkeit voll. Er gab mir eines davon. Ich roch daran, bevor ich probierte. Es war Sherry. Und zwar ein sehr guter.
»Ich werde Sie nicht vermissen, aber Marie wird es«, meinte er nach einem herzhaften Schluck.
»Warum sagen Sie das?«
»Sie redet dauernd von Ihnen.« Julian nahm einen Kochlöffel und rührte damit die Ravioli auf dem Herd um. »Meine Tochter tut dies, meine Tochter tut das. Die berühmte Detektivin aus Oakland.« Er legte den Kochlöffel beiseite und griff nach seinem Glas. »Nach allem, was sie mir von Ihnen erzählt hat, habe ich mich direkt darauf gefreut, Sie kennenzulernen. Da konnte ich allerdings noch nicht ahnen, daß Sie mich in die Mangel nehmen würden.«
»Sie geben nun mal ein wirklich ideales Opfer ab, Julian.« Ich nahm lächelnd noch einen Schluck von meinem Sherry. »So, wie Sie sich verhalten haben, haben Sie sich ausgesprochen verdächtig gemacht.«

»Ich bin ganz schön an der Nase herumgeführt worden«, knurrte er. Ich wußte, daß er an Lacy dachte und daran, wie sie ihn ausgenutzt hatte. »Aber was soll's. Schwamm drüber.« Er trank von seinem Sherry.

»Dann redet also meine Mutter öfter über mich«, sagte ich.

»Ja. Ich habe das Gefühl, daß sie ziemlich stolz auf Sie ist.«

Julian rührte die Ravioli noch einmal um und ging dann zu einem Regal mit Geschirr. Er nahm einen großen Teller heraus und stellte ihn auf den Hackblock. Aus einer Schublade holte er einen großen Löffel und legte ihn daneben. Dann häufte er mit hochgezogenen Augenbrauen die Ravioli auf den Teller. »Erstaunt Sie das etwa?«

Ich zerteilte ein Ravioli mit dem Löffel. »Wenn sie stolz auf mich ist, wieso sagt sie mir das nie?« fragte ich.

Julian holte noch einmal die Flasche von der Bar und schenkte uns beiden Sherry nach. »Vielleicht, weil Sie genauso stachelig sind wie ich«, erwiderte er und hob sein Glas, um mir mit einem spöttischen Lächeln zuzutrinken. *»Bon appétit.«*

Als ich mit meinen Ravioli fertig war, kam Mutter herein. Nachdem sie ihre Handtasche abgestellt hatte, blickte sie neugierig zu Julian und mir herüber und besah sich das Etikett der Sherryflasche.

»Der beste, den wir haben. Ist es dafür nicht ein bißchen früh am Tag?«

»Es ist nie zu früh«, verkündete Julian und holte ein drittes Glas. Ich stellte meinen Teller ins Spülbecken, nahm mit einer Hand die Flasche und mit der anderen den Arm meiner Mutter.

»Laß uns ins Lokal gehen und reden.«

Als wir uns an einen Tisch neben der Bar setzten, sang im Radio gerade Ella Fitzgerald, begleitet vom rhythmischen

Geklapper von Julians Messer. Ich füllte unsere Gläser. Mutter sah das ihre lange an, bevor sie einen Schluck nahm. »Nick und Onkel Dom haben mir alles erzählt«, sagte sie. »Und Karl, nachdem er gestern abend verhört worden war. Du hättest da draußen umkommen können.«

»Aber ich lebe noch. Und wir haben Lacy erwischt, bevor sie das Zeug im Meer versenken konnte. Sie hat Ariel umgebracht, weißt du.«

»Ich kann das alles kaum glauben. Von dem Mord bis zu den Vorfällen in meinem Restaurant. Da meint man, einen Menschen zu kennen und weiß nicht das geringste über ihn. Warum hat sie das bloß getan? Für Geld? Aus Rache?« Sie schüttelte den Kopf.

Ich hatte das alles gestern nacht mit Sergeant Magruder durchgekaut. Aber deshalb war ich nicht gekommen.

»Ich möchte mit dir über etwas reden, das Karl an dem Abend vor unserem Streit gesagt hat. Er sagte: ›Du hattest recht mit dem, was du über sie gesagt hast, Marie.‹ Was hat er damit gemeint?«

Mutter wurde rot und schob ihr Sherryglas im Kreis auf dem Tisch herum. »Es ging um etwas, was ich ihm im Sommer gesagt habe. Über dich.«

»Und was war das?«

Es war ihr sichtlich peinlich, aber sie atmete tief durch und gab sich einen Ruck. »Ich habe ihm gesagt, daß du mich manchmal an einen Bullterrier erinnerst. Wenn du dich einmal in etwas verbissen hast, läßt du nicht mehr los, bevor alles vorbei ist.«

Ich legte den Kopf schräg und war mir nicht sicher, ob diese Beschreibung positiv oder negativ war. »Wie hast du das gemeint? Als Kompliment?«

»Damals ja.«

»Schön. Dann fasse ich es auch als solches auf«, erwiderte

ich. Ich wußte, daß Karl Beckman das nur gesagt hatte, weil ich mich fest in seinen Knöchel verbissen hatte. »An diesem Vergleich mit dem Bullterrier ist schon was Wahres dran.«
Jetzt war es an mir, tief durchzuatmen. »Genauso, wie viel Wahres an all dem war, was wir uns Freitag nacht an den Kopf geworfen haben.«
»Ich weiß«, entgegnete Mutter und sah mir in die Augen. »Dein Vater hat einmal gesagt, daß wir nur deshalb so schlecht miteinander auskommen, weil wir uns so ähnlich sind. Er hatte recht. Ich wünschte, wir könnten Freundinnen sein, Jeri.«
»Das können wir auch, schätze ich. Wenn wir daran arbeiten. Ich bin dazu bereit, wenn du es bist.«
Sie lächelte und ergriff meine Hand. »Natürlich bin ich das. Auch wenn wir uns manchmal an die Gurgel gehen, so bin ich immer noch deine Mutter. Und ich liebe dich.«
Irgendwie war mir das immer noch peinlich. Vielleicht würde es mir das immer sein. Aber wenigstens redeten wir wieder miteinander.
Jemand kam durch die Tür des Restaurants und ging langsam zur Bar. Es war Karl Beckman, der seine breiten Schultern hängen ließ. Sein kantiges Gesicht wirkte müde und abgespannt. Er sah aus, als habe er mit jedem Ringer im ganzen County gekämpft. Ich stand auf und ging hinter die Bar, um ein weiteres Glas zu holen. Als ich wieder an den Tisch kam, zog ich einen Stuhl heran und bat Karl, sich zu setzen.
»Trinken Sie doch ein Glas Sherry mit uns. Sie sehen so aus, als könnten sie einen Schluck vertragen.«
»Ich war den ganzen Vormittag über im Büro des Staatsanwalts.« Seine haselnußbraunen Augen sahen drein, als könne er es immer noch nicht fassen, wieviel Unheil seine Schwester angerichtet hatte.

»Ich soll um eins dort sein«, sagte ich und blickte auf meine Uhr. »Ich muß gleich los.«

»Schläfst du heute wieder bei Errol?« fragte Mutter. »Oder willst du noch einmal bei mir übernachten? Du hast doch noch immer den Schlüssel, oder etwa nicht?«

Ich wollte ihr sagen, daß ich eigentlich vorgehabt hatte, nach Oakland zurückzufahren, wenn ich mit dem Staatsanwalt fertig war – oder er mit mir, was sehr viel wahrscheinlicher war. Dann dachte ich an den Schlüssel, den ich ihr eigentlich per Post hatte schicken wollen, an die Reisetasche in meinem Toyota, an meine Katze und daran, daß ich unbedingt wieder zurück zu meiner Arbeit mußte. Aber was war schon eine Nacht mehr oder weniger?

»Ich mache dir einen Tee, wenn du heimkommst«, erwiderte ich.